KONSALIK

DAS REGENWALD KOMPLOTT

KONSALIK

DAS REGENWALD KOMPLOTT

ROMAN

ERSCHIENEN BEI HESTIA

Printed in Germany
ISBN 3-7770-0387-5

Umschlaggestaltung: Graupner & Partner, München
Umschlagfoto: © Bildagentur Mauritius
Satz: MPM, Wasserburg
Druck und Bindung: Bercker, Graphischer Betrieb GmbH, Kevelaer

Die Ausrottung der brasilianischen Indianer ist nicht nur ein Skandal für Brasilien, sondern ein Weltskandal am Ende des 20. Jahrhunderts. Es geht wirklich um Leben und Tod. Wer dazu schweigt, wird mitverantwortlich an der Ausrottung von Völkern.

BISCHOF ERWIN KRÄUTLER,
Präsident des katholischen Indianermissionsrates CIMI
1988 in einer Note an die Weltöffentlichkeit

DIE HAUPTPERSONEN:

Pater Ernesto	Pater auf der Missionsstation Santo Antônio
Pater Vincence Martinelli	dito
Sr. Lucia	Ordensschwester auf Santo Antônio
Luigi	Krankenpfleger
Dr. Thomas Binder	Arzt
Luise Herrmann	Biologin
Marco Minho	Zoologe
Miguel Assis	Vorstand des »Rates Neues Brasilien«
Arlindo Beja	Chef der FUNAI, Fundação Nacional do Indio
Paulo Lobos	Holzwerkbesitzer
Sofia Lobos	seine Tochter
Júlio Maputo	Führer der Bewegung »Rettet Mensch und Wald«
Benjamim Bento	Verwalter und »Bürgermeister« des Camps Novo Lapuna
Helena Batalha	Besitzerin eines Drugstores in Novo Lapuna
Leonor	ihre Tochter
Miguel Bilac	Coronel der Polizei
Eugénio Dinis	Coronel der Armee
Geraldo Ribateio	Tenente der Polizeistation auf Santo Antônio
Emilio Carmona	Statthalter der Mafia in Novo Lapuna

ORTE: Der Roman spielt im Camp »Novo Lapuna«, in Boa Vista, Santo Antônio, am Rio Parima, in Brasilia, Manaus, Surucucu am Rio Mucajai und bei den Indianern im Regenwald: den Yanomami.

ZEIT: 1987 bis heute.

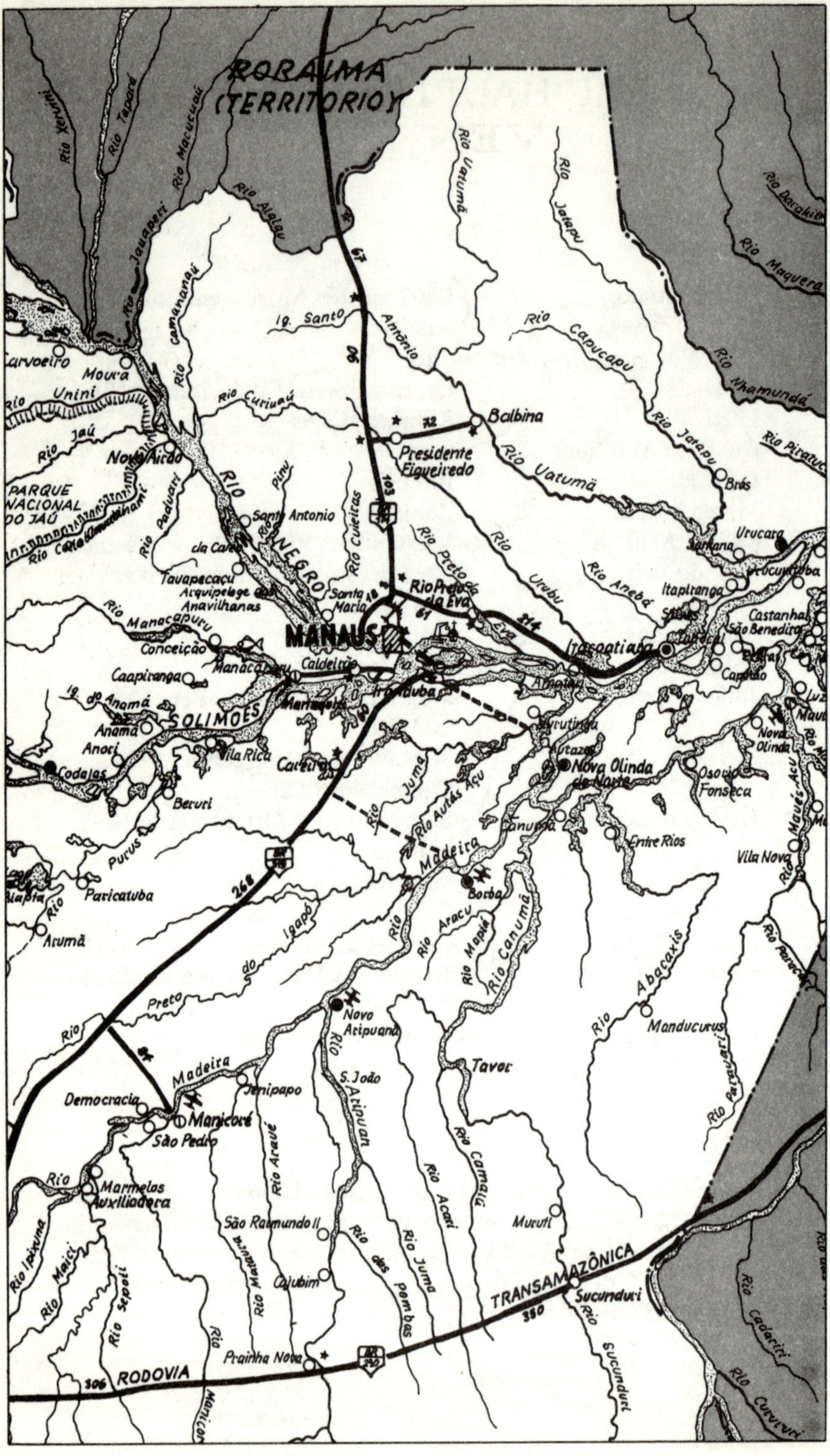
RORAIMA
(TERRITORIO)
Rio Yerutini
Rio Tapará
Rio Macucuaú
Rio Jauaperi
Rio Alalaú
Rio Camanaú
Rio Uatumã
Rio Jatapu
Rio Nhamundá
Rio Maquera
Carvoeiro
Moura
Rio Unini
Rio Jaú
Novo Airão
PARQUE NACIONAL DO JAÚ
Rio Paduari
Rio Curiuaú
Ig. Santo Antônio
Rio Capucapu
Balbina
Presidente Figueiredo
Rio Uatumã
Rio Jatapu
Brás
Rio Cuieiras
Santo Antonio
RIO NEGRO
Tauapecaçu
Arquipélago das Anavilhanas
Santa Maria
Rio Preto da Eva
Rio Urubu
Rio Anebá
Urucará
Urucurituba
Itapiranga
Silves
Castanhal
São Benedito
Rio Manacapuru
Conceição
MANAUS
Itacoatiara
Caapiranga
Manacapuru
Caldeirão
Iranduba
Ig. do Anamá
Anamá
SOLIMÕES
Anori
Vila Rica
Codajás
Careiro
Beruri
Autazes
Nova Olinda do Norte
Osório Fonseca
Entre Rios
Rio Autás Açu
Rio Juma
Purus
Madeira
Borba
Canumã
Paricatuba
Arumã
Rio Aracu
Rio Mapiá
Rio Canumã
Rio Abacaxis
Manducurus
Vila Nova
Rio Maués Açu
268
Rio Preto do Igapó
Novo Aripuanã
Tavar
Rio Madeira
Jenipapo
Democracia
Manicoré
São Pedro
S. João
Rio Aripuanã
Rio Arauá
Rio Marmelos
Auxiliadora
Rio Ipixuna
Rio Maici
Rio Sepoti
Rio Matauré
São Raimundo II
Cajubim
Rio das Pombas
Rio Juma
Rio Acari
Rio Camaiú
Muruti
Rio Paraurari
TRANSAMAZÔNICA
Sucunduri
Rio Sucunduri
350
Prainha Nova
RODOVIA
306
Rio Manicoré
Rio Cadariri
Rio Cutvruri

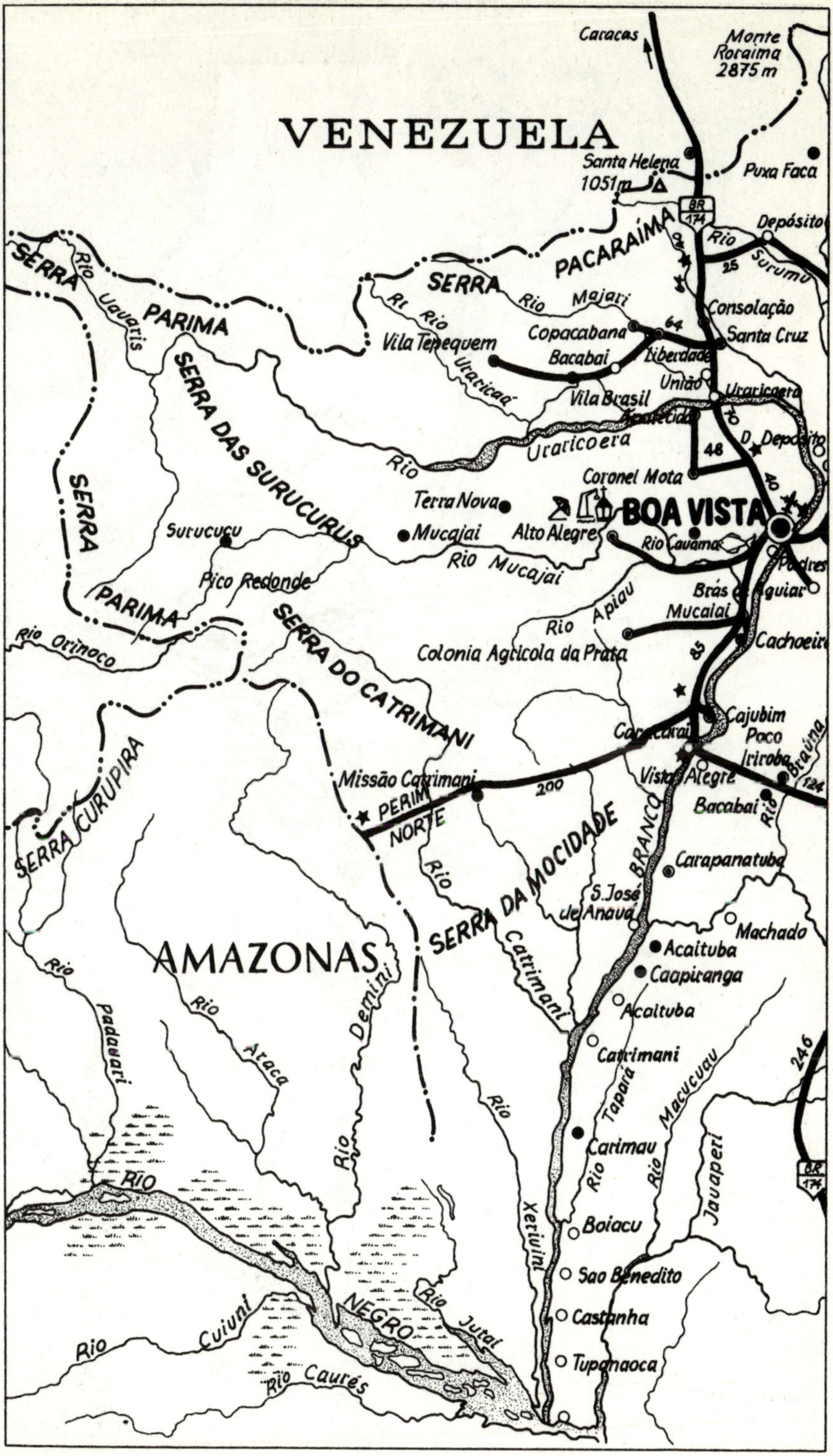

Caracas
Monte Roraima 2875 m
VENEZUELA
Santa Helena
1051 m
Puxa Faca
BR 174
Depósito
Rio Surumu
25
PACARAIMA
SERRA
SERRA
PARIMA
Rio Uauaris
Rio Majari
Consolação
64
Copacabana
Santa Cruz
Vila Tepequem
Bacabai
Liberdade
Rio Uraricaá
União
Uraricoera
Vila Brasil
Aparecida
70
48
D. Depósito
Rio Uraricoera
SERRA DAS SURUCURUS
Coronel Mota
40
SERRA
Terra Nova
BOA VISTA
Surucucu
Mucajai
Alto Alegre
Rio Cauamé
Rio Mucajai
Pico Redonde
Padres
PARIMA
Brás
Aguiar
Mucajai
Rio Apiaú
Rio Orinoco
SERRA DO CATRIMANI
Colonia Agricola da Prata
Cachoeira
85
Cajubim
Caracaraí
Poco
Iriroba
Braúna
SERRA CURUPIRA
Missão Catrimani
PERIMETRAL NORTE
200
Vista Alegre
124
Bacabai
SERRA DA MOCIDADE
Rio BRANCO
Carapanatuba
Rio Catrimani
S. José de Anauá
Machado
Acaituba
AMAZONAS
Caapiranga
Rio Demini
Acaituba
Rio Padauari
Rio Araca
Catrimani
246
Rio Tapará
Rio Macucuau
Rio
Carimau
Rio Xeriuini
BR 174
Jauaperi
RIO NEGRO
Boiacu
Sao Benedito
Castanha
Tupanaoca
Rio Jutaí
Rio Cuiuni
Rio Caurés

Sie fanden ihn am rechten Fahrbahnrand der Straße, die von Boa Vista nach Parima führt, neun Kilometer von der Missionsstation Santo Antônio entfernt.

Der Polizei-Sergento Alberto Moaco sah ihn zuerst. Er stieß seinen Ellbogen in die Seite von Sergento Filipe Perinha, der hinter dem Lenkrad saß.

»Das ist doch der Wagen von Senhor Ramos«, sagte er und kurbelte das Fenster herunter. »So einen Ranch Rover fährt nur er. Braun, metallic und innen Ledersitze vom Feinsten. Halt mal hinter ihm, Filipe.«

»Warum?« Perinha schaltete in den zweiten Gang herunter und fuhr langsam auf den Wagen zu.

Camilo Ramos war eine bekannte, aber auch gefürchtete Persönlichkeit, einer der Großgrundbesitzer in Amazonien, von denen behauptet wird, sie wüßten gar nicht, wieviel Geld sie auf ihren verschiedenen Bankkonten liegen haben; nicht allein hier in Brasilien, sondern vor allem in der Schweiz und in Österreich. Ramos besaß Gold- und Erzgruben, eine Papierfabrik, eine riesige Köhlerei, die aus dem Holz des Urwalds Holzkohle machte, das wiederum die Hochöfen zur Verhüttung des Eisenerzes heizte. Irgendwo im Süden, im Mato Grosso, soll er riesige Ländereien, vor allem Weiden, besitzen, über die endlose Rinderherden zogen. Nun war Camilo Ramos dabei, den Regenwald des Amazonien-Staates Roraima, der nördlichsten Provinz Brasiliens, zu roden, um auch hier riesige Weideflächen anzulegen und Tausenden von Kleinsiedlern aus dem überfüllten Süden und Westen des Landes eine neue Heimat und damit eine Chance zum Überleben zu geben.

Camilo Ramos war die verkörperte Zukunft; er kannte jeden Minister der Regierung in Brasilia, wurde vom Staatspräsidenten zum privaten Essen eingeladen, und im »Rat Neues Brasilien«, einer Vereinigung von Großgrundbesitzern, Fabrikanten und Bankiers, galt sein Wort als richtungweisend. Einmal im Monat kam dieser Rat zusammen, entweder in Brasilia oder in Manaus, dieser Urwald-Großstadt an der Mündung des Rio Negro in den Rio Solimões, der dann als Amazonas seine gewaltigen Wassermassen zum Atlantischen Ozean schickt: Das größte Stromgebiet der Erde mit Hunderten von Nebenflüssen, ein Wasserreichtum ohne Beispiel, und ringsherum Millionen Quadratkilometer Regenwald und Dschungel — die Lunge unserer Erde.

Eine sterbende Lunge — von den einst 14 Millionen Quadratkilometern Regenwald im Tropengürtel unserer Erde sind bis heute nur noch fünf Millionen übriggeblieben. Über die Hälfte ist also bereits vernichtet — und die Vernichtung geht weiter. Allein 1988 wurden weltweit 598000 Quadratkilometer Regenwald abgeholzt, verbrannt und zur toten Erde gemacht.

Sergento Perinha hielt ein paar Meter vor Ramos' Range Rover und wischte sich den Schweiß von der Stirn. Hier auf der Straße, einer in den Wald geschlagenen Schneise von sieben Metern Breite, war es heiß. Die Sonne brannte unbehindert herab, während es unter dem vierzig Meter hohen Blätterdach des Regenwaldes zwar schwül, aber doch erträglich kühler war.

»Warum parkt Senhor Ramos gerade hier?« fragte Sergento Moaco. Er stieg noch nicht aus, musterte erst den Wagen mit nachdenklichen Blicken.

»Vielleicht mußte er mal?« Perinha lachte kurz auf. »Alberto, dabei wird man nicht gern gestört. Weißt du, was Senhor Ramos sagen wird, wenn wir jetzt aussteigen? ›Ich brauche keinen Polizeischutz, wenn ich mich mal an einen Baum stelle!‹ Laß uns weiterfahren.«

»Der Wagen steht schon länger hier.« Moaco zeigte mit dem Finger auf den Ranch Rover.

Es war sieben Uhr morgens, der Wald begann zu dampfen, die Sonne sog die Feuchtigkeit der Nacht aus ihm heraus. Der Metallic-Lack von Ramos' Wagen glänzte vor Nässe. Selbst wenn er erst vor kurzem von der Missionsstation Santo Antônio aufgebrochen wäre, hätte der Rover längst trocken und mit rötlichem Staub überzogen sein müssen.

Camilo Ramos wohnte immer auf der Mission, wenn er die Goldgräberstadt Novo Lapuna besuchte, und das war monatlich mindestens einmal. Ihm gehörten auch an die hundert Claims, auf denen tausende Goldgräber für ihn arbeiteten; Garimpeiros, wie man sie nannte.

»Er ist noch ganz feucht. Er muß die Nacht über hier gestanden haben.«

»Das ist doch unmöglich!« Perinha sah Moaco betroffen an. »Jeder hält doch an, wenn er in der Nacht am Straßenrand einen Wagen ohne Licht stehen sieht.«

»Nicht bei Ramos' Ranch Rover. Den kennt jeder. Außerdem, wer fährt hier schon nachts herum? Da ist jeder froh, die Miststraße nicht zu sehen.«

»Und wenn den Wagen jemand gesehen hat, wird er gedacht haben: ›Schnell vorbei. Da amüsiert sich der gute Ramos mit einem Indianermädchen. Bloß nicht stören. Man ist ja ein friedlicher Mensch.‹«

»Und jetzt steht er noch immer da, Filipe.« Moaco öffnete die Tür und stieg aus dem grüngestrichenen Jeep. »Da stimmt etwas nicht.«

Und so fanden sie an diesem frühen Morgen im Januar 1987 den Großgrundbesitzer Camilo Ramos. Er saß nicht in seinem Wagen, und er kam auch nicht aus dem Wald — er lag neben seinem Ranch Rover, auf dem Rücken, die Augen weit aufgerissen, die Finger in den Boden gekrallt, das Gesicht verzerrt, als habe er etwas Ekliges verschluckt, und steif in seiner Leichenstarre.

Aus seiner Brust ragte ein langer Pfeil, dessen Ende mit zwei bunten Vogelfedern geschmückt war. Es waren die Flügelfedern einer Gelbnackenamazone, einer Papageienart der Amazonen, von der es dort sechsundzwanzig verschiedene Arten gibt. Das Sonderbarste aber: Der Pfeil war rot gestrichen: ein helles, leuchtendes Rot. Mit großer Wucht hatte er Ramos' Brust durchbohrt, stak bis zu einem Drittel in seinem Fleisch. Er mußte von einem schweren Bogen abgeschossen worden sein, den nur ein besonders kräftiger Mann spannen konnte.

Moaco war der erste, der seine Sprache wiederfand. Perinha starrte noch immer stumm auf das Gesicht von Ramos.

»O merda! Merda!« fluchte er mit rauher Stimme. Was für eine verdammte Scheiße! »Das gibt wieder eine ungeheure Aufregung. Ausgerechnet Ramos! Da schaltet sich die Regierung ein, das wird ein politischer Skandal.« Moaco räusperte sich. Er warf noch einen Blick auf die lang hingestreckte Gestalt und atmete tief durch. »Und wieder ein roter Pfeil. Das ist jetzt das zwölftemal.« Über die Leiche gebeugt, entdeckte er erst jetzt, daß mit dem Pfeil ein Zettel auf die Brust von Ramos geheftet war.

Moaco ging in die Hocke und las, was auf dem Zettel geschrieben stand, ohne ihn zu berühren:

»Bestraft wegen Mordes an neun Yanomami und 240 000 Hektar vernichteten Waldes.«

Moaco richtete sich auf und hieb mit der rechten Faust in seine linke Handfläche. »Immer das gleiche«, sagte er verbittert. »Bestraft ... bestraft ... bestraft! Wer, zum Teufel, nimmt sich hier das Recht heraus, jemanden mit dem Tod zu bestrafen?« Er sah zu Perinha hinüber, der nervös an seiner Unterlippe kaute. »Rufen wir auf der Station an, oder nehmen wir ihn mit?«

»Wir packen ihn in den Ranch Rover. Unseren Wagen können wir später holen.« Perinha kratzte sich hinter dem Ohr. »Wie kann ein Mann wie Ramos auch allein herumfahren? Gerade hier!«

»Bei seinen Goldgräbern war er beliebt. Er hat immer pünktlich den Lohn auszahlen lassen und eine Prämie bei einem guten Goldfund. Und das nicht mit Scheinen, sondern in reinem Goldstaub. Er hatte unter den Garimpeiros keine Feinde. Im Gegenteil, dort fühlte er sich sicherer als in Manaus.« Moaco machte eine Pause, bevor er weitersprach: »Ich konnte mit Senhor Ramos ein paarmal sprechen, er war ein harter, aber auch ein guter Mann. Nicht so ein Ausbeuter wie viele andere. Gerechtigkeit war ihm das Wichtigste in seinem Leben.«

»Aber er scheint —« Perinha zeigte auf den Zettel unter dem Pfeil — »neun Yanomami getötet zu haben.«

»Er nicht. Er bestimmt nicht, seine Leute vielleicht.« Moaco blickte in die starren Augen des Toten. Er beugte sich über Ramos und schloß ihm mit der rechten Handfläche die Augen. »Außerdem waren es ja nur Indianer ...«

Sie hoben Ramos vom Boden auf, trugen ihn zu seinem Ranch Rover und legten ihn auf die Hintersitze. Damit er bei einem plötzlichen Bremsen nicht herunterrollte, stopften sie einen großen, leeren Karton, der im Wagen lag, zwischen Vorder- und Hintersitz. Zum Zudecken der Leiche fanden sie nichts. Wer fährt schon bei 40 Grad Hitze mit einer Decke herum? Den roten Pfeil ließen sie in Ramos' Brust stecken. Der Tenente, der Polizeileutnant und Leiter der Station von Santo Antônio, der forsche Geraldo Ribateio, sollte sehen, wie tief der rote Pfeil in das Fleisch gedrungen war.

Obwohl sie vorsichtig fuhren, wurden sie von der holprigen und vom Regen ausgewaschenen Straße gehörig durchgerüttelt. Viermal schon mußte Perinha Ramos' Leiche wieder auf die Rücksitze drücken.

Er tat es vorsichtig, um den Pfeil in der Brust des Toten nicht abzubrechen oder sonstwie zu beschädigen. Dieser rote Pfeil, den sie nun schon so oft gesehen hatten, war ein Beweis, daß der Täter immer der gleiche war — ein selbsternannter Rächer, der anscheinend die Wahnidee hatte, im ganzen Land, ja in der ganzen Welt, als »Der Rote Pfeil« berühmt und berüchtigt zu werden. Ein Wahnsinniger? Immer stak an seinem Pfeil ein Zettel mit der Begründung des Mordes, und immer ging es um die Vernichtung des Regenwaldes, um die Verfolgung der Yanomami-Indianer und um die Goldgräber-Camps, in denen jetzt an die 80 000 Garimpeiros lebten. Eine genaue Zahl wußte man nicht, denn täglich kamen neue Glücksritter nach Roraima in unzähligen Flugzeugen, die auf den in den Wald geschlagenen Pisten landeten.

In Boa Vista standen manchmal bis zu 400 kleine Flugzeuge bereit, um Material, Verpflegung, Maschinenteile und Menschen in das Gebiet der Indianer zu bringen. Die Piloten, Abenteurer wie die Männer, die sie zu den Schürfgebieten brachten, verdienten im Monat bis zu 7000 Dollar — ein Job, der manchen von ihnen den Tod brachte. Denn immer waren die Maschinen überfüllt, eine Wartung der Flugzeuge in Boa Vista war nicht möglich. Die Abstürze häuften sich, und die staatliche Luftaufsichtsbehörde, die, soweit es möglich war, eine Statistik führte, rechnete aus, daß von hundert Piloten durchschnittlich zwanzig ihr Leben bei diesen Abstürzen verloren.

»Was denkst du?« fragte Sergento Moaco seinen Kollegen Perinha. Sie waren noch vierzig Kilometer von der Missionsstation entfernt und fuhren noch langsamer über die von Löchern übersäte Straße. Ramos immer wieder zurechtzurücken war kein Vergnügen.

»Wie meinst du das?« fragte Perinha zurück.

»Wer ist der Rote Pfeil?«

»Diese Frage sollen andere beantworten. Die großen Herren, die es trifft! Auf uns schießt keiner einen Pfeil ab.«

»Hast du noch nie ein Indianermädchen gehabt?«

Perinha blickt Moaco erschrocken an. »Was soll das heißen, Alberto? Fast jeder von uns —« Perinha schluckte, als habe er plötzlich einen Kloß im Hals. »Zweimal, mehr nicht.«

»Immer freiwillig?«

»Wie man's nimmt. Ein bißchen Überredung war schon dabei.«

»Das ist eine elegante Umschreibung von Vergewaltigung. Zweimal ist zweimal zuviel.«

»Und du? Na, was ist mit dir? Du hast keinen Fleck auf deiner Weste?«

»Viermal, davon einmal freiwillig. Gegen Schokolade und eine Flasche Whisky für den Papa. Filipe, wir sind auch auf der Liste dieses Verrückten. Also geht es auch uns an, und nicht nur die großen Herren. Hast du noch nie darüber nachgedacht?«

»Nein.« Perinha war etwas blasser geworden. Er drehte sich um und starrte auf den toten Ramos. »Wenn man jeden umbringen wollte, der Bäume fällt und sich um die Indianer kümmert —«

»Kümmern ist ein allzu harmloses Wort für das, was hier geschieht. —«

»— soviel rote Pfeile gibt es gar nicht. Dann müßte jeder von den Garimpeiros erschossen werden. Jeder Holzfäller, jeder Kleinsiedler, jeder Großgrundbesitzer.«

»Es genügt, wenn man einen Mann wie Ramos tötet. Das spricht sich rum und bringt Unruhe und Angst. Und genau das will der Rote Pfeil.«

»Und erreicht damit genau das Gegenteil. Eines Tages werden die Indianer gejagt werden wie Hasen. Es ist keine große Sache, 15 000 Yanomami zu erledigen. Das kann schnell gehen. Was sind Pfeile gegen Maschinenpistolen? Das müssen doch auch die Yanomami einsehen.«

»Das wird noch ein großes Problem werden, Alberto.« Perinha drehte sich wieder um, kniete sich dann auf den Sitz und schob den verrutschten Ramos auf die mit Kunstleder gepolsterte Bank zurück. »Da sind wir nur kleine Fische mit unseren drei oder vier Indianermädchen. Der Rote Pfeil sucht sich wichtigere Opfer.«

Schweißgebadet und mit rötlichem Staub überzogen, erreichten sie die geteerte Straße der Mission, nur ein kleines Straßenstück, zu dem parallel die Piste für die kleinen Propellermaschinen gebaut war. Gemüse- und Getreidefelder waren dem Urwald abgerungen, Bananenstauden glänzten in der Sonne, und der Mais stand gut. Es gab sogar Obstbäume, aber sie kümmerten dahin — der Boden, der einmal den Regenwald trug, war ausgelaugt. Auf einer Weide grasten ein paar weißfellige Kühe. Vier Pferde suchten Schutz vor der Sonne unter einer Baumgruppe. In der Ferne tauchten die Gebäude der Missionsstation auf, einstöckig und langgestreckt, wie ein offenes Rechteck mit einem großen Hof in der Mitte. Der markanteste Bau war ein runder Wasserturm und ein abseits stehendes Haus, auf dessen Dach ein großes Rotes Kreuz gemalt war.

Sergento Perinha atmete hörbar auf. »Jetzt wird sich die Station gleich in einen Ameisenhaufen verwandeln«, sagte er. »Und der Tenente Ribateio wird als erster losbrüllen.«

Die Mission Santo Antônio war 1965 von italienischen Patres vom Orden »Das Blut Christi« gegründet worden. Mit vier Booten waren Missionare den Rio Parima hinaufgefahren, bis sie eine lichte Stelle im Regenwald, direkt am Fluß, gefunden hatten, die für eine Siedlung wie geschaffen schien.

»Hier werden wir bleiben«, sagte damals der Pater Giumeldo Catini, lenkte sein Boot an den flachen Strand des Flusses, stieg an Land und breitete die Arme wie zu einem Segen aus. »Hier wird unsere Mission stehen. Meine lieben Brüder, wir werden eine schwere, aber schöne Arbeit haben. Danken wir Gott.«

Die Patres knieten nieder, beteten voll Inbrunst und gingen dann an die Arbeit. Zuerst stellten sie ein paar Zelte auf, erkundeten die nähere Umgebung und trafen mitten im Regenwald, auf einer kleinen Rodung, auf ein Dorf der Yanomami-Indianer. Es waren kleine bis mittelgroße Menschen mit hellbrauner Haut, die völlig nackt in ihren mit Palmstroh gedeckten Holzhütten lebten; nur die Männer trugen um die Hüften ein gedrehtes Wildfaserseil, mit dem sie ihren Penis hochbanden. Das Dorf, das *shabono* genannt wurde, was Lichtung heißt oder großer Platz in der Mitte, war kreisförmig angelegt, so daß es wirklich einen großen Platz gab, auf dem sich das Leben der Yanomami abspielte: Vom Erntefest im Januar, wenn die Pijiguão-Palme reifte, über die Tänze, wenn man Gäste empfing oder sich zu einem Kriegstanz versammelte, bis zu den Zeremonien der Medizinmänner und der Verbrennung der Toten.

Diese Menschen hatten noch nie einen Weißen gesehen und empfingen daher die Patres mit angespannter Neugier, stumm, lauernd, Bogen, Pfeile und Speere in den Händen, während die Mütter ihre Kinder an sich zogen.

Ungehindert gingen die Patres durch das Shabono, nur begleitet vom Häuptling, der mit verkniffenem Gesicht duldete, daß sie auch in die Hütten blickten und den Kindern Bonbons und Schokolade schenkten. Aber obwohl ihnen die Brüder zeigten, daß man das Geschenk essen konnte, stopfte keines der Kinder ein Bonbon in seinen Mund, bevor der Häuptling nicht selbst eins probiert und dann mit einem Lächeln zum Essen freigegeben hatte.

Dieses Shabono umfaßte ungefähr 250 Menschen, eine große »Lichtung« also, denn meistens zählt eine Yanomami-Gruppe nicht mehr als hundert. Die *malocas*, wie sie ihre runden oder langgestreckten Hütten nannten, waren von einer verblüffenden Sauberkeit. Die Hängematten, in denen sie schliefen, aber auch die

Kranken lagen und die Alten, denen das Gehen schwerfiel, waren aus breiten oder gebündelten schmalen Rindenbaststreifen geknüpft. Schlaufen an den beiden Enden hielten die Hängematten an in den Boden gerammten Baumstämmen fest. Auch aus in Streifen zersplissenen Lianen machte man Hängematten; sie ließen sich schnell herstellen, waren bis zu zwei Meter lang und unverwüstlich. Das Knüpfen der Hängematten war Männerarbeit, während die Frauen für das Material sorgten.

Nach vier Stunden verließen die Patres wieder das Dorf und kehrten zu ihrem provisorischen Zeltlager am Rio Parima zurück. Der Häuptling, von den anderen Männern nur dadurch zu unterscheiden, daß er um seine Taille einen breiten, aus Baumwollfäden gedrehten Gürtel trug, begleitete sie noch ein Stück durch den Regenwald, blieb dann stehen und blickte ihnen nachdenklich nach.

Die Patres atmeten sichtlich auf, als sie wieder allein waren. Einer von ihnen hatte die Malocas und das Shabono fotografiert, auch die Männer, Frauen und Kinder und die Hängematten, die über oder neben den Feuern hingen. Feuer war das wichtigste im Leben der Yanomami: Um die Feuerstelle, die jede Familie besaß, kreiste ihr ganzes Dasein, vom Essen bis zum Schlafen. Nachts wurde es kalt, sank die Temperatur oft auf nur acht Grad, und da sie alle nackt schliefen, so wie sie auch am Tag nackt herumliefen, war das Feuer neben den Hängematten für sie lebensnotwendig.

Niemand hatte das Fotografieren des Patre verhindert, man wußte ja nicht, was er da machte mit dem schwarzen Kasten, in dem ein leuchtendes Auge — das Objektiv — steckte. Es tat nicht weh, es richtete keinen Schaden an, es war ein Teil dieser merkwürdigen weißen Menschen, die nicht nackt waren, sondern ihre Körper bedeckten mit einer Kleidung, die weder aus Bastfasern oder Palmstroh war, noch aus selbstgesponnener Baumwolle oder geflochtenen Blättern. Wie konnten sie ahnen, daß diese Fotos der Beginn ihres Untergangs, der Anfang ihrer Ausrottung waren?

Zunächst, in den kommenden Jahren, lebten sie weiter wie in den vergangenen Jahrhunderten. Am Rio Parima, dort, wo die Missionsstation gegründet worden war, wurde das Land gerodet, fraßen sich heulende Motorsägen durch den Regenwald. Es fielen die Baumriesen, krachend und ächzend, als stießen sie Todesschreie aus, in das Unterholz. Oder ein Feuersturm wütete in dem Wald und vernichtete die bisher unberührte Natur, die Bäume und Sträucher, die Riesenfarne und die Tiere. Man nannte das Brandrodung.

Das war nichts Neues für die Yanomami. Sie selbst eroberten ihren kargen Lebensraum durch Verbrennen des Waldes, aber es war nur ein kleines Stück, ein Fleckchen, das sie zum Leben brauchten, wo sie Maniok und Gemüse anpflanzten, Baumwolle, Mehlbananen und Taro, eine Knollenfrucht, Eßbananen und Tabak. Auch die wichtigen Fruchtbäume wurden gepflegt, vor allem die Pupunha-Palme und die Pijiguão-Palme, deren schmackhafte Früchte besonders kalorienreich sind. Die Pflanzung einer Malocas-Siedlung ist selten größer als 200 mal 300 Meter, in dem unberührten, unendlichen Regenwald nur eine winzige kultivierte Stelle, die schnell wieder zuwächst, wenn die Yanomami, meist nach drei oder vier Jahren, weiterziehen und ein neues Shabono gründen. Denn dann ist der Urwaldboden ausgelaugt und gibt den Pflanzen keine Nahrung mehr.

Während die Mission ausgebaut wurde und auf breiten Booten Steine, Zement, Ziegel und Maschinen den Rio Parima hinaufgebracht wurden, erschienen immer öfter Yanomami-Indianer und sahen ohne Scheu den Bauarbeiten zu. Das Abbrennen des Waldes kannten sie, was sie aber maßlos erstaunte, was sie nicht begriffen, waren diese knatternden Dinger, die die Missionare in den Händen hielten und die sich in einen Baumstamm fraßen, die meterhohen Brettwurzeln durchtrennten und einen Baumriesen in kürzester Zeit fällten. Es war für sie ein Wunder. Sie kannten nur den Brand, und vor den bis zu fünfzig Meter hohen Baumgiganten standen sie voller Ehrfurcht. Aber die weißen Menschen mit ihren ratternden Sägen besiegten auch diese. Aus welcher Welt kamen sie?

Eines Tages sahen die Missionare erstaunt, wie sich eine Gruppe von Yanomami in Sichtweite der wachsenden Mission am Rio Parima eine große Maloca bauten, direkt am Ufer des Flusses und neben den Ausläufern der Missionsfelder, und mit der Rodung ihres Lebensraumes begann.

Die Mission bestand jetzt, Anfang 1967, aus fünf Personen: zwei Patres, eine Krankenschwester und zwei Hausgehilfen, italienische Handwerker aus Florenz und Bari, die alles konnten, vom Mauern bis zum Bohren nach Grundwasser für eine Wasserleitung. Der eine, Luigi, war sogar als Krankenpfleger ausgebildet.

»Die kennen wir doch!« sagte Pater Ernesto, als er von einem Besuch der neuen Malocas zurückkam. »Das ist der gleiche Stamm, den wir als allerersten entdeckt haben. Der Häuptling kam sogar auf mich zu, lachte und streckte mir seine Hand entgegen. Und dann boten sie mir einen Fladen aus Maniokmehl an.«

»Sie können sich nützlich machen«, antwortete Pater Franco, den man zum Leiter der Mission Santo Antônio berufen hatte. »Wir werden sie fragen, ob sie am Aufbau der Mission mithelfen wollen.«

Und die Yanomami taten es. Sie halfen bei der Pflanzung und lernten dabei, wie man einen Boden bearbeitet und pflegt, damit er gute Ernten bringt, und sie sammelten Wildfrüchte und brachten sie den weißen Menschen. Sie ließen sich zeigen, was man alles aus Holz machen konnte, wenn man die notwendigen Werkzeuge hatte, und als sie die ersten Handsägen und Eisenhämmer, die ersten Bohrer und Stecheisen, die ersten Schrauben und Nägel als Geschenke erhielten, begann für sie ein neues, wunderbares Leben.

Die Patres lernten die Sprache der Yanomami, aber kein religiöses Wort fiel; es gab keine Erzählung von Jesus und dem wahren Gott im Himmel, keine Predigt oder einen Bekehrungsversuch: Die Missionare von Santo Antônio praktizierten ein tätiges Christentum. Sie lehrten die Wilden mit Werkzeugen umzugehen, zeigten ihnen die neue Bodenbearbeitung, brachten ihnen das Fischen im Fluß bei, was sie nicht kannten, denn der Wald war ihre Welt gewesen, und gaben ihnen Vertrauen zum weißen Mann. Das war mehr wert als die Worte der Bibel.

Mit dem neuen Glauben wurden die Yanomami langsam und unmerklich bekannt gemacht. Ihre Medizinmänner wurden nicht verteufelt, ihr Geisterglaube nicht angetastet, und dennoch wuchsen sie in das Christentum hinein, indem sich ihr Leben veränderte, indem sie lernten, mehr aus ihrem Dasein zu machen. Das Wort Gottes kam später zu ihnen und fiel auf den fruchtbaren Boden aus Vertrauen und Bewunderung.

Es waren zwei Jahre harter Arbeit, bis die Mission soweit ausgebaut war, daß Pater Franco zufrieden sagen konnte:

»Meine Lieben, wir haben es geschafft. Danken wir Gott.«

Natürlich blieb die Gründung der Mission Santo Antônio nicht unbemerkt. Die Boote, die östlich von Surucucu am Rio Mucajai, damals noch eine verträumte Kleinstadt aus der Zeit des großen Kautschukbooms, mit den Baumaterialien beladen wurden, waren meist mit Mischlingen bemannt. Diese brachen aus dem 258 Kilometer entfernten Boa Vista, der Hauptstadt des Distriktes Roraima, mit klapprigen Lastwagen zur abenteuerlichen Fahrt über die in den Wald geschlagene Straße auf, und wenn sie zurückkamen, erzählten sie von der kleinen Mission der italienischen Patres. Sie berichteten von Indianern, die beim Bau halfen, von den Malocas, die am Flußufer entstanden waren, und von den schönen nackten Frauen der Yanomami.

Das erweckte Neugierde, nicht nur bei den Kleinsiedlern rund um Boa Vista, sondern auch bei den Geologen und Landvermessern des Nationalen Instituts für Besiedlung und Agrarreform, kurz INCRA genannt. Dieses Gebiet am Rio Parima war noch nicht vermessen, war unbekanntes Land, ein freier Raum, den man nun entdecken wollte, denn wo eine Mission sich ansiedelte, konnten auch andere Menschen leben. Und noch eine von der Militärregierung gegründete staatliche Institution interessierte sich plötzlich für das bisher unberührte Gebiet: Die *Fundação Nacional do Indio*, die nationale Indianer-Stiftung, in Brasilien bekannt unter der Abkürzung FUNAI. Sie war die Zentralstelle für alle Indianerangelegenheiten, sollte den Schutz der Ureinwohner garantieren und deren Lebensräume erhalten. Aber im Laufe der Jahre wurde die FUNAI zum Handlanger und Helfer der Großgrundbesitzer und Militärs: Korruption unterhöhlte die ursprünglich so humanitäre Aufgabe: Der Schutz der Indianer verwandelte sich in deren Vertreibung und Vernichtung, je weiter die Zivilisation, die »Bodenreform«, die »Urbarmachung des Regenwaldes« in das unbekannte Land vordrangen.

Aber auch von Gold war die Rede: Gold nördlich von Surucucu, im Gebiet des Rio Macajai und vor allem im Yanomami-Gebiet des Rio Parima. »Du brauchst nur etwas in der Erde zu kratzen, und schon bist du ein reicher Mann!« hieß es in Boa Vista. »Ich sage euch: Dort liegt El Dorado!« Und als Beweis legten die Bootsmänner kleine Goldkügelchen auf den Tisch. So wie damals im 19. Jahrhundert die ersten Goldschürfer in Alaska vom Yukon zurückkehrten und in den Kneipen von Anchorage, Skagway und Carcross ihren Whisky und die Huren mit Nuggets — kleinen Goldkörnern — oder mit Beutelchen voll Goldstaub bezahlten.

Noch glaubte kaum einer den Mischlingen, man lachte sie aus, ja, man verprügelte sie sogar als infame Lügner. Nur die Geologen wurden aufmerksam, studierten Landkarten und überflogen mit Hubschraubern das Gebiet der Yanomami. Sie sahen zunächst nichts als undurchdringlichen Urwald, gebildet von riesigen Bäumen, Lianen, Würgefeigen, Farnen und gewaltigen Büschen.

Eines Tages, im Jahre 1968, tuckerte ein großes Motorboot den Rio Parima hinauf und machte an dem Landesteg der Mission fest. Ein nackter Yanomami, der auf der Station arbeitete, fing geschickt das hinübergeworfene Tau auf und band es um einen dicken Baumstamm, den man in das Flußbett gerammt hatte. Über eine ausgefahrene Gangway betraten vier Weiße das Land von Santo Antônio. An Bord blieben zehn weitere Männer, bewaffnet mit Maschinenpistolen und Gewehren, und blickten staunend zu den drei Gebäuden der Mission hinüber ... das Haus der Patres, der Magazinbau und die Krankenstation.

Noch auf dem Landungssteg kam den vier Männern Pater Franco entgegen. Man hatte das Motorboot schon mit einem Fernglas gesehen, als es um die große Biegung des Rio Parima in den geraden Lauf des Flusses einbog, und Pater Franco hatte zu Pater Ernesto gesagt:

»Da kommt nichts Gutes auf uns zu. Das ist kein Transportboot ... es sieht so amtlich aus.«

»Willkommen«, sagte Pater Franco jetzt. Die vier Männer blieben stehen. »Willkommen auf Santo Antônio.«

Der vordere der vier, ein großer, schlanker Mann mit gewellten, schwarzen Haaren — Franco schätzte ihn auf Ende Dreißig —, nickte ihm kurz zu und antwortete:

»Wir kommen unangemeldet, Pater. Dürfen wir trotzdem an Land?«

»Ein jeder Gast ist uns willkommen, wenn er in Frieden zu uns findet. Ich bin Arlindo Beja.« Der Schwarzhaarige drehte sich zur Seite und stellte die anderen drei Männer vor.

Pater Franco nahm die Namen nicht mehr wahr, wie ein Stich hatte die Antwort sein Herz getroffen. Arlindo Beja ... wer kannte ihn nicht?! In Boa Vista lebte er, war der oberste Beamte der FUNAI im Distrikt Roraima, ein gefürchteter Mann, der eine weiße Villa mit einem säulenverzierten Eingang bewohnte, die er sich von seinem staatlichen Gehalt bestimmt nicht leisten konnte. Auch im Inneren der Villa, so erzählte man sich, war alles vom Besten, ein Luxus in dieser nördlichsten Ecke Brasiliens, wie er gar nicht denkbar war. Zweimal im Monat flog er nach Manaus; wenn er zurückkam nach Boa Vista, war er um einiges reicher. Er war voller Tatendrang und ein willenloser Befehlsempfänger der Großgrundbesitzer.

Arlindo Beja ... Pater Francos Gesicht blieb freundlich, er lächelte jetzt sogar und reichte Beja seine Hand. Der ergriff sie, hielt sie fest und sagte mit einem Grinsen, das Pater Franco richtig als unverschämt deutete:

»Wir sind Beamte der FUNAI. Als man uns von der Mission Santo Antônio erzählte, konnten wir das kaum glauben. Sie haben sich hier ohne Erlaubnis angesiedelt, neben einem Stamm der Yanomami.«

»Es war umgekehrt, Senhor Beja, die Yanomami kamen zu uns. Ist das hier nicht ein freies Land?«

»Es ist Brasilien, Pater. Aber um das zu klären, sind wir ja gekommen. Wir bringen die Siedlungserlaubnis gleich mit.«

»Das ist ein wertvolles Geschenk.« Pater Franco entzog seine Hand Bejas Griff. »Darf ich vorgehen? Unser Haus ist allen Freunden offen.«

Sie betraten die Mission, setzten sich im langgestreckten Gemeinschaftsraum auf Bambusstühle, die beiden Hausgehilfen und ein Indianermädchen brachten Früchte, frischgebackenes Brot, gebratenes kaltes Affenfleisch und kalten schwarzen Kaffee und deckten damit den Tisch. Pater Ernesto kam in das Zimmer, begrüßte die Gäste mit einem »Gott sei mit euch!« und setzte sich an die Seite von Pater Franco. Es war wie bei einer Friedensverhandlung nach einem Krieg, den keiner gewonnen hatte: hier die Priester, dort die Beamten. Auch wenn man höflich miteinander war, wußte jeder von ihnen, was er vom anderen zu halten hatte. Das Lächeln war wie eine Maske, man spielte Theater. Aber es war keine Komödie, sondern ein lautloses Drama. Noch lautlos —

»Wie groß ist der Stamm?« fragte Beja beiläufig und nahm einen Schluck von dem kalten Kaffee. Ein Kognak oder ein Glas weißer Rum wäre ihm lieber gewesen. Die Frage klang harmlos, aber hinter ihr lauerte die Gefahr. In Manaus hatten Spekulanten und Großgrundbesitzer zu ihm gesagt: »Arlindo, wenn es dort wirklich Gold gibt, sag es uns zuerst. Es soll dein Schaden nicht sein. Du verstehst, *caro amigo . . .*«

»Wir haben einhundertneun Seelen gezählt«, antwortete Pater Franco. »Zweiundzwanzig mehr als 1965, als wir die Mission gründeten. Wir haben die Kindersterblichkeit verringert durch ein Mindestmaß an medizinischer Versorgung. Es ist aber noch viel zu tun. Es ist wie bei einem Tier: Man pflegt es, oder man läßt es verkommen. Aber das hier sind Menschen, Senhor Beja, auch wenn die Jahrhunderte an ihnen vorbeigegangen sind.«

»Dafür sind wir von der FUNAI da . . . ein sterbendes Volk in die Zukunft zu retten.«

Es klang gut, ein Satz wie aus einer Werbebroschüre, geschrieben für die übrige gutgläubige Welt und als Alibi für jede Kritik. Und wieder lächelte Beja, als wolle er stumm sagen: Mein lieber Pater, wir schmieren uns Honig ums Maul und würden uns lieber an die Gurgel fahren.

»Gibt es noch mehr Stämme in der näheren Umgebung?« fuhr Beja fort.

»Wir wissen es nicht. Aber wir vermuten es. Zweimal haben wir in den vergangenen zwei Jahren erlebt, daß die Krieger für ungefähr drei Wochen im Wald verschwanden und dann zurückkamen mit neuen jungen Frauen. Einige der Krieger waren verwundet, meistens Speerstiche oder Keulenschläge — mit Kurare vergiftete Pfeile hätten sie nicht überlebt. Wir haben sie auf der Krankenstation behandelt. Das deutet darauf hin, daß noch andere Stämme in der Nähe wohnen.«

»Stammeskriege, Frauenraub ... immer das gleiche.« Beja steckte sich eine der Zigarren an, die Pater Ernesto herumreichte in einer Holzkiste mit primitiven Schnitzereien. Ein Geschenk des Yanomami-Häuptlings, der dafür zwei Äxte und drei Macheten als Gegengeschenk bekommen hatte. »Hier hat Gottes Wort noch nichts genutzt«, fügte Beja mit deutlicher Ironie hinzu.

»Sie haben es noch nicht gehört«, antwortete Pater Franco und überhörte den zynischen Unterton Bejas.

»Nicht? Ich denke, das ist eine Mission?«

»Zuerst lehren wir sie, wie man besser und länger leben kann, wie man einen vernünftigen Ackerbau betreibt und wie man mit den Werkzeugen umgeht, die wir ihnen geben. Nicht schenken, das ist wichtig. Wir tauschen: Wildfrüchte und handwerkliche Produkte, vor allem aber ihre Arbeitsstunden auf der Mission gegen Messer, Scheren, Kämme, Glasperlen, Salz, Spiegel, Angeln, Zündhölzer und, wie schon gesagt, Macheten und Äxte. Wir wollen keine Bettler erziehen. Sie sollen lernen, daß es nichts umsonst gibt. Und Gottes Wort ...« Pater Franco holte tief Atem. »Es wird durch das Vertrauen, das die Yanomami uns entgegenbringen, wie von selbst kommen. Missionieren heißt nicht predigen, sondern am Menschen und seiner eigenen Welt zu arbeiten. Das ist doch auch die Aufgabe der FUNAI, Senhor Beja, oder irre ich mich da?«

»Wir tun alles, um die Indianer zu schützen und ihren Lebensraum zu erhalten. Deshalb habe ich auch die Urkunde mitgebracht, daß die Mission Santo Antônio am Rio Parima der Regierung Brasiliens Rechtens ist.« Beja holte aus seiner Mappe ein mit Stempeln übersätes Schriftstück und überreichte es fast feierlich Pater Franco. Beiläufig fragte er dabei:

»Hat man hier Gold gefunden?«

»Nein.«

»Man spricht davon.«

»Gäbe es hier Gold, dann würden die Yanomami Schmuck aus Gold tragen. Sie lieben alles, was glänzt und glitzert. Deshalb sind sie ganz närrisch auf Glasperlen und Spiegel. Als eine der Frauen ihr Gesicht zum erstenmal im Spiegel sah, lief sie schreiend davon. Sie glaubte, daß ein böser Geist ihre Seele geraubt hätte und sie nun kein Gesicht mehr habe. Der Medizinmann des Stammes konnte sie nur beruhigen, indem er ihr das Rauschgiftpulver Epená mit einem Blasrohr in die Nase blies. Epená wird aus dem Samen einer Pflanze gewonnen, und eigentlich dürfen nur Männer sich damit betäuben oder anregen. Von da an war der böse Geist ausgetrieben. Jetzt wollen alle Frauen und Männer einen Spiegel haben und betrachten sich darin, sobald sie Zeit haben. Aber Gold?« Pater Franco schüttelte den Kopf. »Von Gold am Rio Parima habe ich noch nichts gehört oder gesehen.«

Arlindo Beja und seine Beamten blieben drei Tage auf der Mission, inspizierten die Malocas der Yanomami, und einer der Beamten sprach sogar die Eingeborenensprache und fragte den Häuptling, ob er gelb glitzernde Körner im Fluß oder im Wald gesehen habe. Der Häuptling schüttelte den Kopf. Gelbe Körner ...

»Wir haben noch eine Bitte«, sagte Beja beim Abschied auf dem hölzernen Bootssteg. »Schicken Sie uns jeden Monat einen Bericht über Ihre Indianer, über Krankheiten oder Stammeskriege. Und wenn Sie Hilfe brauchen ... die FUNAI ist immer für Sie da.«

»Hilfe?« Pater Ernesto, der die Krankenstation betreute und als Krankenpfleger ausgebildet war, hob seine Hände und zählte an den Fingern ab, was ihm fehlte. »Wir brauchen dringend Spritzen, Verbandmull, Tupfer, die allernötigsten Instrumente, Medikamente, Desinfektionssprays, Schmerzmittel —«

»Reichen Sie uns eine Liste ein. Wir werden Ihnen alles schicken, soweit das möglich ist. Ich wünsche Ihnen viel Glück und Erfolg, vor allem Glück, denn der Indianer, der Ihnen heute den Garten umgräbt, kann Sie morgen mit einem Pfeil töten. Man wird aus ihnen nicht klug, auch wenn man zehn Jahre mit ihnen lebt.«

»Hier sind wir alle Freunde, wir kennen keine Angst.« Pater Franco wartete, bis Beja das Motorboot betreten hatte und ein Indianer das Haltetau löste und ins Wasser warf. Dann hob er die rechte Hand und bewegte sie, als gebe er seinen Segen. »Gott mit Ihnen!« rief er zum Boot hinüber. Und Beja rief zurück:

»Wir werden uns sicher wiedersehen. Wir kommen Sie besuchen.«

Ernesto und Franco warteten, bis das Motorboot in der Mitte des Flusses war und mit dröhnendem Motor das schwarze Wasser des Rio Parima durchpflügte.

Wie der Rio Negro und der Rio Branco gehörte auch der Parima zu den »schwarzen Flüssen« — ihr Wasser, frei von allen Sedimenten, war klar und schimmerte unter der Sonne blauschwarz. Ein völlig reines Wasser, das man ohne es zu filtern trinken konnte, im Gegensatz zu den lehmigen »weißen Flüssen« wie dem Rio Solmões und dem Rio Amazonas, die aussahen wie eine dünnflüssige Erbsenbrühe.

Pater Franco wandte sich ab, blickte hinüber zur Mission und der kleinen Ausbuchtung, die mit Mangroven fast zugewuchert war. Dahinter lagen die Malocas der Yanomami.

»Ich kann auf diesen Besuch verzichten«, sagte er und atmete tief durch, als käme er aus einem verräucherten Raum.

»Und wenn es hier wirklich Gold geben sollte«, Pater Ernesto faltete die Hände vor seiner Brust, »dann werden wir wissen, was es heißt, in der Hölle zu sein.«

Drei Jahre später, 1971, wurde Santo Antônio von der Nachricht überrascht, die vieles ändern sollte: Eine italienische Stiftung »Brüderlichkeit in aller Welt« teilte mit, eine Sammlung habe soviel Geld gebracht, daß die Mission am Rio Parima weiter ausgebaut werden könne. Das Geld würde auf ein Konto bei der Banco de Brasil in Manaus überwiesen werden. Natürlich meldete sich daraufhin auch Arlindo Beja von der FUNAI und fragte über Kurzwellenfunk an:

»Wie wollen Sie die Spende verwenden?«

»Wir werden die Krankenstation ausbauen und versuchen, einen Arzt und eine zweite Krankenschwester zu bekommen. Das ist jetzt das Wichtigste.«

»Ich lese es in Ihren Berichten, Pater Franco.« Beja, der in den vergangenen drei Jahren viermal zur Inspektion auf der Mission gewesen war, schien guter Laune zu sein. »Sie wollten doch eine Zählung der Indianer machen. Ist sie fertig?«

»Bisher haben wir 367 Yanomami in der Umgebung von Santo Antônio festgestellt. Eingeteilt in sieben Shabonos. Es muß aber mehr in der Tiefe des Waldes geben, von denen nur die Indianer wissen, aber nichts verraten. Erst vor kurzem brachten unsere Yanomami nach einem Streifzug neue Frauen mit. Sie sollen einem Stamm angehören, der sich Yanotedi nennt. Wo er lebt ... wir wissen es nicht.«

»Haben Sie ihnen den Frauenraub noch nicht abgewöhnen können, Pater?« Bejas Stimme troff wieder von Hohn. »Ich habe immer geglaubt, das Bibelwort hat eine unheimliche Kraft.«

»Unsere Indianer haben bis heute noch nichts aus dem Evangelium gehört«, sagte Franco. Ein Mann wie Beja konnte ihn nicht beleidigen. »Wir wirken durch unsere Arbeit und unsere Menschenliebe. Was hätten wir davon, wenn wir Bibelstunden abhielten und die Yanomami hören uns geduldig zu, nur um uns, den Freunden, einen Gefallen zu tun? Das wäre der falsche Weg, sie aus der Steinzeit in die Neuzeit zu führen.«

Einen Arzt und eine zweite Krankenschwester bekamen die Patres nicht. Wer wollte schon in der »grünen Hölle« leben, an einem der einsamsten Plätze dieser Erde, an einem Fluß, der das Hochland von Parima durchschnitt?

Aber die Krankenstation wurde ausgebaut. Es wurde ein richtiges, kleines Krankenhaus mit einer Empfangsstation für ambulante Behandlung, einem Bettentrakt mit zehn Hängematten — in ein Bett wie bei den Weißen hätte sich kein Yanomami gelegt — und zwei kleineren Häusern für Schwestern und Ärzte. Auch einen runden Wasserturm baute man, in den man das absolut reine Wasser des Rio Parima pumpte und dort — so war es eben Vorschrift — noch einmal filterte und mit Chlor versetzte.

»Jetzt schmeckt der Kaffee wie Medizin.« Pater Ernesto zog eine Grimasse. »Ich bleibe dabei, ich trinke direkt vom Fluß.«

Aus Santo Antônio war eine schöne Missionsstation geworden, aber das Schwestern- und Ärztehaus blieben leer. Pater Ernesto und die Krankenschwester Sr. Lucia, mit bürgerlichem Namen Gina Fratelli, versorgten weiterhin allein die Kranken. Ein paarmal schrieb Pater Franco an seinen Orden »Das Blut Christi« und bat um Verstärkung der Mission. Die Antwort lautete immer: »Wir haben keinen Bruder frei, der zu euch kommen kann. Vertraut auf die Hilfe unseres Herrn.«

»Der mauert und ackert nicht«, sagte Pater Franco verbittert, wenn er einen solchen Brief bekam. »Durch Beten allein wächst kein Gemüse. Meine Lieben, jeder von uns muß nun so stark sein wie zwei.«

Ein Jahr später, im Februar 1972, knatterten drei Hubschrauber den Fluß hinauf und landeten auf dem großen freien Platz vor der Mission. Neun Männer stiegen aus und stellten sich als Geologen und Biologen vom Projekt Radam-Brasil vor. Arlindo hatte ihnen, ohne die Patres zu fragen, die Mission als Quartier zugewiesen.

Das Projekt Radam-Brasil war eines der ganz großen Entwicklungsprojekte Brasiliens. Es ging darum, die riesigen unbekannten Gebiete Amazoniens, die man »Leerräume« nannte, zu vermessen, ihre geologischen und hydrologischen Eigenarten zu erforschen, Karten anzufertigen und vor allem das Grenzgebiet zwischen Venezuela und Brasilien, das Territorium Roraima, in eine strategische und wirtschaftliche Konzeption zu bringen. Die staatliche Siedlungsbehörde INCRA drängte darauf, Detailkarten im Maßstab 1:100000 zu bekommen, der Anfang einer Besiedlung und Erschließung, der Gründung von Industriezentren, Bergbaubetrieben und von Vieh- und Landwirtschaft in großem Stil. Der unermeßliche Reichtum an Mineralien unter dem Boden des Regenwaldes sollte gehoben werden, vor allem aber wollte man den Tausenden von Siedlern aus dem Süden und Osten Brasiliens, die unter erbärmlichsten Bedingungen und ohne Hoffnung auf Besserung dahinvegetierten, eine neue Heimat schaffen. Ein riesiges leeres Land grünte ungenutzt seit Jahrtausenden unter der Sonne, nur bewohnt von einigen Indianern. Man wollte es füllen mit Menschen, die anderswo täglich um ihr Leben kämpften.

Ein gigantisches Projekt, jetzt noch auf dem Papier, aber in absehbarer Zeit eine Realität: 4500 Kilometer Straßen sollten in den Regenwald geschlagen werden, zwölf Flughäfen sollten entstehen, vier Flußhäfen, große Wasserkraftwerke und eine Verhüttungsindustrie für Eisen und Aluminium. Bauxit, der Grundstoff für Aluminium, war unter dem Regenwald gefunden worden, dazu auch noch Eisenerz und Uran.

Was war wichtiger: ein unberührter nutzloser Wald oder ein garantiertes Milliardengeschäft, das Brasiliens Weltschulden verringerte?

Die Forscher blieben zwanzig Tage auf der Mission Santo Antônio. Mit ihren Hubschraubern überflogen sie das Hochland von Parima, knipsten Tausende von Fotos, vermaßen das ganze Land, untersuchten die Vegetation und erforschten die Nebenflüsse des Rio Parima, unternahmen Bodenbohrungen und stellten geologische Daten zusammen. Um die Indianer kümmerten sie sich kaum. Sie waren für sie wie die Tiere des Waldes, eine Spezies, die dem

Menschen ähnelte. Auf sie kam es nicht an, das große Projekt der Urbarmachung war wichtiger.

Als sie wieder zurück nach Manaus flogen, hinterließen sie eine große und bedrückende Nachdenklichkeit.

»Jetzt ist unser Frieden vorbei«, sagte Pater Ernesto voll düsterer Ahnungen. »Das war der Anfang. Wenn sich die Politiker und Großgrundbesitzer für das Parima-Gebiet interessieren, wird das große Sterben beginnen wie in Mato Grosso, Pará und Rondônia. Zuerst der Wald, dann die Tiere und am Schluß der Mensch. Und die ganze Welt schaut zu und schweigt. Was kümmert uns der Regenwald im fernen Brasilien, wird man sagen. Aber niemand denkt daran, daß die Lunge unserer Erde zerstört wird.«

»Können wir es verhindern?« fragte Pater Franco, fast schon resignierend.

»Man sollte es in die Welt hinausschreien!«

»Ein taubes Ohr hört keinen Laut, und Milliarden in den Staatskassen untergraben die Moral. Hört der Rufer in der Wüste ein Echo?«

Die Befürchtungen erhielten einen neuen Auftrieb, der den Patres und ihren Mitarbeitern das Herz zusammenkrampfen ließ. Im September 1972 wurde die Mission von einer Invasion überrollt: Mit Hubschraubern und kleinen Flugzeugen, die auf der kleinen, schmalen Piste von Santo Antônio landen konnten, und auf dem Fluß- und Landweg marschierte ein Bataillon Soldaten auf. Es war von Manaus nach Surucucu gebracht worden, war dort acht Tage lang im Dschungel trainiert und dann zum Rio Parima in Marsch gesetzt worden. Ein Coronel der Armee, der als erster mit einem Hubschrauber landete, begrüßte die Patres mit ziemlicher Zurückhaltung und sagte forsch:

»Wir werden ein Manöver abhalten. Wir wollen erkunden, wie man die Grenze nach Venezuela sichern kann. General Camizo, der Kommandierende von Manaus, hat Ihre Mission als Hauptquartier bestimmt. Hier ist die Verfügung.«

Er warf den Patres ein Schriftstück auf den Tisch, grüßte zackig und verließ wieder das Hauptgebäude, um die Landung der anderen Hubschrauber zu verfolgen.

Hilflos sahen sich Franco und Ernesto an. »Ich werde in Manaus und in Brasilia protestieren«, sagte Pater Franco mit vor Erregung zitternder Stimme.

»Es ist das Papier und die Zeit des Schreibens nicht wert.« Pater Ernesto fegte mit einer Handbewegung die Verfügung des Generals Camizo vom Tisch. Dann setzte er seinen rechten Fuß auf das Schriftstück und drehte ihn ein paarmal, als zertrete er ein Insekt. »Sie werden über uns lachen wie über einen dummen August.«

Schon am zweiten Tag des Manövers wurden drei Yanomami-Mädchen von Soldaten vergewaltigt. Die Indios nahmen es schweigend hin. Aber drei Tage später kamen sechs Soldaten von einem Spähtrupp im nördlichen Wald nicht mehr zurück. Sie blieben spurlos verschwunden.

Der Coronel, er hieß Martinho Grave, tobte und schrie herum. »Das waren die verfluchten Indios!« brüllte er die Patres an. »Ihre so lieben Yanomami!«

»Haben Sie Beweise, Senhor Coronel?« fragte Pater Franco ihn ruhig.

»Beweise? Was braucht es hier noch Beweise? Sechs meiner Männer sind im Wald verschollen! Männer, die den Dschungel kennen, die bestens ausgebildet waren, die ein Überlebenstraining hinter sich haben. Ermordet wurden sie, von Ihren Indios!«

»Der Wald ist voller Geheimnisse, Senhor Coronel.« Pater Ernesto, der jetzt die Krankenstation mit einem Militärarzt und vier Sanitätern teilen mußte, blickte Grave treuherzig an. Er lernte in diesen Tagen viel von dem Militärarzt, sogar kleine Operationen wurden ausgeführt, bei denen er assistierte; nur kam es immer wieder zu Zusammenstößen, wenn kranke Indios zur ambulanten Behandlung kamen. Auch die Hängematten auf der Station blieben leer. Das Militär hatte einfach zwanzig Feldbetten in den Räumen aufgestellt und somit das kleine Krankenhaus zum Lazarett erklärt.

»Nicht eine Mullbinde kriegen diese Dreckskerle von uns!« sagte der Arzt, als Pater Ernesto einen Yanomami verbinden wollte, der sich den Oberschenkel an Dornen aufgerissen hatte. »Nicht mal ein Heftpflaster bekommen die! Denken Sie daran: Alles, was wir mitgebracht haben, ist Staatseigentum! Vergreifen Sie sich bloß nicht daran!«

»Sie sind doch Arzt«, erwiderte Pater Ernesto mit bewundernswerter Ruhe. »Und die Aufgabe des Arztes ist, den kranken Menschen zu helfen.«

»Den Menschen ... ja!« Eine tiefe Verachtung lag in der Stimme des Militärarztes. »Aber keinem Halbaffen. Ich bin Humanmediziner, aber kein Veterinär.«

In diesem Augenblick bereute Pater Ernesto, ein Priester zu sein. Es zuckte in seinen Armen, zuzuschlagen, mitten hinein in dieses zynische Gesicht. Aber er konnte nur still hinter seinem Rücken die Hände zu Fäusten ballen.

Die sechs verschollenen Soldaten wurden nie gefunden. Wer im Regenwald verschwindet, hinterläßt keine Spuren. Es war auch sinnlos, die Yanomami danach zu fragen. Sie schwiegen mit versteinerten Gesichtern, wenn sie von dem das Bataillon begleitenden Dolmetscher verhört wurden.

»Man sollte sie einfach mit ein paar Maschinengewehrgarben ausrotten!« schrie Coronel Martinho Grave. Es war am Abend vor dem Ende des Manövers. Der Militärkoch hatte für die Offiziere einen saftigen Braten zubereitet, ein Wasserschwein, das man im Rio Parima geschossen hatte. Dazu gab es gedünstete Bananen, in Butter und Zucker kandiert. »Glauben Sie nicht, daß morgen, wenn wir wieder abziehen, der Fall erledigt ist. Nichts wird hier so bleiben, wie es heute ist! Sechs tapfere Soldaten sind ermordet worden, jawohl, ermordet, da gibt es gar keinen Zweifel mehr! Man wird diesen ganzen Indiostamm kassieren und nach Manaus bringen. Dort hat man Mittel, sie zum Sprechen zu bringen.«

Aber es geschah nichts. Zwar verließen auf den Rat von Pater Franco die Yanomami ihre Malocas und zogen sich in den Wald zurück, wo sie niemand finden würde, aber nach einem halben Jahr waren sie wieder in ihrem Shabono, als seien sie nur für ein paar Tage zur Jagd gegangen. Ihr Vertrauen zu den Missionaren war grenzenlos und von einer kindlichen Einfalt.

Doch es war eine trügerische Ruhe. Im September 1973 landeten plötzlich wieder drei Hubschrauber in Santo Antônio, kein Militär, sondern Abgesandte der INCRA. Von neuem breiteten Ingenieure und Geologen vor den Patres große Karten aus, auf denen mit einem dicken Strich eine fast gerade Linie gezogen war.

»Jetzt beginnt eines der größten Projekte Brasiliens«, sagte einer der Ingenieure und fuhr mit dem Zeigefinger die rote Linie nach. »Hier wird eine Straße entstehen, die *Perimetral Norte.* Ein Projekt von größter strategischer Wichtigkeit. Die Straße wird von den Grenzen Kolumbiens bis zur Ostküste Brasiliens führen. Roraima wird der schwierigste Streckenabschnitt werden.«

Pater Franco beugte sich über die Karten und starrte auf die eingezeichnete Trasse. Ein gigantisches Unternehmen, das war es: Im Weg standen nur der Regenwald und die Indios.

»Die Straße wird mitten durch das Gebiet der Yanomami führen«, sagte er, als er sich wieder aufrichtete.

»Möglich.« Der Chefingenieur hob die Schultern und sah den

Pater kalt an. »Der Wald macht keine Schwierigkeiten, und die Indios ... daran haben wir auch gedacht. Wir werden sie umsiedeln. Wir werden für sie Reservate anlegen. Genug Land ist ja vorhanden. Geplant ist, daß zu beiden Seiten der Straße Siedlungen entstehen, landwirtschaftliche Betriebe und Industriewerke, die die Bodenschätze auswerten. Hier bei Ihnen gibt es Eisenerz und Bauxit. Wußten Sie das nicht?«

»Wir kümmern uns um die Menschen, nicht um die Bodenschätze.«

»Das wird sich bald ändern. Wenn erst die Straße gebaut ist, wird Roraima eine der reichsten Provinzen Brasiliens sein. Sie ahnen ja gar nicht, was hier in der Erde verborgen ist.«

»Sie wollen den Wald vernichten?«

»Was heißt vernichten?« Der Chefingenieur wölbte die Oberlippe nach vorn. »Wir werden das Land kultivieren. Statt Bäume werden hier Banknoten wachsen. Nun weinen Sie nicht gleich. Es bleibt noch genug Grünzeug übrig.«

Und die *Perimetral Norte* wurde durch den Regenwald geschlagen. Hunderte von Arbeitern und Abenteurern, Siedlern und Projektleitern der Industriewerke drangen in die bisher unberührte Natur vor, fällten die Bäume, vernichteten weite Gebiete durch Brand und vertrieben die Indios von ihren Heimatplätzen. Es gab die ersten Toten — nicht durch Gewalt, sondern durch eine Grippe- und Masern-Epidemie, die die »Weißen« mitbrachten und gegen die ein Indio keine Abwehrstoffe in seinem Körper hat. Und die Malaria überfiel sie, Darminfektionen, Tuberkulose und immer wieder die Grippewellen.

Pater Franco führte genau Buch über diese stille, schleichende Vernichtung der Indios. So schrieb er 1977 in seinem Bericht:

»Von 278 Yanomami am oberen Rio Parima sind nur noch 85 am Leben. Die eingeschleppten Krankheiten, der Kontakt mit dem Heer von Arbeitern und Siedlern sind der Untergang einer ganzen Volksgruppe. Wir brauchen dringend noch einen Arzt und mindestens eine Schwester. In Roraima gibt es schätzungsweise 12000 Yanomami. Sollen sie alle an den banalsten Krankheiten zugrunde gehen? Ich habe an die Gesundheitsbehörde in Manaus geschrieben, ich habe die Regierung in Brasilia und die FUNAI auf das Sterben der Indios aufmerksam gemacht. Ich habe um Hilfe gebeten. Man hat mir nicht geantwortet. Und nicht nur die Menschen, auch der Wald stirbt. 120000 Quadratkilometer Regenwald sind schon gefällt oder verbrannt, und das Morden an der Natur geht weiter. Es ist ein Wahnsinn, was wir hier erleben. Die ganze Welt wird einmal darunter leiden.«

Ja, und dann wurde 1986 das Gold gefunden. Gold unter den Baumriesen des Regenwaldes, Gold — so schätzte man — im Werte von 1 Billion 600 Millionen Dollar.

Unfaßbar, geradezu betäubend, eine Zahl, die man sich nicht vorstellen konnte. Brasilien, das reichste Land der Welt. Man mußte nur die Erde aufgraben, sich hineinwühlen in die Tiefe und den Goldstaub auswaschen. In den Flüssen, mit Hilfe von Quecksilber. Und nun starb nicht nur der Regenwald, es starben auch die Flüsse. Das einstmals klare, saubere Wasser, das man unbesorgt trinken konnte, war verseucht.

Als Pater Franco 1985 nach einem Gehirnschlag gestorben war, arbeiteten gerade 3400 Straßenbauer und Siedler an der *Perimetral Norte*, der Tausende von Kilometer langen Wunde des Regenwaldes. Dann, als Pater Vincence Martinelli, der Nachfolger Francos, die Mission Santo Antônio übernahm, begannen die ersten Goldsucher und Spekulanten in das Gebiet einzudringen, wo man das Gold entdeckt hatte. Jetzt — 1987 — waren es über 80000 Schürfer, die den Boden aufrissen und die Golderde wuschen. 80000 moderne Sklaven, die für ein paar Minenbesitzer arbeiteten, die das Goldland unter sich aufgeteilt hatten. 80000, die keine Gesetze kannten, regiert von einer Gold-Mafia, die in Manaus ihre Villen baute.

Und täglich wurden es mehr. Hunderte kleiner Flugzeuge mit tollkühnen Piloten brachten die Garimpeiros von Boa Vista in den sterbenden Regenwald, Tag um Tag, eine neue Völkerwanderung auf der Suche nach dem Glück, nach El Dorado, dem sagenhaften Land, das nun Wirklichkeit geworden war.

Mit ihnen kamen aber auch Mord und Vergewaltigung an den Rio Parima, Grausamkeit und der Kampf ums nackte Leben.

Der Regenwald wurde erdrosselt von der Gier nach Geld.

Geraldo Ribateio hatte eine undankbare und gefährliche Arbeit übernommen, als er das Kommando über die Polizeistation in Santo Antônio antrat. Er befehligte zwanzig Polizisten und bewohnte mit ihnen einen eigenen Neubau, gleich neben dem langgestreckten Gebäude der Mission. Es war ein idealer Platz. Die Straße führte zwei Kilometer nördlich an Santo Antônio vorbei, auf dem Rio Parima konnte man mit einem Boot aus Aluminium den Fluß hinauf zu den Goldminen fahren, ohne eine Stromschnelle passieren zu müssen. Es gab eine gute Landebahn für die kleinen Flugzeuge aus Boa Vista, die Versorgung klappte durch diese Luftbrücke hervorragend, die neue moderne Funkstelle verband ihn mit der übrigen Welt. Es gab keine unerfüllten Wünsche mehr bis auf einen: Es fehlten die Frauen.

Und noch ein Wunsch war nicht zu erfüllen: Verstärkung. Zwanzig Polizisten für 36 000 Goldgräber im Gebiet von Santo Antônio — das war lächerlich, das war eine Farce. Fast jeden Tag wurden Garimpeiros in den Camps, im Wald, am Fluß oder in den Minen gefunden. Erschossen, erwürgt, erstickt, an dicken Baumästen aufgehängt, erstochen oder mit eingeschlagenem Schädel. Es war völlig sinnlos, nach den Mördern zu suchen, die Garimpeiros schwiegen oder zuckten bedauernd mit den Schultern. Nichts gehört und nichts gesehen, nein, auch nicht ein Flüstern in den Läden, in den Bars oder bei den Huren. Man wollte ja schließlich weiterleben und sein sauer verdientes Geld verjubeln. Ein paar Tote — großes Achselzucken, treuherzige Blicke, ein freundliches Grinsen. *Camaradas*, was macht ihr euch für eine Mühe? Wozu? Morgen sind sie begraben, und übermorgen hat sie keiner gekannt.

Zwanzig Polizisten für 36 000 Goldgräber, Halunken, Glücksritter und Halsabschneider. Wenn also ein Toter gefunden wurde, forschte man nicht weiter. Man registrierte ihn bloß noch im Berichtsbuch. Die meisten hatten sowieso falsche Namen, genaugenommen konnte man sich die Eintragung auch noch sparen.

Die Sergentos Moaco und Perinha bremsten ihren Jeep vorsichtig vor dem Polizeigebäude, damit der Tote nicht wieder auf den Karton zwischen den Hintersitzen fiel. Perinha sah seinen Kameraden fragend an und zögerte, aus dem Wagen zu steigen.

»Sagst du's ihm!«

Moaco nickte. Er sprang aus dem Wagen, setzte seine Mütze auf und verschwand in der Station. Ribateio saß in einem Korbsessel, las in einer Zeitschrift und blickte kurz auf, als Moaco eintrat und sich räusperte.

»Etwas Besonderes, Alberto?« fragte er.

»Nichts Besonderes, Tenente.« Moaco holte tief Luft. »Wir sind mit Senhor Ramos gekommen.«

»Ja, er ist gestern abend zu den Camps gefahren.«

»Und mit 'nem Pfeil in der Brust kommt er zurück.«

Ribateio hob den Kopf. Noch begriff er nicht, was Moaco da sagte, nur das Wort Pfeil blieb hängen.

»Pfeil? Wieso Pfeil?« fragte er erstaunt.

»Senhor Ramos ist mit einem Pfeil erschossen worden. Wir haben ihn in seinem Ranch Rover hergebracht.«

Wenn eine Granate neben Ribateio eingeschlagen hätte, wäre die Wirkung nicht anders gewesen. Der Tenente schoß aus dem Sessel hoch, stieß ihn dabei um und stürzte auf den Sergento zu. Moaco fing ihn auf, sonst hätte Ribateio das Gleichgewicht verloren.

»Hab ich euch nicht gesagt«, schrie er und stand dann fest auf seinen Beinen, »ihr sollt nicht schon am Morgen saufen?! Wo ist Perinha?!«

»Bei dem Toten, Tenente.«

»Bei was?!« Ribateio zog den Kopf ein. Ein kalter Schauer lief ihm plötzlich den Rücken hinunter.

»Senhor Ramos ist tot. Erschossen. Mit einem langen, roten Pfeil. Wie die anderen, Tenente.«

Ribateio gab keine Antwort, stieß Moaco zur Seite und rannte ins Freie. Perinha stand neben dem Jeep und grüßte zackig, als der Tenente auf ihn zustürzte. Dann stand Ribateio vor dem Toten und starrte ihm in das bleiche Gesicht.

Auch im Missionshaus schien man etwas bemerkt zu haben. Pater Vincence kam über den Platz. Ihm folgte Pater Ernesto. Er war in den vergangenen Jahren grau geworden, dicke Strähnen zogen sich durch sein ehemals schwarzes Haar. Er war jetzt fast sechzig Jahre alt, war aber noch ein großer, starker Kerl, der die Yanomami-Sprache wie sein Italienisch sprach und den die Indios ehrfurchtsvoll den »Großen Vater« nannten.

Ribateio wischte sich über sein plötzlich schweißnasses Gesicht und wandte sich ab, als Pater Vincence noch fünf Schritte von ihm entfernt war.

»Ramos«, sagte er laut, aber seine Stimme bebte dabei. »Sie haben Senhor Ramos erschossen. Ihre verdammten Indios haben —«

Vincence schnitt mit einer energischen Handbewegung den Satz ab. Er ging an dem Tenente vorbei und warf einen kurzen Blick auf den Toten. Dann hob er den Arm und schlug das Kreuz über Ramos. Man konnte über Ramos denken, was man wollte, man konnte ihn einen Menschenschlächter nennen, einen Satan in Menschengestalt — der Tod löscht alles aus. Und Ramos war ein Christ gewesen, sogar ein guter. In Manaus saß er in der ersten Bank in der Kirche, und in Santo Antônio kniete er ebenfalls ganz vorn, wenn Vincence oder Ernesto die Messe lasen.

Nun war auch Pater Ernesto herangekommen. Er war nicht so

betroffen wie Vincence, er kannte Ramos länger, über Jahre hinweg, seit 1978, als Ramos ein Gebiet von über 100000 Quadratkilometern Regenwald vom Staat kaufte und begann, 240000 Hektar zu roden und niederzubrennen. Die Aluminiumhütte Progresso, was »Fortschritt« heißt, gehörte ihm genauso wie die hundert Claims und schätzungsweise 6000 Garimpeiros. Es konnten auch 10000 sein. Wer machte sich die Mühe, sie zu zählen? Sie wühlten sich für ihn in den Goldboden und lieferten ihren Goldstaub ab. Eine Kompanie von Aufsehern kontrollierte sie; Betrügereien gab es nicht, kein heimliches Zur-Seite-Schaffen für den eigenen Lederbeutel. Viermal hatte es jemand versucht, und viermal fand man ihre Leiche im Dschungel. So etwas spricht sich rum.

»Ihre Indios!« schrie Ribateio wieder. »Der rote Pfeil!«

»Bringen wir Senhor Ramos erst einmal ins Haus«, schlug Pater Ernesto in seiner unerschütterlichen Art vor. »Kein voreiliges Urteil, Tenente.«

»Wer schießt denn hier mit Pfeilen?! Ein Weißer bestimmt nicht! Der benutzt eine Pistole.«

Sie packten alle an, hoben Ramos aus dem Wagen und trugen ihn in die Polizeistation. Sie legten ihn auf einen Tisch, und Sergento Moaco war so pietätvoll, sein schmutziges Taschentuch über das Gesicht zu legen. Pater Ernesto lehnte sich an die Wand und verschränkte die Arme vor seiner Brust.

»Ich gebe die Meldung gleich nach Boa Vista durch«, sagte Ribateio und mußte mehrmals schlucken. »Das ist ein Fall, um den sich die Regierung selbst kümmern wird. Dann werdet ihr sehen, was man mit euren ach so lieben Indios macht!«

Ramos' Tod wurde wirklich eine Sensation. Von Manaus kommend, landete drei Stunden später der Polizeichef der Region, Coronel Miguel Bilac, auf dem kleinen Flugplatz von Santo Antônio. Ein mittelgroßer, etwas dicklicher Mann mit kalten Augen und einer knorrigen Sprache, dessen schwarze, wie Lack glänzende Haare eng am Kopf anlagen.

Bilac hielt sich nicht mit Kleinigkeiten auf. Nachdem er den Toten angesehen und um ihn herumgegangen war und dabei immer den roten Pfeil in der Brust angestarrt hatte, sagte er mit hörbarer Erschütterung:

»Ribateio, ziehen Sie den Pfeil heraus. Haben Sie schon ein Foto von dem Toten gemacht?«

»Von allen Seiten, Senhor Coronel.«

»Bericht.«

Die Sergentos Moaco und Perinha erzählten in strammer Haltung, wie sie Ramos gefunden hatten. Moaco erwähnte auch den taunassen Ranch Rover, was bewies, daß Ramos schon gestern erschossen worden sein mußte. Auf jeden Fall hatte der Wagen die ganze Nacht über neben der Straße gestanden.

»Wann ist Senhor Ramos von Ihnen weggefahren?« fragte Bilac und sah dabei Pater Vincence mit einem bösen Blick an.

»Gestern vormittag, so gegen zehn Uhr.«

»Und es ist Ihnen nicht aufgefallen, daß er am Abend nicht wieder zurückgekommen ist? Man wird doch unruhig, wenn ein Gast bei Einbruch der Dunkelheit noch nicht zu Hause ist. Und gerade hier —«

»Nein.« Pater Ernesto hielt dem wütenden Blick des Obersten stand. »Senhor Ramos blieb oft, wenn er seine Claims besichtigte, über Nacht in den Camps. Er wohnte dann in der Baracke von Benjamim Bento, dem Oberaufseher im Goldgräberdorf. Manchmal bleib er drei Tage lang weg. Warum sollten wir uns Gedanken machen?«

Coronel Bilac nahm den Pfeil entgegen, den Ribateio mit Übelkeit im Magen aus Ramos' Brust gezogen hatte. Er mußte kräftig ziehen und riß dabei eine große Wunde. Die Spitze des Pfeils war mit drei Widerhaken versehen, die beim Herausziehen das Fleisch zerfetzten. Bilac hielt den Pfeil Pater Vincence unter die Nase.

»Das ist ein Yanomami-Pfeil!« sagte er kalt. »Wir alle wissen, daß die Yanomami mit solchen Waffen jagen und Stammeskriege führen. Ihre Speere sind genauso konstruiert.«

»Sie färben ihre Pfeile aber nicht rot.«

»Das werden wir gleich sehen. Wir fahren hinüber in das Indio-Dorf, Pater.« Der gelackte Kopf fuhr ruckartig vor, so wie ein Geier auf seine Beute hackt. »Ich werde die Kerle zum Sprechen bringen. Das können Sie glauben wie ein Bibelwort!«

Bilac drehte sich auf den Absätzen um und verließ mit schnellen Schritten die Station. Die Polizisten folgten ihm sofort, und auch Vincence wollte das Zimmer verlassen. Ernesto hielt ihn am Hemdärmel zurück.

»Was machen wir jetzt?« fragte er beklommen.

»Ich weiß es nicht.«

»Wenn er die Indios schlägt oder gar foltern läßt, werde ich es in die Welt hinausschreien.«

»Und wie wird die Welt darauf reagieren? Gar nicht, oder nur eine kleine Meldung auf der letzten Zeitungsseite. Und es wird nicht heißen: ›Polizei foltert Indianer‹, sondern ›Indios ermordeten einen Großgrundbesitzer‹. Und die Welt wird sagen: Da haben wir sie, die blutrünstigen Indios. Man sollte sie alle einsperren. Ernesto, was hast du nicht alles erlebt in deinen sechzig Jahren? Und du glaubst immer noch an das Gewissen der Menschen?«

»Wenn ich daran zweifeln würde, zöge ich meinen Priesterrock aus.«

Sie verließen die Polizeistation und sahen, wie Bilac, Ribateio, die Sergentos und noch zwei Polizisten mit drei Jeeps zu dem Uferweg fuhren, der zu den Malocas der Yanomami führte.

»Wir müssen dabeisein!« rief Vincence und lief zu dem alten, klapprigen Wagen, der im Schatten des Missionsgebäudes parkte. Ernesto folgte ihm, aber er ging noch einmal in das Haus zurück.

»Was hast du noch geholt, Ernesto?« fragte Vincence, der mit laufendem Motor gewartet hatte. Ernesto klopfte auf seine rechte Hosentasche. Sein zerfurchtes Gesicht war wie aus Felsgestein.

»Meine Pistole.«

»Ein Wahnsinn! Du bist Priester und kein Westernheld. Willst du Bilac mit der Pistole drohen? Sie sperren dich in Boa Vista in das elendeste Loch, ob du Pater bist oder nicht, da fragt keiner nach. Ernesto, du bist jetzt zweiundzwanzig Jahre auf Santo Antônio, die Mission ist dein Leben! Wenn du Bilac angreifst, wird man die Mission sofort schließen. Dann waren zweiundzwanzig Jahre umsonst.«

Pater Ernesto nickte. Er schob die Pistole in das Handschuhfach des Wagens und knallte die Klappe zu. Mit aufheulendem Motor folgte Vincence den drei Polizeijeeps und holte sie ein, als sie kurz vor den Malocas der Yanomami langsamer fuhren.

Zwischen den Stauden der Mehlbananen arbeiteten einige Männer, lockerten den Boden mit Stahlharken, die sie von der Mission bekommen hatten, und starrten hinüber zu der Autokolonne, die langsam in das Shabono einfuhr. Der Wagen von Coronel Bilac bremste mitten auf dem weiten Platz, den das Halbrund der Malocas bildete. Die anderen Jeeps stellten sich daneben. Als die Polizisten ausstiegen, sahen Vincence und Ernesto, daß sie Maschinenpistolen in den Händen trugen.

»Wenn Bilac schießen läßt«, knirschte Ernesto, »vergesse ich, daß ich ein Priester bin und streiche das Fünfte Gebot aus meinem Kopf.«

»Er wird nicht schießen lassen«, sagte Vincence ruhig. »Wir werden immer zwischen ihren Gewehren und den Indios stehen. Sie müßten uns zuerst töten.«

Coronel Bilac sprang aus seinem Jeep und wartete, bis die Patres zu ihm kamen. In den zum Platz hin offenen Hütten arbeiteten die Frauen. Sie stampften Maniok zu Mehl, spannen Baumwolle zu einem dicken Garn, flochten Körbe, säugten die Kinder. Sie spalteten Lianen, flochten Palmblätter zusammen, bedienten die Feuer mit kleinen Holzscheiten, höhlten Kalebassen aus und einige schnitten den heranwachsenden Kindern die Haare, wozu sie ein scharfkantiges Bambusstück benutzten, oder sie kämmten sich mit einer stachligen Fruchtschale. Die kleineren Kinder spielten miteinander, ärgerten drei quietschende Ferkel, die über den Platz flüchteten, direkt auf Bilac zu, dann aber kurz vor ihm abbogen und zurück zu den Malocas rannten. Eine Gruppe nackter Männer hockte im Kreis unter dem hohen Dach des Männerhauses, das keine Frau betreten durfte, und bemalte sich gegenseitig den Körper mit großen, dunkelblauen, schwarzen und roten Kreisen und Ornamenten, die aussahen, als rankten sich Lianen um den Oberkörper. Offensichtlich erwarteten sie Gäste eines anderen Stammes, die sie mit einem wilden Freundschaftstanz begrüßen wollten.

Hier im Männerhaus befanden sich auch das Feuer und die Hängematte des Medizinmannes. Die Rückwand des Hauses war reich geschmückt mit bemalten, zugespitzten dünnen Baumstämmen, großen Flechtkörben, Tontöpfen, Kalebassen mit Ritzzeichnungen und Speeren mit langen Federn an den Spitzen, geschnitzt aus hartem Palmholz und mit einer messerscharfen Bambusspitze versehen, sowie langen Blasrohren aus Bambusstengeln.

Der Coronel nickte kurz, als sei er zufrieden mit dem, was er sah, dann ging er mit forschen Schritten von seinem Jeep hinüber zu der Männergruppe. Sie rührte sich nicht, niemand sah den fremden Weißen neugierig entgegen; sie bemalten sich weiter, schwatzten dabei und lachten, als gäbe es gar keinen weißen Besuch.

Bilac blieb zwei Meter vor ihnen stehen. Er stand schon unter dem Dach des Männerhauses. Kein Indio wagte es, die große Hütte mit dem hohen Dach aus Palmstroh ohne Einladung zu betreten. Es wäre eine Beleidigung gewesen, die sofort einen Stammeskrieg ausgelöst hätte.

Der Coronel drehte sich zu den beiden Patres um, die Polizisten bildeten einen Halbkreis. Ihre MPs lagen schußbereit in den Händen.

»Ich nehme an, einer von Ihnen beherrscht den Yanomami-Dialekt des Parimagebietes«, sagte Bilac mit knarrender Stimme. »Ich brauche einen Dolmetscher.«

»Das bin ich, Senhor Coronel.« Pater Ernesto kam seine Seite. »Ich lebe seit zweiundzwanzig Jahren unter meinen Freunden.«

Bilac verzog die Lippen, als er das Wort »Freund« hörte. Eine Reihe von Tabak gelblich verfärbter Zähne wurde sichtbar: ein Grinsen, dessen Gefährlichkeit Ernesto sofort begriff. Ein kurzer, aber stahlharter Blick traf den Pater. Vor diesem Blick hatten schon viele gezittert, denen Bilac seine Aufmerksamkeit zugewandt hatte. Und für die meisten hatte sich das Leben dann grundlegend geändert.

»Dann fangen wir an, Pater«, befahl Bilac. »Sagen Sie den Affen, sie sollen mit ihrer dämlichen Malerei aufhören und mir zuhören.«

»Er wird euch etwas fragen«, übersetzte Ernesto. »Gebt keine Antwort auf seine Fragen. Nickt oder schüttelt den Kopf. Ich weiß nicht, ob ihr etwas wißt. Wenn jemand etwas zu sagen hat, kann er es zu mir allein sagen.«

»Das war aber eine lange Rede«, knurrte Bilac, als Ernesto schwieg. Mißtrauen lag in seinen Augen.

»Yanomami ist eine komplizierte Sprache, Senhor Coronel. Für viele Dinge haben sie überhaupt keine Worte, dann muß man in Bildern sprechen, zum Beispiel haben sie kein Wort für Arbeit.«

»Das glaub ich Ihnen sofort!« Bilac lachte kurz auf. »Eine faule Bande. Wie übersetzen Sie Arbeit?«

»Ich würde ›hacken‹ sagen. Hacken verstehen sie. Daraus besteht ihr halbes Leben. Alles wird hier gehackt, die Felder, das Holz, die Maniokwurzeln, die Bananenstauden, die Lianen, der Bast —«

»Dann fragen Sie mal die Kerle, ob einer weiß, wer Senhor Ramos getötet hat.«

Ernesto übersetzte es wörtlich. Die Antwort war ein allgemeines Kopfschütteln. Dabei unterbrachen sie nicht ihre Tätigkeit, sondern bemalten sich weiter.

»Ich schenke dem, der den Mörder kennt, eine Machete und eine Axt.« Bilac wippte auf den Zehen auf und nieder. »Und drei große Aluminiumtöpfe«, fügte er hinzu.

Die Antwort war wieder ein Kopfschütteln.

Bilac betrachtete die Männerrunde mit zusammengekniffenen Augen. Sein Blick fiel auf einen stämmigen, muskulösen Indio, dem sein Nebenmann gerade eine Art Schlange auf die Brust malte. Als Pinsel benutzte er dazu ein zusammengeknülltes Baumwollbündel.

»Ihr habt rote Pfeile!« schrie Bilac sie an. Ribateio, der hinter ihm stand, zog die Schultern hoch. Wenn Bilac schrie, half nur, den Kopf einzuziehen. Gefährlich aber wurde es, wenn der Coronel ganz leise sprach, die Worte durch seine zusammengekniffenen Lippen fast zischte.

Kopfschütteln. Bilac nickte mehrmals.

»Also gut. Pater, übersetzen Sie: Ich lasse das ganze Dorf niederbrennen, wenn niemand redet!«

Und Pater Ernesto übersetzte: »Bleibt ganz ruhig, habt keine Angst, euch wird nichts geschehen.« Und zu Bilac gewandt, sagte er: »Das können Sie nicht tun, Senhor Coronel.«

»Sie ahnen gar nicht, was ich alles kann!« bellte Bilac zurück. »Ich kann die Kerle aufhängen lassen, und keiner kümmert sich darum. Und wenn es einen Bericht gibt, dann kommt er automatisch zu mir, und ich zerreiße ihn. So einfach ist das. Und das sage ich Ihnen jetzt in aller Klarheit: Wenn diese Mistkerle weiter schweigen, werde ich sie wie Ungeziefer behandeln und ausrotten. Ich bin mir sicher, daß sie wissen, wer Senhor Ramos erschossen hat. Fragen Sie noch einmal, Pater. Ich bin kein geduldiger Mensch, das sollten Sie wissen.«

»Ich weiß es, Senhor Coronel.« Ernesto erwiderte Bilacs stechenden Blick mit Ruhe und Gelassenheit. »Jeder in Roraima kennt Ihren Ruf. Sie werden gefürchtet, das wollten Sie doch andeuten. In Boa Vista mag das möglich sein, hier in Santo Antônio kennt man keine Furcht. Mit Angst kann im Regenwald keiner überleben. Es gibt Leben oder Tod, und dazwischen ist der Tag, und jedesmal muß dieser Tag neu erkämpft werden. Mit Drohungen erreichen Sie hier nichts, gar nichts.«

»Zum letztenmal: Wer weiß, woher der rote Pfeil kommt?!« sagte Bilac. Seine Stimme war plötzlich leise geworden, sanft, als streichele er mit Worten. Ribateio fühlte, wie es ihm kalt über den Rücken lief.

Die Männer schüttelten die Köpfe und bemalten sich weiter. Nur in ihren dunkelbraunen, fast schwarzen Augen erkannte Ernesto ihre innere Anspannung.

»Also gut.« Bilac wandte sich ab und winkte Ribateio heran. »Das Dorf wird heute noch verbrannt. Wer sich wehrt, wird erschossen.«

»Wie Sie befehlen, Senhor Coronel.« Ribateio verzog keine Miene, aber sein Gesicht war blaß geworden. Verhören, auspeitschen, Dunkelhaft, Entzug von Essen und Wasser und andere kleine Tricks, mit denen man einen Schweigenden mürbe machen kann — ja, das konnte man machen. Aber ein ganzes Dorf abbrennen, die Frauen und Kinder in den Wald treiben, die Männer erschießen, das war auch Ribateio zuwider.

»Und jetzt sehen wir uns das Dorf noch einmal an, bevor es zu Asche wird.« Bilac warf einen langen Blick auf die beiden Patres. »Sie sollten uns helfen«, sagte er mit seiner unheimlichen, gedrosselten Stimme, »aber nicht in den passiven Widerstand gehen. Vielleicht sagen Ihnen die Indios mehr, sie haben Vertrauen zu Ihnen, an Ihrer Stelle würde ich mich bemühen, das Dorf zu retten.«

»Wir brauchen nicht zu fragen, Senhor Bilac.« Pater Vincence blickte in das Männerhaus. Der Medizinmann hockte vor seinem Feuer und rührte in einem Pflanzenbrei, dessen Zusammensetzung nur er kannte. Ein beißender Gestank wehte ins Freie. »Unsere Yanomami haben Ramos nicht getötet. Sie können es gar nicht getan haben.«

»Beweise!«

»Es ist ganz einfach: Die Yanomami können nicht lesen und schreiben. An dem Pfeil aber stak ein Zettel mit dem Todesurteil, in portugiesischer Sprache. Wie kann ein Analphabet schreiben, und dann noch in einer fremden Sprache?«

Bilac sah Vincence verblüfft an. Das war ein Argument, unschlagbar, unwiderlegbar. Der auf den Pfeil gespießte Zettel konnte niemals von einem Indio geschrieben worden sein. Aber gleichzeitig erkannte Bilac auch, daß er sich in seiner Wut lächerlich gemacht hatte. Er drehte sich mit einem Ruck zu den Polizisten um, aber auf keinem Gesicht sah er auch nur die Andeutung eines Grinsens. Wer hätte das bei Bilac auch gewagt. Nur Pater Ernesto wippte auf den Zehenspitzen auf und ab.

»Das nennt man Logik«, sagte er. »Schade, daß Sie um Ihren Nero-Effekt kommen. Der römische Kaiser ließ damals Rom anzünden, um die Christen zu vernichten, denen er jede Schuld zuwies. Wollen Sie hier am Rio Parima einen zweiten Nero spielen?«

Bilac antwortete nicht. Nur sein Gesicht lief rot an, er drehte sich um und stiefelte an den offenen Malocas entlang.

Die Frauen und Kinder starrten ihm treuherzig entgegen und setzten ihre Arbeit fort. Sie waren es gewöhnt, von den Weißen gemustert zu werden. Täglich kamen neue Goldsucher nach Santo

Antônio, übernachteten in Zelten bei der Mission und kamen am Abend in die Shabonos, um zu tauschen. Ein Metallsieb gegen ein junges Mädchen, Seife, Zahnbürste, Zahnpasta und Schleifsteine gegen eine Nacht im Zelt. Einer hatte sogar ein Radio mit Batterien geboten für die dritte Frau des Häuptlings, ein Mädchen mit großen, noch straffen Brüsten.

Vor einer Maloca blieb Bilac plötzlich stehen und zeigte mit ausgestrecktem Arm auf eine Frau. Sie lächelte den weißen Mann an und arbeitete ruhig weiter. Ein kleiner Junge von zwei Jahren kroch zu ihr und schmiegte sich an ihre nackte Hüfte. Die Frau kniete vor einem großen, runden, geflochtenen Korb aus Palmfasern und bemalte ihn mit beiden Händen mit roter Farbe.

»Sieh an! Und was ist das?« rief Bilac und drehte sich triumphierend zu Pater Vincence um.

»Eine Frau färbt ihren Korb mit roter Farbe. Sie wird aus den Früchten des Urucu-Baumes gewonnen. Die Indios nennen diese Farbe Nara.«

»Ich will nicht über Botanik belehrt werden! Hier wird mit roter Farbe gearbeitet, das allein ist wichtig.«

»Rot, Blau und Schwarz sind die Lieblingsfarben der Yanomami.«

»Den Pfeil!« Bilac schnippte mit den Fingern. Ein Polizist reichte ihm den Pfeil, mit dem Ramos getötet worden war. Der Coronel betrat die Hütte, stieß die jetzt entsetzt aufblickende Frau zur Seite, so brutal, daß sie fast über ihr Kind gefallen wäre, und hielt den roten Pfeil an den roten Korb. »Ist das nicht die gleiche Farbe?« fragte er und sah Pater Vincence provozierend an. »Ganz genau die gleiche rote Farbe! Da haben wir den Beweis, Pater! Das genügt ...«

»Sie werden in allen Shabonos der Yanomami diese rote Farbe finden. Das beweist gar nichts.«

»Mir genügt es!« Er tippte mit dem Pfeil auf den Rand des großen Korbes und winkte mit der anderen Hand zu Ribateio hinüber. »Tenente, heute abend wird das Dorf verbrannt. Der Mörder lebt hier. Das stelle ich hiermit fest.«

»Und der Zettel?« fragte Pater Ernesto.

»Lassen Sie mich in Ruhe mit Ihrem dämlichen Zettel. Den kann ein Garimpeiro, der vorübergekommen ist, als makabren Scherz an den Pfeil geheftet haben. Ja, genauso war es: Der Indio erschießt Senhor Ramos, und ein Goldgräber macht sich einen verdammten Scherz. Das paßt zusammen.«

»Sie wissen, Senhor Bilac, daß dies nicht der erste Mord ist. Es ist der zwölfte. Und immer stak ein Zettel an dem Pfeil mit einem Todesurteil. Vier Tote wurden in einem Gebiet gefunden, in das unsere Yanomami nicht hinkommen, jenseits der Goldgräbercamps. Der Rote Pfeil ist schon Tagesgespräch unter den Garimpeiros. Vier Grubenbesitzer haben eine Belohnung von 250 Gramm reinen Goldes ausgesetzt, wenn man eine Spur des Roten Pfeils entdeckt. Das alles wissen Sie — und wollen dennoch das Dorf niederbrennen.« Pater Ernesto trat drei Schritte vor und stand dicht vor Coronel Bilac, der noch immer mit dem Pfeil gegen den roten Korb schlug. »Ich weiß«, fuhr er fort, »daß die Indios für Sie keine Menschen sind. Die Welt wird anders denken, wenn ich ihr einen Mörder wie Sie vorführe.«

»Das haben Sie gut gesagt, Pater.« Bilac sprach wieder leise, fast mit einer beschwörenden Stimme. »Das werde ich Ihnen nicht vergessen. Das bricht Ihnen und der Mission den Hals. Das ist ein Schwur, Pater, verstehen Sie, ein Schwur! Und den muß man halten.«

Coronel Bilac ließ am Abend das Dorf der Yanomami nicht abbrennen. Er hatte einen anderen Plan gefaßt, den er als eine Warnung ansah.

»Bringen Sie mir einen dieser Affen her«, sagte er zu Ribateio. »Irgendeinen ... am besten wäre der Kerl, dem man die Schlange auf die Brust gemalt hat. Ich möchte mich mit ihm unter vier Augen unterhalten.«

»Senhor Coronel, Sie verstehen doch Yanomami?« fragte Ribateio etwas verwirrt. »Ich dachte —«

»*Meine* Sprache wird er verstehen.« Bilac griff nach dem Glas, das vor ihm auf dem Tisch stand. Weißer Rum, mit Orangensaft aufgefüllt. »Es ist eine internationale Sprache.«

Eine halbe Stunde später lieferten Sergento Perinha und zwei Polizisten den Indio mit der gemalten Schlange bei Bilac ab. Der Yanomami hatte sich nicht gewehrt, wie der Sergento berichtete, nur der Medizinmann hatte ihn mit einer Art Öl eingerieben, bevor er abgeführt wurde. Auf dem Shabono hatte sich der ganze Stamm versammelt und sah stumm zu, wie man den Mann in den Jeep setzte und mit ihm davonfuhr. Sein Körper glänzte von dem Öl. Es stank faulig wie ein verrotteter Stumpf, aber die Pflanzensäfte, die beigemischt waren und die nur der Medizinmann kannte, drangen durch die Poren und machten den Körper schmerzunempfindlich. Was man mit dem Indio auch anstellte, er würde es ohne einen Klagelaut ertragen, so, als habe er keine Nerven mehr, die ein Schmerzgefühl ausstrahlten.

Bilac betrachtete den Yanomami und rümpfte die Nase. »Welch ein penetranter Gestank«, sagte er voller Ekel. »Man sollte das von seiner Haut kratzen.« Ein energischer Wink der Hand galt Perinha. »Lassen Sie uns allein, Sergento.«

Dann standen sie sich gegenüber, der stolze Indio und der bullige Weiße. Der eine nackt bis auf seinen Penisgürtel, der andere in der Uniform der Polizei, mit silbernen Sternen auf den Schulterklappen. Die mit dem Öl eingeriebene schwarze Schlange auf der Brust des Yanomami glänzte im Licht der Neonlampe an der Decke. Seit zehn Jahren gab es auf der Missionsstation elektrischen Strom; ein durch eine Sammlung in Italien geschenkter Generator erzeugte ihn. Pater Franco hatte es noch erlebt. Er drehte nach einem Dankgebet den Schalter und ließ die ersten Glühbirnen aufleuchten. Die Yanomami, die zur Krankenstation kamen, staunten fassungslos über diese neuen kleinen Sonnen.

»Dann wollen wir mal«, sagte Bilac. Das Funkeln in seinen Augen war der Ausbruch eines mörderischen Sadismus. In Boa Vista munkelte man zwar über die fatale Veranlagung des Coronels, aber Genaues wußte man nicht und wagte es auch nicht, ihn darauf anzusprechen. Es war nur ein Gerücht: Bilac solle seine Geliebte, ein Mischlingsmädchen von einzigartiger Schönheit, immer mit gespreizten Armen und Beinen auf ein speziell für ihn angefertigtes Bett schnallen und sich an ihr befriedigen, indem er mit einer dünnen Messerklinge die Haut am Unterleib und unter den Brüsten aufschlitze, das hervorquellende Blut ablecke und sich dann wie ein Stier auf sie stürze. Wie gesagt, so erzählte man es sich in den Kreisen der Reichen von Boa Vista. Es konnte ein dummes, gehässiges Geschwätz sein, zumal man Bilac in diesen Kreisen nicht gern sah, sondern eher fürchtete. Aber man hatte ein paarmal seine Geliebte am Swimmingpool gesehen, im Bikini, der nicht immer die vielen Pflasterstreifen verdeckte. Und es waren immer neue Pflaster an verschiedenen Stellen. Die Gerüchte wucherten wie Unkraut. Über eines aber war man sich sicher: Bilac war jede Scheußlichkeit und Perversität zuzutrauen. Die Menschen, die ihn näher kannten, seine Untergebenen, mit denen er unmittelbar zusammenarbeitete, schwiegen eisern. Was manchmal in den Kellern des Polizei-Hauptquartiers geschah, kam nie an die Öffentlichkeit. Man stellte nur fest, daß Verhaftete ab und zu spurlos verschwanden. Sie sind nach Manaus gebracht worden, hieß es bei Rückfragen. Und aus Manaus kam überhaupt keine Antwort mehr.

Drei Stunden später schleppten zwei Polizisten den leblosen Körper des Yanomami aus Bilacs Zimmer. Hände und Füße waren gefesselt, der nackte Leib mit Schnittwunden übersät. Woran der Indio gestorben war, wollte Ribateio gar nicht wissen. Er ließ die Fesseln entfernen und den Leichnam an die Grenze des Dorfes bringen. Dort warf man ihn einfach aus dem Wagen und fuhr zur Polizeistation zurück. In sein persönliches Tagebuch aber notierte Ribateio:

»Er hat einen Yanomami umgebracht, auf grauenhafte Weise. Was ist das für ein Mensch? Ist er überhaupt noch ein Mensch? Kann man so etwas noch Mensch nennen? Wer hat den Mut, ihn dafür zu bestrafen? Wird es der Rote Pfeil sein? Ich flehe ihn geradezu herbei.«

In dieser Nacht betrank sich Bilac bis zur Bewußtlosigkeit. Er erreichte noch nicht mal sein Bett, sondern fiel davor auf den Boden und schlief auf einer Palmfasermatte ein. Sie war der Station von den Yanomami geschenkt worden.

* * *

Aus den Aufzeichnungen des Arztes Dr. Thomas Binder.

Nun bin ich heute in Manaus eingetroffen — ein ganz moderner, weitläufiger Flughafen inmitten der urwäldlichen Natur. Ein Taxi brachte mich zum Hotel, das direkt am Rio Negro liegt und ein wahrer Luxusbau mit einer Ladengalerie ist, in der unter anderem drei Juweliere ihre traumhaft schönen und wertvollen Geschmeide ausstellen. Das Hotel ist voll von Touristen, meistens von Amerikanern und Engländern. Heute sind auch deutsche Landsleute im Hotel, herübergekommen vom Kai von Manaus, wo ein Kreuzfahrtschiff festgemacht hat.

Auf dem Flug von Brasilia nach Manaus lernte ich eine wunderbare Frau kennen. Wenn ich wunderbar sage, so heißt das, daß sie von einer eigenartigen Schönheit ist, nicht hübsch, das würde ihrer Persönlichkeit nicht gerecht, denn Hübschsein kann etwas Oberflächliches sein. Nein, die Schönheit dieser Frau sind ihre blauen Augen, das gelockte blonde Haar, ihr Gang und ihre Stimme, die einen dunklen, weichen Klang hat, als wären ihre Stimmbänder in Samt gebettet. Jeder würde sagen, sie ist ein herber Typ. Der Blick, mit dem sie einen ansieht, wenn sie angesprochen wird, könnte viele Männer sofort abschrecken.

Sie hat mich nicht abgeschreckt. Ich habe sie angesprochen.

In Brasilia stand sie vor mir am Abfertigungsschalter des Airports und nahm ihr Ticket aus ihrem Paß. Es war ein deutscher Paß, und das gab die Gelegenheit für mich, die Initiative zu ergreifen.

»Ah! Eine Landsmännin«, habe ich gesagt. »Auf dem Flug nach Manaus.«

Sie hatte sich nicht umgedreht, um festzustellen, wer sie da ansprach, sondern nur mit ihrer samtenen Stimme geantwortet:

»Ist das so ungewöhnlich?«

»Zumindest ist es nicht alltäglich.«

»Sie fliegen ja auch nach Manaus.«

»Weil ich muß. Ich trete dort eine Stelle an.«

Sie drehte sich zu mir um, und da traf mich der Blick ihrer blauen Augen, dieser Blick, vor dem man kapitulieren konnte. Eine kurze Musterung meiner Person — ich schien für sie keiner dieser Typen zu sein, die jedes weibliche Wesen mit dummen Reden belästigen. Ihr Blick wurde freundlicher, um ihren Mund — schwungvoll, mit einer volleren Unterlippe, ein sinnlicher Mund? — erschien ein Lächeln. Sie wandte sich wieder zum Schalter um, nahm ihre Platzkarte entgegen und trat zur Seite. Was ich nie gehofft hätte: sie wartete mit ihrem Ticket in der Hand, bis auch ich abgefertigt worden war.

»Danke«, sagte ich. Und es traf mich wie ein Schlag. Du bist verrückt, Tom, dachte ich bei mir.

»Wofür?« fragte sie.

»Daß Sie auf mich gewartet haben.«

Sie ging darauf nicht ein, sie blickte wieder auf ihren Flugschein. »Welche Platznummer haben Sie?«

»4 D, Nichtraucher.«

»Ich habe 3 D. Ich sitze eine Reihe vor Ihnen.«

»Wir sollten diesen Zufall loben.« Mein Herz machte ein paar Sprünge, bis sie etwas kühler sagte:

»Ja, es gibt so dumme Zufälle. Sie werden in Manaus arbeiten?«

»So ist es.«

»Bei einer deutschen Firma?«

»Nein. Ich bin Arzt.«

»Ach!« Ihre Augen schienen dunkler zu werden, und ich spürte, daß ihr Interesse an mir erwacht war. Zumindest hoffte ich es.

»Dr. Thomas Binder.« Ich machte eine leichte Verbeugung. »Aus Hannover.«

»Luise Herrmann aus Stuttgart.«

Wir lachten beide, nur kurz, aber es war ein befreiendes Lachen für mich. Ein Lachen ist ein erster Schritt zueinander.

»Und was machen Sie in Manaus?« fragte ich.

»Ich bin Biologin. Vom Deutschen Institut für Umweltschutz und Ökologie.«

»Da haben Sie gerade in Brasilien die besten Arbeitsbedingungen. Was hier am Amazonas an Raubbau betrieben wird, ist eine Weltkatastrophe. Die kontinuierliche Vernichtung des Regenwaldes —«

»Das ist meine Aufgabe«, unterbrach sie mich. »Ich bin so eine Art Beobachter. Ich weiß, ich kann diesen Wahnsinn nicht aufhalten, wer kann das schon, da müßte sich die ganze Welt schon einig sein. Aber ich kann berichten, was hier geschieht, und ein wenig am Gewissen der Welt rütteln.«

Ich nickte. Ich dachte an meine Aufgabe, die eigentlich auch nichts anderes war, nur beschäftigte sie sich nicht mit dem Regenwald, sondern mit den Menschen, die in ihm lebten. Menschen, die es vielleicht im Jahre 2000 nicht mehr geben wird. Ausgerottet wie ihr Lebensraum.

»Das ist ein großer Auftrag«, sagte ich. »Und ein gefährlicher. Sie werden schnell die Regierung, die Großgrundbesitzer, die Fabrikanten und die Spekulanten gegen sich haben. Und deren Feindschaft kann sogar tödlich sein.«

»Dessen bin ich mir bewußt, Herr Binder.«

Ich blickte ihr in die tiefblauen Augen, von neuem schlug mir das Herz bis zum Hals. »Haben Sie keine Angst?«

»Nein.«

»Das wäre viel eher eine Aufgabe für einen Mann.«

»Einen Mann behandelt man härter als eine Frau. Der Mann ist gefährdeter. Bisher sind ausschließlich Männer auf rätselhafte Weise umgekommen — nie eine Frau.«

»Ich würde mich auf diese vage Theorie nicht verlassen.« Und dann sagte ich etwas, was ich eigentlich nicht laut aussprechen wollte: »Wenn Sie mir verraten, wo Sie in Manaus wohnen werden, könnte ich mich um Sie kümmern. Sie kommen in kein Paradies, auch wenn es so aussieht. Bis auf das berühmte Opernhaus und ein paar staatliche Prachtbauten ist Manaus trotz des neuen Holz- und Erzbooms noch immer eine rauhe Stadt.«

»Und trotzdem gehen Sie freiwillig hin?«

»Wo ich die nächsten Jahre leben werde, braucht man einen Arzt. Und außerdem ist eine Portion Abenteuerlust dabei.«

»Sie sehen nicht aus wie ein Abenteurer, Herr Binder.«

»Sagen Sie Thomas zu mir, oder einfach Tom.« Das war ein wenig forsch, ich weiß, und es hätte mich nicht gewundert, wenn sie wieder diesen kühlen Blick bekommen hätte.

Sie nahm, wie erwartet, keine Notiz von meinem Vorschlag, steckte die Bordkarte in ihre Handtasche und warf einen Blick auf die große Uhr in der Flughalle.

»Noch eine halbe Stunde«, sagte sie.

»Trinken wir einen Kaffee zusammen?«

»Ich muß Ihnen einen Korb geben. Ich will noch telefonieren, daß ich gut in Brasilia angekommen bin. Man wartet auf meinen Anruf.«

»Ein guter Freund?« fragte ich. Plötzlich haßte ich jeden, dem ihre Sympathie galt.

»Man kann es so nennen.« Sie lächelte wieder dabei, was mich innerlich etwas versöhnte. »Es ist meine Mutter.«

Sie nickte mir zu und ging durch die Halle. Die Absätze ihrer Schuhe klapperten über den Steinboden. Sie hatte schöne, schlanke Beine. In ihren weißen, enganliegenden Jeans wiegte sie sich trotz ihres energischen Schrittes ein wenig in den Hüften — genug aber, daß es jeden reizte, ihr nachzublicken. Mir ging es nicht anders, und von neuem flatterte mein Puls.

Ich traf sie erst im Flugzeug wieder. Sie verstaute ihren Handkoffer in der Ablage über ihr, setzte sich dann und ließ den Sicherheitsgurt einklicken. Sie sprach kein Wort, begrüßte mich auch mit keinem Blick. Es war, als habe sie mich nie gesehen und gesprochen.

Das war ein neues Gefühl. Noch nie hatte ich eine Frau getroffen, die von mir so unbeeindruckt blieb. Hatte ich etwas falsch gemacht?

Pünktlich hob die Maschine von der Piste ab und stieg steil in den wolkenlosen, sonnendurchglühten Himmel. Als der Start beendet war, befreite ich mich von meinem Gurt und beugte mich zu ihr vor. Sie hielt eine Kamera in der Hand.

»Hat sich Ihre Mutter gefreut?« fragte ich. Es klang ziemlich dumm. Aber mit irgendeinem Satz muß man ja anfangen.

»Ich habe sie nicht erreicht. Sie war nicht zu Hause. Sie war sicherlich bei meinem Bruder. In Manaus versuche ich es noch mal.«

Sie hob die Kamera und fotografierte Brasilia, diese Stadt mit den gewagtesten und modernsten Bauten mitten im Regenwald, eine Metropole wie aus einer Sage. Nach einer Viertelstunde war unter uns nur noch Wald, unendlicher Wald, eine geschlossene grüne Decke, durch die sich wie Silberfäden die Flüsse wanden. Ab und zu leuchtete hell eine weite Lichtung mit einigen Häusern: eine Siedlung, aus dem Wald gebrannt. Wir sahen die ersten Wunden des Regenwaldes. Später überflogen wir dann kilometerlange und breite Brände, der Rauch lag wie Wolken unter uns. Auch diese Brandrodungen fotografierte sie. Als sie den Film wechselte, beugte ich mich wieder zu ihr vor.

»Wissen Sie, daß sogar die Astronauten diese Brände fotografiert haben, so gewaltig sind sie.«

»Ich habe diese Aufnahmen gesehen. Im Institut hängen sie an den Wänden.« Sie legte die Kamera in ihren Schoß.

Bis Manaus sprachen wir wenig miteinander. Sie las in einer deutschen Illustrierten, ich hatte die Augen geschlossen und war eingeschlafen. Als ich wieder munter wurde und mich räusperte, sagte sie mit einer Kopfdrehung nach hinten:

»Sie haben geschnarcht, Tom.«

»Ich bitte um Verzeihung. Aber das Gaumensegel ist bei einem Mann eben ausgeprägter als bei einer Frau.«

Sie hat tatsächlich Tom zu mir gesagt. Mir wurde heiß vor Glück.

»Wir haben vorhin den Rio Tapajós überflogen und die Stadt Santarém. Sie lag links von uns, man konnte sie gut sehen. Jetzt kommen wir gleich über ein großes Flußgebiet. Von allen Seiten laufen unzählige Nebenflüsse in den Amazonas. Sie bilden eine große Insel, bedeckt mit Sumpfwald, die Ilha Tupinambaranas.«

»Donnerwetter! Wie leicht Sie das aussprechen.« Ich war ehrlich beeindruckt. »Sie müssen den Amazonas ja gründlich kennen.«

»Ich hatte ein Jahr Zeit, mich vorzubereiten.«

»Hat mein Schnarchen Sie sehr gestört?« fragte ich.

»Ja. Ich mag keine schnarchenden Männer.«

»Männer?!« Ich war plötzlich eifersüchtig.

»Mein Vater schnarchte, mein Bruder schnarcht, und Sie schnarchen auch. Gibt es eigentlich Männer, die nicht schnarchen?«

»Ich habe keine Ahnung. Ich möchte aber behaupten: Nein!«

Natürlich hat sie schon mit Männern geschlafen, dachte ich, und wieder spürte ich, wie mir heiß vor Eifersucht wurde. Wie alt mag sie sein? Es ist schwer zu schätzen ... so zwischen fünfundzwanzig und dreißig Jahren. Kaum älter. Und so, wie sie aussah, war sie eine Provokation für einen Mann. Ich spürte es ja selbst. Ich dachte jetzt schon mit Schrecken daran, sie in Manaus verlieren zu können. Ganz klar, ich hatte mich in sie verliebt, vom ersten Blick an.

Und dann sahen wir Manaus.

Es war alles so, wie man es von Bildern kennt. Der gelbe Amazonas, der schwarze Rio Negro, die hohen Ufer — bei Hochwasser kann der Strom bis auf zwölf Meter über dem Normalpegel steigen —, die breiten Holzboote, die Hafenanlagen, die dicht bebaute Stadt mit dem großen Platz, auf dem die geschichtenträchtige, schöne Oper gebaut war. Aus der Luft sah das alles wunderschön aus, ein Märchenland mit dem Kitzel des Abenteuers.

Wir flogen einen weiten Bogen um die Stadt und landeten dann auf dem modernen Flugplatz von Manaus.

»Wo werden Sie wohnen, Luise?« fragte ich und sprach sie mit ihrem Vornamen an. Sie hatte ja auch Tom zu mir gesagt. Sie nahm es mir nicht übel und holte ihr Handgepäck herunter.

»Heute noch im Hotel TROPICAL.«

»Welch ein Zufall, ich auch. Essen wir heute abend zusammen?«

»Nein. Ich werde mich hinlegen, ich bin todmüde.«

Knapp gesagt und ehrlich, ohne viel drum herumzureden. In getrennten Taxis fuhren wir zu dem Luxushotel am Rio Negro. An der Rezeption sah ich, daß sie das Zimmer 110 bekam. Mein Zimmer hatte die Nummer 101. Auf demselben Flur also. Wenn es so etwas wie Schicksal gibt, dann hatte es noch viel mit mir vor.

Ich sah Luise erst am nächsten Morgen wieder — und wieder am Abfertigungsschalter im Airport. Sie ließ sich einchecken für einen Flug nach Boa Vista. Und nach Boa Vista wollte ich auch.

»Was sehe ich da?« sagte ich, nachdem ich unbemerkt hinter ihrem Rücken stand. Sie reagierte wieder genauso wie vor dem Schalter in Brasilia, drehte sich nicht zu mir um, sondern antwortete mit ihrer Samtstimme:

»Schon wieder Sie. Ist das Ihre Masche, sich auf Flughäfen herumzudrücken?«

»Jeder Mensch hat seine Vorlieben. *Mich* ziehen Airports an. Sie müssen zugeben: Ein harmloses Vergnügen. Luise —?«

»Tom —«

»Was wollen Sie in Boa Vista? Dagegen ist Manaus eine wunderschöne Großstadt. Boa Vista ist der Wilde Westen Brasiliens. Der Umschlagplatz der Goldgräber und Glücksritter. Das Zentrum der Regenwaldvernichtung von Roraima.«

»Und genau dort beginnt meine Arbeit.« Sie nahm ihr Ticket in Empfang und verließ den Schalter. Ich folgte ihr; ich hatte noch genug Zeit, meine Bordkarte zu holen. Das Flugzeug nach Boa Vista flog erst in einer Dreiviertelstunde ab.

»Es ist unverantwortlich«, sagte ich, »eine Frau dorthin zu schicken.«

»Ich gehe freiwillig, nicht auf Anordnung.«

»Sie werden in den Vorhof der Hölle kommen, Luise.«

»Ich weiß.« Sie musterte mich wieder mit ihren herrlichen blauen Augen und strich eine Locke weg, die ihr in die Stirn gefallen war. Ihr blondes Haar hatte einen seidigen Glanz — ich wollte nicht daran denken, wie es in einem Monat aussehen würde. »Und was machen Sie hier auf dem Airport?«

»Halten Sie mich nicht für eine Klette, die an Ihnen klebt. Ich fliege auch nach Boa Vista.«

»Ach nein!«

»Das nennt man Schicksal oder das Glück des Zufalls.«

»Sie wollen sich Boa Vista ansehen?«

»Nein, ich werde dort arbeiten. Nicht direkt in der Stadt, sondern über 300 Kilometer östlich.«

Jetzt lachte sie, ein helleres Lachen als ihre Stimme, und schüttelte dabei den Kopf. Mein Gott, sie sah hinreißend aus. Mein Herz klopfte so laut, daß ich fürchtete, man könne die Schläge hören.

»Gehen Sie als Arzt in eines dieser Goldgräber-Camps?« fragte sie interessiert.

»Nicht direkt, aber ich werde Sie bestimmt öfter in Boa Vista besuchen. Ich habe ab und zu in der Stadt zu tun.«

Ihr Lachen erstarb. Ich glaubte, etwas wie Traurigkeit in ihren Augen zu entdecken. »Das würde mich freuen«, antwortete sie. »Aber das müßte jedesmal ein großer Zufall sein. Ich werde viel unterwegs sein.«

»In den Rodungen des Regenwaldes.«

»Auch. Ich habe ein weitgespanntes Aufgabengebiet.«

Nach einer Stunde — das Flugzeug hatte fünfzehn Minuten Verspätung — lag Manaus wieder unter uns, aber es war schnell verschwunden, denn wir flogen nordwärts, dem Rio Branco entgegen.

Wir saßen jetzt nebeneinander, und das war gut so. Das Flugzeug war besetzt mit abenteuerlichen Gestalten, denen man ansah, daß ihr Ziel die Goldminen östlich und nördlich von Surucucu waren. Sie erinnerten mich an die Fotos vom Goldrausch in Alaska, wo Ende des 19. Jahrhunderts ebenfalls Zehntausende das Land überschwemmten und am Klondyke die berüchtigten Goldgräberstädte entstanden. Städte ohne Gesetz — nur das Recht des Stärkeren, des Skrupelloseren galt. Das Töten war damals eine Selbstverständlichkeit, gehörte zum täglichen Leben, und jetzt begann das Gleiche am Rio Mucajai und Rio Parima. Mein Arbeitsplatz.

Die Kerle soffen aus Rum- und Whiskyflaschen, lärmten und grölten und attackierten mit unflätigen Worten vier Frauen, die offensichtlich zum Nachschub der Campbordelle gehörten. In den Goldgräberstädten konnte eine Hure reich werden. Neben Saufen, Prügeln, Radio und Totschlag boten sie die einzige gute Abwechslung in diesem wilden Leben der Claims.

Boa Vista hielt, was ich mir von ihr versprochen hatte. Eine Pionierstadt, die sich in rasendem Tempo zu einer Urwaldhauptstadt entwickelte, so wie es damals zur Zeit des großen Gummibooms mit Manaus geschehen war. Aus einer armseligen Ansiedlung war es zu einer Metropole am Amazonas aufgestiegen.

In Boa Vista, noch im Gebäude des Flughafens, verabschiedeten wir uns voneinander, wünschten uns viel Glück und versprachen uns, uns irgendwann einmal wiederzusehen. Für mich war es ein schwerer Abschied und — für Luise offensichtlich auch. Ein paarmal blieb sie stehen, winkte zurück, ein Indiojunge holte ihr Gepäck vom Laufband, drei Koffer, die sehr schwer zu sein schienen, denn der Junge hatte Mühe, sie auf einen Karren zu legen. Dann, nach einem letzten Winken, verließen sie den Airport.

Luise, wann sehen wir uns wieder?

Du kannst es nicht hören, aber ich sage zu dir: Ich habe mich in dich verliebt. Ich weiß es jetzt — jetzt, wo du durch die Glastür in eine ungewisse Zukunft gegangen bist.

Ein Taxi brachte mich zu einem der kleineren Flugplätze, von wo aus die Privatmaschinen in die Wildnis starteten. Die zukünftigen Garimpeiros marschierten zu Fuß. Der Taxifahrer brachte mich zu einem Flugplatz, auf dem sicherlich über hundert kleine Propellermaschinen standen, die meisten mit vier oder sechs Sitzen. Aber daran hielt sich kein Pilot. Ich sah Flugzeuge aufsteigen, die zehn oder noch mehr Goldsucher aufgenommen hatten. Sie standen zusammengepfercht hinter und neben den Piloten, die Mühe hatten, ihre Instrumententafel im Auge zu behalten. Wen wundert es da, daß fast jeden Tag, so hatte man mir erzählt, ein Flugzeug über dem Regenwald abstürzte? Ein solcher Flug war wie ein Roulettespiel. Wer unter den Wipfeln des Waldes verschwand, hatte eben verloren. Niemand verschwendete einen Gedanken an die Verschollenen, von einer Suche sprach sowieso keiner.

Für mich war ein kleines Flugzeug bestellt worden. Es hatte auf dem Leitwerk die Nummer R 1790. Der Taxifahrer kurvte um die

Flugzeuge herum wie bei einem Slalomlauf und zeigte dann grinsend auf eine kleine Maschine, die nahe der Piste stand.

»Gefunden!« rief er. »Senhor, da ist sie.«

»Das haben Sie gut gemacht«, antwortete ich in meinem noch holprigen Portugiesisch. Wir fuhren bis vor die Einstiegsluke des Flugzeuges, der Pilot begrüßte mich und half mir, meine Koffer in die Maschine zu verfrachten. Dem Taxifahrer gab ich ein gutes Trinkgeld. Es veranlaßte ihn, mir mehrmals »Viel Glück! Viel Glück!« zuzurufen. Ich konnte es gebrauchen, darüber war ich mir im klaren.

Auf der anderen Seite des Flugzeuges hörte ich jetzt Schritte, und dann bog eine Gestalt um das Leitwerk und erstarrte.

Luise!

Ich war so verblüfft, daß ich kein Wort herausbrachte, aber sie sagte laut:

»Das gibt es doch nicht! Tom, was machen Sie hier?«

»Genau das muß ich Sie fragen, Luise.«

»Ich fliege zum Rio Parima.«

»Das gibt es doch nicht.« Ich hörte, wie meine Stimme heiser wurde vor Aufregung. »Das ist auch meine Endstation. Ich fliege zur Mission Santo Antônio. Ich bin der neue Arzt der Station.«

»Und ich werde von Santo Antônio aus meine biologischen Untersuchungen machen.«

Wir liefen aufeinander zu, fielen uns in die Arme, und wie selbstverständlich küßte ich sie. Sie wehrte mich nicht ab, erwiderte den Kuß aber nicht. Doch ich spürte, daß sich ihr Körper für einen Augenblick an den meinen schmiegte. Wie schön, sie zu fühlen. Ich wollte sie fester an mich ziehen, aber da hatte sie sich schon aus meinen Armen befreit. Sanft, aber nachdrücklich.

Nach knapp drei Stunden sahen wir die kleine Landepiste, in den Regenwald hineingehauen. Wir sahen die Gebäude der Missionsstation, das Dorf der Yanomami, die Felder und den schwarz glänzenden Fluß. Das Dach eines der Gebäude war mit einem großen Roten Kreuz bemalt. Luise zeigte nach unten.

»Ihr Krankenhaus, Tom.«

»Und daneben — nehme ich an — werden Sie wohnen. Ich könnte dieses Fleckchen Erde umarmen.«

Sie gab darauf keine Antwort. Sie kam auch gar nicht dazu. Geradezu im Sturzflug zog der Pilot das Flugzeug hinunter; wir mußten uns an den Sitzen festklammern. Es war, als wollte er sich mit der Schnauze in die Erde bohren, aber dann fing er die Maschine wieder ab und rollte nach einem sanften Stoß beim Aufsetzen über die Piste. Sie waren wirklich tollkühne Artisten, diese Urwaldflieger von Roraima.

Wir rollten zur Mission und hielten auf dem großen Platz vor dem Haupthaus. Ein Mann in einer kurzen Hose und einem Khakihemd wartete auf dem Platz. Hinter ihm standen vier Indios, sicherlich zum Kofferschleppen. In der Tür des »Krankenhauses« erschien ein anderer, weißhaariger Mann und sah zu uns herüber. Ich erkannte die beiden sofort, ich hatte genug Fotos von ihnen gesehen: Pater Vincence Martinelli und Pater Ernesto.

Vincence stand am Flugzeug, als wir die Tür öffneten und herauskletterten.

»Willkommen«, sagte er auf deutsch, und dann auf portugiesisch: »Santo Antônio begrüßt Sie mit einem ›Vergelt's Gott‹, daß Sie zu uns gekommen sind.«

Nun war auch Pater Ernesto am Flugzeug und schüttelte uns die Hände. Er trug ein ausgebleichtes Baumwollhemd, das früher mal gelb gewesen war, und Blue Jeans, die an den Knien geflickt waren. Wer ihn nicht kannte, hielt ihn keineswegs für einen Priester, sondern für einen alten, von der Sonne gegerbten Landarbeiter.

»Nun sind wir da«, sagte ich und legte den Arm um Luises Schultern »Wir werden hier zusammenleben auf Gedeih oder Verderben.«

Und sie antwortete und legte ihren Kopf an meine Schulter:

»Wir haben noch viel vor uns, Tom. Und jetzt habe ich sogar ein bißchen Angst.«

»Ich bin bei Ihnen«, sagte ich und streichelte dabei ihre Wange. »Sie brauchen keine Angst zu haben. Ich bin immer für sie da.«

Pater Ernesto lächelte — verstehend und weise.

Die Indios hatten Toms und Luises Koffer in das Krankenhaus und das Gästehaus getragen. Dr. Binders Zimmer war ein ziemlich großer, aber noch kahler Raum, in dem nur ein Bett, ein Schrank, ein wackliger Tisch und drei Stühle standen. Unter der Decke drehten sich knisternd die Propeller eines großen Ventilators. Er brachte kaum Kühlung, wirbelte nur die heiße Luft umeinander.

Neben dem Zimmer lag ein kleiner Duschraum mit Handwaschbecken und dem WC. Da das Wasser vom Rio Parima über den Wasserturm gepumpt wurde, besaß die Mission den Luxus von fließendem Wasser. Allerdings nur kalt, doch wer duscht schon mit warmem Wasser, wenn es draußen über vierzig Grad heiß ist, bei 95 Prozent Luftfeuchtigkeit?

Thomas tat als erstes, worauf er sich schon seit Manaus gefreut hatte: Er stellte sich unter die Brause und genoß das herrliche Gefühl der Abkühlung. Zwanzig Meter von ihm entfernt tat Luise das gleiche. Sie hatte zwei Zimmer im Gästehaus der Mission zugeteilt bekommen, eines zum Wohnen und eines für die Einrichtung eines Labors. Die Grundausstattung des Laboratoriums war schon eine Woche vor ihr in San Antônio eingetroffen. Sieben große Kisten, so schwer, daß der Pilot des kleinen Fliegers nach der Landung sagte:

»Das sind an Gewicht gut und gern zehn Mann. Was habt ihr bloß da drin?«

»Geräucherte Schinken aus Parma«, hatte Pater Ernesto geantwortet. »So sind wir Italiener eben: Ohne unseren Parmaschinken können wir nicht leben.«

Der Pilot knurrte darauf etwas Respektloses vor dem geweihten Mann und fragte nicht weiter.

Thomas räumte seine Koffer aus, hängte die drei Anzüge und vier Hosen in den Schrank und legte die Wäsche vorerst auf das Bett. Die Schuhe, darunter ein Paar derbe Halbstiefel aus dickem Leder, das nicht einmal ein Messer durchdringen konnte, stellte er an die Wand. Er nannte sie »meine Schlangenstiefel« — kein Giftzahn würde hindurchbeißen können.

Am Abend saßen sie alle an dem großen Tisch im Haupthaus. Zwei Indios trugen Schüsseln mit Kartoffeln, Blumenkohl, Ziegenbraten und eine Riesenschale mit frischem Obst herein; dazu trank man Wasser, versetzt mit dem Saft der Maracuja. Die Köchin, Sr. Lucia, bedankte sich mit einem lächelnden Kopfnicken, als Thomas applaudierte.

»Das ist ja fast ein Festessen!« rief er. »Ich bin überwältigt.«

»Haben Sie gedacht, wir knabbern hier nur Wurzeln?« Pater Vincence faltete die Hände. »Lasset uns Gott danken, daß Er uns ein so gutes Leben schenkt.«

Nach dem Tischgebet aßen sie, zunächst wortlos, bis Pater Ernesto sagte:

»Sie kommen einen Tag zu spät, Dr. Binder. Gestern hätten Sie erleben können, was in diesem Land möglich ist. Der Polizeichef von Boa Vista war hier und hat eigenhändig einen Yanomami zu Tode gequält. Auf bestialische Weise.«

Dr. Binder legte sein Besteck auf seinen Teller und starrte Ernesto verständnislos an. »Und das haben Sie zugelassen?« fragte er.

»Gegen Coronel Bilac kann man sich nicht wehren.«

»Hat er soviel Macht?«

»Miguel Bilac ist der ungekrönte König von Boa Vista und ganz Roraima. Nach außen hin — die wirklichen Herrscher sind die Großgrundbesitzer und Fabrikanten. Sie geben Bilac die Anordnungen, und er führt sie aus. Das sadistische Zutodequälen allerdings ist sein Privatvergnügen.«

Thomas, der neben Luise saß, legte seine Hand beruhigend auf die ihre. Er sah, wie ihre Finger, die das Messer hielten, zu zittern begannen.

Pater Vincence erzählte kurz, was sich in den letzten Tagen abgespielt hatte. Er erzählte es so nüchtern, als lese er einen Zeitungsartikel vor. »Das ist die andere Seite dieses so friedlich aussehenden Fleckchens Erde«, sagte er am Ende. »Und die Goldgräberstädte werden Sie ja noch kennenlernen, Dr. Binder. Sie glauben nicht, zu was ein Mensch alles fähig ist. Das übersteigt jede verrückte Phantasie.«

»Ist der Leichnam von Ramos noch hier?« fragte Thomas.

»Nein. Bilac hat ihn mitgenommen nach Boa Vista. Ich nehme an, sie überführen ihn nach Manaus. Dort leben seine Frau und seine zwei Kinder.«

»Und der Yanomami?«

»Den haben sie wie ein Stück Aas an den Dorfrand geworfen. Er wird heute verbrannt. Die Indios werden eine große Feier daraus machen.«

»Kann man dabeisein? Ich möchte das gern sehen.«

Pater Ernesto wiegte den Kopf hin und her, bevor er antwortete.

»Man könnte, aber ich rate Ihnen davon ab. Für die Yanomami ist die Totenfeier etwas Heiliges, so wie bei uns das Hochamt. Sie würden den Geist des Toten beleidigen. Die Indios kennen Sie noch nicht, und sie sind sehr mißtrauisch einem Fremden gegenüber. Mich kennen sie seit zweiundzwanzig Jahren, ich bin ihr Freund, aber ich bleibe immer der weiße Mann aus einer anderen Welt. Sie haben gelernt, mit Hacke, Axt, Säge, Machete, Hammer, Nägeln und sogar einem Radio umzugehen, das ihnen ein Goldgräber gegen ein Mädchen eingetauscht hat, aber sie jagen immer noch mit Pfeil und Bogen, mit Speeren und Blasrohren. Später, wenn Sie länger hier sind, ist es vielleicht möglich, der Totenfeier zuzusehen. Es stirbt immer jemand, Doktor Binder.«

»Zunächst eines vorweg —« Thomas sah jeden am Tisch an. »Ich bin Thomas oder noch besser Tom. Das Dr. Binder möchte ich nicht mehr hören.«

»Einstimmig angenommen.« Pater Vincence Martinelli hob sein Glas mit dem Maracujawasser. »Wir sind eine große Familie. Nur so werden wir unsere Aufgaben lösen.«

Es wurde, wie überall in den Tropen, schnell dunkel. Eine kurze Dämmerung, und dann deckte die Nacht alles zu. Nur der Himmel glitzerte in einem Meer von Sternen; die Nachtkühle fiel herab. Die Hitze des Tages wurde ausgelöscht mit dem Untergang der Sonne; der Boden, der Wald, nichts hielt die Wärme fest.

Die Kühle der Nacht war Tom sehr angenehm. Er verspürte keine Müdigkeit und schon gar nicht den Drang, sich aufs Bett zu legen und zu schlafen. Morgen beginnt die Arbeit, dachte er. Was tue ich zuerst? Ich packe den Koffer mit den Instrumenten aus, das Mikroskop, die Schachteln mit den Einwegspritzen, die neuentwickelten Desinfektionslösungen und die Ampullen mit Herz- und Schmerzmitteln. Vier Kisten mit Infusionsflaschen und Blutkonserven waren unterwegs.

Das Gesundheitsministerium hatte es versprochen, aber wie immer, wenn Beamte die Sache in die Hand nahmen, durchliefen die vier Kisten einige Instanzen, Behörden, die sich für zuständig hielten, um als letzte Station bei der FUNAI in Boa Vista zu landen. Und dort saß Arlindo Beja, mittlerweile auch ergraut und nahe an der Pension, verbittert, daß er nie eine größere Karriere gemacht hatte, während viel Dümmere als er an ihm vorbeizogen, in die Ministerien aufstiegen oder Politiker wurden. Schlecht ging es ihm nicht — die Schmiergelder hatten ihn reich gemacht. Er hätte den Dienst quittieren können, um das Leben zu genießen, aber solange er als Chef der FUNAI von Boa Vista weitere Zuwendungen kassieren konnte, verließ er nicht seinen Bürosessel.

Die vier dringend gebrauchten Kisten würden also bei Arlindo Beja landen. Wann sie weitergereicht wurden nach Santo Antônio, lag ganz allein im Ermessen von Beja. Blutkonserven für die Indios ... ja, ist man denn verrückt in Brasilia?! Ein neuer Arzt ist auf die Mission gekommen? Ein Deutscher? Den muß man sich ansehen. Auch er wird lernen, daß es keinen Weg um die FUNAI herum gibt. Wer hier bestimmt, ist Senhor Beja und nicht das ferne Brasilia. Laßt die Kisten kommen, Freunde! Erst muß man sehen, was für ein Typ dieser deutsche Arzt ist.

Bevor Tom sich schlafen legte, beschloß er, noch einen Spaziergang zum Rio Parima zu machen. Er zog einen Pullover über das Hemd, trat ins Freie und blieb vor der Tür stehen, um sich an das Dunkel zu gewöhnen. Vom Yanomami-Dorf herüber wehten die Klänge von Baumtrommeln und zerhackten Gesängen; die Totenfeier mit der Verbrennung der Leiche hatte begonnen.

Er ging den Weg hinunter zum Fluß und wunderte sich über die Stille, die ihn umgab. Er hatte erwartet, die Stimmen der Dschungeltiere jenseits des Flusses zu hören, aber der Regenwald stand da wie eine riesige, jetzt schwarze Mauer, aus der kein Laut drang. Es war eine bedrückende Stille, nur der Rio Parima rauschte leise um die Steine in seinem Bett.

Am Ufer, auf einem Baumstamm, saß Luise, das Kinn auf ihr Knie gestützt, und starrte in den Fluß. Sie hob nur ein wenig den Kopf, als sie Toms Schritte hörte, und blieb sitzen.

»Sind Sie es, Tom?« fragte sie.

»Ja.«

»Können Sie auch nicht schlafen?«

»Ich bin kein bißchen müde. Dabei müßten wir umfallen vor Müdigkeit.« Er ging um den Baumstamm herum und setzte sich an ihre linke Seite. »Darf ich eine ganz blöde Frage stellen?«

»Bitte.«

»Haben Sie schon Heimweh?«

»Nein.« Sie blickte ihn an und strich die Haare aus ihrem Gesicht. »Ich wußte ja, was mich erwartet. Ich war ein Jahr am Kongo und ein Jahr auf Borneo. Und immer habe ich die erste Nacht allein im Freien gesessen. Am nächsten Morgen war ich keine Fremde mehr in diesem Land.«

»Dann störe ich jetzt.« Tom wollte aufstehen, aber ihre Hand hielt seinen Arm fest.

»Sie stören nicht, Tom. Ich habe sogar einen Augenblick gedacht: Jetzt kommt er vielleicht auch an den Fluß, er hat die gleiche innere Unruhe wie ich. Er muß hinaus in die Nacht, um durchatmen zu können. Es war nur ein Gedanke und — nun sind Sie wirklich da.«

»Die innere Unruhe, sagen Sie. Haben Sie viel in Deutschland zurückgelassen?«

»Was meinen Sie damit?«

»Einen lieben Menschen, der Ihnen jetzt fehlen wird. Einen Mann, den Sie lieben . . .«

»Es gibt keinen Mann, der mir fehlt.« Sie ließ Toms Arm los und stützte das Kinn wieder auf ihr Knie. Der Fluß glitzerte, als spiegelten sich die Sterne in ihm. »Wie kommen Sie überhaupt darauf?«

»Ich könnte mir denken, daß Ihnen die Männer zu Füßen liegen.«

»Das sind die letzten, die eine Chance hätten. Leider sind die meisten Männer so. Ich finde es läppisch, wenn sie sich wie kleine Kinder benehmen.«

»Wie muß ein Mann sein, der Ihr Interesse wecken könnte?«

»Ich weiß es nicht. Ich habe noch keinen entdeckt.«

»Sie haben noch nie gespürt, was Liebe ist? Wie Liebe ist?«

»Tom, ich bin zweiunddreißig.« Das war eine klare Antwort. Ich bin ein Idiot, dachte Tom wütend. Natürlich hat man mit zweiunddreißig schon einige Erfahrungen, vor allem wenn man so aussieht wie sie. Aber es scheint nie der Richtige dabei gewesen zu sein, sonst säße sie nicht hier am Rio Parima und starrte in die Nacht.

»Verzeihung«, sagte er.

»Und Sie?«

»Ich bin siebenunddreißig und war verheiratet.«

»Geschieden?«

»Nein. Meine Frau kam bei einem Autounfall ums Leben — und ich hatte schuld daran. Ich bin bei Glatteis zu schnell gefahren. Auf der Autobahn nach Hamburg. Wir schleuderten über den Grünstreifen und überschlugen uns. Meine Frau war sofort tot. Genickbruch.«

»Verzeihung, das konnte ich nicht ahnen.«

»Es ist jetzt fünf Jahre her.«

»Und Sie trauern noch immer um Ihre Frau?«

»Die Zeit überdeckt alles. Das Leben geht weiter, heißt es so nüchtern. Natürlich ist es weitergegangen.«

»Mit anderen Frauen?«

»Auch das ist natürlich. Aber wie bei Ihnen: Es war keine dabei, die in meinem Leben eine Rolle spielen konnte, keine, mit der ich zusammen alt werden wollte. Ich lasse keine weinende Frau zurück.« Er streckte die Beine weit von sich und schüttelte den Kopf. »Wir sind zwei total verrückte Menschen: Wir sitzen nachts an einem Urwaldfluß und reden über unsere Vergangenheit. Das Morgen —, das Übermorgen und unsere Zukunft sollten uns beschäftigen. Luise —?«

»Tom —?«

»Ich mag Sie.«

»Ich Sie auch.«

»Dabei kennen wir uns erst zwei Tage.«

»Es ist schön, daß Sie auch auf der Mission arbeiten.«

»Ja, es ist wirklich schön.«

Er legte den Arm um ihre Schulter, wollte sie an sich ziehen und sie küssen. Aber da hob sie ihre Arme und schob ihn von sich weg. Auch ihr Kopf bog sich nach hinten, voller Abwehr.

»Bitte nicht«, sagte sie. »Tom, wir wollen doch Freunde sein. Kameraden. Kumpels.« Sie stand von dem Baumstamm auf und strich ihre verrutschte Bluse glatt. »Mir wird es kalt. Gehen wir zurück, Tom?«

Er nickte und ging neben ihr her zur Mission. Die weißgetünchten Häuser schimmerten matt in der Dunkelheit, nur in der Polizeistation brannte noch ein Licht. Er begleitete sie bis zum Gästehaus und gab ihr dann die Hand.

»Gute Nacht, Luise«, sagte er. »Versuchen Sie, zu schlafen.«

»Sie auch. Gute Nacht, Tom.«

Aber plötzlich sah sie ihn an, warf ihre Arme um seinen Hals und küßte ihn mit einer Heftigkeit, die ihm den Atem nahm. Und ebenso schnell ließ sie ihn wieder los, rannte in das Haus und warf die Tür hinter sich zu.

Mit einem Gefühl, als müsse sein Herz explodieren, starrte er auf die geschlossene Tür. Das war ein Kuß, Tom, sagte er zu sich. Das war ein richtiger Kuß. Tom, sie hat dich geküßt! Sie hat dich wirklich geküßt, begreifst du das?

Er legte den Kopf zurück und blickte hinauf zu den Sternen. Ein Himmel voll glitzernder Lichter. Ein diamantener Himmel.

Das bist du, Luise, dachte er. Ein Stern, der in meine Arme gefallen ist. Und laut sagte er: »Ich brauche dich. Du wirst mich wieder fühlen lassen, was Liebe ist. Wie schön sie ist, wie wunderbar das Leben ... unser Leben.«

Erst gegen Morgen schlief er ein. Davor hatte er stundenlang auf seinem Bett gesessen, in die Dunkelheit gestarrt und immer wieder an ihre Umarmung gedacht. Dieser überraschende Kuß — der Beginn eines neuen Glücks, an das er schon nicht mehr geglaubt hatte?

* * *

Von Boa Vista wurde Camilo Ramos in einem prunkvollen, geschnitzten Mahagonisarg nach Manaus geflogen. Seine Witwe und seine beiden Kinder waren nicht auf dem Flugplatz, als der Sarg ausgeladen wurde. Dafür stand eine Delegation des Clubs »Rat

Neues Brasilien« auf dem Flugfeld, an der Spitze der Präsident Miguel Assis, mit seinem Bulldoggengesicht und den weißen Haaren. Die Abordnung, in feierlichem Schwarz, senkte die Häupter, als vier Träger den Sarg an ihnen vorbeischleppten. Ramos war ein schwerer Mann gewesen, und auch der Mahagonisarg wog mehr als normale Särge. In einem großen schwarzen Leichenwagen, über dessen Dach dekorativ die brasilianische Fahne gezogen war, fuhr man den Sarg zum Friedhof von Manaus, wo das prunkvolle Grab der Familie Ramos lag: ein Mausoleum aus weißem Marmor, mit Säulen wie bei einem griechischen Tempel. Auf dem Dach stand ein wunderschöner Engel und breitete die Arme aus, so wie auf dem Hügel von Rio de Janeiro Christus die Stadt segnet.

Camilo Ramos sollte begraben werden wie ein Staatspräsident. Es sollte das große gesellschaftliche Ereignis von Manaus werden. Eine kurze Anfrage von Senhor Assis genügte; drei Minister sagten sofort ihr Kommen zu. Auch reagierte man in Brasilia ungewöhnlich schnell auf den Tod von Ramos: Ein Spezialist der Antiterroreinheit sollte mit einem Kommando ausgesuchter Soldaten nach Boa Vista verlegt werden. Seine Erfolge bei der Suche nach den in ganz Brasilien operierenden Mitgliedern der Geheimorganisation *Por Patria* war allgemein gekannt. Überall, wo *Por Patria* korrupte Politiker, Spitzel, Schwerverbrecher, Verräter, Spekulanten und rücksichtslose Ausbeuter des Volkes hinrichtete, erschien seine Spezialtruppe und machte Jagd auf die Organisation. *Por Patria* war straff organisiert, von militärischer Präzision. Man vermutete, daß Offiziere der Armee sie ausbildeten oder sogar befehligten.

Nun sollte die Spezialtruppe in Boa Vista und den Goldgräberstädten die Suche nach dem »Roten Pfeil« aufnehmen. Coronel Eugénio Dinis, auf dem man alle Hoffnungen setzte, hatte sich seine eigene Meinung gebildet und trug sie der Militärregierung vor.

»Hinter diesen Morden steht keine Organisation«, sagte er, nachdem er die Berichte aus Boa Vista genau studiert hatte. »Die bisher zwölf ›Bestrafungen‹ glichen sich vollkommen. Der Rote Pfeil ist ein Einzelgänger, der das Gebiet von Surucucu terrorisiert. Und er ist kein Yanomami, kein Indio! Wenn die Yanomami sich wehren gegen die Urbarmachung des Regenwaldes, dann tun sie das ausschließlich als ganzer Stamm. Dann ist das für sie ein Krieg, an dem alle teilnehmen. Aber niemals wird ein Einzelgänger den Rächer spielen. Und mit *Por Patria* hat dieses Töten auch nichts zu tun. Der Rote Pfeil ist ein neuer Gegner. Senhores, wir werden ihn aufspüren, da bin ich mir ganz sicher. Doch zuerst, das ist mir ebenso klar, wird es noch einige Tote geben. Aber einmal verrät er sich und tappt in die Falle.«

Camilo Ramos wurde zunächst völlig unfeierlich in einen Kühlraum gestellt. Die Vorbereitungen zu der großen Trauerfeier nahmen ein paar Tage in Anspruch. Außerdem sollte der Tote noch obduziert werden, um festzustellen, ob es ein normaler Pfeil gewesen war oder ein an der Spitze mit Curare vergifteter. Die chemische Untersuchung des Pfeiles war negativ ausgefallen. Nur eines war sicher: Es war einer der überlangen Pfeile, wie sie die Yanomami für die Jagd und bei ihren Stammeskriegen benutzten. Von einem Palmholzbogen abgeschossen, der eine besonders große Spannung hatte, drangen sie tief in den Körper des Opfers ein.

Am Abend versammelten sich alle Mitglieder des »Rates Neues Brasilien« in der Bibliothek der schloßartigen Villa von Senhor Assis. Sie lag etwas außerhalb von Manaus am Rio Negro, umgeben von einem riesigen Park, der Tag und Nacht von Pistoleiros mit scharfen Hunden überwacht wurde. Deutsche Schäferhunde und mordlustige Rottweiler, auf den Mann dressiert.

»*Caros amigos*«, begann Assis seine Rede, als alle ihren Platz eingenommen hatten und mit Zigarren, Zigaretten und einem köstlichen weißen Burgunder versorgt waren. »Wir sind zusammengekommen, nicht um unseren Kameraden Camilo zu betrauern, sondern um zu überlegen, wie wir zurückschlagen können. Wer der Rote Pfeil ist, weiß zur Stunde noch niemand. Auf den Einsatz von Coronel Dinis zu warten dauert mir zu lange. Es muß vorher etwas geschehen. Wir müssen ein Zeichen setzen. Auge um Auge, Zahn um Zahn, wie es die Bibel lehrt. Für jeden ›Bestraften‹, wie der unbekannte Mörder es nennt, erfolgt ein Gegenschlag von uns. Wir alle wissen, daß wir gefährdet sind, jeder von uns. Ein Verein von irren Idealisten, die den Fortschritt verhindern wollen und denen ein Stück Regenwald wichtiger ist als die Erschließung, als die Hebung der Bodenschätze, als neue Viehweiden, Eisenhütten, Aluminiumwerke, Goldminen, Uranbergbau, also die Zukunft Brasiliens und die Hebung der Schätze unter der Erde. Brasilien hat 150 Milliarden Auslandsschulden. Jeder andere Staat würde Konkurs anmelden, würde zum Armenhaus dieser Welt, würde sich voll in die Abhängigkeit internationaler Banken geben. Brasilien aber nicht! In unserem Boden liegen Schätze von schwindelerregenden Ausmaßen, man braucht sie nur zu heben. Daß über diesen Schätzen Wälder stehen, mag für die Naturenthusiasten eine Tragödie sein, für uns und für Brasilien ist es eine Verpflichtung, die Billionen unter der Erde ans Tageslicht zu fördern. Und dieser Verpflichtung wegen droht man uns mit dem Tod und mordet, wie es mit unserem Freund Camilo geschah. Und ich sage euch jetzt: Wir nehmen das nicht mehr wehrlos hin!«

Die Versammlung der Großgrundbesitzer und Fabrikanten nickte stumm. Nur einer meldete sich zu Wort. Paulo Lobos, Besitzer von vier großen Holzwerken in Roraima. Er hatte bisher über 400 000 Quadratkilometer Regenwald abgeholzt oder niedergebrannt, in diesem Jahr würden es 600 000 Quadratkilometer sein. Auch die Wälder am Rio Parima standen auf der Liste.

»Wie stellst du dir das vor, Miguel?« fragte er. »Jeder von uns hat schon seine eigene kleine Privatarmee, aber der Gegner ist unsichtbar.«

Die anderen murmelten Beifall. Miguel Assis winkte ab.

»Wir alle kennen Júlio Maputo.« Die Versammlung nickte wieder. Wer kannte Maputo nicht? Nicht nur in Brasilien, in der ganzen Welt sprach man über ihn. Die Bewegung »Rettet Wald und Mensch« versorgte die Weltpresse mit Daten und Zahlen, berichtete von den Verfolgungen und lautlosen Vernichtungen der Indios, rechnete vor, daß im Jahre 2010 der Amazonaswald verschwunden sein würde und eine Klimakatastrophe die ganze Menschheit treffen konnte. Júlio Maputo war der Führer der Bewegung, reiste von Land zu Land, sprach auf Massenveranstaltungen in ganz Brasilien und rief immer wieder: »Wir sind das Gewissen der Menschheit! Wir wollen leben, aber nicht Opfer des Großkapitalismus werden. Wir müssen verhindern, daß der Regenwald stirbt.«

Zweimal schon war er einem Attentat entgangen. Als Auftraggeber hatte er die Großgrundbesitzer beschuldigt, aber beweisen konnte er nichts. Assis nannte ihn einen Staatsfeind, aber die Militärregierung griff nicht ein. Maputo war zu populär, um ihn einfach in irgendeinem Gefängnis verschwinden und vermodern zu lassen. Die übrige Welt verfolgte seinen Kampf um den Regenwald und verstand ihn. Aber sie tat nichts und half ihm nicht.

Es reichte nur für ein unverbindliches Lippenbekenntnis, der Naturschutz wurde mit vielen schönen Worten begrüßt, die Vernichtung der Yanomami wurde bedauert (Mein Gott, was gehen uns die Wilden im Urwald an?), aber Konsequenzen zog niemand. Sammlungen für den Schutz der Indios, Veranstaltungen großer Illustriertenverlage, deren Reinerlös in einen Indianer-Fonds flossen, verschwanden in Brasilien in den dunklen Kanälen der Behörden.

Nur ein Bruchteil erreichte die Indios in Form von Medikamenten und zivilisatorischen Bemühungen, die darauf hinausliefen, sie in die Entwicklung der Wirtschaft zu integrieren.

Genau das Gegenteil aber war nötig, und der Regenwald starb weiter. In jedem Jahr auf einer Fläche viermal so groß wie die Schweiz. Es war wie bei der Robbenjagd an den Eisküsten Kanadas: Die ganze Welt protestierte, aber die Schlächtertrupps schlugen die Jungrobben weiterhin mit Knüppeln zu Tode. Man vertraute darauf, daß das Thema »Regenwald« nur eine Modeerscheinung war. Im nächsten Jahr würde sich das Gewissen der Welt müde gelaufen haben. Nur ein paar Eiferer würden übrigbleiben — sie konnte man vergessen oder lächerlich machen.

»Was ist mit Maputo?« fragte Paulo Lobos. »Warum läßt man ihn überhaupt noch reden?«

»Genau das ist es, Paulo, worauf ich kommen will.« Assis legte eine kleine Kunstpause ein, um die Spannung noch zu erhöhen. »Betrachten wir Maputo als ein Insekt, das durch seine Stiche eine Epidemie auslöst, ähnlich der Cholera, Pest oder Malaria. Was macht man mit so einem Insekt? Man rottet es aus.«

Schweigen. Die Versammlung der ehrenwerten Herren saß starr in ihren Sesseln und blickte ihren Präsidenten Assis irritiert an. Es war das erstemal, daß man offen aussprach, was man schon ein paarmal praktiziert oder sich gewünscht hatte. Bisher waren es immer nicht aufklärbare Anschläge gewesen, die man glaubwürdig der *Por Patria* anlasten konnte. Jetzt aber sagte es Assis laut, und jeder der in der Bibliothek Sitzenden wurde nun zum Mittäter, zum Mitschuldigen, zum Komplizen eines tödlichen Komplotts.

»Und wie denkst du dir das?« fragte Lobos. Er schien der Wortführer des Rates zu sein.

»Mit den Methoden von *Por Patria.*« Miguel Assis nahm einen Schluck weißen Rum, gemischt mit Orangensaft und musterte seine Freunde, als wolle er ihre Gedanken erraten. »Hat jemand Bedenken?«

»Das wird ungeheures Aufsehen erzeugen.«

»So ist es auch gedacht. Es soll den anderen Schwachköpfen eine Warnung sein. Es geht um Milliarden Dollar. Wieviel Wert hat dagegen ein Mensch? Jeder von uns weiß doch, daß er schon hier und da seine Pistoleiros eingesetzt hat, um Störenfriede auszuschalten. Es waren örtlich begrenzte Aktionen. Was brachten sie ein? Ein Wehklagen der Hinterbliebenen, weiter nichts. Jetzt aber ist es nötig, ein deutliches Zeichen zu setzen, das jeder kennen wird und das weitere Aktivitäten verhindert. Júlio Maputo soll ein Fanal werden, ein Volksheld, aber gleichzeitig ist er wie eine Lähmung. Wir können in Ruhe unsere Projekte weiter durchführen. Die Regierung steht hinter uns, das wissen wir ja. Vor allem das Militär. Brasilien ist nicht eines der ärmsten Länder der Erde, sondern das reichste. Wir stehen auf einem goldenen Boden.«

Paulo Lobos nickte. Klingt alles sehr schön, dachte er. Was wir wert sind, weiß jeder von uns, aber —

Er räusperte sich wieder und fragte:

»Wer will das machen? Es wird schwer sein, an Maputo heranzukommen. Er ist nie allein, er ist immer umgeben von seinen Wachen. Man muß schon nahe an ihn herankommen — wer aber wagt das? Es ist ein absolutes Todeskommando.«

Assis war durch diese Argumente nicht zu erschüttern. Er hatte sie sogar erwartet. »Es gibt dafür Spezialisten«, sagte er. Lobos gab sich mit dieser Antwort nicht zufrieden.

»Jemand, der freiwillig sterben will? Eine Art Kamikaze? Den finde erst einmal.«

»Wir alle legen zusammen und bieten ein Kopfgeld von 50000 Dollar.«

»Das ist leicht aufzubringen, Miguel. Aber auch für 50000 Dollar wird keiner das Risiko eingehen.«

»Dann steigern wir auf 100000 Dollar. Das ist Maputo wert, das ist unsere Ruhe wert.«

»Und wie willst du diese 100000 Dollar anbieten? Mit einer Zeitungsanzeige? Männer, hört her! Wer Maputo umlegt, hat für sein Leben ausgesorgt!« Lobos winkte ab. »Das ist doch nicht real gedacht.«

»Es wird sich rumsprechen, bei den Goldgräbern, den Siedlern, den Arbeitern in den Fabriken und Minen, den Pistoleiros, ja sogar bei den Indios.« Assis sah Lobos beinahe strafend an. Halt den Mund, hieß dieser Blick. Überlaß das mir! Zahle in die Kopfgeldkasse ein und kümmere dich um deine Angelegenheiten. Du bist ein Feigling, das wissen wir alle. Dein Haus ist wie eine Festung, bewacht von Scharfschützen und Kampfhunden. Du stehst schon längst auf der Liste von *Por Patria* oder dem Roten Pfeil. Bis heute hast du über 400000 Hektar Regenwald abgeholzt, für dein Holzwerk und deine Holzkohlenmeiler. Zahle und schweige, Paulo! »Es gibt überall Glücksritter, die sich 100000 Dollar verdienen wollen. So viel kann niemand in den Goldminen verdienen, das wissen sie. Für eine Sekunde ein Vermögen — ist das kein Geschäft?«

»Und wie soll der ›Auftrag‹ unter die Leute kommen?« Lobos ließ nicht locker. »Er muß doch geheim bleiben, kein Name darf genannt werden, nicht der kleinste Verdacht darf auf uns fallen.«

»Ich brauche es nur *einem* Mann zu sagen. Er kennt die Leute, die so etwas wagen werden.«

»Wer?«

»Benjamim Bento. Der Verwalter meiner Minen bei Surucucu.«

»Ist er zuverlässig?«

»Absolut. Ich könnte mir sogar denken, daß er den Auftrag selbst übernimmt.« Assis lächelte siegesgewiß. »Eine solche Summe läßt sich BB — wie man ihn bei den Goldgräbern nennt — nicht entgehen. Bento ist auch einer der wenigen, der in die Nähe von Maputo kommen kann. Er kennt ihn aus der Zeit, als beide noch Seringueiros — Gummizapfer — waren und der Wald sie ernährte. Bis Bento zum Gold ging und Maputo der Führer von ›Rettet Wald und Mensch‹ wurde. Sie haben sich bisher als alte Freunde fünfmal getroffen, das sechstemal könnte ein tödliches Treffen werden.«

»Und ich bleibe dabei«, sagte Lobos stur wie nie. »Auch für 100000 Dollar ist das Risiko, das eigene Leben zu verlieren, zu groß. Ein Attentäter will überleben und von dem Geld etwas genießen.«

Assis erwiderte nichts mehr. Er wollte diese Diskussion beenden. Ihm schien es überflüssig, über Dinge zu streiten, die nach seiner Ansicht nur wenige Worte wert waren. »Paulos Gedanke mit der Zeitungsanzeige ist übrigens gar nicht schlecht.«

»Wie bitte?« Lobos starrte Assis entgeistert an. »Das war doch nur ein Witz!«

»Aber ein guter, Paulo. Jawohl!« Assis klatschte in die Hände, als wolle er Lobos Beifall spenden. »Wir gehen damit an die Öffentlichkeit. Wir werden Schrecken und Angst erzeugen und werden dadurch sehen, wie die Männer um Maputo sich seinen Schutz vorstellen. Wir werden sie aus ihren Verstecken locken. Wir werden ihre verwundbare Stelle kennenlernen.«

»Und was oder wer kommt nach Maputo?«

»Es wird keinen zweiten Maputo geben. Eine große Idee lebt durch und mit ihrem Erfinder. Das hat die Weltgeschichte bewiesen. *Caros amigos*, warten wir ab.«

»Und der Rote Pfeil schlägt inzwischen wieder zu.«

»Damit müssen wir rechnen. Keiner von uns geht mehr allein aus dem Haus. Wir haben doch jeder unsere eigene Truppe. Jeder von uns fährt einen gepanzerten Wagen mit schußsicherem Glas. Was Camilo getan hat, war glatter Wahnsinn! Allein und ohne Begleitschutz zu fahren, das ist fast schon Selbstmord. In zwei, drei Jahren sieht alles anders aus, da hat man sich damit abgefunden, daß ein neues, reiches Brasilien entsteht, das allen Banken der Welt sagen kann: Seht, was in unserem Boden liegt! Seht, was wir an den Tag bringen können. In dieser Erde schlafen Billionen Dollar. Wir sind dabei, sie aufzuwecken! Einen Menschen, der aufs Geld spuckt, kenne ich nicht, er müßte erst noch geboren werden. Wir brauchen Luft, Freunde, wir brauchen Zeit. Im Jahr zweitausend wird niemand mehr über sogenannte ökologische Schäden sprechen, sondern nur noch von einer ökonomischen Revolution! Dieses ganze dumme Gerede von einer Klimaverschiebung, von einem Treibhauseffekt, von einem Ozonloch wird verstummt sein. Man wird einsehen, daß es nur Panikmache von einigen übereifrigen Ökologen und Klimatologen war, die ihre Trommeln schlugen, um auf sich aufmerksam zu machen. Ein Auswuchs von Eitelkeiten. Und es liegt allein in unserer Hand, eine reiche Zukunft zu schaffen. Ich danke euch, liebe Freunde.«

Die geheime Versammlung des »Rates Neues Brasilien« war damit beendet. In Gedanken versunken, verließen die Großgrundbesitzer und Industriebosse die Villa ihres Vorsitzenden Assis. Draußen warteten ihre gepanzerten Autos mit den für ihre Sicherheit beauftragten Pistoleiros. Man sah den Wagen nicht an, daß sie rollende Festungen waren: Cadillacs und Mercedes', Rolls-Royce' und Bentleys, Daimlers und BMWs. Sie waren innen mit so starken Stahlplatten ausgerüstet, daß sie nur halb so schnell wie normal fahren konnten. Man brauchte nicht zu flüchten; wer in einem solchen Auto saß, war keiner Gefahr mehr ausgesetzt. Es gab kein Geschoß, das die Stahlplatten oder das Panzerglas durchschlagen konnte. Nur eine Rakete konnte Schaden anrichten. Wer aber besaß schon eine panzerbrechende Rakete? Pfeile gegen Stahl — eine Metapher für Macht und Ohnmacht.

Als die Autokolonne durch das geöffnete schmiedeeiserne Tor von der Auffahrt zu Assis' schloßartiger Villa in die Straße einbog, achtete niemand darauf, daß zwei Straßenarbeiter damit beschäftigt waren, die Straße mit breiten Besen zu kehren, obwohl nicht der geringste Schmutz herumlag. Es waren zwei Mestizen, eine Mischung von Weißen und Indios, sie stützten sich auf die Stiele ihrer Besen und sahen der Autokolonne nach, die sich am Ende der Straße auflöste und sternförmig in Nebenstraßen verschwand. Dann blickten sie hinüber zu dem riesigen Tor, das sich elektrisch schloß und mit einem Klirren einrastete. Auf den Mauersäulen und in den hohen Bäumen erkannte man deutlich die Fernsehkameras, die jeden Meter des großen Grundstückes überwachten. Es war unmöglich, über die Mauer zu klettern, ohne von den Kameras erfaßt zu werden.

»Sie haben wieder über unseren Tod gesprochen«, sagte der eine und spuckte zur Seite aus.

»Aber sie werden mit uns untergehen!« erwiderte der andere und schulterte seinen breiten Besen. »Sie sind sich zu sicher, die Stärkeren zu sein.«

Camilo Ramos' Beerdigung wurde fast wie ein Staatsakt zelebriert.

Tausende von Menschen — das Fernsehen von Manaus schätzte 4000 Trauernde — begleiteten den Sarg. Er lag auf einer Art fahrendem Podest, ausgeschlagen mit schwarzem Samt und geschmückt mit Girlanden aus golden gespritzten Blüten. Auf dem Sargdeckel lag außer einem bronzenen Christus nur ein einziger, großer Strauß roter Rosen, ohne Schleife und Namen, aber jeder wußte, daß sie der letzte Gruß der Familie waren. Das Podest zogen vier Rappen mit vergoldetem Geschirr, und neben dem Sarg gingen dicht aufgeschlossen zehn Pistoleiros in einer Phantasieuniform, die Ramos vor Jahren für seine eigene kleine Armee entworfen hatte. Minister, der Bischof von Manaus, hohe Beamte, alle Freunde Camilos, an der Spitze Miguel Assis und Paulo Lobos, folgten dem mit Schnitzereien reich verzierten Sarg. Auch Coronel Eugénio Dinis und Arlindo Beja waren unter den Ehrengästen, und alle umgab ein Kordon von Polizisten und Militär, die nur eine einzige Aufgabe hatten: Die Sicherheit der prominenten Trauernden. Ein anonymer Brief war drei Stunden vor dem Begräbnis auf Dinis' Schreibtisch gelandet. In ihm wurde ein Attentat während der Trauerfeierlichkeiten angekündigt.

Es konnte eine leere Drohung sein, aber Dinis nahm das Schreiben ernst. Er löste Alarmstufe eins für die Armee aus, und die Polizei schloß sich sofort an. Miguel Bilac schlug mit der Faust auf den Tisch, als Dinis ihn anrief.

»Soweit sind wir also schon«, schrie er ins Telefon, »daß wir für eine Beerdigung Polizeischutz brauchen. Man sollte dieses ganze Gesindel, dieses stinkende Pack einfach ausräuchern, so wie man Wanzen vernichtet.«

»Welches Pack?« fragte Dinis ruhig.

»Die Indios! Und die Verrückten um Maputo!«

»Miguel, kein Indio wird nach Manaus kommen, um ein Begräbnis zu stören.«

»Aber einer dieser Umweltidioten!«

»Was hätte er davon, wenn er einen dieser Geldsäcke erschießt?«

»Eugénio, wie redest du plötzlich?« Bilac schüttelte den Kopf. Dinis sah ihn fast körperlich vor sich, wie seine Fischaugen auf den Telefonhörer starrten. »Was wären wir ohne diese Geldsäcke?«

»Unbestechliche, ehrliche Ehrenmänner.«

»Gibt's die?«

»Zumindest sind sie selten.«

»Keiner von uns kommt mit seinem miesen Gehalt aus. Wir sind unterbezahlt, und da ist es fast logisch, daß jeder versucht, aus irgendeiner Quelle zu trinken, um nicht zu verdursten.«

»Oft ist es schmutziges Wasser, Miguel. Man kann sich an ihm vergiften.«

Bilac mußte wieder mit dem Kopf schütteln. Dieser Eugénio Dinis, Coronel der brasilianischen Armee, Kommandeur der Truppen in Manaus, ausgezeichnet mit Verdienstorden und wegen seiner Tüchtigkeit mit dem schwierigsten Kommando des Militärs beauftragt — dem Schutz Amazoniens. Seine Soldaten waren eine Eliteeinheit, gedrillt im Dschungelkampf, durch Überlebenstraining im Regenwald durch nichts zu erschüttern. Die Soldaten wurden in Gruppen mit Fallschirmen irgendwo über dem Urwald ausgesetzt und mußten sich dann bis zur nächsten Militärstation durchschlagen, ohne Hilfe von außen, allein auf sich selbst angewiesen. Ein mörderischer Trip, aber bisher war kein Ausfall zu beklagen gewesen: Alle waren immer zurückgekommen, erschöpft, aber glücklich, es geschafft zu haben. Von ihrem Marsch durch den Regenwald brachten sie Andenken mit. Im Privatzoo der Garnison von Manaus konnte man sie besichtigen: gefleckte und schwarze Panther, Riesenschlangen und gehörnte Panzer-Kaimane, Pumas und Ozelote, Nasenbären und Langschwanzkatzen und Auerstachler, Wickelbären und Löwenäffchen, Faultiere und Totenkopfäffchen, Trompetenvögel, Rote Aras, Skunks und Kurzohrfüchse. Und Papageien in allen leuchtenden Farben.

Eine kleine Auswahl der Tierwelt, die im Urwald lebte — und die vernichtet wurde, wenn die Holzfällerkolonnen sich durch den Regenwald fraßen und die Flammen der Brandrodung alles Leben in Feuer und Rauch aufgehen ließen.

Auch Coronel Dinis nahm Geld von den Großgrundbesitzern und Fabrikanten, das wußte Bilac. Nicht so direkt in die offene Hand, sondern versteckt als Spenden für einen Militärfonds, über den Dinis allein verfügte. Beispielsweise eine Flugreise nach Europa für zwei Personen; da aus dienstlichen Gründen keine Zeit war, diese Reise anzutreten, wurde der Geldwert ausbezahlt, manchmal über 40 000 Dollar.

Und jetzt das! Diese Reden! Was war mit Dinis los?

»Ich verstehe dich nicht«, sagte Bilac. Er räusperte sich dabei.

»Hast du eine Störung in der Leitung, Miguel?« fragte Dinis zurück.

»Ich verstehe den Sinn deiner Worte nicht mehr, Eugénio. Bist du unter die Moralisten geraten?«

»Jeden Morgen, wenn ich mich rasiere, wenn ich mich im Spiegel sehe, sage ich zu mir: Was bist du doch für ein Halunke! Und dann schäme ich mich.«

»Aber deine Frau Ana will zum Geburtstag eine neue Halskette haben, aus purem Gold und besetzt mit Brillanten.«

»So ist es.«

»Das Gehalt eines Coronels reicht gerade für ein Silberkettchen. Aber Ana wird ihren Schmuck bekommen. Wovon? Reden wir nicht darüber. So einfach ist das.«

»Wir sind doch wahre Ganoven, Miguel.«

»Ich sehe mich nicht so, Eugénio.«

»Wir tun, was die Geldsäcke von uns verlangen. Wir beschützen nicht unser Vaterland, denn dem droht von keiner Seite eine Gefahr, wir schützen den Reichtum der Reichen und bekämpfen die Armen, die ausgebeutet werden, und wir tun das ohne Scham.«

»Beginnst du, depressiv zu werden?« fragte Bilac vorsichtig. »Man lebt nur einmal und muß sich anstrengen, auf der Sonnenseite zu leben. Mein Vorgänger Camizo war ein anständiger Mensch, unbestechlich, ehrlich, gerecht. Er wurde nur 51 Jahre alt. Man hat nie erfahren, wer ihn hinter dem Opernhaus von Manaus mit sieben MP-Kugeln erschossen hat. Dann kam ich auf seinen Posten und wurde eingeladen zu Partys und Bällen der hohen Herren. Sie brauchten keine Huren und pikanten Fotos mit ihnen von mir, um mich zu überzeugen, auf welchen Zug ich umsteigen mußte. Ich habe es sofort begriffen, schon nach den ersten Sätzen, die sie mit mir sprachen. Und ich lebe, lebe weiter, lebe noch lange, wenn Gott mir ein schönes Alter schenkt. Wofür soll ich mich schämen? Daß ich das Beste aus meinem Leben mache? Daß ich mich nicht selbst zur Zielscheibe der Pistoleiros mache? Mein lieber Eugénio, Moral kann tödlich sein, vor allem da, wo wir jetzt leben.« Bilac räusperte sich wieder. »Reden wir vom Begräbnis des armen Camilo. Du wirst eine Einheit abstellen?«

»Ja, eine ganze Kompanie.«

»Von Boa Vista fliegen jetzt fünfzig meiner Polizisten ein.«

»Wir haben in Manaus auch eine Polizei.«

»Ich traue ihr nicht. Bei meinen Leuten weiß ich, daß jeder vertrauenswürdig ist. Die Kollegen von Manaus sind mir zu liberal.«

Vor etwa drei Stunden hatte dieses Gespräch stattgefunden. Jetzt bildeten die Polizisten aus Boa Vista eine lebende Mauer um den Sarg und die prominenten Trauergäste. Dinis' Soldaten, wirklich eine ganze Kompanie, standen links und rechts der Straße, die von der Kirche zum Friedhof führte, und sperrten sie ab. Ein Wahnsinn wäre es gewesen, jetzt ein Attentat auf einen der Minister oder der Großgrundbesitzer zu wagen.

Am Grab, an dem ein Minister und danach Miguel Assis eine Rede hielten, fehlten die Witwe Ramos und die beiden Kinder. Sie waren zu Hause geblieben; Assis hatte es ihnen geraten. Um so besser wußten die TV- und Radiostationen Bescheid. Sie berichteten von einem fast tödlichen Schock der Witwe und Nervenzusammenbrüchen der Kinder. Das Mitleid des ganzen Landes gehörte ihnen. »Die Mordserie der Indios, vor allem der Yanomami, hält an«, sagte einer der TV-Sprecher zu den Trauerzugbildern. »Wie lange soll das so weitergehen? Verfolgt die FUNAI nicht eine verfehlte Indianerpolitik? Schutz für die Indianer, die unsere Brüder ermorden! Das ist doch eine verkehrte Welt, liebe Herren in Brasilia. Das hat auch mit dem Christentum nichts mehr zu tun. Liebet eure Feinde — in den Wäldern des Amazonas gelten andere Gebote. Warum begreift es die Kirche nicht? Warum? Der heutige Tag sollte uns allen zu denken geben. Einen Mörder kann man nicht mit Liebe behandeln.«

»So ist es richtig«, sagte Bilac zufrieden und genoß den Fernsehbericht, der am Abend in ganz Brasilien gesendet wurde, ebenso wie in den USA, in Europa und in Asien. »Das geht ans Herz. Das merkt man sich und denkt nicht mehr an die paar Bäume, die gefällt werden.« Bilac war sehr zufrieden.

Eine Woche später zerplatzte seine Zufriedenheit wie eine Seifenblase. Fassungslos und vor allem in Bedrängnis, was er nun unternehmen sollte, las er die Meldungen, die pausenlos von den verschiedenen Polizeistationen bei ihm einliefen. Auch aus Manaus meldete sich sein Kollege, der Polizeichef Caetano Lebre, und teilte ihm die Ungeheuerlichkeit mit. In Boa Vista, Surucucu, Santa Rosa, Vista Alegre, Catriman, Mucajá, Urarioera Murupu, Parima und Machado, in Santo Antônio und Caracaral, eigentlich überall in Roraima, wo es eine Stadt, ein Dorf oder eine Siedlung gab, und nun auch in Manaus hingen an den Häuserwänden rot umrandete Plakate mit dem Text:

Achtung!
Wer will sich 100 000 Dollar verdienen?
Diese Summe bekommt der Mutige, der Júlio Maputo tötet!
Wer es getan hat, ruft die Telefonnummer Boa Vista 5923 an.

Unter diesen Zeilen war ein Foto von Maputo abgedruckt. Maputo während einer Rede auf einer Versammlung seiner Bewegung »Rettet Wald und Mensch«. Ein schöner Kopf, eingerahmt von schwarzen Locken, mit feurigen Augen und jetzt, während der Ansprache, mit einem etwas verzerrten Mund. So kannten ihn Tausende, Hunderttausende: Ein Prophet, der gegen die Zerstörung des Regenwaldes aufrief, gegen die Vernichtung der Indios, gegen die Ausbeutung des Landes, gegen den Untergang Brasiliens, das im Jahre 2012 — so hatten es Ökologen ausgerechnet — statt mit Urwald nur noch mit einer ausgetrockneten Steppe bedeckt sein würde.

Miguel Bilac handelte nach einer anfänglichen Lähmung, wie ein Polizeichef in einem solchen Fall handeln mußte.

Die Telefonnummer 5923 gehörte einer harmlosen Lederfabrik in Boa Vista. Sie gerbte Felle und stellte feinstes Leder für Polstermöbel her, das fast ausschließlich nach Europa und Japan exportiert wurde. Ein solider, gesunder Betrieb, der nur den Fehler hatte, seine ätzenden und mit Säuren versetzten Abwässer ungeklärt in den Rio Branco zu leiten. Aber das war überall so . . . Kläranlagen waren noch keineswegs selbstverständlich.

Der Geschäftsführer der Lederfabrik schwor heilige Eide, von diesen Plakaten nichts zu wissen. Er weinte fast über die Ungeheuerlichkeit, seine Telefonnummer für einen Mordaufruf zu mißbrauchen.

»Senhor Bilac«, rief er verzweifelt, »Sie kennen mich jetzt schon zwölf Jahre! Wie können Sie mich verdächtigen, mit dieser Schweinerei etwas zu tun zu haben?! Ich war immer ein ehrlicher Mensch.

Ich setze doch kein Kopfgeld aus — in aller Öffentlichkeit! Das ist doch ein Wahnsinn, so etwas zu denken!«

»Und wenn sich jemand findet, der für 100 000 Dollar Maputo erschießt?«

»Das wäre schrecklich.«

»Und dieser Mann ruft wirklich bei Ihnen an — was würden Sie dann tun?«

»Es sofort an Sie melden, Senhor Bilac. Welch eine Frage!«

»Und es hat niemand mit Ihnen vorher darüber gesprochen?«

»Bei meiner Seele, nein.«

Bilac war überzeugt von dem, was der Geschäftsführer sagte. Überall in Roraima begannen die Nachforschungen. Die Polizei verhaftete verdächtige Personen, vor allem Arbeitslose, denn irgend jemand mußte ja die Plakate in der Nacht an die Hauswände geklebt haben. Das war schnell verdientes Geld für die Herumlungernden, aber alle Verhöre endeten mit einem Mißerfolg. Keiner hatte die Plakate verteilt, niemand wußte, wer sie gedruckt hatte. Nie, nie würde man so etwas tun, schon gar nicht, wenn es um den Kopf von Maputo ging. Maputo ist unser aller Freund, hieß es überall. Wir helfen doch nicht mit, ihn umzubringen! Eher hätten wir die Plakatverteiler umgebracht. Die Meldungen der Polizeiwachen glichen sich wie ein Ei dem anderen. Bilac schnaufte wütend durch die Nase; wenn er ehrlich gegen sich selbst war, hatte er auch nichts anderes erwartet.

»Haltet die Halunken im Auge«, gab er an alle Stationen durch. »Wer plötzlich mehr Geld hat als sonst, wer sich laufend besäuft, wer zu den Huren geht — sofort verhaften! Prügelt die Wahrheit aus ihnen heraus. Von selbst kamen die Plakate nicht an die Wände. Habe ich denn nur Schwachköpfe als Polizisten?! Ich will Geständnisse sehen!«

Coronel Dinis, den Bilac auch anrief, war die Ruhe selbst. Er schien sich über die Aufregung zu wundern, die Bilac ergriffen hatte.

»Ich verstehe deine Erregung nicht«, sagte er. »Und was ich jetzt unternehme? Nichts. Das ist Sache der Polizei, nicht des Militärs. Es sei denn, ich bekomme vom Oberkommando einen Befehl, mich da einzuschalten. Aber das ist unwahrscheinlich. Wer auch immer diesen Aufruf erlassen und das Kopfgeld für Maputo ausgesetzt hat, ich habe das Gefühl, daß bestimmte Kreise, bis in die Regierung, dieses Plakat mit stillem Wohlgefallen betrachten. Natürlich wird man Entsetzen und Abscheu verbreiten, aber nur halbherzig.«

»Mit dir kann man nicht mehr vernünftig reden! Bist du vom Saulus zum Paulus geworden?«

»An deiner Stelle würde ich bei der Suche nach den Plakatdruckern nicht zu forsch vorgehen. Du könntest in ein Wespennest treten und ziemlich zerstochen werden.«

»Was weißt du, Eugénio?«

»Nichts. Ich ahne nur . . .«

»Wer dahintersteckt?«

»Ich werde mich hüten, auch nur ein Wort darüber zu sagen.«

»Sind wir nicht Schulfreunde, Eugénio?«

»Das ist lange her, Miguel. Mit den Jahren hat sich viel verändert.«

»Aber eine richtige Freundschaft bleibt . . .«

Waren wir wirklich Freunde, dachte Dinis. Richtige Freunde fürs Leben? Bilac hatte immer eine Neigung zur Grausamkeit gehabt, eine Perversion, die schon als Kind bei ihm durchbrach. Er stach Küken die Augen aus, blies mit einem Strohhalm Frösche auf, bis sie platzten, band einen mit Benzin getränkten Lappen an den Schwanz einer Katze und zündete ihn dann an. Und in seinen Augen war dann ein besonderer Glanz, eine deutliche Wollust, wenn die gequälten Tiere verendeten. Hatte sich das bis heute geändert? Was man von Bilac erzählte, waren schreckliche Gerüchte, nur waren es jetzt nicht Küken, Frösche oder Katzen, sondern Menschen. Wenn nur ein Teil davon Wahrheit war, konnte man Bilac ein Ungeheuer nennen. Kann solch ein Mensch ein Freund sein?

»Ich wette mit dir, daß du in Kürze deine Nachforschungen einstellen wirst«, sagte Dinis. »Ich bin mir da ziemlich sicher. Um was wetten wir?«

»Eugénio, laß mich nicht zappeln! Sag mir, was du ahnst!«

»Ruf mich an, wenn ich recht habe. Es wird keine Woche dauern, bis du deine Polizisten zurückpfeifst. Denk an das Wichtigste, was du haben kannst: an eine sorglose, sichere Zukunft.«

Dinis legte auf, ohne auf eine Antwort von Bilac zu warten. Nein, dachte er, wir sind keine Freunde mehr. Wir kennen uns, das ist alles. Wir haben uns auseinanderentwickelt. Jeder ist seinen Weg gegangen, und mit jedem Schritt haben wir uns voneinander entfernt. Korrupt sind wir beide, das ist das einzige, was uns verbindet, was wir gemeinsam haben, nur mit dem Unterschied, daß ich mich selbst ein Schwein nenne. Wer einmal in diesen Sumpf fällt, kommt nicht mehr heraus und muß nach jedem Balken greifen, den man ihm hinhält.

Es dauerte nicht einmal eine Woche. Bilac erhielt in seinem

Hauptquartier in Boa Vista hohen Besuch. Miguel Assis war von Manaus nach Roraima geflogen und stand plötzlich unangemeldet vor Bilacs Tür. Er war sehr freundlich, nahm dankend Kaffee und Kognak an und setzte sich dem Polizeichef gegenüber in einen der Ledersessel. Kaum saß er, als er in die Brusttasche seines weißen Baumwollanzuges griff, ein verschlossenes Kuvert hervorholte und es Bilac auf den Tisch warf. Es landete genau neben dessen Tasse. Bilac rührte sich nicht, er spürte nur ein Prickeln in seinem Nacken. So deutlich, so erniedrigend hatte Assis noch nie seine Macht gezeigt.

»Ich höre, mein lieber Bilac«, begann Assis mit einer öligen Stimme und lächelte dabei, »daß Sie auf der Jagd nach dem Plakathersteller sind. Ihre Polizisten gehen nicht gerade zimperlich mit den Verdächtigen um, aber haben Sie schon einen Erfolg gehabt?«

»Nein, Senhor Assis«, antwortete Bilac. Es war, als habe ihm Assis ins Gesicht gespuckt. »Noch nicht ...«

»Warum sind Sie überhaupt so wild auf den Initiator dieser Aktion?«

»Ein Mordaufruf? Es ist meine Pflicht, mit allen Mitteln —«

Assis hob die Hand und winkte ab. Bilac vollendete den Satz nicht mehr.

»Es ist Ihre Pflicht, für Ruhe im Land zu sorgen. Sehe ich das richtig so?«

»Vollkommen, Senhor Assis.«

»Es ist weiterhin Ihre Pflicht, alle Unruhestifter auszuschalten zum Wohle der Allgemeinheit, des Staates, des Friedens —«

Bilac schwieg. Plötzlich wußte er, was Assis mit den kommenden Sätzen noch sagen würde, und er dachte an Eugénio Dinis, der ihn verschwommen gewarnt hatte. Und richtig, Assis hatte keine Hemmungen, es klar auszusprechen. Warum auch? Das Kuvert war deutlich genug.

»Wer ist der größte Unruhestifter im Land? Nicht nur in Roraima, nein, in ganz Brasilien? Wer beschmutzt im Ausland das Gesicht unseres geliebten Vaterlandes? Wer stellt uns, Sie, mich und alle anderen integren Männer als Verbrecher dar, als Zerstörer unserer Welt? Júlio Maputo. Haben Sie nie darüber nachgedacht, Miguel?«

»Es bleibt dennoch ein Aufruf zum Mord.«

»Es kann die Empörung eines einzelnen sein. Wissen Sie, ob das Kopfgeld auch bezahlt wird, ob sich ein Idiot findet, der diesen Aufruf ernst nimmt?«

»Natürlich weiß ich das nicht.«

»Es könnte ja auch nur eine Warnung für Maputo sein. Ihm soll angst gemacht werden. Betrachten Sie diese Plakate als einen dummen Scherz. Vielleicht steckt wirklich ein Verrückter dahinter.«

»Wenn man es so sieht, Senhor Assis«, sagte Bilac gedehnt.

»Bitte sehen Sie es so.«

Ein Einzelgänger, der die Möglichkeit hat, überall im Land die Plakate ankleben zu lassen, bis hinunter nach Manaus? Ein armer Irrer, der so viel Geld ausgibt für eine Wahnidee? Ein Verrückter, der eine Organisation von Schweigenden befehligt? Senhor Assis, ich verstehe. Sprechen wir nicht weiter darüber. Ich weiß nicht, was in dem Kuvert steckt, aber Sie waren immer so großzügig gewesen. Blasen wir die Aktion also ab. Offiziell habe ich mein möglichstes getan. Schatten kann man nicht greifen. Es ist jetzt Maputos Sache, sich mit dem Plakat auseinanderzusetzen.

»Ich hatte sowieso vor, die Suche abzubrechen«, sagte Bilac und goß noch einen Kognak in die Gläser. »Darf ich Sie zum Mittagessen einladen, Senhor Assis?«

»Gern, aber ein andermal. Ich habe noch viel in Boa Vista zu regeln. Keine Zeit. Sie wissen ja, was für uns eine Stunde bedeutet. Verlorene Zeit kann man nicht zurückholen.« Assis erhob sich und gab Bilac die Hand. »Ich wünsche Ihnen alles Gute, Miguel.«

»*Obrigado*, Senhor Assis.« Das Danke blieb Bilac fast im Halse stecken, so würgte es ihn. Aber kaum hatte sich die Tür hinter Assis geschlossen, griff er nach dem Kuvert und riß es auf. 2000 Dollar, immerhin. Nicht üppig für den Wunsch, die Augen zu schließen, doch das Plakat würde in naher Zukunft noch mehr einbringen. Es wird ein teurer Anschlag werden, Senhor Assis. Mit den 100 000 Dollar und diesen läppischen 2000 ist es nicht getan. Maputos Kopf ist Millionen wert, das wissen Sie und ich genau. Millionen, die Sie nicht verdienen werden, wenn Maputos Aufrufe die Welt aufrütteln und die Vernichtung des Regenwaldes gestoppt werden.

Ob es wirklich jemanden gibt, der für das Kopfgeld Maputo tötet?

Bilac griff zum Telefon und gab einen Befehl durch.

Eine Stunde später wußte er, daß Assis die anständige Lederfabrik besucht hatte. Nur kurz, ein paar Minuten.

Aber er wußte nicht, daß die ehrbare Häuteverwertung zu Assis' Konzern gehörte.

Was hätte dies auch geändert?

* * *

Bis zum Mittag waren sie damit beschäftigt, ihre Zimmer einzurichten, die Koffer auszupacken und nachher zu duschen. Der Schweiß lief ihnen herab, jede schnelle Bewegung erzeugte einen neuen Schweißausbruch, und trotz der summenden, sich drehenden Propeller der Deckenventilatoren war die Luft so dicht und schwül, daß man sie, wie Thomas Binder sagte, mit einem Messer hätte schneiden können.

Noch vor dem Mittagessen streifte Thomas seinen vom Transport zerknitterten weißen Arztkittel über und ging zu dem kleinen Hospital hinüber. Erstaunt und dann mit einem unterdrückten Lächeln sahen ihn Schwester Lucia und der Krankenpfleger Luigi an.

In einem der Krankenzimmer hörte er die Stimme von Pater Ernesto. Er sprach mit einem Indio, der auf einem Eisenbett lag, das oft abgestoßen und immer wieder neu gestrichen worden war. Pater Ernesto hob den Kopf, als Thomas eintrat. Auch er musterte ihn, nickte ihm dann zu und beugte sich wieder über den Kranken. Thomas trat näher ans Bett. Der Indio starrte ihn an wie einen Geist, der plötzlich aus der Erde gekommen war. Dann umklammerte er die Hände des Paters und verkrümmte sich wie bei einem Krampf. Ernesto sagte ein paar Worte in der Yanomami-Sprache, löste die Finger des Indios von seinen Händen und richtete sich auf.

»Ihr weißer Kittel macht ihm angst«, sagte er. »Für ihn sehen Sie aus wie ein unbekannter Geist. Ziehen Sie den Fummel aus. Wir brauchen hier nicht dieses Statussymbol. Hier ist nicht die Uni-Klinik Hannover, sondern ein elendes Urwald-Hospital. Oder hatten Sie etwas anderes erwartet?«

»Nein.« Thomas zog seinen Kittel aus und warf ihn auf einen Stuhl. Er trug nur noch ein dünnes Unterhemd und eine hellgraue Hose aus Baumwolle, aber mit einer korrekten Bügelfalte. »Was hat der Mann?« fragte er und trat neben das Bett. Der Indio starrte ihn angstvoll an.

»Ich weiß es nicht. Er klagt über Schmerzen im Unterbauch, aber wenn er die Stelle zeigen soll, kann er das nicht. Mal zeigt er auf die Blase, mal auf die linke Leiste, mal auf die Nabelgegend.«

Tom blickte den Yanomami an. Ihre Blicke trafen sich, und plötzlich streckte sich der verkrümmte Körper, kein Krampf war mehr da, und sein Blick war jetzt klar und neugierig. Pater Ernesto legte seine Hand auf den Arm des Arztes.

»Sie wollen ihn untersuchen?«

»Natürlich. Das muß ich doch.«

»Wissen Sie, wie lange es gedauert hat, bis ich einen von diesen

Indios anfassen durfte? Die Medikamente, die man schlucken kann, die nehmen sie dankbar an, aber anfassen — unmöglich. Und eine Spritze geben — undenkbar. Den ersten, den ich untersuchen konnte, kam nicht ins Hospital, sondern blieb in seiner Hütte. Unter der Aufsicht des Medizinmannes durfte ich ihn berühren, und es war auch noch eine delikate Angelegenheit. Eine Entzündung des Geschlechtsteils, bei der weder Pflanzensäfte, Salben, Blätterumschläge oder Beschwörungen halfen — der Medizinmann war am Ende. Erst da durfte ich den Kranken berühren. Mit einer Antibiotika-Salbe und drei Penicillin-Injektionen ging die Entzündung weg. Aber das Theater, als ich mit der Nadel kam! Einen Yanomami stechen — doch mittlerweile haben sie sich daran gewöhnt, aber nur bei mir. *Sie* müssen sich erst das Vertrauen der Indios erkaufen.«

»Erkaufen? Wie?«

»Durch eine Heilung.«

»Ohne eine Untersuchung? Das machen Sie mir erst mal vor.«

»Versuchen wir es.« Pater Ernesto beugte sich zu dem Yanomami hinunter und sagte etwas in der melodisch klingenden Indiosprache. Der Kranke starrte Thomas wieder an, nickte dann und legte sich auf den Rücken. Er spreizte Arme und Beine etwas auseinander, eine Geste der Ergebung. Tom setzte sich neben ihn auf die Bettkante und zeigte dem Indio seine Hände.

»Sagen Sie ihm, Pater, daß ich gleich seinen Körper abtasten werde und daß es irgendwo dabei weh tun wird. Er wird vielleicht stöhnen vor Schmerz.«

Ernesto übersetzte es, aber dann sagte er: »Damit werden Sie kein Glück haben, Doktor. Ein Yanomami wird sich nie die Blöße geben, vor einem Fremden seine Schmerzen zu zeigen.«

»Ich weiß. Das haben wir als Kinder schon gelesen.« Thomas lächelte kurz. »Ein Indianer kennt keinen Schmerz. Das nutzt mir gar nichts. Sagen Sie dem Mann, er soll es mir zeigen, wenn ich beim Abtasten an die schmerzhafte Stelle komme. Wie soll ich sonst lokalisieren?«

Pater Ernesto übersetzte auch das. Der Yanomami antwortete mit einigen kehligen Lauten.

»Er will Ihnen den Schmerz zeigen. Doktor, das ist ein Vertrauensbeweis. Sie haben schon halb gesiegt. Gratuliere. Das spricht sich im Shabono herum. In jeder Maloca wird man Ihren Namen kennen.«

Der kranke Yanomami hatte still zugehört, jetzt wurde er unruhig. Er trommelte mit den Hacken auf das Bett. Thomas lachte und beugte sich über den nackten, hellbraunen Körper. »Recht hast du, mein Junge«, sagte er. »Erst der Patient, dann das andere. Nun wollen wir mal.«

Vorsichtig tastete er den Unterbauch des Indios ab. Er mußte dabei an seinen Lehrer für Innere Medizin denken, der einmal zu ihm gesagt hatte: »Röntgenstrahlen, Computer-Tomographen, Magensonden, Ultraschall, all das sind nur Hilfsmittel. Das Wichtigste für einen Arzt waren, sind und bleiben seine Hände und sein Ohr.«

Beim Druck auf die linke Leiste zuckte der Indio zusammen. Er riß den Mund auf und sagte dann stockend: *»Tj a nini kahátha.«* Pater Ernesto nickte ihm beruhigend zu.

»Wörtlich heißt das: Ich schmerzvoll sehr. Also: Dort hat er Schmerzen«, erklärte er.

Thomas drückte noch einmal auf die Stelle und umkreiste mit den Fingern die Leistengegend. Der Yanomami biß die Zähne zusammen. Er gab jetzt keinen Laut mehr von sich, nur an dem Flackern seiner Augen erkannte man, wie groß die Schmerzen waren.

»Na?« fragte Pater Ernesto.

»Ein innerer Leistenbruch«, antwortete Thomas und runzelte die Stirn.

»Sagen Sie bloß, unser Yanomami soll operiert werden«, sagte Pater Ernesto.

»Ich halte es für dringend notwendig.«

»Anders geht es nicht?«

»Nicht in diesem Fall.«

»Und womit wollen Sie operieren?«

»Ich habe noch nicht Ihren Instrumentenschrank gesehen. Sie müssen doch im Laufe der vergangenen zweiundzwanzig Jahre die nötigsten Instrumente bekommen haben.«

»Aus Italien ist durch Spenden einiges, vor allem Medikamente, zu uns gekommen. Auch die FUNAI ergänzt auf Anforderungen unsere Bestände, aber chirurgische Instrumente — wozu? Wir hatten, bis Sie kamen, nur ein paarmal Ärzte zu Gast hier. Sie sind schnell wieder nach Boa Vista zurückgeflogen, da sie sich wie Don Quijote vorkamen, der gegen Windmühlenflügel kämpfte. Wir haben drei stumpfe Skalpelle hier, ein paar Zangen und Klemmen, eine Pappschachtel mit Nadeln, aber kein Nahtmaterial. Ja nun, ein paarmal habe ich geschnitten, meistens Furunkel. Eiter raus, Verband anlegen, fertig. Das alles ohne Betäubung.«

»Sie haben keine Anästhetika hier?«

»Doch. Ein Stückchen Holz oder Bambus. Die Yanomami klemmen es sich zwischen die Zähne und beißen darauf. Das sind verdammt harte und zähe Burschen, Doktor. Aber war's bei uns im Mittelalter anders? Da wurden Arme und Beine amputiert, Zähne ausgerupft, alles ohne Betäubung. Die durch Schmerzen erzeugte Bewußtlosigkeit war die natürliche Anästhesie. Denken Sie einfach, Sie lebten hier im Jahre 1223. Natürlich haben die Medizinmänner der Indios Tropfen aus Pflanzen und Wurzeln, die die Schmerzen dämpfen, aber für eine Operation sind sie zu schwach. Sie werden das alles noch kennenlernen, Doktor.«

Pater Ernesto blickte wieder auf den Yanomami hinunter. »Was machen wir jetzt mit ihm? Wollen Sie wie im Mittelalter operieren? Ich warne Sie, Doktor. Wenn Ihnen der Patient stirbt, sind Sie für die Yanomami ein Mörder, und der Geist des Toten wird das Dorf nie mehr verlassen. Da hilft nur eins, ihn zu versöhnen: Ihr Tod! Ich verliere Sie ungern schon nach ein paar Tagen.«

»Es ist alles unterwegs. Alles, was man für eine mobile Klinik braucht. Die Kisten müßten längst hier sein, so wie die Kisten von Frau Herrmann. Ich verstehe das nicht.«

»Geduld ist die Mutter des Überlebens, Doktor. Ihre Kisten lagern bestimmt irgendwo in Boa Vista. Vielleicht sogar im Lagerhaus der FUNAI. Und wenn sie dort sind, dann sitzt Beja drauf.«

»Wer ist Beja?«

»Arlindo Beja. Den kennen Sie nicht? Der Chef der FUNAI für Roraima? Haben Sie sich nicht bei ihm melden müssen?«

»Nein. Nur bei der FUNAI in Manaus. Und da ging es schnell, als man meine Papiere durchsah. Ein Schreiben der Regierung in Brasilia wirkte Wunder. Ich bin auf direktem Wege hierher gekommen, genau wie Frau Herrmann. Einen Beja haben wir nie zu Gesicht bekommen.«

»Das ist schlecht. Sehr schlecht sogar.« Pater Ernesto wischte sich über das schweißnasse Gesicht. Auch nach all den Jahren setzte ihm das Klima zu. »Beja ist ein eitler Affe. Er wird sich übergangen fühlen, und das werden Sie zu spüren bekommen. Ihre Kisten verstauben erst mal im Schuppen.«

»Wie kann ich Beja erreichen?«

»Per Funk, aber meistens ist er nicht da. Oder per Flugzeug. Sie geben einem der Piloten, die bei uns landen, einen Brief an Beja mit.« Pater Ernesto sah Thomas nachdenklich an. »Glauben Sie nicht, ich wolle Sie kontrollieren, aber, bitte, zeigen Sie mir den Brief, bevor Sie ihn abgeben. Ein falsches Wort, ein Hauch von Kritik, und Sie sind für Beja nicht mehr vorhanden.«

»Sie haben Angst vor ihm? Nach all den Jahren am Rio Parima?«

»Wir haben gelernt, vorsichtig zu sein und den Kopf einzuziehen. Deshalb lassen Sie mich den Brief lesen, Doktor.«

»Versprochen, Pater. Aber bitte, wir haben ausgemacht, ich heiße Thomas oder Tom.«

»Auf portugiesisch: Tomás. Und sagen Sie Ernesto zu mir.«

»In Ordnung, Ernesto.«

»Sie wollen also wirklich operieren?«

»Ich muß erst sehen, was für Instrumente Sie haben. Ich befürchte, daß ich bis zum Eintreffen meiner Kisten warten muß.«

»Und der Indio?«

»Er muß auch warten. Sie haben doch ein starkes Schmerzmittel hier?«

»Ja. Unsere Apotheke ist erstaunlich gut sortiert. Ohne sie könnten wir hier gar nichts ausrichten. Ich vermute, Beja schickt uns so viel Mittel, um ein Alibi zu haben, wenn einmal unverhofft eine Kontrollkommission bei uns auftaucht. Seht, so sorgt die FUNAI für ihre Indianer. Nichts fehlt ihnen. Sie sind gesünder als je zuvor. Und die Welt glaubt es. Von der schleichenden Ausrottung der Indios spricht niemand. Warum auch? Wenn irgendwo auf einem Flecken Erde, den kaum jemand kennt, 250 Yanomami sterben oder vier oder fünf von den Goldgräbern getötet werden, wer spricht schon darüber? In Äthiopien und im Sudan verhungern über zwei Millionen Frauen, Kinder und Greise, in Kalkutta liegen die Toten auf den Straßen, in Bangladesch haben Überschwemmungen das Land für über 500 000 Menschen zerstört — *das* sind Zahlen, die durch alle Medien verbreitet werden. Was sind dagegen 250 Yanomami? In der Welt gibt es andere Probleme. 250 Indianer. Wißt ihr, wieviel Menschen jährlich auf den Straßen sterben durch Autounfälle? *Das* ist alarmierend, *darum* sollte man sich kümmern. Und die steigende Zahl der Krebstoten und der Herzinfarkte. Kommt uns nicht mit euren 250 Indianern. Das ist doch lächerlich.«

Pater Ernesto wischte sich wieder über das Gesicht und seufzte laut. Thomas erhob sich von der Bettkante. Der Yanomami starrte ihn fragend und ängstlich an.

»Das klingt bitter«, sagte Tom.

»Die Wahrheit ist meistens bitter, gallbitter. Eine Säure. Die satten Menschen im reichen Europa sehen sich einen Fernsehfilm über das Sterben der Yanomami wie einen lahmen Krimi an oder wie einen exotischen Film aus fernen Ländern, wenn sie ihn überhaupt ansehen. Na ja, das Elend der armen Indianer. Sollen mal vernünftig arbeiten, die Kerle, dann ginge es ihnen besser, werden sie sagen. So ist es doch, Thomas.«

»Es wird sich bald ändern. Die Berichte aus dem Regenwald mehren sich. Es wird das große Thema der nächsten Jahre sein, vor allem bei der Jugend.«

»Und wer hilft? Die Weltbank, die großen nationalen Banken, Industriekonzerne, multilaterale Interessengruppen pumpen Milliarden Gelder in die sogenannte Zukunft: in Staudämme, Eisenhütten, Aluminiumwerke, Zinngruben, Holzfabriken. Gigantische Projekte, hineingebrannt und hineingeschlagen in den Regenwald und das Leben der Indios. Zukunft durch Vernichtung. Ist das Logik? Ja, die Logik des Kapitals! Auch ihr Deutschen habt da mitgemacht. Das VW-Brasil-Werk, um nur eins zu nennen. Wissen Sie, wieviel Tausende von Hektar für VW abgeholzt und abgebrannt wurden, nicht allein für die Produktion von Autos, sondern um riesige Weideflächen für die Rinder zu schaffen? Ich kann Ihnen jetzt die Zahlen nicht nennen, ich sage sie Ihnen heute abend. Da können hunderte Berichte in Ihren Zeitungen stehen oder über den Bildschirm flimmern — es ändert sich nichts. Gar nichts! Wir werden nur als Querulanten abgestempelt, als blinde Eiferer, als realitätsfremde Idealisten.« Pater Ernesto atmete tief durch. »Himmel, soviel habe ich in den letzten Jahren nicht auf einmal gesprochen. Aber es tut gut, sich das alles einmal von der Seele zu reden.«

Der äußere Zustand des Hospitals war gut, das sah Thomas bei seinem ersten Rundgang sofort. Nur die Einrichtung war reichlich primitiv, es fehlte eigentlich an allem: von einem leistungsfähigen Mikroskop bis zu einem wirkungsvollen Sterilisator. Die Laboreinrichtung war geradezu lächerlich, dafür war die Apotheke, Pater Ernesto hatte recht, umfangreich, genauso wie das Verbandmaterial und die Kästen mit den Einwegspritzen. Nur fehlte es an Injektionsampullen der wichtigsten Medikamente. Infusionsflaschen waren überhaupt nicht vorhanden, und das »chirurgische Besteck« war reif für den Müll.

Nach dem Hospital besuchte Thomas die Polizeistation.

Geraldo Ribateio saß allein in seinem Dienstzimmer und blätterte gelangweilt in einer Illustrierten, die das Flugzeug aus Boa Vista mitgebracht hatte. Bei der Betrachtung der abgebildeten schönen Mädchen, deren Bikinis so winzig waren, daß es auf dieses Minimum an Stoff auch nicht mehr ankam, seufzte er ein paarmal und dachte mit Bitternis daran, daß sein nächster Urlaub erst in vier Monaten fällig war. Das war das schlimmste an seinem Kommando am Rio Parima — ihm fehlte die Zärtlichkeit eines anschmiegsamen Frauenkörpers.

Die Yanomami-Mädchen rührte Ribateio nicht an, selbst wenn sie willens waren, sich für einen Aluminiumtopf, eine Schere oder eine Petroleumlaterne hinzulegen und dem weißen Mann einen Gefallen zu tun.

Auch zu den Huren im Goldgräberlager Novo Lapuna mochte er nicht gehen. Es war unter seiner Würde, mit einer Frau im Bett zu liegen, die schon Hunderte von Garimpeiros gehabt und dafür eineinhalb Gramm Gold bezahlt hatten. Zugegeben, Mariana war ein tolles Mädchen, hatte leuchtendrot gefärbte Haare, und wer von ihr kam, fand kein Ende zu erzählen, was für Tricks sie auf Lager hatte. Eine Wucht, diese Frau. Dafür nahm sie auch zwei Gramm Gold für eine Stunde, und jeder, der aus ihrer Baracke kam, hatte glänzende Augen und bereute nicht die zwei Gramm Gold. Aber auch ihre Freundin, die blonde Joana mit dem schulterlangen Haar, war ihr Geld wert. Sie sah aus wie eine Madonna, mit seelenvollem Blick in den graublauen Augen, und war eine der seltenen Huren, die es nicht ausschließlich für Geld taten, sondern aus wirklicher Freude am Bumsen. Sie hatte die Angewohnheit, besonders ansehnliche oder ungewöhnliche Schwänze zu fotografieren, und hatte im Laufe der Zeit eine einmalige Sammlung zusammenbekommen. Der Polizist hatte das Album einmal gesehen, als er sie aus dienstlichen Gründen besuchen mußte. Ein Goldgräber hatte behauptet, er sei beim Beischlaf bestohlen worden. Joana hatte ihm das Album stolz gezeigt, und Ribateio war ehrlich erstaunt gewesen. »Was es nicht alles gibt! Joana, damit kannst du mal viel Geld verdienen, wenn du das als Buch drucken läßt!«

Aber sich in diese Galerie einzureihen war ihm nun doch zuwider. Was Frauen betraf, lebte er von einem Urlaub zum anderen. Es war schon ein schweres Leben auf Santo Antônio.

Ribateio blickte von seiner Illustrierten hoch, als Thomas ins Zimmer trat. Er war allein, seine Polizisten waren alle auf Streife und kümmerten sich wieder einmal um einen Garimpeiro, der in der vergangenen Nacht erschlagen worden war.

»Ich wollte mich Ihnen vorstellen, Tenente«, sagte Thomas.

»Wir haben uns zwar schon bei der Ankunft gesehen, aber ab heute bin ich im Amt, wie man so sagt.«

Der Tenente sprang auf, kam auf den Arzt zu und drückte ihm die Hand. »Geraldo Ribateio«, stellte er sich vor. »Ich beglückwünsche Sie nicht zu diesem Job. Sie wissen bestimmt nicht, auf was Sie sich da eingelassen haben.«

»Ich bin auf alles vorbereitet.« Thomas sprach das lehrbuchmäßige Portugiesisch, das er in einem Schnellkurs gelernt hatte. Es klang etwas holprig und war grammatikalisch noch nicht einwandfrei, aber man konnte sich verständigen. In einem halben Jahr würde er so sprechen können, als sei er in Brasilien geboren. »Mich kann so leicht nichts erschüttern.«

»Sie waren noch nicht in Novo Lapuna, Doktor.«

»Was ändert das? Es sind auch Menschen.«

»Manchmal kann man daran zweifeln. Sie werden es noch erleben.«

»Wieviel Garimpeiros sind hier?«

»Ungefähr zweiundzwanzigtausend in Novo Lapuna. Aber da gibt es noch andere Camps im Yano-Gebiet. Die Holzfällerkolonnen, die neuen Siedler, die Holzkohlenmeiler, die Straßenbauer, die Bauarbeiter an dem neuen Eisenhüttenwerk. Was glauben Sie, wie schnell es sich herumspricht, daß Sie auf der Mission sind.«

»Ich bin doch wohl nicht der einzige Arzt in unserem Gebiet?« Thomas sah Ribateio irritiert und fassungslos an. »Eine Stadt wie Novo Lapuna muß doch Ärzte haben.«

»Sogar ein Krankenhaus, Doktor. Eine etwas längere Holzbaracke. Darin arbeiten zwei Ärzte. Dem einen hat man woanders das Praktizieren verboten, weil er immer besoffen war, der andere saß zwei Jahre im Gefängnis, weil er seine Patientinnen während der Narkose vergewaltigt hat. Aber für Novo Lapuna sind sie immer noch gut genug. Schwerkranke werden sowieso nach Boa Vista geflogen, im allgemeinen aber hilft jeder sich selbst. Wer sich bei der Arbeit verletzt, wickelt sich einen Verband um und arbeitet weiter, ohne Arbeit kein Geld, so einfach ist das bei den Garimpeiros. Es sind schon harte Burschen, die sich da in den Claims in die Erde wühlen. Ich bin gespannt, wann der erste hier aufkreuzt. Ein guter Rat, Doktor: Schicken Sie ihn weg. Schicken Sie alle weg, sonst wird die Mission von Patienten überrollt.«

»Als Arzt muß ich jedem helfen, der zu mir kommt, Tenente.«

»Ich sehe verdammte Probleme auf uns zukommen, Doktor.«

Ribateio machte eine einladende Geste. »Trinken Sie einen Rum mit mir?«

»Nicht schon am Vormittag, und bei dieser Hitze.«

»Rum mit Maracujasaft.«

»Es bleibt dennoch Alkohol.«

»Sie werden noch viel lernen müssen, Doktor.« Ribateio lachte und stützte seine Arme in die Hüften. »Besoffen sein ist das einzige Vergnügen, das unser Leben hier erträglich macht. Sie werden es schnell erfahren.«

Toms nächster Besuch galt Luise Herrmann. Sie war in dem großen Raum, der ihr Labor werden sollte, und packte die Kisten aus. Holzwolle wirbelte herum, Packpapier und Styroporflocken lagen in Haufen auf dem Boden neben Glaskolben, Trichter und Reagenzgläsern. Ein Bunsenbrenner, zwei Mikroskope, Glasschalen aller Größen, verchromte Kästen und Glasflaschen standen ungeordnet auf einem Tisch. In all diesem Durcheinander saß Luise mit verschwitzten Haaren und einer bis zum dritten Knopf geöffneten Bluse auf einer Kiste. Man sah ihr die Erschöpfung an, im Augenblick kapitulierte sie vor dem Chaos um sie herum und vor der feuchten Hitze. Mit einem hilflosen Nicken begrüßte sie Thomas, der nach einem kurzen Klopfen das Labor betreten hatte.

»Du siehst hier eine total geschaffte Frau, Tom«, sagte sie müde. »Ich habe so gehofft, daß du kommst, ich habe dich herbeigewünscht. Sieh dir das an, und das sind erst zwei Kisten. Diese Hitze. Jeder Glaskolben wiegt einen Zentner, so kommt es mir vor. Die anderen Kisten auszupacken ist völlig sinnlos. Ich habe zwei Tische zur Verfügung, das ist alles. Pater Vincence läßt gerade noch vier Tische machen. Wie ist es bei dir?«

»Hier heißt es improvisieren, Luise. Du hast wenigstens deine Kisten. Meine stehen irgendwo herum, wahrscheinlich in Boa Vista.«

Er kam zu ihr, legte den Arm um ihre Schulter und küßte sie. Sie erwiderte den Kuß nicht, sondern machte sich gereizt los.

Was ist das? dachte Thomas verwirrt und trat einen Schritt zurück.

»Wie sieht es bei dir im Hospital aus?« fragte sie nüchtern.

»Schlimmer, als ich angenommen hatte. Pater Ernesto, Schwester Lucia und der Krankenpfleger Luigi haben bisher unter Umständen arbeiten müssen, die unvorstellbar sind. Was sie geleistet haben, ist fast ein Wunder. Ohne Spenden aus Europa sähe es noch katastrophaler aus. Jetzt liegt zum Beispiel ein Yanomami mit einem inneren Leistenbruch auf der Station. Ich kann ihn nicht operieren, ich habe keine Anästhetika und nicht die nötigen Instrumente.«

»Hilft dir Äther?«

»Auch das habe ich nicht.«

»Aber ich.«

»Luise, das wäre die Rettung!«

»Ich brauche den Äther für bestimmte Experimente.«

Sie lächelte ihn jetzt an. Sein Herz machte einen Sprung. Er hörte kaum, was sie sagte. »Nimm dir, was du brauchst.«

Dich brauche ich, dachte er. Nur dich. Aber er hielt sich zurück.

»Danke«, sagte er und bemühte sich, so nüchtern wie sie zu sprechen. »Doch bevor ich den Indio aufschneide, muß ich erst mit seinem Medizinmann sprechen.«

»Nimmst du mich mit, Tom?«

»Aber ja . . .«

Sei immer bei mir, dachte er wieder. Laß uns alles gemeinsam tun. Ich brauche dich, und du brauchst mich in dieser schönen, feindlichen, mitleidlosen Welt, in die wir freiwillig gegangen sind.

»Wann gehst du zu den Yanomami?« fragte sie und pustete eine Haarsträhne aus ihrem Gesicht.

»Das wird mir Pater Ernesto sagen.« Er nagte an seiner Unterlippe, als er an die veralteten und abgestoßenen Instrumente im Schrank des Behandlungszimmers dachte. Natürlich gab es auch keinen OP-Tisch, keine OP-Lampen, keinen Instrumententisch — man würde aus dem Haupthaus der Mission einen Eßtisch holen und auf ihm den Yanomami aufschneiden. Und wer assistierte ihm? Ernesto oder Luigi, der Krankenpfleger. Ich werde Schwester Lucia nehmen; sie ist die einzige, die eine umfassende Ausbildung als Krankenschwester gehabt hat. Sie war in Padua sogar ein halbes Jahr OP-Schwester gewesen. Soll ich es wagen?

»Was machst du nach dem Mittagessen?« fragte er.

Luise hob die Schultern. »Ich weiß es nicht. Weiter auspacken —«

»Wir könnten eine Bootsfahrt machen.«

»Eine gute Idee. Aber bei der Hitze?«

»Gerade deshalb. Auf dem Fluß wird es kühler sein.«

Er zögerte einen Augenblick, als wollte er noch etwas sagen, aber dann hob er nur die Hand, winkte ihr kurz zu und verließ den Raum. Luise blieb auf ihrer Kiste sitzen, bis die Tür hinter ihm zugefallen war.

»Ich liebe dich«, sagte sie leise. »Tom, ich bin sicher, ich liebe dich — aber ich brauche mehr Zeit. Versteh das doch, ich kann einfach nicht anders.«

Nach dem Mittagessen, als alle Missionsmitglieder noch um den langen Tisch versammelt saßen und die Neuigkeiten des Tages durchsprachen, fragte Thomas, ob er sich eines der Aluminiumboote nehmen dürfe. Pater Vincence hatte nichts dagegen.

»Wo wollen Sie hin?« erkundigte er sich. »Flußaufwärts oder -abwärts?«

»Wo ist es am schönsten?«

»Es ist überall schön, Thomas. Abwärts kommen Sie nach sieben Kilometern an eine Stromschnelle, aber sie ist harmlos, aufwärts stoßen Sie nach neun Kilometern auf die ersten Baggerschiffe, riesige Monster, die den Flußsand hochschaufeln, aus dem dann das Gold gewaschen wird. Sie heißen auf portugiesisch Draga, aber die Indianer nennen sie dragão. Das heißt Drache. Und so sehen sie auch aus. Drachen, die den Flußboden leer fressen.«

»Wir werden den Fluß hinauffahren. Das muß ich mir ansehen.«

»Wir?«

»Luise fährt mit.« Er dachte daran, daß er sie vermißte. Sie hatte das Mittagessen ausfallen lassen, um noch weiter auszupacken.

»Sie sollten Waffen mitnehmen, Tom. Mindestens ein Gewehr und eine Pistole. Kann Luise mit Waffen umgehen?«

»Ich weiß es nicht. Wer fragt eine Frau danach?«

»Hier gibt es keinen Unterschied von Mann und Frau. Hier gibt es nur Feinde oder Freunde. Unsere Missionsboote kennt zwar jeder am Fluß — trotzdem, ein Gewehr kann nicht schaden.«

»Wer sollte ein Interesse haben, uns anzugreifen?«

»Sie nicht, aber die weiße Farbe Ihrer Haut. Am Rio Parima wird nach dem Einfall von über 60000 Weißen nichts mehr gehaßt als eine weiße Haut.«

»Aber bisher ist noch kein Weißer aus dem Hinterhalt von den Yanomami erschossen worden.«

»Es gibt immer ein erstes Mal. Camilo Ramos' Tod hat sich schnell herumgesprochen, und daß es der ›Rote Pfeil‹ war, verstärkt die Freude der Indios gewaltig. Wie die Garimpeiros reagieren, wissen wir noch nicht. Auf keinen Fall nehmen sie den Mord an einem ihrer Bosse ruhig hin. Es herrscht Alarmstimmung. Außerdem ist in Novo Lapuna Emilio Carmona eingetroffen. Das ist die neueste Meldung aus dem Camp.«

»Wer ist Carmona?«

»Wenn wir das wüßten. Offiziell tritt er als Bevollmächtigter einer Goldankaufgesellschaft auf. Die Claimbesitzer müssen ja ihr Gold zu Geld machen, sie wollen gute Dollars sehen. Dafür ist Carmona zuständig.«

»Ein Italiener?«

»Ein Italo-Amerikaner. Er hat sein Büro in Manaus. Ein unscheinbares, schmutziges Haus in der Altstadt. Aber durch dieses Haus fließen Millionen. Ich bin auch Italiener, und ich denke mir etwas dabei.«

»Das ist doch nicht möglich.« Thomas sah Pater Vincence ungläubig an. »Hier? Am Amazonas? Hier soll auch die Mafia sein?«

»Sie ist überall, wo das große Geld gemacht wird. Länder und Grenzen spielen da keine Rolle. Die Minen- und Großgrundbesitzer, es sind in unserem Gebiet zwanzig, sind zwar die großen Herren, sind Millionäre, die Spitzen der Gesellschaft, wie man so sagt, aber selbst sie sind, wenn es um ihr geschürftes Gold geht, abhängig von Emilio Carmona. Ohne ihn läuft in den Minen nichts. Das hat er bewiesen, als er vor vier Monaten sechs Garimpeiros regelrecht hinrichten ließ, mit einem Genickschuß. Ihr Vergehen: Sie hatten jeder vier bis sechs Gramm Gold in die eigene Tasche gesteckt. Sechs Gramm Gold für ein Menschenleben — wenn das nicht nach Mafia riecht. Nichts bestraft die Mafia härter als Untreue oder Verrat.«

»Alle wissen es, und keiner tut etwas dagegen?«

»Der Arm der Mafia reicht bis in die höchsten Kreise. Da heißt es nur mitmachen oder sterben. Und wer stirbt schon gern für die Moral?«

»Carmona ist jetzt in Novo Lapuna?«

»Ein Funkspruch hat uns davon unterrichtet. Wir haben natürlich Vertrauensleute im Camp.«

»Ich werde in den nächsten Tagen nach Novo Lapuna fahren«, sagte Thomas entschlossen. »Ich habe noch nie einen Mafia-Boß gesehen. Das lasse ich mir nicht entgehen.«

»Nicht nötig, Tom.« Vincence verzog den Mund; war's ein Lächeln oder ein hilfloses Grinsen. »Auf dem Rückweg besucht Carmona stets die Mission und bleibt hier zwei Tage. Sie haben genug Gelegenheit, mit ihm zu sprechen. Seien Sie nicht enttäuscht — Carmona ist keine finstere Gestalt, wie man sie immer im Film sieht. Er betet mit uns, besucht unseren Gottesdienst und hat schon viel für die Mission gestiftet. Das Geld zum Bau der Krankenstation stammt größtenteils von ihm. Ja, so ist das hier, Tom. Sie werden sich an vieles gewöhnen müssen. Am Rio Parima gelten andere Gesetze als jenseits der Wälder.«

Luise wartete bereits am Ufer des Flusses neben dem an Land gezogenen Aluminiumboot. Sie trug ihre hautengen Jeans, die sie in robuste kurze Stiefel mit einer starken Profilsohle gesteckt hatte, und eine blaue Bluse. In der Hand hielt sie einen breitkrempigen Hut aus Strohgeflecht.

»Was soll denn das?« fragte sie und zeigte auf das Gewehr und die beiden Pistolen in Thomas' Gürtel. »Ich denke, wir machen eine Bootsfahrt?«

»Kannst du schießen?«

»Ja.«

»Wirklich?« Er sah sie erstaunt an. »Mit einer richtigen Pistole?«

»Eine Spielzeugpistole war es jedenfalls nicht.« Sie legte die Hand auf das Gewehr und fragte: »Wozu brauchen wir Waffen?«

»Pater Vincence ist der Ansicht, daß keiner die Mission ohne Waffen verlassen soll. Der lautlose Krieg zwischen den Rodungskolonnen, den Goldsuchern und den Indios ist wieder ausgebrochen. Auf der ganzen Welt, in allen Zeitungen liest man jetzt vom Mord an Camilo Ramos. Die Fernsehsender — das hat Pater Martinelli gehört — bringen Berichte über Ramos' Leben, zeigen die weinende Witwe, die weinenden Kinder, den Sarg, und dazwischen eingeblendet Bilder von Indios, ihren Dörfern, ihren Kriegstänzen, ihren bemalten nackten Körpern, ihren Waffen und den Blasrohren mit den vergifteten Pfeilen, und das alles ist so raffiniert gemischt, daß Ramos zu einem Märtyrer wird und die Indios zu mordenden Bestien. Der edle Ramos. Und jetzt ist auch noch Emilio Carmona in Novo Lapuna eingetroffen, der Mafia-Boß der Garimpeiros.«

»Und was bedeutet das?« Luise nahm die Pistole, die Thomas ihr reichte. Sie steckte sie in den Bund ihrer Jeans und sah jetzt so aus, wie man mutige und draufgängerische Frauen in Abenteuerfilmen darzustellen pflegt.

»Das werden wir in Kürze erleben. Yanomami mit Pfeilen und Speeren gegen Maschinenpistolen und Handgranaten. Und wir stecken mittendrin.«

Sie schoben das Aluminiumboot vom Ufersand in den Fluß,

sprangen hinein, ließen sich ein paar Meter treiben, bevor Thomas den Außenbordmotor anwarf, und fuhren dann in die Mitte des Rio Parima. Links von ihnen reichte der Urwald bis zum Wasser. Im Astgewirr der über dem Fluß hängenden Mangroven begannen die Affen zu schreien, Trompetenvögel kreischten, vom Motorenlärm aufgeschreckt stießen drei große Truthahngeier in den Himmel, und ein Riesentukan blickte von einem in den Fluß ragenden Ast zu ihnen herüber. Sein langer, dicker, gebogener Schnabel glänzte in der Sonne.

Sie fuhren den Rio Parima hinauf, entdeckten eine kleine Bucht, steuerten sie an und waren nun umgeben von Mangroven, Riesenfarnen und mächtigen, vierzig Meter hohen Bäumen. Brettwurzeln stützten die dicken Stämme, deren breite, aufgefächerte Kronen Blätter von sechs Quadratmetern Größe aufwiesen. Ein lebendes, grünes Dach, in denen Auerstachler und Kapuzineraffen leben, Braunrücken-Tamarins und der Wickelbär, der ausschließlich in den Baumkronen zu Hause ist. Von allen Seiten hörten sie Kreischen, Schreien und Flattern — Warnlaute für alle Tiere in dem Gewirr der Äste und Lianen, der Waldfarne und Würgefeigen.

Als Thomas den Motor abstellte, flogen vom Ufer zwei weiße Reiher auf, und kleine, buntschillernde, blitzschnelle Vögel flitzten über das Wasser und verschwanden in dem Astgewirr.

»Kolibris«, sagte Luise und lauschte dem leisen Surren, das diese Vögel erzeugten. »Sie sind eine der interessantesten Vogelarten. Weißt du, daß es hier in Amazonien 350 verschiedene Kolibriarten gibt? Dreihundertfünfzig, die wir kennen. Wieviel unbekannte Arten im noch nicht erforschten Regenwald leben, weiß keiner. Zehntausend verschiedene Orchideenarten gibt es und einhundertvierzigtausend unterschiedliche Schmetterlingsarten, Millionen von Tieren und Pflanzen, die wir noch nicht kennen.«

»Und um einige zu finden und zu benennen, bist du in die sogenannte grüne Hölle gekommen.«

»Ja. Aber es ist keine Hölle, es wäre ein Paradies, wenn der Mensch den Wald in Ruhe ließe. Jeden Tag vernichtet er über hundert Tier- und Pflanzenarten ... jeden Tag, Tom! Arten, die es nie wieder geben wird, die für alle Zeiten ausgerottet sind durch Kettensägen und Feuer. Bevor alles ausgerottet ist, will ich noch unbekannte Pflanzen katalogisieren, soviel wie möglich. Der Mensch soll wissen, was er zerstört aus der Gier nach Geld, denn nichts anderes ist der Grund. Reichtum durch Vernichtung des Lebens.« Ihr

Gesicht war rot vor Erregung geworden. Thomas schwieg und sah sie mit großen Augen an.

»Das imponiert mir, wie du dich einsetzt«, sagte er. Luise hatte mit den Händen Wasser aus dem Fluß geschöpft und es über ihr heißes Gesicht geschüttet. Es kühlte, obwohl es 28 Grad hatte. »Ich habe nicht geahnt, welch ein Temperament in dir steckt.«

»Ist das alles, was du dazu zu sagen hast?«

»Nein. Ich liebe dich, Luise.«

»Tom!«

Sie saß ihm gegenüber mit ihrem nassen Gesicht, das Wasser war auch über ihre Bluse gelaufen, der Stoff klebte an ihrem Körper und verriet, daß sie nackt unter der Bluse war. Thomas setzte sich neben sie und legte den Arm um ihre Schulter. Er küßte sie, und diesmal öffneten sich ihre Lippen. Dann warf sie die Arme um ihn und hielt ihn fest umschlungen.

»Ich habe dich vom ersten Augenblick an geliebt«, flüsterte sie in sein Ohr. »In Brasilia, am Eincheckschalter. Ah, eine Landsmännin auf dem Flug nach Manaus, hast du gesagt. Und ich habe gedacht: Plumper geht es nicht.«

»Danke für die Blumen.«

»Aber dann drehte ich mich zu dir um, blickte in deine braunen Augen, und da wußte ich, was passierte. Himmel, wie habe ich mich über mich selbst geärgert. Auch das noch, habe ich mir gedacht. Aber was soll's — du wirst ihn nach dem Flug nicht wiedersehen.«

»Und jetzt sind wir in einer kleinen Bucht auf dem Rio Parima, der Regenwald umgibt uns, der Wald, der unser gemeinsames Schicksal werden wird, wir sind allein, nur Hunderte von Tieraugen beobachten uns — wir haben unser eigenes Paradies gefunden.«

Sie küßten sich wieder, streichelten einander, legten sich auf die Planken des Aluminiumbootes, umarmten sich und vergaßen, wo sie waren. Er zog ihr die Bluse aus und atmete den Duft ihrer Haut ein. Als sie sich zärtlich unter ihm bewegte, öffnete er den Reißverschluß ihrer Jeans, wodurch die im Hosenbund steckende Pistole scheppernd auf den Boden fiel, was sie erschreckt hochfahren ließ. Sie lachte. Erregt streifte er ihre Kleidung ab. Als sie ihre Körper nackt aneinander spürten, stieg unter dem Streicheln ihrer Hände ein Gefühl der Schwerelosigkeit in ihnen auf, das sie alles vergessen ließ. Es gab keinen Himmel und keine Erde mehr, weder Fluß noch die Station, es gab nur noch sie beide, die ineinander versanken.

Ein helles Klirren ließ sie erneut zusammenschrecken. Eng umschlungen blieben sie auf dem Boden liegen und lauschten. Es hatte sich angehört, als sei etwas Metallenes gegen die Bordwand geprallt, es konnte aber auch ein Stein gewesen sein. Ein Stein aber fliegt nicht von selbst gegen das Boot.

»Was war das?« flüsterte sie, und ihre Finger auf seinem Rücken verkrampften sich.

»Lieg ganz still«, flüsterte er zurück. »Rühr dich nicht.«

»Ich habe Angst, Tom.«

Wer hätte das jetzt nicht, dachte er. Langsam tastete er nach dem Gewehr, zog es an sich und entsicherte es. Seine Beinmuskeln spannten sich.

»Laß mich los, mein Schatz«, sagte er leise zu ihr. »Und bleib unten, rühr' dich nicht.«

»Nein, ich lasse dich nicht los.« Ihre Umklammerung wurde schmerzhaft. »Sie sollen uns töten, so, wie wir jetzt sind.«

»Wer will uns denn töten?«

»Die Indios.«

»Wenn sie das wollten, hätten sie es lautlos mit ihren Giftpfeilen getan.« Er löste ihre Arme, kniete sich neben sie und richtete sich plötzlich auf, das Gewehr im Anschlag. Doch er sah nur den Wald, diese mächtige und majestätische grüne Wand. Bunte Vögel schossen durch die Luft, das Wasser des Rio Parima plätscherte leise um ihr Boot.

»Nichts«, sagte Tom und nahm das Gewehr herunter. Er wandte sich wieder Luise zu. Nackt hockte sie auf dem Boden und starrte zum Heck. Entsetzen schrie aus ihren Augen.

»Da!« flüsterte sie. Ihr Finger, der zum Motor zeigte, zitterte heftig. »Da! Tom, da!«

Thomas warf sich herum und riß das Gewehr wieder hoch. Aber dann sah er, was Luise so erschreckte, und auch er fühlte sich wie gelähmt.

Vor dem Handgriff des Außenborders lag ein langer Pfeil. Ein roter Pfeil mit einer federgeschmückten Spitze. Daran aufgespießt stak ein Zettel.

Thomas legte das Gewehr auf den Boden, ging zum Heck des Bootes und streifte den Zettel ab. Bevor er die Zeilen las, blickte er sich noch einmal nach allen Seiten um. Der Regenwald war wie eine riesige grüne Mauer. Bis auf die verschiedenen Laute der Tiere rührte sich nichts in ihm. Kein Warngeschrei, kein Aufflattern der Vögel, kein helles Kreischen der aufgeschreckten Affen. Und doch stand irgendwo ein Mensch zwischen den Bäumen und Farnen und sah zu ihnen herüber. Ein Mensch, den die Tiere als ihresgleichen betrachteten.

»Was ... steht auf dem Zettel?« Die Angst veränderte Luises Stimme.

Thomas atmete tief durch. Dann las er den Zettel laut vor. Die Sätze waren in einem einwandfreien Portugiesisch geschrieben, in Druckbuchstaben und mit einem Kugelschreiber:

> »Willkommen Tomás Binder und Luisa Herrmann in unserem Land!
> Sehen Sie mit wachen Augen, was hier mit uns geschieht, und schreien Sie es in die Welt hinaus. Jede Stimme ist wichtig für unser Überleben. Sie werden viel Grausamkeiten sehen. Gnadenlosigkeit und Tod. Man wird auch Sie wie ein Wild hetzen, wenn Sie die Wahrheit sagen über das Sterben des Regenwaldes und seiner Menschen. Behalten Sie Ihren Mut — das Schicksal Amazoniens wird mit Blut geschrieben werden, und Sie werden mitten in diesem Kampf stehen. Ich bin an Ihrer Seite, auch wenn Sie mich nicht sehen.«

Langsam ließ Thomas den Zettel sinken, reckte dann den Arm hoch in die Luft und winkte in den Urwald hinein. Wenn er mich sieht, dachte er, weiß er jetzt, daß wir ihn verstanden haben.

»Der Rote Pfeil«, sagte er zu Luise, die noch immer wie gelähmt auf dem Boden saß. Ihr nackter Körper glänzte in der Sonne. »Er will so etwas wie ein Schutzengel für uns sein.«

»Er hat uns die ganze Zeit beobachtet«, stammelte sie. »Er hat alles gesehen. Alles.«

»Er hat gesehen, daß wir uns liebten. Ist das eine Schande?« Thomas bückte sich, zog seine Hose an und steckte den Zettel in die Tasche. »Ich glaube, wir werden noch viel von dem Roten Pfeil hören.«

»Wir werden hineingezogen werden in Mord und Vernichtung.«

»Wir sind schon mittendrin, Cherie. Wir sind an der vordersten Front eines erbarmungslosen Krieges. Ich bin Arzt — das ist eine Art Schutzschild. Aber du wirst gewisse Kreise stören mit deinen Forschungen nach neuen Pflanzen. Kaum entdeckt, werden sie für immer vernichtet. Das ist genau das, worüber man schweigen will.«

»Ich werde ab heute nie mehr ohne Waffen gehen.« Sie suchte die im Boot verstreute Kleidung zusammen und zog sich an. »Ich habe vorhin gesagt: Ich habe Angst. Das hast nur du gehört. Ich werde den Mut haben, meine Aufgabe durchzuführen. Wenn dein Schutzschild der Arzt ist, dann ist mein Schutz, daß ich eine Frau bin.«

Sie brachen ihre Flußfahrt ab, verließen die kleine Bucht und kehrten zur Missionsstation zurück. Vincence und Ernesto trafen sie in dem weitläufigen Garten. Mit drei Yanomami hackten die beiden Unkraut aus den Beeten.

»Das war aber ein kurzer Ausflug«, rief Ernesto. »Bis zu den Dragas seid ihr nicht gekommen.«

»Nein. Wir hatten Besuch an Bord.«

Thomas hielt ihnen den langen, roten Pfeil hin. Die Yanomami warfen einen kurzen Blick auf den Pfeil und arbeiteten dann weiter. Pater Vincence griff nach ihm und blickte auf die federgeschmückte Spitze.

»Man hat Sie damit beschossen? Und Sie leben noch? Bisher hat der Schütze nie vorbeigeschossen.«

»Er hat mir eine Botschaft übermittelt.« Thomas holte den Zettel aus der Hosentasche und gab ihn Pater Ernesto.

»Und Sie haben nichts gesehen?«

»Nein, gar nichts. Plötzlich klatschte der Pfeil an die Bordwand. Wir beobachteten gerade einen Fischschwarm und hatten dem Wald unseren Rücken zugekehrt.« Pater, diese Lüge sei uns erlaubt, dachte Thomas. »Der Aufprall der Pfeilspitze machte uns erst aufmerksam.«

»Es ist kein Indio.« Pater Ernesto hielt Vincence den Zettel hin. »Sieh dir die Botschaft an. Die Schrift, das Portugiesisch, der Text — den hat kein Yanomami geschrieben! Unmöglich! Der Rote Pfeil ist ein Weißer. Er lebt unter uns, und keiner erkennt ihn. Er hört und sieht alles und spielt den Rächer in der Rolle eines Indios.«

Vincence las die Zeilen und gab den Zettel dann an Thomas zurück. »Das ist eine gute Botschaft. Sie stehen ab jetzt unter seinem Schutz. Das beweist aber gleichzeitig, daß er tatsächlich mitten unter uns lebt. Er beobachtet uns, er weiß über alles, was hier geschieht, Bescheid. Er hat sich den besten Platz ausgesucht. Hier auf der Mission trifft sich alles. Ramos hat hier gewohnt, wenn er seine Goldminen besichtigte, Beja und Bilac machen hier Station, alle Geologen und Anthropologen, alle Forscher und Ingenieure, die den Wald ›urbar‹ machen wollen, in den nächsten Tagen wird Carmona eintreffen. Er sieht alles. Aber einen großen Fehler macht er: Er tritt in der Maske der Indios auf. Das nützt den Indianern gar nichts, im Gegenteil, der Haß auf sie wird nur noch größer, und ihre Ausrottung ist um so weniger aufzuhalten. Tom, sagen Sie ihm das.«

»Sagen?« Thomas steckte den Zettel wieder in seine Hosentasche. »Das ist doch unmöglich!«

»Sie werden ihm einmal begegnen.« Pater Vincence hob den roten Pfeil hoch und rammte ihn dann mit aller Kraft in den Boden. »Spätestens dann, wenn er einen Arzt braucht. Dann werden wir wissen, wer es ist.«

»Nein.« Thomas zog den Pfeil wieder aus der Erde und klemmte ihn sich unter seine linke Achsel. »Von mir werden Sie nichts erfahren, Pater. Ich habe als Arzt meine Schweigepflicht — auch wenn es jemand ist, der tötet und noch weiter töten wird. Aber das mit der falschen Maske, das sage ich ihm.«

* * *

Júlio Maputo wohnte in einer Siedlung von Seringueiros, Gummizapfern, südlich von Surucucu am Rio Macajai. Es war ein einfaches Haus mit einem gemauerten und weiß getünchten Untergeschoß und nur einem Stockwerk aus Holz, das mit einer leuchtenden blauen Farbe gestrichen war. Eine massive Tür führte ins Haus, und alle Fenster hatten dicke Läden. Wenn sie geschlossen waren, sah das Haus wie eine Festung aus. In jeden Laden hatte man Schlitze gesägt, Schießscharten nach allen Seiten. Es mußte schon ein besonders guter Scharfschütze sein, der durch diese Schlitze hätte schießen können. Das Holz der Läden war so dick, daß eine normale Kugel sie nicht durchschlagen konnte. In einem weiten Kreis, wie ein Schutzring, standen die anderen Häuser um Maputos Festung. Hier mußte man erst einmal durchbrechen, wenn man an Maputo herankommen wollte.

Über ein Jahrhundert lang hatten die Seringueiros den Regenwald Amazoniens durchstreift, die Gummibäume angeritzt und in darunterhängenden Blechdosen den wertvollen Saft aufgefangen. Der Wald hatte darunter nicht gelitten, er blieb in seiner ganzen majestätischen Größe unversehrt. Die Einschnitte in ihre Rinde zerstörten nicht die Bäume, sie bluteten zwar, denn der Kautschuksaft war ja ihr Blut, aber sie überstanden die kleinen Wunden und verdorrten nicht. Fast 100 000 Seringueiros lebten und ernährten sich vom Regenwald Amazoniens, auch als der Kautschukboom verebbte, als man Gummi synthetisch herstellen konnte. So sank Manaus, die Hauptstadt der Gummibarone, wieder zurück in eine langsam verrottende Urwaldstadt. Das berühmte Opernhaus, in dem die besten und teuersten Sänger ihrer Zeit gesungen hatten und die Reichen in ihrem Glanz durch die Marmorfoyers wandelten, war zu einem Symbol unvorstellbaren Wohlstandes geworden. Noch heute zeigen die verlassenen und verfallenen Villen der Superreichen einen kleinen Teil des Rausches, der damals Amazonien überflutet hatte.

Aber das Gummizapfen hatte nach der anfänglichen Lähmung durch die neue Technologie nie aufgehört. Kautschuk war trotz des synthetischen Gummis noch immer ein begehrter Rohstoff für Spezialpräparate, die auf den natürlichen Gummi nicht verzichten konnten. Die Weltmarktpreise sanken zwar ins Bodenlose, völlig uninteressant für das Großkapital, aber die angeritzten Bäume ernährten noch immer die Menschen, die von dem klebrigen Saft lebten.

Mit den Indios kamen sie gut aus, was nicht immer so gewesen war. Während des großen Gummibooms war das Zapfen noch ein Abenteuer. Oft war es zu Zusammenstößen mit den Indianern gekommen, wenn die Seringueiros in das Gebiet eines Stammes vorrückten. Ganze Kolonnen wurden überfallen und ihre Schädel zu Schrumpfköpfen verarbeitet, aber es war ein ungleicher Kampf, Pfeile und Speere gegen Gewehre und Pistolen. Die planmäßige Ausrottung der Indios nahm damals ihren Anfang: Fast fünf Millionen nackter Indianer lebten am 6466 km langen Amazonasstrom, heute sind es nur noch 175 000. Für die Großgrundbesitzer und Fabrikanten, Minenbesitzer und Kleinsiedler 175 000 zuviel.

Júlio Maputo hatte über Jahre hinweg die unaufhaltsame Zerstörung des Regenwaldes verfolgt und damit auch die Vernichtung seiner Existenz als Kautschuksammler. Wie ihm erging es Tausenden von Seringueiros: Der Wald brannte nieder, oder die Motorsägen hinterließen ein ödes, totes Land. Maputo nahm den Untergang seiner Welt nicht als ein unabwendbares Schicksal hin — er begann zu kämpfen.

Er gründete eine Art Gewerkschaft der Gummizapfer, eine Bewegung, die sich »Rettet Wald und Mensch« nannte, unterstützt von den freiwilligen Beiträgen seiner Freunde, und das waren Tausende, und von Spenden, die aus aller Welt herbeiflossen, als »Rettet Wald und Mensch« in den USA, aber vor allem in Europa bekannt wurde. Fernsehteams reisten an den Amazonas, filmten Maputo und seine Kameraden, fuhren mit ihm zu den riesigen Rodungsgebieten und standen an dem brennenden Regenwald. Sie überflogen die kilometerlangen Rauchwolken und sahen zu, wie die Holzfällerkolonnen die Riesenbäume absägten und die kleineren Bäume und Sträucher, den dichten Dschungel, mit gewaltigen Kettenfahrzeugen einfach niederwalzten. Sie sahen die neuen, in den Wald hineingehauenen Flugpisten, auf denen der Tod eingeflogen wird: Maschinen, Sprengstoff, Motorsägen, Waffen und Alkohol.

Die Verantwortlichen in Manaus und Boa Vista betrachteten die Aktivitäten Maputos mit größtem Mißfallen. Die bisher lautlose »Urbarmachung« hatte zu einem Aufschrei geführt, vor allem in Europa, neben Japan der wichtigste Abnehmer für Edelhölzer, billiges Rindfleisch und Aluminium. Die TV-Berichte, die Interviews, die Maputo gab, die Anfragen einiger europäischer Regierungen und die »Beobachter«, die aus Europa und den USA an den Amazonas reisten, hatten den Vorsitzenden des Unternehmerverbandes von Amazonien, Miguel Assis, veranlaßt, sich zum erstenmal öffentlich zu dem Problem Regenwald zu äußern.

Assis erfand eine »Amazonas-Charta«, die er als offizielle Erklärung deklarierte. Er schrieb in der Charta, man solle endlich das dumme Gerede von einer drohenden Klimakatastrophe beenden, »entmystifizieren« und den Nutzen für die ganze Welt erkennen. »Es ist eine Lüge westlicher, eifernder Umweltschützer, daß wir am Amazonas ein zerstörtes Land und eine verwüstete Zukunft schaffen. Genau das Gegenteil ist der Fall. Unsere ganze Arbeitskraft gehört einer glücklicheren Zukunft, bei der Brasilien eine wichtige Rolle spielen wird.«

Sogar das Außenministerium in Brasilia wandte sich mit einer barschen Note an die Bundesrepublik Deutschland, wo man sich Gedanken darüber machte, wie man dem Waldsterben Einhalt gebieten wolle. Immerhin hatte Bonn 100 Millionen Entwicklungshilfe Brasilien angeboten, wenn damit der Regenwald gerettet werden konnte. Die erregte Antwort aus Brasilia: Man verbitte sich jeden bundesdeutschen Vorschlag, an der Erschließung Amazoniens teilhaben zu wollen.

Júlio Maputo hörte nicht auf, für den Regenwald und dessen Rettung zu werben. Für die immer ärmer werdenden Seringueiros wurde er eine Art Volksheld, eine Symbolfigur im Kampf gegen den gnadenlosen Kapitalismus. Zum erstenmal in der Geschichte Amazoniens traten nun auch die Indios an die Öffentlichkeit, um auf ihre Ausrottung aufmerksam zu machen. Der Oberhäuptling der Yanomami-Stämme reiste im federgeschmückten Ornat nach Brasilia und erzählte dem Parlament von der Vernichtung der Indianer. Sein Bild, das Bild eines stolzen Mannes, der um sein Volk ringt, ging um die ganze Welt. Und immer wieder Maputo, Maputo, Maputo und sein Hilferuf: »Rettet Wald und Mensch«.

Die Großgrundbesitzer ballten die Fäuste und knirschten mit den Zähnen, die Kleinsiedler, die aus den Hunger- und Dürregebieten im Nordosten Brasiliens in die gerodeten Gebiete strömten, wo sie sich ein besseres, sorgloseres Leben erhofften, waren voller Haß auf Maputo. Er wurde ihr Staatsfeind Nummer eins, genauso wie für die Mächtigen Amazoniens, die in Wahrheit das Land regierten: die Geschäftsleute und das Militär, die Politiker und die Fabrikanten. Aber noch hatte man sich gescheut, Maputo mundtot zu machen — sein Name war in der Welt bekannt, seine Popularität war sein bester Schutz. Auch er sprach wie der Yanomami-Häuptling vor dem Parlament. Eisiges Schweigen lag über den Abgeordneten, nur ein einziger klatschte Beifall. Vier Tage später starb dieser bei einem mysteriösen Autounfall — gleich zwei Räder hatten sich von den Achsen gelöst, und der Wagen war gegen eine Mauer geschleudert. Die Polizei legte den »Unfall« schnell zu den Akten und verzichtete darauf, das merkwürdige Räderlösen zu untersuchen.

Maputo saß zusammen mit seiner Frau und zwei Kindern am Tisch, das Abendessen, Kartoffeln, Bohnengemüse und ein Stück Rinderbraten, war fast zu Ende, als es kräftig an die Haustür klopfte. Maputo wischte sich den Mund ab und sah seine Frau an.

»Sieh mal nach, wer das ist!« sagte er. Es war nichts Besonderes, daß jemand ins Haus wollte. Es gab so viele Menschen, die mit ihm sprechen wollten, oft waren es nur ein Händedruck und ein strahlendes Gesicht. »Weiter so, Júlio ...« Und der Besucher ging wieder.

»Du bist leichtsinnig!« hatten seine Freunde oft zu ihm gesagt. »Läßt jeden ins Haus. Er könnte ja auch eine Pistole ziehen, und aus wäre es mit dir. Mach wenigstens ein Loch in die Tür, durch das du nach draußen gucken kannst.«

»Man wird mich nicht töten«, war Maputos Antwort. »Dazu bin ich zu bekannt.«

Das Loch aber sägte er dann doch in die Haustür, aber nur, weil seine Frau ihn darum gebeten hatte.

Catarina, das war ihr Name, lugte durch das Loch und drehte sich dann um.

»Es ist Caetano«, sagte sie. »Er hält was in der Hand.«

»Laß ihn rein, Rina.«

Sie schloß die Tür auf, und Caetano kam ins Haus. Er war einer der alten Gummizapfer, die noch die Bäume angeritzt hatten ohne die Angst, sie könnten in einer Woche gefällt sein oder in Flammen stehen. Zeit seines Lebens hatte er im Wald gelebt, hatte sogar eine Indiofrau genommen, die ihm unter den Händen wegstarb, weil es weit und breit keinen Arzt gab. »Es ist die Lunge!« hatte Caetano dem hilflosen Medizinmann entgegengebrüllt. »Sie erstickt mir!« Und so geschah es. Sie starb qualvoll, aber kein Laut kam über ihre Lippen. Eine neue Frau hatte Caetano nicht gewollt. Er blieb im Wald bei seinen Kautschukbäumen, bis wirklich die Holzfällerkolonnen mit ihren Motorsägen und Traktoren kamen, den Indiostamm verjagten und aus dem üppigen Wald eine Weide machten, auf der 7000 Kühe fraßen. Erst da baute sich Caetano sein Haus in der Siedlung, das vierte rechts von Maputo, und holte aus dem Boden gerade soviel, daß er nicht verhungerte. Als Maputo seinen Kampf um den Wald und die Yanomami begann, war er einer der ersten in der Bewegung, ein *camarada* — das heißt Genosse — aus Überzeugung.

»Sieh dir das an«, sagte er jetzt und entrollte ein Plakat. »Du bist hunderttausend Dollar wert! Ein Vermögen, das man leicht verdienen kann.«

»O mein Gott!« stammelte Catarina und verbarg ihr Gesicht in den Händen. »Júlio, sie wollen dich töten.«

Maputo nahm das Plakat aus Caetanos Händen und las den Aufruf aufmerksam durch. In seinem Gesicht regten sich weder Betroffenheit noch Zorn. »Wo hast du das her?« fragte er.

»Das Plakat hängt überall. In allen Siedlungen und Dörfern, in Novo Lapuna und hier.«

»Hier, bei uns?«

»Überall, wo du dich blicken läßt, bist du eine Zielscheibe.«

»Die werde ich immer sein.« Maputo sah das Plakat mit zusammengekniffenen Augen an. »Ich habe mich immer gefragt, warum sie so lange damit gewartet haben. Sie hatten hundert Möglichkeiten, mich aus dem Weg zu räumen, und plötzlich haben sie es so eilig. Sie müssen ein ganz großes Projekt planen. Caetano, wir müssen herausfinden, was es ist.«

»Wer ist ›sie‹?« fragte der alte Gummizapfer.

»Assis und die anderen Industriellen.«

»Du glaubst, daß Assis hinter dieser Mordaktion steckt?« Caetano holte tief Atem, es klang wie ein Röcheln. »Kannst du das beweisen?«

»Nein, eben nicht. Hätte ich Beweise, würde ich sie sofort bekanntgeben. Aber ich weiß, daß Assis der Mann ist, der mich töten lassen will. Keiner wird ihn daran hindern, er ist zu mächtig und kann sich mit seinem Geld alles kaufen, vor allem Menschen. Von den Zeitungen bis zu den Politikern. Wie viele von ihm abhängig sind, wer alles auf sein Wort hört und seinem Wink mit den Dollarscheinen folgt, weiß keiner. Wer in diesem Land einen wichtigen Posten hat, steht auf Assis' Spendenliste. Das ist sein Trick: Er korrumpiert nicht die Mächtigen, er spendet für gute Werke. Man drängt sich um ihn, wenn er in seine Tasche greift. Natürlich wird man überall empört über dieses Plakat sein, aber mehr wird nicht geschehen. Man wartet ab. Gelingt es, oder gelingt es nicht?«

»Und deshalb solltest du ins Ausland gehen.«

»Ich fliehe nicht. Das hier ist mein Land, da gehöre ich hin, nicht in ein Versteck irgendwo im Ausland. Caetano, Catarina, begreift ihr es denn nicht: Wenn ich flüchte, verliere ich mein Gesicht. Keiner wird mir mehr glauben. Da haben wir's, wird man sagen. Seht euch das an! Ein großes Maul hat er, auf die Pauke kann er hauen, aber in Wahrheit ist er ein Feigling! Catarina, willst du, daß dein Mann ein Feigling ist?«

»Wenn du dadurch überlebst — ja!«

»Ich würde mich selbst anspucken!«

»Dann spuck dich an, jeden Tag, jede Stunde, aber du lebst!« Sie preßte sich fest an ihn, ihr Weinen wurde jetzt laut und ging in eine helles Schluchzen über. Die Kinder waren von ihren Stühlen hochgesprungen, liefen zu Maputo und umarmten ihre Mutter.

»Was ist denn?« fragte Marco. Er war vierzehn Jahre alt und hatte schon ein Revier im Wald, seine eigenen Kautschukbäume. Er konnte sich auch nichts anderes vorstellen, als Gummizapfer zu werden. Der Großvater hatte vom Wald gelebt, der Vater — es war selbstverständlich, daß auch seine Zukunft unter den breiten Kronen der Riesenbäume lag.

»Warum weinst du denn, Mama?« rief Madalena. Sie war zehn Jahre alt, ein hoch aufgeschossenes Mädchen mit schwarzen Locken, fast so groß wie ihr Bruder Marco. Wenn ich groß bin, werde ich Krankenschwester, hatte sie einmal gesagt, und das war ihr Ziel, für das sie lernte. Sie war die beste Schülerin ihrer Klasse, und Maputo hatte es erreicht, daß sie im nächsten Jahr in der höheren

Mädchenschule in Surucucu aufgenommen wurde und in einem Internat der Schule wohnte. Man hatte Maputo sogar versprochen, daß Madalena eine Freistelle bekam, das heißt, daß die Familie nicht das teure Schulgeld bezahlen mußte, das Júlio nie aufgebracht hätte.

Arm hätte Maputo nicht sein müssen. Aus allen Teilen der Welt kamen Briefe, Karten und Pakete zu ihm, vor allem aber die Spenden von europäischen Verbänden und Organisationen, die seinen Kampf um den Regenwald unterstützen wollten. Es wäre leicht gewesen, von dem vielen Geld auch einige tausend Dollar für sich abzuzweigen, nach Manaus in ein großes Haus zu ziehen und ein sorgenfreies Leben zu führen, aber allein schon dieser Gedanke war für ihn ein Verrat an Brasilien und seinen Wäldern. Jeder Dollar wurde auf das Konto der Banco de Brasil in Manaus eingezahlt, und es wurde genau Buch über die Einnahmen und Ausgaben geführt.

Natürlich kannte Assis den Kontostand der Aktion »Rettet Wald und Mensch«, der Bankdirektor war selbstverständlich sein Freund und teilte ihm jedesmal mit, wie Maputo die Gelder verwendete. Den größten Teil der Spenden verschlang die Propaganda, die Broschüren über das Sterben des Regenwaldes, die Maputo drucken ließ. Auch seine Reisen wurden mit diesem Geld finanziert und die Widerstandsgruppen, die sich gegen das Vordringen der Großgrundbesitzer und der Industrie wehrten. Viel kostete auch die Versorgung der Indianer mit Medikamenten, neuen Geräten für die Landwirtschaft, der Bau von Krankenstationen im Dschungel und die ärztliche Betreuung. »Rettet Wald und Mensch« hatte sogar fünf Ärzte eingestellt, die von Maloca zu Maloca zogen, die Indios untersuchten, Immuninjektionen verabreichten, Zähne plombierten oder zogen und einen verzweifelten Kampf gegen die vom weißen Mann eingeführten Infektionskrankheiten führten. Auf diese »Wanderärzte« war Maputo besonders stolz. Der von den Großgrundbesitzern und von den Eigentümern der Holz- und Hüttenwerken erhoffte lautlose Tod der Indianer durch eingeschleppte Epidemien konnte weitgehend verhindert werden. — Aber wie lange noch?

Doch wie armselig war Maputos Konto gegen die Milliarden, die die Weltbank in neue »Erschließungsprojekte« pumpte, wie etwa den Bau des Stausees »Balbina«, für den 2500 Quadratkilometer Regenwald vernichtet wurden und damit Tausende Tier- und Pflanzenarten. Bevor die Bäume abgeholzt wurden, besprühte man sie mit dem im Vietnam-Krieg eingesetzten, verheerenden Gift »Agent Orange«, aber als dann der Aufbau des Stausees und des Großkraftwerkes begann, betrachtete man es als unnötige Mühe, die kahlen Baumriesen zu fällen: man überflutete sie einfach. Jetzt verfaulte die Vegetation und wird — wie Wissenschaftler ausrechneten — in ein paar Jahren soviel Kohlendioxid in unsere Lufthülle steigen lassen wie ein großes Kohlekraftwerk in über hundert Jahren!

Catarina zog ihre Kinder an sich. Marco wischte mit dem Handrücken die Tränen aus ihrem Gesicht, aber sie weinte weiter. »Sie wollen euren Vater töten«, schrie sie plötzlich auf. »Da — euren Vater wollen sie umbringen. Júlio, zeig ihnen das Plakat. Zeig es ihnen.«

Maputo breitete das Plakat vor Marco aus. Der Junge las es, blickte dann seinen Vater an und sagte mit fester Stimme zu Catarina:

»Es wird ihnen nicht gelingen, Mama.«

»Mein Sohn!« sagte Maputo stolz. Er wandte sich nach Caetano um und rollte das Plakat wieder zusammen. »Er ist mutiger als ihr alle.«

»Auch mit Mut hältst du keine Kugel auf. Hier ist Mut eine Idiotie. Jawohl, eine Idiotie! Júlio, du hast ein großes Werk begonnen und mußt es auch zu Ende führen. Willst du ein Märtyrer werden? Uns nützt kein Märtyrer, wir brauchen einen lebenden Maputo! Flieg nach Europa.«

»Nein!« Maputos Stimme klang hart, es war eine unwiderrufliche Entscheidung. »Ich werde fliegen, ja, aber nach Brasilia. Ich werde das Plakat eigenhändig zum Präsidenten bringen.«

»Er kann dich am allerwenigsten schützen.« Caetano fuhr sich mit beiden Händen in die weißen Haare, als wolle er sie einzeln ausrupfen. »Und wenn er sich herabläßt und einen Trupp Soldaten zu uns schickt und unsere Siedlung von der Umwelt abriegelt... wer sagt dir dann, daß nicht ein Soldat unter ihnen ist, der gern hunderttausend Dollar in der Tasche hätte? Hast du vergessen, daß das Militär in Boa Vista am illegalen Waffenhandel mitverdient? Woher haben die Garimpeiros ihre Gewehre und Pistolen? Wer hat ihnen die Maschinenpistolen geliefert und die Munition dazu? Sogar Raketengeschosse sind aufgetaucht! Fällt so was vom Himmel? Ja, es fällt aus dem Himmel, aus den Hubschraubern des Militärs, gut verpackt und geölt. Gibt es in Boa Vista denn noch ein Gesetz? Nur das Gesetz der Gewalt gilt. Ein einziger Richter, Avelino Saramago, spricht Recht. Ein einziger Richter für eine Region, in der jährlich über vierhundert Männer erschossen werden! Und was tut Avelino Saramago? Im letzten Jahr hat er genau zweimal Anklage erhoben. Zweimal! Und da glaubst du noch, man könne dich schützen? Wenn du hierbleibst, bist du schon tot!«

»Zuerst fliege ich nach Brasilia«, wiederholte Maputo bestimmt und legte die Arme um seine weinende Frau. »Mit dieser Morddrohung will ich die Welt wachrütteln!«

Benjamim Bento, kurz BB genannt, bewohnte eine Steinbaracke in Novo Lapuna. Der tote Camilo Ramos hatte sie für ihn bauen lassen, ebenso wie die hölzerne Barackenstadt für seine über zwanzigtausend Minenarbeiter. Die genaue Zahl kannten, wie gesagt, nur Bento und seine Verwaltungsmitglieder, die nach den Listen den Lohn auszahlten. Es war ein ständiger Wechsel: Die einen verließen die Goldgruben, weil die schwere Arbeit ihre Körper zerstörte, neue Arbeiter kamen mit den Flugzeugen aus Boa Vista, andere verschwanden einfach, ganz abgesehen von den paar Toten, die es jeden Monat gab.

Bentos Aufgabe war einfach, mit einem Satz zu beschreiben: Findet Gold, dann geht's euch gut; findet mehr Gold, dann geht's euch besser.

Wer einmal in Novo Lapuna gewesen ist, wird sein Leben lang diesen Anblick nicht vergessen. Die Goldgräberstadt für fast 50000 Schatzsucher erinnerte an die zu Legenden gewordenen Siedlungen im Wilden Westen, die durch Tausende amerikanische Westernfilme verherrlicht und in noch mehr Romanen beschrieben wurden. Nur einen Unterschied gab es, der Entwicklung angepaßt: Auf drei gepflegten Pisten landeten Tag für Tag die kleinen Flugzeuge aus Boa Vista und brachten alles mit, was eine Stadt mit weit über 50000 Einwohnern braucht. Nur aus der Luft konnte Novo Lapuna versorgt werden. Die Straße, die zu dem Camp führte, war kaum noch befahrbar. Eine in den Regenwald geschlagene Schneise, vom Regen aufgeweicht, ein Schlammbad, das nur Geländewagen befahren konnten. In der eigentlichen Regenzeit war diese Straße unpassierbar und tot.

Die Stadt mit ihren Baracken und dreckigen Straßen, mit den vier Imbißbuden, einem Supermarkt, einer Disco und sechzig überforderten Huren war nichts Besonderes. Auch der Drugstore der Helena Batalha war keine Sensation, selbst wenn es sich für jeden

Drehbuchschreiber gelohnt hätte, einmal ein paar Stunden in ihm zu sitzen.

Das wirklich Unvergeßliche war der Blick auf die Claims, auf die Goldgruben und auf die abgetragenen Berge, in die sich die Garimpeiros eingraben und mit starken Wasserstrahlen die Erde ausschwemmen, in 50-Kilo-Säcke packen und dann die Terrassen heraufschleppen ... auf schwankenden Leitern, auf schmalen Pfaden, Tausende von Menschen auf einmal, ein endloser Strom von auf die Schulter gelegten Säcken, ein Gewimmel wie bei einem Termitenvolk. Ein Schreien, Ächzen, Röcheln, das wie eine dicke Wolke über den Gruben liegt. Der Gestank von halbnackten, schweißüberströmten Leibern. Das Stampfen Tausender Füße auf rotbrauner Erde, und weiter, weiter, hinauf und hinunter, eine nie abreißende Schlange aus menschlichen Körpern, wie ein wanderndes, unendliches Ameisenheer. Menschen, mit Erde und Schlamm bedeckt und mit nur einem Ziel: Bring das Gold herauf aus den Gruben, schlepp die Säcke zu den Waschanlagen, beiß die Zähne zusammen und steig wieder hinab in die Hölle, nimm einen neuen Sack voll Golderde und steig die Leitern hinauf. Nur noch ein paar Stunden in der Sonnenglut oder bei trommelndem Regen, dann liegst du wieder auf deinem Bett oder in deiner Hängematte, hast dich gewaschen und freust dich auf eine Flasche Bier. Was kostet sie? Ein halbes Gramm Gold? Wieg nach, Garimpeiro, was du noch im Beutel hast. Reicht es für einen Hamburger, für eine Flasche Tequila oder *cachaça*, den Zuckerrohrschnaps, für einen Besuch bei den Huren? 1½ Gramm verlangen sie für einen schnellen Ritt, und wie überall mußt du auch bei den Huren in der Schlange stehen und warten, bis du dran bist.

Und die menschlichen Termiten wimmeln weiter die Terrassen hinauf und hinunter, ein endloser Strom aus Säcken mit goldhaltiger Erde. Das ist das Bild von Novo Lapuna, das man nie mehr vergißt.

Seit Ramons Tod wartete Benjamim Bento voll Spannung auf seinen neuen Chef. Er saß hinter seinem Tisch und hatte einen Stapel Plakate vor sich liegen. Ein Pistoleiro, den er nicht kannte, er war vor einer Stunde zu ihm ins Haus gekommen, hatte den Packen auf den Tisch geworfen und dazu gesagt:

»Das sollst du aushängen, *companheiro*. In jeder Straße eins. Vielleicht machst du's selbst!« Dabei hatte er gelacht, Bento auf die Schulter geschlagen, was der gar nicht mochte, und war grußlos wieder hinausgegangen. Bento stürzte sofort zum Fenster, aber was er sah, nutzte ihm wenig. Der Pistoleiro schwang sich auf ein Motorrad, eine neue, schwere japanische Maschine, mit der man im unwegsamen Gelände zurechtkam, und knatterte die Straße hinunter, an der auch der Supermarkt lag. Dort hielt er wieder an, holte aus der Gepäcktasche einen anderen Stapel Papier und verschwand mit ihm im Geschäft.

Nun saß BB vor dem Plakat, hatte die Hände gefaltet und starrte auf die groß gedruckten Zeilen.

100 000 Dollar für Maputos Kopf.

100 000 Dollar für den Mörder.

100 000 Dollar für den Tod seines Schulfreundes Júlio.

»Häng sie auf!« hatte der Pistoleiro gesagt. In jeder Straße. Aber so einfach war das nicht mit dem Ankleben, nicht für Benjamim Bento. Was Maputo da seit zwei Jahren alles gesagt hatte über die Zerstörung des Regenwaldes, über die Eisen- und Zinnwerke, über die großen Sägewerke und Stauseen, über die Ausrottung der Yanomami und den Goldrausch in Roraima, über die Köhler, die aus dem Wald jedes Jahr 1,4 Millionen Tonnen Holzkohle produzieren, über die in den Urwald geschlagenen heimlichen Landebahnen, und über den Untergang der Seringueiros — das alles gefiel auch Benjamim Bento nicht.

Er hatte oft und lange mit Júlio diskutiert, hatte gesagt, auch die anderen Menschen wollen leben und ein wenig satt werden, und dazu brauche man neues Land. Und der Wald sei so riesig, daß man die Wunden, die man in den Regenwald schlägt, kaum spüren würde! Und wenn nach drei oder vier Jahren der gerodete Boden ausgelaugt ist, dann brennt man einfach ein neues Stück nieder und pflanzt auf das verlassene Stück neue Bäume. Das nennt man Sekundärwald, und in hundert Jahren stehe der neue Regenwald wieder da, aber hunderttausend Siedlern und Kleinbauern habe man das Leben gerettet. Was ist denn wichtiger: der Baum oder der Mensch?

Ja, hatte Júlio immer geantwortet, beides ist wichtig. Aber wenn jedes Jahr weltweit 200 000 Quadratkilometer Regenwald zerstört werden, wird sich langsam, aber sicher das Klima der ganzen Welt verändern. Der Wald sei eine Art Lunge der Erde, die organischen Stoffe der Pflanzen würden das Kohlendioxid, das gefährliche CO_2 vernichten und die Luft filtern. Jedes Jahr gelangen 5,5 Millionen Tonnen Kohlenstoff in die Atmosphäre, und 8 Prozent CO_2, in der Atemluft bringe die Menschen um. Denk einmal nach, Benjamim, hatte Júlio auch noch gesagt, wie einfach die Rechnung ist: Bei der Brandrodung des Regenwaldes werden in einem Jahr wie dem jetzigen 18 Millionen Tonnen CO_2 produziert, und diese 18 Millionen Tonnen Gift schweben nun über uns und reißen den Himmel auf, durchstoßen die Ozonschicht. Die Sonnenglut kann ungeschwächt die Erde erreichen. Und — hatte Júlio auch noch vorgerechnet — das bedeutet, daß es überall auf der Erde wärmer wird, im Durchschnitt 5 Grad mehr. Was sind diese 5 Grad denn schon, lächerliche 5 Grad, aber die Pole, Südpol und Nordpol, beginnen schneller zu schmelzen, schon bei 3 Grad mehr Wärme fängt es an. Die Weltmeere werden 70, ja sogar 120 Zentimeter steigen, eine neue Sintflut steht dann bevor, und über eine Milliarde Menschen werden davon betroffen sein. Bei nur 3 Grad Wärme mehr, aber es werden sogar 5 Grad sein! Die Welt wird kleiner werden, und die Meere werden anschwellen und alles zerstören. Hunderttausende von Tier- und Pflanzenarten wird es nicht mehr geben, und statt endlich satt zu werden, müssen die Menschen noch mehr hungern als jetzt, vor allem in den armen Ländern der Dritten Welt, in denen es dann noch weniger regnen wird.

Und das alles soll kommen, weil wir ein paar Bäume fällen, hatte Bento gefragt. Wer hat denn das alles ausgerechnet? Die gelehrten Männer am grünen Tisch, was? Die Theoretiker, die einmal mit Zahlen jonglieren wollen wie die Artisten im Zirkus. Júlio, es gibt doch Wasser genug. Bis auf ein paar Wochen regnet es doch fast jeden Tag. Das ist doch alles Unsinn! Was ist dir denn lieber: Daß Millionen Menschen verhungern oder meinetwegen eine Million Pflanzen und Tiere nicht mehr existieren?

15 Milliarden Organismen-Arten werden getötet, hatte Júlio mit großem Ernst gesagt. Die reichste Genbank der Erde wird zerstört. Weißt du, was das bedeutet, Benjamim? Eine Katastrophe, die man gar nicht beschreiben kann. Die Evolution des gesamten Lebens auf unserer Erde bräche zusammen.

Das hast du alles nur aus Büchern. Und du glaubst das auch? hatte Bento gerufen. Und Júlio hatte geantwortet: Ja! Jeder Mensch sollte das lesen, um zu wissen, wie schrecklich es seinen Nachkommen gehen wird. Wir Menschen vernichten uns selbst und sind auch noch stolz darauf, weil wir blind sind für die Folgen unseres Fortschritts.

Da war Benjamim Bento sehr nachdenklich geworden, hatte lange über Júlios Worte gegrübelt. Wenn er auch nicht alles glaubte, ein bißchen Wahrheit war doch dabei. Und dieses bißchen war genug für einen Weltuntergang.

Nun sollte Júlio, sein alter Freund, umgebracht werden. Und er,

Benjamim Bento, sollte die Plakate verteilen, die zum Mord aufriefen. Ist das nicht eine Mitschuld am Tode eines Freundes, eines guten Kameraden?

Bento nahm von dem Stapel ein Plakat herunter, faltete es, steckte es in seine Tasche und verließ das Haus. Er ging die Straße entlang, bog in eine andere ein und blieb vor einem Geschäft stehen, über dem ein großes Reklameschild angebracht war.

»Helenas Drugstore« stand darauf, handgemalt, und am Anfang und Ende des Namens hatte der Maler eine Faust mit einem hochgereckten Daumen hingepinselt. »Was heißt das?« hatte Helena Batalha geschrien. »Ich habe einen Drugstore, aber keinen Puff!« Da hatte der Maler laut gelacht und geantwortet: »An diesem Daumen geht keiner vorbei. Hier gibt's was Gutes, wird jeder denken und kommt in den Laden.«

»Und macht sofort die Hose auf, was? Du bist ein richtiger Hurensohn!« schrie Helena noch einmal, aber die Daumen blieben auf dem Schild, und bald hieß es in Novo Lapuna: »Jetzt gehen wir zum Daumen.« Von »Helenas Drugstore« war keine Rede mehr.

Bento blieb unschlüssig vor dem Fenster stehen, in dem als Dekoration ein Plakat einer Bierbrauerei, das rotweiße große Coca-Cola-Schild und eine wöchentlich wechselnde Tafel hingen, auf der die »Sonderangebote der Woche« geschrieben standen.

Es herrschte ein ständiges Kommen und Gehen. Für Tausende von Garimpeiros war Helenas Laden ein Einkaufsparadies. Sie hatte einfach alles: von der Kernseife bis zu sauren Drops, vom Präservativ bis zur baumwollenen Schirmmütze, von der Unterhose bis zum Anzug. Zweimal im Jahr flog Helena nach Manaus, kaufte kistenweise Kruzifixe und Rosenkränze, ließ sie vom Bischof weihen und verkaufte sie mit 400 Prozent Gewinn an die Goldgräber. Denn so rauh die Jungs auch waren, so wenig ihnen ein Menschenleben galt, so maßlos und gesetzlos sie auch lebten — es waren gläubige Kerle, die nicht auf Gott fluchten, sondern die daran glaubten, daß Gott sie einmal auf eine dicke Goldader stießen ließ. Es gab sogar Halunken, die mit dem Rosenkranz in der Tasche zu den Huren gingen. Aber die zwei Kirchen in Novo Lapuna waren verwaist, zwei langgestreckte Baracken, die von einem kleinen Türmchen gekrönt waren, in denen eine armselige Glocke bimmelte. Es klang wie ein Wimmern.

Daß die Kirchen verlassen waren, hatte einen einfachen Grund — wenn man die Garimpeiros kennt und unter ihnen lebt. Vier Priester aus dem sittsamen Süden von São Paulo und Rio de Janeiro hatten nach einem Jahr die Nase so voll, daß sie aus der Barackenstadt flüchteten. Einen von ihnen fand man erstochen auf der Straße (er hatte unsinnigerweise gegen Habgier, Unzucht und Unmoral gepredigt). Er wurde durch einen Priester aus Manaus ersetzt, aber den verließ sehr schnell der christliche Mut, als man ihm androhte, daß — wenn er noch einmal gegen die Huren predige — man ihn kastrieren wolle. Die Hauptaufgabe der Priester war neben der sonntäglichen Messe das Segnen und das Fürbittgebet für die Ermordeten, die man, so blutig und verdreckt sie waren, vor die Kirchentüren legte, als seien es Opfergaben. Manchmal mußten sie auch zu den Orten fahren, wo man die Toten gefunden hatte. Einer hing an einem starken Ast, den Kopf nach unten, und war aufgeschlitzt, einem anderen hatte man mit einer Machete den Schädel gespalten, aber die meisten waren erschossen oder erstochen worden, vornehmlich an den Tagen, wenn die Garimpeiros ihren Lohn und ihren Anteil an Goldstaub bekamen. Münzen und Scheine waren wertlos. Brasilien hatte eine Inflation von 1000 Prozent, es galt nur das Gold — ein Gramm etwa für eine Flasche *cachaça*, Zuckerrohrschnaps.

Benjamim Bento gab sein Zögern auf und betrat den »Daumen«. Hinter den Theken standen kräftige Kerle, meist Mischlinge oder muskulöse Neger, bei denen es sich jeder überlegte, viel Lärm zu machen. Wer schon besoffen hereinkam und noch immer nach Schnaps schrie, bekam eine rechte Gerade auf die Nuß, was bisher keiner so einfach weggesteckt hatte. Dafür gingen Mama Helenas Neger abends auch schwerbewaffnet zu den Quartieren, und niemals allein — eine Dreiergruppe war das mindeste. Auch ein Mädchen arbeitete als Verkäuferin bei Helena Batalha, die süße blonde Leonor, zweiundzwanzig Jahre jung, für die kinderlose Helena eine Art Ersatztochter — aber das ist ein Kapitel für sich.

Bento betrat also das »Kaufhaus« und sah Helena von drei Garimpeiros umringt, die auf sie einredeten. Einer der hünenhaften Neger stand schon lauernd in Bereitschaft, um einzuspringen, wenn Mama Helena mit den Burschen nicht mehr allein fertig würde.

Das »Mama« für Helena Batalha war keine Bezeichnung ihres Alters, sondern ein Ausdruck größter Ehrfurcht und versteckter Zärtlichkeit. Sie war erst sechsundvierzig Jahre alt, zwei Jahre jünger als Benjamim Bento, eine schöne Frau mit schwarzen Locken, Augen voller Glut, langen, rassigen Beinen und einem Busen, der jeden zweimal hinschauen ließ. Wenn sie in ihren eng anliegenden

Baumwollkleidern, unter denen sich jede Rundung ihres Körpers abzeichnete, durch ihren Drugstore ging, auf Schuhen mit hohen Absätzen, die ihre Beine endlos lang machten, rollten die Goldwäscher mit den Augen und wären bereit gewesen, Gold aus der Ausbeute von einem halben Jahr Knochenarbeit herzugeben, um mit ihr ins Bett steigen.

Im Laufe der eineinhalb Jahre, nachdem sie in Novo Lapuna mit einer kleinen Transportmaschine gelandet war, zusammen mit der bezaubernden Leonor und zwölf Kisten Material, den Drugstore eröffnete und die ausgestreckten Daumen malen ließ, hatte man viermal versucht, sie zu vergewaltigen. Die Folgen waren vier Tote, jeder mit einem Schuß in den Schwanz — sie mußten qualvoll gestorben sein. So etwas sprach sich im Camp sehr schnell herum, der oder die Täter blieben unbekannt, man munkelte sogar, es sei Helena selbst gewesen, die eigenhändig zwischen die Beine gefeuert habe. Von da ab war Ruhe, der Name »Mama« kam auf, auch eine Art Schutz, denn wer legt schon seine Mutter aufs Kreuz?

Ein Rätsel blieb, ob Helena Batalha verheiratet gewesen war, bevor sie nach Novo Lapuna kam, oder ob sie von Männern nichts hielt. Jedenfalls hatte man bisher noch nie einen Mann aus ihrem Haus schleichen sehen. Es wäre auch schlecht zu verbergen gewesen, denn Novo Lapuna war eine Stadt, die nie schlief, wo Tag und Nacht Leben auf den Straßen war, vor allem auf den Boulevards, wie die Garimpeiros spöttisch die breiteren Straßen nannten.

Helena machte eine Handbewegung, als wollte sie einen Schwarm Fliegen verscheuchen, und schnitt damit das Gerede der drei Garimpeiros ab. »Also gut!« sagte sie laut. »Ihr bekommt eure Flaschen auf Kredit bis zum nächsten Zahltag. Gebt Josua eure Namen.« Sie zeigte auf den Negerriesen, der ein breites Grinsen aufsetzte. »Aber gnade euch Gott, wenn ihr das Bezahlen vergeßt! Und der Zins ist ein halbes Gramm Gold.«

»Mama!« Einer der Goldgräber rang die Hände. »Warum bist du so grausam? Ein halbes Gramm Gold mehr . . .«

»Ja oder nein?!« Sie zeigte zur Tür. »Bei nein verduftet schnell!«

»Ja.« Die Garimpeiros gingen hinüber zu Josua, der schrieb ihre Namen auf und gab jedem eine Flasche Zuckerrohrschnaps. Helena kam auf Bento zu und lächelte ihn an. Von einem Augenblick zum anderen war sie keine harte Geschäftsfrau mehr, sondern ein vollblütiges, liebenswertes Weib. Es schien zu stimmen, was man im Camp nur zu flüstern wagte: BB hat's erreicht. Er darf bei Mama Helena liegen.

»Was gibt's, Benjamim?« fragte sie. »Mein Gott, du siehst aus, als hätte dich ein Pfeilgiftfrosch berührt.«

»Mir ist auch so, Lena.« Bento atmete ein paarmal tief durch. »Können wir nach hinten gehen?«

»Jetzt? Wo uns alle zuschauen. Du bist verrückt!«

»Es muß sein.«

»Himmel, hast du es so nötig? So kenne ich dich doch gar nicht. Was ist denn los mit dir?«

»Es ... es ist wichtig. Für mich wichtig. Ich brauche deinen Rat.«

»Das ist neu. Bisher hast du was anderes gebraucht.« Es war ihre Art, so zu sprechen. Bento hatte sich daran gewöhnt. Wer weiß, woher sie kommt, daß sie solche Reden führt, hatte er zuerst gedacht. Aber ich will's nicht wissen. Die Vergangenheit ist vergangen, man soll sie nicht wieder aufwärmen.

»Es ist wirklich wichtig«, sagte Bento.

»Na, dann komm!«

Sie gingen durch die schmale Tür im hinteren Laden und kamen in ein Zimmer, das wie ein Salon eingerichtet war. Ein geradezu luxuriöser Raum in dieser Wüste. Bento holte das Plakat aus der Tasche, entfaltete es und warf es auf den Tisch.

»Hast du das schon gesehen?« fragte er.

»Ja.« Sie blickte ihn erstaunt an. »Vor einer halben Stunde hat jemand einen Stapel davon abgegeben. Gib es jedem Kunden mit, hat der Kerl gesagt. Bisher habe ich es noch nicht getan. Warum regt dich dieser Scheiß so auf?«

»Dieser Scheiß ist Mord an meinem Freund!« antwortete Bento zornig. In dieser Situation war Helenas drastische Ausdrucksweise wenig passend. »Ich soll in jeder Straße diese Plakate ankleben. Weißt du, was das heißt? Ich mache mich mitschuldig!«

»*Du* bringst ihn doch nicht um. Mimo, ich wußte gar nicht, daß Maputo dein Freund ist. Ganz einfach, laß die Plakate bei dir liegen oder verbrenne sie.«

Benjamim Bento mochte es nicht, wenn Helena seinen Namen in das Kosewort Mimo umwandelte. Es klang, als rede man ein kleines Kind an. Er verzog das Gesicht, zerknüllte das Plakat und warf es gegen die Wand. Helena hatte ihn selten so wütend gesehen.

»Du weißt, was mit mir passiert, wenn ich die Plakate nicht aufhänge«, sagte er. »Ungehorsam ist hier wie ein Todesurteil. Ramos ist tot, die Kinder sind noch zu jung, um die Betriebe zu leiten, seine Frau kümmert sich nicht darum, sie kann es auch gar nicht. Was also wird werden? Ein sogenannter Generalbevollmächtigter wird die Führung des Konzerns übernehmen, und das sind die bissigsten, gefährlichsten Hunde! Was soll ich tun, Lena? Wenn ich die Plakate wegschmeiße, kann ich mich verkriechen. Die reden nicht lange, die schießen.«

»Himmel? Welch ein dämliches Problem!« Helena breitete die Arme aus und meinte achselzuckend: »Du klebst sie an die Wände und damit basta. Was gibt es da noch zu reden?«

»Júlio ist mein Freund!« schrie Bento. Unbändige Qual lag in seinem Aufschrei.

»Willst du für einen Freund dein Leben opfern? Denk doch mal nach, du kleiner Idiot. Das Hemd sollte einem näher sein als der Rock.«

»Wenn sie Júlio umbringen und ich habe dabei geholfen, werde ich diese Schuld bis an mein Lebensende mit mir herumschleppen.«

»Aber du lebst wenigstens, Mimo. Und denk auch an mich.«

»An dich? Wieso?«

Bento sah sie an, als sehe er sie jetzt zum erstenmal. Eine wunderbare reife Frau. Wenn sie nackt war, und er kannte sie in allen Variationen ihrer Nacktheit und Leidenschaft, vergaß er, daß es außer ihr und ihm auch noch eine Welt gab. Sie war wie ein Rauschmittel, das betäubt und willenlos machte.

»Wieso? Das fragst du noch?!« Ihre Stimme wurde eine Oktave höher. »Du willst mich allein lassen?! Läßt dich erschießen, kommst vielleicht in den Himmel und fragst nicht, was ich ohne dich tun soll, wie ich ohne dich leben soll?«

»Ich ... ich ...« Bento wischte sich über das Gesicht und kratzte sich dann die Nase. Er begann zu stottern. Er hatte ja keine Ahnung gehabt, wie Helena über ihr Verhältnis dachte. Es hatte da kaum Fragen oder viele Worte gegeben. Man hatte sich gesehen, man hatte ein paarmal zusammen Bier oder sogar Wein getrunken, und wie es so kommt, man lag plötzlich zusammen auf dem Bett und genoß das Gefühl, in einer anderen Welt zu sein. Und jetzt ... jetzt solche Worte. Bento war völlig verunsichert.

»Was ist mit dir?« fragte Helena.

»Ich wußte gar nicht, daß du mich so liebst. Ich ...« Die Worte versagten ihm wieder. »Ich habe gedacht, du ...«

»Was hast du gedacht?« Sie stemmte die Arme in die Hüften, eine Haltung, die eine Menge Garimpeiros kannten. Sie wurden dann meist rasch still und legten ihr wüstes Gehabe schnell ab. »Da ist eine, die holt sich einen Kerl ins Bett, nur weil er im Camp das

Sagen hat?! Bin ich ein Flittchen, he?! Wenn ich einen Mann umarme, dann liebe ich ihn auch!«

»Das hast du nie gesagt.«

»Ist das nötig? Fühlt man das nicht?! Bist du so ein seelenloser Klotz, aus dem ab und zu mal ein Ast wächst?«

»Lena!« Benjamim Bento schnaufte durch die Nase und sah wie ein begossener Pudel aus. »Ich ... ich liebe dich doch auch. Ich kann's nur nicht ausdrücken, verstehst du, ich finde die Worte nicht.« Er holte tief Luft. »Lena, was mach ich mit den Plakaten?«

»Häng sie auf. Ich werd' sie als Einwickelpapier verwenden, das ist auch 'ne Verteilung. Ist Júlio Maputo nicht dein Gegner, trotz aller Jugendfreundschaft?«

»Er kämpft um den Regenwald, den wir zerstören. Er kämpft für die Indios, die wir vertreiben. Er kämpft um seine Kautschukbäume, die als ›freies Land‹ von der Regierung an die Großgrundbesitzer, an Spekulanten, Holzwerke und Minengesellschaften verkauft werden. Und er kämpft gegen die Goldminen, die neuen Straßen, die neuen Siedlungen entlang der Straßen und an den Rodungen ...«

»Dein lieber Freund kämpft also gegen alles.« Helena wedelte mit den Händen, als wolle sie Bento links und rechts ohrfeigen. »Er kämpft gegen dich und mich! Gegen die Garimpeiros, die bei mir kaufen und von denen ich lebe! Er will mich zwingen, daß ich meinen Drugstore zumache. Dagegen soll ich mich nicht wehren? Mimo, ich verteile die Plakate!«

»Du hilfst bei einem Mord mit.«

»Ich bringe keinen um. Wenn wir sie nicht verteilen, tun's andere. Das sind öffentliche Plakate. Man soll die suchen, die sie gedruckt haben.«

Benjamim Bento sah, daß es sinnlos war, mit Helena weiter darüber zu diskutieren. Er gab ihr einen Kuß auf die Stirn, was sie mit einem Knurren beantwortete, und verließ das Hinterzimmer des »Kaufhauses«.

Am Abend klebte er die Plakate an die Hauswände von Novo Lapuna, und schon wenig später erschien der erste Glücksritter bei BB und fragte:

»Ist das wahr, Benjamim?«

»Was?« gab Bento harmlos zur Antwort.

»Das mit den 100 000 Dollar Kopfgeld.«

»Wenn's da steht, muß es wahr sein. Willst du dir das Blutgeld verdienen?«

»So viel Geld kann ich im Leben nicht aus der Erde holen oder am Fluß waschen.«

»Da hast du recht.« Bento sah den Garimpeiro forschend an. »Aber du mußt erst einen Menschen umbringen, *companheiro.*«

»Es sind schon für weniger welche umgebracht worden.«

»Wenn das ein Maßstab ist. Der Mensch ist nichts mehr wert, was?«

»Doch. 100 000 Dollar. Das ist ein guter Preis.« Der Garimpeiro grinste breit. »Du hast die Plakate angeklebt. Woher kommen sie?«

»Weiß ich das? Man hat sie gebracht, ein Kerl auf einem Motorrad.«

»Und die Telefonnummer stimmt?«

»Ruf an und frag selbst.« Benjamim Bento spürte ein Jucken in seinen Fäusten. Beherrsch dich, Junge, redete er sich zu. Schlag ihm nicht die Fresse ein. Es werden noch mehr kommen. 100 000 Dollar können einen armen Menschen blind machen. Wer so ein Termitenleben lebt wie die 50 000 Goldgräber in Novo Lapuna, für die ein Säckchen Goldkörner den Eintritt ins Paradies bedeutet, wer nie die Hoffnung hat, aus diesem Dreck und Schlamm, aus dieser Hölle von Hitze und Wassernebel jemals herauszukommen, für den sind 100 000 Dollar ein Platz im Himmel. Einen Menschen dafür umbringen — na, was soll's. Gibt mir dieser Mensch 200 000 Dollar, damit ich ihn nicht umbringe? Na also! Wenn man sein Glück ergreifen kann, soll man's tun! »Du würdest das tun?« fragte Bento den Goldgräber.

»Ich überlege, Benjamim.«

»Es wird nicht leicht sein. Er hat eine Leibgarde um sich, Tag und Nacht. Die schießen jeden ab, der in die Nähe seines Hauses kommt und vorher nicht kontrolliert wurde. Und weil die Plakate überall hängen, wirst du 'ne Menge Konkurrenz haben. Stell dir vor, da lungern hundert Pistoleiros herum und warten auf einen günstigen Moment. Ihr müßt euch erst gegenseitig umbringen, denn nur einer bekommt das Kopfgeld! Neunundneunzig Mörder sind zuviel.«

»Das stimmt.« Der Garimpeiro zog die Mundwinkel herunter und dachte nach. »Man muß schneller sein als die anderen.«

»Du willst es also tun?« Bento konnte sich kaum noch beherrschen. Ich erwürge ihn, dachte er. Ich schlag ihm die Schnauze ein. Ich trete ihm in die Eier. Aber was bringt das? Nach diesem Plakat ist Júlio Maputo schon tot. Für 100 000 Dollar stehen die Mörder Schlange. Er kann sich nur noch verkriechen, irgendwo im Wald verstecken, ins Ausland flüchten. Und wenn ihn auch eine ganze Kompanie Soldaten bewachen sollte — was nie der Fall wäre, denn der Regierung ist Júlio ja auch mehr als unangenehm —, es würde nichts nützen. Man findet immer eine Lücke im Überwachungssystem, vor allem, wenn man bewußt eine solche Lücke offenläßt. Und außerdem, auch ein Soldat ist nur ein Mensch, miserabel bezahlt, und kann sich eine schöne Zukunft schaffen mit einem Sack voll Dollar. Júlio, du bist schon tot. Es ist keiner da, der dir noch helfen kann.

»Ich werde erst die Telefonnummer anrufen«, sagte der Garimpeiro. »Und dann sehen wir weiter.«

»Tu das!« Bentos Stimme klang wie erstickt. »Und nun raus! Ich habe was anderes zu tun, als zukünftigen Mördern zuzuhören.«

Der Goldgräber tippte mit dem Zeigefinger grüßend an die Stirn und verließ das Haus, an dem neben der Eingangstür ein schlichtes Messingschild angebracht war: »Verwaltung«. Ein harmloser Name für die Tätigkeit, die man Benjamim Bento anvertraut hatte.

Am späten Abend, ja, es war fast schon Nacht, klingelte es an Bentos Tür. Er hatte sich schon ausgezogen, um sich schlafen zu legen. Schweißperlen standen auf seiner Stirn, die Klimaanlage funktionierte wieder mal nicht, und obgleich es sich nachts merkbar abkühlte, blieb in den Räumen die Hitze hängen und machte die Luft schwer und stickig.

Bento schlang sich ein Handtuch um die Hüften, ging zur Tür und öffnete sie. Draußen stand Helena Batalha und sagte in ihrer einmaligen Art:

»Glotz nicht so, Mimo, laß mich rein.« Sie sah ihn von oben bis unten an und lächelte. »Gut siehst du aus . . .«

Bento gab die Tür frei, sie betrat die Wohnung und ließ sich in einen der gepolsterten Rattansessel fallen, die Bentos ganzer Stolz waren. Er hatte sie in Boa Vista gekauft und mit purem Gold bezahlt.

»Weißt du, warum ich gekommen bin?« fragte sie.

»Ich kann es mir denken«, antwortete er und grinste.

»Ihr Kerle denkt wohl an nichts anderes. Mimo, das Plakat hat eine ungeheure Wirkung. Im Laufe des Tages waren neun Garimpeiros bei mir im Drugstore und haben offen darüber gesprochen, daß sie in Kürze reich sein werden — und das nicht durch Gold.«

»Das war so sicher, wie ich dich liebe.«

»Ich habe darüber nachgedacht, Mimo.« Helena folgte Bento mit den Blicken, als er zu einem Schrank ging und zwei Gläser herausholte.

»Wein oder Bier?« fragte er.

»Den Rotwein von neulich. Ich habe nachgedacht —«

»Worüber? Willst du mich heiraten?«

»Quatsch! Über Júlio Maputo. Er ist doch dein Freund, sagst du. Ein guter Companheiro.«

»Das ist er.«

»Kannst du ihm nicht helfen?«

»Wie?«

»Versteck ihn hier in Novo Lapuna bei dir. Da sucht ihn bestimmt keiner.«

»Du bist verrückt, Lena.« Bento starrte Helena geradezu entsetzt an. »Weißt du, was du da sagst?«

»Ich habe es mir genau überlegt.« Sie hob die Hand und wischte damit eine Antwort Bentos weg. »Wenn du feig bist, dann verstecke ich ihn bei mir. Sicherer geht es nicht. In der ganzen Welt werden sie ihn suchen, nur nicht bei mir.«

»Das kann dich dein Leben kosten, Lena!« Bento entkorkte die Rotweinflasche und füllte die Gläser. Der Wein war so dunkelrot wie Blut. »Du weißt nicht, wer hinter dem Kopfgeld steckt.«

»Du auch nicht.«

»Aber ich ahne es. Und die, die hunderttausend Dollar zahlen, sind die Mächtigsten im Lande. Gegen sie sind wir Kakerlaken, Wanzen sind wir, winzige Sandflöhe! Wenn sie herausbekommen, wo Júlio sich versteckt hält, gibt's nur noch eins: Ich erschieße zuerst dich und dann mich! Sie würden uns foltern lassen und in Stücke schneiden. Lena, du hast keine Ahnung, zu was die fähig sind. Ich habe es einmal erlebt, bei Cohinho, dem Großgrundbesitzer. Damals lebte ich noch in Rondônia auf einer seiner Viehfarmen. Zwei von Cohinhos Söhnen haben einem Landarbeiter, der heimlich ein Kalb für sich beiseite schaffte, zuerst die Finger- und Fußnägel einzeln mit Zangen herausgerissen und dann seinen Schwanz abgeschnitten und ihm in den Mund gesteckt. Seine Frau und die vierzehnjährige Tochter haben sie in ein Bordell von Porto Velho verschleppt. Jeder wußte davon, aber niemand hat sich darum gekümmert. Am wenigsten die Polizei oder der Richter. Sie alle bekommen Geld von Cohinho. Lena, die hohen Herren können tun, was sie wollen, keiner hält sie auf oder bestraft sie. Es ist ein einziger Sumpf, in dem alles ertrinkt, was sich gegen sie wehrt. Wenn sie Júlio töten wollen, dann schaffen sie es auch. Und wenn wir uns da reinhängen, töten sie uns einfach mit.«

»Fahr zu deinem Freund und sprich mit ihm.«

»Und wenn man mich sieht?«

»Das kommt darauf an, wie dumm oder klug du bist. Man darf dich eben nicht sehen.«

»Er wird jetzt Tag und Nacht bewacht und beobachtet werden. Nicht einmal eine Maus kommt unbemerkt in die Nähe seines Hauses.«

»Dann mußt du kleiner sein als eine Maus.«

»Mit einem Meter zweiundachtzig?«

»Bildlich gemeint, Mimo!« Sie schüttelte den Kopf, als habe er wie ein kleiner Junge etwas ganz Dummes gesagt.

»Ich werde versuchen, ihn anzurufen«, sagte Bento nachdenklich. »Vielleicht kann man sich irgendwo treffen. Im Wald, bei einer Estrada —«

»Was ist das?«

»Ein Kautschukpfad. Jeder Seringueiro hat seinen Wald in Estradas eingeteilt, die wie eine Schleife 180 bis 200 Kautschukbäume umfaßt. Das kann ein Gebiet von hundert Hektar Wald sein, denn die Kautschukbäume stehen, als wollten sie sich verstecken, zwischen den anderen Bäumen, einer zwischen Hunderten. Das ist ihr bester Schutz, das hält die Parasiten von ihnen ab. Die Natur ist klüger als der Mensch. Wenn wir uns auf einer dieser Estradas treffen, sieht und hört uns keiner.«

»Zapft denn Júlio immer noch Gummi? Bei seinem Ruhm?«

»Von Ruhm allein kann er nicht leben. Natürlich zapft er Kautschuk, wie sein Vater und Großvater. Und in der Regenzeit, wenn die Gummiernte im Wasser ersäuft, dann sammeln er und die anderen Seringueiros Paranüsse. So ist es immer gewesen. Sie leben vom Wald. Weißt du, was Júlios Onkel Plácido geschrieben hat, als der Kampf um den Wald und seine Ausbeutung durch die Spekulanten und Viehzüchter richtig begann? ›Du trittst in diesen Wald‹, hat er gesagt, ›und er gibt dir alles, was du brauchst. Aber wenn du mehr als einen Hirsch in der Woche schießt, zaubert der Caboclinho da Mata, der Geist des Waldes, deinen Hund weg, und wenn du mehr Fische fängst, als du essen kannst, wirft die große Schlange, die Mutter des Wassers, dein Kanu um.‹ Er hat das von den Indianern gelernt. Das sind weisere Männer als so mancher weiße Professor, der glaubt, er schwimme in Weisheit.« Bento holte tief

Luft. »Mal sehen, wie ich das anstellen kann. Ja, du hast recht, Lena. Ich muß mit Júlio sprechen.«

Er schnaufte durch die Nase, sah Helena plötzlich mit einem ganz anderen Blick an, so einem Blick, der es in sich hat. Dann band er das Handtuch los und warf es auf den nächsten Sessel.

»Laß uns an etwas anderes denken«, sagte er. »Komm her, mein Kätzchen.«

* * *

Arlindo Beja, der Chef der FUNAI in Boa Vista, besuchte Dr. Binder und Luise Herrmann früher, als es Pater Martinelli erwartet hatte. Schon am Morgen nach Toms Begegnung mit dem Roten Pfeil schwebte knatternd ein Hubschrauber über der Mission und landete auf dem großen Platz vor dem Haupthaus. Jeder kannte diese Maschine, und so flitzte auch Geraldo Ribateio aus der Polizeistation und mit ihm der Sergento Moaco, der an diesem Morgen keinen Streifendienst hatte. Er ölte die Waffen ein, die in dieser feuchtheißen Temperatur schnell schimmelten und rosteten, wenn man sie nicht ständig pflegte. Auch Pater Ernesto wußte sofort, wer da vom Himmel schwebte.

»Das gilt euch«, sagte er zu Thomas und Luise, die noch beim Frühstück saßen und gerade ihre Tassen voll Kaffee gegossen hatten. »Beja persönlich.«

»Der Mann, der auf meinen Kisten sitzt?« Tom sprang schnell auf. »Der kommt genau zur richtigen Stunde.«

»Seien Sie vorsichtig, Thomas.« Martinelli sagte es mit deutlicher Mahnung. »*Er* hat die Macht, nicht Sie. Wenn *er* nicht will, bekommen Sie Ihre Kisten nie. Und wenn Sie sich beschweren in Brasilia, sind die Kisten plötzlich verschwunden. Sie sind alle Grilagemos ...«

»Was ist denn das?«

»*Grilagem* ist eine Methode, Beamte mit Geld zu bestechen. Bares gegen alles Gewünschte. Das funktioniert bis in die höchsten Stellen. Woher haben die Viehzüchter und Spekulanten ihre Eigentumstitel für die riesigen Regenwaldgebiete, die sie dann abholzen oder abbrennen? Durch Grilagem — so einfach ist das hier bei uns.« Martinelli stand jetzt auch auf. Der Hubschrauber landete und wirbelte eine große Staubwolke auf. »Und Beja, das wissen alle, ist durch Grilagem reich geworden.«

Sie blieben alle im Haus und beobachteten durch die Fenster, wie Beja ausstieg, vom Tenente Ribateio begrüßt wurde und ein paar Sätze mit ihm wechselte. Es sah so aus, als gebe der Polizeioffizier einen schnellen Bericht über die vergangenen Tage. Beja klopfte ihm sogar auf die Schulter, blickte dann hinüber zu dem großen Missionshaus und schien sich zu wundern, daß niemand zum Empfang an den Hubschrauber kam. Er war allein gekommen. Nur der Pilot war bei ihm und wurde von Ribateio in die Polizeistation mitgenommen. Sergento Moaco sah Beja nach, wie er mit weit ausgreifenden Schritten zur Mission ging.

In der Tür empfing ihn Pater Martinelli, freundlich, aber kühl.

»Welch eine Überraschung«, sagte er. »Ohne Voranmeldung. Sonst haben Sie immer vorher angerufen, Senhor Beja.«

»Ich hatte in Surucucu etwas zu tun und habe mir gedacht: Schau in Santo Antônio vorbei, wenn du schon mal in der Nähe bist.«

»Ein guter Gedanke. Da lernen Sie gleich unsere neuen Mitarbeiter kennen.«

»Ich habe von ihnen gehört. Sie haben sich leider nicht bei mir gemeldet.«

»Sie wußten nicht, daß das notwendig ist. Deutsche, Senhor Beja. Sie bekommen ein Kommando und führen es aus, ohne nach links oder rechts zu blicken.« Martinelli lächelte etwas spöttisch. Dabei dachte er: Ich muß seinen Unmut gleich besänftigen, noch bevor er Thomas kennenlernt. Verzeih, Tom, wenn ich das auf eine Weise mache, die Beja gern hört. So glaubt er, daß zwischen uns und ihm Einigkeit herrscht.

Beja betrat das Haus mit dem Stolz eines Mächtigen. Er begrüßte Pater Ernesto mit Handschlag — man kannte sich jetzt ja schon 22 Jahre —, nickte Schwester Lucia zu und wandte sich dann an Dr. Binder und Luise Herrmann.

Pater Martinelli übernahm die Vorstellung. »Senhor Beja von der FUNAI«, sagte er beflissen. »Der wichtigste Mann von Boa Vista, ohne ihn geht hier nichts.«

»Sie übertreiben, Pater«, sagte Beja bescheiden, lächelte dabei aber geschmeichelt.

»Dr. Thomas Binder und Senhora Luise Herrmann aus Deutschland.«

Beja gab Binder die Hand, für Luise rang er sich sogar einen Handkuß ab. Sein Blick umfaßte ihre ganze Gestalt und zwar so, daß sie diesen Blick fast körperlich spürte. Man sah Beja an, daß ihm Luises Erscheinung sehr gefiel, vor allem ihr blondes Haar erzeugte, wie bei allen Südamerikanern, Entzücken in ihm.

»Ich freue mich, Sie kennenzulernen«, sagte er die übliche Floskel auf, aber schon der zweite Satz steckte das Gebiet ab. »Sie haben eine schwere Aufgabe vor sich — und eine undankbare.«

»Wir erwarten keinen Dank«, antwortete Thomas im gleichen Stil und nahm damit die Herausforderung an. »Wir erwarten nur eine Besserung der Verhältnisse bei den Yanomami und für den Regenwald.«

»Das liegt uns allen am Herzen«, entgegnete Beja elegant. »Wir haben schon viel erreicht mit unserem Einsatz.«

»Das sieht man«, meinte Thomas trocken. Hinter dem Rücken Bejas warf Pater Ernesto einen flehenden Blick gegen den Himmel. Halt den Mund, Thomas. Herr, gib ihm eine plötzliche Sprachstörung, laß ihn stumm werden.

Aber Gott schien Gefallen an diesem Spielchen zu haben. Er strafte weder Thomas noch Luise mit Sprachlosigkeit.

»Die FUNAI, das wissen Sie sicherlich, ist eine staatliche Behörde zum Schutze der Indios und ihrer Kultur. Deshalb freut es mich besonders, daß nun ein qualifizierter Arzt sich um die Yanomami im Parima-Gebiet kümmert.« Beja wandte sich an Luise und strahlte sie mit seinen dunklen Augen an. »Und Sie sind zu uns gekommen, um neue Pflanzen zu entdecken! Da liegt eine große, unentdeckte Welt vor Ihnen. Man vermutet Tausende von noch nicht bekannten Pflanzen. Es soll fast eine Million Schmetterlinge, Käfer, Insekten und andere Kleintiere geben, die noch keinen Namen haben. Ich bin gespannt, was Sie alles entdecken werden.«

»Viel, Senhor Beja, wenn man uns den Wald läßt.«

»Aber Senhora Herrmann, wer will Ihnen denn den Wald wegnehmen?«

»Keine zehn Kilometer von hier graben 50 000 Garimpeiros nach Gold. Und jedes Jahr werden jetzt fast 200 000 Quadratkilometer Wald abgeholzt und verbrannt, eine Fläche fast so groß wie Deutschland.«

»Man muß die Prioritäten sehen, Senhora.« Beja blieb höflich und hob sogar die Schultern, als wolle er damit ausdrücken: Ich kann's nicht ändern. Ich bin nur ein kleiner Beamter. »Wenn man ein so reiches Goldlager findet, stellt sich die Frage: Gold oder Wald? Das ist eigentlich gar keine Frage, weil die Antwort klar ist. Außerdem ist es ja nur ein kleines Gebiet, völlig übersehbar«, sagte er. Von der ungeheuren Fläche des jährlich vernichteten Regenwaldes sprach er nicht, das überhörte er.

»Und nach dem Bau der Straße kommen die Kleinsiedler und roden den Wald, um Felder anzulegen.«

»Jeder Mensch will leben, Senhora. Wissen Sie, wie die Armen im Nordosten Brasiliens leben? In den Dürregebieten? Leben — ein Vegetieren ist das, ein langsames Verhungern, ein Verrecken mit offenen Augen. Die Natur ist ihr unbesiegbarer Feind. Über 28 Millionen Kleinbauern kämpfen vergeblich gegen die Dürre. Aber jeder Mensch hat ein Recht auf Leben. Und wenn wir Land haben, wo sie tatsächlich überleben können, genug Land, ungenutztes Land, Terra incognita, warum sollen wir ihnen das nicht geben?! Unsere Regierung hat ganz richtig im Jahre 1970 das ›Nationale Integrationsprogramm‹ erlassen. Der nutzlose Dschungel soll gezähmt und in Besitz genommen werden, um aus Urwald Siedlungsraum zu schaffen: Weideland, und das bedeutet einen lukrativen Rindfleisch-Export. Das ist das große Ziel. Das gibt Arbeit und Brot, das lindert die Not. Senhora, Sie werden eine riesige Menge neuer Pflanzen und Tiere entdecken, aber ernähren diese Pflanzen, Käfer und Insekten 28 Millionen hungernde Nordestinos? Sie haben bestimmt noch nie gehungert, Senhora. Sie wissen nicht, wie weh Hunger tut. Sie wissen nicht, wie brüchig die Knochen werden, wie ledern die Haut. Haben Sie schon einmal in die Augen eines verhungernden Kindes gesehen?«

»Ja, Senhor Beja, im Sudan.«

»Ach, Sie waren im Sudan?« Beja musterte Luise mit neuem Interesse. »Dann brauche ich Ihnen keinen Vortrag mehr zu halten. Ganz menschlich gedacht: Sind noch unbekannte Käferrassen wichtiger als hungernde Kinder?«

»Ich glaube, das können wir so schnell im Stehen nicht aushandeln.« Thomas schnitt damit das heikle Thema ab. »Sie verzeihen, Senhor Beja, aber ich muß zu meinen Kranken ins Hospital. Ich habe da einen Fall von einem inneren Leistenbruch. Er mußte operiert werden, aber alle meine Instrumente, Infusionsflaschen, Medikamente und was es sonst noch braucht, um vernünftig als Arzt arbeiten zu können, liegen in Kisten irgendwo zwischen Brasilia und Boa Vista. Ich brauche sie dringend.«

»Wenn sie in Boa Vista sind, bekommen Sie sie sofort, Senhor Binder. Ich werde mich darum kümmern. Es ist immer dasselbe: Die Arbeitsmoral ist reformbedürftig. Wir rennen da oft wie gegen Gummiwände.«

»Es wäre wirklich eine große Hilfe, wenn ich meine Kisten schnell bekäme.«

»Verlassen Sie sich darauf, Doktor. Ich werde etwas Wind in die Lagerhäuser bringen.«

Thomas, Pater Ernesto und Schwester Lucia verließen das Missionsgebäude und blieben draußen auf dem Platz stehen.

»Das war vernünftig, Tom«, sagte Pater Ernesto. »Ich dachte erst: Wenn er doch bloß den Mund hält! Aber Sie haben genau das Richtige getan. Sie haben sich nicht beschwert, sondern um Bejas Hilfe gebeten. Luise wird er es nicht übelnehmen, er ist immer höflich zu Frauen.«

»Er ist ein grandioser Heuchler und Schauspieler. Was er da über die 28 Millionen Kleinbauern erzählt.« Thomas schüttelte den Kopf. »Sie werden auch im abgeholzten Regenwald hungern, weil die nährstoffarme Erde in drei bis vier Jahren ausgelaugt ist. Und dann wird weiter niedergebrannt. Man vernichtet die Lunge der Erde. Und kann man ohne Lunge leben? Warum sieht das keiner ein?«

Im Hospital erstattete der Krankenpfleger Luigi Bericht über die wenigen Patienten in ihren Hängematten. Es waren drei Grippefälle, und ein Yanomami, der sich bei der Feldarbeit mit einer Hacke am Fuß verletzt hatte, war neu verbunden worden. Luigi berichtete, daß in der Nacht der Medizinmann des Stammes, der sich am Fluß hinter der Missionsstation angesiedelt hatte, bei dem Verletzten erschienen war, den Verband abgenommen und die Wunde mit einem gelblichen Pflanzenbrei bedeckt und mit Palmblättern umwickelt hatte. Dann schien er dem Yanomami mit dem Bambusrohr das Rauschmittel Epená in die Nase geblasen zu haben, denn der Indio befand sich, als sich Luigi am frühen Morgen um ihn kümmerte, noch in einem Zustand der Halluzination. Er lag in seiner Hängematte und schlug sich pausenlos mit der flachen Hand klatschend gegen seine Brust. Jetzt war er ruhiger und starrte teilnahmslos Dr. Binder und Pater Ernesto an.

»Ich muß dringend mit dem Medizinmann sprechen«, sagte Thomas, als sie den Raum verlassen hatten und vor der Tür standen, hinter der das kleine Zimmer mit dem Bett und dem Indio mit dem Leistenbruch lag. »So geht es nicht weiter. War das immer so, Ernesto?«

»Fast immer, Thomas. Wenn wir Kranke stationär behandelten — viele Lungenkranke waren darunter in den letzten Jahren —, dann nahmen sie zwar unsere Medikamente ein, aber immer wieder erschien der Medizinmann und brachte in Nußschalen ein Gebräu mit, das er selbst hergestellt hatte. Bevor er es den Kranken gab, sang er leise vor sich hin, wiegte den Oberkörper hin und her, denn bei den Yanomami ist die Heilung einer Krankheit gleichbedeutend mit dem Austreiben der bösen Wald- und Wassergeister. Merkwürdigerweise haben die Kranken das Ritual überlebt, ob durch unsere Medikamente oder die Tränke des Medizinmannes, wer kann das beurteilen? Der Glaube der Yanomami an ihren *shaboliwa* — so nennen sie ihn — kann Wunder wirken. Ich habe es selbst erlebt.«

»Aber einen Leistenbruch heilt man nicht mit Pflanzensäften. Ernesto, wann kann ich mit dem Shabosoundso—«

»Shaboliwa.«

»— Shaboliwa sprechen?«

»Es ist schwierig. Man kann nicht einfach hingehen und sagen: Da bin ich. Nun unterhalten wir uns mal über einen Kranken. Das würde die persönlichen Geister des Medizinmannes, die *hekula*, beleidigen, und wenn er seine Hekula verliert, ist ein Shaboliwa ein lebender Toter. Er wird nach dem Glauben der Yanomami nie in den zentralen Himmel kommen, sondern in den östlichen Himmel, der eine große Strafe bedeutet.«

Pater Ernesto wischte sich über das Gesicht. Schon am Morgen war es drückend schwül, der Wald schien zu dampfen. Die Sonne sog alle Feuchtigkeit auf, bis der fast tägliche kurze warme Regen neues Wasser über den Regenwald schüttete und von ihm in den schalenförmigen Blüten riesiger Bromelien gespeichert wurde. Millionen solcher kleiner Seen hingen in den Zweigen der Mammutbäume, Heimat von Fröschen und Insekten und Kleingetier. »Ich werde zum Shabono unseres Stammes gehen und mit dem *pata* sprechen.«

»Was ist ein *pata*?«

»Ein Pata ist so etwas wie ein Sprecher oder Führer der Yanomami. Es ist immer ein besonders kluger und fähiger Mann, und der beste von ihnen wird zum Häuptling ernannt. Die Patas bilden einen Rat, eine Art Stammesparlament, in dem alles besprochen wird, was das ganze Shabono angeht. Ein solches Palaver nennen sie *patamou*.« Pater Ernesto nickte mehrmals, als er Toms verblüfften Blick sah. »Alle denken, diese Indios leben so dahin wie halbwilde Tiere. Genau das Gegenteil ist der Fall. Sie haben seit Jahrhunderten eine feste soziale Ordnung. Das erzähle ich Ihnen später, oder Sie werden es sogar erleben. Ich werde also zum Shabono gehen und eine Entscheidung des Patamou besorgen. Erst dann können Sie mit dem Shaboliwa sprechen. Ich mache mich gleich auf den Weg.«

Pater Ernesto klopfte Thomas auf die Schulter und verließ das Hospital. Kurz darauf hörte Tom das Knattern eines uralten Motorrades. Der Priester war unterwegs zu den Yanomami.

Regungslos, als sei er eine Puppe, lag der Indio mit dem Leistenbruch in seinem Bett. Auch ihm schien der Medizinmann in der Nacht das Rauschgift Epená in die Nasenlöcher geblasen zu haben; der Blick des Kranken war starr, die Augen geweitet und von einem unnatürlichen Glanz.

Thomas verzichtete auf eine Untersuchung. Ein Bruch bleibt ein Bruch und ändert sich nicht von selbst. Luigi, der Krankenpfleger, räusperte sich. »Darf ich etwas fragen, Doktor?« sagte er.

»Immer, Luigi, das weißt du doch.«

»Darf ich Ihnen bei der Operation und auch später assistieren?«

»Kannst du das denn?«

»Ich habe ein halbes Jahr in Palermo auf Sizilien —«

»Ich kenne Palermo, war schon zweimal da in Urlaub.«

»— in einem Krankenhaus im OP geholfen. Nicht am OP-Tisch, ich mußte neue Tücher, Mull, Tupfer und andere Sachen reichen und bei Amputationen die abgeschnittenen Körperteile wegschaffen. Aber ich habe viel dabei gesehen und behalten. Ich könnte Ihnen helfen, Doktor.«

»Das ist ja fabelhaft, Luigi. Ich werde dir beibringen, wie man Klemmen setzt und Tuchhalter und Wundspreizer. Du kannst mir wirklich eine große Hilfe sein. Und Schwester Lucia wird das Instrumentarium übernehmen. Ihr werdet sehen: Gemeinsam machen wir ein richtiges Krankenhaus aus der Station.«

»Wenn Sie Ihre Kisten aus Boa Vista bekommen.«

»Das hat Senhor Beja versprochen.«

»Versprochen.« Luigi verzog höhnisch den Mund. »Der hat schon viel versprochen und ganz wenig davon gehalten. Wenn nun die Kisten nicht ankommen oder erst in ein paar Wochen?«

»Dann operiere ich mit dem, was ich hier habe.« Thomas verließ das Krankenzimmer, der Yanomami starrte ausdruckslos an die Decke. »Mein Großvater hat mir oft erzählt, unter welchen Bedingungen sie im Krieg an der Front arbeiten mußten. Und erst recht in der Gefangenschaft. Dagegen sind wir hier ausgestattet wie eine

Uni-Klinik. Und was mein Großvater damals konnte, das muß auch ich heute können. Daran denke ich immer.«

»Damals war der Tod alltäglich. Aber wenn ein Yanomami unter Ihren Händen, unter den Händen eines Weißen stirbt — eines Termitenmenschen, wie sie uns nennen, weil wir uns wie die Riesenameisen durch den Wald fressen und alles zerstören —, dann gnade uns Gott. Dann kann niemand Sie mehr retten vor den Giftpfeilen der Indios.«

»Das hat mir Pater Ernesto schon gesagt. Er ist, du hast's ja gehört, jetzt unterwegs zu den Patas.« Thomas folgte einem plötzlichen Impuls und legte seinen Arm um die Schulter Luigis. »Luigi, keine Angst, wir schaffen es.«

»Ich bin dann nämlich auch dran, weil ich Ihnen geholfen habe, Doktor.«

»Es wird nichts passieren. Es wird alles gutgehen. Über so eine Bruchoperation verliert man bei uns kein Wort. Das ist reine Routine. So schnell sterben wir nicht, Luigi.«

Während Schwester Lucia Bananenbrei, Mangos und Fladen aus Maismehl als Frühstück an die Kranken verteilte, ging Thomas hinüber zu dem Flachbau, in dem Luise wohnte.

Sie hatte ihr Labor fast fertig eingerichtet und war dabei, die letzten Kolbenständer und Glasschlangenhalter zu montieren. Sie blickte hoch, als die Tür aufging und Thomas eintrat.

»Hallo«, sagte sie. »Morgen geht es los. Morgen tauche ich im Regenwald unter.«

»Allein? Unmöglich!«

»Pater Vincence hat mir zugesichert, daß mich vier Yanomami begleiten, die den Wald wie ihren Bauchnabel kennen. Tom, du brauchst keine Angst zu haben. Aber —« Sie ging auf ihn zu und gab ihm einen langen Kuß. Er umarmte sie, so fest, daß sie nach Luft schnappte, »— wir werden uns bestimmt eine Woche lang nicht sehen.«

»Du willst im Wald bleiben?«

»Anders geht es doch nicht. Ich muß in den Teil des Dschungels kommen, den noch kein Mensch betreten hat. Ich muß entdecken, Liebling. Ich muß Neuland betreten.«

Sie sagte es so selbstverständlich, als erzähle sie, daß sie am Nachmittag zu einem Schaufensterbummel in die Innenstadt fahren wolle. Thomas behielt sie in seinen Armen und blickte ihr in die tiefblauen Augen.

»Ich habe Angst«, sagte er ehrlich. »Ganz verrückte Angst.«

»Warum? Es ist meine Aufgabe, ihretwegen bin ich an den Rio Parima geschickt worden. Wenn du nicht hier wärst, hätte keiner Angst um mich.«

»Aber ich bin hier. Und ich liebe dich. Wenn ich nur darüber nachdenke, daß du allein mit vier Yanomami im unbekannten Regenwald ... Mein Gott, ich will mir nicht ausmalen, was alles passieren kann. Es würgt mir die Luft ab. Li, warte noch ein paar Tage. Der Wald läuft dir nicht weg. Er steht seit Millionen Jahren dort. Keiner drängt dich, daß du schon morgen mit deinen Forschungen beginnst.«

»In ein paar Tagen haben wir dieselbe Situation.«

»Nein. Dann kann ich dich begleiten.«

»Tom, du gehörst zu den Kranken und nicht zu bisher unbekannten Lianen und Orchideen. Was willst du denn im Wald tun?«

»Dir helfen und dich beschützen.«

»Wer sollte mir etwas antun?« Sie befreite sich aus seinen Armen und trat einen Schritt zurück. »Tiere? Die Indios wittern sie eher als sie mich. Der größte Feind des Menschen ist der Mensch. Und wo ich hingehe, gibt es keine Menschen. Ich werde der erste sein. Tom, morgen geht die Expedition los.«

»Darüber sprechen wir noch, Li.« Thomas atmete tief durch, um den inneren Druck loszuwerden. »Es kann sein, daß ich am Nachmittag den Medizinmann der Yanomami sprechen darf. Ernesto ist zu ihnen gefahren, um sie zu fragen. Kommst du mit?«

»Aber ja. Was willst du bei dem Medizinmann?«

»Er war gestern nacht heimlich bei meinen Kranken und hat sie auf seine Weise behandelt. Wenn da etwas passiert, schiebt man mir die Schuld zu, nicht dem Shaboliwa. Darüber muß ich mit ihm sprechen.«

»Und wenn er dich nicht sprechen will?«

»Da muß ich mir etwas einfallen lassen.«

»Das wird ein Problem, Tom.«

»Ich weiß. Aber so, wie es jetzt ist, kann es nicht bleiben.«

Nach knapp einer Stunde kam Pater Ernesto von den Yanomami zurück. Staubbedeckt von der Motorradfahrt, stieß er die Tür zu Luises Labor auf. Er hatte Thomas nicht im Hospital gefunden und vermutete ganz richtig, daß er bei Luise sein würde.

»Die Würfel sind gefallen«, rief er schon beim Eintreten. »die Pata haben in einem kurzen Patamou — und das ist selten — beschlossen, daß du den Medizinmann sprechen kannst. Thomas, hast du ein Glück. Heute findet eine Totenfeier statt. Man wird einen Verstorbenen verbrennen.«

»Schrecklich«, sagte Luise und hob schaudernd die Schultern.

»Hygienischer als unsere Begräbnisse. Für einen Yanomami ist eine Erdbestattung grausam, eine Beleidigung des Toten. Man begräbt ihn nicht in die Erde und läßt ihn verfaulen. Sein Geist lebt ja weiter, und das Feuer reinigt ihn. Es ist eine hochinteressante Zeremonie. Und ihr habt das einmalige Glück dabeizusein.«

* * *

Wenige Tage später, am Sonntag, landete, von Brasilia kommend, ein junger Mann mit schwarzen Locken und einer Sonnenbrille mit Goldgestell auf dem Flugplatz von Boa Vista.

Vom Gepäckband holte er drei große schwere Koffer, winkte einem der in der Airporthalle herumlungernden und nach Arbeit suchenden Mestizen und ließ sie zu den Taxen vor dem Gebäude tragen. Zwei Koffer paßten gerade noch in den Kofferraum, den dritten wuchteten sie auf den Rücksitz. Der Taxifahrer wischte sich den Schweiß von der Stirn.

»Schleppen Sie Steine rum, Senhor?«

»So was Ähnliches.« Der junge Mann warf sich auf den Vordersitz, rückte die Sonnenbrille gerade und streckte die Beine aus. Er hatte schon einige tausend Kilometer hinter sich. Von Rio nach Brasilia, von Brasilia nach Boa Vista — da kann man etwas erschöpft sein, trotz einiger Drinks im Flugzeug.

Er ließ sich zum besten Hotel der Stadt fahren und grinste verhalten, als zwei Hotelboys die Koffer ächzend ins Haus schleppten.

An der Rezeption, hinter der ein sehr vornehm aussehender Chefportier residierte, füllte er den Anmeldeschein aus und trug ein: Marco Minho, Recife. Beruf Zoologe. Sein Zimmer war vorbestellt, der Chefportier überreichte ihm feierlich den Schlüssel und sagte: »Ich wünsche Ihnen einen schönen Aufenthalt in unserer Stadt, Senhor Minho. Haben Sie noch besondere Wünsche?«

»Nein.« Minho nahm den Schlüssel und schüttelte den Kopf. »Ich möchte im Augenblick nur Ruhe haben.«

»In angenehmer Gesellschaft, Senhor?« Der Chefportier verzog dabei keine Miene. »Welchen Typ bevorzugen Sie?«

Minho lächelte etwas schief und schüttelte wieder den Kopf.

»Ich möchte wirklich nur Ruhe haben — allein. Aber wir können später darüber reden.«

»Wir sind bemüht, die Wünsche unserer Gäste zu befriedigen.«

»Danke. Ich werde es mir merken.«

Das Zimmer erwies sich als ein schönes, großes Appartement zu ebener Erde mit einer Terrasse, die in einen eigenen kleinen Garten überging. Auf dem fetten, grünen Rasen drehte sich leise zischend ein Rasensprenger. Es fehlte an nichts: Minibar, Farbfernseher, Radio, Telefon; Schlafraum und Wohnraum waren getrennt; ein Luxus, über den Minho äußerst erstaunt war.

Wer soll das bezahlen? dachte er. Ich nicht. Ich bin nur ein Zoologe des staatlichen Instituts zur Erforschung des amazonischen Regenwaldes und seiner Artenerhaltung.

Es handelte sich um ein Institut, das neu gegründet worden war und erst vor einem halben Jahr mit der Arbeit begonnen hatte. Man stellte zwar meist nur Theorien und Statistiken auf, erhielt aber dafür aus dem westlichen Ausland Millionenbeträge zur Unterstützung der Forschung. Das Ziel: Stopp des Raubbaus am Regenwald. Die Regierung machte viel Aufhebens um diese neue Institution, ein Beweis der Anstrengungen, die Zerstörung des Dschungels zu kontrollieren, ein Alibi, mit dem das Ausland beruhigt werden sollte. Wir unternehmen alles, um die Lunge der Erde zu erhalten, wir tun unser möglichstes ... kommt herein, ihr Millionen Dollar!

Im Gegensatz zum Leiter der neuen Institution und der Regierung nahm Marco Minho seine Aufgabe ernst und drängte seit drei Monaten darauf, nicht nur Statistiken zu veröffentlichen, sondern mit der wirklichen Arbeit zu beginnen: vor Ort, im Regenwald, mit dem Aufspüren unbekannter Tierarten. Hinauf in die Wipfel der Riesenbäume, wo noch kein Mensch gewesen war und wo in dem breiten Blätter- und Äste-Dach noch Tausende nie gesehener Lebewesen ein geheimnisvolles Dasein führten. Vor einer Woche endlich gab die Regierung grünes Licht für Minho. Er erhielt den Auftrag, neue Tierarten zu katalogisieren, zu beschreiben und Präparate herzustellen.

»Was Sie in Überfülle haben, Marco«, sagte der Chef des Institutes, »ist Zeit. Viel Zeit. Überstürzen Sie nichts, lassen Sie es ruhig angehen. Niemand drängt Sie.«

»Doch.«

»Wer denn?«

»Der Regenwald hat bereits große Wunden. Was bisher schon

vernichtet worden ist, ist für immer verloren und unersetzbar. Wir haben nicht viel, sondern verdammt wenig Zeit, wenn die Rodungen mit Sägen und Brand so wie bisher weitergehen.«

»Ja, es ist ein Jammer, Marco.« Der Chef der Forschungsanstalt leistete sich kurz traurige Augen und einen seelenvollen Blick. »Ich wünsche Ihnen viel Glück und Erfolg im Urwald — und hängen Sie mir nicht eines Tages als Schrumpfkopf vor einer Indianerhütte. Auch da gibt es noch eine Menge Unbekanntes. Sie werden aus dem 20. Jahrhundert in die Steinzeit zurückversetzt werden. Nochmals, viel Glück, Marco!«

Eine Stunde nach dieser herzlichen Verabschiedung griff der Chef zum Telefon und rief in Manaus an. Er mußte ein wenig warten, aber dann hörte er die sonore Stimme von Senhor Miguel Assis. Es war fast selbstverständlich, daß sich Assis gleich nach der Gründung des Instituts um die leitenden Herren bemüht hatte und nun über alles unterrichtet wurde, was in Recife geschah. So konnte der Chef vor vier Monaten mit dem Bau einer schönen Villa am Stadtrand von Recife beginnen, und der Leiter der Forschungsgruppe I, die sich mit noch unbekannten Bäumen beschäftigte, konnte sich eine teure Geliebte mit einem eigenen Penthouse leisten. Niemand nahm daran Anstoß, und niemand fragte, woher die Gelder kamen. Wer sollte denn auch schon fragen, wenn überall offene Hände in die Luft gestreckt wurden, um die schönen Dollarnoten aufzufangen.

»Er ist vor einer Stunde aufgebrochen«, sagte der Chef des Instituts mit Nachdruck. »Der Mann heißt Marco Minho. Ich habe ihn schon ein paarmal erwähnt, Sie erinnern sich? Er ist Zoologe und einer der Idealisten, denen der Fortschritt in Brasilien gleichgültig ist. Er gehört zu den Regenwaldspinnern. Minho wird übermorgen nach Brasilia fliegen, dort übernachten und dann am nächsten Tag über Manaus nach Boa Vista kommen. Von da ab ist es Ihre Sache, Senhor Assis.«

»Wir werden uns um ihn kümmern.« Assis' Stimme klang kühl und geschäftsmäßig. Es war ja auch ein Geschäft, das er übernommen hatte. »Ich danke Ihnen.«

»Denken Sie an mich, Senhor?«

»Aber gewiß. Sehen Sie sich übermorgen Ihren Kontostand an.«

Der Chef legte auf. Er lehnte sich zufrieden in seinem Sessel zurück, steckte sich eine fast schwarze Zigarre an und sah genüßlich den Rauchringen nach, die er in die Luft blies. Man muß nur wendig sein, dachte er, immer am richtigen Platz zur richtigen Zeit.

Dann wird das sonst so trübe Leben ein Fest. Die meisten Menschen verhungern an ihrer Moral.

Nun war also Marco Minho in einer Luxus-Suite in Boa Vista. Er duschte sich ausgiebig, holte aus der Zimmerbar ein hohes Glas, füllte es mit Wodka und Orangensaft und blickte hinaus auf seinen kleinen Privatgarten und den sich drehenden Rasensprenger.

Wie kommt das Institut dazu, mir solch ein Luxusappartement zu bestellen, fragte er sich. Nun ja, die Millionen flossen von allen Seiten herein, die Forschungsanstalt blähte sich immer mehr auf, arbeitete aber zur Zeit nur daran, sich selbst zu verwalten. Schon an die hundert Fachleute waren eingestellt. Sie zeichneten Pläne, fertigten Statistiken an und veröffentlichten Überlegungen, wie der Regenwald gerettet werden konnte bei größtmöglicher Nutzung der unter ihm vorhandenen Bodenschätze. Aber er war wirklich der erste, den man losschickte, im Wald selbst zu forschen und etwas Greifbares zu tun.

Die Einsatzpläne für die nächste Zeit waren bis ins letzte ausgearbeitet und genehmigt worden. Zunächst sollte Boa Vista die Basis sein. Von hier aus würden die Einsätze erfolgen: Die Suche nach unbekannten Tieren und, mitten in einem noch nie betretenen Regenwaldabschnitt, der Bau einer kleinen Hütte in der Krone eines Baumriesen. Seile, Haken und Ösen würden die Bäume der nächsten Umgebung miteinander verbinden, so daß man sich hoch in der Luft von Baum zu Baum schwingen konnte, ohne erst wieder auf den Boden zu müssen. Sogar einen kleinen zusammenlegbaren Sitz hatte Minho mitgenommen. Mit ihm wollte er sich ähnlich wie bei einer Seilbahn von Wipfel zu Wipfel gleiten lassen und die Tiere beobachten und filmen. So erhielt man eine erste Übersicht, worauf sich die Hochrechnung stützen würde, wieviel unbekanntes Getier im Wald leben konnte. Den ganzen Amazonas-Regenwald zu erforschen war unmöglich. Da hätte man ein Gebiet wie ganz Europa mit Seilen überspannen müssen. Man war sich völlig im klaren, daß man den Regenwald Brasiliens nie gänzlich erforschen konnte. Es blieb nur die Hochrechnung auf der Basis zufälliger Entdeckungen in einem begrenzten Gebiet.

Marco Minho trank ein weiteres Glas Wodka mit Orangensaft, ließ sich ein saftiges Steak mit gemischtem Salat aufs Zimmer bringen und legte sich dann richtig müde und vom Wodka sogar etwas umnebelt ins Bett. Aber noch bevor er einschlief, dachte er bei sich: Ich bin verdammt gespannt darauf, was sie mir als Basis ausgesucht haben. Er hatte ein ganzes Haus beantragt — zum Wohnen, für ein Labor, einen Präparierraum und ein Archiv, ausgestattet mit Telefon und Telefax, um schnell mit Recife verbunden zu sein. Freie Mitarbeiter sollte er sich in Boa Vista suchen. Der Aufbau der Basis würde fast einen Monat dauern, das war ihm klar, darüber gab es keine Diskussionen, aber es hatte mit dem Institut Auseinandersetzungen um den Standort gegeben.

Minho sah nicht ein, daß Boa Vista der richtige Platz war. Dort waren zwar die Behörden, aber er wollte ja nicht Beamte erforschen, sondern den Wald und seine Tiere. Er hatte Surucucu vorgeschlagen, den Vorposten der Goldgräber und Glücksritter, die Werkstatt und das Lager der Rodungskolonnen, wo sich alles, was den Urwald gefährdete, zusammenballte.

Aber der Chef bestand auf Boa Vista.

»Mir ist das zu weit vom Wald entfernt!« hatte Minho argumentiert. Und man hatte ihm geantwortet:

»Es stehen Ihnen immer Flugzeuge zur Verfügung, die Sie hinbringen, wohin Sie auch wollen. Der gesamte Nachschubverkehr für Novo Lapuna zum Beispiel geht allein von Boa Vista aus. In Surucucu sind Sie am Arsch der Welt.«

»Genau da will ich ja hin. Ich habe auf der Karte gesehen, daß es am Rio Parima, unmittelbar bei den Goldgräber-Camps, eine Missionsstation gibt. Santo Antônio. Am liebsten wäre ich dort mit meiner Basis. Auch die Mission hat eine kleine Landepiste.«

»Da müssen wir erst den italienischen Orden fragen, dem die Mission gehört.«

»Das sollten wir tun.«

Es wurde nichts daraus. Der Chef teilte Minho mit, daß Santo Antônio es ablehnte, noch eine Forschungsgruppe aufzunehmen. Eine biologische Station sei schon hier, ein Polizeiposten, ein Hospital im Aufbau — nun sei kein Platz mehr vorhanden.

»Die Mission liegt am Rio Parima«, sagte Minho nachdenklich. Er hatte die Spezialkarten im Kopf.

»Ja. Ein ziemlich langweiliger Fluß. Ungewöhnlich ruhig, kaum Stromschnellen, ringsum nur Dschungel und Wald.«

»Exakt das, was ich brauche. Da bin ich mittendrin im Regenwald.«

»Wir können Sie auch an den Rio Xingu schicken«, antwortete der Chef auffallend friedlich. »Da sind Sie auch mittendrin im Regenwald. Oder am Rio Madeira. Es muß ja nicht gerade Roraima sein.«

»Aber gerade in Roraima wird jetzt der Wald ermordet.«

»Wie das klingt, Marco! Sie sind Wissenschaftler, und nicht einer der überspannten Eiferer und Panik-Ökologen. Ich sage Ihnen: Boa Vista ist der richtige Ort für Ihre zu gründende Station. Alle Behörden werden Ihnen helfen. Sie werden keinerlei Schwierigkeiten haben.« Und keinen Schritt unbeobachtet tun, dachte der Chef dabei mit einem Gefühl der Zufriedenheit.

Minho erwachte ausgeruht am nächsten Morgen, streckte sich in seinem Luxusbett und trat dann hinauf auf die Terrasse. Irgend jemand hatte über Nacht den Rasensprenger abgestellt, die schon heiße Sonne ließ die Feuchtigkeit verdunsten. Minho kam sich vor wie in einer Sauna. Er ging zurück in sein Zimmer und stellte sich unter die kalte Dusche. Obwohl die Suite selbstverständlich über eine Klimaanlage verfügte, fühlte er sich erst nach dem Bad richtig frisch, zog sich an und bestellte sein Frühstück aufs Zimmer.

Er hatte sich gerade eine Tasse Kaffee eingeschenkt, als das Telefon anschlug. Erstaunt hob er ab. Der Chefportier — er erkannte ihn sofort an der Stimme — fragte:

»Ein Senhor Lobos möchte Sie sprechen, Senhor.«

»Ich kenne keinen Lobos.«

»Paulo Lobos gehört — mit Verlaub — zu den ersten Adressen in Boa Vista und Manaus.«

»Und was will er?«

»Er bittet Sie um ein Gespräch.«

»Hm.« Minho überlegte. Lobos, erste Adresse, überall also bekannt, macht seine Aufwartung bei einem kleinen, unterbezahlten Zoologen. Das kann interessant werden. »Senhor Lobos möchte bitte zu mir aufs Zimmer kommen«, sagte er.

»Besten Dank, Senhor Minho.«

Es dauerte keine fünf Minuten, da klopfte es an Minhos Tür. Er öffnete und sah sich einem dicklichen Mann gegenüber, der sich mit einer kurz angedeuteten Verbeugung vorstellte.

»Lobos.«

»Minho. Bitte kommen Sie herein, Senhor.«

Mit kleinen Schritten betrat Lobos die Suite und wartete, bis Minho auf einen der mit Seide bezogenen Sessel wies.

Lobos setzte sich und schlug ein Bein über das andere. Er trug einen weißen Seidenanzug, ein blaßrosa Hemd und trotz der Hitze eine diskret gemusterte Krawatte. Seine Schuhe waren aus feinstem weißen Leder.

»Sie wollen mich sprechen?« fragte Minho, noch immer verwundert über diesen Besuch. »Worum geht es?«

»Zunächst freuen wir uns über Ihre Anwesenheit in Boa Vista.«

»Wer ist ›wir‹?«

»Der Vorstand und die Mitglieder vom ›Rat Neues Brasilien‹, Senhor. Wir sind eine Gemeinschaft, der unser Vaterland sehr ans Herz gewachsen ist. Vor allem die Erneuerung Brasiliens nach der Mißwirtschaft der letzten zwanzig Jahre. Es gilt, unsere Heimat zu retten. Wir sind das reichste Land der Welt — bloß, das weiß noch keiner.« Lobos machte eine Kunstpause. Dann fuhr er fort: »Wir sehen in Ihnen ein kleines, aber wertvolles und unverzichtbares Rad im großen Räderwerk unserer Aufbaubemühungen. Darum bat ich, mit Ihnen zu sprechen.«

Die Wirklichkeit war natürlich ganz anders.

Sofort, als Miguel Assis aus Recife den Anruf bekam, daß der Zoologe Marco Minho auf dem Weg in den Regenwald war, war der Vorstand des Rates zusammengetreten und hatte eine Sondersitzung anberaumt.

Mit einer großen Vorrede hielt sich Assis nicht auf. »Ich habe erfahren«, sagte er kurz in seiner trockenen, nüchternen Art, »daß ein Marco Minho aus Recife vom staatlichen Institut zur Erforschung des amazonischen Regenwaldes und seiner Artenerhaltung auf dem Weg nach Boa Vista ist. Wir alle wissen, daß er nur eine Alibiarbeit gegenüber dem Ausland ausführen soll, nur er selbst weiß es nicht. Er ist, wie viele seiner Generation, ein ökologischer Idealist. Ein Naturspinner. Ihr könnt jetzt fragen: Was soll das? So ein einzelner, unbedeutender kleiner Mann, so ein Wissenschaftszwerg — was will er? Er ist doch keine Gefahr für uns. Júlio Maputo ist eine Gefahr, aber dieser Minho! Der wird einem Dollarregen nicht ausweichen. Ich antworte darauf: Minho gehört zu den Typen, die seltsamerweise nicht zu bestechen sind. Und so unbedeutend er auch ist — einige Interviews mit der internationalen Presse genügen, um unsere Arbeit wieder in die Schlagzeilen zu bringen. Da es bei seinen Forschungen ausschließlich um die Tierwelt geht — Minho ist Zoologe —, geht in erster Linie Paulo dieser Mann an. Paulo hat das größte Holzwerk in der Gegend. Um seinen Wald geht es, wenn die Presse wieder zuschlägt. Also mußt du dich um diesen Minho kümmern, Paulo!«

Paulo Lobos verzog sein rundes Gesicht und erhob sich abrupt. »Ich glaube, das ist eine Sache, die uns alle angeht! Nicht nur mich allein! Wer brennt denn hier Tausende Hektar Wald nieder, um daraus Weideland zu machen?« Das war ein Schuß gegen Assis. Und weiter: »Wer macht aus meinem Wald Holzkohle, um sie an die

Hütten zu verkaufen?« Das war eine Ohrfeige für den lieben Freund Mario Dunhas. Ihm gehörten über zweitausend Holzkohlemeiler, von denen siebentausend Köhler und ihre Familien lebten. »Wir alle werden geschädigt.«

»Wenn man dir die Rodung verbietet, bist du der zuerst Betroffene! Die Öffentlichkeit wird sich zunächst nur mit dir allein beschäftigen, Paulo. Das weißt du ganz genau.«

»Und was soll ich mit Minho machen? Ihn in die Hölle schicken?«

»Nur im Notfall. Warne ihn erst einmal, aber so, daß er die Warnung auch versteht. Du hast doch Männer genug, die darin Spezialisten sind.«

Lobos schwieg, nickte und setzte sich wieder. Es wurde eine kurze Sitzung, auf der man beschloß, Marco Minho zunächst unauffällig bei seiner Arbeit zu beobachten und erst dann einzugreifen, wenn er sich zu eigenmächtig zeigte.

»Ich habe jedenfalls durchgesetzt, daß Boa Vista seine Forschungsbasis ist«, sagte Assis abschließend. »So haben wir ihn immer im Auge. Wenn er in den Regenwald geht, wird einer unserer Männer ihn begleiten. Ich werde dafür sorgen, daß unter seinen zukünftigen Mitarbeitern auch unser Mann ist. Ich habe einen erfahrenen Ökologen engagiert, den ich Minho unterschieben werde. Er sucht qualifizierte Leute, davon können wir ausgehen. *Caros amigos*, ich glaube, wir haben diesen Marco Minho voll im Griff.«

Nun also saß Lobos in dem Luxusappartement Minho gegenüber und musterte ihn voll Interesse. Die Suite hatte selbstverständlich der »Rat« bestellt und bezahlt, wie er auch das Haus ausgesucht hatte, in dem die Forschungs-Außenstelle eingerichtet werden sollte. Minho würde nicht einen Schritt machen können, ohne überwacht zu werden.

Minho hatte sich Lobos' Worte angehört. Er hörte von diesem »Rat« zum erstenmal und wunderte sich, daß man in Recife noch nie diese Organisation erwähnt hatte.

»Sie bieten mir Ihre Unterstützung an?« fragte er deshalb unsicher.

»In jeder Hinsicht! Was Sie auch brauchen, zählen Sie auf uns.« Lobos sah mit Freude, wie Minho diese Mitteilung aufnahm. Ich habe ihn, dachte er. Wem geholfen wird, der ist immer dankbar. »Dieses Land Roraima ist ein hartes Land, da muß man zusammenstehen. Und weil wir zusammenstehen, gibt es für uns kaum ein Unmöglich! Das gilt nun auch für Sie, Senhor Minho. Was wir für Sie tun können, wird getan.«

»Ich danke Ihnen, Senhor Lobos. Im Augenblick stehe ich hier nur mit drei schweren Koffern und bin allein.«

»Das wird sich schnell ändern.« Lobos erhob sich und reichte Minho die Hand. »Wir unterstützen jedes fortschrittliche Projekt. Darf ich Sie zu einem Abendessen im kleinen Kreis in mein Haus einladen?«

»Ich freue mich darauf.«

»Morgen um 20 Uhr?«

»Morgen, Senhor Lobos.«

Zufrieden verließ Lobos die Suite, trank in der Bar des Hotels zwei Kognacs zum Zeichen seines Sieges und ließ sich dann von seinem Chauffeur, einem schwarzen Hünen mit keulenförmigen Muskeln, nach Hause bringen.

Am nächsten Abend fuhr Marco Minho bei der protzigen Villa vor, die sich Lobos in Boa Vista gebaut hatte, obwohl sein Hauptsitz Manaus war. Von Manaus war auch seine Familie für dieses Abendessen eingeflogen worden. Aber Dona Joana, Lobos' Frau, haßte Boa Vista, da man ihr zugetragen hatte, ihr Mann halte sich hier eine Halbindianerin als Geliebte. Sie schwieg darüber, doch sie verhehlte nicht, daß sie ungern gekommen war.

Minho machte einen vortrefflichen Eindruck in seinem weißen Dinnerjackett und den schwarzen Hosen, die er sich im Hotel hatte aufbügeln lassen. Er sah so elegant aus, daß keiner auf den Gedanken gekommen wäre, er sei nur ein kleiner Zoologe mit einem Monatsgehalt, das niedriger war als das Gehalt von Lobos' Butler.

Lobos erwartete ihn in der Eingangshalle und begrüßte ihn mit großer Herzlichkeit. Aus dem großen, saalartigen Salon drang vielfaches Stimmengewirr, Gelächter und einzelne Töne einer diskreten Begleitmusik. Minho blickte auf die noch geschlossene Flügeltür aus reich geschnitztem Mahagoni.

»Ein kleiner Kreis?« sagte er lächelnd. »Ich glaube, ich muß mich an andere Maßstäbe gewöhnen.«

»Es ist wirklich nur ein kleiner Kreis. Meine Familie und ein paar gute Freunde aus der Stadt und aus Manaus.«

»Die Gäste kommen extra für ein Abendessen aus Manaus?«

»Das machen wir öfter. Was sind Entfernungen für uns? Die meisten haben ihre eigenen Flugzeuge. Es ist wirklich nur ein kleiner Ausflug für sie. Senhor Minho, gehen wir hinein.«

Der Saal mit Stuck und Deckengemälden und drei riesigen Kristalleuchtern war mit schätzungsweise sechzig Gästen gefüllt, die Damen in großer Abendgarderobe, die Herren ausnahmslos in weißen Smokings. Im Hintergrund, auf einem Podest, saß ein Streichorchester und spielte brasilianische Volkslieder.

Sofort bei seinem Eintreten fielen Minho zwei Damen auf, die von einigen Herren umringt waren. Eine wunderschöne Frau mit glänzendem schwarzem Haar, einem roten, tief ausgeschnittenen Kleid und mit Schmuck an den Ohren, am Hals und an den Händen, dessen Wert nicht schätzbar war. Neben ihr lachte eine junge Dame, ganz in Gold gekleidet, mit langen schwarzen Locken und feurigen dunklen Augen. Auch sie trug Schmuck, aber alles verblaßte an ihr angesichts der vollendeten Formen ihres Körpers, die der schmiegsame Stoff deutlich modellierte. Minho hielt den Atem an: Eine so schöne Frau hatte er noch nie gesehen, und gerade Brasilien ist bekannt als ein Land, das die herrlichsten Frauen hervorbringt. Der Anblick dieses Mädchens aber verschlug ihm tatsächlich die Sprache.

Lobos nickte zu den beiden Schönheiten hin und faßte Minhos Arm. »Jetzt stelle ich Sie zuerst meiner Frau und meiner Tochter vor«, sagte er. »Sie freuen sich auf Ihre Bekanntschaft, ich habe ihnen bereits von Ihnen erzählt.«

Minho holte tief Luft und folgte dann Lobos in den Saal. Dieser steuerte auf die kleine Gruppe zu. Das sind seine Frau und seine Tochter, hämmerte es in Minhos Kopf. Ein solch qualliger Mensch hat so eine wundervolle Frau und eine noch schönere Tochter! Die Natur hat wirklich merkwürdige Launen. Und dann stand er vor diesen Frauen, küßte ihnen die Hand und hörte, daß sie sich freuten, ihn kennenzulernen. Es war keine Floskel, es schien ihnen ehrlich zu sein.

So begegnete Marco Minho zum erstenmal Sofia Lobos und ihrer Mutter Dona Joana.

Beim Abendessen saß er neben Sofia, nachdem man ihn in der Gesellschaft herumgereicht hatte. Auch Miguel Assis war aus Manaus gekommen, drückte Minho die Hand und sagte später zu Lobos:

»Ein kluger, gutaussehender Bursche mit Manieren, dem ein größerer Verdienst zusteht als das Gehalt eines staatlichen Zoologen. Ich kann mir nicht denken, daß er leere Hände bevorzugt. Er hat seinen Stolz, also werden wir ihm unter die Arme greifen durch Spenden. Irgendwie bekommen wir ihn in unsere Tasche.«

Nach dem Essen wurde getanzt. Es war selbstverständlich, daß

Minho zuerst mit der Hausherrin, Dona Joana, tanzte. Sie begannen mit einem Walzer. Der zweite Tanz, ein Slowfox, gehörte Senhorita Sofia. Sie lag in seinen Armen wie eine Feder. Er wagte kaum, sie zu berühren.

»Papa sagt, Sie sind ein Zoologe«, sagte sie. Ihre Stimme hatte etwas Singendes, einen Klang wie bei einer Harfe. »Ich weiß natürlich, was ein Zoologe ist, aber Sie sehen nicht so aus wie ein Zoologe.«

»Wie muß ein Zoologe aussehen, Senhorita?«

»Ich weiß nicht.« Ihr perlendes Lachen drang in ihn ein, es war ein betäubendes Gefühl. »Eben anders.«

Sie tanzten noch fünfmal miteinander; dazwischen wurde er immer von den Herren des »Rates« beschlagnahmt, die wissen wollten, wie er sich seine Aufgabe im Regenwald vorstellte, was er an sensationellen Entdeckungen erwarte und wie er sie auswerten würde. So lernte Minho auch Senhor Assis kennen. Zu ihm sagte er auf eine leicht hingeworfene Frage:

»Mit jedem Hektar gerodeten Walds verlieren wir Tiere und Pflanzen, die noch kein menschliches Wesen gesehen hat.«

»Das mag sein, Senhor Minho«, antwortete Assis in seiner trockenen Art. »Aber ist das ein Verlust? Wenn wir sie bisher nicht gekannt haben, ist es doch kein Verlust, wenn wir sie nie kennenlernen. Es gab sie bis jetzt nicht, also waren sie für uns nie vorhanden. Wir verlieren also nichts.«

»Irgendwo ist das logisch«, pflichtete Lobos ihm bei. »Man sagt ja auch: Was ich nicht weiß, macht mich nicht heiß.«

»Ich sehe das anders, meine Herren. Eine verborgene Welt entdecken, neue Erkenntnisse sammeln — das bereichert die ganze Welt.«

»Natürlich müssen Sie als Zoologe anders denken.« Assis nahm von einem Diener einen Cocktail vom Silbertablett und nippte daran. »Glauben Sie im Ernst, die Welt — sagen wir Kamerun oder Somalia oder Bangladesch — fühlen sich reicher, weil eintausend neue Käferarten entdeckt wurden? Die haben mit ihren Heuschreckenschwärmen schon genug zu tun. Wem nutzt es etwas, wenn Sie zweitausend neue Schmetterlinge katalogisieren?«

»Der Wissenschaft, Senhor Assis.«

»Und die Wissenschaft ernährt die 28 Millionen Kleinbauern in Brasilien, die gerade soviel ernten, daß sie nicht verhungern? Und die Wissenschaft bezahlt die 117 Milliarden Dollar Auslandsschulden, die wir haben? Rettet den Wald, aber laßt die Menschen krepieren! Ein unbekanntes Käferlein ist mehr wert als ein hungerndes Kind! Haben Sie mal diesen Aspekt berücksichtigt?«

»Natürlich.« Minho sah Assis forschend an. Von der ersten Sekunde an war Assis ihm unsympathisch gewesen. Er wußte das nicht zu erklären, aber jetzt war ihm klar, daß diese so vornehme, schmuckglitzernde Gesellschaft den Regenwald nur als goldene Quelle betrachtete, die man ausschöpfen mußte. »Die Erhaltung des Regenwaldes verhindert eine Umweltkatastrophe, die nicht eingrenzbar ist. Da werden nicht Tausende Menschen verhungern, sondern die ganze Menschheit wird wahrscheinlich vernichtet werden! Mit dem Ozonloch hat es angefangen. Wer weiß, was ihm noch folgen wird.«

»Sie haben recht, Senhor Minho!« Assis wußte, daß ihn jetzt jeder verblüfft anblickte. »Warten wir es ab. Die Natur ist klüger als wir, das wissen Sie selbst, und die Natur wird sich einpendeln auf die neuen Gegebenheiten.«

Senhorita Sofia war es, die Minho von diesem Gespräch erlöste. Sie kam zu den Herren und hakte sich bei Minho unter.

»Nein, nein, nein!« sagte sie. »Es ist immer das gleiche bei allen Festen: Die Herren stellen sich in eine Ecke und politisieren. Heute aber nicht! Es wird getanzt, Senhores. Kommen Sie, Senhor Minho ...«

Sie führte ihn in die Mitte des Saales. Die Kapelle spielte einen Tango, und Minho wußte, daß er sich blamieren würde, denn gerade der Tango war ein Tanz, den er gar nicht gut beherrschte. Und das als Südamerikaner, als Brasilianer! Das war fast unverzeihlich. Aber er stand den Tanz durch, und Sofia war so höflich, nicht das Gesicht zu verziehen, wenn er ihr auf die Füße trat, im ganzen viermal.

»Kommen Sie«, sagte sie nach dem Tango, »gehen wir auf die Terrasse. Frische Luft ist das, was ich jetzt brauche.«

»Ich bin ein grauenhafter Tänzer, nicht wahr, Senhorita Sofia?«

»Nur beim Tango.« Sie lachte hell und zog ihn mit auf die breite Terrasse. Die Treppen in den Park waren rechts und links mit Marmorstatuen geschmückt, dazwischen standen große Töpfe voll blühender Pflanzen. Eine protzige Terrasse, die an die Villen römischer Kaiser erinnerte, aber sie paßte zu Lobos Lebensstil. »Vielleicht haben wir, wenn Sie in Boa Vista wohnen und wir von Manaus herüberkommen, Gelegenheit, den Tango zu üben.«

»Ich werde das als einen großen Wunsch in mein Herz schreiben.«

»Oh, Sie können poetisch sein?«

»Ich werde das als einen großen Wunsch in mein Herz schreiben.«

»Oh, Sie können poetisch sein?«

»Paßt das auch nicht zu Ihrem Bild von einem Zoologen?«

»Ich habe durch Papa viele Wissenschaftler kennengelernt, doch alle waren so trocken wie Stroh.«

»Vielleicht bin ich das auch?«

»Nein, Sie sind eben völlig anders. Gehen wir im Garten etwas spazieren?«

»Wenn Sie wollen, gern.«

»Ich will.«

Sie gingen die breite Treppe mit den Marmorfiguren hinunter und blieben vor einem Beet mit gelben und rosa Rosen stehen. Minho blickte zum Himmel. Die unendliche Sternenpracht faszinierte ihn immer wieder. Dieses glitzernde Himmelsgewölbe war ein Beweis der Ewigkeit ... wenn das Licht eines Sternes Milliarden Jahre braucht, um auf der Erde gesehen zu werden, sind alle Versuche vergeblich, das Weltall zu ergründen.

»Ich will, sagten Sie eben, und es klang unabänderlich.« Minho riß sich vom Anblick des Himmels los und sah Sofia in die schwarzen Augen. Zwei goldene Punkte, Widerschein der auf der Terrasse stehenden Kandelaber, tanzten in ihren Pupillen. »Bekommen Sie immer alles, was Sie wollen?«

»Ja.«

Eine klare Antwort. Dabei blitzte es in ihren Augen auf. Sie lächelte leicht.

»Ist das nicht langweilig, Senhorita Sofia? Alles sofort zu bekommen, was man will? Was bleiben da noch für Wünsche übrig? Ein Leben ohne Wünsche — ist das ein trauriges Leben.«

»Ich bin nie traurig. Doch ja, einmal war ich es, als Lolo, mein Hund, starb. Da habe ich sogar geweint. Papa sagte, ich sei ein dummes Mädchen. Um einen Hund weint man doch nicht. Würden Sie um einen Hund weinen, Marco?«

»Ja. Bestimmt. Wenn er jahrelang an meiner Seite war. Immer treu, da kann man weinen.«

»Was hat Sie in dieses schreckliche Boa Vista getrieben?«

»Ich habe einen Forschungsauftrag. Hat Ihnen Ihr Vater davon nichts erzählt?«

»Vielleicht der Mama, mir nicht. Was wollen Sie erforschen?«

»Bislang unbekannte Tiere im Regenwald.«

»Dann werden Sie mehr im Wald sein als in Boa Vista?«

»Es sieht so aus, Senhorita Sofia. Im Wald und an den Flüssen. Man schätzt, daß im Amazonasgebiet mehr als 3000 verschiedene Fischarten leben, von denen nur 2000 erforscht sind. Dort, wo Sie wohnen, bei Manaus, hat man 60 verschiedene Fische gezählt. Es soll Tausende unbekannter Insektenarten geben, Frösche, Lurche, Ameisen, Käfer, Spinnen —«

»O Himmel, Spinnen! Ich ekele mich vor ihnen, allein das Wort genügt.« Sie lehnte sich an ihn, und Minho tat das einzige, was ein Mann in einer solchen Situation tun konnte: Er legte seinen Arm um ihre Schulter. »Können Sie Spinnen anfassen, Marco?«

»Ich habe dafür Spezialgeräte. Kleine Zangen, Pinzetten.«

»Und wenn sie giftig sind?«

»Ich habe ein Betäubungsspray, das sie für eine Weile ungefährlich macht.«

»Haben Sie keine Angst?«

»Nein.«

»Sie haben vor nichts Angst?«

»Das gefährlichste Lebewesen auf der Erde ist der Mensch.«

»Bin ich gefährlich?«

Minho zögerte. War sie einfach naiv, oder forderte sie ihn zu einem Flirt heraus? Die schwüle Wärme der Nacht, der Duft aus den Blumenbeeten, der glitzernde Sternenhimmel, die Musik aus der Villa, der schwache Widerschein der Lampen auf der Terrasse, der sich in ihren Augen spiegelte — es war jene unwiderstehliche Stimmung, in der man sich verliebte, auch wenn es völlig sinnlos war. Sofia hatte den Kopf gegen Minhos Schulter gelehnt und schien auf seine Antwort zu warten.

»Ja«, sagte er und ärgerte sich, daß er es mit gedämpfter Stimme sagte. »Ja, Sie könnten gefährlich werden.«

»Ich beiße nicht, ich verspritze kein Gift, ich habe keine Krallen — und trotzdem bin ich für Sie gefährlich?«

»Ja.«

»Warum?«

»Sie sind das schönste Mädchen, das ich je gesehen habe. Aber das haben Sie ja schon so oft gehört. Und Schönheit kann gefährlich werden.«

»Inwiefern?« Sie hob etwas den Kopf, um Minho anzusehen. »Sie sind auch nicht häßlich, Marco. Können Sie auch gefährlich werden?«

»Ich weiß es nicht.«

»Hat Ihnen das noch nie eine Frau gesagt?«

»Nein.«

»Aber gezeigt.«

»Erwarten Sie darauf eine Antwort?«

»Ja.«

»Ich könnte Ihnen die gleiche Frage stellen, Senhorita Sofia.«

»Und ich werde sie ehrlich beantworten: Ich hatte einen Freund, damals war ich siebzehn Jahre und besuchte das Lyceum. Ich war keine gute Schülerin, aber sehr verliebt. Die Liebe hielt ein Jahr, und irgendwie, ich weiß nicht, wieso, ging sie zu Bruch. Jetzt bin ich einundzwanzig, und es war meine einzige Liebe.« Sie nahm den Kopf von seiner Schulter und blickte ihn voll an. »Warum erzähle ich Ihnen das eigentlich alles?«

»Ich weiß es nicht«, antwortete Minho mit plötzlich belegter Stimme.

»Und Sie? Sie hatten viele Mädchen, nicht wahr?«

Viele, dachte er? Nein, ich war bei Frauen nie ein Draufgänger. Es gab da einige Flirts, natürlich, aber eine richtige Liebe, die Bestand hatte, nein, die war nie dabei. Zuletzt war es Rita, die Tochter eines Professors am Institut, ein leidenschaftliches Mädchen, das nachts zu mir ins Zimmer schlich.

Bis ich dann entdeckte, daß ich nur der gegenwärtig letzte in einer langen Reihe von Liebhabern war. Zugegeben, es war eine bittere Enttäuschung gewesen, ich habe einige Zeit sehr darunter gelitten, aber die große Liebe war sie nie gewesen. Viele Frauen? Nein, Sofia.

»Nicht viele«, sagte er und blickte in die Goldpunkte ihrer Augen. »Ein paar Liebschaften ohne Tiefgang.«

»Und ... ich könnte gefährlich werden?« Sie legte beide Hände auf seine Schultern. »So, wie Sie gefährlich werden können?«

»Ja.«

Er nahm ihre rechte Hand von seiner Schulter und wandte sich zum Gehen zu.

»Gehen wir ins Haus«, sagte er. »Man wird uns vermissen. Was soll Ihr Vater denken?«

»Das ist mir gleichgültig.« Sie hielt ihn am Ärmel fest. »Sie wollen tatsächlich zurück ins Haus, Marco?«

»Ja.« Sie will, dachte er. Und sie bekommt immer alles, was sie will. Eine plötzliche Ernüchterung ergriff ihn. Irgendwie fielen der Zauber dieser Nacht und das Gefühl für die verlockende Nähe dieses Mädchens von ihm ab. Ich wäre ein Verrückter, wenn ich sie jetzt küssen würde. Der arme Zoologe und die Millionärstochter, der Companheiro und die Märchenprinzessin — welch eine Absurdität! »Ich glaube, es ist klüger, jetzt zu gehen.«

Sofia schwieg. Sie hakte sich bei ihm unter, und wortlos gingen sie wieder die Freitreppe hinauf und betraten den Saal. Niemand beachtete sie, nur der wachsame Assis registrierte, daß Lobos' Tochter und Marco Minho allein im Park gewesen waren. Fast eine halbe Stunde. Etwas Besseres kann uns gar nicht passieren, dachte er und nahm einen Schluck Champagner. Wenn er im Netz dieser schönen Spinne zappelt, wird sein Regenwaldidealismus wie Rauch in ihren zärtlichen Umarmungen aufgehen. Marco Minho ist keine Gefahr mehr für uns. Er wird nie ein zweiter Maputo werden. Nie!

Erst gegen Morgen brachte man Minho zurück ins Hotel. Er war leicht angetrunken, sehr fröhlich, fiel in sein Bett und schlief schnell ein.

Und er träumte von einer wunderschönen Spinne, die er mit einer Pinzette aus ihrem Netz zog und die sich plötzlich, wie im Märchen, verwandelte und zu einem noch schöneren Mädchen wurde ... zu Sofia Lobos mit den Goldpunkten in den Augen.

* * *

Ein Monat ist eine relativ kurze Zeit. Ein Monat kann flüchtig wie ein Windstoß sein, der einem die Haare durcheinanderbringt, und bevor man sie sich wieder geordnet hat, ist er schon vorüber. In einem Monat aber können auch tausenderlei Dinge geschehen, können Staaten entstehen oder vergehen, können Diktatoren und Heilige die Welt verändern, kann die Menschheit vor eine neue Aufgabe gestellt werden.

So Großes geschah nicht am Amazonas, am Rio Parima oder in Boa Vista und Manaus. Eigentlich geschah gar nichts, wenn man davon absah, daß wieder unwiederbringbare Quadratkilometer Regenwald abgeholzt oder verbrannt wurden. Luise Herrmann entdeckte mit fünf Yanomami, die sie führten, neun unbekannte Pflanzen, die von den Indios als Heilpflanzen verwendet wurden. Dr. Thomas Binder aus Boa Vista erhielt seine Kisten mit dem Hospitalmaterial und operierte erfolgreich den Yanomami. Júlio Maputo lebte noch immer. Marco Minho hatte seine Forschungsstelle eingerichtet, und Sofia Lobos kam so oft wie möglich nach Boa Vista, um in seinen Armen zu liegen und glücklich zu sein. Seine Zweifel waren verschwunden.

Es geschah also nichts in diesem Monat, und doch sehr viel. Die Totenfeier der Yanomami hatten Thomas und Luise nicht gesehen. Einer der Pata war vorher auf der Mission erschienen und hatte die Einladung des Shaboliwa widerrufen. »Es hat mich schon gewundert, daß der Medizinmann dich so schnell sehen wollte. Und dann bei einer Totenfeier. Ich nehme an, daß er erst abwartet, wie die Operation ausgeht. Überlebt der Kranke, hast du dir eine Eintrittskarte in den Stamm erworben«, hatte Pater Ernesto dazu gesagt. Thomas und die beiden Patres waren in diesem Monat Freunde geworden.

Minho war nun bereit, seine erste Expedition in den Regenwald zu unternehmen. Er hatte einen Assistenten eingestellt, ebenden jungen Zoologen, den Miguel Assis ihm empfohlen hatte, er hieß André do Rego, ein höflicher Mensch, der sich für Minho unentbehrlich machte, indem er alles organisierte, was sonst nicht möglich war. Nur wußte Minho nicht, daß hinter allem Miguel Assis stand. Schmerzlos und unbemerkt stak der Dorn in Minhos Körper. Was auch immer geschah, Assis würde es wissen.

An einem Sonntag, ganz in der Frühe, startete ein kleines Flugzeug mit Minho, do Rego und der ganzen Ausrüstung zum Flug nach Santo Antônio am Rio Parima. Bewußt hatte Minho diese Region gewählt, wegen der Goldgräber und der Brandrodungen und wegen des Planes, dort ein riesiges Holzwerk zu errichten. Er wollte nachweisen, daß alle diese Pläne ein Mord an dem Regenwald, eine Vernichtung millionenfachen Lebens waren.

»Laß ihn ungehindert ziehen!« sagte Assis, als Lobos erregt von Minhos Absichten berichtete. »Er wird sich lahm laufen. Er muß ja für sein Geld etwas tun. Glaube mir, er wäre lieber in Boa Vista geblieben.« Bei deiner Tochter, Paulo, du Blinder, dachte er dabei.

Es war wirklich ein langer Abschied gewesen. Bis zum Morgen lag Minho in Sofias zärtlichen Armen und fuhr mit der Taxe von ihrem Bett direkt zum Flugplatz. Der Pilot, er hieß Gilberto Quadros, ein stämmiger Kerl von neunundzwanzig Jahren mit einem wilden schwarzen Bart, empfing Minho mit der Bemerkung:

»Ich habe einen Luftfloh, aber keine Transall. Für das, was Sie mitnehmen, brauchen Sie ein Transportflugzeug. Senhor, wir sind völlig überladen. Mal sehen, ob ich die Kiste überhaupt hochkriege!«

»Wie ich gehört habe, habt ihr schon ganz andere Lasten zu den Garimpeiros geflogen.«

»Und immer hatte ich ein verdammt ungutes Gefühl dabei.«

»Dann sind Sie ja daran gewöhnt.« Minho lachte trocken auf. »Warum sollte gerade heute etwas passieren?«

»Jawohl, warum heute? Einmal ist immer das erstemal. Gestern sind drei Maschinen abgeschmiert, hintereinander, als habe eine Riesenhand sie heruntergeholt. Und alle waren überladen. Es hat vierundzwanzig Tote gegeben. Vierundzwanzig, und jede Maschine ist nur für vier Personen vorgesehen, Senhor!«

André do Rego kam wenig später, auch mit einem Taxi, angezogen mit einer Art Kampfanzug, wie sie die Spezialtruppe für Urwaldeinsatz in Manaus trug. Eine Mütze mit langem Schirm bedeckte seinen Kopf.

»André, Sie sehen zünftig aus!« sagte Minho. Sie gaben sich die Hand. Minho trug Jeans, halbhohe Stiefel aus dickem Leder und ein buntes Baumwollhemd. Um den Hals hatte er eine Kamera hängen.

»Und Sie sehen aus wie ein Tourist, der Wasserschweine fotografieren will«, entgegnete André mit Lachen. »Oder — nackte Indianerinnen?«

»Meinetwegen beides, André. Aber ein noch unbekanntes Wasserschwein, eine neue Art, wäre mir lieber.«

Eine halbe Stunde später startete Gilberto die kleine Maschine, der Motor machte einen Riesenkrach, das Flugzeug rollte an, und — welchem Heiligen sollte man danken? — hob sich sogar in die Luft. Es gewann an Höhe und schwebte knatternd von Boa Vista weg in Richtung Surucucu. Unter ihnen glitzerte das gewundene Band des Rio Mucajai. An seinen Ufern hatten sich Siedler niedergelassen und den Regenwald hinter sich gerodet, eine breite, noch grüne Wunde. In zwei, drei Jahren sah es anders aus. Dann war das Ödland, und die Motorsägen würden sich wieder tiefer in den Wald hineinfressen, um neues Land zu gewinnen. Der Gouverneur hatte erst kürzlich 4000 Motorsägen an die Neusiedler verteilt, als Geschenk der Regierung. Motorsägen eines deutschen Herstellers. Deutsche Sägen waren die besten für den Mord an dem Wald. Wer eine Stiller-Säge besaß, dem widerstand kein Riesenbaum mit seinen mächtigen Brettwurzeln.

Ja, und dann war der Regenwald unter ihnen. Seine dichte, undurchdringliche Fläche aus Bäumen, so weit das Auge reichte, ein grünes Wunder der Natur, etwas so Grandioses, daß sich der Mensch klein und armselig vorkommen mußte.

»Ungeheuerlich!« sagte Minho beeindruckt. »Was sich da unten alles verbirgt, und wir haben keine Ahnung davon.«

»Und so geht es vier Stunden lang weiter, normal. Wir werden bis Santo Antônio sechs Stunden brauchen, bei dieser Überladung.« Gilberto Quadros schob seine Mütze in den Nacken. Mit der rechten Hand tätschelte er das Armaturenbrett. »Bleib brav, mein Mädchen, Papi wird noch gebraucht.«

Das »Mädchen« schien einen bockigen Charakter zu haben. Nach zwei Stunden ruhigen Flugs begann der Motor zu stottern. Es knatterte wie aus einem Maschinengewehr. Minho blickte Gilberto von der Seite an. Der Pilot hatte plötzlich ein verkniffenes Gesicht.

»Was ist los?« fragte Minho.

»Merda!«

»Was soll das!« rief do Rego. »Da stimmt doch was nicht!«

»Die Benzinleitung ist verstopft.« Gilberto hieb mit der Faust auf die Instrumententafel. »Gestern habe ich sie noch durchgeblasen! Aber das Benzin, das sie uns verkaufen, ist voller Dreck. Da setzen sich Klumpen fest wie Kalk in den Adern.«

»Und nun?« fragte Minho.

»Singen wir einen Choral. Herr, nimm uns alte Sünder auf —«

»Sie haben vielleicht Nerven!«

»Habe ich. Muß man in diesem Land haben.«

»Sie haben keine Möglichkeit, an die Leitung —«

»Sie Idiot! Soll ich aussteigen und über den Flügel klettern? Der Motor kriegt keinen Saft mehr. Halleluja!«

»Das heißt, wir schmieren ab?« schrie André entsetzt auf.

»Das wäre das letzte. Vorher versuche ich etwas anderes.«

Der Motor begann zu spucken, setzte aus und röhrte dann weiter, wenn wieder ein Schuß Benzin zu ihm drang. Dann ging ein Ruck durch das Flugzeug, der alle in Angst und Schrecken versetzte.

»Gibt es hier keine Siedlung?« rief Minho in den Motorenlärm hinein. »Eine der heimlichen Landepisten?«

»Hier nicht. Hinter Surucucu, aber das erreichen wir nicht mehr. Hier ist nur Wald. Und auf ihm will ich landen.«

»Was wollen Sie? Landen?«

»Ja, auf den Bäumen ...«

»Können Sie denn das?«

»Ich hab's noch nicht versucht.«

»Aber das ist doch Wahnsinn!« schrie André. Er war bleich geworden und rang nach Luft, als drücke man ihm den Hals zu.

»Wissen Sie was Besseres, Großmaul?« brüllte Gilberto. »Ich

will auf den Baumkronen dahingleiten und mit wenig Gas an einem breiten Wipfel hängenbleiben. Das ist unsere einzige Chance. Mein Mädchen wird zerbrechen, aber wir könnten weiterleben.«

»Wenn's gelingt«, sagte Minho gepreßt.

»Darauf kommt es an. Senhores, ich gehe jetzt runter. Haltet euch fest und wartet ab. Wenn einer von Ihnen beten kann, der tu's. Senhores, es geht runter.«

Gilberto nahm das Gas weitgehend weg und schwebte fast im Gleitflug auf das grüne wogende Baummeer zu. Einzelne Riesenbäume überragten die geschlossene grüne Decke, ihre breiten Kronen waren wie ein gespreizter Fächer oder wie eine große Schüssel, auf der die wasserhaltenden Riesenbromelien wie kleine Inseln schwammen. Gilberto drückte die Maschine noch tiefer und schwebte dicht über den Baumwipfeln.

»Das ist Wahnsinn«, stammelte André do Rego. »Wir werden von den Ästen in Stücke gerissen. Heilige Mutter Gottes!«

»Die kann nicht helfen!« brüllte Gilberto zurück. »Die ist nie geflogen.«

Das Stottern des Motors rüttelte alle durcheinander. Gilberto nahm das Gas fast völlig weg, und die durch die rasende Umdrehung bisher nicht sichtbaren Propellerflügel wurde erkenntlich. Mit einem Hebel stellte der Pilot den Motor aus, der Propeller stand still. Im Gleitflug setzte die Maschine zur Landung auf den Baumkronen an.

»Achtung, Senhores!« schrie Gilberto. »Festhalten! In zehn Sekunden kracht es!«

Zehn Sekunden ... welch eine unendliche Zeit, wenn das Leben daran hängt.

Gilberto saß kerzengerade hinter seinem Steuer und sah die Fächerkrone eines Riesenbaumes auf sich zugleiten. Wenn seine Berechnung stimmte, mußte das Fahrwerk sich in dem Geäst verfangen und das Flugzeug bremsen, so wie Kampfflugzeuge auf einem Flugzeugträger landen, indem sie mit einem ausgefahrenen Haken in die Fangleine rasen.

Gilbertos Rechnung ging auf. Im Gewirr der Äste hakte sich das Fahrwerk fest, die kleine Maschine wurde herumgerissen, Glas splitterte, ein Flügel brach ab, der Propeller verbog sich zu einer Sichel, das Leitwerk wurde weggerissen, und durch die Aluminiumhaut des Rumpfes bohrten sich armdicke Äste. Aber die Maschine stand und blieb auf der Baumkrone liegen, sie neigte sich nur etwas nach vorn.

Gilberto wischte sich mit beiden Händen über das schweißnasse Gesicht. »Uff!« sagte er in die plötzlich lähmende Stille hinein. »Nichts explodiert. Wir haben's geschafft. So 'ne Landung glaubt mir keiner.« Er winkte mit beiden Armen. »Aussteigen, Senhores. Endstation!«

Minho, der vorn neben Gilberto gesessen hatte, drehte sich nach André um, der vor Schreck anscheinend stumm geworden war. Der Zoologe erstarrte, zog das Kinn an und schloß einen Moment die Augen.

»Gilberto, blicken Sie mal nach hinten«, sagte er mit zitternder Stimme. Der Pilot drehte sich um, sah André an und atmete dann schwer und pfeifend wie ein lecker Blasebalg.

»O merda! O merda!«

André do Rego hing in den Gurten auf seinem Sitz. Durch das zersplitterte Fenster neben ihm hatte sich ein dicker Ast gebohrt, der jetzt wie eine Lanze in seiner Brust stak. Der rettende Baum hatte ihn aufgespießt. Das Entsetzen lag noch in seinen Augen, aber er hatte keine Zeit mehr zu einem Aufschrei gehabt. Nicht einmal Blut sickerte aus seiner Brust: Der Ast steckte wie ein Korken in der Wunde.

»Was nun?« fragte Minho. Seine Stimme war heiser. Er räusperte sich ein paarmal.

»Eine gute Frage, auf die es keine Antwort gibt.«

»Wo sind wir hier?«

»Nach den automatischen Berechnungen 150 Kilometer vom Rio Parima entfernt. Mitten in der Wildnis. Hier findet uns keiner.«

»Es fliegen doch laufend andere Flugzeuge nach Surucucu und Novo Lapuna. Die sehen uns doch.«

»Eben nicht, Senhor.« Gilberto hob die Schultern, als wolle er damit um Verzeihung bitten. »Ich habe eine Abkürzung geflogen und nicht die normale Flugstrecke. Wir hätten fünfzig Kilometer gespart.«

»Wie schön!« Minho blickte über das grüne, wogende Meer der Baumwipfel. Zwei große Adler einer unbekannten Art zogen weite Kreise um die Trümmer im Geäst. »Dann müssen wir zu Fuß weiter, wie die alten Entdecker, mit Kompaß und Gottvertrauen. Bis wir auf Menschen treffen.«

»Die uns mit Blaspfeilen spicken und zu Schrumpfköpfen verarbeiten.«

»So etwas gibt es nicht mehr, Gilberto.«

»Wissen Sie das so genau, Senhor? Hier ist noch nie ein Weißer gewesen, keiner weiß, was da unten auf der Erde lebt an Tieren und Menschen.«

»Das werden wir jetzt erfahren. Oder wollen Sie hier oben bleiben und als Einsiedler leben?«

»Nicht mit Begeisterung.« Gilberto zeigte mit dem Daumen nach hinten. »Und was machen wir mit ihm?«

»Wir werden ihn hinunterbringen und begraben.«

»Einfacher ist, ihn in der Maschine zu lassen. In ein paar Tagen ist er ausgetrocknet, in ein paar Wochen zerfällt er, der Rest wird von den Insekten aufgefressen. Von ihm wird nichts mehr übrigbleiben.«

»Schrecklich.«

»Das ist humaner, als in der Erde zu verrotten. Stellen Sie sich das nicht so einfach vor, den Toten vom Baum runterzuholen. Wir haben mit uns selbst genug zu tun!«

»Wir werden einen Weg finden.«

Sie kletterten aus dem Cockpit und standen dann auf einem dicken Ast neben dem zertrümmerten Flugzeug. Minho kam plötzlich ein Gedanke.

»Sie haben doch Funk in der Maschine.«

»Kaputt! Dem galt mein erster Blick nach der Landung. Das wäre einfach, wenn wir uns bemerkbar machen könnten. So aber, ich sag's ja, findet uns keiner.« Er blickte durch das zersplitterte Fenster und auf den Ast, der André aufgespießt hatte. Hinter ihm türmten sich die Kisten der Expeditionsausrüstung. »Ihre Klamotten müssen Sie auch hierlassen, Senhor.«

»Wir werden sie holen, wenn wir auf Menschen stoßen. Wir müssen uns nur den Standort merken. Auf jeden Fall nehmen wir die Waffen, die Munition und die Macheten mit. Wir werden mit den Macheten unseren Weg markieren. Eine Taurolle nehmen wir auch mit.«

»Wozu?«

»Ein Strick kann immer helfen.«

»Lianen sind besser, Senhor. Und Lianen haben wir genug, um ganz Brasilien festzubinden. Wir werden ab jetzt vom Wald leben.« Er sah wieder den Toten an und nickte mehrmals. »So geht's«, sagte er dabei.

»Was?«

»Wie wir Senhor André zur Erde bringen. Ohne uns anzustrengen.«

»Und wie?«

»Wir werfen ihn einfach hinunter.«

»Gilberto!«

»Der Regenwald besteht aus mehreren Etagen. Wir werden Senhor André von Etage zu Etage werfen und ihm nachklettern. Irgendwo bleibt er immer hängen. Von mir aus können wir ihn dann das letzte Stück bis zur Erde mit christlicher Ehrfurcht tragen.«

Zunächst kletterten sie wieder in den Rumpf des Flugzeuges, brachen die Kisten auf und holten aus ihnen heraus, was sie mitschleppen konnten. Jeder ein Gewehr, einen Revolver und eine Machete, dazu Munition für alle Waffen, ein Beil, einen kurzen Spaten, einen Satz Schraubenzieher und zwei Taschenlampen mit neuen Batterien.

»*Caramba!* Vielleicht auch noch 'ne elektrische Kaffeemaschine?« fragte Gilberto hämisch. »Uns hilft keiner beim Tragen, und bepackt wie die Maulesel kommen wir nicht weit. Da liegen wir bald auf der Schnauze. Der Wald ist grausam, Senhor.«

»Wir schaffen es, Gilberto. Sie sind doch stark wie ein Bulle.«

»Hoffen Sie nicht darauf, daß ich auch Sie noch trage.« Gilberto sah Minho mit schräggeneigtem Kopf an. »Wenn Sie schlappmachen, ziehe ich allein weiter. Ist das klar?«

»Ganz klar.«

»Ich will nicht aus lauter Kameradschaft mit verrecken.«

Sie legten alles, was sie mitnehmen wollten, auf den Pilotensitz und blickten dann zögernd auf den toten André. Gilberto durchbrach endlich das Schweigen, indem er sagte:

»Senhor, zuerst müssen wir ihm den Ast aus der Brust ziehen. Fangen Sie bloß nicht an zu kotzen. Da bleibt ein dickes Loch zurück. Kein schöner Anblick. Wir können aber auch den Ast dicht an seiner Brust absägen und den Stumpf drinlassen.«

»Wir ziehen ihn raus.« Minho knirschte mit den Zähnen. Er kletterte in den Rumpf und hockte sich hinter André auf die Sitzbank. »Ich halte ihn fest, und Sie ziehen.«

»O.k., Senhor.« Gilberto umfaßte den dicken Ast, Minho umklammerte den toten Körper. Ihn schauderte dabei, als er beide Arme um André schlang und ihn festhielt. »Achtung, ich ziehe!«

Mit einem schnellen gewaltigen Ruck zog Gilbert den Ast aus der Brust des Toten. Aus dem großen Loch sickerte sofort Blut. Minho hatte das zwar erwartet, dennoch fröstelte er plötzlich. Gilberto drückte das tödliche Holz weg und zog André an den Beinen aus der Kabine. Das war ein gewagter Balanceakt, denn Gilberto hatte als einzigen Halt die Äste unter seinen Schuhen.

Kaum war der Tote draußen, ließ der Pilot ihn los und gab ihm noch einen Schubs. André do Rego brach durch die Zweige und verschwand in dem grünen Blättermeer, als tauche er ein in einen Ozean. Man hörte Äste brechen, Tiere schrien auf, vor allem die putzigen Kapuzineräffchen und ein paar Braunrücken-Tamarine, Vögel flatterten erschreckt, Trompetenvögel und Harpyie-Adler und ein Schwarm von Rabengeiern — dann war es wieder still in der Tiefe.

»Er hat Etage zwei erreicht«, sagte Gilberto trocken. »Nun sind wir dran, Senhor. Ich klettere zum erstenmal, bisher bin ich nur geflogen.«

Sie schnallten um, was sie mitnehmen wollten, und begannen sich zum Stamm vorzutasten, in der Hoffnung, auf seinen Ästen absteigen zu können wie auf einer natürlichen Treppe. So ähnlich war es auch, nur lagen die Äste so weit aus- und untereinander, daß es wirklich eine Kletterpartie wurde. Gilberto, der zuerst abstieg, blickte hoch zu Minho.

»Zehn Meter tiefer geht es besser!« rief er hinauf. »Da sind die Lianen und Würgefeigen, die den Stamm umklammern. Daran kann man sich herunterlassen wie an dicken Seilen.«

»Wir müssen André suchen, Gilberto.«

»Der schwebt etwas tiefer zwischen Himmel und Erde. Ich kann ihn erkennen.«

»Dann rüber zu ihm.«

»Das geht nicht, Senhor.«

»Warum nicht?«

»Er liegt nicht in unserem Baum, sondern auf einem Baum neben uns. Da kommen wir nicht ran.«

»Wir können ihn doch nicht in den Ästen hängen lassen!«

»Wissen Sie was Besseres?« schrie Gilberto. »Ich kann mich nicht von Baum zu Baum schwingen wie Tarzan!«

»Warum nicht?« rief Minho spöttisch zurück.

»Senhor, Sie können mich mal!« brüllte der Pilot. »Ich bin glücklich, wenn ich auf der Erde stehe.«

Gilberto kletterte weiter hinab, erreichte die Würgefeigen und hangelte sich hinunter. Sie waren wirklich wie dicke Taue mit knorrigen Knoten, die einen guten Halt für Füße und Hände boten. So eine Würgefeige ist ein tödlicher Schmarotzer. Auf dem Waldboden fängt sie ganz harmlos als ein Pflänzchen an, kriecht zu dem Stamm, der ihr Wohnsitz sein soll, und dann wächst und wächst sie, windet sich an dem Stamm empor, umschlingt ihn mit tausend

Armen, höher, immer höher, zehn, zwanzig, dreißig Meter hoch, überwuchert völlig den mächtigen Baum, bis sie ihm die Luft nimmt, bis sie ihn vollständig umklammert, bis sie ihn erwürgt hat — die Würgefeige.

Gilberto erreichte den Waldboden und starrte hinauf in das tausendfache Astgewirr. Er sah Minho nicht mehr, er hörte ihn nur. In fast dreißig Meter Höhe raschelte und knackte es. Ab und zu stießen einige Totenköpfchen schrille Warnrufe aus, und ein dicker Auerstachler, ein Bursche von einem Meter Länge und mit abwehrbereitem braunem Stachelfell, glotzte zu Gilberto hinunter.

»Hören Sie mich, Senhor?« brüllte Gilberto den Baum hinauf.

»Ja. Ich höre Sie.«

»Wollen Sie da oben ein Schläfchen machen? Sieben Meter unter Ihnen beginnen die Würgefeigen. Damit ist es ein Vergnügen, runterzukommen.«

»Ich sehe mir André an.«

»Reißen Sie sich von dem Anblick los, Senhor. Sie kommen an ihn nicht ran! Trösten Sie sich mit dem Gedanken, daß er in Kürze von Ameisen und Termiten, Geiern und Adlern zerlegt wird. Er ernährt die Tiere eines Baumes. Das ist doch etwas Erhabenes für einen Umweltschützer wie Sie.«

Das Knacken und Rascheln begann von neuem, Minho gab auf und stieg weiter ab. Er erreichte die oberen Würgefeigen und kletterte an ihnen hinunter. Dabei sah er in den großen, wassergefüllten Bromelien bunte Frösche sitzen, eine Art, die noch kein Mensch gesehen hatte. Die letzten zwei Meter ließ er sich fallen. Gilberto fing ihn auf.

»Willkommen, Senhor!« sagte er sarkastisch. »Die Erde hat uns wieder. Ist doch fabelhaft, festen Boden unter den Sohlen zu haben. Haben Sie eine Zigarette, Senhor?«

»Nein. Ich rauche nicht.«

»*Porra!* Verdammt!« fluchte Gilberto. »Und ich habe meine Schachtel im Cockpit gelassen.«

»Dann klettern Sie wieder hoch und holen sich Ihre Zigaretten.«

»Ich habe schon bessere Witze gehört, Senhor. Ich bin doppelt gestraft. Mein Flugzeug kaputt und unterwegs mit einem Nichtraucher. Jetzt fehlen nur noch die Indios aus der Steinzeit.«

Sie setzten sich auf den Waldboden zwischen zwei mächtige Brettwurzeln und ruhten sich aus. Gilberto lud sein Gewehr und seinen Revolver. Plötzlich ruckte er erschrocken zu Minho herum.

»Senhor, lieber Himmel, sagen Sie bloß, Sie hätten auch keine Streichhölzer bei sich.«

»Ja.«

»Was heißt ja?«

»Ich habe keine bei mir.«

»Dann müssen wir alles, was wir schießen, roh essen. Haben Sie schon mal einen Ameisenbären roh gegessen?«

»Nein. Ich würde es auch nicht tun.«

»Um zu überleben, werden Sie Würmer fressen, Senhor. Ich kann nicht wie die Indios durch Reiben von zwei Hölzern Feuer machen.«

»Aber ich.« Minho lächelte und griff in die Hosentasche. »Ich habe ein ganz neues Feuerzeug bei mir. Das reicht eine Weile.«

Er zeigte Gilberto das Feuerzeug und steckte es dann wieder weg.

»Das ist gut«, sagte der Pilot. »Das ist sehr gut, Senhor. Damit können wir den wildesten Indianern imponieren, wenn sie uns leben lassen. Ein weißer Mensch, der Feuer aus seiner Hand zaubert — uns wird keiner mehr anrühren. Und wenn Sie mit Ihrer feurigen Hand dann auch noch einen Holzstoß anzünden, werden sie uns zu Füßen fallen. Ihr Feuerzeug kann unser Lebensretter sein.«

Minho war ein Wort haftengeblieben, das ihn im Moment beschäftigte.

»Gilberto«, fragte er, »kann man Ameisenbären essen?«

»Ich weiß nicht, aber Fleisch ist Fleisch. Man ißt ja auch Schlangen, und die sind eine Delikatesse. So ein Bärchen schmeckt bestimmt.«

»Ohne Salz?«

»Es gibt hier im Wald Pfeffersträucher, ich kenne sie. Das genügt. Ein Fluggast, das ist schon Jahre her, hat mir mal erzählt, was die Chinesen so alles essen. Er hat sie danach gefragt, und sie haben geantwortet: ›Alles, was mit dem Rücken zum Himmel läuft.‹ Das heißt — wirklich alles kann man essen. Oder kennen Sie ein Tier, das mit dem Bauch nach oben läuft?«

»Nein.« Minho mußte lachen. »Verhungern werden wir also nicht und auch nicht verdursten. Gilberto, wir schaffen es bis zum nächsten Indiostamm oder einer neuen Siedlung.«

»Und wo schlafen wir?«

»Hier, zwischen den Brettwurzeln.«

»Denken Sie! Am Morgen haben uns die Termiten aufgefressen. Wir werden ein einziger, großer Ameisenhaufen sein. Wir müssen auf der untersten Etage eines Baumes schlafen, zwischen den Ästen. Sie dürfen nur nicht träumen und unruhig liegen ...«

Minho blickte auf seine Uhr. »Es ist jetzt elf Uhr morgens. Gilberto, wir marschieren noch ein Stück. Was liegt näher: Surucucu oder Santo Antônio?«

»Der Rio Parima.« Gilberto hängte sich alles um den Hals, was er mitschleppen mußte. »Treffen wir wirklich auf friedliche Indios, dann bekommen wir auch ein Kanu von ihnen und paddeln nach Santo Antônio.«

Der Boden des Regenwaldes war weniger dschungelähnlich verfilzt, als Minho angenommen hatte. Hier unten, unter dem fast geschlossenen grünen Blätterhimmel, herrschte eine ewige Dämmerung, die nur wenigen Pflanzen einen Lebensraum bot. Um noch ein wenig Sonnenlicht zu erobern, klammerten sich Farne und Lianen an allem fest, was aufrecht stand. Abgestorbene und umgefallene Bäume lagen kreuz und quer herum, überzogen mit glitschigem Schimmel, der das Holz aussaugte und zerfallen ließ. Dieser Schimmel war eines der großen Probleme, vor allem der Indianer. Ihre Körperbemalung mit Pflanzen- oder Wurzelsäften, auch Ausdruck von Schönheit und Freude, diente gleichzeitig als Hautschutz vor dem Schimmel.

Minho und Gilberto schlugen sich mit den Macheten einen schmalen Pfad durchs Gestrüpp der Farne und Lianen. Alle zehn Meter hieb Gilberto eine breite Kerbe in einen Baumstamm: die Markierung für den Rückweg zu seinem Flugzeug und der Ausrüstung der Expedition.

Ab und zu trafen sie auf eine kleine Lichtung und sahen dann hinauf zu den riesigen schlanken Cavanillesia-Bäumen, deren rote Blüten in der Sonne leuchteten. Auch Kakao-Bäume wuchsen hier und große Nesselgewächse, deren Äste man vorsichtig abgeschlagen mußte, um nicht mit ihnen in Berührung zu kommen.

Nach einigen hundert Metern blieb Gilberto wieder stehen und hieb wütend einen Farn um. »Wir haben doch etwas ganz Wichtiges vergessen«, sagte er.

»Was denn?«

»Einen Sanitätskasten. Beim Anblick des Nesselbaumes fiel mir das ein. Sie hatten doch eine Reiseapotheke bei sich?«

»Nein.«

»Ja, sind Sie denn verrückt, Senhor?! Sie gehen in den Urwald ohne einen Sanitätskasten?!«

»Ich hatte vor, in der Mission meine Station aufzubauen, und dort gibt es nach neuesten Auskünften einen Arzt, eine Schwester, einen Krankenpfleger und einen heilkundigen Pater. Ich hätte also immer Hilfe gehabt, wenn mir was im Wald passiert.«

»Aber ich hatte einen Kasten an Bord! Senhor, wenn wir auf eine Schlange treten, und einer von uns wird gebissen — was dann?«

»Dann preßt der Gebissene die Zähne zusammen, und der andere schneidet in den Giftbiß und läßt ihn ausbluten. Nach guter alter Art.«

Zweimal rasteten sie bis zum Abend, der für sie hier unten schnell hereinbrach, denn wenn oben über den Baumkronen noch Dämmerung war, breitete sich auf dem Boden schon tiefe Nacht aus. Gilberto sammelte trockenes Holz, das genug vorhanden war, häufte es auf, und Minho steckte es mit dem Feuerzeug an. Den Bewohnern des Regenwaldes schien das nicht zu passen. Ein wildes Gekreisch von allen Seiten und aus der Höhe begleitete die auflodernden Flammen.

Sie aßen ein paar Kekse, die Minho mitgenommen hatte, und tranken zwei Dosen lauwarmer Coca-Cola, die sie kaum erfrischte; die klebrige Limonade ließ sie eher noch durstiger werden.

»Das war's«, sagte Minho und warf das Kekspapier weg. »Ab morgen muß uns der Wald ernähren. Wir werden uns einen saftigen Braten schießen.«

»Können Sie überhaupt schießen, Senhor?«

»Ich glaube, ja.«

»Nicht nur abdrücken, sondern auch treffen.«

Minho sah Gilberto forschend an: »Und Sie, Gilberto?«

»Dreimal als bester Schütze von Boa Vista ausgezeichnet.« Er lächelte stolz. »Das haben Sie nicht erwartet, Senhor. Stimmt's? Ich treffe einen Kolibri im Flug, und nicht mit Schrot — mit einer Kugel!«

»Das beruhigt mich ungemein.« Minho stand auf und reckte sich. »Müssen wir wirklich in den Bäumen schlafen?« Der Schein des Feuers reichte nicht weit. Nach ein paar Metern lagen die Zweige und Äste über ihnen schon im Dunklen. »Glauben Sie, dort sind wir sicherer als auf der Erde?«

»Im Urwald ist man nirgendwo sicher. Ein dicker Ast aber ist immer noch besser, als auf dem Boden zu kampieren. Sie haben noch kein Termitenheer am Körper gehabt. Und auch keine Schlange.«

»Schlangen greifen nur an, wenn sie für sich eine Gefahr sehen. Und Schlangen klettern auch auf Bäume.«

»Wenn Sie alles besser wissen, Senhor.« Gilberto winkte ab. »Ich jedenfalls schlafe auf einer Astgabel. Gute Nacht, Senhor.«

Er hängte sich das Gewehr um den Hals, spuckte in die Hände und begann, sich an den Lianen und Würgefeigen des Baumes, unter dem sie gesessen hatten, emporzuziehen. Minho leuchtete mit seiner Taschenlampe den Weg aus, den Gilberto nehmen wollte. Als er im Gewirr der Zweige verschwand, sah Minho nur am Schimmer seiner Taschenlampe, daß Gilberto noch weiterkletterte.

Hinterher, dachte er. Nein. Die Erde ist mir lieber als die dickste Astgabel. Er warf noch ein paar Knüppel Holz in das Feuer, das wieder hell aufloderte. Jedes Tier fürchtet und meidet das Feuer, sagte er sich. Solange es flammt, bin ich in seiner Nähe sicher. Ich werde ab und zu aufwachen und dann neues Holz nachlegen. Gute Nacht, Gilberto, auf deiner Astgabel. Du magst den Wald gut kennen, ich kenne die Tiere noch besser. An einem Feuer bist du unangreifbar.

Er setzte sich wieder zwischen zwei Brettwurzeln und wartete. Von oben, wie ein vom Wind verwehter Ton, erklang die Stimme von Gilberto.

»Ich hab's gefunden!« schrie er hinunter. »Ein richtiges Nest aus Ästen. Kommen Sie rauf, Senhor.«

»Nein. Ich bleibe unten!« brüllte Minho zurück. »Gute Nacht.«

»Morgen früh sind Sie ein Ameisenklumpen!«

»Das glaube ich nicht.«

»Im Urwald soll man nicht glauben, sondern handeln! Seien Sie kein Idiot, Senhor!«

»Gute Nacht!«

Gilberto gab es auf, Minho umzustimmen. Er machte es sich bequem auf seinem Zweigenbett und schlief mit dem Gefühl der Sicherheit schnell ein.

Minho legte noch genug Holz für ein paar Stunden in das Feuer. Dann benutzte er den Gewehrkolben als Kopfkissen und streckte sich im Feuerschein aus. Es war zwar unerträglich heiß, aber lieber schwitzen als gefressen zu werden, sagte er sich. Auch er schlief bald ein beim zuckenden Widerschein der Flammen. Die Erschöpfung des vergangenen Tages betäubte ihn geradezu.

So nahm er auch nicht wahr, daß sich fünf Meter von ihm entfernt ein riesiges Ameisenheer versammelte.

Und er merkte auch nicht, daß, verborgen in den Riesenfarnen, drei nackte, braune Gestalten mit Bogen und Pfeilen in den Händen auf das Feuer und den seltsamen Menschen mit der hellen

Haut starrten. Ein Wesen, das sie noch nie gesehen hatten und dessen Beine in einer blauen unerklärlichen Röhre steckten. Und was er an den Füßen trug, war völlig rätselhaft. Es sah aus wie große Hufe. War das ein Mensch oder ein seltenes Tier? Oder war es ein neuer, unbekannter Gott des Waldes?

Die drei Nackten wagten es nicht, näher zu treten. Sie schlichen zurück und verschwanden in der schwarzen Nacht, im Gewirr der Büsche, Riesengräser, Farne und Lianen.

Und langsam brannte das Feuer nieder. Trockenes Holz verglüht schneller, als man glaubt. Die Flammen sanken zusammen, und der schützende Feuerschein erlosch ...

* * *

Nach dem Auftauchen der Plakate, nach dem Bekanntwerden des öffentlichen Mordaufrufes, war Eugénio Dinis gezwungen, zwei gut ausgebildete Militärpolizisten zum Schutz von Júlio Maputo in die Siedlung der Seringueiros zu schicken. Als die beiden mit ihrem Jeep ankamen, wurden sie bereits weit vor den Häusern von bewaffneten Gummisuchern angehalten. Ein großer, kräftiger Kerl mit Namen Vasco Torga war der Anführer. Er hatte eine Maschinenpistole in die Hüfte gestemmt und blickte die beiden Soldaten böse und mißtrauisch an.

»Wohin, *amigos?*« fragte er. Aber es war mehr ein Befehl: Antwort!

»In euer Dorf.« Die Soldaten schielten zu den anderen Männern hinüber. Alle hatten ihre Waffen, meist Gewehre, schußbereit in den Händen. »Wir haben einen Auftrag.«

»Und wie lautet der?«

»Wir sollen Júlio Maputo bewachen — wegen des Plakats.«

»Dazu brauchen wir kein Militär!« bellte Vasco Torga. »Das können wir allein.«

»Wir haben unseren Befehl. Companheiros, macht keinen Ärger. Ihr wißt doch, in welcher Gefahr Maputo ist. Wenn wir bei ihm sind, kann ihm nichts passieren.«

»Und wenn ihr euch selbst 100 000 Dollar verdienen wollt?«

»Sehen wir so aus?«

»Wie muß ein Mörder aussehen, ha?« schrie Vasco. »Woran erkennt man ihn? Da kann so ein Milchgesicht kommen, zieht plötzlich eine Pistole und feuert los.«

»So dumm ist ein Mörder nicht. Ihr würdet ihn in Stücke reißen.«

»Mehr als das!«

»Wer 100000 Dollar bekommen hat, will sie auch ausgeben. Er wird also besonders raffiniert vorgehen. Seht, darum sind wir jetzt hier. An uns kommt keiner vorbei. Mit dem Militär will sich niemand anlegen. Also, *amigos*, laßt uns durch zu Júlio!«

Vasco zögerte. Was der Militärpolizist sagte, klang gut. Und außerdem: Die Militärpolizei war die gefürchtetste Truppe, bestens ausgebildet, harte Kerle, die kaum etwas erschüttern konnte. Sie waren wirklich ein guter Schutz für Maputo.

Vasco nickte und senkte seine MP. »Das blaue Haus am Waldrand«, sagte er. »Ihr könnt es nicht verfehlen: Immer stehen fünf von uns herum und bewachen es.«

»Das wird ab jetzt nicht mehr nötig sein.« Der Soldat lachte und winkte den Seringueiros zu. »Jetzt sind wir da.«

Der Motor des Jeeps brummte auf, und die beiden Soldaten fuhren in die Siedlung.

Maputo hatte sich während des vergangenen Monats die Aufregung zunutze gemacht, die das Plakat in ganz Brasilien und vor allem im Ausland ausgelöst hatte. Er war nach Brasilia gefahren und hatte dem Parlament den Mordaufruf vorgelegt, ja, er hatte sogar zehn Minuten lang sprechen dürfen, eine Ehre, die noch keinem einfachen Brasilianer gewährt worden war, nur wichtigen Ministern des Auslandes und der UNO.

»Wo sind wir hingekommen!« hatte Maputo gerufen. »Soll Brasilien vor den Augen der Welt ein Land ohne Gesetze sein? Ein Land, in dem man unbequeme Menschen einfach tötet und die Mörder reich macht?! Hat man keine anderen Argumente als eine Kugel? Ich sage Ihnen: Wenn man mich tötet, werde ich in Millionen Herzen weiterleben. Die Welt wird mit Entsetzen auf Brasilien blicken, denn es ist kein heimlicher Mord. Sie alle wissen davon, und ich behaupte, daß einige von Ihnen sogar den Auftraggeber kennen. Ich bin nur ein einfacher Seringueiro wie mein Vater, mein Großvater, und wir haben vom Wald gelebt. Wir haben Kautschuk gezapft und Paranüsse gesammelt, wir haben im Jahr tausend Dollar verdient, und davon konnten wir gut leben, denn der Wald und der Boden gaben uns alles, was wir brauchten. Ja, wir verdienten fast doppelt soviel wie eine Bauernfamilie im Amazonas oder eine Viehzüchterfamilie auf den großen Gütern der hohen Herren. Aber jetzt rodet und brennt man unseren Wald nieder, über

100 000 Quadratkilometer im Jahr, und man sagt, das sei ökologisch wichtig. Was ist Ökologie? Wer von uns hatte dieses Wort jemals gehört? Aber nun hörten wir es, und wir sind Ökologen geworden, ohne das Wort auch nur zu kennen. Man vernichtet uns und die Indianer. Aber das ist keine Lösung! Ich kann Ihnen Zahlen nennen, zufällig aus einer langen Liste herausgenommen: Der Banco Real verkaufte man 200 000 Hektar Regenwald zur Rodung, die Grupo Bradesco bekam 300 000 Hektar. In diesen Wäldern lebten die Kaxinauá-Indianer — sie wurden mit den brutalsten Methoden vertrieben. Und was sagte die FUNAI dazu, die zum Schutze der Indianer gegründet worden war? Sie bestätigte amtlich, in diesem Gebiet gebe es keine Indianer, es sei unbewohntes Land! Und was geschah darauf? Die Companhia Novo Oeste vernichtete den Wald mit Motorsägen, Bulldozern und Feuern. Das ist die Wahrheit, die niemand hören will. Und der, der diese Wahrheit sagt, soll für 100 000 Dollar Kopfgeld getötet werden! Ist *das* unser schönes Brasilien, ist das unsere heilige Heimat?! Ich gehe morgen zurück in meinen Wald und werde weiter um ihn kämpfen. Auch nach meinem Tod! Mein Tod wird ein Aufruf an die ganze Welt werden!«

Als er vom Rednerpult herunterging, erhielt er nur mageren Beifall. Die Zeitungsreporter und Fernsehleute aber freuten sich: Sie konnten mit einer neuen Sensation aufwarten.

Schon eine Stunde später erfuhr Miguel Assis von Maputos flammender Rede vor dem Parlament.

»Es wird wirklich Zeit, ihm den Mund zu stopfen!« sagte er. »Er bewirft Brasiliens Ehre mit Dreck. Er hetzt die Welt gegen uns auf. Dieser Maputo muß weg, ganz einfach weg. Warum lebt er noch? Bei 100 000 Dollar Prämie?!«

»Es hat eine Menge Anrufe gegeben«, berichtete der Sekretär des »Rates«. »Alle wollten wissen, ob das mit dem Kopfgeld stimmt. Aber bisher —« Er zuckte mit den Schultern. »Bisher hat noch niemand versucht, Maputo zu töten. Wir können nur abwarten, Senhor Assis. Aber es wird einmal geschehen, das wissen wir alle — nur wann?«

»Wir können nicht warten!« Assis wanderte in seiner großen Bibliothek auf und ab, die Hände auf dem Rücken. »Wenn 100 000 Dollar die Feigheit nicht bezwingen können, dann müssen wir es allein tun!«

»Sie, Senhor Assis?«

»Ich erinnere mich noch gut daran, daß ein Freund von uns zwei tapfere Söhne hätte, die einen Viehtreiber und dessen Sohn erschossen, weil er meinte, gegen die Landnahme protestieren zu müssen. Mit sechzehn Schüssen richteten sie den Treiber hin, der Sohn bekam sechs Schüsse ab. Sogar sein Pferd wurde erschossen. Ein Jahr später legten sich die Brüder mit einer Clique von Aufrührern an — drei Tote blieben zurück. Und 1977 erschossen sie eine ganze Seringueiro-Familie, die eine Brandrodung ihres Gebietes verhindern wollte. Das waren noch Männer! Seit 1980 sind in Brasilien über tausend Tote gezählt worden, die im Krieg um die Landverteilung auf der falschen Seite standen.« Assis holte tief Luft. »Und da soll es nicht möglich sein, einen einzelnen Menschen wie Maputo aus dem Weg zu räumen? Gibt es keine Söhne mehr, die für ihren Vater kämpfen? Ich wüßte einige, und ich werde mit ihnen sprechen.«

Júlio Maputo kehrte nach diesem Auftritt in Brasilia in seine Siedlung bei Surucucu zurück. Er ahnte, daß diese Rede vor dem Parlament sein letzter großer Auftritt war, der jetzt den oder die Mörder zur Eile treiben würde.

Das Dorf wurde abgeriegelt, Tag und Nacht war Júlios Haus überwacht worden. Und nun war ein Monat vergangen, ohne daß etwas geschehen war. Der Versuch, Maputos Frau Catarina und die Kinder Marco und Madalena wegzubringen, in eine Stadt im Ausland, wo sie sicher waren, mißlang.

»Ich gehe nicht von dir fort«, sagte Catarina und umarmte ihren Mann. »Wir gehören zusammen, Júlio, auf Leben und Tod. Wir alle, auch Marco und Madalena, wir leben durch dich, und wir sterben mit dir. Sag kein Wort mehr, mein Mann. Wo du bist, da sind auch wir.«

Maputo wunderte sich selbst darüber, daß der Mörder sich so viel Zeit ließ. Er hatte dem Innenminister eine Liste überreicht, auf dem die Namen der möglichen Auftraggeber standen, so, wie sie Maputo vermutete. Auch der Name Assis fehlte nicht, sogar Lobos stand darauf und eine Reihe von Großgrundbesitzern, Konzernchefs und Fabrikanten. Der Innenminister hatte bei der Lektüre der Liste starre Augen bekommen und später, nachdem Maputo gegangen war, gesagt:

»Der Mann ist ein Irrer! Er hat einen Verfolgungswahn! Diese Namen, die Spitzen unserer Gesellschaft — das ist mehr als absurd. Das ist eine Frechheit! Wir werden diese Liste sofort wegschließen, damit sie kein anderer liest.«

Um aber vor der Öffentlichkeit zu beweisen, daß der Staat seine

Fürsorgepflicht ernst nimmt und einen Volkshelden wie Maputo sehr wohl zu schützen imstande ist, und auch um die Herren in den Maßanzügen zu warnen, erging der Befehl, Maputo vom Militär bewachen zu lassen. Das war ein geschickter Schachzug, denn bewachen hieß, ihn nicht aus den Augen zu lassen, jeden Schritt zu kontrollieren, über alle Pläne rechtzeitig Bescheid zu wissen: Seine Abschirmung vor den Mördern und gleichzeitig eine Überwachung seiner Tätigkeiten. Und da die Verbindungen zwischen den Staatsbeamten und den Großgrundbesitzern aus Dollars bestanden, würde auch Miguel Assis alles erfahren, was im inneren Kreis um Maputo geschah.

Der alte Caetano war der nächste, der die beiden Militärpolizisten vor Maputos Haus aufhielt. Er war an diesem Tag der Kommandierende der Wache. So stellte er sich mit vier anderen Seringueiros dem Jeep in den Weg. Mit einem Knirschen bremste der Wagen. Der Soldat am Steuer winkte ab.

»Ist alles klar, *amigos*. Wir haben uns schon bei Vasco ausgewiesen. Sonderkommando zum Schutz für Júlio.«

»Davon hat man uns nichts gesagt.« Caetano sah die Soldaten mißtrauisch an. »Woher kommt ihr?«

»Aus Manaus.«

»Was hat Amazonas damit zu tun? Wir sind hier in Roraima.«

»Wir sind von der Regierung eingesetzt worden. Coronel Dinis hat uns ausgesucht. Das ist eine große Ehre für uns. Das blaue Haus da, ist das Júlios Haus?«

»Ja.« Caetano war mit den Antworten noch nicht zufrieden. Es gab so viel Hinterhältigkeit auf der Welt, so viele Lügen, so viel Verrat. Wem konnte man noch trauen? »Wo wollt ihr wohnen?«

»Wir dachten, bei Maputo.«

»Das ist nicht möglich. Das Haus reicht gerade für ihn und seine Familie. Habt ihr kein Zelt bei euch?«

»Nein.«

»Dann leihen wir euch eines. Ihr könnt es im Garten aufschlagen.«

»Im Garten! Wir haben den Befehl, Júlio nie aus den Augen zu lassen. *Wir* sind jetzt für seine Sicherheit verantwortlich.« Die Militärpolizisten stiegen aus ihrem Jeep und hängten sich die MPs um die Schulter. Sie waren so muskulös, daß ihre gefleckten Tarnuniformen fast zu platzen schienen.

Bevor der alte Caetano noch etwas sagen konnte, öffnete sich die Haustür, und Maputo trat ins Freie. Die Soldaten nahmen stramme Haltung an, die Hacken ihrer Stiefel knallten aneinander. Maputo ging langsam auf sie zu. Da kommen 100 000 Dollar, dachte einer der Soldaten. An Júlios Stelle würde ich keinen Schritt mehr vors Haus setzen. Er ist wirklich mutig. Will er ein Märtyrer werden? Was bringt ihm das? Leben zu können ist schöner. Warum gibt es immer wieder solche Fanatiker?

»Senhor Maputo«, meldete der Soldat, der den Jeep gefahren hatte und anscheinend das Wort führte, »wir sind abkommandiert, Sie zu beschützen.«

»So etwas gibt es?« antwortete Maputo ein wenig spöttisch. Er gab dem Soldaten die Hand und schüttelte sie. »Man macht sich wirklich Sorgen um mich?«

»Coronel Dinis, unser Kommandeur, ist ein Freund von Ihnen.«

»Das ist mir neu. Ich kenne den Coronel nur aus der Ferne. Nein, einmal habe ich mit ihm sogar gesprochen. Wieso ist er mein Freund?«

»Er bewundert Ihren Kampf um den Regenwald. Wir alle bewundern Sie. Sie haben den Mut, gegen die Großgrundbesitzer und Spekulanten vorzugehen. Wer wagt das schon — außer der Kirche? Die Kirche steht auf Ihrer Seite, das wissen Sie, aber die Kirche kann nur mit Worten kämpfen, mit Predigten und Protesten. Sie aber haben das Volk hinter sich.«

»Schön wäre das. Aber Millionen hungernder Nordestinos warten auf ihre Umsiedlung, warten darauf, daß der Regenwald zu Weideland gemacht wird. Ich habe also Millionen Feinde!«

Der Soldat hob die Schultern, als wolle er damit ausdrücken: Ich kann's nicht ändern. »Es ist nicht an uns, darüber nachzudenken, wir haben nur den Befehl, Sie zu beschützen.«

»Dann kommt ins Haus«, sagte Maputo freundlich. »Catarina wird euch einen guten Kaffee kochen, und Brot und Schinken liegen auch bereit.« Und dann stellte er die gleiche Frage wie Caetano: »Wo wollt ihr wohnen?«

»In einem Zelt hinter Ihrem Haus«, antwortete der Soldat ohne Zögern. »Aber nur nachts. Am Tag sind wir immer bei Ihnen.«

Als Maputo mit den beiden Soldaten im Haus verschwunden war, kratzte sich der alte Caetano den Kopf. »Mir gefällt das gar nicht«, meinte er zu den anderen Seringueiros. »Man will uns abschieben, wir sollen nicht mehr auf Júlio aufpassen, das macht jetzt das Militär. Aber da irren sie sich! Wir bleiben weiter auf Wache. Jetzt erst recht!«

Am Abend bauten die Soldaten das geliehene Zelt im Garten auf, gleich neben einem Anbau des Hauses, in dem sich außer einer Zimmererwerkstatt auch eine Dusche befand. Maputo benutzte sie viel und gern, weil sie größer war als die kleine Kabine im Haus. Unter dieser Dusche konnte er sich nach Herzenslust strecken. Er blieb oft eine halbe Stunde unter dem Wasser, und manchmal nahm er auch Marco, seinen Sohn, mit. Dann spielten und rangen beide miteinander unter den trommelnden Wasserstrahlen. Ihr Jauchzen und Geschrei hörte Catarina bis in die Küche.

Die Wache der Seringueiros patrouillierte weiter um das Haus, die ganze Nacht hindurch. Alle zwei Stunden lösten sie sich ab. Sie taten es vor allem, um sich, wenn etwas geschehen sollte, keine Vorwürfe machen zu müssen. Nachts, wenn die dicken Läden mit den Schießscharten die Fenster verschlossen, glich Maputos Haus einer Festung, in die niemand eindringen konnte, ohne einen weithin hörbaren Lärm zu machen. Wenn man Júlio umbringen wollte, dann mußte das am Tag geschehen. Und der Mörder würde wenig Aussicht haben, sein verdammtes Kopfgeld auszugeben. Er konnte niemals entkommen.

»Vielleicht fliege ich demnächst nach Europa«, sagte Maputo in diesen Tagen zu seinen Freunden. Auch die Soldaten hörten mit. »Ich will die reichen Regierungen jener Länder sprechen, die Millionen nach Brasilien pumpen, damit unser Land aus der Armut kommt. Und wo bleiben die Millionen, ja Milliarden? In den Händen der Großgrundbesitzer, die vom Staat Subventionen bekommen, wenn sie nachweisen, daß sie den Regenwald abgeholzt haben, Weideland daraus gemacht haben, Vieh züchten und Rindfleisch für den Export erzeugen. Aber wer kontrolliert sie, die Rinderbarone? Stehen auf dem abgebrannten Land wirklich Viehherden? Die großen Viehzüchter und Grundbesitzer lassen ein paar Rinder auf dem Kahlschlag weiden — und schon fließen die Milliarden in ihre offenen Hände. Es ist der größte Betrug aller Zeiten. Das will ich den Regierungen in Europa erzählen. Sie werfen ihre Milliarden in einen Sumpf von Korruption.«

Schon einen Tag später war Miguel Assis über die Pläne Maputos informiert. Wenn diese Europareise stattfand, hörte der ständige Geldfluß auf.

»Jetzt ist es Zeit, höchste Zeit!« sagte Assis auf der nächsten Sitzung des »Rates«. »Wir können nicht länger zusehen. Venâncio, du hast doch zwei gehorsame, mutige Söhne —«

»Miguel!« Venâncio, der im vergangenen Jahr allein 67 000 Hektar Regenwald abgeholzt oder verbrannt hatte, um angeblich Tausenden Rindern Gras zu geben und Subventionen zu kassieren, schnellte von seinem Stuhl hoch. »Das ist doch ein Witz!«

»Es ist mein vollster Ernst. Dein Sohn Fernão hat ein Indiomädchen vergewaltigt und dann das ganze Dorf abbrennen lassen. Es ist nie bekanntgeworden, wer dieses schreckliche Verbrechen auf dem Gewissen hat. Aber *ich* weiß es. Und du auch! Und dein Sohn Mauricio —«

»Hör auf damit!« unterbrach Venâncio erregt. »Das ist alles lange her.«

»Aber es ist geschehen. Deine Söhne sollten sich jetzt, zu unser aller Nutzen, um Maputo kümmern. Jetzt würden sie ein gutes Werk tun, für uns und vor allem auch für dich!«

»Es ist zu gefährlich, Miguel.«

»Natürlich ist es gefährlicher, als ein Indianermädchen aufs Kreuz zu legen. Venâncio, besprich es mit deinen Söhnen. Wir haben wirklich nicht mehr viel Zeit. Maputo darf nicht nach Europa fliegen!«

»Dann laß das Flugzeug doch in der Luft explodieren! Ein Koffer mit einer Plastikbombe ist leichter in einen Flieger zu schmuggeln, als Maputo auf der Erde zu treffen.«

»Und die zweihundert oder dreihundert anderen Menschen, die auch in die Luft fliegen?«

»Große Entscheidungen fordern meistens ihre Opfer. Wir befinden uns in einem Krieg«, sagte Venâncio kalt. »Und es gibt keinen Krieg ohne Tote. In einem Krieg trifft es auch die Unschuldigen.«

»Eine Flugzeugbombe? Nein!« Assis winkte energisch ab. »Maputo muß ausgeschaltet werden, bevor man überhaupt erfährt, daß er nach Europa fliegen will. Das heißt: Es muß in den nächsten Tagen geschehen!«

In der Siedlung der Seringueiros patrouillierten weiterhin die Wachen. Die beiden Soldaten saßen mit der Familie Maputos am Tisch, Marco hatte sich sogar mit ihnen angefreundet und durfte am Waldrand mit ihren MPs schießen. Welch ein Erlebnis!

Eine große Ruhe lag über allem. Ein Bild des Friedens.

Ein trügerisches Bild.

Die Söhne des Viehzüchters Venâncio, der smarte Playboy Fernão und der bullige Mauricio, waren unterwegs. Zum Wohle Brasiliens.

* * *

Die Forschungsausflüge, die Luise Herrmann in Begleitung von fünf Yanomami-Indianern in den Regenwald am Rio Parima unternahm, dauerten manchmal eine Woche. Es waren Tage, in denen die Angst deutlich in Thomas' Augen stand. Es half auch nichts, daß Pater Ernesto sagte: »Sicherer als bei den fünf Yanomami ist keiner im Wald. Mach dir keine Sorgen, Tom. Sie kommt wieder.« Und Pater Vincence setzte noch einen drauf, indem er behauptete: »Luise ist ein zähes Mädchen. Man sieht's ihr nicht an, aber sie hat die sieben Leben einer Katze und die Natur eines Aals — der springt noch aus der Pfanne, wenn er gebraten wird.«

Mit dem Eintreffen der Kisten war das Hospital voll arbeitsfähig. Arlindo Beja von der FUNAI kam in dieser Zeit dreimal nach Santo Antônio und nahm immer einen Koffer voll Wünsche mit, die prompt erfüllt wurden. Er zeigte sich von der galantesten Seite, führte witzige Dialoge mit Luise, lud sie nach Boa Vista zu einem Opernbesuch ein, was sie aber ablehnte, und erfuhr von Ribateio, daß Dr. Binder und Luise ein Liebespaar seien. Der Tenente hatte beobachtet, daß der Doktor nachts das Haus betrat, in dem sie wohnte und ihr Labor aufgestellt hatte.

Wir gehen das anders an, dachte Beja. Weg von Dr. Binder, dorthin, wo ich mit ihr allein bin. Auch wenn sie so unnahbar aussieht, sie ist wie alle Frauen und ziert sich gern.

»Wann geht es wieder in den Wald, Luise?« fragte er beim dritten Besuch.

»Morgen ganz früh.«

»Hätten Sie etwas dagegen, wenn ich mitkomme?«

»Sie im Urwald?« Ihr Lachen perlte über ihn hinweg. Beja empfand es wie ein Streicheln.

»Ich bin ein Sohn dieses Landes, Luise. Ich bin mit dem Regenwald aufgewachsen.«

»Meine neue Expedition wird eine Woche dauern.«

»Und wenn es ein Monat ist. Darf ich mitkommen?«

»Können Sie so lange von der FUNAI fernbleiben?«

»In Boa Vista bestimme ich meine Arbeitszeit selbst.« Er sagte es mit deutlichem Stolz. »Die FUNAI von Roraima bin ich!«

»Ich habe nichts dagegen, wenn Sie mitkommen. Aber machen Sie mir nicht schlapp unterwegs! Das wird kein Picknick im Grünen!«

»Wem sagen Sie das? Ich habe während meiner Militärzeit auch ein Überlebenstraining in Amazonien mitgemacht. Ich glaube, ich kann Ihnen helfen und mich nützlich machen.«

In der Nacht, zusammengekuschelt im Bett, Körper an Körper und glücklich nach der vergangenen Stunde, sagte sie es Tom.

»Das ist doch nur ein Witz, hoffe ich!« sagte Thomas erschrocken und setzte sich auf. »Beja will dich eine Woche lang begleiten?«

»Ja —«

»Li —«

»Ja?«

»Das sagst du einfach so daher, so wie ›Ich führe mal schnell unseren Hund Gassi‹?! Beja mit dir eine Woche allein! Das lasse ich nicht zu.«

»Aber warum denn nicht, Tom?«

»Begreifst du denn nicht, was er will?«

»Aber ja. Er will sehen, wie ich neue Pflanzen entdecke.«

»Nein. Er will *dich* entdecken. Dich allein! Er wird versuchen —«

»Schatz, was hast du nur für Gedanken?« Sie lächelte ihn an und strich mit der Hand über seine nackte Hüfte. »Er weiß doch, daß wir uns lieben. Er wird nicht einmal einen Versuch machen, es wäre völlig sinnlos.« Ihre Hand glitt zu seinem Oberschenkel, sie fühlte, wie er eine Gänsehaut bekam und heftiger atmete. »O Gott, Liebling, jetzt begreife ich's erst: Du bist ja eifersüchtig!« Sie lachte, beugte sich über ihn und küßte die Innenseite seines Schenkels. »Du bist tatsächlich eifersüchtig?«

»Ja. Bin ich etwa blind? Ich sehe doch, wie er dich lüstern anstarrt.«

»Lüstern klingt gut.« Sie lachte wieder und glitt mit der harten Zungenspitze seinen Oberschenkel hinauf. »Lüstern — so steht's in gewissen Büchern. Was liest du denn für Schund?«

»Laß den Spott.« Er hielt ihren Kopf fest, der sich seinem Geschlecht näherte. »Sag, daß du mich mit deiner Ankündigung nur ärgern wolltest. Wie ich darauf reagiere, wolltest du wissen...«

»Nein, Tom. Beja will tatsächlich mit.« Sie hob den Kopf, rutschte höher und legte ihn dann auf seinen Bauch. Ihre Finger spielten mit seinen dichten Brusthaaren und zupften daran. »Ich habe fünf Yanomami bei mir, die mich beschützen.« Sie drehte blitzschnell den Kopf und biß ihn in den Bauch. Es war ein süßer Schmerz, der ihn durchzuckte. »Außerdem hast du dann eine ganze Woche Ruhe vor mir...«

»Wenn Beja mitgeht, komme ich auch mit«, unterbrach er ihre Anspielung.

»Und deine Kranken?«

»Die kann Ernesto versorgen oder Schwester Lucia. Es ist kein schwerer Fall dabei. Die üblichen Infektionen.«

»Und wenn in dieser Woche plötzlich etwas geschieht? Ich weiß nicht, was, aber es könnte ja passieren! Dann ist kein Arzt da. Wo ist er dann, wird man fragen. Und dann heißt die Antwort: Er zieht durch den Urwald wie ein brünstiger Affe. Hast du so wenig Vertrauen zu mir?«

»Ich vertraue Beja nicht eine Sekunde lang. Das ist es. Wenn er dich im Schlaf überfällt —«

»Eine Phantasie hast du wie ein Romanschreiber.« Sie nagte mit den Zähnen an seinen Brusthaaren und streichelte mit der linken Hand wieder seinen Unterleib. Der Druck ihrer Hand war stärker als bisher, forschender, drängender, besitzergreifend. »Gibt es kein anderes Thema?« Ihre Zunge glitt über seine Brust, hinauf zu seinem Hals und dann zu seinem Ohr. Ein Schauer durchlief seinen Körper. Er legte die Arme um ihren warmen, glatten Rücken und preßte sie an sich.

»Sag, daß du ihn nicht mitnimmst«, flüsterte er in ihrer Halsbeuge. Er spürte, wie ihr Körper zitterte und vibrierte. »Versprich es mir ...«

»Ich kann ihn nicht mit Gewalt zurückhalten. Kannst du es?«

»Ich müßte ihm in die Fresse hauen, bis er aufgibt.«

»Und das bedeutet das Ende deines Hospitals. Sei vernünftig, Tom, Beja ist für mich als Mann überhaupt nicht existent. Ich sammle unbekannte Pflanzen, aber keine Abenteuer. Und nun Schluß damit. Ich liebe dich, hab Vertrauen zu mir.«

Sie kroch über ihn wie ein weiße, geschmeidige Schlange, glitt mit ihrer Zunge und ihren Küssen seinen Körper hinab und hinauf, bis er sie an sich preßte, daß sie fast erstickte.

Am frühen Morgen schlief er fest und glücklich. Luise weckte ihn nicht. Fast lautlos ging sie unter die nebenan liegende Dusche, zog sich ebenso lautlos an und huschte dann aus dem Haus. Er merkte nichts. Er schnarchte leise, zuckte wie immer ab und zu im Schlaf und schien wie versunken in der Unendlichkeit seines Glücks.

Draußen warteten schon die fünf Yanomami, das Gepäckstück, das sie tragen mußten, zu ihren Füßen. Das zusammengerollte Zelt, die Zeltstöcke, zwei Decken, zusammengerollte Moskitonetze, verchromte Dosen und Büchsen für Pflanzenproben, zwei Fotoapparate und eine Menge Konserven. In anderen Bündeln waren Werkzeuge, Nylontaue, Wäsche zum Wechseln, zwei Ersatzjeans, ein paar Stiefel, ein Kosmetikkoffer und ein Verbandskasten.

Und vor den Yanomami, als sei er der Anführer, stand Arlindo Beja und stützte sich auf sein Gewehr. Er hatte sich von Ribateio, der ungefähr seine Figur hatte, eine Polizeiuniform geliehen; vor allem auf die dickledrigen Halbstiefel kam es an. Schlangen, Giftkäfer, Giftfrösche, Giftspinnen gab es eine Menge versteckt im grünen Gestrüpp.

Luise begrüßte Beja mit einem Wink, ohne ihm die Hand zu geben.

»Wissen Sie, worauf Sie sich jetzt einlassen?« fragte sie.

»Ich bin auf alles vorbereitet, Luise.« Beja grinste breit. »Einfach auf alles.«

»Dann sollten Sie wissen, daß es im Regenwald 140000 Schmetterlingsarten gibt, über 10000 verschiedene Orchideen, auf einem Hektar Dschungel ungefähr 150 Baumarten, 400 verschiedene Vögel, 100 Reptilien, 400 Insektenarten, 125 Säugetiere und 60 Amphibien. Doch diese Zahlen spiegeln nur wider, was bisher erforscht wurde. Hunderttausende, möglicherweise sogar eine Million von Tieren und Pflanzen kennen wir noch gar nicht.«

»Sie sagen es, Luise. Als Biologin können sie in Brasilien nie arbeitslos werden.«

»Wußten Sie, daß das für Millionen Menschen lebensrettende Chinin aus dem Fieberrindenbaum gewonnen wird?«

»Ja.«

»Aber Sie wissen nicht, daß ein anderes Cincona-Alkaloid hervorragend Herzkranken hilft.«

»Was Sie nicht sagen.«

»Wußten Sie, daß der Grundstoff der Antibaby-Pille aus der Yamwurzel stammt, Dioscorea composita, floribunda und spiculiflora — wie die wissenschaftlichen Namen für die verschiedenen Yamwurzeln heißen — sind der Ausgangsstoff für Medikamente mit Sexualhormonen, Anabolika und einer Reihe von Corticosteroiden. Die Pflanze Camu-Camu liefert dreißigmal mehr Vitamin C als die Orange. Es gibt eine Pflanze, die bei einer besonderen Form von Kinderleukämie hilft. Sie hat die fünffache Wirkung sonst bekannter pharmazeutischer Mittel. Dort im Wald haben wir natürliche Insektengifte entdeckt, die chemische Vertilgungsmittel ablösen können. Oder: Die Cephaelis ipecacuanha, schlicht Brechwurzel genannt, enthält das Alkaloid Emetin, früher eines der besten Mittel gegen die Amöbenruhr. Und das alles wächst dort im Regenwald. Dabei haben wir, wie schon gesagt, bisher nur etwa 2000 Pflanzenarten, die für medizinische Zwecke segenbringend zu nutzen sind, entdeckt. Tausende unbekannter Pflanzen gibt es noch, die uns bis heute verborgen geblieben sind.«

»Bravo!« Beja klatschte in die Hände. »Das war mal ein interessanter Lehrvortrag. Und jetzt ist Luise Herrmann unterwegs, um der Menschheit neue Heilpflanzen zu schenken.«

»Nicht nur Heilpflanzen. Jede Pflanze ist wichtig, jede Wurzel, jede Knolle, jedes Blatt, jeder Stengel kann zu einer sensationellen Überraschung werden.«

»Du lieber Himmel, sind Sie eine kluge Frau. Es wird ein Erlebnis sein, Sie auf die Expedition zu begleiten.«

Eine halbe Stunde später, als Thomas aufwachte, war das Bett neben ihm leer. Er sprang mit einem Satz hinaus, blickte auf die Uhr und fuhr sich mit beiden Händen durch die Haare. Er zog die Shorts, die auf einem Stuhl lagen, an und rannte hinüber in das Labor.

Leer.

Pater Ernesto, Pater Vincence, Schwester Lucia und Luigi, der Krankenpfleger, sahen ihn verblüfft an, als er in das Speisezimmer der Mission stürzte. Sie tranken gerade ihren Morgenkaffee.

»Wo ist Luise?« rief er erregt. »Wer hat sie gesehen?!«

»Ich.« Luigi hob wie in der Schule seinen Zeigefinger. »Sie ist in aller Frühe mit den fünf Yanomami abmarschiert.«

»Und wer noch?«

»Senhor Beja. Ich habe ihn zuerst nicht erkannt, er trug eine Polizeiuniform.«

Thomas drehte sich um und rannte wieder hinaus. Draußen, auf dem Platz, schloß er einen Moment die Augen.

Sie hat mir versprochen, ihn nicht mitzunehmen. Sie hat versprochen, daß — Unsinn! Er atmete tief durch und starrte über den Fluß auf die hohe grüne Mauer des Regenwaldes. Sie hat nichts versprochen. Sie hat gelacht, nannte mich eifersüchtig. Und dann hat sie mich geliebt, wie nur sie lieben kann. Sie hat mir nichts versprochen, das ist es. Ich habe mich überwältigen lassen von ihrer Leidenschaft.

Er ging zum Fluß hinunter, setzte sich auf den Rand des ans Ufer gezogenen Aluminiumbootes und blickte hinüber zum Regenwald. Flußabwärts sah er vier Kanus der Yanomami. Acht Indios hatten sich in Ufernähe kreisförmig aufgestellt; sie warfen aus Palmfasern und Lianen dicht geknüpfte Schleppnetze aus und wühlten dann mit langen Bambusstangen das Wasser auf, um die Fische, die in Schwärmen über dem Flußgrund standen, aufzuschrecken. Drei Yanomami hatten Bündel einer bestimmten Lianenart in den Händen und schlugen mit ihnen so lange auf das Wasser, bis es sich durch den austretenden Saft blau färbte. Er enthielt ein mildes Gift, das aber ausreichte, um die Fische zu betäuben. Man brauchte dann nur die Schleppnetze einzuziehen und die an die Oberfläche gekommenen betäubten Fische in großen Körben einzusammeln. Ein einträglicher Fischfang, fast mühelos bis auf das Schlagen der Lianen auf der Wasserfläche, eine Arbeit, die nur ein Mann tun durfte. Jagen und Fischen waren Männersache, die Frauen hatten das Feuer zu überwachen, arbeiteten in den Feldern oder kochten in den Malocas.

Fast eine Stunde saß Thomas am Ufer, als er eine Hand auf seiner Schulter spürte. Pater Ernesto stand hinter ihm. Er hatte ihn nicht kommen hören.

»Was ist los, Tom?« fragte er, ging um den Freund herum und setzte sich an seine Seite. »Eifersucht wegen Beja? Das ist doch Dummheit.«

»Nicht Eifersucht, Ernesto. Ich habe Angst um Luise. Ich traue Beja nicht eine Minute lang.«

»Nicht zehn Sekunden. Aber Luise kannst du vertrauen.«

»Er kann über sie herfallen und sie zwingen.«

»Nicht Luise. Sie kann sich wehren.«

»Und wenn er sie würgt, sie besinnungslos macht?«

»Dann möchte ich nicht Beja sein, wenn Luise wieder aufwacht.«

»Aber dann ist es geschehen. Ernesto, ich habe nie verstanden, wie man einer Frau wegen einen anderen Menschen töten kann. Jetzt begreife ich es. Ich werde Beja umbringen, wenn er Luise angefaßt hat!«

»Und weißt du, was dann passiert?«

»Beja wird spurlos im Wald verschwunden sein. Wer könnte jemals das Gegenteil beweisen?«

»Bilac würde dann voll die Schuld den Indios zuschieben und sie mit einem hämischen Grinsen ausrotten. Wozu er fähig ist, haben wir nach Ramos' Tod erlebt. Komm, Tom. Im Hospital warten die Kranken auf dich.«

Thomas erhob sich und schüttelte den Kopf. »Ich begreife das nicht. Warum hat sie das getan? Ich habe sie gewarnt.«

»Vielleicht bezweckt sie etwas damit.«

»Was?«

Pater Ernesto hob die Schultern. »Ich weiß es nicht. Frauen haben ihre eigenen Vorstellungen.«

Nach einem Marsch über sieben Stunden, ab und zu unterbrochen durch eine kurze Rast, hatten sie sich bis zu einem lichteren Platz im Wald durchgeschlagen. Hinter ihnen blieb ein Pfad zurück, freigehauen von den Macheten der Yanomami. »Hier schlagen wir unser Lager auf!« hatte Luise gesagt. »Was meinen Sie, Senhor Beja?«

»Sie sind hier der Boß.« Beja lächelte sie an. Wider Erwarten zeigte er keine Ermüdungserscheinungen, wie sie zu Beginn der Expedition vermutet hatte. Im Gegenteil, Beja war so munter, daß er mithalf, die Zelte aufzustellen und das »Basis-Lager« in einem Kreis von zehn Metern von allen Büschen, Farnen, hohen Gräsern und kleinen Bäumen zu säubern und zu roden. Drei Yanomami suchten Holz für die Feuer, die beiden anderen packten ihre Lasten aus und trugen alles in Luises Zelt. Sie kannten das schon, sie waren mit der weißen Frau schon zweimal im Wald gewesen. Den ganzen Marsch über hatten sie keinen Laut von sich gegeben. Auch jetzt verrichteten sie stumm ihre Arbeit und hängten dann ihre Hängematten zwischen einigen dünnstämmigen Bäumen auf. Wie in den Malocas häuften sie neben jede Hängematte einen Stapel Holz und Zweige, um am Abend das eigene Feuer entfachen zu können.

»Wie geht's nun weiter?« fragte Beja neugierig. »Ich denke mir, Sie dringen in den nächsten Tagen sporadisch weiter in den Regenwald ein und sammeln Ihnen unbekannte Pflanzen.«

»So ähnlich, Senhor Beja. Das Ziel meiner Forschungen ist begrenzt. Man kann nicht jede neue Art aufnehmen, das ginge ins uferlose. Dazu würde auch eine große Expedition mit mehreren Biologen nötig sein. Ich habe mich darauf beschränkt, unbekannte Arzneipflanzen zu erforschen, die für die Medizin einmal wichtig sein können. Denken Sie daran, was ich Ihnen heute morgen von der Yamwurzel und dem Chinin erzählte.«

»Diese neuen Pflanzen oder Wurzeln — woher wollen Sie wissen, daß es Heilpflanzen sind?«

»Von den Yanomami. Sie führen mich dahin, wo die Pflanzen wachsen. Heilkräuter, die sie kennen.«

»Senhorita Luisa, verstehen Sie denn die Sprache der Indios?«

»Nein. Aber einer von ihnen kann etwas Portugiesisch. Dort, der lange, schmale Indio, der gerade seine Hängematte befestigt. In seinem Stamm ist er der Nachfolger des Medizinmannes, bei dem er noch lernt. Jeder Medizinmann hat seine *hekula*, seinen eigenen Geist, der ihn leitet und berät und ihm Weisheit gibt. Noch hat Yama, so heißt der Yanomami dort, nicht seine eigene Hekula, und es wird noch dauern, bis er ein Shaboliwa wird. Ist er dann ein Medizinmann, so kann er nicht mehr mit mir in die Wälder, denn die Hekula mag den Geruch von Frauen nicht. Er muß also sehr viele Gebote hinsichtlich von Frauen und Liebe befolgen, sonst verläßt ihn die Hekula wieder, und er ist kein Shaboliwa mehr. Das wäre das Schrecklichste, was einem Yanomami passieren kann — seinen Geist zu verlieren.«

»Ich bewundere Sie, Luisa.« Beja strahlte sie an. »Wie schnell Sie sich in die Welt der Indios eingelebt haben. Sie sind eine bemerkenswerte Frau. Ich bin noch keiner wie Ihnen begegnet.«

Das war ein Kompliment aus vollem Herzen, denn immerhin war Beja jetzt schon fünfundfünfzig Jahre alt und hatte sich sein Leben lang außer mit den Indios vornehmlich mit schönen Frauen beschäftigt. In Boa Vista ging eine Redensart um: »Glaube keiner schönen Frau — sie war ja doch bei Arlindo Beja.«

Als es dunkler wurde, zündete man die Feuer an. Über das große Feuer in der Mitte des freigeschlagenen Platzes hing an einem Eisengestell ein großer stählerner Kessel, in den einer der Yanomami Wasser und Maniokmehl schüttete und alles zu einem dicken Brei verrührte. Über den kleineren Feuern standen Kessel, in denen Bananen kochten und Gemüse garte. Beja und Luise saßen vor dem Zelt auf einer Decke und blickten in die Flammen.

»Und was essen wir?« fragte Beja.

»Das gleiche wie die Yanomami.«

»Das ist doch nicht Ihr Ernst.«

»Aber ja.«

»Sie haben keine Konserven mitgenommen?«

»Wozu? Morgen gibt es einen Braten. Zwei Indios werden auf Jagd gehen, und die bringen bestimmt etwas mit.«

»Ganz gleich, was sie bringen. Sie essen das auch?!«

»Ja. Wenn sie es überleben, werde ich es auch.«

»Und wenn sie eine Boa, eine dicke Schlange mitbringen?«

»Dann essen wir ein Schlangensteak. Verziehen Sie nicht den Mund, Senhor Beja. Sie essen doch auch Tintenfische, Garnelen, Krebse, Hummer, Froschschenkel. Warum dann nicht auch eine

Schlangenscheibe? Wenn Sie mit mir in den Regenwald gehen, sollten Sie nicht zimperlich sein. Ich habe Sie gewarnt.«

Beja nickte etwas betreten. Warten wir es ab, dachte er. Heute gibt es nur Maniokbrei mit Bananen und Gemüse. Das schaffe ich noch.

Er rückte etwas näher an Luise heran und wollte seinen Arm um ihre Schulter legen, aber mit einer schnellen Bewegung schüttelte sie ihn ab.

»Es wird kälter«, sagte er wie zur Entschuldigung.

»Dann rücken wir näher ans Feuer.«

»Und in der Nacht?«

»Ich habe genug Decken mitgenommen. Außerdem hat Ihr Zelt eine Doppelwand.«

»Ich habe ein eigenes Zelt?«

»Was dachten Sie denn?« Sie zeigte auf das zweite Zelt. »Dort ist es. Ich habe es extra für Sie mitschleppen lassen.« Sie blickte ihn forschend, aber kühl an. »Das war doch selbstverständlich.«

»Sie ... Sie haben einen großen Eindruck auf mich gemacht, Luisa. Ich könnte Ihnen bei allen Ihren Forschungen helfen. Was Sie auch brauchen, Sie bekommen es. Jeder Wunsch wird Ihnen erfüllt. Ich habe in Boa Vista großen Einfluß bei allen maßgebenden Behörden und Persönlichkeiten. Ich kann Ihnen alle Türen aufstoßen.«

»Ich werde darauf zurückkommen, wenn ich etwas brauche«, antwortete sie ruhig.

»Sie sind eine wunderbare Frau.«

»Das sagten Sie schon.«

»Man müßte es tausendfach sagen!« Er rückte wieder näher, und plötzlich schlang er seinen rechten Arm um sie. »Luisa, Sie können einen Mann um seinen Verstand bringen —«

Sie gab keine Antwort — es war auch nicht nötig. Auch seinen Arm brauchte sie nicht abzuwehren, er ließ sie von selbst mit einem erschrockenen Ausruf los.

Aus der Dunkelheit zischte etwas heran und bohrte sich direkt vor Bejas Stiefel in den Waldboden. Ein Federbusch wippte im Feuerschein. Ein weißes Stück Papier flatterte unter den Federn.

Beja warf sich mit schreckgeweiteten Augen vom Feuer weg in den Schatten.

Vor ihm zitterte ein langer Pfeil in der Erde. Das Holz war rot gestrichen.

Der »Rote Pfeil«.

Luise stieß einen spitzen Schrei aus und starrte dann wie gebannt auf den Pfeil. Die fünf Yanomami in ihren Hängematten rührten sich nicht, so, als sei nichts geschehen. Ausdruckslos blickten sie zu dem großen Feuer hinüber. Sie sahen den großen roten Pfeil im Licht der Flammen in der Erde stecken, sie hatten Luises Aufschrei gehört, sie hätten sofort aufspringen und Luise schützen müssen — aber nichts geschah, keine Regung.

Beja war, nachdem er sich aus dem Lichtkreis ins Halbdunkel geschnellt hatte, sofort auf die Füße gesprungen und hatte sein Gewehr, das neben dem Deckenhaufen lag, an sich gerissen. Um ihn herum stand wie eine schwarze Wand der Urwald, so still, daß er seinen eigenen Atem wie Trompetenstöße wahrnahm. Nur die Feuer knisterten, aber alle Tiere schwiegen. Kein Nachtvogel, kein Äffchen warnte mit Geschrei oder Gekreische vor der unsichtbaren Gestalt im Dschungel.

Nach dem ersten Schreck hatte sich Luise schnell gefaßt. Sie beugte sich zu dem roten Pfeil vor und streckte die Hand aus, um den Zettel abzureißen. Aber Beja schrie sie entsetzt an:

»Nicht anfassen, Luisa! Er ist vergiftet.«

»Nur die Spitze, doch nicht der Schaft.«

»Das wissen wir nicht. Kommen Sie weg vom Feuer.«

»Wenn er uns töten wollte, hätte er es längst getan. Er will mich nur beschützen.«

»Beschützen? Sie? Warum denn?«

»Ich weiß es nicht. Er hat schon einmal einen Pfeil nach mir geschossen.« Sie riß den Zettel vom Pfeil. »Damals war Dr. Binder bei mir.«

»Warum hat man mir das nicht erzählt?«

»Ist das wichtig?«

»Aber unheimlich wichtig! Er ist der Mörder von Senhor Ramos. Bisher hat er zwölf Männer umgebracht!« Beja blieb im Schatten, das Gewehr im Anschlag. »Was steht auf dem Papier?«

»Soll ich vorlesen?« Sie beugte sich etwas zum Feuer, um mehr Licht zu haben. »Eine kurze Botschaft an Sie, Senhor Beja. In einem einwandfreien Portugiesisch geschrieben. Das ist kein Indio.«

»Was schreibt er?« schrie Beja unbeherrscht.

»Arlindo, lassen Sie die Finger von Luisa. Ich töte Sie, wenn Sie sie anfassen. Ich sehe alles!« Sie schwieg und legte den Zettel auf die Erde.

»Und weiter —«

»Weiter nichts. Das ist alles.«

Beja zögerte, aber dann hatte er doch den Mut, zum Feuer zurückzukehren. Er bückte sich und hob den Zettel auf, las ihn durch, zerknüllte ihn dann und warf ihn in die Flammen.

»Sie haben recht, Luisa«, sagte er mit belegter Stimme. »Das ist kein Indio. Das ist ein verdammter Anarchist.«

»Der Robin Hood der brasilianischen Regenwälder.«

»Verherrlichen Sie ihn auch noch!« Beja ballte beide Fäuste. »Wir werden ihn bekommen und in Boa Vista mit dem Kopf nach unten, an den Füßen am höchsten Mast aufhängen! Ich schwöre es Ihnen — Sie werden schon sehen!«

* * *

Am frühen Morgen, als die Affen wieder zu kreischen begannen, kletterte Gilberto Quadros von seiner Astgabel hinunter.

Er fand Marco Minho unverletzt vor und keineswegs von Termiten zerfressen, sondern friedlich schlafend zwischen den mächtigen Brettwurzeln des Baumes. Er rüttelte ihn an den Schultern. Marco riß die Augen auf und spannte sofort alle Muskeln an, aber als er Gilbertos Gesicht sah, lächelte er und sank wieder gegen den Baumstamm zurück.

»Die Tiere scheinen zu wissen, daß ich als Zoologe zu ihrem Schutz hier bin. Sie haben mir nichts getan. Nicht ein einziges Ameisenzwicken. Wie haben Sie geschlafen?«

»Gut. Einmal hatte ich Besuch von einem Totenkopfäffchen, aber es hat sich schnell wieder davongemacht.« Gilberto verzog spöttisch den Mund. »Senhor, was kann ich Ihnen zum Frühstück anbieten? Die Hühner haben heute keine Eier gelegt, das Brot ist verschimmelt, der Kaffee ist alle, der Kaufmann hat das Geschäft noch nicht geöffnet — was ich Ihnen anbieten kann, ist Regenwasser aus dem Sammelbecken einer Bromelie.« Sein Gesicht wurde ernst. »So ist die Lage, Senhor.«

»Dann machen wir drei Kniebeugen zum Frühstück und ziehen sofort weiter. Wenn wir an einen Fluß kommen —«

»Wenn!«

»Dann werden wir uns ein paar Fische fangen und braten. Das Land hier ist durchzogen von kleinen Flüssen, die man von oben nicht sieht, weil sie überwachsen sind. Man fährt auf ihnen wie durch eine große grüne Röhre. Und am Fluß gibt es auch Menschen.«

»Die wünsche ich mir am allerwenigsten zum Frühstück.« Gilberto hängte sich das Gewehr um, wippte mit der Machete in der rechten Hand und stieß einen lauten Seufzer aus. »Also dann, ziehen wir los, Senhor. Noch bin ich nicht soweit, daß ich Raupen und Käfer fresse, aber vielleicht kommen wir noch dazu.«

Zwei Stunden lang hieben sie sich ihren Pfad durch den Farnen- und Lianendschungel und erreichten tatsächlich einen schmalen Fluß, der sich durch den Regenwald schlängelte. Die Ufer waren dicht bewachsen mit Mangroven, und die Kronen der Riesenbäume bildeten ein fast geschlossenes Dach. Wasservögel aller Art flatterten kreischend auf, als Marco und Gilberto durch das Unterholz brachen. Drei Rosalöffler standen im seichten Wasser des Ufers und äugten zu ihnen hinüber. Ein paar Rotaugenenten standen auf den großen Blättern einer Wasserpflanze. Ein großer Hoatzin, den man auch wegen seines starken Moschusgeruches Zigeunervogel und Stinkfasan nennt, spreizte sein auffallendes Gefieder, nickte ein paarmal mit seinem Haubenkopf, flog aber nicht davon. In ihren Nestern hockten die Sonnenrallen, eine Art Kranichvogel, der von Fröschen, Insekten und anderen Kleintieren lebt. Einige Indianerstämme hielten sich die Sonnenralle wie Federvieh, gleichwertig neben Hühnern und Enten. Wenn die Sonnenralle ihr gefächertes Gefieder spreizt, leuchtet sie in der Dämmerung des Regenwaldes wirklich wie eine Sonne — so herrlich sind ihre Federn.

»Schönes, klares, sauberes Wasser«, sagte Gilberto aufatmend.

»Und Piranhas und Kaimane.« Marco Minho blieb am Ufer stehen und musterte den Fluß argwöhnisch. Friedlich floß er dahin, ab und zu schnellte ein Fisch hoch und ließ seinen silbernen Bauch glitzern. Die dichten Schwärme der Piranhas, der Todesfische, wie sie die Indios nennen, waren nicht zu sehen. »Wollen Sie die Fische hier mit der Hand fangen?« fragte Gilberto grinsend.

»Nein, aber wie die Indianer.« Marco ging ein paar Schritte in den Wald hinein, hieb ein langes Bambusrohr aus dem Gebüsch heraus und spitzte mit dem Beil das eine Ende zu. So wurde aus dem Bambusstab ein tödlicher Speer.

Als er zum Ufer zurückkam, saß Gilberto schon auf einem dicken Mangrovenast über dem Wasser. Er wies mit ausgestreckter Hand in den Fluß. »Da schwimmt ein Riesenbrocken hin und her!«

Marco nickte zufrieden. »Ein Arapaima. Der größte Süßwasserfisch, den es gibt. Der kann bis zu 200 Kilogramm schwer werden.«

»Kenne ich, Senhor. Lassen Sie mich mal machen.« Gilberto nahm den Bambusspeer und wog ihn in der Hand. »So einen

Prachtkerl hatte ich einst am Rio Branco an der Angel. Zwei Stunden habe ich mit ihm gekämpft, bis er endlich aufgab. Das gab ein Fischessen für vierzig Personen!« Er kletterte noch ein Stück weiter auf dem Mangrovenast und starrte in das Wasser.

»Da! Da ist er wieder!« rief Marco leise. »Sehen Sie ihn?«

»Ja. Das ist ein Bursche von schätzungsweise 90 Kilo.«

»Und den treffen Sie?«

»Das ist keine Kunst. Das Problem ist, wie ich ihn ans Ufer kriege. Wenn ich ihn getroffen habe, hängen die Piranhas an ihm und fressen ihn in Minutenschnelle vor unseren Augen auf. Da bleiben nur ein paar große Gräten übrig. Wir müssen ihn so nahe wie möglich ans Ufer locken. Und wenn ich ihn heraushole, müssen Sie mit dem Beil die an ihm hängenden Piranhas abschlagen. Das wird gefährlich, Senhor.«

»Versuchen wir es, Gilberto.«

»Darf ich später Ihr Skelett verkaufen?«

»Es steht Ihnen zur freien Verfügung.«

Gilberto nickte und peitschte mit dem Bambusspeer das Flußwasser nahe den Mangroven auf. Es hörte sich an, als wenn von einem Kaiman ein großes Büschel Mangrovenblätter in den Fluß gerissen worden war. Marco griff nach Gilbertos Arm.

»Da kommt er«, flüsterte er. »Er ist gut über zwei Meter lang. Warten Sie, bis er wieder hochkommt. Der Arapaima hat seine Schwimmblase zu einem lungenähnlichen Organ umgebildet, mit dem er Luft aufnehmen kann und so unabhängig ist vom schlechten, oft sauerstoffarmen Wasser. In Abständen von zehn bis fünfzehn Minuten muß er an die Oberfläche kommen und Luft einpumpen.«

»Der Zoologe.« Gilberto lächelte. »Darauf warte ich ja. Wenn er hochkommt, wissen wir genau seinen Standort. Jetzt ist er weg, aber er schwimmt auf uns zu. Das Geräusch hat ihn neugierig gemacht.«

Sie saßen auf dem dicken Mangrovenast, der in den Fluß hinauswuchs, und warteten. Der Bambusspeer lag stoßbereit in Gilbertos Hand.

Plötzlich schoß der Riesenleib des Arapaima aus dem Wasser und klatschte ebenso schnell wieder in den Fluß zurück. In die Stille des Regenwaldes knallte der Aufprall wie ein Schuß aus einem Gewehr. Gleichzeitig stieß Gilberto zu. Die harte Bambusspitze drang gleich hinter dem Kopf tief in den Fisch ein und schien einen Nerv getroffen zu haben, der ihn lähmte. Er tauchte nicht weg.

Sein großschuppiger, heller Leib, der sich zur Schwanzspitze hin rötlich färbte, trieb auf dem Wasser, nahe den Mangroven.

»Runter!« schrie Gilberto. Marco faßte nach dem Beil in seinem Gürtel. »Wir müssen schneller sein! Die Piranhaschwärme sind noch nicht da. Los!«

Sie sprangen gleichzeitig in den Fluß, warfen sich fast auf den Arapaima und zogen ihn ans Ufer. Es ging wirklich um Sekunden. Sie waren schon im seichten Wasser, als die ersten Hundertschaften der Todesfische sich mit weit aufgerissenem Maul auf den Fisch stürzten und mit ihren messerscharfen spitzen Zähnen aus dem Schwanzteil Stücke herausrissen.

»Noch einen Meter, Senhor!« keuchte Gilberto. Der Schweiß lief ihm in Strömen über Gesicht und Körper. »Schlagen Sie zu! Hauen Sie den Schwanz ab.«

Marco hob das Beil hoch über seinen Kopf und schlug mit aller Kraft, zu der er fähig war, zu. Und tatsächlich gelang es ihm, den Schwanz des Fisches mit diesem Schlag abzuspalten. Sofort stürzten sich alle Piranhas auf dieses blutende Stück. Abertausende schienen es plötzlich zu sein. Das Wasser schäumte von den hochschnellenden und zubeißenden Raubfischen. Mit einem verzweifelten Ruck zog Gilberto den Körper des Arapaima aufs Land. Noch immer hingen Todesfische daran, rissen Fleischstücke aus ihm und zappelten dann auf dem Boden. Marco erschlug sie und schleuderte ihre Körper in den furchtbaren Wirbel aus Wasser, Piranha-Leibern und zerfetzter Beute.

Gilberto ließ sich neben dem Arapaima auf den Boden fallen, streckte die Hand aus, nahm Marcos Beil und hieb damit den Kopf des Fisches ab. Der lange, glitzernde Leib zuckte noch mehrmals.

»Das ... das glaubt uns keiner«, keuchte er und warf sich neben dem Riesenfisch auf den Rücken. »Senhor, wenn ich ein gläubiger Mensch wäre, würde ich jetzt sagen: Da hat Gott uns wirklich geholfen.«

Marco betrachtete den Fisch und fuhr sich dann mit beiden Händen über das Gesicht.

»Ist das nicht ein bißchen viel für ein Frühstück?«

»Und für den Abend. So lange hält er sich. Wir werden auf Vorrat essen. Soviel Glück haben wir nicht täglich!« Gilberto nahm sein Messer, schuppte einen Teil des Fisches, vom Mittelstück, ab und schnitt zwei große Stücke aus dem festen, weißen Fleisch. »Jetzt ein Feuerchen, und wir haben ein exzellentes Mittagessen.«

Sie schlugen ihr Lager hinter den dicken Mangrovenästen auf, zündeten ein Feuer an, warteten, bis nur noch glühende Asche übriggeblieben war, und legten dann die großen Fischstücke, umwickelt von großen, grünen Blättern, in die Glut. Gilberto war während des Wartens den Fluß hinaufgegangen, um nach einem Pfefferstrauch zu suchen, mit deren Schoten er den Fischbraten würzen wollte.

Er kam nach ein paar Minuten zurück, ohne Pfeffer, aber mit einer gehetzten Miene.

»Nichts mit Mittagessen«, rief er leise. Seine Stimme flatterte vom schnellen Lauf. »Ich habe Spuren entdeckt. Hier gibt es Indios!« Er griff nach seinem Gewehr und holte die Pistole aus dem Gürtel. »So schnell machen sie aus mir keinen Schrumpfkopf.«

Marco Minho blieb neben der glühenden Asche sitzen und wendete mit dem Messer die garenden Fischstücke. Er zog sein Gewehr nicht zu sich heran. »Wenn das stimmt«, sagte er mit einer Ruhe, die Gilberto aufregte, »und sie wollten uns töten, dann hätten sie es längst mit ihren Pfeilen oder Blasrohren voller Gift getan. Ein lautloser Tod. Ich nehme an, daß uns die Indianer die ganze Zeit über beobachten. Wir sehen sie nicht, sie sind Meister der Tarnung, passen sich dem Wald an wie die Tiere, aber sie sind da.«

»Und wie sie da sind«, knirschte Gilberto. »Im nassen Uferboden habe ich ein paar Fußabdrücke entdeckt.« Er legte sein Gewehr nicht aus der Hand. »Sollen wir uns abschießen lassen wie ein Wasserschwein?«

»Haben Sie einen anderen Vorschlag? Flüchten? Wohin denn? Auf einen Baum? Das wäre doch lächerlich. Wir kämen keine zwei Meter hoch, dann hätten wir einen Pfeil im Rücken. Wir essen unseren Fisch und warten, was passiert.«

»Ich kriege keinen Bissen runter. Er wird mir im Hals steckenbleiben. Wie können Sie noch Hunger haben?«

»Und was für einen. Ich freue mich auf den Fisch.«

Gilberto setzte sich neben Marco auf den Boden, den Blick zum Ufer gewandt, wo er die Fußspuren entdeckt hatte. Minho rollte den Fisch aus den großen, nun verschmorten Blättern und beugte sich über die Stücke. Es roch gar nicht nach Fisch, und das Filetstück sah aus wie das helle Fleisch eines Kalbs oder einer Pute. Er holte eine Messerspitze voll heraus und kostete den Fisch.

»Köstlich. Es fehlt nur das Gewürz. Aber wenn man bedenkt, daß die Japaner gern ganz rohen Fisch essen —«

»Da sind sie«, knurrte Gilberto und umklammerte sein Gewehr.

»Wo?«

»Hinter den Mangroven. Ein ganzer Trupp. Da, rechts neben dem toten Stamm im Wasser, Senhor.«

Nun sah auch Marco die Indianer. Braune, glänzende, nackte Körper, mittelgroß, muskulös. Gesichter, die nicht an die Steinzeit erinnerten; die Haare, wie bei allen Amazonas-Indianern, wie eine Tonsur geschnitten. Schöne Köpfe mit großen, braunen Augen. Ein paar von ihnen hatten die Ohrläppchen durchbohrt und eine bunte Vogelfeder hindurchgesteckt. Lautlos kamen sie näher, immer Deckung suchend hinter den dicken Mangrovenarmen; Bogen in den Händen und Pfeile in einem geflochtenen Köcher auf dem Rücken oder vor der Brust. Einige trugen Bambusspeere, in deren Spitzen Widerhaken geschnitzt waren, die beim Herausreißen große, zerfetzte Wunden hinterließen.

»Ich sehe sie, Gilberto«, sagte Marco und blieb sitzen. »Wenn Sie jetzt schießen, ist das die größte und vor allem eine tödliche Dummheit. Sie mögen zwei oder drei Indios treffen, aber dann ist eine Wolke von Giftpfeilen bei uns, die wir bestimmt nicht überleben.« Marco lächelte sogar. Ein etwas verzerrtes Lächeln. »Passen Sie mal auf, wie sie reagieren.«

Er stieß das Messer in sein großes Fischstück, hob es hoch und zeigte es den Indianern mit einer einladenden Bewegung der anderen Hand. Dann wies er auf den schuppenglitzernden Körper des Arapaima und winkte ihnen, näher zu kommen. Das ist für euch, hieß das. Ich schenke euch diesen Riesenfisch. Holt ihn euch.

Die Geste zeigte Wirkung. Nach einer kurzen Beratung bemühten sich die Indios nicht mehr, in Deckung zu bleiben. Sie richteten sich auf und kamen langsam auf die beiden seltsam weißen Menschen zu. Es war für sie wirklich die erste Begegnung mit einem weißhäutigen Mann und den merkwürdigen Dingen, die seinen Körper bedeckten. Ein richtiger Mensch ist nackt. Was sind das für Wesen, die aussehen wie Menschen? Wo kommen sie her? Sie haben einen Fisch gefangen und essen ihn wie wir. Ein Feuer haben sie gemacht. Sie haben keine Bogen und Pfeile, nur der eine hat einen Speer, mit dem er den Fisch gestochen hat. Und ein ganz anderes Beil als wir hat er. Kein geschliffener Stein, keine geschliffene Kinnbacke eines Tapirs. Ein Hieb, und ein Piranha war mittendurch gespalten. Und keine Angst hatten sie vor den Todesfischen.

»Was werden die mit uns machen?« flüsterte Gilberto und knirschte mit den Zähnen.

»Sie töten uns nicht, das hätten sie sonst längst getan.«

»Das haben Sie schon einmal gesagt, Senhor. Das glaube ich

erst, wenn wir die nächste Morgensonne sehen. Der Kerl da mit der großen Vogelfeder durch die Nase ist ihr Anführer, ihm folgen die anderen.«

Marco Minho erhob sich vom Boden. Auch er hatte ein beklemmendes Gefühl in der Brust, und sein Magen zog sich zusammen. Er atmete tief durch und ging dann aufrecht dem Anführer der Indios entgegen. Der Mann mit der Nasenfeder blieb stehen und streckte Marco seinen Speer entgegen. Dabei schrie er etwas in einer kehlig klingenden Sprache.

Marco blieb stehen. Er war nur noch einen Meter von der gezackten Bambusspitze entfernt. Der Indio brauchte nur noch zuzustoßen. Schweiß rann Minho über das Gesicht und den Rücken hinab. Kalter Schweiß ... Schweiß der Angst.

Aber der Speer stieß nicht zu. Die Blicke der braunen Augen des Indianers und Minhos fast schwarze Augen trafen aufeinander. Sekundenlang, lautlos, forschend und fragend. Und dann plötzlich lächelte Marco. Er zeigte nach hinten auf den großen Arapaima und winkte. Auf dem Gesicht des Indios breitete sich auch ein Lächeln aus. Menschen, die sich anlächeln, töten sich nicht.

Der Anführer rief ein paar Worte zu den anderen Indianern, nahm seinen Speer hoch und folgte Marco, der langsam zum Feuer und zu Gilberto zurück ging.

»Bleiben Sie sitzen«, sagte er dabei zu Quadros. »Keine verdächtige Bewegung. Wir haben uns angelächelt, wir verstehen uns.«

»Wie lange?«

»Wer weiß? Zunächst essen wir Fisch miteinander. Essen und Trinken ist die älteste Form der Freundschaft.«

Er hatte den großen Arapaima erreicht und zeigte wieder auf den Fisch und dann auf die Indiohorde. Der Anführer verstand sofort. Er nickte, rief ein paar Worte, zwei Indios hoben den schweren Leib auf ihre Schultern und setzten sich in Bewegung. Zurück, woher sie gekommen waren. Die anderen folgten ihnen, nur der Anführer blieb vor den weißen Wesen stehen.

»Das ist eine Frechheit!« meinte Gilberto erstaunt. »Die klauen unseren Fisch.«

»Ich habe ihn ihnen geschenkt. Das haben sie sofort verstanden.«

Der Anführer lächelte Minho wieder an, streckte die Hand aus, wies den Fluß hinauf und nickte. Dabei winkte er.

»Er lädt uns ein!« stotterte Gilberto. »Er lädt uns tatsächlich zum Essen ein!«

»Da sieht man wieder, daß nicht Gewalt, sondern Vernunft viele Probleme lösen kann. Treten Sie das Feuer aus und gehen wir.«

Gilberto zerstampfte die Glut, hing sein Gewehr um, nahm Marcos Gewehr vom Boden auf und folgte Minho und dem Indio, die vorausgingen.

Der schmale Pfad, für einen Fremden fast völlig unsichtbar, wand sich durch die Mangrovenbüsche, Riesenfarne und wilden Kakaosträucher immer in Flußnähe bis zu einer Bucht, in der schon von weitem eine Reihe von Kanus sichtbar wurde. Auch hier bildeten die Kronen der Bäume ein hohes Blätterdach bis zur Mitte des Flusses, wo der grüne Dom aufriß und die Sonne das Wasser wie eine Silberplatte glänzen ließ.

Das Indianerdorf lag unweit vom Ufer entfernt auf einer aus dem Regenwald herausgeschlagenen Lichtung. Langgestreckte, mit Palmenblättern und Reisig bedeckte Hütten, in denen drei bis fünf Familien zusammenwohnten und eine Gemeinschaft bildeten. Es gab noch ein großes, nach allen Seiten offenes Männerhaus, in das nur Männer hineindurften und wo man zum Palaver zusammenkam. Eine kleinere Hütte, etwas abgesondert, stand nahe am Waldrand. Es war, wie Marco später erfuhr, die Hütte, in die man die Mädchen bei ihrer ersten Periode brachte. Man sonderte sie kurz vom Stamm ab, bis sie von erfahrenen Frauen betreut und gewaschen am Ende der Blutung als »saubere Frauen« in die Gemeinschaft zurückkehrten. Von da an blieben sie im Haus, wurden einem jungen Mann, der seine Mannbarkeit bewiesen hatte, als Frau gegen eine Brautgabe übergeben und bekamen dann bald selbst Kinder. Mütter mit vierzehn Jahren waren völlig normal. Die Menschen hier wurden nicht älter als dreißig oder fünfunddreißig Jahre. Ein Mann von fünfzig war schon eine Seltenheit, wurde er sogar sechzig, verehrte man ihn wie einen fleischgewordenen Geist.

Das Erscheinen der beiden Weißen löste eine Art Panik aus. Die Frauen trugen eiligst ihre Babys in die Hütten, und die größeren Kinder liefen ihnen nach und versteckten sich. Peitschenschwänzige, falbenfarbige dünne Hunde mit großen abstehenden Ohren bildeten ein schaurig kläffendes Knäuel und fletschten die Zähne. Gebisse, die fast denen der Piranhas glichen, spitz und messerscharf.

»Heute ist mein Glückstag!« sagte Marco Minho und stieß Gilberto den Ellbogen in die Seite. »Gratulieren Sie mir.«

»Zum zukünftigen Schrumpfkopf?«

»Ich habe soeben eine neue, völlig unbekannte Hunderasse entdeckt.«

»Diese häßlichen Kläffer da?«

»Es gibt keine häßlichen Hunde. Es gibt nur verschiedene. Ganz gleich, wie ein Hund aussieht, wenn man in seine Augen blickt, spürt man sein Herz. Haben Sie jemals einem Hundeblick widerstehen können?«

»Ich hatte Besseres zu tun, als Hunden in die Augen zu sehen.«

»Schade, Gilberto, da haben Sie viel im Leben versäumt.«

Der große Fisch Arapaima, den die Indianer auch Pirarucú nennen, wurde mit beifälligem Geschwätz aufgenommen und sofort in eine der großen Hütten getragen. Der Anführer, der sich als Häuptling des Stammes entpuppte, winkte Marco und Gilberto zu und führte sie zum Männerhaus. Dort lagen nebeneinander vier große Affen, ein Pekaris, auch Nabelschwein genannt, und sechs große Schildkröten mit einem hornigen, graugelben Panzer — das Abendessen des Stammes, erlegt mit Giftpfeilen oder Blasrohren.

Marcos Gesicht glänzte vor Freude. Er legte seinen Arm um die Schulter des Häuptlings, und merkwürdigerweise ließ dieser es zu, daß so ein fremdes Wesen ihn berührte.

»Nummer zwei«, rief Minho begeistert. »Eine bis jetzt völlig unbekannte Schildkrötenart.«

Der Häuptling, der ihn ja nicht verstand, lachte dennoch mit ihm. Vielleicht dachte er, daß die Jagdbeute auch den weißen Menschen erfreute. Dann machte er die gleiche Handbewegung wie vorher Marco, was hieß: Du bist mein Gast. Alles gehört auch dir.

»Bisher gab es vor allem am Amazonas sieben Schienenschildkrötenarten, die eßbar sind, die Gruppe der Podocnemis. Sie sind groß, schmecken hervorragend und werden deshalb von den Indianern besonders gern gejagt. Andere Schildkröten, wie die Matamata — lateinisch Chelus fimbriatus —, sind ungenießbar.«

»Sie haben Sorgen, Senhor«, erwiderte Gilberto erregt. »Ich denke an meinen Kopf, und Sie sprechen lateinisch mit mir!«

»Das ist mein Beruf. Aber warum haben Sie noch Angst? Einen Gast tötet man nicht. Die Gastfreundschaft ist bei den Wilden noch echt und unverfälscht, im Gegensatz zu unserer zivilisierten Gesellschaft, die mit einem Gast tafeln und ihn hinterher umbringen kann. Eine Spezialität der Mafia. So etwas gibt es hier nicht.«

Mit sichtbarem Stolz führte der Häuptling seine Gäste durch das Dorf. Die Frauen und Kinder kamen aus ihren Hütten und Verstecken hervor und starrten die fremden Wesen mit der weißen Haut und den seltsamen Körperbedeckungen an. Alle Scheu war verflogen. Nun kam die Neugier zum Vorschein und ließ auch sie zutraulicher werden. Einige Frauen berührten sogar vorsichtig die Hose und das Hemd von Marco und schwatzten dann aufgeregt miteinander. Wie sich das anfühlt! So weich und geschmeidig, ganz anders als die Tücher aus Palmfasern oder geschlitzten Lianen.

Der Häuptling führte sie auch zu einem Uferstück, wo man mit dicken Baumstämmen und Steinen eine große Bucht vom Fluß abgetrennt hatte. In diesem stehenden Gewässer schwammen und krabbelten eine Menge besonders großer Schildkröten; einige von ihnen waren so groß, daß Gilberto sie auf einen Zentner Gewicht schätzte. Der Häuptling sah Marco fragend an. Minho nickte ihm anerkennend zu und klatschte in die Hände. Große Freude ließ das Indianergesicht aufleuchten. Händeklatschen, das verstand ein jeder, auch im Dschungel bei den Indianern.

Marco wandte sich an Gilberto, der ohne viel Interesse die Bucht anblickte.

»Es ist erstaunlich, daß es hier auch so etwas gibt.«

»Was?«

»Eine Schildkrötenfarm, wie man sie sonst nur in der Várzea, den überschwemmten Gebieten des Amazonasbeckens, zur großen Regenzeit findet. Da kann der Fluß Hochwasser bis zu zwölf Meter haben.«

»Das kenne ich.« Gilberto verzog den Mund. »Obwohl mein Haus weit vom Ufer entfernt und auf Stelzen steht, habe ich schon mal nasse Füße bekommen.«

»Um nicht zu verhungern und natürlich um Geld zu verdienen, legen die Indianer von Várzea solche Schildkrötenfarmen an. Eine solche Zucht ist einträglicher als eine Viehherde. Vor allem werden Schildkröten der Art Arrau gezüchtet, Podocnemis expansa ...«

»Aufhören!«

»Die Arrau-Schildkröte ist ein phänomenales Tier. In einem Teich von der Größe von einem Hektar — Platz ist ja genug vorhanden im Regenwald — kann man 440mal soviel Fleisch ernten wie auf einer gleich großen Weidefläche. Von allen Schildkrötenweibchen, die wir kennen, ist das Arrauweibchen das fruchtbarste überhaupt. Sie legt im Jahr bis zu 150 Eier. Die kleinen, frisch geschlüpften Schildkröten werden von den Indios dann mit Wasserpflanzen und toten Fischen gefüttert, bis sie zu diesen Fleischbrocken herangewachsen sind. Dann landen sie im Kochtopf, und der Panzer bringt zusätzlich gutes Geld. In freier Wildbahn leben heute kaum noch Arrau-Schildkröten. Wilderer, die nur die Panzer wollen, haben sie fast ausgerottet. Aber hier —« Marco machte eine weite Armbewegung — »ist die Welt noch in Ordnung — bis der weiße Mann auch hier alles niederbrennt und mit seinen Motorsägen rodet. Gilberto, wir sind in einem Paradies wie vor hundert Millionen Jahren.«

»Und Sie werden von den unbekannten Hunden und Schildkröten schreiben und damit Abenteurer anlocken. Sie wollen das alles erhalten und kommen doch zwangsläufig in den Teufelskreis der Ausrottung hinein. Sie sollten besser schweigen, Senhor, und die Entdeckung für sich behalten.«

»Ich bin Wissenschaftler und muß die Neuentdeckungen bekanntgeben.«

»Das ist es ja!« Gilberto wandte sich von dem Schildkrötenteich ab. »So wird Wissenschaft zum Todesurteil.«

Es gab noch vieles, was ihnen der Häuptling zeigte; am meisten aber interessierte sich Gilberto für die Kanus. Es waren sogenannte Einbäume, aus einem dicken Stamm mit Feuer und steinernen Schabern ausgehöhlt. Ein ungeschlachtes Boot — um so kunstvoller waren dafür die Paddel gestaltet; aus einem harten rötlichen Holz und überladen mit primitiven, aber schönen Schnitzereien. Sinnend stand Gilberto am Ufer und stieß dann Marco an.

»Senhor, das wäre eine Lösung«, sagte er. »Wenn der Häuptling uns ein Kanu schenkt, können wir auf dem Wasserweg schneller und sicherer in bewohnte Gegenden kommen. Ich habe keine Ahnung, wie der Fluß heißt und wohin er fließt, aber irgendwo kommen wir auf alle Fälle an. Kein Fluß versandet — er muß in einen größeren Fluß münden. Und an einem großen Fluß gibt es Siedlungen. Was wir brauchen, ist solch ein Kanu.«

»Wir werden es tauschen, Gilberto.«

»Gegen was?«

»Gegen eines unserer Beile. Mit einem richtigen Beil sind sie König im Urwald.«

»Das ist eine Idee. Wenn wir ein Kanu haben, kommen wir mit einem Beil aus.«

»Und auch noch eine Machete können wir abgeben. Wir brauchen uns nicht mehr durch den Dschungel zu schlagen. Ein Beil und eine Machete, das ist ein Tausch, den kein Indio abschlagen kann.«

Sie blieben drei Tage bei dem Stamm, begleiteten die Männer auf die Jagd, aber sie waren vorsichtig genug, nicht ihre Gewehre zu benutzen. Nach dem ersten Schrecken würden die Indios alles daransetzen, den feurigen, tötenden Donner auch in die Hand zu bekommen.

Dafür zeigte ihnen Gilberto an einem halbfertigen Kanu, wieviel besser man mit seinem Beil das Holz bearbeiten könnte als mit den Steinbeilen. Die Späne folgen durch die Luft, und die Indios standen um ihn herum und staunten. An einem anderen Tag gingen alle in den Wald, und Marco hieb mit seiner Machete mühelos die Lianen und verfilzten Büsche und Riesenfarne um: Ein völlig freier Pfad entstand. Und wieder staunten die Indianer, nahmen selbst die Machete in die Hand und hieben sich einen Weg. Mit glänzenden Augen und vielen kehligen Worten gab der Häuptling dann die Machete an Marco zurück.

»Und jetzt, mein Freund, tauschen wir«, sagte Minho. »Hoffentlich kann ich dir klarmachen, was wir wollen.«

Das Tauschgeschäft verlief schneller, als Marco erwartet hatte. Die Zeichensprache ist international. Ob in Grönland oder Feuerland, Alaska oder am Amazonas, wenn zwei Menschen sich verständigen wollen, sind zwei Hände und zehn Finger deutlicher als Worte.

Die Verhandlung dauerte kaum fünf Minuten. Minho ging zu den an Land gezogenen Kanus, zeigte auf eines, legte Beil und Machete daneben und deutete dann mit der Hand und dem Zeigefinger an: Ich will das Kanu, du bekommst Beil und Machete. Er zeigte auf das Kanu und sich und dann auf den Häuptling und das Werkzeug.

Der Indianer begriff sofort. Er lachte leise, nickte mit dem Kopf und half dann, nachdem er Beil und Machete an sich genommen hatte, das Kanu in den Fluß zu schieben. Dort schaukelte es im Wasser hin und her.

»Wir werden unsere Balancekünste brauchen«, sagte Gilberto. Er hielt eines der kunstvoll geschnitzten Paddel in den Händen. »Das Ding ist unsinkbar, aber ich möchte nicht erleben, daß es kentert und wir im Fluß baden. Da sind wir in ein paar Minuten nur noch ein Skelett. Ein kleiner Piranhabiß, ein Tropfen Blut, und schon fallen Tausende über uns her. Da gibt es keine Rettung mehr. Haben Sie schon mal in einem Einbaum gesessen, Senhor?«

»Ja. Oft. Man muß ein gutes Gleichgewichtsgefühl haben.«

»Da bin ich beruhigt.«

Sie beschlossen, in aller Frühe am nächsten Morgen die Fahrt zu beginnen. Sinnend stand Gilberto am Ufer und betrachtete dabei den Handkompaß, den sie mitgenommen hatten.

»Probleme?« fragte Marco.

»Ja und nein. Wir wollten doch zur Missionsstation Santo Antônio?«

»Richtig.«

»Dann müssen wir flußaufwärts paddeln. Flußabwärts kommen wir völlig aus der Richtung. Das heißt, wir müssen den Fluß hinauf, das Kanu also gegen den Strom treiben.«

»Der Fluß ist ziemlich träge und hat nur wenig Strömung.«

»Hier. Aber wie ist es einige Kilometer weiter oben? Da kann es Stromschnellen geben. Das kenne ich.«

»Dann tragen wir das Kanu auf den Schultern an Land um die Schnellen herum bis zum wieder ruhigen Wasser.«

»Daran dachte ich auch. Es wird eine Höllenfahrt werden, Senhor. Viel Muskeln, wie ich sehe, haben Sie nicht.«

»Sie reichen aus, Gilberto.« Marco Minho lachte kurz auf. »Ich bin ein zäher Bursche, glauben Sie mir.«

»Na ja, vor allem haben Sie keine Angst. Das ist wichtig.«

Sie schliefen wieder im offenen Männerhaus in aus Palmfasern und Lianen geknüpften Hängematten und erwachten beim ersten Morgenlicht. Aus dem Regenwald schallte das Affengeschrei. Farbenprächtige Grünflügelaras und ein herrlicher Arakanga saßen auf den Giebeln zweier Hütten. Vier Goldsittiche spreizten ihre goldgelben Federn mit den blauen Handschwingen in der noch feuchten, aber warmen Luft.

In den vergangenen drei Tagen bei dem Indiostamm war es Marco möglich gewesen, sich mit der neuen Hunderasse und der unbekannten Schildkrötenart zu befassen. Da er seine Kamera nicht mitgenommen hatte, arbeitete er so wie seine berühmten Vorgänger, wie zum Beispiel Alexander von Humboldt oder Henry Walter Bates, der Mitentdecker der Mimikry. Er zeichnete die neuen Tiere im Detail und als Ganzes und beschrieb sie genau. Da er kein Papier hatte, ließ er sich einige von den Indiofrauen aus Palmfasern gefertigte dünne Matten geben, die sonst als Unterlage beim Zerstampfen und Mahlen der Maniokwurzeln dienten.

Die unbekannten Hunde waren in diesen drei Tagen zutraulich geworden, hatten Marco umringt, während er sie zeichnete, hatten sich die Länge ihrer Segelohren messen lassen, den Schwanz und das Gebiß, das wirklich mehr dem eines Piranhas glich als dem eines Hundes. Sie waren, nachdem sie sich an den Geruch der Fremden gewöhnt hatten, so friedlich, daß Marco in seine Beschreibung aufnahm: Ihres freundlichen Charakters wegen und ihrer Gabe, schnell Freundschaft mit den Menschen zu schließen, sind sie als Wachhund kaum zu gebrauchen.

Das war ein Irrtum, wie sich später herausstellte, aber zu dieser Zeit wußte es Marco Minho noch nicht.

»Wir können alles verlieren«, sagte er am Vorabend ihrer abenteuerlichen Kanufahrt den Fluß hinauf, »nur nicht meine Zeichnungen. Gilberto, können Sie nicht anhand des Kompasses unseren Standort bezeichnen? Ich muß eines Tages hierher zurück.«

»Unmöglich. Das hier ist ein ganz gewöhnlicher Kompaß, der nur die Himmelsrichtung anzeigt, aber kein Peilkompaß. Die einzige Chance, das Dorf wiederzufinden, ist die Entdeckung meines Flugzeuges im Baumwipfel. Und das ist sehr fraglich, denn wir sind weit weg von den normalen Flugstraßen. Ich habe Ihnen ja gesagt, ich wollte den Weg abkürzen. Hier sucht keiner.«

»Aber wir wissen die grobe Richtung.«

»Wollen Sie einige hundert Quadratkilometer Urwald absuchen? Eher finden Sie ein Schwein, das Tango tanzt.«

Als hätte es der Häuptling geahnt, war auch er so früh auf den Beinen und kam mit seinem zehnjährigen Sohn zum Männerhaus herüber. Mit einem breiten Grinsen demonstrierte er, wie schnell er den Umgang mit einer Machete gelernt hatte. Mit einem gewaltigen Hieb schlug er den Stamm einer in der Nähe wachsenden Bananenstaude durch und hob dann die Machete hoch in die Luft wie ein Sieger.

»Er wird schon längst daran gedacht haben, daß man damit auch Menschenköpfe abhauen kann«, meinte Gilberto und nickte dem Häuptling anerkennend zu. »So ist es immer: Alles hat zwei Seiten. Mit einem harmlosen Schraubenzieher könnte ich Sie erstechen, und wieviel Menschen sind schon unter einem Hammer umgekommen?« Sie gingen hinunter zum Fluß, und Gilberto stieg als erster in das Kanu. Er half Marco in den Einbaum, der bedenklich schwankte, aber nicht kenterte. Aus uralter Erfahrung hatten die Indianer den Schwerpunkt so gelegt, daß das Kanu nur ausschwang.

Der Häuptling und sein Sohn stießen den Einbaum vom Ufer ab und standen dann hoch aufgerichtet nebeneinander am Strand, ein Bild des Stolzes und der Freiheit. Der Junge hob sogar die Hand und winkte. Lebt wohl, ihr Weißhäutigen. Wir werden euch nie vergessen.

Gilberto und Marco tauchten die Paddel ins Wasser und trieben das Kanu in die Mitte des Flusses. Die Strömung, gegen die sie ankämpfen mußten, war wirklich nicht stark. Das Wasser war so klar, daß sie fast bis auf den Grund sehen konnten. Schwärme von Fischen, nicht nur Piranhas, begleiteten sie. Einmal tauchte ein dicker, langer Schatten neben ihnen auf — ein Manati, eine Seekuh-Art, die bis zu fünf Meter lang und 500 Kilo schwer werden kann. Von einem Manati kann ein Dorf zehn Tage leben. Ihr Fleisch räuchert man sogar und hält es dann in ausgehöhlten Kürbissen auf Vorrat.

Die Sonne stand jetzt hoch am Himmel, der Regenwald dampfte in der Hitze, und über dem Fluß stieg die Feuchtigkeit wie Nebel auf. Äste und losgerissene Grasinseln trieben ihnen entgegen, ab und zu auch ein vermoderter Baumstamm.

»Das sind die gefährlichsten!« sagte Gilberto und stieß mit seinem Paddel gegen einen Baumstamm. »Wenn uns so einer seitlich trifft, werden wir unweigerlich kentern.«

Marco und Gilberto hatten schnell ihren Paddelrhythmus gefunden. Das Kanu glitt den Fluß hinauf, müheloser, als sie erwartet hatten.

Es glitt in die unbekannte grüne Unendlichkeit hinein.

* * *

Schon am nächsten Tag kehrte Arlindo Beja nach Santo Antônio zurück. Ein Yanomami begleitete ihn.

»Kommen Sie mit«, hatte Beja zu Luise gesagt. Der Rote Pfeil hatte ihn völlig verändert. »Ich muß Coronel Bilac von diesem Vorfall berichten. Er muß etwas unternehmen. Es ist doch unmöglich, sich von einem irren Einzelgänger terrorisieren zu lassen!«

Daß es in erster Linie Angst war, die ihn aus dem Urwald vertrieb, gab er natürlich nicht zu. Er wußte, daß die Aufmerksamkeit des unbekannten »Rächers« jetzt auf ihn gerichtet war; der Zettel war deutlich genug.

»Ich bleibe«, antwortete Luise fest. »Ich habe ein Ziel.«

»Wollen Sie für ein paar unbekannte Kräuter Ihr Leben opfern?«

»Mir hat niemand gedroht, im Gegenteil. Aber wenn Sie zurückwollen zur Mission, ich gebe Ihnen einen meiner Yanomami mit. Ich komme hier auch mit vieren aus.«

Nach kurzem Zögern hatte Beja wortlos genickt und war am

Morgen zurück nach Santo Antônio marschiert. Müde, mit verklebten Haaren und völlig durchgeschwitzt, kam er am Abend auf der Mission an und verschwand eiligst in der Polizeibaracke. Aber man hatte ihn doch gesehen. Schwester Lucia hatte gerade ein Moskitonetz vor ein Fenster des Hospitals gezogen, als sie Beja in die Polizeistation schlüpfen sah. Sie lief sofort hinüber zur Mission. Pater Vincence und Pater Ernesto waren in der Werkstatt und zimmerten aus Brettern neue Regale.

»Er ist wieder da!« rief Schwester Lucia mit fast triumphierender Stimme. »Gerade angekommen.«

»Wer?« fragte Ernesto.

»Arlindo Beja.«

»Allein?«

»Mit einem Yanomami. Beja stürzte in die Polizeistation, als sei er auf der Flucht.«

»Warten wir mal ab, was er uns erzählt«, meinte Pater Vincence und hobelte weiter an einem Brett. »Da draußen muß etwas Besonderes geschehen sein. Es beruhigt mich, daß Luise im Wald geblieben ist. Wäre es anders, wäre der Indio schon längst bei uns.«

Es dauerte eine halbe Stunde, bis sich Beja geduscht und umgezogen hatte. Sein erster Weg führte ihn nicht zu den Patres, sondern ins Hospital und zu Dr. Binder. Ohne Umschweife und ohne Toms erstaunten Ausruf zu beachten, sagte er ziemlich grob:

»Warum haben Sie mir nicht erzählt, daß Sie Kontakt mit dem ›Roten Pfeil‹ hatten?!«

»Kontakt ist gut. Er hat auf mich geschossen.«

»Auf Sie und Luise.«

»Hat sie Ihnen das erzählt?«

»Notgedrungen.«

»Wie soll ich das verstehen?« Thomas spürte, wie ihn eine große Unruhe erfaßte.

»Der ›Rote Pfeil‹ hat auch auf uns geschossen!«

»Aber anscheinend daneben«, meinte Thomas sarkastisch. »Sie leben ja noch.«

»Ich bin für Scherze nicht aufgelegt. Warum haben Sie mir nicht von dieser Begegnung erzählt?«

»Sollte ich das? Ich betrachte es als meine Privatangelegenheit.«

»Bei einem mehrfachen Mörder gibt es nichts Privates mehr! Es war Ihre Pflicht.«

»Meine Pflicht hier ist, Kranken zu helfen und sie wenn möglich zu heilen.«

»Was wollte er von Ihnen? Hing auch bei Ihnen ein Zettel am Pfeil?«

»Ja. Er begrüßte uns, sehr freundlich. Weiter nichts.«

»Er ... er begrüßte Sie?!« Beja mußte tief Luft holen. Sein Gesicht verzog sich. »Wo ist der verdammte Zettel?«

»Wir haben ihn in den Fluß geworfen.«

»Sie haben —« Beja starrte Thomas an, wie eine Boa ihr Opfer mustert, ehe sie es umschlingt und erwürgt. »Sie haben so einen wichtigen Zettel —«

»Für mich war er nicht wichtig. Was stand denn auf Ihrem Zettel?«

Beja winkte ab, ging im Arztzimmer hin und her und blieb dann abrupt vor Thomas stehen. »Hier wird es bald anders aussehen«, sagte er drohend. »Ich werde Coronel Bilac benachrichtigen. Er wird hier aufräumen, jawohl, aufräumen. Dieses Santo Antônio stinkt mir seit langem, seit über zwanzig Jahren schon! Immer wieder kommen von hier regierungsfeindliche Berichte in die Weltpresse. Und jetzt ist auch noch ein Arzt hier, der mit einem Massenmörder eine Art Freundschaft schließt.«

»Ich habe diesen Mann noch nie gesehen und gesprochen.«

»Aber Sie haben Beweismaterial vernichtet, das zu seiner Ergreifung hätte führen können.«

»Nun regen Sie sich ab, Senhor Beja, und sehen Sie die ganze Sache nüchterner. Was hätte der Zettel beweisen können? Nichts anderes, als was jeder ohnehin schon weiß. Im Regenwald am Rio Parima lebt ein Mann, der sich zum Rächer ernannt hat. Und jeden Tod — Sie nennen es Mord — begründet er eingehend, aus seiner Sicht, natürlich. Nun hat er auf Sie geschossen, absichtlich daneben. Also was soll der Zettel beweisen?«

»Es verhärtet sich immer mehr der Verdacht, daß der ›Rote Pfeil‹ kein Indianer, sondern ein Weißer ist! Das ist wichtig. Aber warten Sie Coronel Miguel Bilac ab. Hier wird sich vieles ändern, Senhor!«

»Und wo ist Luise geblieben?«

»Im Wald. Wo sonst?«

»Sie haben sie zurückgelassen, Senhor Beja?«

»Luisa wird nichts geschehen. Der ›Rote Pfeil‹ wacht über sie. Das habe ich jetzt schriftlich.«

»Das beruhigt mich ungemein. Sie ist also in bester Obhut.«

»Ein Mörder paßt auf sie auf!« schrie Beja erregt. »Ein Mörder. Wie oft soll ich Ihnen das noch sagen?! Aber der Kerl hat einen großen Fehler gemacht, jetzt, gerade jetzt, wo er den Schutzengel für Luisa spielen will. Mit diesem Fehler werden wir ihn festnageln! Wo Luisa ist, wird also auch er in der Nähe sein. Das bedeutet: Wir brauchen nur Luisa zu überwachen, um an ihn heranzukommen!«

»Genial einfach.« Toms Stimme schwamm im Spott. Beja zog die Augenbrauen hoch und musterte ihn mit hartem Blick.

»Sie werden es erleben«, fuhr er fort. »Coronel Bilac ist ein ausgezeichneter Taktiker. Das hat er mehrfach bewiesen.«

»Bei der Ausrottung von Yanomami-Stämmen —«

»Das will ich nicht gehört haben, Dr. Binder. Ich bin als Chef der FUNAI von Roraima über alles unterrichtet. Kein Stamm wurde ausgerottet, keinem auch nur ein Haar gekrümmt. Alle Indianer in den erschlossenen Gebieten wurden in Reservate umgesiedelt. Mit Hilfe der FUNAI. Nur sensationsgeile Reporter aus Europa und Amerika machten daraus eine Indianertragödie, voll von Lügen und Gemeinheiten. Und Neid kommt auf, blutiger Neid, weil Brasilien unter seinen Wäldern die größten Mineralienvorräte der ganzen Welt hat! Man schiebt die armen Indianer vor, um uns daran zu hindern, diese Bodenschätze zu heben und auf dem Weltmarkt mitzusprechen. Dr. Binder, Sie wissen ja gar nicht, was hier gespielt wird. Es geht um Milliarden Dollar! Um Marktanteile. Um Börsenkurse. Sie haben ja keine Ahnung!«

Thomas schwieg. Er dachte an Pater Ernestos Warnung bei seiner Ankunft: Wer Beja zum Feind hat, kann im Regenwald verschimmeln. Er bekommt keine Unterstützung, nicht ein Nagel kommt dahin, wo er gebraucht wird. Die FUNAI kontrolliert alles — in Boa Vista ist Beja die FUNAI. Ballen Sie die Fäuste in der Hosentasche, und schlucken Sie alles hinunter. Damit kommen Sie hier weiter. Rennen Sie nicht ins offene Messer. Es leiden nur Ihr Hospital und Sie!

Beja kniff die Augen zusammen und musterte Thomas mit einem gefährlichen Blick. Tom hielt den Blick aus, und ohne es laut werden zu lassen, wußten beide, daß sie seit Beginn ihrer Bekanntschaft Rivalen waren.

»Was stand auf Ihrem Zettel?« fragte Beja plötzlich. »Genau.«

»Das weiß ich nicht mehr. Es war ein höfliches Schreiben der Begrüßung. Ich sagte es ja schon. Und Ihr Zettel?«

»Eine Drohung.«

»Kann ich ihn mal lesen?«

»Ich habe ihn ins Feuer geworfen.«

»Oje!« Thomas konnte ein Grinsen kaum unterdrücken. »Senhor Beja, Sie haben ja auch ein wichtiges Beweismittel vernichtet. Das wird Coronel Bilac gar nicht gefallen.«

Beja erkannte den großen Fehler, den er gerade gemacht hatte. Vor Ärger knirschte er stumm mit den Zähnen. »Wer ist noch dem ›Roten Pfeil‹ begegnet?« fragte er dann.

»Ich glaube — sonst niemand.«

»Die Patres?«

»Das hätten sie mir längst erzählt.«

Beja schwieg, drehte sich dann abrupt um, verließ das Hospital und ging zurück zur Polizeistation.

Jetzt ruft er Bilac an, dachte Thomas. Die nächste Zeit wird schwer werden. Ich kenne Bilac noch nicht, aber was ich von ihm gehört habe, genügt. Wie gut, daß Luise weit weg im Regenwald ist.

Er ging hinüber zur Mission, wo ihn die Patres, Schwester Lucia und Luigi, der Krankenpfleger, bereits erwarteten.

»Was ist da geschehen, Tom?« fragte Pater Vincence sofort, als Thomas in das große Zimmer trat.

»Beja hat einen Gruß vom ›Roten Pfeil‹ bekommen.«

Pater Ernesto schlug die Hände zusammen. »Ich weiß, was jetzt kommt«, stöhnte er.

»Er alarmiert Bilac«, bestätigte Thomas.

»Das werden bittere Stunden. Ich werde die ganze Nacht über beten und Gott um Kraft bitten — für uns alle.«

»Morgen ist Sonntag.« Pater Vincence faltete die Hände über seinem Bauch. »Wir werden die Messe feiern, wenn Bilac landet.«

»Das wird ihn nicht abhalten.« Ernesto faltete auch die Hände. »Er wird mit uns beten und nach der Messe der Teufel sein.«

»Wir sollten die Yanomami warnen«, sagte Luigi in die plötzliche Stille hinein.

»Das ist ein guter Gedanke.« Ernesto nickte mehrmals. »Bilac wird immer die Schwächsten bestrafen. Tom, kommst du mit? Wir werden die Indianer warnen.«

»Ich begleite dich gern, Ernesto.«

»Dann los. Verlieren wir keine Zeit.«

Sie verließen die Station und machten sich auf den Weg zum Shabono, um den Pata, den weisen Männern des Stammesrates, die Gefahr zu erklären, die sie am nächsten Morgen erwartete.

Es war eine jener hellen Mondnächte. Hundert Frösche quakten am Ufer des Flusses, unterbrochen von dem heiseren Ruf der Tukane oder dem Geflatter der Enten und Brillenkauze. Wenn sie jagten, war ihr Flug lautlos; mit ihren großen, mit weichen, daunigen Federn gepolsterten Flügeln glitten sie unhörbar durch die Nacht und überraschten ihre Opfer. Irgendwo schrie noch ein Löwenaffe, schrill und langgezogen. Der Rio Parima plätscherte leise, das Mondlicht verwandelte ihn in flüssiges Silber.

»Wie schön wäre die Welt ohne Menschen«, sagte Thomas plötzlich in die Stille.

»Denk nicht an so was, Tom.« Pater Ernesto legte beim Gehen seinen Arm um Toms Schulter. »Als Höhepunkt der Schöpfung schuf Gott den Menschen.«

»Da kann man sehen, daß auch Gott sich irren kann«, antwortete Thomas trocken.

Schweigend gingen sie weiter. Bis zum Dorf der Yanomami war es nicht mehr weit. Sie hörten nur noch auf die Laute des Regenwaldes.

* * *

Außerhalb von Novo Lapuna, zwischen den terrassenförmigen Goldminen und dem Ortsrand, lagen der Fuhrpark und die Werkstätten der großen Claimbesitzer. Bagger, Raupenschlepper, riesige Lkws, Planierraupen und Goldwaschmaschinen standen drecküberzogen auf dem weiten Platz und warteten auf ihre Reparatur; ein Haufen aus Stahl, Rädern und Panzerketten.

Die Hallen der Werkstätten lagen im Dunkel, nirgendwo brannte ein Licht in dieser Nacht. Hier gab es keine Wachen, denn wer vergriff sich schon an diesen monströsen Fahrzeugen.

An diesem Ort der vollkommenen Stille waren sie zusammengekommen, elf Garimpeiros und Emilio Carmona, der Statthalter des Syndikats *Amazongold.* Auch BB — Benjamim Bento —, der von Assis eingesetzte Chef der Goldgräberstadt, war geladen worden, an diesem geheimen Treffen teilzunehmen. Er wußte nicht, welcher Anlaß zu dieser Konferenz geführt hatte. Die Einladung war plötzlich gekommen, ohne Erklärung, nur mit dem Vermerk: »dringend«.

»Geh nicht hin, Mimo«, hatte Helena Batalha gesagt. »Aber wie ich dich kenne, juckt es dich viel zu sehr, um hierzubleiben. Doch wenn du gehst, nimm deine MP mit. Diese heimliche Zusammenkunft gefällt mir nicht. Ganz und gar nicht. Aber du läßt dir ja nichts sagen.«

»Wenn Emilio Carmona mich einlädt, muß es etwas Besonderes

sein«, hatte Bento geantwortet. »Es ist schon erstaunlich, daß er mich dabeihaben will. Und natürlich gehe ich zu ihm nicht ohne Waffe. Bin ich ein Idiot?«

»Manchmal doch.«

Emilio Carmonas Firma war neben Miguel Assis die größte Schürfgesellschaft der Region mit besten Beziehungen zum Gouverneur von Roraima und bis in höchste Regierungskreise in Brasilia. Alle Anträge auf »Nutzung des Waldes«, jeder Erwerbswunsch für neues Land wurde genehmigt. Es ging alles noch glatter als bei Assis, der sich ohnehin schon der besten Beziehungen rühmte. *Amazongold* schien die noch besseren zu haben, was wiederum Assis vor langer Zeit einmal gereizt hatte, mit hohen Bestechungsgeldern hinter das Geheimnis dieser Konkurrenzfirma zu kommen.

Das Ergebnis dieser Nachforschungen hatte ihn erschreckt. Auch wenn er nur Andeutungen erhalten hatte, denn niemand war so unvorsichtig, sich klar zu äußern — sie genügten ihm, die Geschäfte von *Amazongold* in einem Gebiet, das eigentlich nur ihm gehören sollte, hinfort stillschweigend zu dulden.

Die Schürfgesellschaft war eine italienische Firma mit Sitz in Palermo auf Sizilien und einer Außenstelle in New York, Emilio Carmona stammte aus einem Bergdorf bei Lercara Friddi, und das Oberhaupt der »Familie« sollte ein Don Alfredo Bernuzzi sein, auch bekannt unter dem Ehrennamen »Der Schweiger«.

Amazongold gehörte der Mafia.

Das war eine Nummer zu groß, selbst für Assis. Er fand sich damit ab, daß das Gold von Roraima zwischen zwei Großgrundbesitzern aufgeteilt wurde. Mit Don Alfredo, dem Schweiger, war Assis nie in Kontakt getreten — alle Verhandlungen um die Neuerschließung des Regenwaldes führten Direktoren der *Amazongold* von New York oder Rio aus. Palermo wurde nie erwähnt.

Als Benjamim Bento mit seinem Geländewagen den Fuhrpark von Novo Lapuna erreichte, empfing ihn an der Einfahrt ein Garimpeiro, den er nur unter dem Namen Manuel kannte. Er war der Vorarbeiter einer Kolonne von tausend Mann und zeigte es auch. Um seinen Hals und an seinen Handgelenken klimperten dicke Goldkettchen; an vier Fingern seiner Hände glänzten schwere Goldringe, und zwei seiner Vorderzähne waren ersetzt durch goldene Stiftzähne. Manuel, das Goldmaul, nannte man ihn deswegen auch im Camp, und daher kannte Bento diesen Burschen.

Manuel stieg schweigend in den Wagen, setzte sich neben Bento und sagte nur: »Werkstatt fünf.« Dann fiel er wieder in seine Schweigsamkeit zurück, bis Bento vor der Halle hielt.

Der massive Werkstattschuppen war so dunkel wie alle anderen Gebäude. Manuel sprang aus dem Wagen, wartete, bis Bento auch ausgestiegen war, und ging ihm dann voraus. Erst betraten sie einen Vorraum, in dem der Werkstattleiter tagsüber saß, dann stieß Manuel eine zweite Tür auf und ließ an sich vorbei Bento in die Halle treten. Hier brannten nur zwei armselige Handlampen. Sie warfen ihren spärlichen Schein auf die Gruppe Männer, die auf Bento gewartet hatte. Aus ihr löste sich Emilio Carmona und kam Bento entgegen.

»Wir wollten nicht anfangen ohne dich, Benjamim«, sagte er und gab Bento die Hand. Eine schmale, gepflegte Hand ohne die hornigen Striemen, die Bento sich durch harte Arbeit erworben hatte.

»Was gibt's?« Bento sah hinüber zu der Gruppe der Männer. In ihrem Kreis standen zwei Garimpeiros, denen man die Hände auf den Rücken gebunden hatte. O Himmel, dachte Bento erschrocken. Damit will ich nichts zu tun haben. Das sollen sie unter sich ausmachen. Warum holen sie mich dazu?! »Ein ... ein Ehrengericht?« fragte er zögernd.

»Von Ehre kann keine Rede sein.« Emilio führte Bento zu den anderen. Jetzt erkannte Bento auch die beiden Gefesselten. Es waren Roberto und Paulo, Goldschürfer, die für Assis arbeiteten. Als sie Bento sahen, erwachte ein Hoffnungsschimmer in ihren Augen.

»Du kennst die Halunken?« fragte Emilio mit einer so gleichgültigen Stimme, als habe er gesagt: Gehen wir ein Gelati essen?

Bento nickte. »Sie gehören zu meiner Mannschaft. Roberto und Paulo. Warum hast du sie gefesselt?«

»Sie waren so uneinsichtig, sich zu wehren.«

»Was wirft man ihnen vor?«

»Da muß ich etwas ausholen.«

»Wäre es nicht richtiger gewesen, erst mich zu verständigen, bevor du sie fesselst? Es sind meine Leute.«

»Benjamim —« Emilio lächelte breit. »Es gibt Situationen, da muß man schnell handeln. Damit alles seine Richtigkeit hat, habe ich dich ja eingeladen. Wir hätten es auch in aller Stille tun können.«

Bento spürte, wie sich seine Nackenhaare etwas aufrichteten. Kälte durchzog seinen mächtigen Körper. Er blickte auf Emilio hinunter, der einen Kopf kleiner war als er, mit schwarzen Locken, Wieselaugen und einem durchtrainierten schlanken Körper.

»Betrachten wir mal das Gesetz, das wir uns selbst gemacht haben, um Ordnung in diesen Haufen von Glücksrittern, Dieben, Gaunern, Totschlägern und Geldgierigen zu bringen. Alles, so heißt es, was die Arbeit, das Zusammenleben, die Kameradschaft behindert oder gefährdet, ist zu bestrafen. Dazu tritt ein Gericht zusammen, das aus der Mitte der Garimpeiros gewählt wird. Das Gericht ist vorhanden.«

»Ohne meine Mitwirkung. Das erkenne ich nicht an!«

»Es handelt sich um eine eilige Sache, Benjamim. Um ein Sondergericht —«

»Er will uns töten!« schrie Roberto, der ältere der Gefesselten. »Wir haben nichts getan! Nichts!«

»Außerdem ist es unsere eigene Sache!« schrie der jüngere Paulo.

»Da haben wir den fatalen Irrtum, BB.« Emilio schüttelte wie traurig den Kopf. »Es geht uns alle an — und sie begreifen es nicht. Wir haben einen Hinweis bekommen, und den nahmen wir sehr ernst, auch wenn er anonym war. Da es ein Notfall ist, haben wir Roberto und Paulo aufgegriffen und ins Campspital gebracht.«

»Zu Dr. Lagos?« Benjamim verzog den Mund. »War er überhaupt fähig, sie anzusehen? Ab elf Uhr vormittags ist er doch besoffen. Und warum habt ihr sie zu Dr. Lagos gebracht?«

»Es waren auch Dr. Panhal und Dr. Baqueiro da. Wir mußten Roberto und Paulo erst betäuben, ehe wir ihnen Blut abnehmen konnten. Dr. Baqueiro hat es sofort im Labor untersucht.«

»Gelogen! Alles gelogen!« schrie Roberto und zerrte an seinen Fesseln. »Bento, glaube ihm kein Wort.«

»Es liegt ein schriftliches Laborgutachten vor, du kannst es lesen.« Emilio hob etwas die Stimme. »Wußtest du, daß die beiden schwul sind?«

»Nein. Aber sie sind nicht die einzigen in Novo Lapuna.«

»Genau das ist es ja, was uns zur Eile zwingt.« Emilio holte tief Luft, ehe er den Schuß losließ. »Diese Kerle haben Aids.«

Bento schwieg. Das Kältegefühl in ihm aber verstärkte sich. Aids im Camp — bei 45 000 Garimpeiros, die ahnungslos waren, die wenigsten homosexuell, aber dennoch jeden Tag gefährdet. Denn über die kleinste Verletzung konnte Blut eines Infizierten übertragen werden, noch dazu bei diesen sowieso schon katastrophalen hygienischen Verhältnissen. Vielleicht liefen bereits Hunderte von

Infizierten herum, die nichts ahnten und einmal qualvoll sterben würden, ohne daran eine Schuld zu haben.

Bento starrte Emilio und dann Roberto und Paulo an und schwieg.

»Alles Lüge!« schrie Paulo in die Stille hinein. »Diese versoffenen Ärzte —«

»Ihr seid wirklich schwul?« fragte Bento mit schwerer Zunge.

»Ja!« brüllte nun Roberto. »Aber das ist doch kein Verbrechen! Wenn du wüßtest, wieviel es von uns im Camp gibt!« Er holte röchelnd Atem. »Es existiert sogar ein heimliches Jungenbordell. Tarif wie bei den Huren. Eineinhalb Gramm Gold. Wir haben viel zu wenig Huren hier, wir bräuchten das Zehnfache! Was bleibt da anderes übrig als von Mann zu Mann?«

»Mit wieviel Männern habt ihr's getrieben?« fragte Emilio ruhig.

»Das weiß ich nicht. Führt man darüber Buch?«

»Hundert? Zweihundert? Oder noch mehr?«

»Ich weiß es nicht, verdammt!«

Emilio wandte sich zu Bento, der noch immer wortlos im Kreis stand.

»Das mit den Jüngelchen kennen wir jetzt wenigstens; das haben sie uns verraten. Doch keiner weiß, wieviel Kerle die beiden angesteckt haben. Es ist einfach entsetzlich. Novo Lapuna ist eine einzige, riesige Zeitbombe geworden. Im Hospital liegen bisher drei Garimpeiros mit dem Kaposi-Sarkom. Sie werden elend verrecken. Und alle drei geben an, mit Roberto und Paulo verkehrt zu haben. Vorher waren sie gesund. Das genügt.«

»Dann untersucht auch die anderen!« schrie Paulo.

»Das werden wir. Und mit euch werde ich demonstrieren, was passiert, wenn uns jemand Aidssymptome verschweigt.«

»Er will uns töten, Bento, hörst du's?« brüllte Roberto. »Das kann er doch nicht machen ... das kann er doch nicht.« Sein Brüllen ging in ein Schluchzen über, und dann weinte er wie ein Kind, das sich das Knie aufgeschlagen hat.

»Ich habe bei meinen Bossen nachgefragt, und sie sind mit unseren Maßnahmen einverstanden«, erklärte Emilio kalt.

»Du willst Roberto und Paulo bestrafen.« Bento holte tief Luft. »Dann mußt du auch jeden Syphilitiker ausrotten, und davon haben wir 'ne ganze Menge. Sie haben bereits die Indianermädchen infiziert und die wiederum ihre Männer.«

»Syphilis kann man heilen, Aids nicht! Das ist der Unterschied, Benjamim.«

»Ich schicke Roberto und Paulo nach Boa Vista zurück.«

»Damit sie die ganze Stadt anstecken, was?«

»Sie werden das Hospital nie mehr verlassen.«

»Nein!« Emilio wischte mit der rechten Hand durch die Luft. Die Runde der elf Garimpeiros — das Sondergericht — schwieg. Bento sah jeden von ihnen an und wußte, daß ihr Urteil bereits feststand. Alles Reden hatte keinen Sinn mehr. Und doch wehrte er sich dagegen, was Emilio ausführen wollte.

»Streiten wir nicht über das Motiv«, sagte er heiser. »Es ist ein Doppelmord, Emilio.«

»Sie haben Hunderte bereits in aller Stille ermordet. Sie wußten, daß sie Aids haben, und machten trotzdem lustig weiter! Das haben sie gestanden.«

»Ist das wahr?« fragte Bento.

Roberto und Paulo schwiegen. Sie starrten Benjamim mit flehenden, angstgeweiteten Augen an. Hilf uns, BB, hilf uns! Sie können uns doch nicht töten.

»Du hast kein Recht, Emilio, hier Richter zu spielen« sagte Bento bestimmt. »Es sind meine Leute. Ich nehme sie mit.«

»Hier ist ein Gericht zusammengekommen aus ehrenwerten Männern von Novo Lapuna.«

»Ich sehe nur Leute von dir.«

»Alle Minen sind gefährdet, unser aller Arbeit! Glaubst du, Senhor Assis würde anders denken? *Ihr* habt zuerst dieses Gesetz geschaffen. Und wir befolgen es jetzt!«

»Das können sie nicht tun!« schrie Roberto. »Benjamim —«

»Ich will damit nichts zu tun haben.« Bento wollte sich abwenden, aber Emilio hielt ihn am Ärmel fest.

»Es sind deine Leute, und du wirst dabeisein!« Er wandte sich an die bisher schweigsamen elf und hob seine Stimme. Jetzt klang sie nicht mehr gleichgültig, sondern wie ein Peitschenhieb. »Ich frage das Gericht: Schuldig oder nicht schuldig?«

»Schuldig!« antworten die elf im Chor.

Paulo warf sich zurück, verlor das Gleichgewicht und stürzte auf den Betonboden. »Mörder!« brüllte er dabei. »Mörder! Mörder!« Sein Körper war ein einziges Zucken. Roberto fiel in sich zusammen und begann erneut zu weinen.

»Nicht schuldig!« sagte Bento gepreßt.

»Das sind elf Stimmen gegen eine Gegenstimme. Bringen wir es hinter uns.«

Einer der Garimpeiros, den Bento unter dem Namen José kannte, wandte sich ab, verschwand hinter einem Stapel Autoreifen und kam mit einem Bogen und zwei Pfeilen zurück. Sie waren rot gestrichen und mit Federn geschmückt. Bento riß ungläubig seine Augen auf.

»Ihr ... ihr seid der ›Rote Pfeil‹?« Er spürte, wie ein Zittern durch seinen Körper lief.

»Nein!« Emilio lächelte kurz und wurde dann wieder ernst. »Aber wir schieben ihm die Bestrafung in die Schuhe. Jeder wird es glauben. Man wird nach ihm suchen — ein Doppelerfolg für uns. Wir haben die Pfeile nach Yanomami-Art angestrichen. Ist das nicht ein guter Gedanke?«

Je zwei Männer griffen nach Roberto und Paulo, richteten sie auf und schleppten sie zu dem Reifenstapel. José legte den ersten Pfeil auf die Sehne und spannte den Bogen.

»Nein!« schrie Paulo mit Schaum vor dem Mund. »Nein! Bento —«

Bento wandte sich ab und ging drei Schritte zurück in die Dunkelheit. Ihm war, als hätte er Blei an den Füßen; drei Schritte, die er nie mehr vergessen würde. Kurz darauf hörte er das helle Schwirren des Pfeils, dann einen dumpfen Aufschrei und Robertos Weinen, das sich zu einem Heulen steigerte.

Es übertönte den zweiten Pfeilschuß und brach mit einem Röcheln ab.

Das ungeschriebene Gesetz von Novo Lapuna war erfüllt. Emilio trat neben Bento und legte ihm die Hand auf den Arm. Bento fuhr zusammen, als habe man ihn gestoßen.

»Nimm die Hand weg!« zischte er. »Nimm deine verdammte Hand weg!«

Emilio vermied es, sich in diesem Augenblick mit Bento anzulegen. Er gehorchte.

»Gehen wir«, sagte er, wieder mit seiner schrecklich gleichgültigen Stimme. »Alles andere übernehmen die Männer.«

Alles andere hieß, die beiden Leichen auf einen Lastwagen zu schleppen und am Rand des Regenwaldes abzuwerfen.

Am nächsten Morgen fand man Roberto und Paulo mit den roten Pfeilen in der Brust. Genau ins Herz getroffen.

Emilio Carmona rief mit verstellter Stimme die Polizeistation von Santo Antônio an und meldete anonym den Fund. Geraldo Ribateio fuhr von seinem Stuhl hoch und hetzte sofort zu Arlindo Beja.

Mit leerem Blick lag Benjamim Bento neben Helena, ein Zucken durchlief ab und zu seinen Körper.

»Willst du mir nichts sagen?« fragte sie und streichelte sein Gesicht, seine Brust und seine Lenden. Er dehnte sich unter ihren zärtlichen Händen und drückte sein Gesicht in ihr warmes, duftendes Fleisch.

»Ich habe nichts zu sagen.« Er kroch über sie wie ein wärmesuchendes Kind. »Bitte, frag mich nicht. Lena, frag mich nicht. Halt mich nur fest ... ganz fest.«

Wie erwartet, landete Coronel Bilac gegen zehn Uhr vormittags auf der kleinen Flugpiste der Missionsstation. Ribateio, seine vier Polizisten, Beja und Pater Ernesto erwarteten ihn. Thomas sah vom Fenster des Hospitals, wie Bilacs Maschine ausrollte, einen Bogen fuhr und zum großen Platz vor der Mission zurückkehrte.

Das Hospital war leer. Alle Indianer waren verschwunden. Am Fluß lag das Shabono der Yanomami völlig verlassen da. Nicht einmal ein Hund war im Dorf geblieben, kein Lebewesen bis auf die Schildkröten im Wasserbecken und die Käfer und Raupen und bunten Schmetterlinge.

Coronel Bilac war mit drei Offizieren gekommen, nickte den strammstehenden Polizisten zu und hörte sich dann Ribateios Meldung an. Sie war Anlaß, daß Bilacs Gesicht sich verfärbte und hellrot wurde.

»Wir haben zwei neue Tote des ›Roten Pfeils‹!« berichtete der Tenente zackig. »Gefunden am Waldrand von Novo Lapuna. Zwei Garimpeiros. Diesmal ohne Zettel.«

»*Sacanagem!* Schweinerei!« fluchte Coronel Bilac und gab Beja die Hand. Er bebte vor Zorn. »Ich werde dieses ganze Indianerpack ausrotten! Und keiner wird mir das übelnehmen. Es ist Notwehr. Pater Ernesto, ehe Sie den Mund aufmachen: Widersprechen Sie mir nicht. Ich kenne Ihre Argumente zur Genüge. Sie ziehen nicht mehr!«

Er marschierte zum Hauptgebäude der Mission, den Kopf gesenkt wie ein Büffel beim Angriff. Thomas verfolgte ihn vom Fenster aus. Er brauchte nicht mehr zu hören, was der Coronel knurrte — seine Körperhaltung verriet genug. Es war ein guter Gedanke gewesen, die Yanomami zu warnen und sie in den Wald flüchten zu lassen, wo sie sicher waren, dachte er wieder. Ist Bilac allein gekommen, oder folgen ihm noch Flugzeuge mit Polizeitruppen nach? Ein Bestrafungskommando ...

Seine Befürchtungen wurden Wahrheit. Motorenlärm kam

schnell näher, und dann setzten drei größere Flugzeuge auf der Piste auf und rollten zum großen Platz der Mission. Als sie standen, flogen die Türen auf, und ein junger Offizier und dreißig Polizisten sprangen auf die Erde. Sie waren mit MPs und Schnellfeuergewehren bewaffnet, sogar ein Granatwerfer wurde ausgeladen und eine Abschußrampe für kleine Bodenraketen.

Er plant ein Massaker, dachte Thomas. Ihn schüttelte es vor Entsetzen. Das wäre kaltblütiger Mord. Die Yanomami hier sind vielleicht in Sicherheit, was aber, wenn Bilac sie trotzdem findet? Gab es denn niemanden, der diesen Coronel aufhalten konnte?

Thomas verließ sein leeres Hospital und ging langsam hinüber zum Hauptgebäude. Die Polizisten hatten sich vor den drei Flugzeugen aufgebaut und warteten auf weitere Befehle. Säcke, Kartons, Kisten und verschnürte Packen wurden ausgeladen. Alles deutete darauf hin, daß die Polizeitruppe aus Boa Vista den Auftrag hatte, längere Zeit auf Santo Antônio zu bleiben.

Coronel Bilac stritt sich bereits heftig mit den Patres. Sein stämmiger, untersetzter Körper bebte dabei vor Empörung und Zorn.

»Das Maß ist voll!« schrie er gerade. »Verteidigen Sie nur Ihre hinterhältigen Indianer, Pater Vincence. Sie überzeugen mich nicht mehr! Es sind Indianerpfeile, rot gestrichen mit diesem verdammten Pflanzensaft. Und wenn wir den Täter nicht finden, wenn die Wilden ihn decken, dann bestrafen wir eben den ganzen Stamm, dann sind alle mitschuldig, dann verdient keiner mehr eine Gnade. Wie heißt das Sprichwort? Mitgegangen — mitgehangen! Das ist eine jahrhundertealte Weisheit. Und hier haben wir den typischen Fall, daß ein Mörder von der Gesamtheit seiner Mitwisser gedeckt wird!«

»Es ist nicht bewiesen, daß die Pfeile von den Yanomami stammen«, widersprach Pater Vincence.

»Das ist mir gleich!« brüllte Bilac. »Und Ihre Theorie, es könnte sogar ein Weißer sein in der Maske eines Indianers, ist völlig absurd! Damit dient er nicht den Stämmen, sondern hilft bei ihrer Vernichtung! Und die beginnt jetzt. Heute!«

»Ohne eine Ermächtigung der Regierung?« fragte Thomas.

Bilac fuhr zornig herum. Pater Vincence hob die Augen zur Decke, als wollte er beten: Gott, verhindere ein Erdbeben.

»Wer sind denn Sie?« schrie Bilac. »Wo kommen *Sie* denn her?!«

»Dr. Binder.« Thomas machte eine angedeutete Verbeugung. »Ich bin der neue Arzt auf der Mission.«

»Ach ja, ich habe von Ihnen schon gehört. Senhor Beja hat mich informiert. Und nun mischen Sie sich in eine polizeiliche Angelegenheit ein!«

»Ich sehe das anders. Die Wilden, die Sie bestrafen wollen, sind auch meine Patienten. Ich habe als Arzt die Pflicht —«

»Sie haben gar nichts!« bellte Bilac und zog aggressiv die Schultern hoch. »Hier handelt es sich um eine staatliche Maßnahme, aus der Sie sich rauszuhalten haben! Schließen Sie Ihre Patientenkartei. Es gibt keine Kranken mehr!«

»Wie soll ich das verstehen?«

»Ob Sie das verstehen oder nicht, das ist mir gleichgültig.« Er musterte Thomas wie ein Pferd, das er kaufen wollte. »Sind Sie etwa Deutscher?«

»Ja.«

»Und da wagen Sie es noch, das Maul aufzureißen? Sich darüber aufzuregen, daß wir einige Indianer für ihre Untaten bestrafen?«

»Es ist noch nicht bewiesen, daß —«

»Dr. Binder, kümmern Sie sich um ihre eigenen Angelegenheiten. Ich befehle Ihnen, sich da rauszuhalten.«

»Sie haben mir nichts zu befehlen, Coronel.«

»Sie unterstehen der Polizeigewalt von Roraima. Und die Polizei bin ich!«

»Gewalt ist ein treffender Ausdruck«, erwiderte Thomas, völlig ruhig. Er übersah auch, daß Pater Vincence verstohlen seinen Finger auf den Mund legte. »Wenn Sie es so meinen, gut, ich beuge mich der Gewalt.«

»Na, endlich begreifen Sie!« Bilac wandte sich von Thomas ab. »Haben Sie noch etwas zu sagen?« herrschte er dann die Patres an.

»Ja. In zehn Minuten beginnt unsere Sonntagsmesse.«

Wie auf Stichwort begann die kleine Glocke auf dem Missionshaus zu läuten. Bilac holte tief Luft, sah Beja an und nickte.

»Auf diese Stunde kommt es auch nicht mehr an«, sagte er etwas ruhiger. »Besuchen wir zuerst die Messe. Gemeinsam.«

Er ging zur Tür, gefolgt von Ribateio und Beja. Draußen schlossen sich seine Offiziere und alle Polizisten an.

Der Coronel betrat als erster den Gebetssaal, ging zu seiner Bank in der vordersten Reihe und kniete sich nieder.

Als Thomas und Pater Ernesto als letzte den Gemeindesaal betraten, spielte Schwester Lucia gerade auf dem Harmonium ein Kirchenlied. Alle sangen mit, Bilac, Ribateio, die Polizisten aus Boa Vista, die Missionsarbeiter und Angestellten. Sogar vier Garimpeiros, die am Morgen aus Novo Lapuna eingetroffen waren und unbedingt Dr. Binder sprechen wollten, knieten vor dem kleinen Altar und sangen aus rauhen Kehlen mit. Sie hatten Goldketten um den Hals, jeder zwei Pistolen im Gürtelbund, an der Seite ein langes doppelschneidiges Messer, und sie verströmten einen beißenden Geruch aus Schweiß, Erde, Schnaps und körperlicher Unsauberkeit. Luigi, der Krankenpfleger, der sie zuerst im Hospital zu Gesicht bekommen hatte, war sofort auf sie losgegangen: »Ihr alten Stinkböcke! Bevor ich euch zum Doktor bringe, kratzt ihr euch im Fluß erst den Dreck vom Körper.«

Auch Bilac, der vor ihnen kniete, rümpfte die Nase und nahm sich vor, nach der Messe mit den Ferkeln zu reden.

Pater Ernesto und Thomas blieben neben der Tür des Betsaales stehen und warteten dort, bis Pater Vincence seinen Segen gesprochen hatte. Mit versteinertem Gesicht beobachtete Thomas, wie Coronel Bilac tief den Kopf senkte und sich bekreuzigte. Ein demütiger Christ.

»Kein Kommentar, Tom«, flüsterte Ernesto mahnend, als er die Bestürzung in Thomas' Augen sah. »Wir sind alle Gottes Kinder — nur eben jeder auf seine Weise. Was sollen wir dagegen tun? Er hat ja genug Vorbilder.«

»Ich weiß. Die Konquistadoren. Pizzarro, Cortez, und wie sie alle hießen. Mit Kreuz, Schwert und Alkohol Eroberung der Welt zum Ruhme Gottes. Was wird Bilac nach der Messe machen?«

»Ich vermute, eine Strafexpedition zu den Yanomami.«

»Sind sie alle noch rechtzeitig fortgekommen?«

»Hoffentlich. Ich mache mir Sorgen, wie Bilac reagiert, wenn er das Dorf verlassen vorfindet. An wem wird er wohl seine Wut austoben? Geh ihm aus dem Weg, Tom! Denk an das Hospital, was wir hier alles aufgebaut haben!«

»Können wir uns denn gegen ihn überhaupt nicht wehren?«

»Nein. Wir können hinterher in Boa Vista oder Brasilia einen Protest loslassen — nur, den liest keiner! Und wenn man reagiert, dann so, daß du als Unruhestifter und wegen Rufschädigung des brasilianischen Staates verhaftet wirst. Als Deutscher wird man dich dann einfach abschieben. Was hast du damit gewonnen? Überhaupt nichts.«

Sie verließen den Betsaal, bevor die anderen aus ihren Bänken kamen, und gingen hinüber zum Hospital. Die kleine Glocke auf dem Missionshaus bimmelte wieder und verabschiedete die Gläubigen in den Sonntag.

Bilac wartete draußen vor der Mission, bis die vier Garimpeiros herauskamen, und trat dann auf sie zu.

»Wißt ihr, was Wasser ist?« fragte Bilac mit knarrender Stimme.

Die vier hochgewachsenen Kerle sahen sich an und blickten dann grinsend auf den runden Mann in der Polizeiuniform hinab.

»Haben Sie Durst?« fragte einer. »Suchen Sie 'ne Pumpe?«

Es war Bilacs Art, schnell überzukochen. Er reckte sich und brüllte dann:

»Wißt ihr, mit wem ihr sprecht?!«

»Nur sachte, sachte«, beschwichtigte ihn ein zweiter. »Brüllen macht noch durstiger! Pater, wo ist hier Wasser? Da hat jemand vom Singen Durst bekommen.«

Die Garimpeiros bogen sich vor Lachen in den Hüften. Aber der Spaß war kurz. Auf einen Wink hin ergriffen je zwei Polizisten die vier, rissen ihnen die Arme nach hinten, und vier andere Polizisten holten sich die Pistolen aus den Gürteln der Goldsucher. Es ging alles blitzschnell. Man sah, daß es Spezialisten waren. Bilac wippte vergnügt auf den Zehenspitzen vor und zurück. Die vier Goldgräber starrten ihn entgeistert an.

»Senhor, das ist Freiheitsberaubung«, protestierte einer der vier. »Wir werden uns beschweren.«

»Freiheitsberaubung. Beschweren! Ach nein, wie süß! Ihr seid eine Gefahr für anständige Menschen. Ihr stinkt! Ihr stinkt wie die Pest. Ihr seid vorläufig verhaftet wegen Umweltverschmutzung.« Er sah seine Spezialtruppe an und nickte ihr zu. »*Homems*, sorgt für Sauberkeit! In einer halben Stunde will ich die vier Senhores glänzen sehen, als gingen sie auf einen Ball!«

Es hatte keinen Sinn, daß die Garimpeiros versuchten, sich zu wehren. Sie stemmten die Beine in die Erde, aber man trat ihnen gegen das Schienbein. Sie machten sich schwer, hingen in den Armen der Polizisten, aber statt zwei stürzten jetzt vier Uniformierte auf sie, hoben sie hoch und schleppten sie zum Rio Parima. Die Garimpeiros brüllten wie am Spieß, spuckten um sich, bäumten sich auf — vergebens.

Mit einem fröhlichen Gesicht begleitete Bilac die Kolonne, stand mit gespreizten Beinen am Ufer des Flusses und genoß die Freude, zu sehen, wie seine Truppe die vier Garimpeiros von ihren dreckigen Kleidern befreite und die keuchenden und muskelzuckenden Körper mit »eins-zwei-drei-hopp!« in den Rio Parima warf.

Als die nackten Goldsucher prustend wieder auftauchten, blickten sie in die Läufe von zwei Maschinenpistolen. Das war ein Argument, dem man nicht widersprechen konnte.

»Waschen!« befahl Bilac. »Richtig bürsten. Auch die empfindlichsten Stellen. Wenn ihr aus dem Fluß kommt, sollt ihr duften wie eine gebadete Jungfrau. Ich selbst werde euch beschnuppern! Oh, ich habe eine gute Nase. Wie schnell ist sie beleidigt. Nun reibt und spült. Schneller, kräftiger! Du lieber Himmel, um euch herum sterben ja die Fische, so vergiftet ihr sie!«

Bilac ließ noch eine MP-Garbe vor den Garimpeiros ins Wasser feuern, damit sie besser auf- und abhüpften, und wandte sich dann ab, als der Reiz des Schauspiels nachließ. »Sie kontrollieren«, sagte er zu dem Tenente, der den Trupp anführte, »ob auch jeder sauber ist. Blitzsauber! Dann können Sie die Stinkböcke freilassen.«

»Wie Sie befehlen, Senhor Coronel.« Der Tenente nahm Haltung an, grüßte und wartete, bis Bilac sich vom Flußufer entfernt hatte. Dann winkte er den Garimpeiros, aus dem Wasser zu kommen. Sie wateten an Land und schüttelten sich wie nasse Hunde.

»Wer ist denn dieser Spinner?« fragte einer.

»Coronel Bilac.« Der Tenente tat so, als untersuche er die nackten Körper. »Ihr kennt ihn nicht?«

»Nein.«

»Dann seid glücklich, daß ihr ihn von dieser Seite kennengelernt habt. Es hätte auch anders kommen können.«

»Wir sind freie Bürger —«

»Idioten seid ihr!« Der Tenente wandte sich ab. »Ihr solltet auch eure Klamotten im Fluß waschen. Was nutzt euch das Bad, wenn ihr aus der Wäsche stinkt?! In zwei Stunden kann alles trocken sein. Der Coronel hat euch nicht vergessen. Er vergißt nie etwas. Los, wascht schon eure Lumpen!«

Bilac schien an diesem Sonntag vormittag viel Zeit zu haben. Er brach nicht sofort zum Shabono der Yanomami auf, um sein Strafgericht zu halten, sondern räkelte sich in einem der Korbsessel des Wohnzimmers der Mission. Schwester Lucia hatte es übernommen, die Getränke zu servieren, für die meisten Fruchtsäfte, nur Bilac und Ernesto bevorzugten Bier. Bilac war bester Laune. Die Episode mit den vier Garimpeiros hatte ihn aufgeheitert. Je mehr sich die Menschen unter ihm wanden, desto mehr blühte er auf. Und in solcher Laune erging er sich darin, Witze zu erzählen, wobei er selbst am lautesten lachte. Aber aus den Augenwinkeln beobachtete er genau, ob die anderen auch den Mund aufrissen.

Um Bilac nicht zu reizen, lachten alle mit, sogar über den plattesten Witz.

Es war eine Qual, Bilac zu ertragen, aber an diesem Sonntag morgen bedeutete es einen Aufschub: Doch die Ruhe vor dem Sturm war nur kurz. Ein mit Dreck überkrusteter Motorradfahrer knatterte von der Buschstraße her, hielt vor der Mission, sprang aus dem Sattel und stürzte in das Haus. Sein Erscheinen löste Verwunderung aus, die sich sofort in gespannte Aufmerksamkeit wandelte.

Der Mann, wild aussehend mit seinen langen, verfilzten Haaren, ein Halbblut, wie man sofort sah, warf zwei rote Pfeile auf den Tisch und atmete erschöpft.

»Das soll ich bringen«, keuchte er. »Sie wüßten, was es bedeutet! Senhores, ich falle um vor Durst.«

Luigi faßte ihn am Ärmel und zog ihn in das Nebenzimmer. Ribateio räusperte sich erregt.

»Die beiden Pfeile, mit denen gestern nacht zwei Garimpeiros erschossen wurden. Das Beweismittel, Senhor Coronel.«

»Das haben wir gut gemacht, Tenente.« Bilac nahm die roten Pfeile näher in Augenschein. »Jetzt wissen wir es!«

»Und sehr genau sogar.« Pater Ernesto zog einen Pfeil zu sich heran und hob ihn hoch.

»Was heißt das?« fragte Bilac ahnungsvoll. Der Klang von Ernestos Stimme gefiel ihm nicht. Sie hatte einen spöttischen Unterton.

»Wir haben damit den Beweis, daß diese Pfeile kein Yanomami abgeschossen hat.« Ernesto zeigte den Pfeil im Kreis herum. »Seht ihr es?«

»Nein!« bellte Bilac auf. »Es *ist* ein roter Pfeil!«

»Aber kürzer als der, den unser unbekannter Rächer abschickt.«

»Das ist kein Beweis!«

»Und die Spitze ist auch nicht aus Bambus oder Knochen geschnitzt, sondern sie ist aus Eisen!«

»Was heißt das schon? Ob Bambus oder Eisen, es *ist* ein Indiopfeil!«

»Keiner von einem Yanomami. Obwohl sie an Eisenspitzen herankommen können — Händler gehen damit hausieren —, bleiben sie weiter bei ihrem traditionellen Bambus. Und vergiftet ist er auch nicht.«

Ernesto stach sich mit der Spitze in den Finger. Schwester Lucia schrie leise auf. Entsetzt starrten ihn alle anderen an. »Du bist verrückt!« stammelte Thomas. Gegen das tödlichste aller Gifte, die Sekretion des Giftfrosches, gab es kein Gegenmittel.

»Keine Angst.« Pater Ernesto lächelte und warf den roten Pfeil auf den Tisch zurück. »Wollen Sie noch mehr Beweise, Coronel Bilac? Das ist kein Yanomami-Pfeil!«

»Was auch immer. Hier wird getötet! Nach Indianerart getötet. Das genügt! Senhor Beja —«

»Senhor Coronel?«

»Sie von der FUNAI sind mein Zeuge. Was haben Sie dazu zu sagen?«

»Es ist alles sehr rätselhaft.« Beja vermied eine klare Stellungnahme. Er wand sich wie ein Aal. »Es sind zwei Pfeile unbekannter Herkunft. Mit ihnen wurden zwei Garimpeiros erschossen. Wir können nur mutmaßen —«

»Danke.« Bilac war zufrieden. Er hatte von Beja auch nichts anderes erwartet.

Der Coronel sah auf seine Armbanduhr. Im Shabono am Fluß mußten jetzt die Yanomami beim Essenvorbereiten sein. Die beste Zeit, um die Strafaktion einzuleiten. Er erhob sich aus seinem Korbsessel. Zugleich sprangen die anderen Offiziere auf.

»Sprechen wir noch einmal den Einsatz durch«, sagte er mit knarrender Stimme. »Trupp A geht geschlossen vor, ins Dorf hinein, Trupp B und C umkreisen auseinandergezogen das Dorf und fangen alles ab, was seitlich oder nach hinten fliehen will. Ich selbst werde bei Trupp A sein. Es wird sofort geschossen, wenn Fliehende beim ersten Anruf nicht stehenbleiben.« Und dann folgte das Ungeheuerlichste. »Das gilt auch für Frauen und Kinder!«

»Wissen Sie, was Sie da befehlen?« rief Thomas außer sich. »Kinder!«

»Die Kinder sind die Feinde von morgen! Das ist eine bekannte Tatsache!«

Thomas schloß die Augen. Wenn ich jetzt eine Waffe hätte, dachte er. Hoffentlich haben alle Indianer das Dorf verlassen. Ich könnte sonst die Nerven verlieren.

Wieder blickte der Coronel auf seine Uhr. »In zehn Minuten ist Abmarsch. Es wird vielleicht auch bei uns Verwundete geben. Dr. Binder, kommen Sie als Truppenarzt mit?«

»Nein.«

»Und wenn ich es Ihnen befehle?!«

»Ich nehme von Ihnen keine Befehle an.«

Einen Moment standen sie sich gegenüber, Auge in Auge, mit zusammengekniffenem Mund.

»Ich bin hier der Polizeichef«, sagte Bilac gefährlich leise.

»Und ich bin ein freier Arzt.«

»Freiheit ist relativ. Das sollten Sie wissen.«

»Ist das eine Warnung?«

»Aber nein.« Bilac grinste böse. »Nur eine Realität. Und Realitäten kann man nicht ausweichen. Sie kommen mit?«

»Nein!«

»Sie verweigern als Arzt ärztliche Hilfe? Das wird unangenehm für Sie werden, Dr. Binder.« Bilac drehte sich zu seinen Offizieren um. »Fangen wir an! Wir haben einen Sanitäter mit. Das wird genügen.«

Ohne ein weiteres Wort verließ der Coronel den Raum. Die Offiziere folgten ihm. Pater Ernesto schüttelte den Kopf und ging zu Thomas.

»Das kann deine Ausweisung bedeuten. Bilac wird es so darstellen, daß man dich rausschmeißen *muß!* Das war unvorsichtig von dir.« Ernesto nahm Thomas am Arm. Leise fuhr er fort: »Außerdem, weißt du, was in den nächsten Stunden geschehen wird? Du bist zu impulsiv, Tom. Hier erreichst du mehr aus dem Hintergrund heraus. Wie alle. Man redet wenig, aber man tut vieles im verborgenen!«

Die Polizeitruppe rückte in drei Gruppen vor, so wie es Coronel Bilac strategisch befohlen hatte. Die Gruppen B und C schwärmten beim Anblick des Shabono rechts und links aus, Gruppe A als Stoßtrupp war die geballte Faust, die die Indianer voll treffen sollte.

Schon beim Vorrücken stellte Bilac erstaunt fest, daß die Felder der Yanomami verlassen dalagen. Wo sonst die Frauen und größeren Kinder die Beete bearbeiteten, die Erde aufhackten, Unkraut jäteten und täglich den frischen Maniok oder die Yamwurzeln ernteten, war kein Mensch zu sehen. Es war, als sei die sonntägliche Ruhe zu einem Stilleben geworden.

Die gleiche Ruhe empfing den Stoßtrupp, als er den Dorfrand erreichte. Kein Hundegebell, keine schreienden Kinder, keine herumrennenden schwarzen Schweine, kein Hühnergegacker, nicht das rhythmische Zerstampfen von Maniokwurzeln — leer war das Shabono. Kein Leben erfüllte mehr das Dorf — ein Kranz von Hütten, eine gespenstische Stille. Von den Gruppen B und C kamen über Sprechfunk immer die gleichen Meldungen: Alles verlassen, keinerlei Kontakt mit den Yanomami. Das einzige, was man gefunden hatte, waren sechs Schildkröten in einem Tümpel.

Der Coronel knirschte mit den Zähnen, rief B und C ins Dorf zurück und setzte sich auf einen großen, noch nicht ausgehöhlten Kürbis. Sein Gesicht glich einer leicht verzerrten Maske. Seine Truppe stand wortlos vor ihm und wartete auf neue Befehle.

»Sie sind in den Wald geflüchtet«, sagte er mit rauher Stimme. »Irgend jemand hat sie gewarnt. Und nicht erst vor kurzem, so schnell kann man ein Dorf nicht so gründlich räumen. Nur eine Handvoll konnte wissen, was nach dem Mord an den zwei Garimpeiros folgen würde. Von dem Anruf Senhor Bejas wußten überhaupt nur die Patres und Dr. Binder. Das könnte also heißen: Die Indios sind von dieser Seite schon gestern gewarnt worden! In der Nacht noch wurde das Dorf geräumt. Aber —« Bilac hob die Stimme und stemmte seine Arme auf seine Oberschenkel — »noch einer konnte wissen, was geschehen wird: Der ›Rote Pfeil‹ selbst! Ich nehme an, daß es so gewesen ist!« Er warf einen Blick auf die Offiziere, in erster Linie auf Geraldo Ribateio. »Sie sind meine Zeugen, Senhores, daß die Strafexpedition berechtigt ist, zumal es sich bei dem Mörder um einen Yanomami handelt.« Bilac sprang auf, die Polizeitruppe zuckte zusammen, so plötzlich kam dieses Emporschnellen. Seine Stimme wurde heller und noch lauter: »Das Dorf wird niedergebrannt! Völlig! Ich will auch nicht einen Grashalm mehr sehen!« Seine Stimme überschlug sich. »Brennt es nieder! Dieses Dorf hat es nie gegeben!«

Sein Gesicht glühte; Lippen, Augenlider, Nase, alles an ihm zitterte und bebte. Angewidert starrte Ribateio seinen Vorgesetzten an. Mein Gott, dachte er. Mein Gott, er ist verrückt. Ein Wahnsinniger!

»Anstecken!« befahl Bilac mit schriller Stimme. »Zehn Mann brennen das Dorf nieder, die anderen folgen mir. Vielleicht stöbern wir im Wald noch einige der Kerle auf. Tenente Ribateio, Sie übernehmen hier das Kommando.«

Während die zehn zurückbleibenden Polizisten aus trockenen Bananenblättern Fackeln drehte, brach der Haupttrupp zum Regenwald auf. Nichts zeigte an, daß hier ein ganzer Stamm geflüchtet war: keine Fußspuren, keine abgeknickten oder abgehauenen Zweige, kein Pfad durch den Dschungel. Wie unberührt lag der Regenwald da.

Er war es auch. Bilac suchte auf der falschen Seite. Während der ganzen Nacht waren die Yanomami mit ihren Kanus aus Holzstämmen oder Baumrinden auf dem Rio Parima hin- und hergefahren, hinüber zum anderen Ufer, wo der Wald schon in den Fluß hineingewachsen war und Lianen die abgestorbenen, weißgebleichten, wie Skelette aussehenden Bäume umschlangen. In dieser Wildnis waren die Indianer untergetaucht, mit Frauen, Kindern, Greisen, Hühnern, Schweinen, Hunden und dem nötigsten Hausrat, um in der Tiefe des Regenwaldes zu überleben. Der letzte, der am gegenüberliegenden Ufer zurückblieb, war der Medizinmann, der Shaboliwa. Er opferte seiner Hekula ein Huhn und warf dann das geköpfte Tier in den Rio Parima, dessen Strömung es rasch davontrug in die Ewigkeit, um dort um Hilfe zu flehen.

Dann verwischte der Shaboliwa auch die letzte Spur und verschwand im Dunkel des Regenwaldes. Die knurrenden Laute der Ohreulen begleiteten ihn, in den Tümpeln am Ufer quakten die Frösche.

Coronel Bilac befahl nach zwei Stunden, die Suche abzubrechen. Der unberührte Dschungel, durch den sie sich bisher geschlagen hatten, schien zu beweisen, daß hier nicht ein ganzer Yanomami-Stamm verschwinden konnte. Die Indios waren auch nur Menschen, die Spuren hinterließen, so geschickt sie auch vorgingen. Hier aber war ein Wald, den noch niemand betreten hatte.

»Halt!« kommandierte Bilac. Er schwitzte aus allen Poren, die Uniform war durchnäßt. »Suche einstellen! Wir sind an der falschen Stelle. Zurück! Aber wir finden sie! Wir finden sie! Ein ganzer Indiostamm kann nicht einfach spurlos verschwinden! Wir werden weitersuchen, bis wir eine Spur haben!«

Schon von weitem sahen sie die hochlodernden, von Qualm umgebenen Flammen, als sie aus dem Wald traten. Das Prasseln des Feuers, das die trockenen Hölzer, die Strohdächer, die Gerippe der Hütten fraß, klang bis zu ihnen hinüber. Das ganze Dorf war ein Flammenmeer. Ribateio und seine Leute hatten vorzügliche Arbeit geleistet. Bilac war sehr zufrieden. Die Strafaktion verlief erfolgreich — es fehlten nur noch die Menschen.

In geordneter Marschformation kehrte der Haupttrupp zurück. Sie umgingen die knisternden Feuer, zogen am Flußufer entlang, durch eine sengende Hitze, die der schwache Wind von den brennenden Hütten bis zum Rio Parima trug. Auf der Straße, die von der Mission zum Yanomami-Dorf führte, erkannte Bilac ein paar Gestalten — Pater Ernesto, Pater Vincence, Dr. Binder und Beja, die das Feuer aus der Mission hatte eilen lassen.

»Sind Sie nun zufrieden?« fragte Thomas, bevor Bilac etwas sagen konnte, als die Gruppe erreichte.

»Nein!« bellte Bilac zurück. »Die ganze Brut fehlt! Das Dorf ist gewarnt worden und geflüchtet. Aber das nutzt ihnen nichts. Wir finden sie!« Er sah Beja mit seelenlosen Fischaugen an. »Arlindo, wer hatte Kenntnis von Ihrem Telefonat mit mir?«

»Wir hier. Und Luigi und Schwester Lucia —«

»Dann ist der Kreis ja klein.« Der Coronel sah Thomas an. Blick eines Raubtieres, dachte Tom und fühlte einen Schauer den Rücken hinunterlaufen. »Sie haben sicherlich aus humanitären Gründen gehandelt, nicht wahr?«

»Ich weiß nicht, was Sie damit meinen«, antwortete Thomas kühl.

»Sie haben Ihren Doktorgrad bestimmt nicht wegen mangelnder Intelligenz bekommen.«

»Ich verstehe Sie noch immer nicht, Coronel.«

»*Sie* haben die Yanomami gewarnt!«

»Wohl kaum. Ich beherrsche von der Yanomami-Sprache bisher nur ein paar Worte.« Thomas reckte sich. »Sonst noch etwas, Coronel?«

»Ich werde Sie ausweisen lassen, Dr. Binder.«

»Dann werde ich beim Innenminister Protest dagegen einlegen. Ich werde ihm auch berichten, was ich hier gesehen habe!«

Das fangen wir ab, dachte Bilac gelassen. Der Innenminister ist ein guter Freund von Miguel Assis. Das wird man untereinander regeln, wie üblich. Was weiß dieser deutsche Idiot, wie hier die Fäden geknüpft sind?! Das sind nicht einige Stränge, das ist ein ganzes Netz, das über uns allen liegt und in dem die schönsten Goldfische zappeln! Er sah hinüber zu Pater Ernesto, der stumm, die Hände gefaltet, auf das feurige Inferno blickte.

»Pater, Sie beherrschen doch die Yanomami-Sprache?«

»Perfekt.«

»Und Ihr Herz schlägt für die Indios!«

»Mein Herz schlägt für jedes Gottesgeschöpf.«

»Ich will keine Predigt hören.« Bilac sah den eineinhalb Kopf größeren Pater scharf an. »Soweit ich informiert bin, sollte ein Priester immer die Wahrheit sprechen. Lügen sind Sünden, stimmt das?«

»Du hast beim Religionsunterricht gut aufgepaßt, *mein Sohn*«, antwortete Ernesto salbungsvoll. Bilac starrte ihn entgeistert an.

»Was ... was erlauben Sie sich!« rief er dann. Ernestos Blick war voll Güte.

»Du hast mich in meiner Eigenschaft als Priester angesprochen, *mein Sohn.*«

»Lassen Sie den Unsinn, Pater! Lügen Sie nicht! Wer hat die Yanomami gewarnt?«

»Das weiß nur Gott.«

»Den kann ich nicht fragen.«

»Schade.« Ernesto hob die breiten Schultern. »Ich kann Ihnen nicht helfen.« Er schüttelte scheinheilig den Kopf. »Das Dorf war leer? Sie haben keinen mehr gesehen?«

»So ist es. Und ich kann mir vorstellen, wem ich das zu verdanken habe.« Der Coronel wandte sich ab. Seine Stimme war wieder gefährlich leise geworden. Dann sagte er: »Ich ahne, wohin sie geflüchtet sind.« Er zeigte auf die andere Flußseite. »Dort in den Wald.«

»Dazu braucht man Kanus. Wo sind die geblieben?«

»Ja, wo sind die geblieben?« äffte Bilac Pater Vincence nach. »Das ist mir hinterher auch aufgefallen. Alle Kanus sind weg! Und sie hatten Kanus.«

»Eine ganze Menge.« Ernesto schüttelte den Kopf. »Sie glauben doch wohl nicht, daß die Yanomami beim Marsch durch den Regenwald ihre Kanus auf dem Rücken mitschleppen?! Sie mögen primitiv sein, aber nicht idiotisch. Viel logischer ist es, daß sie mit den Kanus flußabwärts gefahren sind, um sich dort irgendwo an einem Nebenfluß neu anzusiedeln.«

»Daran habe ich auch schon gedacht.« Bilac blickte über den Fluß. Dicke Rauchschwaden zogen vom brennenden Dorf über ihn hinweg. »Wir werden den Rio Parima und seine Nebenarme absuchen. Wieviel Boote haben Sie, Pater Vincence?«

»Nur die beiden Aluminiumboote. Sie fassen nicht mehr als zwanzig Mann.«

»Ich werde in Boa Vista ein flußgängiges Schiff anfordern.« Bilac grinste hämisch. »Wir stehen nicht unter Zeitdruck. Das Dorf gibt es nicht mehr, und die Yanomami brauchen auch Zeit, bis sie ihren neuen Platz gefunden haben. Ob heute, in einer Woche oder in einem Monat — wir kriegen sie!« Er sah alle Umstehenden mit stechenden Augen an. »Ihre Warnungen waren also zwecklos! Ich glaube, Sie unterschätzen mich. Das ist ein großer Fehler. Merken Sie sich das!«

Die Polizeitruppe zog zur Missionsstation zurück. Beja, der mit den anderen beim brennenden Dorf zurückgeblieben war, schob die Unterlippe vor. Nachdenklich blickte er in die Flammen.

»Ich weiß nicht«, sagte er dann langsam und betont, »was mit Santo Antônio geschehen wird. Der Coronel läßt diese Niederlage nicht auf sich sitzen. Patres, rechnen Sie mit dem Schlimmsten. Wer Bilac zum Feind hat, bekommt keine Luft mehr. Und ich, das muß ich deutlich sagen, kann Ihnen nicht helfen. Nicht mehr — auch wenn ich es wollte.«

»Wir können uns selber helfen«, antwortete Pater Vincence fest. »Und Gott wird uns auch helfen.«

»Darauf würde ich mich nicht zu sehr verlassen. Die Politik wird in Boa Vista, Manaus und Brasilia gemacht, nicht im Himmel.« Beja wandte sich ab, und auch die anderen verließen das brennende Yanomami-Dorf. Der Rauch zog träge über den Fluß, der beißende Brandgeruch breitete sich über alles aus. »Man sagt, Politiker unterlägen einem Trägheitsgesetz ... aber es kann auch schnell gehandelt werden. Denn hinter den Politikern steht die Macht des Geldes, aber wem erzähle ich das denn?! Wir wissen doch alle, worüber man nicht spricht. Wir alle sind doch mehr oder weniger davon abhängig.«

»Ich habe nur einem zu gehorchen — Gott!«

»Und der kann Sie vor dem Irdischen nicht schützen, Pater Vincence. Warten wir die nächsten Tage ab.«

* * *

In der weißen, schloßähnlichen Villa von Miguel Assis in Manaus war ein wichtiger Besuch eingetroffen.

Assis, seine schöne Frau Guilhermina und seine beiden Söhne gaben ein festliches Bankett, das den ganzen Reichtum der Assis widerspiegelte, um dem Gast zu imponieren. Livrierte Diener servierten die Getränke, legten die neun Gänge des Dinners vor. Eine zehn Mann starke Kapelle spielte Samba- und Tangoklänge, eine Tanzgruppe aus wunderschönen Mädchen zeigte Folkloretänze, und den Abschluß des Abends bildete eine Illumination des riesigen Parks mit Lampions, bunten Fackeln und zischend aufleuchtenden Figuren. Ganz groß beendete die japanische Sonnenfahne das Feuerwerk; die Gäste auf der Marmorterrasse klatschten begeistert Beifall.

Auf Takisa Yanamura, den so Geehrten, schien das alles wenig Eindruck zu machen. Klein und zierlich, in einem weißen Smoking, immer lächelnd, nickend und voller artiger Worte ließ er das Fest an sich vorüberziehen. Reichtum imponierte ihm nicht, den hatte er selbst und mehr als dieser Senhor in Brasilien — nur, man zeigte ihn nicht und protzte nicht damit. Ab und zu horchte die Welt auf, wenn bei Gemäldeauktionen bei Christie's oder Sotheby's berühmte Werke mit irrsinnigen Dollarsummen ersteigert wurden, und man nahm wahr, daß in Japan ein Kapital herangewachsen war, das alles, was Wert auf dieser Welt hatte, zu kaufen bereit war. Über Geld diskutierte man also nicht, man hatte es.

Takisa Yanamura war es sogar peinlich, so im Mittelpunkt zu stehen. Geschäfte in der vorgesehenen Größenordnung wickelte man still ab, aber diese südamerikanische Lebensfreude war eine Welt für sich, und man mußte sie erdulden mit dem immerwährenden Lächeln und mit galanter Höflichkeit.

Takisa Yanamura wartete, bis das Bankett sich aufgelöst hatte, die Jugend und auch die Älteren zu tanzen begannen und sich Gruppen und Zirkel bildeten mit kulturellen oder wirtschaftlichen Interessen. Auch Miguel Assis zog sich mit Yanamura und einigen Herren des »Rates Neues Brasilien« in die Bibliothek zurück, einen mit Edelhölzern getäfelten großen Raum, geschnitzten Decken und mächtigen Ledersesseln, in denen der zierliche Japaner wirkte wie ein Gnom. Diener brachten zwei Servierwagen mit Getränken, Zigaretten und Zigarren zur Selbstbedienung, dann schloß sich die Tür, und man war ungestört unter sich.

Yanamura goß sich ein Glas Orangensaft ein, die anderen Herren griffen zu Kognak oder schenkten sich Champagner in die geschliffenen Kristallgläser ein. Die Unterhaltung fing in englischer Sprache an, und das erste Wort hatte Yanamura.

»Ich danke Ihnen sehr für den festlichen Empfang«, sagte er und machte im Sitzen zu Assis hin eine leichte Verbeugung. »Ich fühle mich sehr wohl in Ihrem Hause.«

»Es ist uns allen eine große Freude, Sie in Manaus begrüßen zu können. Gerade mit Japan verbindet uns eine langjährige Freundschaft.«

Yanamura nickte höflich. Die Verbindung Japans zur brasilianischen Holzindustrie hatte Tradition, aber bisher waren mehr die Regenwälder im asiatischen Raum, vor allem auf Borneo und den Philippinen und später auch die Urwälder im westafrikanischen Gürtel, Lieferanten für den unersättlichen Holzhunger der japanischen Industrie und Bauwirtschaft gewesen. Nun aber war der Regenwald in diesen Gebieten so reduziert, daß man sich nach neuen Wäldern umsehen mußte. Brasilien mit seinen unendlichen Regenwäldern war somit in den Mittelpunkt des japanischen Wirtschaftinteresses geraten. Und Brasilien brauchte Devisen, Geld und nochmals Geld, um seine milliardenschweren Auslandsschulden zu bezahlen. Schon die Begleichung der Zinsen wurde zu einem Problem, das einem Bankrott des Staates gleichzukommen drohte.

Brasilien am Ende bei einem unmeßbaren Reichtum in seinem Boden?! Wer leben will, muß auch Opfer bringen können.

»Japans Wirtschaft«, sagte Yanamura so höflich, als müsse er sich entschuldigen, »ist unaufhaltsam auf dem Wege, die Nummer eins in der Welt zu werden. Wir sind den USA hart auf den Fersen; Deutschland, die Bundesrepublik, haben wir, so glaube ich, bereits überrundet. Japan ist eine Industrienation geworden, die nicht nur exportiert, sondern die auch auf Importe angewiesen ist, die den weiteren Anstieg der Produktion unterstützen. Zu diesen Importen gehört auch Holz. Der Waldbestand Japans kann die Nachfrage nicht decken. Haben wir vor allem in den vergangenen Jahren Holz aus dem asiatischen Raum bezogen und später aus Afrika, so sehen wir heute mit Interesse auf den Holzreichtum Südamerikas, in erster Linie den Brasiliens. Hier könnte für Brasilien und Japan eine große gemeinsame Zukunft liegen.«

»Das steht außer Zweifel.« Assis steckte sich eine Zigarre an und blickte einen Moment dem aufsteigenden Qualm nach. »Wir liefern ja schon große Mengen nach Japan.«

»Als Beauftragter der Vereinigten Holzimporte kenne ich alle Zahlen«, erwiderte Yanamura und lächelte dabei. »Aber wir brauchen größere Holzlieferungen: Für Sie bringt die Nutzung des Regenwaldes dreifachen Nutzen: Erstens der Holzverkauf, zweitens Gewinnung von Weideland und damit Ausbau einer gigantischen Viehzucht und drittens Freilegung des Bodens für Ihre Erzminen, Bauxitlager und Zinn, von Gold und Uran wollen wir gar nicht reden.« Yanamuras Lächeln gefror. »Wieviel Holz können Sie liefern?«

»Wieviel brauchen Sie?«

»Als erstes: 50 Millionen Kubikmeter. Stammholz, unbearbeitet.«

Assis sah wieder dem Qualm seiner Zigarre nach. Stumm bewegte er die Lippen, er schien mit Zahlen zu jonglieren.

»Wann?« fragte er dann knapp.

Dieses eine Wort, in der plötzlich aufgetretenen Stille, wirkte wie ein Schuß. Die Herren zuckten zusammen. Yanamura hob beide Hände.

»Am liebsten — morgen. Ich weiß, daß dies nicht möglich ist.

Wir beide, Mister Assis, sind in der gleichen Lage: Ich brauche dringend das Holz — Sie brauchen dringend das Geld. Deshalb wird es auch keine langen Verhandlungen auf der geschäftlichen Ebene geben. Wir sind aufeinander angewiesen.«

»Ich könnte kurzfristig ein Regenwaldgebiet im Norden von Roraima erschließen, an der Grenze zu Venezuela. Dort sind bereits Holzfällerkolonnen unterwegs, um den Zugang zu den Eisenerzen und neuen Goldminen zu erschließen. Man könnte die Kolonnen verstärken und eine großflächige Rodung beginnen. Maschinenmäßig sind wir bestens ausgerüstet. Wir könnten den gesamten Holzeinschlag mit wenig Mühe auf dem Rio Urariocoera zum Rio Branco flößen und von dort in den Rio Negro und weiter in den Amazonas. Erstklassiges Holz.«

Yanamura blickte zufrieden. »Das Rodungsgebiet gehört Ihnen?« fragte er.

»In Kürze ...« Assis sog wieder an seiner langen Zigarre. »Es ist unentdecktes Land, gewissermaßen Niemandsland und damit automatisch im Besitz der Regierung. Eine Konzession ist für mich nicht schwer zu erreichen.«

»Das Gebiet ist unbewohnt?«

»Ein paar Indianerstämme, Yanomami.« Assis winkte mit der Zigarre ab. »Kein Problem, Mister Yanamura. Wir werden sie umsiedeln. Sie bekommen ein Reservat, in dem sie ungestört und gut leben können. Ich kann das sagen, weil ich der Unterstützung durch die FUNAI sicher bin. Der maßgebende FUNAI-Direktor, Senhor Arlindo Beja, ist ein guter Freund von mir.«

Yanamura sah Assis nachdenklich an. »Sie wissen, daß die Weltöffentlichkeit, vor allem die USA und Europa, sich sehr kritisch mit der Rodung des Regenwaldes und dem Schicksal der Indianer befaßt. Wir möchten auf gar keinen Fall, daß unsere Geschäftsverbindung neues Aufsehen erregt.«

Miguel Assis lächelte etwas spöttisch. Die Weltöffentlichkeit — ein Windei aus dramatischen Worten, über das man hinwegsehen kann. Narretei einiger Öko-Idealisten, die man abwischt wie Wassertropfen. Man redet darüber, aber handeln tun wir. Warum so ängstlich und vorsichtig, mein kleiner Japaner? Sie verlieren nicht Ihr Gesicht, wenn Sie Millionen verdienen. Sie waren doch sonst nicht kleinlich bei der Eroberung des Marktes.

»Roraima liegt weit ab von ihren Interessen. Die Journaille beobachtet den Amazonas-Regenwald, das Gebiet von Amazonien und Rondônia und Acre. Roraima ist zu einem Stichwort für Goldgräber geworden, aber auch die Berichte über die Garimpeiros laufen sich langsam tot. Sie sind zu einem unterhaltsamen Thema geworden, das man mit Spannung liest, ohne viel über Moral nachzudenken. Es gibt auf der Welt also doch noch Abenteuer, so denkt die Masse. Der Goldrausch von Kalifornien oder am Klondike und Yukon kehrt wieder. Wie ist das spannend — von dem neuen Rodungsgebiet wird niemand sprechen.«

Yanamura tat, als sei er überzeugt. Er war wirklich ein höflicher Gast. Im Inneren dachte er anders. Japan brauchte dringend Holz, vor allem für seine Bauindustrie. Es gab ein Angebot. Das Sterben der Yanomami war allein Sache Brasiliens. Erregte sich die Weltöffentlichkeit, würde man sich dem Protest anschließen und erklären, man habe das nicht gewußt.

»Lassen wir es an uns herankommen«, sagte Yanamura diplomatisch. »Wann könnten Sie die Lizenz bekommen, Mister Assis?«

»In spätestens zwei Wochen. Ich fliege schon morgen nach Brasilia.« Assis legte die halbgerauchte Zigarre in einen goldenen Aschenbecher. »Vorweg aber kann ich Ihnen eine Million Kubikmeter Holz aus anderen Rodungsgebieten anbieten. Wir legen gerade neue Weideflächen am Rio Xingu an.«

»Darüber machen wir morgen vormittag einen Vertrag?«

»Ich freue mich, daß zwischen uns alles so reibungslos verläuft, Mister Yanamura.«

Assis prostete ihm mit dem Champagner zu. Yanamura hob sein Glas mit dem Fruchtsaft. »Auf unsere Zusammcnarbeit!«

Yanamura schwieg, aber er stieß mit Assis an. Hinter der lächelnden Maske seines Gesichtes sah man nicht, was er dachte. Nur in seinen Augen lag ein Schimmer von Verachtung — aber das erkannte keiner.

* * *

Vier Tage waren sie nun auf dem Fluß, der für sie keinen Namen hatte.

So mühelos das Paddeln noch in der Nähe des Indianerdorfes gewesen war, so anstrengender wurde es flußaufwärts. Die Strömung verstärkte sich, abgerissene Grasinseln und tote, gebleichte Stämme trieben ihnen entgegen. Und dann sahen sie die erste Stromschnelle: ein Steinhaufen, über den das Wasser schäumte.

Sie lenkten das Kanu zum Ufer, zogen es aufs Trockene und warfen sich erst einmal erschöpft ins Gras. So lagen sie eine Weile, atmeten tief durch und hatten das Gefühl, als dampfte ihre Kleidung unter der Glut der Sonne.

»Ich habe die ganze Zeit überlegt und nachgerechnet, Senhor Minho«, sagte Gilberto Quadros, als die erste Erschöpfung überwunden war und sie nun im hohen Gras saßen. »Vielleicht klingt es zu märchenhaft, aber ich behaupte, wir sind auf dem Rio Parima. Es gibt sonst keinen größeren Fluß in dieser Gegend. Wenn das wahr ist, haben wir's geschafft. Dann erreichen wir Santo Antônio. Das ist nur eine Frage der Entfernung und der Zeit.«

»Und es gibt Siedlungen hier?«

»Bestimmt.«

»Auf meinen Karten war aber keine einzige zu finden.«

»Weil es offiziell keine Siedlungen gibt. Es sind vorgeschobene Camps der Holzfäller. Zuerst wird eine Straße in den Wald geschlagen, dann beginnt die Rodung. Aus der Luft sieht sie aus wie ein Fächer, verziert mit blitzenden Edelsteinen — das sind die Bulldozer und Raupenwagen, die Kräne und die schweren Holzlaster. Links und rechts der Straße liegen die Fertigbaracken und Zelte der Fäller. Und ein paar Wohnwagen — das sind die Puffs. Ohne Weiber geht hier gar nichts.«

Sie blieben noch eine Zeitlang sitzen, rafften sich dann auf, kühlten im Flußwasser ihr Gesicht und tranken sogar von dem Wasser, so rein schien es ihnen.

Dann gingen sie zu ihrem an Land gezogenen Kanu und blickten stromaufwärts.

»Das sind gut zweihundert Meter, die wir schleppen müssen«, sagte Minho und deutete auf die Stromschnelle.

»*Nur* zweihundert. Es hätte auch schlimmer sein können.« Gilberto trat drei Schritte in den Fluß hinein und musterte den Weg, den sie nehmen mußten. »Ich glaube, es ist am besten, wenn wir im Fluß bleiben und am Ufer entlang das Boot tragen. Solange wir stehen können, ist alles gut, gegen die Strömung müßten wir ankommen. Bleiben wir auf dem Land, müssen wir uns einen Weg durch den Dschungel schlagen. Das ist dann doppelte Arbeit.«

»Und die Piranhas?«

»So nahe ans Ufer kommen die nicht. Wir müssen es einfach versuchen. Packen wir es an, Senhor.«

Sie verstauten die Paddel im Kanu, hängten sich die Gewehre und ihre Sachen um. Dann traten sie an das Kanu, Gilberto vorn,

Minho hinten, bückten sich und schoben die Hände unter den Kiel. Gilberto zählte laut.

»Eins ... zwei ... drei ... hopp!«

Mit einem Ruck stemmten sie das Kanu hoch und legten es sich über ihre Schultern. Es war leichter, als sie zunächst gedacht hatten, aber immerhin doch so schwer, daß Minho für einen Moment in den Knien einknickte. Gilberto merkte es sofort.

»Haben Sie alles im Griff, Senhor?« rief er.

»Alles in Ordnung, Gilberto.«

»Können wir?«

»Wir können.«

Gilberto ging bis zu den Knien in den Fluß, dann blieb er stehen, wartete, bis Marco, der hinten ging, festen Fuß gefaßt hatte. Sie mußten sich vorsichtig vorantasten, denn das Flußbett war rutschig, mit seinen glattgeschliffenen Steinen und dem abgesetzten Schlamm, der unter ihren Schritten in dichten Wolken aufwirbelte. In Ufernähe war die Strömung nicht stark, sie war gefährlicher in der Mitte des Flusses, da, wo das Wasser um eine Steinbarriere wirbelte, schäumte und zischte. So dicht am Ufer mußten sie allerdings auf die Mangrovenäste aufpassen, in denen mehr als einmal das Kanu hängenzubleiben drohte. Tief gebückt kämpften sie sich weiter.

Mit jedem Meter wurde das Kanu schwerer und drückte sich in die Schultern ein. Schweiß rann über Minhos Gesicht, in die Augen, in den Mund, den er keuchend aufgerissen hatte, um Luft zu bekommen. Er spürte, wie seine Knie weich wurden, wie jeder Muskel zitterte, wie sich seine Waden verkrampften und der Schmerz durch seinen ganzen Körper zog.

»Gilberto —«, keuchte er.

»Senhor?«

»Können wir einen Augenblick anhalten?«

»Besser wäre es, wenn —«

»Ich kann nicht mehr.«

»Noch ein paar Meter, dann können wir das Kanu auf den Steinen ablegen.«

Minho war zu keiner Antwort mehr fähig. Mit letzter Kraft stemmte er sich gegen das Boot, taumelte noch ein paar Schritte über den glitschigen Grund und hörte dann wie aus weiter Ferne, wie in Watte eingepackt, Gilbertos Kommando:

»Absetzen!«

Er ließ das Kanu von seiner Schulter rutschen. Gleichzeitig

knickte er in den Knien ein und stürzte kopfüber in das Wasser. Da aber hatte ihn Gilberto schon unter den Achseln gegriffen und hochgezogen.

»Neue Schildkröten zu entdecken ist einfacher«, hörte er ihn sagen. »Aber wir haben schon ein gutes Stück geschafft, Senhor.«

»Wenn noch eine Stromschnelle kommt, lasse ich mich fallen und bleibe liegen.«

»Es wird bestimmt nicht die einzige sein.«

Sie setzten sich auf die glattgeschliffenen Steine, hielten das Kanu fest und starrten den Fluß hinauf. Langsam spürte Minho, wie sich sein Körper erholte und seine Muskeln ihm wieder gehorchten.

»Wir sind Idioten!« sagte er plötzlich.

»Da widerspreche ich nicht, Senhor.«

»Warum quälen wir uns den Fluß aufwärts?«

»Es war Ihre Idee.«

»Es wäre doch einfacher gewesen, ihn abwärts zu fahren und zu sehen, in welchen anderen, großen Fluß er mündet! Und dort wären wir bestimmt auf Siedlungen gestoßen und hätten weiterkommen können.«

»Sie wollten unbedingt nach Santo Antônio. Und das liegt nun mal flußaufwärts.«

Minho nickte. Der Nacken tat ihm weh vom Tragen des Kanus.

»Wir sind doch wirklich Idioten! Sollen wir umkehren, Gilberto?«

»Jetzt noch?« Gilberto schüttelte den Kopf und wischte sich mit beiden Händen den Schweiß vom Gesicht. »Wir haben vier Tage hinter uns, und dann zurück? Nein. Jetzt beißen wir uns durch. Senhor, wir tragen das Kanu an Land, und dann ist Schluß für heute. Für den Abend werde ich uns einen schönen Fisch fangen oder einen Braten schießen. Was hätten Sie gern?«

»Mir ist alles egal, Gilberto.«

Sie erhoben sich von den Steinen, stemmten auf ein Kommando von Gilberto das Kanu wieder auf ihre Schultern und schleppten es ans Ufer. Es war ein Grünstreifen mit Riesenfarnen, wilden Bananen und verfilzten Büschen.

Gilberto hieb mit der Machete einen Rastplatz aus dem Dschungel, Minho sammelte Holz und schichtete es zu einem Haufen auf. Es war ein guter Platz — hinter ihnen der Regenwald, vor ihnen das Gurgeln und Schäumen der Stromschnelle. Gilberto holte sein Gewehr aus dem Kanu.

»Ich habe Appetit auf Fleisch«, sagte er. »Vier Tage haben wir Fisch gegessen. Mal sehen, was ich vor die Büchse kriege.«

Er lachte, schwang die Machete und schlug sich einen schmalen Pfad durch die Farne und Büsche. Minho legte sich auf den Rücken, schloß die Augen und dachte an Sofia Lobos.

Sie wird weinen, dachte er, und ihr Weinen und Flehen, ihn zu suchen, wird ihrem Vater, dem mächtigen Paulo Lobos, verraten, wie es zwischen Sofia und Marco Minho steht. Wie hat er reagiert? Die wohlbehütete Tochter als heimliche Geliebte eines schlecht bezahlten Zoologen? Eines Mannes auch noch, der den Regenwald mit seinen Hunderttausenden noch nicht erforschter Tiere erhalten und retten will vor den Spekulanten und Großgrundbesitzern, zu denen auch Lobos gehörte.

Wie wundervoll waren die wenigen Stunden gewesen, die sie sich stehlen mußten, um sich zu lieben. Die Ausreden, die Suche nach Möglichkeiten, die Angst, entdeckt oder von Bekannten gesehen zu werden, hatten diese wenigen Stunden zu einem Abenteuer gemacht. Das Herz wurde ihm schwer, wenn er daran dachte. Wie oft hatten sie miteinander telefoniert, und immer waren es die gleichen Worte, die gleichen Beteuerungen, die gleichen, drängenden Fragen: Ich liebe dich ... ich liebe dich wahnsinnig ... ich kann ohne dich nicht mehr sein ... ich brauche dich ... Wann sehen wir uns? Wann kommst du zu mir? Ich möchte dich spüren, deine Lippen, deine Hände. Ich möchte jetzt bei dir sein, in deinen Armen liegen und dich an mich ziehen, ganz fest. Wann wird das sein, wann wird das wieder sein? Ich halte es nicht mehr aus. Wann? — Ich weiß es nicht, wir beide wissen es nicht.

Und dann, wenn es ihr gelang, sich wegzuschleichen, wenn sie in sein Haus schlüpfte, fielen sie sich in die Arme und hielten sich umschlungen bis in den Morgen. Welche Qual, sich wieder zu trennen, ungewiß, wann sie sich wiedersahen. Und nun war er verschollen, über dem Dschungel abgestürzt.

Ein peitschender Schuß weckte Minho aus seinen Gedanken und Erinnerungen. Gilberto schien ihren Braten entdeckt zu haben. Der Schuß schreckte eine Wolke von Vögeln auf, die über den Fluß flatterte, und das warnende Gekreisch der Affen füllte den ganzen Wald.

Minho steckte den Holzhaufen an, blies in die aufzüngelnden Flammen und wedelte mit einem großen Palmblatt. Das trockene Holz knisterte, und ein paar feuchte Zweige zischten wie eine angreifende Schlange.

Sofia, dachte Minho noch einmal und starrte in das Feuer. Du wirst weinen, und dein Vater wird frohlocken, mich auf so einfache Weise losgeworden zu sein. Aber ich komme wieder, mein Liebling, ich bin nicht tot. Und wenn noch zwanzig Stromschnellen kommen und ich auf allen vieren vorwärts kriechen muß. Ich schaffe es, Sofia, wir sehen uns wieder. Ich habe eine ungeheure Kraft, wenn ich an dich denke!

Pfeifend kam Gilberto aus dem Wald zurück. Er hatte das Gewehr umgehängt und schwenkte in der Hand einen Körper. Erst als er näher kam, erkannte Minho, daß es ein mittelgroßer Affe war, mit einem braunen, zotteligen Fell und einer schwarzen Gesichtsmaske. Als habe er einen elektrischen Schlag bekommen, sprang Minho auf.

»Gilberto!« rief er. »Mein Gott, was haben Sie getan?! Sie haben das Tier erschossen!«

»Freiwillig wäre es nicht in die Pfanne gehüpft.« Gilberto schwenkte den toten Affen durch die Luft. »Ein Prachtkerl!«

»Wissen Sie, wie er heißt?«

»Er hat sich nicht vorgestellt.«

»Er hat keinen Namen.« Minho holte tief Luft. »Es ist eine bis heute unbekannte Affenart! Sie haben ein noch nie gesehenes Tier geschossen.«

»Mit Pfeffer eingerieben, schmeckt er trotzdem.«

Gilberto war am Feuer und warf Minho den Affen vor die Füße. Der bückte sich und drehte das Tier auf den Rücken. Ein fast menschliches Gesicht starrte ihn an. In den leblosen Augen lag Staunen und fast so etwas wie eine Frage.

Minho biß die Zähne zusammen.

»Nun weinen Sie nicht gleich«, knurrte Gilberto. »Das ist Dschungelgesetz: Fressen und gefressen werden. Es ist ja noch Zeit bis zum Abendessen. Sie können Ihr unbekanntes Äffchen noch genau untersuchen.«

Minho nickte. Er ließ sich neben dem Affen auf die Erde nieder, zog dem Tier die Lippen von den Zähnen und betrachtete das Gebiß. Es war kräftig ausgebildet, mit spitzen Reißzähnen.

»Das Fell nehmen wir mit«, sagte er mit einem Blick zu Gilberto.

»Wissen Sie, wie lange wir noch unterwegs sind?«

»Nein.«

»Es wird verdammt stinken. Wir können es doch nicht gerben. Höchstens in der Sonne trocknen und mit zerstampften Pfefferkörnern einreiben. Trotzdem wird es stinken.«

»Ich muß das Fell mitnehmen als Beweis. Ich habe doch nichts zum Zeichnen da und keine Kamera. Haben Sie noch mehr solche Affen gesehen?«

»Nein. Nur ihn. Aber als er vom Baum purzelte, war überall ein wüstes Geschrei. Er war sicherlich nicht allein.«

Am Abend war alle Arbeit getan. Der unbekannte Affe war aus dem Fell geschält, Minho hatte ihn vermessen: die Größe der Füße und Hände, die Länge des Rumpfes und der Beine, den Umfang des Kopfes und der Brust, die Dicke der Schenkel und Unterschenkel, die Schulterbreite und die Rückenbreite. Das Ausweiden des Körpers übernahm dann Gilberto. Er rieb ihn mit zerstoßenem Pfeffer ein und spießte ihn auf einen harten, frischen Ast. An einem Gestell aus Astgabeln hing dann der Braten über dem glimmenden Feuer.

Einen im Ganzen bratenden Affen anzusehen verlangt gute Nerven. Es sieht aus, als brate man einen Säugling. Die Füße, die Beine, die Arme, die Hände, der Leib, ja selbst der vom Fell befreite, nackte Kopf sahen genauso aus wie ein neugeborenes Kind.

Minho mußte mehrmals schlucken und wandte sich ab.

Davon esse ich nichts, würgte es in ihm. Keinen Bissen bekomme ich hinunter. Mir steigt jetzt schon die Übelkeit hoch. Ich werde mich erbrechen, wenn Gilberto sich ein Stück aus diesem gebratenen Körper schneidet. Lieber hungere ich oder esse rohen Fisch, ehe ich davon ein Stückchen in den Mund nehme. Gilberto, wie können Sie so ruhig dasitzen und den Braten über dem Feuer drehen?! Warum kotzen Sie nicht?!

»Was haben Sie, Senhor?« fragte Gilberto arglos.

»Sehen Sie sich Ihren Braten an —«

»Er wird fabelhaft knusprig werden. Ein gutes Fleisch. Kein Fett dran. Das knackt zwischen den Zähnen.«

»Hören Sie auf!« schrie Minho plötzlich. »Hören Sie doch auf! Ich muß kotzen!«

»Sie haben noch nie einen Affen gegessen?«

»Und ich werde auch nie einen essen!«

»Es schmeckt wie zartes Kalbfleisch. Nur einen Hauch süßlich —«

»Aufhören!«

»Es ist mein zweiter Affe. Den ersten mußte ich essen als Ehrengast bei einem Indianerstamm. Das waren mal Kannibalen. Aber nachdem man ihnen das verboten hat, wichen sie auf Affen aus.«

Minho sprang vom Feuer auf, ging ein paar Schritte seitwärts und preßte beide Hände vor den Mund. Verständnislos blickte ihm Gilberto nach. Und der Junge sagt, er könne was aushalten, dachte er. Da sieht man mal wieder, wie weich diese Gelehrten sind.

Es hatte keinen Sinn, davonzulaufen oder sich im Ekel zu wälzen. Morgen und übermorgen und wieviel Tage noch verlangte der Fluß ihre ganze Kraft. Ein Hungernder setzt keine Energien mehr frei, und seine Kraftreserven sind erschöpft.

Minho, der sich abseits vom Feuer auf die Erde gesetzt hatte, blickte hoch, als Gilberto plötzlich vor ihm stand. In der Hand, auf einen Ast aufgespießt, hatte er ein knusprig gebratenes Stück Fleisch mitgebracht. Mit zusammengebissenen Zähnen schüttelte Minho den Kopf. Er konnte keinen Ton sagen, seine Kehle war wie zugeschnürt.

»Es schmeckt gut«, sagte Gilberto und hielt Minho das Stück Fleisch unter die Nase. Der Geruch des Bratens reizte seine Geschmacksnerven, von seinem Magen stieg ein unbändiges Hungergefühl auf. »Himmel noch mal, Senhor. Sie essen doch auch ein Spanferkel. Fleisch ist Fleisch!«

Er ergriff Minhos Hand, schob ihm den Spieß zwischen die Finger und ging zurück zum Feuer.

Es war, als ließe der Hunger seinen Magen aufschreien. Wirf es weg, schrie es in ihm, oder beiße hinein und fresse es! Fleisch ist Fleisch, nur das zählt!

Marco kniff die Augen zusammen, holte tief Luft, schlug seine Zähne in den Braten und riß ein Stück von ihm ab. Jetzt kotze ich, dachte er. Jetzt, jetzt kotze ich. Aber er tat es nicht. Er begann zu kauen, es schmeckte ihm sogar, und das Hinunterschlucken war kein qualvolles Würgen. Das Fleisch blieb ihm keineswegs in der Kehle stecken und erstickte ihn auch nicht. Als er fühlte, wie das Stück seine Speiseröhre hinunterglitt, biß er erneut zu, diesesmal herzhaft, ohne Hemmungen, ohne Gedanken als nur den einen: Ich habe Hunger, ich werde satt, jetzt werde ich satt. Und er aß und aß, zwar noch mit geschlossenen Augen, aber er spürte, wie gut ihm das tat. Und das war das wichtigste.

Noch zwei Tage kämpften sie gegen den Fluß, überwanden zwei Katarakte, schnitten sich jeden Abend von dem mitgenommenen Affenfleisch ein Stück ab und tranken von dem klaren Flußwasser. Als sie am sechsten Tag in der Ferne eine Rauchwolke sahen, stießen sie jubelnd mit den Paddeln in die Luft.

»Menschen!« schrie Gilberto. »Menschen! Wir haben es geschafft! Senhor, das sind keine Indianer! Das ist Rauch von einer Brandrodung! Die Zivilisation hat uns wieder!«

Sie paddelten wie verrückt, trieben das Kanu über den Fluß und erreichten ein flaches, gerodetes Ufer, auf dem einige Hütten standen, dahinter Bagger, Raupen und Lastwagen mit riesigen Rädern. Eine Straße war in den Regenwald gewalzt worden, und selbst die großen Wagen fehlten nicht, vor denen jetzt Mädchen in knappen Bikinis standen. Eine Gruppe Männer, die meisten mit entblößten, braungebrannten Oberkörpern, stand am Ufer und winkte ihnen mit beiden Armen zu.

»Es ist alles da«, sagte Gilberto und legte sein Paddel quer vor sich über das Kanu. »Sogar die fahrbaren Puffs. Was will man mehr im Urwald?«

So erreichten sie das Holzfällerlager, das keinen Namen hatte. Es nannte sich einfach C 15.

Ein Lager der Regenwaldvernichter.

C 15. Es gehörte zum Holzimperium des Paulo Lobos.

* * *

Coronel Bilac blieb noch zwei Tage auf der Missionsstation Santo Antônio.

Zwei Tage, die zu einer Qual wurden. Die Yanomami zu jagen hatte er vorläufig aufgegeben.

Das Indianerdorf — die Malocas um den großen Platz, den Shabono — war völlig vernichtet. Die Flammen hatten alles in Asche oder verkohlte Holzstangen verwandelt, und selbst was noch als Gerippe einer Hütte erkenntlich war, war von den Polizisten eingerissen und in neue Feuerstellen geworfen worden. »Nichts bleibt übrig!« hatte Bilac befohlen. »Nichts! Ich will nur Asche sehen!«

»Sie haben die Falschen bestraft. Gott sei gedankt, daß es keine Toten gegeben hat«, sagte Pater Vincence am Abend nach dem Essen. Bilac hatte es sich in seinem Sessel gemütlich gemacht, rauchte eine Zigarre und trank einen brasilianischen Wein, der dem Vinho verde in Portugal gleichkam.

»Das ist nur aufgeschoben.« Der Coronel sah dabei nicht die Patres, sondern Thomas Binder an. Auf ihn konzentrierte sich seine unterdrückte Wut. Er spürte, daß dieser deutsche Arzt eine Gefahr für die großen Pläne war, die von den Großgrundbesitzern, Fabrikanten und Bodenspekulanten ausgearbeitet wurden.

Es ging um Landreformen größten Stils, die schon 1973 in Angriff genommen wurden und jetzt einem Höhepunkt zusteuerten. Die INCRA, das Nationale Institut für Besiedlung und Agrarreform, hatte damals in allen Zeitschriften und in Sonderdrucken verkündet: »Brasilien macht die größte Agrarreform der Welt.« Es war ein Aufruf an alle, die Siedler im Amazonasgebiet werden wollten, die aus dem täglichen Hunger herauswollten und ihr eigenes Land bebauen wollten. Zu Hunderttausenden strömten sie in das riesige Amazonasbecken, bauten Straßen, rodeten den Dschungel, konstruierten Brücken über die vielen Flußläufe und bekamen dafür ihr Stück eigenes Land.

Die Verteilung der Regenwaldgebiete, die offiziell »Leerräume« genannt wurden, obwohl verschiedene Indianerstämme darin lebten, fand im Innenministerium am Zeichentisch statt und ohne Rücksicht darauf, ob das verteilte Land überhaupt nutzbar war. Man scherte sich nicht darum, ob es Felsen gab, Abhänge, Sümpfe zwischen kleinen Urwaldflüssen oder verschlungene Flußläufe. Es wurde einfach vermessen und dann den Siedlern zugeteilt: Ein Grundstück für einen Kleinsiedler hatte die Größe von 250 × 1000 Metern zu haben oder 500 × 2000 oder — bei kinderreichen Familien — sogar 500 × 4000 Meter. Ein jeder Kleinsiedler bekam das Recht, »Verbesserungen« vorzunehmen. Verbesserungen — das war ein harmloses Wort für das Abholzen des Regenwaldes.

So wurden schon in den Anfangsjahren der »Nutzung der Leerräume« Tausende Hektar Regenwald von den »wilden« Siedlern abgeholzt oder niedergebrannt.

Unweigerlich kam es damit zu Begegnungen mit den Indianerstämmen. Die neuen Siedler, die immer weiter in den Dschungel eindrangen, ließen sich auf keine großen Diskussionen ein. Wo man Indios antraf, wurden sie kaltblütig ausgerottet oder noch tiefer in den Regenwald getrieben, nur um früher oder später auf andere Kolonisten zu stoßen, die auch nur eines kannten: Vernichtung.

Und es gab eine zweite Möglichkeit zur »Verbesserung«, wenn die Siedler einen kargen Boden zugewiesen bekamen, von dem sie kaum leben konnten: Sie verkauften ihre Parzelle an die immer bereitstehenden Großgrundbesitzer und zogen dann weiter in das unerschlossene Land, jetzt nicht mehr Bauern von INCRA-Gnaden, sondern selbst Glücksritter, die niemand mehr kontrollierte.

In Brasilia arbeitete man unterdessen an zwei neuen Entwicklungsprogrammen, um die Erschließung der »Leerräume« zu steuern, an den Programmen Polamazônia und Polonoroeste. In sieben Bundesstaaten und zwei Bundesterritorien, zu denen auch Roraima gehörte, wurden zehn Entwicklungszentren gegründet. Sie bestanden aus 125 Gemeinden und 1462 Projekten. Mit staatlichen Investitionsmitteln wurden gebaut: 4500 Kilometer Straßen, 12 Flughäfen, 4 Flußhäfen und eine Reihe von Wasserwerken.

Der Abbau der Bodenschätze, die Rodung des Waldes, die man Gewinnung von Rohstoff nannte, brauchten Arbeitskräfte, eine neue Generation von Muskelkraft. Und so strömten in die »erschlossenen Gebiete« unaufhörlich Menschenmassen, eine Invasion und Umsiedlungskampagne nie gesehenen Ausmaßes: Lebten im Amazonasgebiet 1960 nur 2,6 Millionen Menschen, so war die Zahl bis zum Jahre 1980 auf 11 Millionen Einwohner gestiegen. Und je mehr Weiße in den Regenwald strömten, um so mehr Indianer wurden ausgerottet: erschossen, vernichtet durch die eingeschleppten Infektionskrankheiten, die sich in Epidemien ausbreiteten wie Masern, Malaria, Tuberkulose, Typhus und Geschlechtskrankheiten. Der Kontakt mit den »zivilisierten« neuen Herren reduzierte in wenigen Jahren einige Indiostämme bis zu 90 Prozent.

In dem Maße, wie die Kleinsiedler immer ärmer wurden und den Regenwald abbrannten, um neuen Boden zu gewinnen, wurden die Großgrundbesitzer dank ihrer guten Beziehungen zur Zentralregierung immer reicher. Während die Siedler kaum mehr als 25 Hektar schlechtes Land zugeteilt bekamen, wurden den Großgrundbesitzern jedoch Hunderttausende von Hektar überschrieben, die sie abholzten, aus denen sie Weiden machten und deren Bodenschätze sie ausbeuteten. Ein dreifacher Verdienst, der auch noch subventioniert wurde.

Jetzt steuerte die Erschließung der »Leerräume« einem neuen Höhepunkt zu: Man hatte in Roraima Gold gefunden, ein noch nicht abschätzbares Vorkommen. Man hatte Bauxit entdeckt, das Grundmaterial für die Aluminiumproduktion, Eisenerz, Uran und Kassiterit, ein unentbehrlicher Rohstoff für die Verschalung von Raketen. Inzwischen war dort ein Bergwerksgebiet entstanden, das zehntausend Menschen beschäftigte — mitten im Reservat der Waimiri-Indianer. Ein Stamm, dessen Aussterben sicher war und um den sich niemand kümmerte.

Eisenerz — das ist das Zauber- und Reizwort Brasiliens. Während man in aller Welt die Vernichtung des Regenwaldes beklagt, daß aus ihm Weideland für Millionen Zebu-Rinder wird, um den ohnehin übersteigerten Fleischkonsum in Amerika und Europa zu decken, vergißt man eine weitere Nutzung der Rodungen, übersieht die Interessen eines Industriezweigs oder blickt bewußt daran vorbei, nämlich der Rüstungsindustrie Brasiliens.

Zwei Milliarden Dollar brachte allein im Jahre 1986 der Waffenexport ein. In vierzig Länder exportierte Brasilien Kriegsmaterial. Vor allem die sogenannte »Dritte Welt« bot sich als Großabnehmer des tödlichen Exportes an, Libyen, Jordanien, Irak, Marokko, Ägypten, Saudi-Arabien und China. In 350 Betrieben mit hunderttausend Beschäftigten werden Panzer, Flugzeuge, Kriegsschiffe und Raketen hergestellt, Kanonen und Granaten, Handfeuerwaffen und Schwertransporter.

Dafür braucht man Eisen und Stahl — den sogenannten strategischen Rohstoff. Und wo findet man ihn? Vorwiegend in Amazonien, im Boden unter dem Regenwald. Ein »Leerraum«, der Milliarden Dollar in sich hat.

Das große Roden mit Säge und Feuer begann. Stauseen entstanden, bei denen man einen großen Teil des Waldes einfach überfluten ließ, was zu einem Ausstoß von Millionen Tonnen Faulgas führte. Ein Gebiet von 411 000 Hektar wurde »erschlossen«, und dann wurde die größte Erzmine der Welt gebaut: *Die Ferro Carajás.*

Siebenhundert Kilometer südlich der Amazonasmündung, zwischen den Flüssen Xingu, Tocantins und Araguaia wurde für das Projekt *Ferro Carajás* ein Gebiet von 800 000 Quadratkilometern — mehr als dreimal so groß wie die Bundesrepublik Deutschland — dem staatlichen Mischkonzern *Companhia Vale do Rio Doce* (Gesellschaft vom Tal des Süßen Flusses) zugesprochen: das größte Regenwaldvernichtungsprogramm überhaupt. Für 1,4 Milliarden Dollar wurde eine Eisenbahnlinie von der Hochebene von Carajás bis zum neuen Tiefwasserhafen von São Luís am Südatlantik gebaut, parallel zu einer Straße, die den Urwald zerschnitt.

An den Zeichentischen in Brasilia, in den Planungsbüros und bei den Banken schwappte die Begeisterung über dieses Projekt über. Das »Regionalentwicklungs-Programm Grande Carajás« sah vor: Errichtung riesiger Talsperren, Ausbau von Wasser- und Schienenwegen, neue Straßen, eine Reihe von Hüttenwerken, Umgestaltung des Regenwaldes in Viehweiden und landwirtschaftliche Großbetriebe, Ansiedlung von Bauern vor allem aus dem armen Nordwesten. Gesamtkosten 60 Milliarden Dollar.

Und weiter rechnete man: Das Eisenerz von Carajás konnte im Tagebau gewonnen werden, mit Riesenschaufelbaggern, die wie urzeitliche Ungetüme aussahen, die sich in das gebirgige Land fraßen. Vier Kilometer lang und 300 Meter breit — ein gigantisches Loch im Leib des ehemaligen Regenwaldes. In 30 Jahren, so errechneten Spezialisten in Brasilia, würde dieses Loch 285 Meter tief sein!

Und weiter rechnete man: Im Gebiet von Carajás liegt das größte und reichste Mineralienvorkommen der Welt. 17,8 Milliarden Tonnen Eisenerz — das bedeutet, daß der Weltbedarf an Eisen auf 500 Jahre gedeckt ist! Dazu kommen 60 Milliarden Tonnen Manganerz, unvorstellbare Vorräte an Kupfer, Nickel, Zinn, Titan, Wolfram, Molybdän und Gold!

Hat der Regenwald da noch eine Chance, zu überleben?

Aus dem Boden des sterbenden Waldes von Amazonien, vom Erzgiganten *Grande Carajás*, bezog die Bundesrepublik Deutschland 1987 5,9 Millionen Tonnen Eisen, das waren 26 Prozent der Gesamtproduktion. Japans Stahlfirmen kauften im gleichen Jahr 56 Prozent der Produktion von Carajás. Es wurde investiert, um die Ausbeute, den Raubbau am Regenwald, zu finanzieren: Millionen Dollar fanden den Weg von Deutschland, der Europäischen Gemeinschaft, von Japan und der Weltbank nach *Grande Carajás*. Die USA pumpten ihre Dollars zur Gewinnung von Mangan ein. Die Sowjetunion investierte in Kupfer: Carajás wurde der Tummelplatz von Käufern aus aller Welt.

Brasilien, im Augenblick noch mit 150 Milliarden Auslandsschulden belastet, in einem knappen Menschenalter das reichste Land der Erde?!

Etwa mit diesen Fakten und Zahlen jonglierte Bilac an jenem Abend in der Missionsstation Santo Antônio. Seine Zuhörer schwiegen und sahen Thomas Binder an, an den der Coronel seine Worte gerichtet hatte.

»Jedes Ding hat zwei Seiten«, sagte Bilac zum Abschluß. »Und mit diesen beiden verschiedenen Seiten müssen wir leben.«

Thomas war es müde, auf den prahlerischen Monolog des Coronel einzugehen. Er dachte an Luise, die gerade draußen im Regenwald ein paar seiner Geheimnisse für die Menschen erhalten wollte.

»Es werden Abertausende von noch unbekannten Tieren und Pflanzen vernichtet«, antwortete er dann langsam, noch in Gedanken. »Pflanzen, aus denen man vielleicht Stoffe gewinnt, die der

Menschheit nützen, die Krankheiten heilen können wie Krebs, Hämophilie, Multiple Sklerose oder Aids. Wissen Sie das? Fast zweitausend Pflanzenarten kennen wir schon, die medizinisch und therapeutisch verwendet werden.«

»Damit es noch mehr Menschen gibt und Milliarden länger leben.« Bilac lachte spöttisch auf. »Wir platzen ja jetzt schon aus allen Nähten. Im Jahre 2000 soll es über 5 Milliarden Menschen geben. Aber die Erde wird nicht größer, sondern im Gegenteil kleiner. Wer soll diese Menschenmassen ernähren? Im Regenwald können Tausende Geheimnisse verborgen sein. Na, wenn schon! Er ist nutzlos, wenn man ihn nicht erschließt. Lieber tausend Insekten und Pflanzen, die doch keiner kennt, vernichten, als jedes Jahr Millionen Hungertote rund um die Welt. Das muß besiegt werden. Sie sind doch Arzt. Was ist Ihnen denn mehr wert: Ein Hektar Regenwald oder ein Menschenleben?«

Thomas schüttelte den Kopf. Er erkannte sofort, wohin Bilac die Diskussion drängen wollte. In diese Falle wollte er nicht gehen.

»Sie stellen die Frage falsch«, antwortete er. »Und Sie wissen das.«

»Ach nein! Wie sollte sie denn lauten?«

»Wer hat von der Vernichtung des Regenwaldes den größten Nutzen? Die Antwort kennen Sie genau. Nicht die Hungernden in Afrika und Asien, denn die können weder Baumstämme noch Eisenerz essen und haben keinerlei Anteil an dem Wachstum der Industrie in Europa, Japan und den USA. Die einzigen, die durch den Tod des Regenwaldes immer reicher werden, sind die Großgrundbesitzer, die Konzerne, die Spekulanten und die internationale Industrie-Clique. Die Milliarden fließen in wenige Taschen. Die Rodung des Waldes nutzt der Menschheit gar nichts, im Gegenteil: Sie wird die Menschheit eines Tages durch eine Klimakatastrophe undenkbaren Ausmaßes zerstören. Mit dem Ozonloch über der Antarktis fängt es an.«

»Ihr dämliches Ozonloch!« erwiderte Bilac grob und beleidigend. »Ein Loch im Hirn haben Sie! Wie — frage ich Sie — würde Ihre Regierung in Bonn handeln, wenn man bei Ihnen Öl entdeckt. Erdöl, so viel, daß Deutschland über hundert Jahre unabhängig wäre von allen anderen Erdöl-Ländern? Was würde Ihre Regierung tun, na? Wird sie die Wälder stehenlassen und weiterhin für Milliarden DM Öl importieren? Wer wird dann noch von Umweltschutz reden? Wer von CO_2-Wolken? Wer von gestörter Ökologie? Brasilien ist das große Land der Zukunft, und wir werden jeden bekämpfen, der uns an dieser Zukunft hindern will. Verstehen Sie das jetzt, Dr. Binder?«

»Ich nehme an, wir würden andere Energiequellen erschließen.«

»Da kennen Sie aber Ihre Bosse schlecht.« Bilac zerdrückte seine abgerauchte Zigarre in einem von den Yanomami hergestellten irdenen Aschenbecher. »Sie sind ein Feind Brasiliens! Wissen Sie das?«

»Ich bin Arzt und mit der Aufgabe hierhergekommen, Kranken zu helfen. Allen Kranken! Und wenn ich einen Völkermord im kleinen verhindern kann, dann tue ich das! Auch wenn es Ihnen und Ihren Hintermännern nicht gefällt.«

»Ist das eine Kampfansage?« fauchte Bilac und beugte sich vor.

Beja war plötzlich blaß geworden. Er ist verrückt, dachte er, innerlich zitternd, und doch bewunderte er den Mut des Arztes. Wie hilfesuchend sah er Vincence und Ernesto an. Die Gesichter der Patres waren wie eine Maske.

»Kampfansage? Nein.« Thomas schüttelte den Kopf. »Es ist nur meine Stellungnahme zu den Dingen, die hier passieren.«

»Und was wollen Sie tun? Artikel schreiben, Interviews geben, Fernsehteams kommen lassen, Aufmärsche inszenieren? Sie werden schnell zur ›unerwünschten Person‹ erklärt werden. Ganz davon abgesehen, daß Sie mit mir zu tun haben!«

»Soll *das* eine Kampfansage sein?«

»Nein.« Bilac lächelte breit. »Auch nur meine Stellungnahme zu den Dingen. Entscheidend ist, wer am längeren Hebel sitzt.«

»Und das sind Sie?«

»Ich glaube es.« Bilac machte eine rasche Handbewegung, die andeutete: Schluß jetzt! Ich habe keine Lust mehr, mir diesen Quatsch anzuhören. In Roraima gibt es neben dem Gouverneur nur einen Mann, dessen Wort gilt, und das bin ich. Auch dieser deutsche Arzt und Spinner wird das einmal begreifen, und zwar schnell, sehr schnell. Er stand von seinem Sessel auf, und Beja folgte ihm sofort.

»Zeigen Sie mir Ihr Hospital, Doktor?« fragte Bilac. »Ich habe es noch nicht gesehen, nur viel von ihm gehört. Senhor Beja ist voll des Lobes. Sogar Garimpeiros aus Novo Lapuna sollen zu Ihnen kommen, weil es dort mit der ärztlichen Versorgung mies sein soll.«

»Ja, man hört unglaubliche Dinge aus dem Camp. Sie haben da inzwischen fünf Ärzte, aber immer noch für über 50000 Goldgräber. Für einen Arzt zehntausend. Ihre Hauptaufgabe ist, Körper zusammenzuflicken. Schußverletzungen, Messerstechereien, Knochenbrüche. Die meisten Patienten sind Opfer irgendeiner Auseinandersetzung. Waren Sie schon mal in Novo Lapuna?«

»Ja und nein. Ich bin mal drübergeflogen, aber nicht gelandet. Ein grandioses Bild aus der Luft — diese Terrassen in dem roten Boden und übersät mit Zehntausenden menschlicher Ameisen. Gold — das ist auch so ein Reizwort. Sollen wir das Gold in der Erde lassen, nur weil darauf der Regenwald steht? Ich sage Ihnen: Wenn man jedem Ihrer lauthalsen Umweltschützer einen Claim mit garantiert viel Gold schenkt, verschlägt es denen sofort die Sprache.«

»Das glaube ich nicht.«

»Da sieht man, welch ein Idiot Sie sind!« Bilac lachte hämisch. »Ein Glück, daß sich diese Idiotie nicht auf Ihren Arztberuf auswirkt. Gehen wir zu Ihrem Hospital.«

Er verließ den Raum, und alle folgten ihm.

Das Holzfällerlager bestand aus 760 Arbeitern, vierzehn Baracken aus Baufertigteilen, zehn großen Zelten, drei Wohnwagen und neun Huren. Dazu kamen drei offene Werkstätten, ein überdachter Maschinenabstellplatz und eine langgestreckte Baracke mit dem Eß- und Aufenthaltsraum, der Küche und dem Magazin. Eine Ecke des Saales war als Fernsehraum abgeteilt. Ein großer, Tag und Nacht rappelnder Generator versorgte alles mit Elektrizität. Eine notdürftige, in den Wald hineingeschlagene Landepiste für Kleinflugzeuge machte die Versorgung aus der Luft möglich. Inmitten des Lagers standen die Baracke der Einsatzleitung und der aus Fertigteilen zusammengebaute Wassertank. Das alles machte den Eindruck, als entstehe hier allmählich eine neue große Siedlung, ein Außenposten einer geplanten Industrieanlage, sobald noch einige tausend Quadratkilometer Regenwald abgeholzt und abgebrannt waren. Sie lag im Herzstück des Yanomami-Landes. In einem von der Regierung so genannten »Leerraum«.

Das Erscheinen eines Kanus mit zwei total erschöpften und ausgelaugten Männern rief natürlich eine große Aufregung hervor. Einige Arbeiter stiegen in den Fluß, zogen das Kanu an Land und trugen die völlig kraftlosen Männer in die zentrale Baracke, in der sich auch ein Sanitätsraum befand, betreut von zwei ausgebildeten Krankenpflegern. Der Leitende Ingenieur, ein Senhor Antão Dantas, kam sofort in die Krankenstation. Er traf Minho und Gilberto an, wie sie gerade ein großes Glas Maracujasaft mit viel Rum tranken. Sie lagen auf zwei Pritschen und sahen aus, als würde jeder keuchende Atemzug der letzte sein.

»Wo kommt ihr denn her?« fragte Dantas und setzte sich neben Minho auf die Pritsche. »Mein Name ist Antão Dantas. Ich bin der Leiter dieses verfluchten Camps hier.«

»Marco Minho«, röchelte Minho.

Und Gilberto sagte mit schwerer Zunge:

»Gilberto Quadros. Wir waren auf dem Weg von Boa Vista nach Santo Antônio und sind über dem Wald abgeschmiert.«

»Du lieber Himmel! Und das habt ihr überlebt?«

»Ich bin auf einem Baum gelandet.« Gilberto lächelte mühsam. »Glück gehabt, Senhor Dantas.«

»Und wo habt ihr das Kanu her?«

»Von einem Indianerstamm am Fluß. Er war unsere Rettung.«

»Ein Wunder, daß man euch nicht umgebracht hat.«

»Sie waren sehr freundlich zu uns.« Minho richtete sich auf und stützte sich auf seine Ellbogen. »Ohne sie wären wir verloren gewesen.«

»Erstaunlich. Wir sind nur auf angriffslustige Wilde gestoßen.« Dantas hielt das Glas fest, aus dem Minho trank. Dessen Hände zitterten so stark, daß er es kaum halten konnte. »Wir haben bereits fünf Mann durch Giftpfeile verloren.«

»Wir brennen ja auch nicht ihren Wald nieder.«

»Ein Mordpack sind sie. Wir legen jeden um, wenn wir einen sehen.«

»Was ist das hier für ein Fluß?« fragte Gilberto.

»Der Rio Parima.«

»Bravo!« Gilberto lächelte. Er hatte also doch recht gehabt. »Dann sind wir richtig. Senhor, welch ein unverschämtes Glück wir hatten! Wie weit ist es noch bis Santo Antônio?«

»Ungefähr knapp 150 Kilometer. Ihr gehört zur Mission?«

»Nein. Ich bin Pilot.« Gilberto zeigte auf Minho. »Senhor Minho ist Zoologe und will auf Santo Antônio eine Außenstation für seine Forschungen einrichten.«

»Soso. Sie sind also Zoologe.« Dantas half Minho noch einmal, aus dem Glas zu trinken. »Was ist Ihre Aufgabe in Santo Antônio? Ich kann mir da kein Bild machen.«

»Ich suche unbekannte Tierarten, bevor sie durch die Rodung des Regenwaldes vernichtet werden. Es gibt hier im Urwald über 15 Millionen verschiedener Pflanzen- und Tierarten, mehr als die Hälfte aller Arten auf unserer Welt. Und Hunderttausende unbekannter Arten leben hier und werden für immer durch die Zerstörung des Regenwaldes ausgelöscht.«

»Moment mal.« Dantas zog das Glas von Minhos Lippen weg. »Soll das ein Vorwurf sein?«

»Nur eine Anmerkung. Eine simple Feststellung. Es ist eine ökologische Katastrophe.«

»Und die wollen Sie verhindern?«

»Verhindern? Nein, das kann ich nicht. Ich bin kein Don Quichote, der gegen Windmühlenflügel reitet. Meine Aufgabe ist es, soviel wie möglich Neues zu entdecken, bevor es vernichtet wird.«

»Ihr seid alle Spinner!« Dantas erhob sich von der Pritsche. »Sie, diese schreienden Umweltschützer, die Klimaforscher — alles Spinner.«

Dantas wandte sich zur Tür. »Schlaft euch aus, erholt euch. Und dann wollen wir sehen, wie wir euch nach Santo Antônio bringen können.«

Sie schliefen fast zwanzig Stunden lang. Als sie wieder aufwachten, war es Mittagszeit. Noch immer fühlten sie sich wie erschlagen, jeder Muskel schmerzte, aber als einer der Sanitäter sie in den Duschraum führte und sie erst heiß, dann kalt duschten, spürten sie, wie ihre Kräfte zurückkehrten. Der Sanitäter hatte frische Jeans und Hemden mitgebracht, dazu je ein Paar Strümpfe und Taschentücher.

»Damit ihr wieder wie Menschen ausseht!« Der Sanitäter lachte. »Nur die Stiefel sind eure alten. Zieht euch an, und dann bekommt ihr soviel zu essen, wie ihr wollt. Heute gibt's Nudeln mit Schweinegulasch. Auch Bier haben wir. Was ist das eigentlich für'n Fleisch, das wir aus dem Kanu geholt haben?«

»Ein Affe.«

»Hab ich noch nicht gegessen. Wie schmeckt der?«

»Wie das zarteste Entrecote im Grand-Hotel — wenn dir vor Hunger der Magen zusammenschrumpft.«

Sie blieben drei Tage im Lager C 15.

Dantas gab über Kurzwellenfunk die erfreuliche Nachricht nach Boa Vista durch, daß Marco Minho und Gilberto Quadros den Absturz überlebt und sich bis zu C 15 durchgeschlagen hatten.

Sofia Lobos, die tage- und nächtelang geweint hatte und die kein Arzt beruhigen konnte, fiel ihrem Vater mit einem Aufschrei um den Hals, als er ihr die Mitteilung brachte: Marco Minho lebt. Dann weinte sie noch mehr, aber dieses Mal vor Glück. Senhora Dona Joana weinte ein wenig mit, aber dann siegte die nüchterne Überlegung über mütterliches Mitgefühl.

»Du liebst ihn?« fragte sie. »So sehr liebst du ihn?«

»Unendlich, Mama. Ich kann ohne ihn nicht mehr leben.«

»Das ist doch eine übertriebene Jungmädchen-Schwärmerei. Nicht mehr leben! Was sagst du da?!« Dona Joana musterte ihre Tochter. »Willst du mir die Wahrheit sagen?«

»Ja, Mama.«

»Hast du mit ihm, ich meine... du weißt schon...« Dona Joana räusperte sich verlegen.

»Ja, Mama.«

Dona Joanas Rücken versteifte sich. »Was heißt ja?«

»Wir lieben uns.«

»Und ihr habt schon —«

»Ja, Mama.«

»Ein Skandal!«

»Es war wunderschön. Ich bin so glücklich. Ich sehne mich nach Marco.«

»Mein Gott! Wenn das dein Vater wüßte.«

»Ich habe keine Angst, es ihm zu sagen.«

»Zum erstenmal in deinem Leben würdest du Prügel von ihm bekommen.«

»Das würde nichts ändern an unserer Liebe — im Gegenteil.«

»Ein unbekannter, kleiner, armer Zoologe!« Empörung ließ Dona Joanas Stimme hell werden. »Du wirfst dich weg an so einen Nichtsnutz! Sofia, es ist eine Schande, die du über unser Haus bringst! Niemand darf das erfahren, niemand! Kein angesehener Mann würde sich mehr für dich interessieren. Du hast deine Ehre verloren. Deine Ehre — begreifst du das? Was ist ein Mädchen ohne Ehre noch wert?«

»Ich liebe ihn. Alles andere ist mir gleichgültig.«

Und da sagte Dona Joana einen Satz, den ihr Sofia nie vergessen würde:

»Warum hat er den Absturz bloß überlebt!«

Sofia starrte ihre Mutter entsetzt an. Sie ballte die Fäuste, ein Zucken lief über ihr schönes Gesicht.

»Wie kannst du so etwas sagen, Mama?!« stammelte sie. »Ich wäre bereit, zusammen mit Marco zu sterben.«

»Du bist wahnsinnig, Sofia.«

»Ja, ich liebe ihn wahnsinnig. Damit müßt ihr euch abfinden.«

»Das werden wir nie!«

»Morgen fliege ich nach Santo Antônio.«

»Das wirst du nicht!«

»Wer will das verhindern?«

»Dein Vater.«

»Dann muß er mich einsperren.«

»Das werden wir auch!«

»Versucht es! Versucht es doch!« Sofia sprang auf und rannte in ihrem Zimmer hin und her. Dona Joana verfolgte sie mit besorgtem, aber kaltem Blick. Die Pläne der Familie Lobos sahen ganz anders aus. Zwei attraktive Söhne reicher Eltern der ersten Gesellschaft bewarben sich — noch diskret — um Sofia. Der eine war der Erbe einer Aluminiumfabrik, der andere würde einmal einen Konzern übernehmen, der Waffen herstellte. Zwei Partien, die den Lobos' sehr zusagten, wobei der Aluminiumerbe die besseren Aussichten hatte. Denn alle Schmelzöfen wurden mit Holzkohle befeuert, jede Verhüttungsanlage benötigte Holzkohle, und das Holz lieferte Paulo Lobos. Es war ja genug da. Und da kam plötzlich ein mickriger Zoologe daher und entehrte die einzige Tochter.

Man muß diesen Marco Minho unschädlich machen, dachte Dona Joana. Für Lobos eine Kleinigkeit — ein Wink, ein Gespräch, nur ein paar Worte, das genügte, um diesen Minho für immer in eine Ecke zu stellen, aus der er nie wieder herauskam.

»Überleg es dir, Sofia«, sagte Dona Joana mit der Würde, die sonst immer in ihrer Stimme lag. »Laß es nicht zum Äußersten kommen. Du kennst Papas Einfluß.«

»Ja, ich kenne ihn.« Sie warf sich herum und starrte ihre hoheitsvolle Mutter an. »Er würde Marco sogar von seinen Pistoleiros töten lassen!«

Dona Joana schwieg. Sie zuckte nur mit den Schultern, verließ den Raum und schloß von draußen ab.

Sofia war eine Gefangene im eigenen Elternhaus. Sie lief zur Tür, trommelte mit den Fäusten dagegen, schrie und schrie, aber niemand hörte sie — wollte sie nicht hören.

Von dieser Stunde an war Marco Minho schon ein toter Mann. Menschliches Freiwild, das man jagen und töten durfte.

Und er wußte es nicht.

»Sie haben es wirklich schwer«, sagte Gilberto, und ehrliches Bedauern lag in seiner Stimme.

Er meinte damit nicht die Holzfäller und Brandleger, die bei 40 Grad Hitze und 95% Luftfeuchtigkeit den Regenwald abholzen und die mächtigen Stämme verladen mußten, sondern er meinte damit die neun Huren, die in drei Wohnwagen und sechs Zelten ihrem schweren Gewerbe nachgingen.

»Neun Mädchen für 760 Mann, Senhor, das ist mörderisch. Wie halten die das bloß aus? Die vögeln wie am Fließband!«

»Andere Sorgen haben Sie wohl nicht?« Minho rückte einen aus Palmfasern geflochtenen breitkrempigen Hut tiefer ins Gesicht.

Sie saßen am Ufer des Rio Parima auf einer Bank. Ja, auf einer richtigen Bank, als wäre das hier ein Kurort, wo man genießerisch an einem Fluß sitzt und sich erholt. Hinter ihnen und vor ihnen auf der anderen Seite des Rio Parima kreischten die Motorsägen, hing eine riesige Rauchwolke über dem Wald, stürzten donnernd die Stämme in das Unterholz, Lianen, Würgefeigen, Bromelienkolonien und unzählbare Kleintiere mit sich reißend.

Gilberto hatte dafür kein Auge. Die Strapazen lagen hinter ihm, die Kräfte waren zurückgekehrt und damit auch das Verlangen nach einem stöhnenden, glatten Frauenkörper. Hundert Meter hinter ihm standen die Wohnwagen und Zelte der Mädchen.

»Sie denken wohl nicht daran?« fragte er.

»Nein.«

»Dann entschuldigen Sie mich, Senhor.« Gilberto erhob sich von der Bank. »Ich muß etwas für mich tun!«

Auf dem Weg zu den Wohnwagen machte er einen Schwenker und betrat die Baracke der Lagerleitung. Chefingenieur Dantas saß vor einer großen Luftaufnahme, die den Teil des Regenwaldes zeigte, den sie jetzt abholzten. Er blickte erstaunt hoch, als Gilberto eintrat.

»Sie wollen sicherlich wissen, wann Sie hier rauskommen«, meinte er. »Ich kann's Ihnen sagen: In zwei Tagen kommt Nachschub. Das Flugzeug kann euch dann nach Santo Antônio bringen. Das ist fest ausgemacht.«

»Danke. Aber das ist es nicht. Können Sie mir etwas Geld leihen? Wie wird hier bezahlt? In Dollar oder Cruzeiros?«

»Wen wollen Sie denn bezahlen?« fragte Dantas erstaunt.

»Ein Mädchen, Senhor.«

Dantas grinste breit und verständnisvoll. »Dollars sind ihnen lieber. Das ist eine harte Währung. Wieviel brauchen Sie?«

»Wieviel kostet es?«

»Das müssen Sie mit den Mädchen aushandeln. Der Preis richtet sich nach der Leistung. Wenn Sie Sonderwünsche haben —«

»Leihen Sie mir fünfzig Dollar? Sie bekommen sie bestimmt wieder.«

»Fünfzig Dollar? Mann, dafür bekommen Sie ein rasantes Trio.« Dantas lachte, griff in die Schublade seines Schreibtisches und holte die Dollarscheine hervor. »Ich empfehle Ihnen Mary und Blondie, zwei Profis aus den USA. Wenn Sie ein Schlangenmädchen wollen, ist Madalena die richtige. Unglaublich beweglich. Wenn sie bei der eine Stunde durchhalten, sind Sie ein Held.«

»Mal sehen, was sich ergibt«, meinte Gilberto bescheiden. Er nahm die fünfzig Dollar vom Tisch, tippte grüßend mit dem Zeigefinger an die Stirn und verließ den Raum.

Die Mädchen hatten einen verhältnismäßig ruhigen Vormittag. Die meisten Arbeiter waren im Wald, die Freischicht lag noch in den Baracken — das Schlangestehen fing erst nach dem Abendessen an. Im Augenblick waren fünf Mädchen belegt, die vier übrigen saßen vor einem Wohnwagen unter einem Vorzelt, tranken Kaffee und unterhielten sich. Es gab nur ein Thema: der Nachschub in zwei Tagen. Er brachte Zeitschriften mit, Parfüm, Sekt und Schnäpse, vor allem aber sollten drei neue Mädchen kommen.

Gilberto schlenderte heran, blieb vor den vier Huren stehen und betrachtete sie, als wolle er ein Pferd kaufen. Die Mädchen lachten, und eine von ihnen sagte:

»Für zehn Dollar, kleines Bullchen, zeige ich dir den brasilianischen Kreisel. Willste mal schwindelig werden?«

»Wer von euch ist Madalena?«

»Besetzt. Dauert noch eine halbe Stunde, bis sie frei ist.«

»Und Mary?«

»Turnt auch gerade.«

»Dann bist du Blondie.« Gilberto zeigte auf ein Mädchen mit gebleichten Haaren.

»Erraten.« Blondie wölbte ihre Brust. Unter dem dünnen T-Shirt war nichts zu verbergen. »Woher kennst du mich?«

»Hab 'ne Empfehlung bekommen.« Gilberto stellte mit Zufriedenheit fest, daß Blondie eine fabelhafte Figur besaß. »Wieviel?« fragte er.

»Kommt darauf an, was du willst.«

»Alles.«

»Junge, mit dreißig Dollar bist du dabei.« Blondie erhob sich von ihrem Klappstuhl.

Stehend sah sie noch besser aus, mit ihren langen Beinen und schlanken Oberschenkeln. Sie hielt die offene Hand hin. »Vorkasse.«

»Ich bin kein Zechpreller.«

»Erfahrung macht klug, mein Junge.«

Gilberto zählte dreißig Dollar ab und drückte Blondie die Scheine in die Hand.

»Na gut«, sagte sie. »Das reicht fürs erste. Da drüben, der zweite Wohnwagen. Wie heißt du, *amorzinho?*«

»Gilberto.«

»Ein schöner Name. Wenn du's so gut kannst, wie du heißt, wird's ein schöner Vormittag.« Mit wiegenden Hüften ging sie voran.

Im Wohnwagen lag eine drückende Hitze. Blondie stellte einen Deckenventilator an, streifte T-Shirt und Höschen ab und legte sich auf das Bett. »Na, was ist? Klemmt der Reißverschluß?« fragte sie. »Soll ich dir helfen? Bist du so einer, der gern ausgezogen werden will? Na, komm schon! Ich habe keine Zeit zu verschenken.«

Gilberto dachte an sein Mädchen in Boa Vista. Brizida, ihren kaffeebraunen Körper und an die Zärtlichkeit, mit der sie die Liebe begann. Wie lang war es schon her, seit er sie zuletzt gesehen hatte. Das hier war kein Ersatz: Fünfundfünfzig Kilo auf unbestimmte Zeit für dreißig Dollar. Doch immerhin wohlgeformte fünfundfünfzig Kilo ... Gilberto stieg aus seiner Hose. Blondie stieß einen kleinen, spitzen, begeisterten Schrei aus.

»Mann, du hast es aber nötig!« Sie kicherte und winkte ihn näher. »Komm her! So was kriegt man hier selten zu sehen.«

Und sie zog ihn zu sich herab.

Gilberto erkannte schnell, daß Blondie ein Glücksfall für einen Ausgehungerten war. Obwohl ihr Brizidas Zärtlichkeit fehlte, war er sehr sehr zufrieden und überließ sich Blondies geschickten Händen. Nur eins mißfiel ihm, als sie schweißüberströmt auseinanderfielen: Blondie sprang aus dem Bett, griff in Gilbertos Hosentasche und holte die restlichen zwanzig Dollar heraus. Sie warf sie in eine Schublade zu dem anderen Geld.

»Was ist denn das?« fragte Gilberto. Er lag auf dem Rücken und roch nach Blondies Parfüm.

»Was?« fragte Blondie zurück. Mit einem Handtuch wischte sie sich den Schweiß von Brust und Leib und zog es dann zwischen ihre Beine.

»Du hast mir zwanzig Dollar aus der Hose genommen.«

»Das ist der Aufpreis, mein Bullchen.«

»Aufpreis? Wofür?«

»Ich hab's dir auch französisch gemacht. Das ist ein Sondertarif.«

Gilberto spürte, wie plötzlich in seinen Kopfadern das Blut zu klopfen begann. Er richtete sich auf und atmete ein paarmal tief durch.

»Gib die zwanzig Dollar raus!« sagte er.

»Nun reg dich doch nicht auf! Du hast ja was dafür gehabt.«

Gilberto winkte mit dem Zeigefinger. »Zwanzig Dollar.«

»Sei froh, daß ich nicht reingebissen habe.«

Gilberto schwang die Beine aus dem Bett und stützte die Arme auf seine Oberschenkel. Die nackte Blondie, das Handtuch noch immer zwischen ihren Beinen, ihr spöttisches Lächeln, die wippenden Brüste mit den großen roten Höfen, alles ekelte ihn plötzlich an. Er erhob sich vom Bett und trat einen Schritt auf sie zu.

»Gib die zwanzig Dollar raus!« knurrte er. »Sofort!«

»Mach keinen Scheiß, sag ich dir.« Blondie wich zurück zur Tür. Aber Gilberto war schneller, riß sie an den Schultern herum und warf sie aufs Bett. »Ich schreie, wenn du mich anfaßt!« rief sie. »Ich schreie das ganze Lager zusammen!«

»Meine zwanzig Dollar will ich!«

»Einen Tritt in die Eier kriegst du!«

Irgend etwas zerriß in diesem Moment in Gilberto. Es war ihm einfach unmöglich, sich noch zu kontrollieren. Er stürzte sich auf Blondie, schlug ihr links und rechts ins Gesicht, und als sie anfangen wollte zu schreien, riß er sie hoch und knallte ihren Kopf mehrmals gegen die Wand. Blut floß aus ihrer Nase, ihre Augen waren unnatürlich geweitet, schlaff hing sie in seinen Armen, und als er sie wieder aufs Bett fallen ließ, war sie wie ein Körper, der keine Knochen und Muskeln mehr hatte.

Er zog die Schublade auf, nahm die zwanzig Dollar heraus und verließ den Wohnwagen. Die drei anderen Mädchen waren nun auch bei der Arbeit, niemand sah ihn weggehen. Er blickte an sich herunter, sah jetzt, daß er noch nackt war, kehrte in den Wohnwagen zurück, zog sich an und warf noch einen Blick auf Blondie. Sie lag reglos da, und er wußte nicht, ob sie noch atmete, aber er wollte es auch gar nicht wissen. Er ging zurück zum Lager und betrat das Zimmer von Chefingenieur Dantas.

Dantas nickte ihm zu, wollte fröhlich fragen, wie's gewesen war, aber dann erstarrte er und stierte Gilberto an.

»Sie ... Sie haben ja Blut an den Händen!« stotterte er. »Was ist denn passiert?«

»Ich habe Blondie getötet«, sagte Gilberto völlig ruhig. »Ich habe sie erschlagen. Sie wollte mir zwanzig Dollar stehlen. Das kann ich nicht ertragen.«

Dantas zuckte hoch, stieß Gilberto zur Seite und stürzte zur Tür hinaus.

Gilberto setzte sich auf einen Stuhl und wartete. Er dachte wieder an Brizida, und plötzlich sagte er laut:

»Ich bin im Recht. Ich bin im Recht. Ich lass' mich nicht von einer Hure bestehlen.« Und er wartete geduldig, bis Dantas mit vier Männern zurückkam.

* * *

Am dritten Tag nach dem Niederbrennen des Yanomami-Dorfes flogen Coronel Bilac und seine Polizisten wieder von Santo Antônio ab. Beja begleitete sie, aber bevor er das Flugzeug bestieg, sagte er noch zu Thomas:

»Sie waren mir sympathisch, Doktor, und meine Verehrung gilt vor allem Luise. Aber ich fürchte, ich kann für Sie nur noch wenig tun. Sie können Ihre Lage nur wieder bessern, wenn Sie den Mund halten. Feinde in diesem Land zu haben ist tödlich. Coronel Bilac als Feind zu haben kommt einem Selbstmord gleich. Passen Sie auf sich auf.«

»Ich werde wie bisher meine Pflicht tun, Senhor Beja.«

»Tun Sie's als Arzt.«

»Man macht sich mitschuldig, wenn man jetzt schweigt.«

»Das ist das Fatale Ihrer Lage, Doktor. Es gibt keine Schuld. Keiner fühlt sich schuldig. Es geschieht alles zur Durchsetzung eines großen Planes, der Brasilien reich werden läßt. Sie sind *doch* ein Don Quichote!« Er gab Thomas die Hand. »Wir hören noch voneinander ... und es wird nichts Erfreuliches sein. Grüßen Sie Luise von mir. Ich hätte mir gewünscht, daß wir anders zusammenarbeiten.«

Als die Flugzeuge in den sonnigen Himmel stiegen, blickte ihnen Thomas sinnend nach. Pater Ernesto stand neben ihm und sog an seiner Pfeife.

»Was hat Coronel Bilac vor?« fragte Thomas.

»Wer weiß das? Eine Gemeinheit wird's auf alle Fälle sein. Ich nehme an, man wird dich von der Mission abziehen.«

»Das entscheidet Bilac nicht. Ich bin vom Innenministerium gerufen worden.«

»Man wird dich abschieben, zurück nach Deutschland. Du hast zuviel Gewissen.«

»Ich habe noch nicht allzu viel von der Tragödie Regenwald gesehen, aber was ich gesehen habe, genügt, die Öffentlichkeit zu alarmieren.«

»Dieser Ansicht scheint auch Bilac zu sein. Und hinter Bilac steht nicht die Regierung, sondern der Clan der Großgrundbesitzer, Fabrikaten und Spekulanten. Du hast sie noch nicht kennengelernt, vielleicht lernst du sie nie kennen, aber du wirst ihre Macht spüren. Sie sind die wahren Regenten!«

»Auch die fürchte ich nicht!«

»Sie nicht, aber sie haben ihre eigenen Truppen. Die Pistoleiros. Bezahlte Mörder. Ein Wort, ein Wink, ein paar Dollar Handgeld . . .«

Pater Ernesto sog an seiner Pfeife, eine dicke Rauchwolke quoll aus dem Pfeifenkopf. »Weißt du, was in den letzten Jahren passiert ist, als die Großgrundbesitzer Tausende von Quadratkilometern Regenwald abholzten für Weiden, Holzkohle, Edelholz und Siedlungsprojekte und in das Gebiet der Kautschukzapfer, der Seringueiros, kamen? Natürlich hatten die sich gewehrt, daß aus ihrem Wald eine Weide für die weißen Nellore-Rinder werden sollte. Sie organisierten Sitzstreiks, zogen zu den Lagern der Holzfäller und umzingelten sie, sie schickten Delegationen nach Brasilia. Und was geschah? Die Pistoleiros der Großgrundbesitzer brachten über zweihundert Kautschukzapfer um, erschossen oder erschlugen sie . . . und keiner zog sie zur Rechenschaft! Wer dann noch lebte und unbequem war, wie etwa Júlio Maputo, erhielt immer wieder anonyme Anrufe mit der Drohung: Du wirst bald sterben. In Brasilien hat man dafür sogar einen Namen: *Anunciado!* Wer eine Anunciado erhält, ist bereits tot. Es ist nur eine Frage der Zeit. Er könnte fliehen, wohin er wollte, er könnte sich mit Leibwächtern für teures Geld umgeben — die Pistoleiros kriegten ihn doch.« Ernesto sah Thomas mahnend an. »Auch du wirst eines Tages eine Anunciado bekommen. Dann rettet dich niemand mehr. Du würdest nicht einmal das Flugzeug nach Deutschland erreichen.«

»Aber man darf doch nicht schweigen!« Thomas hieb die Fäuste gegeneinander. »Allein, was Bilac hier getan hat, sollte die ganze Welt wissen. Was wäre gewesen, wenn die Yanomami nicht in den Wald geflüchtet wären?«

»Es gäbe diesen Stamm nicht mehr.«

»Bilac hätte sie wirklich alle getötet?«

»Ja. In Notwehr. Er hätte genug Zeugen gehabt, die beschworen hätten, die Indianer hätten ihn und seine Polizisten angegriffen.«

»Ich hätte das Gegenteil bezeugt!«

»Du! Ein Ausländer! Was gilt denn deine Stimme?! Ja, wenn eine verirrte Kugel dich getroffen hätte. Dann wärst du sogar ein Held geworden — so einfach ist das hier bei uns! Tom, du bist Arzt. Hilf den Menschen, aber opfere dich nicht für Unabänderliches. Die anderen sind stärker —«

»Und ihr? Ihr Priester?«

»Wir protestieren immer und immer wieder. Der Bischof von Roraima, der Bischof von Amazonien, die Bischöfe von Acre und Rondônia, die Erzbischöfe von Rio und São Paulo — alle haben sie protestiert! Aber es geschieht nichts. An die Bischöfe wagt man sich nicht heran, aber einige Patres und Priester sind von den Pistoleiros der Großgrundbesitzer erschossen worden. Und auch das ist den Zeitungen nur noch eine kurze Meldung wert. Eine Änderung müßte von oben, von den Ministerien in Brasilia und den Regionalregierungen kommen, aber gerade bei den Regionalregierungen gibt es zuviel offene Hände. Die Lobby, wie es vornehm heißt, ist überall.«

Sie gingen hinunter zum Fluß und setzten sich auf die Bank. Aus dem verbrannten Dorf der Yanomami stieg noch immer Brandgeruch auf.

»Wer ist der Rote Pfeil?« fragte Thomas plötzlich.

Pater Ernesto schmauchte wieder an seiner Pfeife. »Ich würde zehn Rosenkränze beten, wenn ich das wüßte.«

»Ist er nun ein Indio oder nicht?«

»Nein.«

»Wieso bist du so sicher?«

»Er kann lesen und schreiben, und er schreibt ein fehlerfreies Portugiesisch.«

»Es gibt doch auch zivilisierte Indianer, die sogar studieren.«

»Eine Handvoll. Und dann nicht hier.«

»Wenn er ein Weißer ist, warum spielt er dann den Indianer?«

»Ich weiß es nicht.«

»Er schadet damit den Indios mehr, als daß er ihnen hilft. Unser niedergebranntes Dorf ist ein Beweis.«

Pater Ernesto klopfte seine ausgerauchte Pfeife am Fuß der Bank aus. »Ich bin gespannt, wie er nach dem Niederbrennen des Dorfes reagiert. Irgend etwas wird er unternehmen.«

»Es ist furchtbar, das zu sagen, aber er sollte sich einen Giftpfeil für Bilac aufheben.«

»Auch das würde hier nichts ändern. Für Bilac käme ein anderer, ebenso korrupt. Angst sollten die Mächtigen bekommen, aber das schafft ein einzelner nicht. An einem Wespenstich ist noch kaum jemand gestorben.«

»Und trotzdem schweige ich nicht!« erwiderte Thomas. Seine Stimme war hart und selbstbewußt. »Und wenn ich auch nur *eine* Wespe bin — ich steche.«

»Und wirst mit der Klatsche erschlagen, oder dein Nest wird ausgeräuchert.« Pater Ernesto steckte seine leere Pfeife in die Hosentasche. »Du liebst doch Luise?«

»Ja.«

»Dann sorge dafür, daß ihr eine Zukunft habt und nicht auf dem Friedhof von Santo Antônio liegt.«

»Ich bin kein Feigling, Ernesto.«

»Ein toter Held nützt niemandem. Ein Grab im Regenwald wird schnell überwuchert.«

»Werden die Yanomami zurückkommen?«

»Zu uns! Das Dorf wieder aufbauen? Nein! Sie werden im Wald bleiben, und nur durch Zufall wird man sie entdecken.«

»Es sind drei Tuberkulosefälle darunter. Außerdem zwei Lungenentzündungen, neun Grippekranke und vier Malariafälle. Ernesto, sie werden sterben, wenn ich ihnen nicht die Medikamente geben kann. Ich muß die Behandlungen fortsetzen.«

»Wie denn? Sag mir das.«

»Ich muß in ihr neues Lager.«

»Das kennt keiner. Und wo suchen? Sie hinterlassen keine Spuren.«

»Vielleicht können uns die vier Yanomami helfen, mit denen Luise unterwegs ist.«

»Das wäre eine Möglichkeit. Und dann? Du willst wirklich in ihr neues Dorf?«

»Ja.«

»Sie werden dich töten. Auch wenn du als Arzt kommst — du bist ein Weißer! Ein Termitenmensch, wie sie uns nennen. Bis jetzt haben sie mit einer rätselhaften, bewundernswerten Geduld alles ertragen, was man ihnen angetan hat. Sie haben das alles erduldet, Steinzeitmenschen, die plötzlich ins 20. Jahrhundert versetzt wurden. Aber einmal, und das wird jetzt bald sein, werden sie sich wehren und um ihren Lebensraum und das nackte Überleben kämpfen!«

»Wie sollen sie sich denn wehren?« rief Thomas entsetzt. »Pfeile, Speere und Blasrohre gegen Maschinengewehre und Kleinraketen? Sie können doch nur durch unsere Hilfe überleben.«

»Das ist richtig. Aber wer hilft ihnen? Die Demonstranten, die mit Plakaten und Spruchbändern durch die Straßen der europäischen Städte ziehen? Die Sägen rattern weiter, und die Rauchwolken der Brände verfinstern den Himmel. Wenn jemand ein Schlafzimmer aus Mahagoni oder eine Schrankwand aus Teak kaufen will, der fragt nicht danach, woher das Holz kommt.«

»Und in fünfzig Jahren gibt es keinen Regenwald mehr.«

»Du Optimist. Wenn es so weitergeht wie bisher, kann man in fünfundzwanzig Jahren die Bäume am Amazonas zählen. Wir stehen vor einer Menschheitskatastrophe, aber nur wenige begreifen es.«

Pater Ernesto erhob sich von der Bank und blickte über den Rio Parima. Am gegenüberliegenden Ufer zwischen den Mangroven, Fächerpalmen und Riesenfarnen platschte gerade ein kleines Wasserschwein im seichten Ufergrund.

»Wann wollte Luise zurückkommen?« fragte Ernesto.

»Heute oder morgen.« Auch Thomas erhob sich von der Bank. »Ich will es dir gestehen, Ernesto: Ich komme vor Sorge fast um.«

»Sie hat den besten Schutz, den es gibt, bei sich.«

»Und wenn sie auf herumstreifende Goldsucher trifft?«

»Die Yanomami hören sie lange, bevor man sie sieht.«

»Leben andere Stämme in dieser Gegend?«

»Das weiß man nicht. Und wenn es andere Shabonos gibt, dann gehören sie zur großen Familie der Yanomami. Wir werden hören, was Luise zu berichten hat.«

Noch drei Tage lebte Thomas in qualvoller Ungewißheit. Im Hospital hatte er wenig zu tun. Zwei Garimpeiros mit Schußverletzungen lagen in einem Zimmer, ein Syphilitiker und ein Lungenkranken lagen in einem anderen Raum, und im dritten Zimmer kämpfte ein Waldarbeiter mit den Schmerzen, dem Thomas einen riesigen Furunkel aus dem Nacken geschnitten hatte. Sie alle kamen aus der Goldgräberstadt Novo Lapuna und erzählten geradezu unglaubliche Dinge.

»Zehn Ärzte haben wir jetzt im Camp«, sagte der Syphilitiker, »zwei Chirurgen, vier für innere Krankheiten, einen Augenarzt, einen für Hals-Nase-Ohren, einen Urologen — und sinnigerweise einen Frauenarzt. Der kümmert sich um unsere zweiundfünfzig Huren. Von den zehn sind fünf ständig besoffen, drei spritzen sich selbst um den Verstand, einer ist schwul, und nur der zehnte ist normal, und das ist der Frauenarzt. Die meisten von uns helfen sich selbst. Ob Grippe oder Durchfall, ob Herzflimmern oder Blasenkatarrh — 'ne Flasche Zuckerrohrschnaps rein in den Bauch, und alles ist wieder in Ordnung. Zu Ihnen, zur Mission, wagt sich keiner. Da mußte vor 'ner Pille erst beten, sagen sie, und ein Verband kostet zwei Vaterunser.«

»So ein Blödsinn!«

»Aber sie glauben es, Doktor. Wenn wir ihnen erzählen, wie Sie sich um uns kümmern, dann würden Sie von Kranken überrollt.«

»Es waren schon einige von euch hier im Hospital.«

»Und die halten die Schnauze, wie wir auch, wenn wir wieder entlassen sind. Bescheid weiß nur einer, Benjamim Bento, und der hält dicht.«

»Wer ist Benjamim Bento?«

»So was wie 'n Bürgermeister von Novo Lapuna. Gewählt von unseren Bossen. Ein prima Kerl mit 'ner eigenen Polizeitruppe. Aber Ordnung kriegt er in den Haufen doch nicht rein. Da reicht noch nicht mal ein Bataillon. Wir sind über 50 000 Mann — da ist immer was los. Sie sollten mal zu Besuch kommen, Doktor. Aber sagen Sie bloß nicht, Sie wären Arzt.«

Endlich kam Luise zurück. Mittags gegen zwölf Uhr brachen sie aus dem Regenwald hervor, auf dem kleinen Pfad, den sie sich in den Dschungel geschlagen hatten. Eine kleine Baumtrommel, ein ausgehöhlter Baumstamm, bespannt mit Tapirhaut, ertönte und kündigte die Rückkehr an. Einer der italienischen Handwerker setzte kurz darauf mit dem Aluminiumboot über und holte Luise und die Yanomami ab. Thomas hob Luise aus dem Boot, sie warf die Arme um ihn, und sie küßten sich.

»Endlich«, sagte Thomas. »Endlich! Ich hätte es nicht länger ausgehalten.«

»Ich auch nicht.« Sie legte den Kopf an seine Brust und hielt ihn umarmt. »Ich hätte noch wochenlang im Wald bleiben können — was ich alles an neuen Pflanzen entdeckt habe, es ist ungeheuerlich. Mein Gott, was steckt in diesem Regenwald an Geheimnissen! Du wirst staunen, was ich gefunden habe. Ich konnte Fotos machen von Pflanzen und Tieren, die noch niemand vor mir gesehen hat. Weißt du, daß es einen Pflanzensaft gibt, der Blutungen sofort stillen kann — besser als unsere Mittel?«

Er hob ihr Kinn an und küßte ihre Augen und die Lippen.

»Wie hast du das entdeckt?«

»Einer der Yanomami riß sich an einem Dornbusch den Arm auf. Es blutete sehr. Da lief ein anderer Indianer weg, kam mit einem Strauch voll fleischiger Blätter zurück, preßte die Blätter aus und strich den grüngelblichen Saft über die Wunde. Sie hörte sofort auf zu bluten! Ich habe dann später über die Wunde gestrichen, es war, als sei sie verklebt. Der Pflanzensaft lag darauf wie ein Film. Die Yanomami haben mir dann den Strauch gezeigt. Er wird etwa zwei Meter hoch und hat fast waagerecht vom Stamm abstehende biegsame Zweige. Die Blätter sind handtellergroß und voller Saft. Du wirst es nachher sehen, ich habe vier große Äste mitgebracht.«

Die Indianer luden unterdessen das Boot aus. Außer der Ausrüstung, die sie mitgenommen hatten, trugen sie Körbe mit Pflanzen und Wurzeln an Land, Zweige und Blüten, drei dicht geflochtene Kästen aus Lianen, mit einem Deckel. Darin befanden sich Spinnen und Frösche, unbekannte Insekten und Käfer und aus einem Sumpf gefischte Algen und Wasserpflanzen.

Eine Ausbeute, die vielleicht eine Sensation sein konnte.

Luises Rückkehr wurde von der Mission mit Wein und einem langen Essen gefeiert. Sogar der Tenente Ribateio kam von der Polizeistation herüber und gratulierte Luise zu ihrem Erfolg. Er soff am meisten von allen und schwankte am Abend liedersingend zurück zu seinem Haus.

Es war fast Mitternacht, als Thomas und Luise endlich allein waren. Da Toms Zimmer im Hospital lagen, waren sie in Luises Unterkunft gegangen. Wie selbstverständlich zogen sie sich aus, stellten sich gemeinsam unter die Dusche, seiften sich gegenseitig ein und küßten sich dann unter den warmen Wasserstrahlen. Tom hob sie auf seine Arme, und naß, wie sie waren, trug er sie zum Bett und legte sich neben sie. Langsam begann er ihren nassen Körper zu streicheln und die Wassertropfen Zentimeter für Zentimeter wegzuküssen. Sie lag mit geschlossenen Augen da und ließ ihre Finger über seinen Nacken und seine Schultern gleiten, und sie seufzte tief vor Verlangen, als er mit seinen Lippen immer tiefer kam und dann seinen Kopf in ihrem Schoß verbarg. Ein Zittern lief durch ihren Körper, ihre Beine öffneten sich weit, und als sein Mund hinunterglitt und sie seine Zunge spürte, griff sie in sein Haar und wühlte es verspielt durcheinander. Seine Hände wanderten über ihren Leib und streichelten ihre Brüste.

»Du weißt gar nicht, wie sehr ich dich liebe«, sagte er.

»Doch . . .« Ihr Flüstern brach ab. »Ich brauche nur zu spüren, wie sehr ich dich liebe.«

»Ich habe dich so vermißt. Ich war so einsam ohne dich.«

»Ich habe immer an dich gedacht. Du warst immer neben mir. Und in den Nächten —«

»In den Nächten habe ich mit dir gesprochen. So, als würdest du neben mir liegen. Ich habe laut mit dir gesprochen. Und ich habe dir erzählt, was am Tag alles geschehen ist, und dann war es, als würdest du in meinen Armen liegen, dich ganz fest an mich pressen und deinen Kopf auf meine Brust legen. Mit diesem Gefühl bin ich jede Nacht eingeschlafen, und wenn dann der Morgen kam und ich aufwachte und allein im Bett lag, überfiel mich eine grenzenlose Einsamkeit, die mir manchmal den Atem nahm. Ich kann nicht mehr ohne dich sein, ich kann es nicht. Diese vergangenen Tage waren schrecklich für mich.«

Sie streichelte wieder seinen Nacken und seinen Kopf, der zwischen ihren Schenkeln lag, faßte unter seine Achseln und zog ihn über sich. Ein Glücksgefühl, in dem sie schwerelos zu fliegen glaubte, in dem sich alles Irdische auflöste und nur sein Atem und sein Körper in sie eindrangen, überwältigte sie.

Später schliefen sie, erschöpft und glücklich, die Arme fest um sich geschlungen, und sie wußten, daß diese Liebe einmalig war und ihr Leben veränderte.

Am nächsten Morgen waren die Yanomami, die Luise begleitet hatten, verschwunden, irgendwo im Regenwald, und keiner konnte sie mehr fragen, wo man sie finden könnte.

Es kam selten vor, daß Leonor, die hübsche Ziehtochter von Helena Batalha, am Abend allein durch Novo Lapuna ging, um eine Freundin zu besuchen oder in der Disko zu tanzen. Benjamim Bento oder Helena waren immer an ihrer Seite. Tagsüber stand sie hinter der Wäschetheke des Drugstore, verkaufte Hemden, Unterhemden, Shorts und Unterhosen an die wilden Kerle, wog auf einer kleinen Waage den Goldstaub ab, mit dem die meisten bezahlten, und überhörte geduldig all die Anspielungen und Zoten der Garimpeiros. Manch einer hätte sie gern gehabt, aber sie ließ sich auf nichts ein. Ruhig und bestimmt wehrte sie alle Annäherungsversuche ab.

An diesem Abend nun hatte Bento eine Sitzung mit den Bezirksvorstehern von Novo Lapuna, um die katastrophalen hygienischen Zustände zu besprechen, vor allem das Abwasserproblem.

Helena Batalha hatte für ihren Drugstore Nachschub bekommen. Drei Transportmaschinen, die auf der Piste von Novo Lapuna gelandet waren, hatten Kisten, Kartons, Säcke und Ballen mitgebracht, mit denen die Regale wieder aufgefüllt wurden. Es war eine lange Liste gewesen, die Helena nach Boa Vista geschickt hatte.

Mit zwei Angestellten war Helena also an diesem Abend damit beschäftigt, die Lieferungen auszupacken, mit Preisen auszuzeichnen und in die Regale zu verteilen. Mit saurer Miene saß Leonor im Wohnzimmer. Sie hatte ein schönes Kleid angezogen, die Haare mit einem Stirnband zurückgehalten, sie sah richtig süß aus, wie eine große Puppe aus dem Ballett »Die Puppenfee«, das kürzlich im brasilianischen Fernsehen gesendet worden war. Sie hatte sich mit drei Freundinnen in der Disko verabredet, aber nun hatten weder Bento noch Helena Zeit, sie hinzubringen. Um sie herum stapelten sich Kartons und Kisten, Dosen und Flaschen, Stoffballen und Säcke mit Reis, Nudeln, Mehl und Zucker.

»Was ist nun, Mama?« fragte sie. Sie nannte Helena Mama, seit sie bei ihr aufgenommen worden war. Ihre richtige Mutter hatte sie kaum gekannt, sie war in ihrer Erinnerung völlig verblaßt. Woher Leonor wirklich stammte, wußte niemand, auch sie selbst nicht. Es war Helenas Geheimnis. Sollte sie erzählen, daß Leonors Mutter in Manaus zwei Bürohäuser geputzt hatte und die Geliebte des Hausmeisters gewesen war und daß es ungewiß war, wer nun der Vater Leonors war — der Ehemann oder der Hausverwalter? Es wurde nie klar, denn Leonors Vater erstach eines Morgens sowohl seine Frau als auch den Liebhaber und starb ein Jahr später im Gefängnis im Kugelhagel der Polizei, die damit eine Gefangenenrevolte niederschlug.

Damals verdiente sich Helena ihr Geld neben anderen Arbeiten als Kellnerin in einem stadtbekannten Lokal, in dem im Parterre die Bar und zwei Stockwerke darüber zwölf Zimmer lagen, die stundenweise vermietet wurden. Helena war damals eine fleißige Mieterin gewesen. Durch Zufall lernte sie Leonors Mutter kennen und nahm die Kleine zu sich, als diese durch den Mord heimatlos geworden war.

Wen ging das alles etwas an? Auch Bento kannte die Geschichte nicht; für ihn war Leonor die Tochter Helenas, und damit war die Sache erledigt.

»Wer bringt mich denn hin?« fragte Leonor jedesmal, wenn Helena aus dem Laden nach hinten kam, um neue Waren zu holen.

»Du siehst doch, was los ist!« Helena packte einen Stoffballen und hob ihn hoch.

»Aber ich habe versprochen zu kommen, Mama. Kann Benjamim mich nicht —«

»Er hat eine Ratssitzung.« Helene blieb an der Tür stehen und atmete schwer unter dem Gewicht des Ballens. »Also ausnahmsweise, geh allein zur Disko. Wir holen dich dann ab.«

»Danke, Mama.«

Leonor sprang auf, umarmte Helena und gab ihr einen Kuß. Dann lief sie hinaus und winkte an der Ladentür noch einmal zurück. Ein lustiges, unbeschwertes Mädchen, das in einer Hölle aus Schlamm, Erdterrassen, Tausenden halbnackten, schwitzenden und keuchenden Leibern und ratternden Riesenmaschinen lebte.

Um 22 Uhr 25 schloß Benjamim Bento die Versammlung, ging mit seinen »Stadträten«, wie sie sich stolz nannten, in eine nahe gelegene Kneipe noch ein Bier trinken und erschien dann gegen 23 Uhr in Helenas Drugstore »Zum Daumen«.

Helena und ihre zwei Angestellten schleppten noch immer die neuen Waren in die Regale, auf der Theke lag ein großer Pappkarton mit einem dicken roten Filzstift. Bento nickte. Immer das gleiche. Wenn es darum ging, ein Sonderangebot auszuzeichnen, mußte er das tun. »Du hast die schönere Schrift«, sagte Helena immer. »Und du machst keine Fehler beim Schreiben.«

Bento ging hinter die Theke und nahm den Filzstift in die Hand.

»Was soll da drauf?« fragte er.

»Sonderangebot.«

»Das ist immer drauf. Womit willst du jetzt die Käufer betrügen?«

»Schreib: Oberhemden. Erste Qualität. In sieben Farben. Direktimport aus Hongkong.«

»Und wo kommen sie wirklich her?«

»Von einer Hemdenfabrik in Recife. Sie ist vor vierzehn Tagen pleite gegangen. Ich habe die Konkursmasse noch unter Herstellungspreis gekauft. Nach dreimal Waschen hast du Löcher im Hemd.«

»Sie werden dir eines Tages deinen Drugstore zusammenschlagen. Vor vier Wochen hast du Whiskey verkauft: 42 Prozent Alkohol. Und was war drin? Gepanschte 25 Prozent.«

»Und keiner hat's gemerkt!« Helena lachte schallend. »Nur einige haben sich gewundert, wieviel sie plötzlich vertragen können. Wer prüft das schon nach? Wenn's wie Alkohol in der Kehle brennt, ist's gut.«

Bento malte das Plakat mit dicker roter Schrift und umrahmte es mit Ausrufezeichen. Helena war zufrieden und gab ihm einen Kuß. »Das wirkt«, sagte sie. »Das fällt jedem auf.«

Bento ging ins Hinterzimmer, sah sich in dem Chaos aus Verpackungsmaterial um und kam erstaunt zurück.

»Wo ist denn Leonor?« fragte er.

»In der Disko. Mit drei Freundinnen. Wir holen sie nachher ab.«

»Es ist schon fast halb zwölf. Du hast noch genug zu tun. Ich hole sie allein ab.«

Die Disko lag in einem anderen Stadtviertel, aber nicht mehr als zweihundert Meter von Helenas Drugstore entfernt. Es war ein flacher, aber tiefer Bau mit einer zuckenden Neonreklame und — was in Novo Lapuna durchaus nicht verwunderlich war — mit einem bulligen, schwerbewaffneten Wächter vor der Tür. Wer betrunken in die Disko wollte, bekam mit der Faust eins auf den Schädel und legte sich für eine Weile auf die Straße. Zu einer Schießerei war es jedoch noch nicht gekommen, worüber sich jeder wunderte.

Bento nickte dem Wächter zu, der Bulle grinste zurück.

»Ich will Leonor abholen«, meinte Bento. »Ist viel los heute, was?«

»Leonor?« Ein Staunen lief über das Gesicht des Portiers, wie er sich selbst bezeichnete. »Ist sie denn noch nicht zu Hause?«

»Nein. Dann wär ich doch nicht hier! Ist sie denn schon weggegangen?«

»Vor über 'ner halben Stunde, Benjamim.«

Bento spürte, wie ihn plötzlich ein Frösteln überlief. »Waren ihre Freundinnen dabei?«

»Nein. Die sind schon vorher weg.«

»Sie ist allein gegangen?«

»So allein nun wieder nicht.« Der Wächter grinste breit. »Zwei Kerle waren bei ihr.«

»Zwei ... was?« Bento atmete tief durch. »Und du Bastard hast sie mitgehen lassen?!«

»Benjamim, sie ist erwachsen. Ich kann doch nicht —«

»Wer waren die zwei Kerle?«

»Kenn ich nicht. Waren noch nie hier, nicht, solange ich an der Tür stehe.«

»Und mit denen läßt du sie losziehen?« brüllte Bento. »Wo sind sie denn hingegangen?«

»Das haben sie nicht gesagt, und ich habe auch nicht gefragt. Warum auch? Sie war lustig und hat gelacht — ich glaube, sie hatte ein bißchen zuviel getrunken —«

»Leonor? Unmöglich! Sie trinkt nie Alkohol!«

»Heute aber hat sie's. BB, ich sehe doch, ob einer was geladen hat oder nicht.«

Bento schloß einen Moment die Augen, überlegte, ob er diesem grinsenden Nilpferd nicht in die Fresse schlagen sollte, aber dann sagte er sich: Er kann ja nichts dafür. Er steht da vor der Tür, um keine Raufbolde hereinzulassen, aber er ist nicht dafür da, Weggehende aufzuhalten.

»In ... in welche Richtung sind sie gegangen?«

»Die Straße runter. Ich habe geglaubt, sie bringen Leonor nach Hause. BB, ist was nicht in Ordnung? Wenn ich geahnt hätte —«

»Schon gut, Vasco. Danke.«

Bento drehte sich um und ging den Weg zurück. Je näher er dem Drugstore kam, um so schneller wurde sein Schritt. Die letzten fünfzig Meter rannte er, als verfolge man ihn und hetze er um sein Leben. Er sprang in den Landrover, der neben dem Drugstore in einem überdachten Car-Port stand, und fuhr dann durch Novo Lapuna, kreuz und quer, Straße um Straße und wußte dabei doch, daß es völlig sinnlos war, daß er Leonor nicht irgendwo auflesen würde, daß sie irgendwo in dieser verfluchten Stadt war, betrunken und allein mit zwei fremden Männern.

Gegen ein Uhr nachts kam er zurück. Helena saß wie zu Stein erstarrt im Zimmer, in ihrem großen Rattansessel, und sah ihn aus weiten, wie toten Augen an.

»Wo ... wo ist sie?« fragte sie kaum hörbar, als Bento sich wortlos auf einen Stuhl fallen ließ.

Er hob resigniert die Schultern. »Ich weiß es nicht.«

»Mimo —«

»Lena —«

»Ich habe Angst. Es ist etwas Grauenvolles passiert —«

»Wir wollen nicht daran denken, bis wir es wissen. Leonor ist mit zwei Männern weggegangen. Betrunken —«

»Sie trinkt nicht!«

»Sie hat aber.«

»Man muß es ihr mit Gewalt eingegeben haben.«

»Dann lacht man nicht.«

»Sie hat gelacht?«

»So hat es Vasco gesagt. Sie war fröhlich wie nie.«

»Mein Gott!« Helena verbarg ihr Gesicht in den Händen. »Wird sie wie ihre Mutter? Wird sie plötzlich so?!«

»Wer war ihre Mutter? Du hast nie darüber gesprochen.«

»Es sollte auch nie einer wissen. O Maria im Himmel, ich habe doch alles getan, damit sie anders wird. Warum? Mutter Gottes, ich habe sie doch erzogen wie mein Kind.« Sie faltete die Hände, begann zu weinen. »Maria, was habe ich falsch gemacht?«

»Noch wissen wir nicht, was passiert ist«, sagte Bento mit rostiger Stimme. »Wir können nichts tun als warten.«

»Sie kommt nicht zurück, ich fühle es. Sie kommt nicht zurück —«

»Irgendwo muß sie sein. Irgendeiner wird sie gesehen haben. Ich werde die ganze Stadt aufrufen, sie zu suchen.«

»Und wenn man sie irgendwo verscharrt hat?«

»Denk doch an so etwas nicht, Lena.« Er preßte die Lippen zusammen. Helena sprach aus, was er schon die ganze Zeit dachte. »Vielleicht ... ist alles ganz harmlos.«

»Warum sagst du das? Du weißt genau, daß es anders ist!« Sie schlug die Hände vors Gesicht und weinte wieder. »Sie kommt nicht zurück. Mimo, sie kommt nicht zurück.«

Aber Leonor kam zurück.

Kurz nach drei Uhr morgens wankte sie in die Wohnung, mit leeren, wie leblosen Augen, mit einem zerrissenen Kleid, das eine nackte Brust sehen ließ, eine Brust, die wie die andere mit blutigen Bißwunden übersät war. Sie schwankte zur Couch, ließ sich darauf fallen, der Kleiderfetzen verrutschte, und man sah ihren nackten Unterkörper, die Striemen auf ihren Schenkeln und das verkrustete Blut, das an ihnen hinuntergelaufen war.

Helena fiel auf die Knie und schrie und schrie. Bento stürzte zu Leonor, umarmte den krampfartig zuckenden Körper und sah dabei, daß auch ihr Rücken blutig geschlagen war.

In diesem Augenblick zerbrach etwas in ihm. Nur einen Gedanken gab es, nur einen einzigen: Töten! Töten wie eine Bestie. Töten mit einer undenkbaren Grausamkeit. Töten —

»Wer war es?« fragte er und streichelte ihren Kopf. Die langen blonden Haare waren ebenfalls mit Blut verklebt. »Sei ruhig, sei ganz ruhig. Du bist wieder hier, keiner wird dir mehr etwas tun. Mein ... mein Liebling ... wo haben sie es getan?«

Sie antwortete nicht, sie lag schlaff in seinen Armen, zerschunden, zerbissen und blutverschmiert.

Er streichelte und streichelte sie immer wieder, und dann kam ein klein bißchen Leben in ihr zurück, sie hob den Kopf, starrte Bento aus toten Augen an und sagte so klar, daß ihm kalt bis ins Herz wurde:

»Ich möchte sterben. Ich will nicht mehr leben ... ich will nicht mehr ...«

»Bleib ruhig, mein Kleines.« Bento drückte Leonor wieder fest an sich. »Es geht vorüber, glaub mir. Es wird alles wieder gut. Wir bringen dich weg, für ein paar Tage. Wir bringen dich zur Mission Santo Antônio. Dort hast du Ruhe, dort ist ein guter Arzt, dort —« Er blickte hinüber zu Helena, die noch immer auf den Knien lag und betete. »Lena, wir fahren sofort! Pack das Nötigste zusammen.«

Helena nickte. Sie erhob sich, lief zu ihrer Tochter und küßte ihr Gesicht, die Striemen auf dem Rücken und die Bißwunden auf ihren Brüsten. Dabei stammelte sie unverständliche Worte, krallte dann die Finger in Bentos Schulter und sah ihn an, als sei der Wahnsinn über sie gekommen.

»Ich muß sie erst waschen, ein anderes Kleid ... So kann sie doch nicht zur Mission kommen.«

»Sie bleibt so, wie sie ist! Alle sollen es sehen. Alle —« Er schlang wieder seine Arme um Leonor. Sein Gesicht war wie versteinert. Helena hatte ihn noch nie so gesehen. »Sie sollen es sehen, damit sie verstehen, was passieren wird!«

»Was willst du tun, Mimo?«

»Ich werde suchen, suchen, suchen — und ich finde sie. Ich finde sie ...«

Nach vier Stunden Fahrt über die holprige Urwaldstraße sahen sie den Wasserturm der Mission im fahlen Morgenlicht. Vor der Polizeistation wollten Sergento Moaco und drei Polizisten gerade in den Jeep steigen, um ihre morgendliche Patrouille abzufahren. Bento hielt mit quietschenden Bremsen vor dem Jeep und winkte Moaco heran.

»Komm her, sieh dir das an!« rief er heiser vor Wut. »Nun komm schon!«

Moaco trat an den Landrover heran, warf einen Blick auf die verkrümmt auf dem Rücksitz liegende Leonor und prallte entsetzt zurück.

»Mein Gott, wer hat sie so zugerichtet? Das, das ist doch Leonor?«

»Sie wird es eines Tages wieder sein, dem Namen nach . . . Aber sie wird ein anderer Mensch sein. Sieh sie dir genau an —«

»Wer hat sie so zugerichtet?«

»Zwei Garimpeiros.«

»Du weißt, wer es war?«

»Nein. Vasco vor der Disko hat sie gesehen und wird sie wiedererkennen. Und ich werde sie finden, das schwöre ich dir.«

»Wir werden uns sofort darum kümmern und Vasco vernehmen.«

»Nein! Laß die Finger davon. Die zwei gehören mir, mir ganz allein.«

Moaco sah Bento ins Gesicht und zog die Schultern hoch.

»Benjamim, mach keinen Scheiß!«

»Kümmert euch nicht darum.«

»Ich weiß, was du denkst. Das Gesetz sind wir. Laß die Finger davon.«

»Ich hab's gehört.«

Bento blickte hinüber zu dem Hospitaleingang und fuhr weiter. Moaco sah ihm nach und stieg in den Jeep.

»Da kommt was auf uns zu«, sagte er zu den anderen Polizisten. »Wir fahren sofort zu Vasco. Wenn wir die Kerle nicht vor Bento erwischen, haben wir zwei Morde mehr am Hals. Ich möchte Bento nicht als Mörder nach Boa Vista bringen.«

Im Hospital waren Luigi, der Krankenpfleger, und Schwester Lucia bereits seit einer Stunde an der Arbeit. Das Frühstück war schon ausgegeben. Luigi trat vor die Tür und rannte dann zum Jeep, als er sah, wie Bento einen Körper aus dem Wagen hob.

»Ist der Doktor schon auf?« schrie Bento. »Los! Weck ihn!«

Luigi starrte auf den Körper und dann Helena an.

»Das ist doch . . .«, stotterte er.

»Ja. Sie ist es: Hol den Doktor! Schnell!«

Luigi hetzte zum Hospital zurück, rief über die Schulter: »Zweite Tür links ist die Ambulanz!« und rannte dann zu Toms Wohnung. Er klopfte ein paarmal an die Tür, aber von innen kam keine Antwort. Nach einem Zögern faßte er an die Klinke, drückte sie herunter und blickte in das Zimmer. Das Bett war leer, unberührt.

»Verdammt!« sagte er. »Auch das noch.« Er wußte genau, wo Thomas jetzt zu finden war, und fragte sich, ob er zu Luise Herrmann laufen und ihn aus ihrem Bett holen sollte. Doch dann überwand er seine Bedenken, vor allem, als er Bento mit Leonor auf den Armen in die Ambulanz kommen und ihn sagen hörte: »Wir legen sie auf den Tisch.«

Luise und Tom schliefen noch, sich so fest umarmend, wie sie eingeschlafen waren. Als Luigi mit der Faust gegen die Tür hämmerte, fuhren sie beide schlaftrunken hoch.

»Doktor!« rief Luigi vor der Tür. »Doktor! Sind Sie da? Ein Notfall! Verzeihen Sie bitte, aber es ist wirklich dringend.«

Thomas sprang aus dem Bett, streifte Hemd und Hose über und riß die Tür auf. Luise verschwand rasch in der Duschkabine.

»Was ist los?« fragte Thomas. »Was für ein Notfall? Wieder eine Schießerei im Camp?«

»Nein. Ein Mädchen, Leonor. Die Tochter von Helena aus dem Drugstore. Sie scheint schwer verletzt zu sein.«

»Unfall?«

»Ich weiß es nicht. Ihr Kleid ist völlig zerfetzt.«

In der Ambulanz lag Leonor auf dem Untersuchungstisch, mit geschlossenen Augen. Helena beugte sich über sie und rief ihr leise zärtliche Worte zu. Bento lehnte an der Wand. Schwester Lucia legte Verbandszeug heraus.

»Wir bitten um Verzeihung«, sagte Bento dumpf, als Thomas eintrat. »Wir haben sie nicht gewaschen. Sie sollen sehen, was mit ihr passiert ist. Sie sind mein Zeuge, wie man sie zugerichtet hat.« Er machte eine kleine Verbeugung. »Ich bin Benjamim Bento, wie man sagt: der Bürgermeister von Novo Lapuna, das ist Helena Batalha und auf dem Tisch ihre Tochter Leonor.«

Mit einem Blick sah Thomas, was Leonor geschehen war. Noch bevor er sie untersuchte, sagten ihm die Bißwunden und die Striemen am ganzen Körper genug.

»Ziehen Sie sie aus, Schwester Lucia«, sagte er.

Vorsichtig schnitt Lucia mit einer Schere das zerfetzte Kleid auf. Mit Hilfe von Helena zog sie den Stoff unter Leonors Körper hervor. Ein heftiges Zucken durchlief das Mädchen.

Thomas wusch sich die Hände und trat an den Tisch. Er beugte sich über Leonor und strich ihr die blutverklebten Haare aus dem

Gesicht. Sie öffnete die Augen, starrte ihn an und sagte ganz leise: »Fassen Sie mich nicht an ... bitte ... ich will sterben.«

»Wir werden Ihnen helfen. Haben Sie keine Angst. Ich werde Sie jetzt behandeln, Sie werden keine Schmerzen mehr haben. Glauben Sie mir —«

Er trat vom Tisch zurück, winkte Schwester Lucia, die ihn auch ohne Worte sofort verstand und eine große Schüssel warmes Wasser holte. Thomas ging zu Bento, und Helena und legte beiden seine Hände auf die Schulter.

»Bitte, gehen Sie jetzt hinaus«, sagte er.

Bento schüttelte den Kopf. »Nein! Wir bleiben.«

»Man hat sie auf brutalste Weise verletzt. Ich muß sie nähen.«

»Das können Sie auch, wenn wir hier stehenbleiben. Wir sind ganz still, wir stören nicht, aber ich will es sehen. Ich will alles sehen. Ich *muß* es sehen für später —«

»Was meinen Sie mit später, Bento?«

»Das werden Sie nicht verstehen, Doktor. Sie kommen aus einer anderen Welt. Sprechen wir nicht mehr darüber. Wir bleiben hier.«

Thomas sah ein, daß es zwecklos war, mit Bento einen Streit anzufangen. Nun kam auch noch Luise in die Ambulanz, warf einen Blick auf die nackte, zerschundene Leonor und sagte nur entsetzt: »Mein Gott, das ist ja furchtbar!«

Ohne weiter zu fragen, trat sie an das Waschbecken, wusch sich die Hände und half Schwester Lucia, das Blut von Leonors Körper zu waschen. Erst, als sie damit fertig waren, erkannten sie das ganze Ausmaß der Mißhandlungen. Thomas beugte sich wieder über Leonor. Ihr Gesicht war eingefallen und verkrampft.

»Ich gebe Ihnen jetzt eine Spritze«, sagte er. »Danach werden Sie einschlafen und nichts mehr spüren. Und wenn Sie wieder aufwachen, ist das Schlimmste überstanden.«

Während Luigi die Narkoseinjektion aufzog, bereitete Schwester Lucia alles für die Operation vor. Thomas ging auf Helena zu.

»Wollen nicht wenigstens Sie hinausgehen?« fragte er.

»Nein. Ich bin die Mutter.« Helena faltete die Hände. »Ich werde beten ... für Sie und mein Kind.«

Es waren sechs Nähte nötig, um den Riß an der Vagina und dem Damm zu schließen. Dann desinfizierten Thomas und Schwester Lucia die Bißwunden an den Brüsten, die Striemen auf dem Rücken und auf den Schenkeln, strichen dünn eine Antibiotikasalbe auf die Wunden und verklebten sie mit Pflaster.

Es war still im Raum, niemand sagte ein Wort, nur Helenas

Murmeln durchbrach die Stille. Sie betete die ganze Zeit hindurch, bis Luigi die fahrbare Trage holte, Leonor vom Tisch gehoben wurde und Luigi sie hinausfuhr in ein Krankenzimmer. Ebenso wortlos folgte ihm Benjamim Bento und half, Leonor ins Bett zu legen. Helena hörte mit dem Beten auf, so plötzlich, daß sich Thomas und Luise zu ihr umdrehten. Bevor er es verhindern konnte, kniete sie vor ihm und küßte seine Hände. Ebenso schnell sprang sie wieder auf und rannte Bento nach.

»Was müssen das für Menschen sein, die so etwas tun können?!« sagte Luise, als sie neben Thomas am Waschbecken stand.

»Sie hat Glück gehabt, daß man sie nicht totgeschlagen hat. Solche Verbrecher lassen sonst keine Zeugen leben. Morgen werden wir erfahren, wie sie ihnen entkommen konnte.« Thomas trocknete seine Hände ab. »Sie hat es überstanden, aber dieser Bento macht mir Sorgen.«

»Wieso?«

»Er hat vorhin eine Bemerkung gemacht, die mir gar nicht gefällt. Er denkt an Rache, und das heißt nach dem Gesetz der Gesetzlosen zwei Tote. Oder nur einen, ihn, wenn die Mistkerle ihm auflauern.«

»Du hast recht.« Sie sah ihn entsetzt an. »Wie kann man das verhindern?«

»Gar nicht.«

»Wir wissen es und können nichts tun?«

»So ist es.«

»Man müßte Bento in Schutzhaft nehmen, wenn man hier so etwas kennt.«

»Für wie lange? Bento hat Zeit, man kann ihn nicht sein Leben lang festhalten. Wenn die Kerle ihre Haut retten wollen, müßten sie so schnell wie möglich Novo Lapuna verlassen. Heute noch.«

»Sollen diese ›Tiere‹ vielleicht ungestraft entkommen?! Bei einem so scheußlichen Verbrechen! Wozu ist die Polizei da?«

»Die Polizei! Angenommen, es gelingt Ribateio wirklich, die beiden festzunehmen, dann müßte er sie sofort nach Boa Vista bringen. Hier würden sie nicht überleben. Bento würde sie aus der Station herausholen.«

Sie atmete ein paarmal tief durch und schloß einen Moment die Augen.

»Kannst du Bento nicht verstehen?« fragte sie stockend. »Wenn du eine Tochter hättest, die man so zugerichtet hat . . .«

»Ja, aber wir können nicht helfen. Ich kann nur Leonor länger im Hospital behalten, als es notwendig ist. Aber was ist damit gewonnen? Ich habe es schon gesagt. Bento hat Zeit.«

Leonor war aus ihrer Narkose erwacht, als Thomas und Luise in das Krankenzimmer kamen. Helena saß auf der Bettkante und hielt ihre Hände, Bento stand am Fenster und blickte stumm über den großen Platz vor der Mission. Schwester Lucia hatte Leonor ein langes Hemd angezogen. Thomas trat an das Bett.

»Leonor?« fragte er.

Sie nickte, aber es dauerte ein paar Sekunden, bis sie antwortete: »Danke ... Herr Doktor.«

»Es wird dir bald bessergehen, du wirst schon sehen.«

»Mama sagt das auch ... aber ich will nicht mehr. Ich bin so müde.«

»Natürlich, und du sollst jetzt viel schlafen. Versuch es.« Sie sah wie ein Kind aus, das in einem zu großen Hemd steckt. Zerbrechlich und verstört.

Bento drehte sich vom Fenster weg. Auch er sah aus, als habe er geweint. Seine Augen waren rot.

»Sie sagt, sie müßten ihr etwas in die Limonade getan haben. Sie schmeckte anders als sonst, etwas bitter. Und dann, sagte sie, weiß sie nicht mehr, was geschehen ist. Und dann waren die Schmerzen da, und sie wachte wieder auf —«

Thomas nickte. »In Ganovenkreisen gibt es ein Mittel, das ungefährlich, aber sehr wirksam ist. Sie nennen es K.-o.-Tropfen. Mit diesem chemischen Betäubungsmittel sind schon viele ausgeraubt worden, und sie hatten hinterher keinerlei Erinnerung mehr.«

»Die bittere Limonade.« Bento sah ihn an. »Das wird es sein. Doktor, ich danke Ihnen für diese Idee.«

»Was meinen Sie damit?« fragte Thomas vorsichtig.

»Wir haben nicht verstanden, wieso sie mit den fremden Männern mitgegangen ist. Jetzt wissen wir es.«

Es war keine ausreichende Antwort. Was hat Bento vor? dachte Thomas. Was fühlt und denkt ein Mann, wenn er eine so grauenhaft mißhandelte Frau, die er als seine Tochter betrachtet, ansieht? Wie würde ich handeln? Das hat mich Luise schon gefragt. Ja, was würde ich tun? Dem Gesetz vertrauen oder das Gesetz selbst in die Hand nehmen und nach dem Bibelwort handeln: Auge um Auge, Zahn um Zahn? Was würde ich tun?

»Sie muß jetzt Ruhe haben«, sagte er. »Wir sollten sie allein lassen.«

»Ich lasse sie nicht allein!« erwiderte Helena und blieb auf der Bettkante sitzen.

»Schwester Lucia wird bei ihr bleiben.«

»Und ich auch. Ich bin ihre Mutter.«

»Es ist besser, wenn —«

»Nein! Nein! Ich werde hier neben ihr auf dem Boden schlafen.« Helenas Körper zog sich zusammen, so wie eine Katze zum Sprung ansetzt. »Kommen Sie, schleifen Sie mich mit Gewalt hinaus. Ich werde Sie kratzen und beißen und in die Eier treten.« In ihrer Wut und Verzweiflung schrie sie obszöne Worte aus ihrem früheren Leben.

Thomas blickte hilfesuchend zu Benjamim Bento, dann winkte er mit beiden Händen ab, als er sah, daß Luise zu Helena gehen wollte. Im gleichen Augenblick brüllte diese auch schon los:

»Bleib stehen, du Hure! Komm ja nicht näher!«

Bento warf einen verzeihenden Blick zu Thomas, machte drei Schritte zum Bett, stand dann vor Helena und sagte in einem milden Ton:

»Lena, sie wollen doch nur das Beste für Leonor. Und du bist auch nicht mehr in Manaus —«

Gleichzeitig mit diesen Worten schlug er ihr rechts und links ins Gesicht. Sie sank auf dem Bett zusammen, gab keinen Ton von sich, drehte sich zur Seite und sank neben Leonors Beinen auf die Decke. Bento drehte sich um.

»Es wird alles so gemacht, wie Sie wollen, Doktor«, sagte er völlig ruhig. »Ich bitte um Verzeihung für Senhora Helena. Sie hat es nicht so gemeint.«

»Hätten Sie das nicht ohne Schläge regeln können?« fragte Luise. Ihr Gesicht war vor Empörung gerötet.

»Senhora, es gibt Momente, in denen man Begrabenes neu begraben muß. Sie werden das nicht verstehen.«

»Nein!«

»Sie sind noch jung in diesem Land. Wenn Sie länger hier sind, werden Sie vieles anders verstehen.«

Er faßte zu, riß Helena an den Armen hoch und verließ mit ihr das Krankenzimmer. Sie wehrte sich nicht, sie gab keinen Laut von sich und folgte ihm mit gesenktem Kopf. Leonore schlief wieder. Sie atmete tief und fest und hatte von allem nichts gehört noch gesehen.

»Ich könnte hier nicht leben«, sagte Luise verzweifelt. »Ich möchte am liebsten alles hinschmeißen und zurückfliegen.«

»Ohne mich?«

»Warum?«

»Ich habe einen Fünfjahresvertrag, und den muß ich erfüllen.«

»Du willst fünf Jahre in dieser Hölle bleiben?!«

»Vielleicht noch länger. Du siehst es doch, die Menschen hier brauchen mich.«

»O Tom.«

»Und ich brauche dich.«

»Ich soll ein ganzes Leben lang —« Sie biß sich auf die Lippen, und ihr Gesicht war plötzlich von Ratlosigkeit und Entsetzen gezeichnet.

»Wenn du mich wirklich liebst, so bedingungslos, wie ich dich liebe —«

Sie warf einen Seitenblick auf Schwester Lucia, die Leonor gerade den Puls fühlte.

»Tom«, sagte sie leise. »Schwester Lucia —«

»Sie versteht kein Deutsch. Nur Italienisch und Portugiesisch. Ist das alles, was du zu sagen hast?«

»Du weißt, wie ich dich liebe.«

»Dann kannst du auch nicht flüchten.«

»Das ist es ja. Glaubst du, daß wir hier glücklich werden können?«

»Wir sind es doch bereits.«

Er legte den Arm um sie, und so verließen sie das Zimmer. Draußen, auf dem Flur, drehte er sie zu sich herum und küßte sie.

»Wir werden hier zugrunde gehen, Tom«, sagte sie mit ganz kleiner Stimme.

»Nein! Und wenn, dann tun wir es gemeinsam.«

Helena blieb doch auf der Mission. Sie bekam ein Bett im Nebenzimmer. Benjamim Bento fuhr mit seinem Landrover allein zurück nach Novo Lapuna.

Sein erster Weg führte ihn zu Vasco, dem Türsteher der Disko. Er wohnte wie fast alle in dieser Goldgräberstadt in einer langgestreckten Baracke, die in zehn Wohnungen mit je zwei Zimmern aufgeteilt war. Fließend Wasser gab es in jeder Wohnung; nur die WCs und die Duschen lagen als gemeinsame Einrichtungen getrennt an dem langen Mittelgang. Oft hausten in einer »Wohnung« acht bis zehn Garimpeiros, in zweistöckigen Betten übereinander und mit einem Tisch mit Stühlen herum. Das wenige an Kleidung hing an

Haken an der Wand zwischen den Betten, für die Wäsche gab es eine Art Kommode aus Aluminiumblech mit einem abschließbaren Schloß. Anderer Besitz außer Kleidung und Wäsche hing meistens neben den Anzügen am Haken oder lag unter der harten Roßhaarmatratze. Eingebrochen oder gestohlen wurde selten. Wenn man den Dieb erwischte, brauchten die Garimpeiros keine Polizei und kein Gericht. Man machte das unter sich aus.

So etwas sprach sich natürlich herum, solche Selbstjustiz hatte, wie Bento sagte, eine reinigende Wirkung, die Eigentumskriminalität war sehr gering — etwas anderes war es mit Mord und Totschlag: Das galt als eine rein private Sache. Hier wurde die Polizei tätig, allerdings nur formell, denn einen Mörder hatte sie bisher nicht festnehmen können.

Vasco war einer der Auserwählten, die ein ganzes Zimmer für sich allein hatten. Er besaß sogar einen Kleiderschrank und ein altes Sofa mit Kunstlederbezug, auf dem man bei der feuchten Gluthitze immer kleben blieb, zwei Korbsessel und einen batteriebetriebenen, kleinen Fernseher. Als Raußschmeißer der Disko verdiente er gut und handelte nebenbei auch noch mit Marihuana, das er sich mit Goldstaub bezahlen ließ. In fünf bis sieben Jahren hoffte er, so viel zusammenzuhaben, um in Manaus eine eigene Bar aufmachen zu können. Er dachte dabei an ein Kombi-Unternehmen, unten Bar, oben Puff. Ein seriöser, exklusiver Betrieb, keine Massenware, sondern höchstens sechs ausgewählte Mädchen, bei denen die wohlhabenden Männer nicht ihre Dollars zählten.

Bento traf Vasco an, als er gerade aus dem Bett kam und zu einer der Duschen wollte. Er war nackt, ein brauner Muskelberg, und hatte ein Handtuch um die Schultern gelegt. Er winkte mit beiden Händen ab, als er Bento auf dem Gang sah.

»Ich weiß nichts!« sagte er mit seiner dröhnenden Stimme. »Und was ich weiß, habe ich Sergento Moaco gesagt.«

»Dann wiederholst du es noch mal bei mir.« Bento zeigte auf die offene Wohnungstür. »In deinem Zimmer.«

»Ich muß unter die Dusche, Benjamim.«

»Ob du zehn Minuten länger stinkst, macht nichts aus.«

Brummend drehte sich Vasco um und trottete in sein Zimmer zurück. Bento schloß hinter ihnen die Tür. Vasco setzte sich auf sein Sofa und legte das Handtuch über seine Blöße.

»Frag schon«, sagte er. »Es kommt nicht viel dabei heraus.«

Bento hockte sich auf die Tischkante. »Du hast gesagt, daß Leonor —«

»Geh vom Tisch runter. Ich will nachher daran frühstücken.«

Bento wechselte den Platz und setzte sich in einen der Korbsessel.

»Leonor, sagst du, war fröhlich und lustig, als sie mit den beiden Kerlen abzog?«

»Ja. Sie machte nicht den Eindruck, daß sie gewaltsam weggeschleppt würde.«

»Sah sie aus, als wenn sie K.-o.-Tropfen bekommen hätte?«

»Nein. Bei K.-o.-Tropfen bist du weg, besinnungslos, eben k.o.«

»Erzähl mir genau, wie sie war.«

»Benjamim, ich habe Leonor noch nie so gesehen. Sie tanzte zwischen den zwei Schuften auf der Straße. Ich habe noch gedacht: Die hat aber heute einen zuviel geschluckt. Wenn das die Helena sehen würde!«

»Leonor trank nie Alkohol. Wie sahen die Männer aus?«

»Wie schon? Garimpeiros. Im Feierabend-Look. Jeans, breiter Gürtel mit 'ner Pistole im Halfter, offenes Hemd, krauses Haar, einer trug einen goldenen Ring im rechten Ohr.«

»Das ist schon ein Hinweis!«

»Hier tragen tausend einen Ring im Ohr, das weißt du genau. Du suchst sie, was?«

»Natürlich.«

»Von Moaco weiß ich, was passiert ist. Eine Sauerei. Muß schrecklich ausgesehen haben. Ich sag dir: Wenn ich einen dieser Kerle erwischen würde, ich schnitt ihm den Schwanz ab.«

»Zuwenig, Vasco«, sagte Bento ganz ruhig. »Du sagst, du hättest sie noch nie in der Disko gesehen.«

»Ja.«

»Dann sind sie also neu in Novo Lapuna.«

»Kann sein. Aber nicht alle fünfzigtausend ziehen durch die Disko. Stell dir das mal vor! Viele sparen ihr Geld und fliegen dann für zwei Tage nach Boa Vista oder Surucucu, um sich auszutoben. Sie können schon lange hier sein, und ich kenne sie nicht.«

»Ich werde die Meldeliste der letzten Wochen durchgehen.«

»Du mit deiner dämlichen Meldeliste. Tausende sind illegal hier und arbeiten auf eigene Rechnung und zahlen an Emilio Carmona ihr Schutzgeld. Da kommst du nicht ran, oder willst du es mit der Mafia aufnehmen?«

»Ich werde mit Carmona sprechen. Auch er wird diese Tat verabscheuen.«

»Aber er wird deswegen keinen an dich ausliefern.«

»Warum nicht? Für ihn wäre es ein Geschäft. Wenn die beiden auf eigene Rechnung arbeiten, kann er später ihre Claims für das Syndikat kassieren. Oder für sich selbst. Das wird er sich überlegen.«

Vasco hob die breiten Schultern. »Du nimmst an, daß die Claims frei werden«, fragte er vorsichtig.

»Ja.« Das klang klar, nüchtern und tödlich. Vasco nickte mehrmals.

»So wird's werden. Aber ich glaube nicht, daß du die beiden in die Hände bekommst.«

»Vielleicht habe ich Glück, Vasco.«

»Das wäre nötig. Sergento Moaco meint, die kriegen wir nie. Auch wenn Leonor sie genau beschreiben kann, such sie mal unter fünfzigtausend. Und nach der Beschreibung, die sie geben kann, laufen hier Tausende Garimpeiros herum. Ich sag dir ja: Jeans, Hemd, breiter Gürtel, Pistole im Halfter, Ring im Ohr, krause schwarze Haare — so sehen sie nach der Arbeit fast alle aus.«

»Ich habe Zeit.« Bento erhob sich aus dem Korbsessel. »Ich werde um einen Zufall beten.« Er ging zur Tür und stieß sie auf. »Stell dich jetzt unter die Dusche, Vasco. Du stinkst wirklich wie ein Skunk.«

»Nicht mehr als du!« brüllte Vasco, aber er lachte dabei.

Der nächste Weg führte Bento zu dem Mafia-Statthalter Emilio Carmona.

Carmona wohnte etwas vornehmer als die Garimpeiros, die für sein Syndikat schufteten. Er gönnte sich ein Steinhaus, weißgestrichen, außerhalb von Novo Lapuna, mit zwei scharfen deutschen Schäferhunden.

Benjamim Bento, obwohl von der Konkurrenz des Konzerns Assis, brauchte vor dem Tor nicht zu warten. Die elektrisch betriebenen Flügel öffneten sich, ein Wächter mit Hund ließ den Landrover passieren, und vor dem weißen Haus erwartete ihn ein anderer Pistoleiro und grüßte freundlich. Wer kannte Bento nicht?!

Emilio Carmona erwartete Bento in der Vorhalle. Sie war nicht groß, aber mit Marmor ausgekleidet — ein unvorstellbarer Luxus in dieser Gegend.

»Welch seltener Besuch!« rief Carmona enthusiastisch und gab Bento beide Hände zum Gruß. »Warum sehen wir uns eigentlich so selten? Komm, Benjamim, gehen wir in mein Arbeitszimmer und trinken dort, worauf du Lust hast. Du kannst dir alles wünschen! Um diese Zeit trinke *ich* zur Anregung des Kreislaufs ein Glas Champagner. Machst du mit?«

»Gern. Danke, Emilio.«

Sie gingen in Carmonas Arbeitszimmer. Auf dem riesigen Schreibtisch standen eine große Telefonanlage, ein Computer und ein Bildschirm für die TV-Kameras, die jede Ecke des Grundstückes überwachten. Auf Knopfdruck konnte Carmona jeden Winkel kontrollieren.

Als sei alles schon vorbereitet gewesen, brachte ein Leibwächter ein Tablett mit zwei Sektgläsern, einem silbernen Kühler mit einer Flasche Champagner und einer Schale mit Erdbeeren. Bento und Carmona setzten sich gegenüber in einen mit Seide bezogenen Sessel, und Carmona füllte die Gläser.

Nachdem sie sich zugeprostet und den ersten Schluck getrunken hatten, sah Emilio seinen Gast nachdenklich an.

»Was führt dich zu mir?« fragte er. »Es muß ein wichtiger Grund sein. Laß hören.«

»Es geht um die Tochter meiner Freundin.«

»Will sie im Puff arbeiten?«

Bento verzichtete auf eine Antwort. Natürlich unterstand auch der Puff von Novo Lapuna der Mafia. Carmona überwachte auch ihn und ließ jede Woche abkassieren. Bordell und Glücksspiel sind einer der Grundpfeiler der Mafia.

»Du hast noch nicht gehört, was passiert ist?« fragte Bento.

»Nein.«

»Gestern nacht hat man Leonor unter Rauschgift gesetzt und dann vergewaltigt. Zwei Garimpeiros waren es. Wie man annimmt, neu in der Stadt — und illegal! Sozusagen auf eigene Rechnung. Bei mir haben sie sich nicht gemeldet. Nun kam mir der Gedanke —«

»— daß sie unter meine Fittiche gekrochen sind.«

»Das ist meine große Hoffnung.«

»Und du erwartest, daß ich sie dir ausliefere, wenn sie mir bekannt werden?«

»Ja. Du hast Leonor nicht gesehen, wie sie zurückkam. Gepeitscht, zerbissen, auseinandergerissen. Hast du nicht auch eine Tochter, die so alt ist wie Leonor? Wenn jemand deine Tochter so bearbeiten würde wie Leonor, was würdest du tun, Emilio?«

Carmona schwieg und blickte vor sich auf den Schreibtisch. Lucia, dachte er. Geschändet und mißhandelt — was würde ich tun?

Welch eine dumme Frage, Benjamim! Ich würde das Schwein jagen ... es gäbe kein Entkommen.

»Hat man eine Beschreibung von den Kerlen?« fragte er.

»Eine ganz vage, sie trifft auf Tausende zu. Leonor würde die Männer wiedererkennen, aber wo suchen? Ich kann nicht fünfzigtausend Garimpeiros an ihr vorbeimarschieren lassen. Meine große Hoffnung bist du, Emilio. Sieh bitte nach, wer in den letzten drei Monaten neu bei dir angefangen hat.«

»Wenn sie auf eigene Rechnung arbeiten —«

»Emilio.« Bento lächelte, etwas verzerrt. »Spielen wir doch nicht Blindekuh miteinander. Auch die Selbständigen unterstehen deinem ›Schutz‹ oder wie man das nennt. Du kennst jeden Neuzugang. Hilf mir, denk an deine Tochter.«

»Ich gebe dir in zwei Tagen Bescheid. Dann sehen wir uns die Neuen an, mit Leonor.«

»Sie wird bis dahin noch nicht fähig sein zu gehen.«

»So schlimm?«

»Du kannst es dir nicht vorstellen. Ich werde Vasco mitnehmen.«

»Wer ist Vasco?«

»Der Türsteher von der Disko. Er hat die Kerle auch gesehen und könnte sie wiedererkennen. Könnte — er weiß selbst nicht, ob ihm das gelingt.«

»Versuchen wir es. Wo liegt Leonor jetzt?«

»Im Missionshospital von Santo Antônio.«

»Dort soll ein neuer Arzt sein, sogar ein sehr guter.«

»Ein Deutscher. Er hat nur einen Nachteil. Er ist einer von diesen ökologischen Spinnern und hängt am Regenwald wie an der Mutterbrust. Aber als Arzt — fabelhaft!«

»Ich werde ihn mir mal ansehen, Benjamim. Will er Lärm schlagen?«

»Ich fürchte, ja.«

»Dann wird er nicht alt bei uns werden.«

Bento starrte Emilio entsetzt an. »Soll das heißen ...«, stotterte er. Emilio Carmona winkte lässig ab. Immer diese Verdächtigungen!

»Aber nein, nein, Benjamim. Man wird dafür sorgen, daß er Roraima schnell verläßt. Oder —« Carmona lächelt vielsagend — »was verdient denn ein Arzt in Brasilien? Auch wenn er von einer ausländischen Hilfsorganisation bezahlt wird, er kann sein Geld schnell zählen. Angenehmer wäre es doch, sich um das Geld keine Gedanken mehr machen zu müssen.«

»Ich glaube nicht, daß Dr. Binder käuflich ist.«

»Jeder denkt an eine gute Altersversorgung. Das ist doch menschlich.«

»Ich würde es nicht versuchen, Emilio.«

»Auf jeden Fall möchte ich ihn kennenlernen. Der beste Schutz ist, seinem Gegner ins Auge zu sehen.«

»Zuerst geht es um Leonor.«

»Ich verspreche es dir: In zwei Tagen wissen wir mehr. Oder gar nichts.«

Mit der Hoffnung, daß Carmona etwas herausfinden würde, kehrte Bento in sein Haus zurück. Er fand die Zimmertür gewaltsam aufgebrochen vor, aber die Wohnung war weder durchwühlt, noch war etwas mitgenommen worden. Nur ein Zettel lag auf dem Wohnzimmertisch:

»Nimm dich in acht! Vergiß, was gewesen ist. Es gibt viele Arten, dein Gedächtnis auszulöschen.«

Bento zerknüllte den Zettel und warf ihn wütend in eine Ecke. Aber dann hob er ihn wieder auf und strich ihn glatt. Die Schrift würde vielleicht einmal wichtig werden. Auf jeden Fall wußte er jetzt: Der Tod war immer um ihn herum.

Zwei Tage dauerte es, bis Leonor ihren Schock überwunden hatte. Äußerlich — wie stark ihre Seele für immer Schaden erlitten hatte, konnte niemand sagen. Die Schlag- und Bißwunden färbten sich gelbbläulich, und die Schmerzen ließen langsam nach.

»In einer Woche ziehe ich die Fäden«, sagte Thomas zu Helena Batalha.

»Ich werde es nie vergessen, Doktor. Nie! Eine Mutter kann so etwas nicht vergessen.« Helena hatte sich inzwischen gefangen; sie konnte jetzt darüber reden, ohne wieder zu weinen oder zu schluchzen. »Und Leonor wird ein anderes Mädchen sein als früher. Das wissen wir alle.«

»Ja, aber sie ist noch jung«, antwortete Thomas. »Und mit den Jahren wird auch dieses schreckliche Erlebnis verheilen.«

Am dritten Tag — Bento hatte unterdessen die Leitung des Drugstore übernommen und beobachtete jeden Kunden mit scharfem Blick, vor allem, wenn er einen goldenen Ring im Ohr trug — war Leonor bereit, genauer von der furchtbaren Nacht zu erzählen:

Sie hatte nach einem Ausbruch von Fröhlichkeit plötzlich jeden Willen verloren, spürte, daß die beiden Männer sie unterhakten und sie mit sich schleppten, sah sich dann in einem Zimmer wieder und war völlig wehrlos, als man ihr die Kleider vom Leib riß und sie auf ein Feldbett warf. Einer der Männer hieb mit einem dünnen Bambusrohr auf sie ein, weil sie instinktiv die Beine zusammengepreßt hatte, der andere lag dann auf ihr und biß sie überall, und dann packten beide zu, rissen ihre Beine auseinander, und der Beißer war der erste, der über sie herfiel, ein wahnsinniger Schmerz durchjagte ihren Körper, als würde sie mitten durch gerissen... und dann wußte sie nichts mehr, spürte nichts mehr und wurde besinnungslos.

Sie erwachte, als gerade einer der Männer wieder von ihr stieg — zum wievielten Male? —, seinen nassen, blutverschmierten Penis schüttelte und grunzend zu dem anderen sagte:

»Die haben wir totgevögelt, José, die gibt keinen Piep mehr von sich. Wo bringen wir sie hin?«

Er hieb noch einmal mit dem Bambusstock auf sie ein, und Leonor war so tapfer, nicht aufzuschreien, ja nicht einmal zu zucken, denn eine Tote spürt ja keinen Schmerz. Der Mann, der Duarte hieß, schien zufrieden.

»Sie ist wirklich hin!« sagte er. »Gehn wir und suchen einen Platz.«

Leonor hatte gewartet, vielleicht eine Viertelstunde lang, dann war sie vom Bett aufgestanden, hatte ihr zerrissenes Kleid angezogen und war hinaus in die Nacht gewankt. Daß sie nach Hause gefunden hatte, begriff sie jetzt noch nicht. Sie hatte nicht mehr gesehen, wohin sie ging, und sie hatte auch keine Erinnerung mehr, wo man sie vergewaltigt hatte.

»Aber ich weiß, wie sie aussehen, Mama«, sagte sie stockend. »Ich werde diese Gesichter nie vergessen! Gib mir ein Stück Papier.«

Und dann geschah etwas, womit niemand gerechnet hatte: Als Luise ihr einige Bogen Papier und einen Bleistift brachte, begann Leonor zu zeichnen, Strich um Strich, Linie um Linie, und so entstanden zwei Gesichter in aller Deutlichkeit, sogar der Ring im Ohr des einen war vorhanden. Helena nickte stolz.

»Ja«, sagte sie zu Thomas und Luise, »zeichnen konnte sie schon immer gut. Es ist ihr Traum, Modezeichnerin zu werden, aber wie kann unsereiner so etwas werden? Aber sehen Sie, Senhor Doktor, sehen Sie: Das *sind* die Kerle! Man wird sie wiedererkennen!«

»Genauso sehen sie aus.« Leonor sank erschöpft auf das Kopfkissen zurück. »Ich war wehrlos, willenlos, wie gelähmt, aber meine Augen konnten noch sehen, bis ich in Ohnmacht fiel. Der, den der andere Duarte nannte, ist der Mann mit dem Ring im Ohr. Er hat zuerst mit dem Bambus auf mich eingeschlagen und dabei laut gelacht und hat seine Hose fallen lassen. Es ... es war schrecklich.« Sie schloß die Augen und drehte den Kopf zur Seite.

»Benjamim wird mit ihm sprechen.« Helena streichelte ihr Gesicht. »Es wird alles geklärt, mein Kleines.«

Sie sagte tatsächlich: »Er wird mit ihm sprechen.« Thomas sah kurz zu Luise hinüber und preßte die Lippen zusammen. Sie verstand ihn sofort.

»Wir können es nicht verhindern«, sagte Thomas später, als er mit Luise allein in seinem Zimmer war.

* * *

Die beiden Polizisten, die zum Schutz von Júlio Maputo abkommandiert waren, führten ein bequemes Leben. Sie hatten ihre Uniformen ausgezogen und sahen jetzt aus wie die anderen Seringueiros, hausten in einem Anbau des Hauses, halfen Catarina Maputo im Garten oder lungerten herum, spielten mit anderen Seringueiros Karten und veranstalteten, um nicht aus der Übung zu kommen, Schießwettbewerbe, bei denen fast immer die Gummizapfer gewannen. Der beste Schütze war Maputos Freund und Leibwächter Vasco Torga, bei ihm saß jeder Schuß; und da man immer um eine Flasche Zuckerrohrschnaps als Siegespreis schoß, war die Stimmung um Maputo immer gut.

Der Mordaufruf schien verpufft zu sein, trotz der 100 000 Dollar Belohnung. Man sah keine fremden Gestalten oder Beobachter im Dorf. Ab und zu kamen ein paar Reporter von Zeitungen, denen Maputo vom Untergang des Regenwaldes erzählte und von der Macht der Konzerne und Großgrundbesitzer. Sonst war es still im Ort — zu still, wie Vasco Torga meinte.

»Es ist wie bei einem Taifun«, sagte er. »Erst ist alles still, kein Blatt bewegt sich — und dann kommt der Sturm, der alles fortreißt und vernichtet. Ich traue dem Frieden nicht.«

An einem Freitag erschien ein Fernseh-Team aus England, um mit Maputo ein Interview zu drehen. Die Engländer wurden von den Wachen Maputos genau untersucht, nach Waffen abgetastet, die Kameraausrüstungen inspiziert, ehe sie bis zu Maputos Haus weiterfahren durften. Sie hatten sich schon aus Surucucu angemeldet. Es sollte ein schonungsloses Interview werden, bei denen Maputo Namen und Orte nennen sollte. »Die Wahrheit über den Tod des Regenwaldes« sollte der Film heißen. In ganz Europa sollte er gesendet werden.

Nachdem Kamera, Scheinwerfer und Reflektoren aufgebaut waren, das Haus, die Familie und die Umgebung gefilmt waren, setzten Maputo und der Redakteur sich im Garten hinter dem Haus gegenüber. Die beiden Polizisten und Vasco Torgas Männer riegelten das Gebiet hinter dem Garten ab. Nicht einmal eine Maus wäre unbemerkt durchgekommen.

»Stimmt es«, fragte der Reporter, »daß Sie eine Todesdrohung bekommen haben?«

»Ja.« Maputo zeigte keinerlei Anzeichen von Aufregung oder Zorn. »Nicht eine, sondern in den vergangenen Monaten mehrere. Daran habe ich mich gewöhnt, damit muß ich leben.«

»Und Sie nehmen die Drohung ernst?«

»Ich muß sie ernst nehmen. Ich wäre nicht der erste, den die Pistoleiros der Großgrundbesitzer auf dem Gewissen haben. Nein, das ist falsch, nicht Gewissen, denn sie haben ja kein Gewissen. Es muß heißen: die sie feige, aus dem Hinterhalt ermordet haben.«

»Und wie lebt es sich mit dem Tod im Nacken?«

»Ich bin ganz ruhig. Es liegt in Gottes Hand, was mit mir geschieht. Man kann seinem Schicksal nicht davonlaufen. Aber ich hoffe, noch so lange zu leben, daß ich mit ansehen kann, wie der Regenwald gerettet wird, wie die ganze Welt diese Katastrophe verhindert hat. Denn es ist kein brasilianisches Problem, sondern ein Weltproblem. Die ganze Menschheit wird unter dem Tod des Regenwaldes leiden. Die Menschen wissen viel zuwenig, was mit dem Abholzen und Abbrennen des Waldes auf sie zukommt.«

»Was können Sie, Sie persönlich, zur Rettung des Regenwaldes tun?«

»Nur reden, reden und immerfort reden. Die Welt aufrütteln, so wie dieses Interview jetzt ein Aufruf werden soll: Werdet nicht blind durch vergänglichen Reichtum ... ihr seid dabei, das als unvergänglich Betrachtete zu zerstören, ein Vorgang, an den die Schöpfung nie gedacht hat. Und ich sage es noch mal: Ich will das Gewissen der Welt wecken!«

»Und Sie glauben, daß Ihnen das auch gelingt?«

»Ich kann mir nicht denken, daß es über fünf Milliarden Selbstmörder gibt! Aber es gibt eine kleine Gruppe von Mördern. Gegen sie muß jedermann sich wehren.«

»Können Sie konkrete Namen nennen?«

»Ja.«

»Werden Sie das jetzt vor der Kamera?«

»Ja. Ich werde Namen nennen. Und ich werde Zahlen nennen. Zahlen, die ein Entsetzen auslösen werden. Ein Entsetzen, das Gegenwehr erzeugt. Das ist meine Aufgabe.«

»Wir sind gespannt, Herr Maputo. Und Sie können alles belegen?«

»Alles ... weil es die Wahrheit ist.«

»Mit wem oder womit wollen Sie anfangen?«

Maputo hatte sich für dieses wichtige Interview gut vorbereitet. Er legte seine Notizen vor sich auf den Tisch, während die Kamera surrte und in Nahaufnahme seinen Kopf einfing. Dann schwenkte sie nach unten auf die Papiere. Deutlich sah man lange Zahlenkolonnen.

Die Buchhaltung des Sterbens. Der Mord am Regenwald. Eine blutige Statistik.

»Wo soll ich beginnen?« fragte Maputo und blickte auf seine Notizen. »Sollen wir Jahrzehnte zurückgehen? Haben wir so viel Zeit?«

»Was wir nicht brauchen, schneiden wir später heraus.« Der Reporter winkte Maputo ermunternd zu. »Fangen Sie damit an, als Brasilien in das Blickfeld der reichen Industrieländer geriet.«

»Gut.« Maputo blickte ernst in die Kamera. »Es begann mit der Entdeckung von großen Bauxitvorkommen, aus denen man Aluminium gewinnt. Der Bedarf an Aluminium wuchs von Jahr zu Jahr. Ob Fensterrahmen, Türen, Bierbüchsen oder Konservendosen, Flugzeugrümpfe oder Maschinen, Werkzeuge oder Motoren, Kochtöpfe oder Alufolien ... Aluminium war das Geschäft! Aber die Herstellung von Aluminium ist abhängig von einem großen Energieverbrauch. Auf der nördlichen Halbkugel unserer Welt wurde diese Energie durch Erdöl gewonnen, und der Rohölpreis stieg damals ständig an. Da hatten die Großkonzerne und internationalen Wirtschaftsverbände die Idee, einen Großteil der Aluminiumerzeugnisse nach Brasilien zu verlegen, eben, weil man dort unerschöpfliche Bauxitvorkommen entdeckt hatte. Und Energie — so plante man — ist auch genug vorhanden. Brasiliens riesige Flüsse, wie zum Beispiel der Rio Xingu, der Rio Madeira und der Rio Tapajos konnten genug Strom liefern durch den Bau von gewaltigen Staudämmen. Die Finanzierung dieser Projekte war kein Hindernis: Internationale Konsortien beschafften Geld in jeder

Höhe. 1970 war somit das erste Schicksalsjahr des Regenwaldes, der Indios und der gesamten brasilianischen Natur. Unsere Regierung griff mit beiden Händen zu. Ein Spruch, der uns alle ins Elend stürzte, hieß: ›Borge heute — zahle morgen!‹ Die Verschuldung Brasiliens begann.«

Maputo blätterte wieder in seinen Papieren. Er war ein einfacher Kautschukzapfer, und was er jetzt sagte, entnahm er Artikeln in der Weltpresse, die man für ihn gesammelt und zusammengestellt hatte. »Diese Idee, daß die großen Industrieländer nur dann ihren Wohlstand halten konnten, wenn sie diese Großprojekte finanzierten, führte zur Bildung großer internationaler Organisationen: An der Spitze die Weltbank, der Internationale Währungsfonds in Bretton Woods, die GATT-Zollvereinbarung und die Gründung vieler großer Hilfsprogramme. Die Arbeitslosigkeit konnte unter Kontrolle gebracht werden, die Sozialsysteme wurden leistungsfähiger, der Staatshaushalt stabilisierte sich einigermaßen ... aber der Regenwald begann zu sterben, und Brasilien ging in seinen Schulden unter.«

Maputo atmete tief durch. Soviel an einem Stück hatte er noch nie gesprochen mit Ausnahme der Reden, die er auf den Gewerkschaftsversammlungen und Massenkundgebungen überall im Land hielt und die ihm den Haß der Reichen und die vielfache Drohung, ihn zu töten, eingebracht hatten.

Der TV-Reporter wartete ab, bis Maputo sich den Schweiß von der Stirn gewischt hatte. Die Kamera lief unterdessen weiter.

»Aber Aluminium ist doch nicht alles. Die Probleme sind doch vielfältiger«, fragte der Reporter.

Maputo nickte.

»Natürlich. Lassen Sie mich weiter vorlesen, was meine Kameraden und ich gesammelt und was wir selbst mit eigenen Augen gesehen haben. Noch einmal zum Aluminium: 1977 drosselte Japan seine Aluminiumerzeugung von 1,2 Millionen Tonnen auf 0,23 Millionen Tonnen im Jahre 1985. Die USA gönnten sich auch einen Produktionsrückgang von über 25 Prozent in den Jahren 1980 bis 1985. Von anderen Ländern der Nordhalbkugel hörte man das gleiche. Brasilien aber stieg kometenhaft empor. Schon sieben Jahre nach Beginn der großen Projekte, nach Inbetriebnahme der Verhüttung produzierte es 0,26 Millionen Tonnen Aluminium. Es nahm den fünften Platz unter allen Aluminiumproduzenten ein. Weltweit! Und alles mit fremdem Kapital! Der Westen pumpte uns mit Dollars voll. Und noch ein Sektor blühte auf: die Rüstungsindustrie, unter strenger militärischer Kontrolle. Auch hier: Kapital aus dem Westen. Im November 1971 kam es zum Beispiel zu einem Zusammenschluß der Deutschen Forschungs- und Versuchsanstalt für Luft- und Raumfahrt, genannt DFVLR, die heute DLR heißt, und dem brasilianischen Zentrum für Weltraumtechnik, genannt CTA. Das Ziel: die Entwicklung von Höhenforschungsraketen und Beihilfe zur Planung der brasilianischen Rakete SONDA III und IV. Aber das war nur der Anfang. Damit der Geldstrom ungehindert fließen konnte, entstanden andere Großprojekte. 1975 kaufte die *Rio Cristalino Volkswagen AG.*, auch einfach *VW do Brasil* genannt, also der deutsche VW-Konzern, 140000 Hektar Regenwald. Durch Brandrodung wurden 55000 Hektar Wald vernichtet, um Weiden für 86000 Rinder zu gewinnen ... die Rinderfarm wurde ein Verlustgeschäft, der deutsche VW-Konzern gab das Projekt auf. Fast 60000 Hektar Regenwald waren für immer vernichtet worden.«

»Und wie war das mit dem gigantischen Projekt des amerikanischen Reeders Daniel Keith Ludwig?« fragte der TV-Reporter, als Maputo wieder Atem holte. Er schien sich gut vorbereitet zu haben.

Maputo nickte und kramte wieder in seinem Papierstapel.

»Ja ... dieser Amerikaner«, sagte er und schüttelte dabei den Kopf, als erinnere er sich an etwas Unglaubliches. »Das war das Riesenprojekt JARI! Das begann schon 1970 zusammen mit dem Aluminium-Boom. JARI ist ein Fluß, der in den Amazonas mündet. Dort kaufte der Amerikaner Ludwig, der Besitzer der *Universe Tankship Incorporation*, vom brasilianischen Staat 1,6 Millionen Hektar Land, das meiste davon Regenwald. Da auch Senhor Ludwig nicht über genügend Kapital verfügte, finanzierte er den Kaufpreis mit steuerlichen Subventionen. Mit Krediten, die er überall als Milliardär bekam, kaufte Ludwig noch 3,7 Millionen Hektar Land dazu. Er besaß also 5,3 Millionen Hektar Regenwald, Flüsse und Dschungel, ich glaube, der größte Einzelbesitz in Brasilien. Wenn man den Preis, den er zahlte, überprüft, hat er pro Hektar 2,50 Dollar bezahlt! Fast ein Geschenk!«

Maputo hielt einen Augenblick inne und fuhr dann fort: »Sie werden jetzt fragen: Was ist nun das JARI-Projekt? Was wollte Senhor Ludwig mit den 5,3 Millionen Hektar Land? Seine Pläne waren: Bauxitabbau, Edelholzverwertung, Reisanbau, Gewinnung von Kaolin, riesige Weiden für eine Viehwirtschaft, Zellulosefabriken, nach Abbrennen des Regenwaldes Wiederaufforstung von

200 000 Hektar mit den Bäumen Pinus und Gmelina, zwei beliebten Holzsorten, die schnell wachsen. Aber schon nach zwölf Jahren, im Jahre 1982, war Senhor Ludwig mit JARI so pleite, daß er es mit großem Verlust verkaufte, und zwar an eine Gruppe von brasilianischen Spekulanten, die wiederum das Geld zum Kauf vom brasilianischen Staat bekam. Damit war Brasilien doppelt geschädigt. Die Regierung unterdrückte den Skandal.«

Die TV-Kamera fuhr wieder zu dem Stapel Papier und auf Maputos Hände, die darin wühlten.

»Und wie ist das mit dem größten Projekt Brasiliens, das man CARAJÁS nennt?«

Maputo blickte in die Kamera, als wolle er jeden Zuschauer persönlich ansprechen.

»Es begann mit dem Jahre 1980 —«, sagte er langsam, um dann schneller und leidenschaftlicher zu werden. »In diesem Jahr beschloß man, das Gebiet von Carajás zu ›erschließen‹. Es handelt sich um Gebiet von 840 000 Quadratkilometern. Der Regenwald dort soll abgeholzt werden. Im Boden dieses riesigen Gebietes liegen unermeßliche Mengen von Erzen und Mineralien. Entdeckt hat man Kupfer, Nickel, Eisen, Bauxit, Mangan, Uran und Gold. Geologen haben ausgerechnet, das Vorkommen unter diesem Regenwaldboden würde mehrere Jahrhunderte reichen! Damit ist Brasilien das reichste Land an Bodenschätzen, reicher als Sibirien. Aber um diese Schätze zu heben, braucht es neue Straßen, Eisenbahnlinien, Flughäfen, Binnenwasserwege, Binnenhäfen und Energie, um die Fabriken, Hütten, Gruben und die neu entstehenden Städte zu versorgen. Das alles soll nach ersten Schätzungen 60 Milliarden Dollar kosten! Woher kommt das Geld für all diese Investitionen? Es kommt aus den Industrieländern der nördlichen Hemisphäre. 6 Milliarden Dollar sind schon verbaut, die Europäische Gemeinschaft hat über den Fonds des Europäischen Kohle-und Stahlabkommens 1 Milliarde Dollar eingezahlt. Bedingung: Die EG bekommt über 15 Jahre hinweg ein Drittel der Jahresproduktion zum Preis vom Jahre 1982! Ein gigantischer Gewinn der EG — ein gigantisches Verlustgeschäft für Brasilien! Und auch die Weltbank ist wieder, wie immer dabei: Sie gibt Kredite von 300 000 000 Dollar. Wie soll Brasilien diese Zinsen bezahlen? Die USA und Japan investieren ebenfalls riesige Summen in das *Projekt Carajás.* Experten haben ausgerechnet, daß eine Jahresproduktion ein Förderungsvolumen von etwa 18 Milliarden Tonnen bedeutet! Vierzig Prozent des Eisenerzes, das zum Beispiel in der Bundesrepublik Deutschland geschmolzen wird, stammt aus Brasilien.«

»Das ist erstaunlich«, sagte der TV-Reporter. »Das wußten wir nicht.«

»Die Welt weiß vieles nicht, was in Brasilien wirklich passiert.« Maputo nahm ein anderes Blatt zur Hand und las es durch. Dann zitierte er, und seine Stimme begann dabei zu zittern. »Die Leitung des Projekts *Grande Carajás* hat die *Compania Vale do Rio Doce*, kurz CVRD, übernommen. Der Plan sieht vor, daß zunächst 25 Roheisenwerke entstehen, alle entlang der Eisenbahnlinie zum Hafen. Hinzu kommen Stahlwerke, Zementfabriken und riesige landwirtschaftliche Unternehmungen, neue Städte und deren Energieversorgung. Aber bis es soweit ist, muß die Energie zur Verhüttung der Erze durch Holzkohle geliefert werden. Das Projekt *Grande Carajás* bedeutet die Vernichtung von einer Million Hektar Primärwald pro Jahr! Nur für Holzkohle! Man muß das immer wiederholen, weil alle Staaten, weil alle Industrieländer der Nordhalbkugel davon profitieren! Senhores, um eine Tonne Roheisen zu verhütten, muß man enorm viel Holzkohle verfeuern. Bei der angestrebten Produktionskapazität von 2,5 Millionen Tonnen Roheisen pro Jahr bedeutet das, daß jährlich 610 000 Hektar Regenwald vernichtet werden müssen, um daraus Holzkohle zu gewinnen! Die Versprechungen, den abgeholzten Wald mit Neupflanzungen aufzuforsten, werden kaum gehalten. Und wer spricht schon von der unvorstellbaren Luftverschmutzung der mit Holzkohle befeuerten Hochöfen? Was da in den Himmel geblasen wird, beschleunigt den Untergang unserer Erde. Alle Industrieländer wissen es, aber alle machen die Augen zu und geben Hunderte Millionen Dollar zum weiteren Ausbau von *Grande Carajás*. Der gegenwärtige Profit ist wichtiger als die Zukunft unserer Menschheit.«

Die Kamera erfaßte noch einmal Maputos Kopf, seine ernsten dunkelbraunen Augen, seinen energischen Mund mit dem Schnurrbart darüber. Sie schwenkte auf die von harter Arbeit gezeichneten Hände über dem Stapel Papiere. Dann blendete man aus, und der Kameramann sagte:

»Ist im Kasten. Ist fabelhaft gelaufen.«

Der TV-Reporter gab Maputo die Hand: »Ich danke Ihnen für dieses Interview. Es wird Aufsehen erregen. So deutlich wie Sie hat es noch keiner gesagt.«

»Aber wird es helfen?« fragte Maputo zweifelnd.

»Nein!« Der Reporter schüttelte den Kopf. »Millionen werden erschüttert sein, aber auf sie kommt es nicht an. Die Maßgebenden tun doch, was sie wollen. Senhor Maputo, nochmals herzlichen Dank.«

Am Abend fuhr das Fernsehteam zurück nach Boa Vista.

Auf der Straße von Surucucu nach Boa Vista überholte sie ein Jeep der Polizei. Die Polizisten winkten den Wagen des TV-Teams an den Straßenrand, stiegen aus und kamen zu den verblüfften Reportern. Ein Sergento grüßte höflich, grinste sie dann an und fragte harmlos:

»Sie sind doch die TV-Leute aus England?«

»Ja.« Der Interviewer schielte zur Seite. Dort standen die anderen drei Polizisten mit schußbereiten Maschinenpistolen. Es war kein beruhigender Anblick.

»Wir haben den Befehl, alles abgedrehte Filmmaterial einzuziehen.«

»Was haben Sie?«

»Alles ist beschlagnahmt.«

»Ich protestiere! Ich bin britischer Bürger und habe von Ihrer Regierung die Dreherlaubnis.«

Der Sergento streckte beide Hände aus. »Geben Sie mir die Filme freiwillig.«

»Was heißt freiwillig? Ich denke nicht daran!«

Das Gesicht des Sergento wurde sehr ernst. »Ich habe meinen Befehl«, sagte er. »Und diesen Befehl führe ich auch aus. Sie sind Gast in unserem Land, aber Sie unterstehen unseren Gesetzen. Geben Sie die Filme her.«

»Nein.«

»Dann müssen wir sie uns holen.«

»Ich werde sofort den britischen Botschafter in Brasilia informieren.«

»Brasilia ist weit weg. Sie sind hier in Roraima, was hier geschieht, ist allein unsere Sache, darum kümmert sich niemand in Brasilia. Und Sie werden keine Gelegenheit haben, Ihren Botschafter zu informieren.«

Bevor der TV-Reporter etwas entgegnen konnte, gab der Sergento den anderen einen Wink. Aus drei Maschinenpistolen ratterten die Geschosse, durchsiebten Reporter, Kameramann und Toningenieur. Nur ein paar Sekunden dauerte es, dann öffnete der Sergento die Wagentür. Die Leiche des Reporters fiel ihm vor die Füße, er schob den über den Geräten zusammengesunkenen Kameramann zur Seite und zog unter ihm die Aluminiumkiste mit den belichteten TV-Filmen hervor. Auf der Schulter trug er sie zu dem Jeep. Die drei Polizisten, die geschossen hatten, warteten auf weitere Befehle.

»Wir versenken sie im Stausee«, ordnete der Sergento in völliger Ruhe an. »Dort wird sie nie einer finden. Es waren dumme Menschen. Geben ihr Leben für ein paar Filmrollen hin. Der Teufel hole diese europäische Tapferkeit.«

Zwei Wochen lang suchten Polizei und Militär nach dem britischen Fernseh-Team. Es blieb verschwunden. Coronel Miguel Bilac schrieb selbst den Bericht für das Innenministerium in Brasilia, das ihn weitergab an den britischen Botschafter.

Verschollen im Regenwald. Wahrscheinlich Opfer von Indianern.

Die Überraschung war groß, als die kleine, einmotorige Maschine des Holzfällerlagers am unteren Rio Parima auf der Piste der Mission landete.

Wie immer, wenn ein Flugzeug unangemeldet in Santo Antônio einschwebte — und das kam ab und zu, wenn auch nicht oft vor —, waren der Tenente Geraldo Ribateio und Sergento Alberto Moaco am Rollfeld und nahmen die Fremden in Empfang. Pater Ernesto stand in der Tür der Mission und beobachtete die Ankunft.

Marco Minho war der erste, der aus dem Flugzeug stieg. Gilberto Quadros redete noch auf den Piloten ein und nannte ihn einen Idioten. Warum, das wußten nur sie beide. Piloten unter sich.

Nachdem der Propeller stillstand, kam Ribateio auf Minho zu.

»Darf ich fragen, woher Sie kommen?« fragte er.

»Aus der Hölle.«

»So sehen Sie nicht aus. Sie sind erstaunlich munter.«

»Wir haben ein paar Tage im Holzfällerlager C 15 ausgeruht. Ich bin Zoologe und wollte nach Santo Antônio. Nun bin ich da. Unser Flugzeug ist mitten über dem Regenwald abgestürzt, und wir haben uns durch den Dschungel geschlagen.«

»Allein durch den Urwald?« fragte Ribateio ungläubig.

»Zu zweit. Gilberto dort in der Maschine war dabei. Er ist der Pilot des abgestürzten Flugzeuges. Wir hatten einen Toten. André do Rego. Er ist im Wald geblieben.«

»Zu zweit durch den Wald? Ein Wunder, daß Sie das geschafft haben. Wenn Sie auf Indios gestoßen wären —«

»Das sind wir. Sie wurden unsere Freunde und gaben uns sogar ein Kanu, mit dem wir das Holzfällerlager C 15 erreichten.«

»Senhor. Sie müssen nicht einen, sondern zehn Schutzengel haben.« Ribateio war sichtlich beeindruckt. »Darüber müssen wir einen Bericht schreiben.«

»Ich werde noch vieles schreiben, was ich gesehen habe«, sagte Minho. Jetzt stieg auch Gilberto aus und hinter ihm der Pilot, der zutiefst beleidigt schien.

Daß Gilberto überhaupt auf Santo Antônio war, kam schon wirklich einer Art Wunder gleich. Drei Tage und Nächte lang hatte er als Mörder der Hure Blondie gegolten.

Antão Dantas, der Chefingenieur und Leiter des Lagers C 15, hatte den willenlosen, wie unter Trance stehenden Gilberto ohne Gewaltanwendung in ein Zimmer seiner Baracke eingesperrt. Es war ein Raum, der von außen mit einem starken Eisengitter gesichert war, denn ab und zu kam es vor, daß einem der Holzfäller, von der Einsamkeit überwältigt, die Nerven durchgingen. Dann tobte er herum, schoß wild durch die Gegend und wurde zu einer Gefahr für alle im Camp. So fing man den Tobenden ein und sperrte ihn in dieses Zimmer, das außer dem Gitter vor dem Fenster noch eine dicke Tür hatte, die mit Blech beschlagen war. Es war unmöglich, sie einzutreten. Die Wände der »Zelle« bestanden aus starken Rundhölzern, die jedem Ansturm trotzten.

Gilberto wartete. Er wartete drei Tage lang auf ein Urteil, das zehn Holzfäller, die das Gericht bildeten, fällen würden. Dantas führte den Vorsitz. Hier, mitten im Urwald, war das Gesetz außer Kraft, es galt nur der Urteilsspruch der aus der Gemeinschaft gewählten Geschworenen. Das Gesetz des Dschungels.

Blondie war schon am nächsten Tag begraben worden. Die feuchte Hitze von über 40 Grad beschleunigte die Verwesung. Als man Blondie in eine Kiste legte und diese vernagelte, war ihr Körper schon mit großen Leichenflecken übersät. Alle Holzfäller wohnten dem Begräbnis bei, auch die Arbeitsschicht hatte für eine Stunde frei bekommen. Jeder kannte ja Blondie, jeder war schon bei ihr im Wohnwagen gewesen und hatte sich an ihrem Körper erfreut. Für viele war sie ein Stück Zuhause gewesen. Wenn man bei ihr lag, vergaß man, daß man in einer grünen Hölle lebte und nach einer

Stunde wieder mit den Riesenbäumen kämpfen mußte. Ihr weicher, warmer Leib war die Erfüllung aller Sehnsucht.

Zwei Tage versuchte Minho, Dantas davon zu überzeugen, daß Gilbertos Tat als eine Affekthandlung zu betrachten sei. Und immer hörte er nur den einen Satz:

»Darüber werden die zehn Geschworenen entscheiden.«

»Und wenn sie Gilberto schuldig sprechen, was geschieht dann?«

»Dann wird er aufgehängt.«

»Das ist Mord!«

»Er hat auch gemordet.« Dantas faltete die Hände. Es sah merkwürdig aus in dieser Umgebung. »Wir handeln hier nach den Worten der Bibel: Auge um Auge, Zahn um Zahn. Das ist logischer und gründlicher als alle staatlichen Paragraphen.«

Am dritten Tag kam es zur »Gerichtsverhandlung« im Gemeinschaftsraum des Lagers C 15. Gilberto wurde vorgeführt und nahm auf einem Stuhl neben Dantas Platz. Einen Verteidiger hatte er abgelehnt. »Ich habe es getan. Basta!« sagte er. »Und jeder weiß, warum. Wozu noch lange Reden?«

Zeugen gab es natürlich nicht, und so wurde es ein schwieriger Fall, so einfach die Sachlage auch war. Ein Geständnis lag vor, aber — und das war das Außergewöhnliche — es gab eine Menge Holzfäller, die Gilberto verstehen konnten.

Und so traten sie einzeln vor, hoben die Hand zum Schwur und sagten:

»Auch mich hat Blondie betrogen. Das heißt, sie hat's versucht. Sie gab erst nach, als ich ihr ein paar Ohrfeigen gab. Mann, hatte ich damals eine Wut!«

Ein anderer Holzfäller baute sich vor Dantas und den Geschworenen auf und berichtete:

»Mich wollte sie ausnehmen wie eine Weihnachtsgans. Nachdem wir's getrieben haben, lag ich auf ihrem Bett, müde, aber wach. Sie hat gedacht, ich schlafe, ist an meine Hose gegangen, hat die Geldbörse herausgeholt und mir zweitausend Cruzeiros und hundert amerikanische Dollar geklaut. Ich tat so, als ob ich wirklich schliefe, und als ich dann aufstand und ihr — das war gespielt von mir — noch zwei Dollar extra geben wollte, weil's so schön gewesen war, war die Tasche leer. ›Du Aas!‹ habe ich gesagt. ›Du hast mich beklaut. Gib das Geld her!‹ Aber sie leugnete, lachte mich aus und meinte, ich hätte das Geld wohl versoffen und wüßte das nicht mehr. *Caramba*, da sah ich rot. Ich habe sie gegen die Wand geschleudert, auf sie eingeschlagen und, das sage ich jetzt frei heraus, ich hätte sie umgebracht, wenn ich sie nicht so weich geklopft hätte, daß sie das Geld freiwillig wieder herausgab. Als Vergeltung hab' ich sie mir dann noch einmal vorgenommen. Von da ab hat sie nie wieder versucht, mich zu betrügen. Und ich brauchte später auch nur den halben Preis zu bezahlen. Ja, so war's.«

Aus den Reihen der Zuhörer kam ein Grollen. Der Diebstahl regte sie nicht weiter auf, aber daß der *Companheiro* es für den halben Preis hatte machen können, das war doch das Letzte!

Im Laufe des Prozesses traten neun weitere Holzfäller auf, die auch von Blondie bestohlen worden waren. Drei von ihnen hatte sie außerdem schon nach der Hälfte der Zeit wieder rausgeworfen. Zum gleichen Preis!

Dantas blickte hinüber zu den zehn Geschworenen, die sichtlich beeindruckt waren. Auch sie hatten ja zu den Kunden von Blondie gehört. Daß Gilberto bei so einem Betrug durchgedreht und zu fest zugegriffen hatte ... irgendwie war das für sie verständlich. Es war also kein Mord, es war Totschlag im Affekt, und jeder hier im Saal hätte vielleicht auch so reagiert. Nichts ist schlimmer in dieser Einsamkeit des Regenwaldes, als von einer Hure beklaut zu werden.

Die Gerichtsverhandlung dauerte zwei Stunden, dann war das Urteil klar, ein Urteil nach dem Gesetz des Urwaldes. Der Sprecher der Geschworenen erhob sich und sagte feierlich:

»Unser Urteil ist einstimmig: Nicht schuldig.«

Ein paar klatschten in die Hände, die anderen verließen stumm den Saal. Dantas wandte sich an Gilberto:

»Du bist frei«, sagte er. »Aber du mußt bis morgen abend aus dem Camp verschwunden sein, sonst hänge ich dich persönlich auf! Ist das klar?«

Gilberto nickte und blieb sitzen, bis alle den Saal verlassen hatten.

Auch Minho erhob sich erst von der Sitzbank, als er und Gilberto allein waren. Er kam nach vorn und sah Gilberto fragend an.

»Was ist? Du bist frei! Du freust dich gar nicht?«

»Ich habe einen Menschen ermordet. Auch wenn sie mich freisprechen! Ich hab's getan.«

»Es war im Affekt, Gilberto. Du hast nicht mehr gewußt, was du tust.«

»O doch, ich habe es gewußt. Ich habe doch ihre Augen gesehen. Ich habe gesehen, wie der Tod in ihre Augen kam. In diese schönen Augen. Sie war ein Mensch, Senhor, anders als damals die Indianer.«

Minho hob erschrocken den Kopf. »Wieso Indianer? Sind Indianer keine Menschen?«

»Wie man's nimmt. Ich hatte damals ein Stück Wald gerodet, Mais und Gemüsefelder angelegt und ein Haus gebaut. Und ich lebte mit einer Frau zusammen. Rosanna hieß sie. Aber dauernd im Haus zu hocken, das war nicht meine Art. Ich war Pilot beim Militär gewesen, eine verdammt gute Ausbildung hatten wir, amerikanische Ausbilder und sogar zwei deutsche Piloten, da habe ich mir gedacht: Mach dich selbständig. Ohne Flieger bist du in diesem Land wie ein Fisch auf dem Trockenen. Die *Banco do Brasil* gab mir einen Kredit, ich kaufte eine gebrauchte Maschine, noch gut in Schuß, und flog Geologen und Abenteurer in noch unbekannte Regenwaldgebiete. Ich habe gut verdient und Rosanna von jedem Flug ein Geschenk mitgebracht. Ein Seidenkleid, Schuhe, Goldkettchen, einen Ring mit einem Rubin und emaillierte Töpfe, in denen nichts mehr anbrannte. Ja, und da komme ich eines Tages von einem Flug zurück, und mein Haus ist niedergebrannt, und Rosanna lag mit einem Pfeil im Herzen neben den verkohlten Trümmern. Indianer. Dabei habe ich ihnen nichts weggenommen, es war ›leeres Land‹, von der Regierung ausgewiesen für Siedler. Da bin ich in den Wald gezogen und habe jeden Indio, den ich traf, erschossen. Elf Stück — es waren für mich keine Menschen mehr!« Gilberto wischte sich mit beiden Händen über das Gesicht. »Aber jetzt, jetzt habe ich einen Menschen getötet. Und auch noch eine schöne Frau. Das Gericht kann mich zwar freisprechen, aber ich bin ein Mörder!«

Minho schwieg. Es hatte keinen Sinn, jetzt mit Gilberto darüber zu sprechen, daß auch Indianer Menschen sind. So wie er dachten viele in diesem Land, gerade im Gebiet des Amazonas.

»Steh auf und komm mit«, sagte Minho hart. »Morgen bringt uns ein Flugzeug nach Santo Antônio. Von dort wird man dich mitnehmen zurück nach Boa Vista.«

Gilberto nickte stumm, erhob sich von seinem Stuhl und trottete hinter Minho her. Als sie zu ihrer Baracke gingen, beachtete sie niemand. Der Fall war erledigt, der Alltag nahm wieder seinen Lauf: Die Rekordarbeit des Bäumefällens. Vierhundert Motorsägen fraßen sich in den Regenwald und mähten Baumriesen von fünfzig, sechzig Meter Höhe um.

Nun also waren Minho und Gilberto Quadros in Santo Antônio gelandet, der Pilot der kleinen Maschine unterschrieb im Polizeiquartier, daß er — mit genauer Uhrzeit — sofort wieder zurückfliegen würde, er bekam Starterlaubnis und stieg auf, ohne sich von Minho und Gilberto zu verabschieden. Keine Auskunft, hatte Dantas dem Piloten eingeschärft. Abladen und wieder weg! Und auch dem Tenente Ribateio kam erst, als das kleine Flugzeug im blauen Himmel verschwunden war, der Gedanke, daß er gar nicht gefragt hatte, woher es gekommen war.

Was Minho und Gilberto von einem Lager C 15 erzählten, war nicht zu verwerten. Wo dieses Holzfällerlager lag, konnten sie nicht beschreiben; es war auf keiner amtlichen Karte verzeichnet. Am Ufer des unteren Rio Parima — damit ließ sich gar nichts anfangen. Außerdem war es nicht Ribateios Gebiet. Man soll sich keine Arbeit suchen, wenn man auch ohne sie gut auskommen kann.

In der Mission wurden Minho und Gilberto von Pater Vincence und Pater Ernesto empfangen. Schwester Lucia hatte vorsorglich sofort Kaffee gekocht und einen selbstgebackenen Apfelkuchen angeschnitten. Gilberto machte sich gleich darüber her und verschlang in Rekordzeit vier Stück.

»Das schmeckt«, lobte er dröhnend. »Zivilisation ist doch was Schönes.«

»Was Sie da erzählen, Senhor Minho, hört sich fast unglaublich an«, stellte Pater Vincence fest. »Sie sind auf einer Baumkrone gelandet?! Senhor Quadros, wie sind Sie auf die Idee gekommen?«

»Mir blieb keine andere Wahl, Pater.« Gilberto schlürfte laut den heißen Kaffee. »So einfach abstürzen und ein Engelchen werden, wollte ich nicht. Versuch es, habe ich mir gedacht, mehr als schiefgehen kann es nicht. Wie Sie sehen, wir haben's überlebt. Und die Indianer, die noch nie einen Weißen gesehen hatten, auch. Und Senhor Minho hat sogar noch unbekannte Tiere entdeckt.«

»Im Regenwald leben noch Tausende unbekannter Tierarten. Sie haben ein unerschöpfliches Forschungsfeld vor sich, Senhor Minho. Da können Sie sich mit Senhora Herrmann die Hand reichen.«

»Was?« Minho lehnte sich erstaunt zurück. »Eine Forscherin ist schon hier?«

»Eine Biologin und Botanikerin. Sie hat erst vorige Woche zwei unbekannte Heilpflanzen entdeckt, die die gleiche Wirkung haben wie die entsprechenden chemischen Präparate, aber ohne Nebenwirkungen.« Pater Vincence nickte Minho freundlich zu. »Wir sind froh, daß Sie gerade zu uns gekommen sind. In zwei Jahren, schätze ich, gibt es hier nur noch verbranntes Land, durchzogen von Gold- und Erzminen.«

»Ich habe einen Regierungsauftrag, Pater.«

»Darum kümmert sich hier niemand. Hier gilt das Wort der Reichen. Brasilia ist so fern wie der Mond. Hier regieren Männer wie Assis und Lobos.«

»Lobos?« Minho zuckte unwillkürlich zusammen. »Paulo Lobos?«

»Sie kennen ihn?«

»Ich war zu einer Party in seiner Villa eingeladen.«

»Sieh an, die Mausefalle ist also schon aufgestellt.« Pater Ernesto nahm noch ein Stück vom Apfelkuchen. »Sie waren angekündigt, man hat sie gemustert, man wird Sie nicht aus den Augen lassen. Und man wird Sie kaltstellen, wenn Sie aufsässig werden. Das geht sehr schnell und ohne Aufsehen. Wozu haben sie die Pistoleiros? Solche Kleinigkeiten enden auf dem Schreibtisch von Miguel Bilac, dem Polizeichef von Boa Vista.«

»Den habe ich auch auf der Party von Paulo Lobos gesehen. Und auch Senhor Assis. Ich habe Assis frei gesagt, was ich denke.«

»Haben Sie?« Pater Ernesto stäubte die Kuchenkrümel von seiner Soutane. »Dann leben Sie ab sofort sehr gefährlich.«

»Ich werde auf mich aufpassen, Pater.«

Sofia, dachte er dabei. Lobos' Tochter. Spielte sie in diesem Komplott mit? War sie als eine Art Lockvogel auf mich angesetzt worden? Nein, nein, sie liebt mich wirklich, so, wie ich sie liebe, über alles liebe. Es kann kein Spiel gewesen sein.

Und ihr Vater, dieser Paulo Lobos, vernichtet den Regenwald am Rio Parima.

Weiß sie das?

Wenn ich sie wiedersehe, werde ich sie fragen.

Wiedersehen — wann wird das sein? Wann komme ich nach Boa Vista zurück? Vielleicht schon übermorgen oder erst in ein paar Monaten? Ich habe meine gesamte Ausrüstung bei dem Absturz verloren, ich muß eine neue besorgen, und das bedeutet: Anträge über Anträge, Kampf mit der Trägheit der Behörden, ein Herumlaufen von Amt zu Amt und immer wieder begründen, warum man dies und jenes braucht. Es kann Wochen dauern, bis die neue Ausrüstung bewilligt ist. Nutzlose Wochen, in denen sich die Motorsägen weiter und unaufhaltsam durch den Regenwald fressen und die Rauchwolken des brennenden Waldes kilometerhoch in den Himmel treiben.

»Woran denken Sie jetzt?« fragte Pater Vincence. Ihm fiel die plötzliche Schweigsamkeit Minhos auf. »Erschreckt Sie der Gedanke, auf der Liste der Unbequemen zu stehen?«

»Nein. Ich dachte an ein paar glückliche Tage in Boa Vista.«

»Gibt es die dort?« fragte Ernesto zynisch.

»Ich habe sie erlebt.«

»Wenn ein junger Mann wie Sie so etwas sagt, dann handelt es sich um eine Frau.«

»Ja.«

»Um so schwerer wird Ihnen hier die Arbeit fallen. Oder war es nur ein Abenteuer?«

»Nein. Ich liebe dieses Mädchen.« Minho lächelte Pater Ernesto traurig an. »Aber soeben ist mir die Erkenntnis gekommen, daß es ein unerfüllbarer Wunsch ist.«

»Wieso soeben?«

»Das erzähle ich Ihnen einmal, wenn wir viel Zeit haben.«

»Hier haben wir immer viel Zeit.« Pater Ernesto trank seine Tasse Kaffee leer und erhob sich dann. »Ich bringe Sie zu Dr. Binder und Senhora Herrmann. Kommen Sie auch mit, Gilberto?«

»Selbstverständlich.«

»Es ist aber noch Kuchen da.« Ernesto grinste. »Wenn Sie zurückkommen, kann es sein, daß ich ihn schon aufgefressen habe.«

»Das muß verhindert werden.« Gilberto lachte, nahm das große Holzbrett, auf dem der Apfelkuchen lag, an sich und folgte Minho und Pater Vincence, die bereits hinausgingen. Pater Ernesto klopfte Gilberto fröhlich auf die Schulter.

Ich bin ein Mörder, dachte Gilberto plötzlich. Er wurde sehr ernst. Pater, wenn du wüßtest, wer vor dir steht. Mit dem nächsten Flieger kehre ich nach Boa Vista zurück. Man sollte es nicht glauben, aber ich habe wirklich so etwas wie ein Gewissen.

Zuerst gingen sie zu Dr. Binder ins Hospital. Thomas stand neben dem Bett und strich von neuem eine Antibiotika-Salbe auf die Stockstriemen auf Leonors Schulter. Helena und Benjamim Bento saßen auf der anderen Seite des Bettes.

Bento war vor einer Stunde mit einem schweren Motorrad aus Novo Lapuna gekommen. Emilio Carmona, der Statthalter der Mafia in der Goldgräberstadt, hatte ihn enttäuscht. »Nichts —«, hatte Carmona gesagt. »Ich habe alle Neuzugänge überprüft. Die von dir beschriebenen Halunken sind nicht dabei. Sie müssen also schon länger in der Mine sein.«

»Dann kriege ich sie nie. Wie soll ich fünfzigtausend Garimpeiros überprüfen? Mir kann jetzt nur noch der Zufall helfen.«

Und der Zufall half ihm wirklich. Der Zufall, daß Leonor so gut zeichnen konnte. Sofort, als Bento das Krankenzimmer betreten hatte, hielt ihm Helena die Blätter mit den Köpfen hin.

»Das sind sie!« sagte sie, schwer atmend. »Benjamim, jetzt kannst du sie finden.«

Bento betrachtete die Zeichnungen sehr lange. Sein Gesicht war angespannt, die Stirn kräuselte sich in Falten. Die Lippen hatte er zusammengepreßt. So sehen sie also aus, dachte er. Mit diesen Bildern werde ich von Haus zu Haus gehen. Es wird vielleicht Wochen dauern, aber ich bekomme sie. Und dann werden sie anders aussehen als auf Leonors Zeichnungen.

Thomas blickte hoch, als die Patres und die neuen Gäste ins Zimmer traten. Er legte ein Tuch über Leonors Schultern und drehte sich um. Ein strafender Blick traf die Patres. Er mochte es nicht, bei ärztlichen Handlungen gestört zu werden. Man platzt ja auch nicht in das Refektorium, wenn die Priester ihr Stundengebet hielten.

»Ihr bringt neue Patienten?« fragte er etwas abweisend. »Bitte wartet in meinem Untersuchungszimmer, bis ich hier fertig bin. Es dauert nur noch zehn Minuten. Oder handelt es sich um einen Notfall?«

»Verzeihung, Thomas.« Pater Vincence hob entschuldigend beide Hände. »Wir sind schon wieder weg.« Und draußen, im Flur, sagte er: »Er hat ja recht. Gehen wir in sein Zimmer.«

»Oder gehen wir unterdessen zu meiner Kollegin von der Biologie«, schlug Minho vor.

Am Abend saßen sie dann alle zusammen um den großen Tisch und genossen, was Luigi, der auch leidenschaftlich gern kochte, zum Essen serviert hatte. Lasagne, saftig und herrlich gewürzt, in den Schichten Spinat, Käse und große, fleischige, fächerförmige Pilze, die es nur hier in den lichteren, etwas sumpfigen Gebieten des Regenwaldes gab und die auch Luise unbekannt gewesen waren. Die Yanomami hatten ihr diese Pilze gezeigt, aber sie aßen sie nicht. Für sie waren Pilze etwas, das Pflanzen, Tiere und auch Menschen anfiel und zerstörte. In diesem feuchtheißen Klima gediehen Pilze und Schimmelpilze vorzüglich. Deshalb lebten die Yanomami nackt in ihren Malocas und wuschen sich, wann immer es möglich war. Auf einer glatten Haut setzt sich kein Pilz fest. Mit kindlichem Staunen hatten sie zugesehen, wie Luise einige der Pilze abgeschnitten hatte und sie mitnahm zur Mission.

Dort untersuchte sie die neue Art im Labor, machte Gifttests und Mikroschnitte für das Mikroskop und kam zu der Ansicht, daß diese Pilze ungiftig, eßbar und sehr schmackhaft waren, vor allem, wenn man sie zusammen mit gebratenen Speckstückchen garen ließ.

Thomas blickte sehr kritisch auf den Teller, als Luise zum erstenmal einen Pfannkuchen, gefüllt mit den neuen Pilzen, auf den Tisch stellte.

»Ist das so ein Glücksspiel wie bei dem japanischen Kugelfisch?« fragte er. »Entweder man überlebt das Menü, oder man ist in einer Stunde eine heroische Leiche?«

»Ich esse ja auch mit.« Sie hatte gelacht, aber für Thomas klang es nicht überzeugend. »Wenn, dann kippen wir beide vom Stuhl. Labormäßig ist er sauber.«

»Ein Glaskolben ist kein verdauender Magen. Ein Magen ist eine sehr komplizierte und empfindliche Konstruktion der Natur. Er läßt sich selten betrügen.«

»Du wirst sehen, es schmeckt fabelhaft. Ich habe es schon probiert. Und ich lebe — und wie ich lebe.« Sie gab ihm einen langen Kuß. »Das wirst du nachher als Nachtisch bekommen.«

»Na warte!« Thomas zog Luises Kopf zu sich hinunter. »Können wir nicht die Reihenfolge ändern? Erst der Nachtisch?«

»Ausgeschlossen. Wenn du meinen Pfannkuchen mit Parima-Pilzen überlebst, ist das deine Belohnung.«

Sie hatten das Pilzessen überlebt und einen Tag später auch die Patres und alle anderen Missionsmitglieder überzeugt. Mit sichtlichem Erstaunen, ja Unverständnis, begannen darauf einige Yanomami die »Parima-Pilze«, wie Luise sie getauft hatte, zu sammeln und körbeweise an der Mission abzugeben. Auf Bananenblättern ließ Luise die Pilze in der Sonne trocknen, bis sie zusammengeschrumpelt waren. Auch das war noch ein Experiment. Veränderte sich der Pilz beim Trocknen, entwickelte er etwa dabei ein Gift? In vielen Versuchen wies Luise nach, daß sich der Parima-Pilz nicht anders verhielt als getrocknete Steinpilze, Butterpilze, Champignons oder Pfifferlinge. Nur viel schmackhafter und würziger war er. Er schmeckte nicht schlaff oder mußte erst mit Gewürzen oder anderen Zutaten verfeinert werden. Der Parima-Pilz behielt sein Aroma, das an gemahlene Paranüsse erinnerte.

Auch hier mußte Thomas als erster, zusammen mit Luise, ein Gericht mit den getrockneten Pilzen essen. Er tat es mit großer Tapferkeit und sagte nach dem Abendessen:

»Das also ist aus mir geworden: ein Probeesser. Einmal wird es dir gelingen, mich umzubringen.«

In dieser Nacht, nach dem Pilzgericht, schliefen sie kaum drei Stunden. Immer wieder erinnerte ihn Luise daran, wie lebendig sie war. Sie liebten sich bis zur Erschöpfung.

»Das ist es«, sagte Thomas gegen Morgen, als sie sich endlich voneinander gelöst hatten. »Das wird ein Verkaufsschlager werden, an den du noch gar nicht gedacht hast: getrocknete Parima-Pilze, *das* Potenzmittel für Mann und Frau.«

»So siehst du das?« Sie lächelte mit glitzernden Augen. »Das mußt du erst wissenschaftlich beweisen.«

Der Parima-Pilz bewährte sich tatsächlich.

Heute nun, nach der köstlichen Lasagne und einem Mixgetränk aus Fruchtsaft und Gin, sagte Luise zu Marco Minho:

»Bis Sie ihre neue Ausrüstung haben, biete ich Ihnen mein Labor an. Ich habe zwei Mikroskope und bin für die hiesigen Verhältnisse ganz gut eingerichtet.«

»Das ist ja fabelhaft.« Minho küßte Luise galant die Hand. »Dona Luisa, wie kann ich Ihnen dafür danken?«

»Indem wir der Welt noch viele unbekannte Pflanzen- und Tierarten schenken, bevor man sie für immer vernichtet hat. Was halten Sie davon, wenn wir gemeinsam durch den Regenwald ziehen? Ich sammle Pflanzen und mikrobiologische Organismen, und Sie fangen Tiere.«

»Einverstanden!« Minho wandte sich an die beiden italienischen Handwerker der Mission. »Was ich brauche, sind Kisten und Käfige aller Größen, eine Voliere und einen eingezäunten künstlichen Sumpf.«

»Gar kein Problem.« Pater Ernesto verzog spöttisch die Lippen. »Ist das alles, Senhor Minho?«

»Für den Anfang — ja.«

»Das beruhigt mich ungemein.«

Sie saßen bis nach Mitternacht zusammen, rauchten und tranken, und erst als Luise und Thomas aufbrachen, um zurück zum Hospital zu gehen, fiel ihnen ein, daß sie Benjamim Bento ganz vergessen hatten. Sein schweres Motorrad, das an der Mauer gelehnt hatte, war weg. Dabei hatte er doch darum gebeten, diese Nacht im Hospital bleiben zu dürfen.

»Verdammt!« sagte Thomas betroffen. »Daß ich das vergessen konnte!«

Er stieß die Tür von Leonors Krankenzimmer auf. Das Mädchen schlief fest. Im Nebenzimmer, wo Helena gewohnt hatte, waren die Betten unberührt. Bento und Helena waren nicht mehr im Hospital. Sie waren ohne Abschied heimlich nach Novo Lapuna zurückgekehrt.

* * *

Im Hause von Paulo Lobos herrschte wieder Frieden, wenigstens nach außen hin. Dona Joana hatte mit ihrem Mann eine Aussprache gehabt, die Lobos seltsamerweise nicht sonderlich erregte. Sie begann nach dem Abendessen, als sie sich wie üblich in den Salon zurückgezogen hatten, um Privates zu besprechen. Tagsüber sah sich das Ehepaar selten; da war Lobos unterwegs, oder Besucher gingen aus und ein, oder man war immer umgeben von den Hausangestellten. Die Stunde nach dem Essen, in den Sesseln vor dem englischen Kamin, der natürlich nie brannte bei Abendtemperaturen von durchschnittlich 24 Grad, sondern nur ein modischer Blickfang war, gehörte daher den Problemen der Familie.

»Sofia war heute nicht beim Abendessen«, stellte Lobos fest und zündete sich eine Zigarre an. Obwohl er Brasilianer war, rauchte er keine Brasilzigarren, sondern ließ sich die für einen Zigarrenraucher höchste Wonne, eine Davidoff No. 1, direkt aus Brasilia kommen. »Ist sie irgendwo eingeladen?«

»Nein, sie ist im Haus.« Dona Joana suchte verzweifelt nach Worten, wie sie ihrem Mann die ungeheuerliche Nachricht erklären konnte. »Sie ist auf ihrem Zimmer.«

»Ist sie krank?« Lobos blickte durch den Zigarrenrauch seine Frau an. »Warum sagt mir keiner etwas?«

»Sofia ist nicht krank.« Dona Joana nahm allen Mut zusammen. »Sie ist in ihrem Zimmer eingeschlossen.«

»*Was* ist sie?«

»Ich habe sie eingeschlossen. Paulo, ich weiß nicht, wie ich es dir sagen soll —«

»Ganz einfach, rede!«

»Unser Kind ist kein Kind mehr —«

»Natürlich nicht. Sie ist ja einundzwanzig.«

»So meine ich das nicht.« Dona Joana war es, als flimmere es ihr vor den Augen. »Sie ... sie hat einen Geliebten.«

Lobos wollte gerade wieder einen Zug an seiner Davidoff nehmen, mit einem Ruck fuhr seine Hand vom Mund zurück.

»Was sagst du da?! Sofia hat —«

»Ja. Sie hat es mir gestanden. Es ist unfaßbar. Unsere kleine Sofia.«

»Wer ist es?« fragte Lobos kühl.

»Das ist es ja.« Dona Joana begann zu schluchzen. »Ein Kerl unter unserem Stand. Ein Habenichts. Ein kleiner Lohnempfänger.«

»Wer?!«

»Marco Minho, der Zoologe. Dieser kleinbürgerliche Kerl —«

»Minho! Ich erinnere mich. Er war auch Gast bei Miguels Party. Das Landwirtschaftsministerium hat ihn nach Boa Vista geschickt. Soll unbekannte Tierarten im Regenwald registrieren. Einer von diesen Öko-Idioten! Und mit dem hat Sofia sich eingelassen?«

»Ja.«

»Sofia wird doch nicht so dämlich sein, sich ernsthaft in diesen Burschen zu verlieben?! Ein Flirt, ja?«

»Es ist mehr, Paulo.«

»Sie hat mit ihm geschlafen?!«

Dona Joana versagte die Stimme. Sie nickte nur. Lobos zog an seiner Zigarre und blies den Rauch gegen die Decke.

»Hat sie das gesagt?« fragte er nach einigem Schweigen. Auf seinem Vaterherzen lag plötzlich ein Felsbrocken.

»Ja. Und sie ist auch noch stolz darauf. Sie liebt ihn wahnsinnig, sagt sie. Ohne ihn kann ich nicht mehr sein, sagt sie. Paulo, mein Herz setzt aus, wenn ich daran denke. Unser Kind in den Armen dieses Kerls!«

»Hat denn keiner bemerkt, daß sie sich heimlich trafen?«

»Ist das alles, was du dazu zu sagen hast? Paulo, es muß etwas geschehen. Ich habe Sofia eingesperrt, aber das ist ja kein Dauerzustand. Du mußt etwas unternehmen.«

»Vorerst ist Minho auf der Missionsstation Santo Antônio. Sie können sich also nicht mehr heimlich treffen. Das ist zunächst das Wichtigste.«

»Das ist es nicht!« Es war wie ein Aufschrei. Lobos sah seine Frau erschrocken an. Solche Temperamentsausbrüche waren selten bei ihr. Den letzten hatte er erlebt, als Dona Joana erfuhr, daß er seiner dreiundzwanzigjährigen Geliebten, die Monate vorher zur Miss Brasilia gewählt worden war, eine Wohnung in Manaus eingerichtet hatte. »Sie will zu ihm —«

»Nach Santo Antônio?«

»Ganz gleich, wohin. Sie will zu ihm. Sie hat Sehnsucht nach ihm, sagt sie. Dieser Lump hat sie vollkommen verdorben, unsere kleine Sofia.« Sie schluchzte wieder auf und faltete dann die Hände, als wolle sie den Allmächtigen um Hilfe anrufen. »Er hat sie sich hörig gemacht. So tu doch etwas, Paulo!«

»Ich werde mit Sofia sprechen.«

»Sie hört auf niemanden.«

»Auf mich wird sie hören, ich versichere es dir.«

»Du willst sie schlagen?« schrie Dona Joana entsetzt auf.

»Nein! Ich werde ihr diesen Unsinn ausreden. Und dann schicke ich sie zu Tante Rosa nach Recife. Sie wird keine Gelegenheit mehr bekommen, diesen Minho wiederzusehen. Das verläuft sich wie Wassertropfen im Sand. Du hast deine Jugendliebe ja auch vergessen und mich geheiratet.«

»Und ich habe es nie bereut.«

Aber ich, dachte Lobos und saugte wieder an seiner Davidoff. Ach Gott, denken wir nicht an früher. Vor fünfundzwanzig Jahren war Joana ein hübsches, aber langweiliges Mädchen gewesen, und langweilig ist sie bis heute geblieben. Doch ihr Vater hatte Geld, war einer der reichsten Grundbesitzer in São Paulo und hatte das Unglück, fünf Töchter zu haben und für sie die geeigneten Männer suchen zu müssen. Ich war einer von ihnen — und es ist immer von Nutzen, wenn sich Millionen zu Millionen finden. Das Ziel des geballten Kapitals ist Macht. Und ich habe sie jetzt — die Macht über Land, Fabriken, Minen, Wälder und Menschen. Da nimmt man selbst eine Dona Joana in Kauf.

Lobos erhob sich aus seinem Sessel und kickte die Asche der Zigarre in einen Aschenbecher aus geschliffenem Achat.

»Du gehst jetzt zu Sofia?« fragte Dona Joana.

»Ja.«

»Ich möchte mitgehen, dabeisein.«

»Nein. Das machen Sofia und ich unter uns aus.«

»Versprich mir, daß du sie nicht schlägst.«

»Ich habe mein Kind noch nie geschlagen, seit einundzwanzig Jahren. Warum sollte ich es jetzt tun? Weil sie mit einem Mann schläft. Das ist doch natürlich.«

»Paulo!« rief Dona Joana entsetzt.

»Nur ist's der falsche, und das ist das Problem, das ich mit ihr besprechen muß. Es gibt so viele Söhne meiner Freunde! Wenn sie zum Beispiel mit Venâncio Redondo geschlafen hätte —«

»Du bist unmöglich! Wie kannst du als Vater —«

»Wie alt warst du, als du den ersten Mann an dich herangelassen hast?«

»Auf so eine ordinäre Frage bekommst du keine Antwort!« Dona Joana sprang auf und wollte den Salon verlassen. Lobos zog noch einmal an seiner Zigarre.

»Du warst sechzehn —«, holte seine Stimme sie ein. »Und es war ein Gärtner deines Vaters. Das stimmt doch, nicht wahr?«

Sie gab keine Antwort, verließ den Salon und knallte die Tür hinter sich zu.

Sofia lag auf der mit rosa Seide bezogenen Couch, als Lobos das Zimmer aufschloß und eintrat. Sie blickte kurz hoch, vergrub den Kopf dann wieder in ihren verschränkten Armen, aber ihre Muskeln spannten sich, als wolle sie gleich mit einem Satz aufspringen.

Lobos suchte nach einer Ablage für seine Zigarre, legte sie dann auf die Tischkante eines Glastisches mit vergoldeten Füßen und betrachtete seine hübsche Tochter.

»Wir müssen was miteinander besprechen, Kleines«, begann er milde.

Sofia hob den Kopf nur ein paar Zentimeter, blickte aber dabei ihren Vater nicht an.

»Mama hat dir alles erzählt, was?« fragte sie angriffslustig. »Um dir lange Fragen zu ersparen: Ja, ich liebe Marco. Ja, ich habe mit ihm geschlafen. Ja, es war wunderschön, und ich bereue keine Minute. Ja, ich würde es wieder tun, sofort, immer und immer wieder. Und wenn ihr platzt!«

»Ich platze nicht. Hast du einen Knall gehört?«

»Deine Ironie kannst du dir sparen. Ich werde Marco heiraten. Ich bin ja schon heimlich seine Frau.«

»Du Kindskopf!« Lobos setzte sich in einen der rosa Sessel. »Wenn jedes Mädchen, das mit einem Mann ins Bett geht, sich als heimlich verheiratet betrachtete, bestünde die Welt nur noch aus Bigamisten.«

»Marco und ich gehören zusammen.«

»Und wovon wollt ihr leben? Von seinem armseligen Zoologengehalt? Unser Butler verdient mehr als er. Mein Obergärtner das Doppelte. Von mir bekommst du keinen Cruzeiro! Nichts! Du bist dann keine Lobos mehr.«

»Aber eine Minho!« antwortete Sofia trotzig. »Und Marcos Gehalt wird reichen.«

»Für Maisbrot und einmal die Woche, sonntags, ein Stück billiges Fleisch, das zu schlecht ist für den Export.«

»Auch davon kann man leben, wenn man sich liebt.«

»Und unsicher ist, ob Minho seine Stellung als Zoologe behält. Man wird ihn rauswerfen.«

»Und dafür sorgst du mit deinen Beziehungen.«

»So ist es. Wollt ihr in einer Bretterbude in den Slums wohnen?«

»Dort wohnen Tausende, warum nicht auch wir?! Dann werde ich eben auch arbeiten gehen.«

»Als was? Du hast doch nichts gelernt als schöne Kleider tragen, jeden Tag die Friseuse kommen lassen, Tennis spielen, Golf, Reiten, Klavier klimpern —«

»Ist das nicht genug?« Sie sprang von der Couch hoch und stellte sich angriffslustig vor ihren Vater. »Klavier spielen, ja, das kann ich. Ich werde in Rio in einer Bar spielen.«

»Da warten sie gerade auf dich! Meine Tochter, eine Lobos. Schämst du dich nicht?«

»Nein! Du schämst dich ja auch nicht, den Regenwald abzubrennen, Pflanzen und Tiere zu vernichten und die Indianer zu vertreiben und sogar von deinen Pistoleiros umbringen zu lassen!«

»Das hat er dir erzählt?« Lobos begriff, daß das Gespräch mit seiner Tochter jetzt eine andere Wendung nahm. Es ging nicht mehr um Liebe und heimliche Treffen — die Existenz des Lobos-Clans stand auf dem Spiel.

»Ich weiß jetzt alles! Alles! Wenn ich mich schäme, dann nicht wegen Marco, sondern daß ich Lobos heiße! Du, Mama, ich, wir alle leben von der Zerstörung!«

»Es hat keinen Sinn, diese hirnverbrannte Ansicht zu kommentieren.« Lobos nahm seine Zigarre von der Glastischkante und saugte kräftig daran. Auch eine Davidoff No. 1 schmeckt scheußlich, wenn sie kalt ist. Er wartete, bis sie wieder kräftig glühte, und stand aus dem Sessel auf. »Wie denkst du, daß es weitergeht?«

»Mama sagt, ich bleibe eingesperrt. Aber das wollen wir erst mal sehen —«

»Natürlich bleibst du nicht eingesperrt. Du kannst tun, was du willst. Alle Türen stehen offen.«

»Ist das wahr, Papa?«

»Wenn ich es sage.«

»Und Mama?«

»Sie wird meine Anordnung respektieren. Niemand sperrt meine Tochter ein.«

»Danke, Papa.«

»Ich habe Vertrauen zu dir, das ist alles. Das ist selbstverständlich. Wir sollten in Zukunft mehr miteinander sprechen. Mehr als bisher.«

»Ja, Papa. Wir werden darüber reden. Ich liebe Marco wie mein Leben.«

»Bitte, keine Geständnisse mehr.« Lobos lächelte etwas verzerrt. »Laß uns alle erst einmal zur Ruhe kommen.«

Er verließ Sofias Zimmer und ging sofort hinüber zu seiner Bibliothek. Dort griff er zum Telefon und rief Senhor Rodrigues in Surucucu an. Rodrigues war der Direktor einer Handelsgesellschaft für Edelhölzer. Ein Mosaiksteinchen im Lobos-Konzern.

»Rodrigues«, sagte Lobos. Seine Stimme klang wie immer, geschäftlich. »Auf der Missionsstation Santo Antônio am Rio Parima ist ein Wissenschaftler eingetroffen. Ein Zoologe. Marco Minho heißt er. Ich möchte, daß Sie sich ein wenig um ihn kümmern.«

»In welcher Hinsicht, Senhor Lobos?« fragte Rodrigues devot zurück. »Haben Sie besondere Wünsche?«

»Nur beobachten, weiter nichts. Was er so tut, was er sagt, mit wem er verkehrt, welche Pläne er hat. Schicken Sie einen Beobachter nach San Antônio, und machen Sie mir jede Woche Meldung.«

»Das ist alles, Senhor Lobos?«

»Vorerst ja.« Lobos sog wieder an seiner Zigarre. »Das andere kommt vielleicht später. Dieses Mal muß es wie ein Unfall aussehen. Aus rein persönlichen Gründen —«

»Ich werde alles arrangieren und vorbereiten, Senhor Lobos.« Rodrigues schien am Telefon eine tiefe Verbeugung machen. »Sie werden wie immer zufrieden sein.«

»Das hoffe ich«, erwiderte Lobos knapp und legte den Hörer auf.

Was getan werden muß, muß getan werden, dachte er. So ist nun mal das Leben.

Über eine Woche hatten Lobos und Dona Joana über ihr Töchterchen Sofia nicht zu klagen. Sie war wie immer, tanzte auf Parties, war fröhlich und von den Männern umschwärmt, ritt über Land, spielte mit Freunden Tennis und genoß das Leben einer Millionärstochter. Dona Joana war verwundert. Sollte Sofia tatsächlich Minho schon vergessen haben? Hatte die Aussprache mit ihrem Vater geholfen. Sah sie keine Zukunft mehr für sich und Marco? Das Leben mit einem Arbeitslosen war ihr vielleicht doch zu beschwerlich.

Wenn dem so war, dann sei Gott gedankt. Dann sollte man die größte Kerze stiften, die je in der Kathedrale von Boa Vista gebrannt hatte.

Das Glück der Lobos' hielt zehn Tage lang.

In diesen zehn Tagen hatte Sofia ihren Plan reifen lassen. Sie hatte nach und nach ihr Bankkonto abgeräumt, das ihr Vater großzügig für sie angelegt hatte, und sich den Betrag in Dollar auszahlen lassen. Sie hatte eine leichte Tasche aus Nylongewebe mit dem Allernötigsten gepackt und unter dem Bett versteckt. Und sie hatte ihre Freundin in Brasilia verständigt, daß sie in Kürze zu Besuch käme. Sie hatte das Telefongespräch so geführt, daß Lobos und Dona Joana es hören mußten, worauf Vater und Mutter sich ansahen und sehr zufrieden waren. Es ist vorbei. Sie hat Minho abgeschrieben. Sie ist doch ein kluges Mädchen. Nur daß gerade so ein Kerl mit ihr geschlafen hatte, lag noch wie ein Stein auf Dona Joanas Herzen.

Am elften Tag ließ sich Sofia zum Flugplatz von Manaus bringen. Nach einem zärtlichen Abschied von den Eltern war sie in den Mercedes 500 gestiegen, den ein livrierter Chauffeur steuerte. Die zwei Koffer im Kofferraum waren mit Stapeln alter Zeitungen und Illustrierten gefüllt, damit den Dienern nichts auffiel. Wie gewöhnlich trugen sie das Gepäck zum Auto und verstauten es im Kofferraum. Die Nylontasche hatte Sofia vorher in den Wagen geschmuggelt. Sie winkte Vater und Mutter noch mit einem fröhlichen Lachen zu, dann rollte der Mercedes an und verließ die bewachte, wie cinc Burg geschützte weiße Villa.

Auf dem Flughafen brachte ein Träger die Koffer zum Schalter des Fluges nach Brasilia, erhielt ein gutes Trinkgeld und ließ Sofia allein.

Sofia wartete eine Viertelstunde. Dann ließ sie die Koffer einfach am Schalter stehen, nahm die Nylontasche auf und verließ die Abfertigungshalle. Draußen winkte sie einem Taxi, ließ sich in die Stadt fahren, kaufte Jeans, eine weiß-rot gestreifte Baumwollbluse und kräftige Joggingschuhe, ließ sich zum Flughafen zurückfahren und zog sich auf der Toilette um. Ihr Modellkleid zum Preis von zweitausend Dollar ließ sie am Haken der Kabine hängen. Sie hatte dabei das Gefühl, ihr bisheriges Leben abzulegen und ein anderer Mensch zu werden.

Sie studierte den großen elektronischen Flugplan in der Flughafenhalle und ging dann an einen Schalter.

»Einmal Boa Vista, bitte«, sagte sie.

Die Bodenstewardeß blickte nur kurz hoch.

»Mit Rückflug?«

»Nein. Nur einfach.«

Eine halbe Stunde später saß sie im Flugzeug und blickte noch einmal über die Stadt Manaus, über den Rio Negro mit seinem schwarzen Wasser, und dann war der Urwald unter ihr, ein grenzenloses grünes Meer, das bis Boa Vista reichen würde. Ab und zu sah sie auch die Rauchwolken über dem Wald, riesige Kahlflächen und breite, in den Wald hineingefräste neue Straßen.

Das ist die Hand meines Vaters, dachte sie voll Bitterkeit. Daher kommen unsere Millionen, unser Reichtum, unser geachteter Name, unsere Macht. Der Regenwald brennt, und ich bin die Tochter dieses Zerstörers. Vater, ich will nicht mehr Lobos heißen, ich will nur noch eine Minho sein. Ich habe mich schon genug mitschuldig gemacht, aber ich habe es ja nicht gewußt.

Vom Flughafen Boa Vista ließ sie sich mit einem Taxi zu einem der vielen kleinen Flugplätze fahren, auf denen die Maschinen zu den illegalen Pisten im Regenwald abflogen und landeten.

»*Wo* wollen Sie hin?« fragte der Taxifahrer ungläubig. Er musterte Sofia von oben bis unten und war sich nicht klar, was er denken sollte. Wie eine neue Hure für die Garimpeiros sieht sie nicht aus, aber da kann man sich irren. So jung und hübsch, und läßt sich dann mit den rohen, dreckigen Burschen ein. Eine Schande ist so etwas.

»Zu einem Flugplatz, von dem Maschinen an den Rio Parima fliegen«, sagte Sofia. »Sie kennen doch die heimlichen Pisten. Jeder Taxifahrer in Boa Vista kennt sie.«

»Überlegen Sie sich das noch einmal.« Der Taxifahrer schüttelte den Kopf. »Sie sind noch so jung —«

»Wie alt muß man denn sein, um dorthin zu kommen?« fragte Sofia schnippisch.

»Am besten gar nicht.«

»Fahren Sie mich nun oder nicht? Es gibt genug Taxifahrer.«

»Wie Sie wollen.« Der Taxifahrer hob resignierend die Schultern. »Ich bringe Sie zu Carlos, dem Platzwart. Der weiß genau, wer und wann zu den Garimpeiros fliegt. Steigen Sie ein.«

Der Privatflugplatz, außerhalb von Boa Vista in den Regenwald geschlagen, vier Schuppen, eine Werkstatt, eine Bar und Platz für sechzig Maschinen, lag eine knappe Stunde von der Stadt entfernt. Carlos, der Platzwart und Fluglotse in einem war, musterte genau wie der Taxifahrer Sofia von oben bis unten. Er kannte sich aus mit den Camp-Huren — das war nicht eine von ihnen. Dieser Eindruck verstärkte sich, als Sofia Dollarscheine auf den Tisch legte und sagte: »Ich möchte die nächste Maschine.«

Sie bezahlt in bar, dachte Carlos aufatmend. Viele Huren, die zu den Minen wollen, bezahlen die Piloten mit einem Einstunden-Fick, nur wenige blättern Geld hin. Die Schöne hier gehört also nicht zu der Sorte. Dachte ich es mir doch gleich.

»Wohin? Nach Novo Lapuna?«

»Nein, nach Santo Antônio.«

»Zur Mission?« Carlos blieb der Mund offen. Was ist denn das, fragte er sich. Sie will zu der Mission! Teufel noch mal, wer ist sie? Eine Krankenschwester? Eine Köchin? Wen haben sich die Patres denn da geholt?!

»Ja. Zur Mission«, sagte Sofia. »Fliegt heute noch jemand dorthin?«

»Um diese Zeit, nein! Aber wenn Sie ein paar Dollar extra springen lassen, wird sich jemand finden. Billig wird's nicht.«

»Ich habe genug Geld.«

»Das hab ich nicht gehört. Sagen Sie das bloß nicht so laut. Sie sind es sonst schneller los, als Sie denken. Für Geld gibt es hier kein Erbarmen.« Carlos beugte sich über eine Liste, auf der die startbereiten Flugzeuge verzeichnet waren. »Ich bringe Sie zu Antoninho. Der ist ein guter Pilot, hat selbst zwei Töchter in Ihrem Alter und wird Sie nicht gleich auf den Rücken legen. Auf Antoninho ist Verlaß. Und er kennt die Strecke nach Santo Antônio wie kaum ein anderer. Sie haben Glück, Senhorita.«

Sofia nickte wortlos. Sie mußte sich erst an die ungehobelte Art der Menschen hier gewöhnen; nach dem ersten Schock über deren vulgäre Ausdrucksweise wunderte sie sich nicht mehr, daß man sie für eine Nachwuchshure hielt, nur weil sie in die Gegend der Goldminen wollte.

Antoninho, der Pilot, wurde von Carlos in der kleinen Bar gefunden, in der sich die Piloten zwischen zwei Flügen erholten. Sofia wartete draußen vor dem Schuppen. »Ich nehme Sie nicht mit rein«, hatte Carlos gesagt. »Warten Sie hier.«

Es stellte sich heraus, daß Antoninho wirklich einer der wenigen anständigen Männer war. Carlos schien ihn schon in der Bar unterrichtet zu haben, er begrüßte Sofia mit einem Handkuß, was Sofia in dieser Umgebung nie erwartet hatte.

»Sie wollen zur Mission Santo Antônio, Senhorita?« fragte er.

»Ja. Ich zahle das Doppelte.«

»Sie sind eine neue Angestellte der Mission?«

»Nein. Ich besuche dort meinen Verlobten. Er ist Wissenschaftler. Zoologe.«

»Senhor Minho?«

»Oh! Sie kennen ihn?« Sofia spürte das Hämmern ihres Herzens.

»Ich habe ihn vorgestern noch gesprochen. Er hat mir nichts von Ihnen erzählt. Weiß er, daß Sie kommen?«

»Nein. Es soll eine Überraschung sein. Bitte, können wir sofort fliegen?«

»Wir kommen in den Abend hinein, und die Piste von Santo Antônio ist nicht beleuchtet.«

»Versuchen Sie es trotzdem. Bitte, bitte. Ich möchte nicht in Boa Vista übernachten.«

»Das kann ich verstehen. Kennen Sie Boa Vista?«

»Nein«, log sie. Wir haben doch eine Villa am Rande der Stadt, gerade deshalb möchte ich nicht hier gesehen werden. Zu viele kennen die Tochter des großen Paulo Lobos. »Wir müssen noch heute weiterfliegen. Ich habe von Boa Vista nichts Gutes in Manaus gehört.«

»Was man sich da alles erzählt, ist alles untertrieben. Boa Vista ist noch schlimmer. Am Tag sieht es passabel aus, die Hauptstadt des Gouverneurs, aber sobald es dunkel wird, ist man am sichersten hinter verschlossenen Türen.« Antoninho blickte kurz auf seine Uhr. »Es wird höchste Zeit. Ich muß noch tanken, dann fliegen wir sofort los.«

»Danke. Sie sind ein guter Mensch —«

»Das höre ich auch zum erstenmal.« Antoninho lachte kurz auf. »Warten Sie hier bei Carlos. Ich rolle vor die Haustür.«

Es war schon dunkel, als sie über Santo Antônio einschwebten. Nur ein erfahrener und vor allem furchtloser Pilot wie Antoninho konnte es wagen, jetzt noch zu landen. Das einzige Licht auf der Piste kam vom Schein des Mondes, und zum Glück war es fast Vollmond. So zeichnete sich die Landebahn als dünner hellgrauer Streifen ab. An den Missionsgebäuden brannten die Lampen, aber sie waren viel zu schwach und reichten nicht bis zur Piste.

»Ist es schwer, jetzt zu landen?« fragte Sofia. Ihre Stimme klang etwas dünn.

»Man muß es können«, brummte Antoninho. »Viele können es nicht.«

»Ich bitte Sie um Verzeihung, daß ich Sie —«

»Halten Sie den Mund! Davon kommen wir nicht hinunter.«

Er zog einen Kreis über der Mission und setzte über dem niedergebrannten Yanomami-Dorf zur Landung an. Nach einem mehrfachen Rucken setzte die Maschine auf der Bahn auf. Antoninho ließ sie bis zur Polizeistation ausrollen. Natürlich stürzten sofort Ribateio und Moaco aus dem Gebäude und strahlten mit starken Handscheinwerfern das Flugzeug an.

»Das muß ein Verrückter sein!« hatte Ribateio gerufen, als sie das Motorengeräusch in der Luft hörten.

»Vielleicht fliegt er nur über uns hinweg.«

»Wohin denn, Alberto? Nach Novo Lapuna? Um diese Zeit? Hast du das schon erlebt?«

»Nein, Tenente.«

»Na also! Das ist völlig unsinnig.«

Sie erkannten Antoninho sofort, als er die Tür aufstieß und auf den Boden sprang. Ribateio starrte ihn verwundert an.

»Du hast wohl 'nen Wurm im Hirn?!« rief er. »Was soll denn der Blödsinn?!«

»Ich habe einen Gast. Er hat's eilig.« Antoninho zeigte mit dem Daumen nach rückwärts, wo jetzt Sofia aus der kleinen Maschine kletterte. »Besuch für Senhor Minho.«

»Eijeijei, so eine Abendüberraschung wünsche ich mir auch mal.« Ribateio schnalzte mit der Zunge und richtete seinen Scheinwerfer auf Sofia. Sie hob geblendet beide Arme vor ihr Gesicht. »Wer ist denn das?«

»Keine Ahnung. Sie sagt, sie sei mit Minho verlobt. Ob's wahr ist, interessiert mich nicht. Kann ich die Nacht über bei euch bleiben? Ich fliege morgen in aller Frühe wieder zurück.«

Ribateio nickte zustimmend, senkte den Scheinwerfer zum Boden und trat auf Sofia zu. Er grüßte höflich und sah auf den ersten Blick, daß der späte Gast etwas Besseres war, nicht so eine, die erst in der Dunkelheit munter wird.

»Sie wollen zu Senhor Minho?« fragte er. »Ich bringe Sie zu ihm. Er schläft bei Senhora Herrmann.«

Sofias Kopf zuckte hoch. Sie starrte Ribateio fassungslos an. »Wo ... wo ist er?«

»Ich meine, er hat ein Zimmer im Laborgebäude.« Ribateio grinste. Der Scherz war gelungen. Wie schnell man Frauen aus der Fassung bringen konnte.

Er zeigte hinüber zu der Steinbaracke. In drei Räumen brannte Licht. Auch nebenan das Hospital war erleuchtet. Sofia sah hinüber zu den verschiedenen Gebäuden der Mission, dem Wasserturm, dem Generatorenhaus, den Schuppen, dem kleinen Glockenturm auf dem Hauptgebäude, der offenen Garage und zu dem Durcheinander von Balken, Brettern, Steinen, Sand, Zementsäcken und einer Betonmischmaschine. An der Mission wurde immer weitergebaut. Jetzt, in der Nacht, sah das alles trostlos aus. Was hatte ihr Vater gesagt? Willst du mit ihm in den Slums hausen? Und sie hatte trotzig geantwortet: Ja. Nun werde ich auf einer Missionsstation leben, umgeben von Urwald und Einsamkeit. Aber ich werde mit Marco leben, das allein ist wichtig. Ich könnte mit ihm in den Regenwald ziehen und leben wie ein Indio. Ich liebe dich, Marco. Überall, wo wir sind, wird unser Zuhause sein.

»Senhora Herrmann arbeitet noch«, sagte Ribateio und zeigte auf die zwei rechten erleuchteten Fenster. Dahinter lag das Labor. »Ganz links das Fenster, das ist Senhor Minho.«

Sie nickte und nahm ihre Nylontasche entgegen, die Antoninho aus dem Flugzeug geholt hatte. »Ich danke Ihnen nochmals herzlich«, sagte sie und gab ihm die Hand.

»Wofür? Sie haben doch bezahlt.« Er zögerte und hielt ihre Hand fest. »Sie wollen wirklich hierbleiben?«

»Ja. Ich bin doch nicht der einzige Mensch, der hier lebt.«

»Sie sehen so aus, als würden Sie ein solches Leben noch nicht kennen.«

»Ich werde mich dran gewöhnen. Ich ... ich habe meinen Mann hier.«

»Das ist ein Grund.« Antoninho ließ ihre Hand los. »Viel Glück. Soll ich sagen: Gott helfe Ihnen?«

»Ja. Ich werde seine Hilfe bestimmt brauchen.«

Ribateio brachte sie bis in den Flur des Hauses und zeigte nach links. »Die letzte Tür ...«, flüsterte er und grinste verschwörerisch. »Soll ich Dr. Binder verständigen?«

»Warum?«

»Minho könnte einen Herzschlag bekommen, wenn Sie plötzlich zur Tür reinkommen.«

Sofia lächelte, schüttelte den Kopf und wartete, bis Ribateio leise das Haus verlassen hatte. Dann ging sie auf Zehenspitzen den

Flur entlang, stellte ihre Tasche neben die Tür und faßte nach der Klinke. Mit einem Ruck riß sie die Tür auf.

Minho saß unter einer Stehlampe in einem Korbsessel und schrieb in sein Tagebuch. Er hatte die Kladde auf den Knien liegen und benutzte einen Bleistift. Beim Aufklappen der Tür schnellte sein Kopf hoch. Das Tagebuch rutschte von seinen Knien, der Bleistift aus der Hand. Er starrte Sofia an, er sah sie und glaubte doch nicht, daß sie es war.

Erst, als sie sagte: »Mein Liebling!« und die Arme ausbreitete, löste sich die Erstarrung. Er schnellte aus dem Sessel empor, fiel ihr fast entgegen und riß sie so fest an sich, daß sie meinte, in der Mitte durchzubrechen. Sie schnappte nach Luft und schlang die Arme um seinen Nacken.

»Mein ... mein ...« Er fand keine Worte mehr. Er sah und fühlte sie, er spürte ihren Körper, ihren Atem, ihr Zittern. Sie ist es, sie ist es wirklich, nein, ich bin nicht verrückt geworden. Das sind ihre Augen, ihre Lippen, ihre Haare, ihr Körper. Sie ist gekommen.

Er küßte sie, und es war wie ein Versprechen. Er küßte ihre Lippen, ihre Augen, ihre Stirn, die Beuge ihres Halses und fand dann wieder zurück zu ihrem Mund, der halb geöffnet auf ihn wartete. Und dann weinte sie plötzlich, hing schluchzend an ihm, streichelte immer und immer wieder seinen Nacken, sah ihn unter Tränen an und sagte:

»Ich bin so glücklich, so glücklich. Ich liebe dich, Marco, ich liebe dich wahnsinnig, unsagbar —«

Und er drückte sie wieder an sich, küßte die Tränen aus ihren Augen und von den Wangen und konnte endlich sagen:

»Sofia, *meu amor*, wie habe ich dich vermißt. Und nun bist du da, bist wirklich da. Jetzt bleiben wir für immer zusammen. Niemand kann uns mehr trennen.«

»Nein. Es gibt nur uns und unsere Liebe.« Sie küßte ihn wieder und schloß dann die Augen. »Und keiner kann uns trennen. Keiner.«

Morgen wissen sie es. Morgen wird die Familie Lobos mich jagen. Sie werden versuchen, Marco zu vernichten — aber dann müssen sie auch mich vernichten.

Vater, ruf deine Pistoleiros.

Ich habe keine Angst vor dem Tod. Marco und ich, wir gehören zusammen. Du mußt uns beide umbringen.

Kannst du das, Vater?

Paulo Lobos wartete bis zum Mittag des nächsten Tages. Als Sofia auch dann nicht anrief, wurde Lobos unruhig und beschwichtigte sich selbst mit dem Gedanken, daß zwei Freundinnen, die sich nach langer Zeit wiedersehen, an anderes denken als an einen Telefonanruf an den wartenden Vater.

Dennoch suchte er im Privatadreßbuch die Nummer der Freundin in Brasilia und tippte sie in den Apparat ein. Nach kurzem Warten meldete sich eine forsche Mädchenstimme.

»Hier Lobos«, sagte er zufrieden.

»Oh! Onkel Paulo! Das ist schön, daß du mal anrufst.«

»Ist Sofia gut angekommen? Kannst du sie mir mal ans Telefon holen?«

»Sofia?« Es folgte eine qualvolle Pause. »Das, das geht nicht —«

»Schwimmt sie gerade im Pool, Brizida? Trotzdem, hol sie an den Apparat.«

»Sofia — ist nicht hier«, antwortete Brizida stockend.

»Ach, sie ist einkaufen gegangen? Ohne dich?«

»Sofia, Onkel Paulo, ist nicht hier. Wollte sie denn schon heute kommen?«

Lobos spürte, wie sich seine Nackenhaare sträubten.

»Sie ist gestern morgen zu dir nach Brasilia geflogen. Mein Chauffeur hat sie zum Flughafen gebracht. Mit zwei großen Koffern.«

»Aber sie ist nicht hier, Onkel Paulo. Madonna, was hat das zu bedeuten?« Lobos hörte, wie verzweifelt Brizidas Stimme klang. Auch sein Herz wurde plötzlich wie von einer Eisenzange umklammert. »Es ist ihr doch nichts passiert?«

»Gott beschütze uns!« Lobos Atem ging in ein Keuchen über. »Denk nicht das Schlimmste, Brizida. Ich werde gleich alles alarmieren, was zu alarmieren ist. Ich — ich habe auch keine Erklärung dafür.«

Er legte auf, fragte sich, ob er seine Frau unterrichten solle, und entschied dann, erst einmal eine Suchaktion zu starten. Mit aller Diskretion, das war selbstverständlich.

Der erste Anruf galt dem Flughafen Manaus. Die Auskunft war niederschmetternd. Nein, auf der Passagierliste des Fluges nach Brasilia steht keine Sofia Lobos. Das bestellte Flugticket ist nicht abgeholt worden. Aber an diesem Morgen sind am Schalter V zwei Koffer abgestellt worden. Sehr teure Koffer. Ja, man hat sie geöffnet. Sie waren mit alten Zeitungen gefüllt. Wie die Koffer aussehen? Einen Augenblick, wir verbinden Sie mit dem Fundbüro.

»Sie sind es«, bestätigte Lobos mit rostiger Stimme, als man ihm die Beschreibung durchgab. »Es sind die Koffer meiner Tochter. Wieso sind sie voller Zeitungen und wurden am Schalter abgestellt? Danach soll ich meine Tochter fragen? Reden Sie nicht so einen Blödsinn!« schrie Lobos.

Der Beamte des Fundbüros legte beleidigt auf.

Es dauerte fast eine Stunde, bis Lobos sich durch alle Abflüge des gestrigen Tages durchgefragt hatte. Sogar der Chef des Airports von Manaus schaltete sich ein. Paulo Lobos einen Gefallen zu tun war eine Ehre für ihn.

Und dann fand man endlich den Namen Sofia Lobos auf der Passagierliste des letzten Fluges am gestrigen Tag nach Boa Vista.

»Bei uns ist alles in Ordnung, Senhor Lobos«, erklärte der Mann stolz. »Da wird nichts verschlampt!«

»Danke.« Lobos warf den Hörer hin.

»Bastard!« sagte er laut. Und dann, ebenso laut: »Was will Sofia in Boa Vista?«

Der Verwalter der weißen Villa am Stadtrand von Boa Vista glaubte nicht recht zu hören, als Lobos' Stimme aus dem Hörer dröhnte. Er starrte ratlos gegen die Wand.

»Ich will sofort meine Tochter sprechen!« schrie Lobos. »Sofort!«

»Senhorita Sofia?« stammelte der Majordomus.

»Habe ich noch eine andere Tochter, du Idiot?« brüllte Lobos. »Her mit ihr!«

»Sie ist nicht hier, Senhor ...«

»Was ist sie nicht?«

»Nicht hier.«

»Das gibt es doch nicht!«

»Ich kann nur sagen, wie es ist, Senhor. Die Senhorita ist hier nicht eingetroffen. Ich kann sie also nicht ans Telefon holen.«

Lobos zertrümmerte fast das Telefon. Sie ist nach Boa Vista geflogen, das ist nun sicher. Aber sie ist nicht ins Haus gekommen! Wo kann sie sein? Warum ist sie heimlich nach Boa Vista geflogen? Warum hat sie uns belogen mit ihrer Freundin in Brasilia? Lobos legte beide Hände vor sein Gesicht und lehnte sich weit in den schweren Ledersessel zurück. Das ist nicht Sofias Art, dachte er weiter. Sie war immer eine gehorsame, brave Tochter. Nie wäre sie auf den Gedanken gekommen, uns zu belügen. Und plötzlich —

Plötzlich durchzuckte es Lobos. Plötzlich erfaßte ihn die Antwort auf alle Fragen. Und diese Antwort war so ungeheuerlich, daß er spürte, wie Eiseskälte ihn durchzog.

Die Gespräche mit Sofia in den vergangenen Tagen. Ihre Auflehnung gegen die Geschäfte ihres Vaters. Diese Wandlung, die er einfach nicht begreifen wollte. Jetzt begriff er sie mit aller qualvoller Enttäuschung.

Minho! Marco Minho!

Ich liebe ihn wie mein Leben. Das waren ihre Worte gewesen. Keiner wird mich von ihm trennen. Ihr auch nicht. Ihr am allerwenigsten. Ich liebe ihn. Ich liebe ihn.

Marco Minho!

Sie ist zu ihm geflogen. Sie ist aus ihrem Elternhaus nach Santo Antônio geflüchtet. Sie will bei ihm bleiben. Sie ist volljährig und kann ihn gegen unseren Willen heiraten. Sofia Lobos — die Frau eines kleinen Zoologen, der um die Hälfte weniger verdient als der Obergärtner oder der Majordomus der Villa in Boa Vista.

Sofia Minho.

Meine Tochter! Will Minho mich auf diese Art bekämpfen? Nimmt mir die Tochter weg, weil ich Bäume fälle?!

Lobos griff wieder zum Telefon und rief den Direktor des Werkes für Edelholzverwertung in Surucucu an.

»Rodrigues«, begann Lobos und gab sich Mühe, normal zu sprechen. »Stellen Sie fest, ob meine Tochter auf der Missionsstation Santo Antônio eingetroffen ist.«

»Santo Antônio?« fragte Rodrigues erstaunt.

»Fragen Sie!« brüllte Lobos.

Nach einer knappen Viertelstunde bekam er Antwort.

»Ja, Senhor Lobos. Sie ist seit gestern auf der Mission.«

Lobos starrte an die getäfelte Zimmerdecke und preßte die Finger in die Lehne seines Sessels. Und dann sagte er mit klarer, ruhiger Stimme:

»Rodrigues, es ist soweit. Kümmern Sie sich um Marco Minho.«

»Soll es wie ein Unfall aussehen, Senhor Lobos?«

»Das ist mir jetzt egal. Nur schnell muß es gehen — schnell!«

»Wie Sie wünschen, Senhor.«

Lobos legte den Hörer zurück und faltete die Hände über dem Bauch.

Für ihn gab es keinen Marco Minho mehr.

* * *

Jetzt, wo er die Zeichnungen von Leonor hatte, war es einfach für Benjamin Bento, die beiden Schänder aufzuspüren.

Zunächst ging er wieder zu Emilio Carmona und legte ihm die Porträts vor. Carmona betrachtete sie lange und schüttelte dann stumm den Kopf.

»Unbekannt?« fragte Bento. Er hatte es erwartet.

»Ja. Diese Visagen hätte ich mir gemerkt.« Carmona gab die Zeichnungen zurück. »Frag in der Mine. Bestimmt werden einige sie wiedererkennen. Nur, wie willst du sie alle fragen? Daß du die Zeichnungen hast, spricht sich schnell rum. Das wird sie warnen. Entweder verlassen sie dann die Stadt, oder sie werden versuchen, dich umzubringen, um an die Zeichnungen zu kommen.«

»Ich werde schneller sein.« Bento faltete die Zeichnungen wieder zusammen und steckte sie in seine Hemdentasche. »Emilio, verlaß dich darauf: Ich werde schneller sein.«

Auch Vasco, der Türsteher der Disko, schüttelte den Kopf und gab die Zeichnungen an Bento zurück. »In der Disko habe ich sie noch nicht gesehen. Aber das sind sie. Das sind die Männer, die mit Leonor weggegangen sind. Ich weiß nur nicht ihre Namen.« Er streckte seine riesigen Hände aus. »Kannst du mir die Bilder noch mal geben und hierlassen?«

»Wozu?«

»Ich will sie heute abend einigen Gästen zeigen. Vielleicht kennt einer von ihnen die beiden.«

»Besser, ich komme selbst, Vasco«, antwortete Bento. »Sagen wir um zehn, da ist doch der Laden hier voll?«

In Helenas Drugstore drängten sich wie immer die Garimpeiros und kauften ein. Im Fenster stand wieder die Tafel mit einem »Sonderangebot«. Heute gab es baumwollene Unterhosen und mit Kabok gefüllte Kopfkissen. Die Goldschürfer standen Schlange vor den Theken mit dem Sonderangebot, und Helena, die wie immer hinter der Kasse thronte, fragte sich zum wiederholten Male, warum in aller Welt die Garimpeiros so verrückt nach Kopfkissen waren. Unterhosen, das konnte man verstehen. Aber Kissen?

Es war gegen vier Uhr am Nachmittag, als Helena ihr Kassenhäuschen verließ und ins Hinterzimmer kam. Sie war bleich wie eines ihrer unbezogenen Kabokkissen und lehnte sich neben der Tür an die Wand, als habe sie keine Kraft mehr zu stehen.

»Was ist los, Lena?« fragte Bento. »Wie siehst du denn aus? Ist dir schlecht, bist du krank? Du zitterst ja am ganzen Körper.« Er sprang auf, aber Helenas Aufschrei ließ ihn erstarren.

»Sie sind da!«

»Wer?«

»Die beiden Kerle.«

Bento spürte, wie alles Blut in seinen Kopf schoß. Jetzt platzt er, dachte er ganz nüchtern, jetzt platzt er.

»Das ist doch unmöglich, Lena«, antwortete er kaum hörbar.

»Ich habe sie sofort erkannt. Sie sehen aus wie auf Leonors Zeichnung. Einer hat den Ring im Ohr. Sie ... sie stehen in der Schlange und wollen Kabokkissen kaufen. Mimo, sie sind es.«

»Das heißt, daß sie gar nicht wissen, daß Leonor deine Tochter ist?«

»Es muß so sein, sonst wären sie nicht hier. Mimo, was machen wir jetzt?«

»Das, was wir machen müssen.«

»Du kannst sie doch nicht im Laden erschießen!«

»Nein. Das wäre auch zu einfach. Ich will sie lebend haben. Hier vor mir sollen sie stehen — lebend! Hol sie ins Zimmer.«

»Wie denn?«

»Wenn sie dran sind, rufst du: ›Ich brauch zwei starke Männer, die neue Kartons mit Kissen aus dem Lager holen. Ihr da, ihr seid gerade richtig. Kommt mit, ich lasse euch die Kissen gratis.‹ Das hört sich doch gut an! Ich wette, daß sie mitkommen. Alles andere ist dann meine Sache.«

»Ich ... ich will's versuchen.«

»Geh jetzt, Lena.«

Helena nickte und verließ das Zimmer. Bento stellte sich neben die Tür, ergriff sein Gewehr am Lauf und wartete.

Leonors Schänder ins Hinterzimmer zu locken war kein Problem. Kaum hatte Helena ihren Spruch losgelassen, da traten die beiden von der Theke zurück und kamen zu ihr an die Kasse.

»Wo sind die Kartons?« fragte der mit dem Ring im Ohr. Helena wurde es speiübel bei seinem Anblick und dem Gedanken, was er Leonor angetan hatte.

»Kommt mit nach hinten!« erwiderte sie kurz und ging voraus.

Sie öffnete die Tür zum Hinterzimmer, blieb aber im Laden stehen. Die beiden betraten den Raum. Schnell zog Helena die Tür wieder zu. Sie hörte zwei dumpfe Schläge und das Aufplumpsen von zwei Körpern. Bevor sich die beiden Garimpeiros im Zimmer umsehen konnten, hatte Bento zugeschlagen. Die Überrumpelung war gelungen.

»Manuel, übernimm du die Kasse!« rief Helena einem ihrer Gehilfen zu. »Ich bin gleich wieder da.«

Dann riß sie die Tür wieder auf und warf sie hinter sich zu.

Bento stand in der Mitte des Raumes, das Gewehr noch am Lauf haltend. Links und rechts von ihm lagen die Garimpeiros auf den Dielen. Der Kerl mit dem Ring im Ohr blutete aus einer Kopfwunde, der Jüngere war unverletzt.

Helena trat zu ihnen hin, gab jedem einen festen Tritt in die Seite und spuckte ihnen ins Gesicht. »Ich könnte ihre Gesichter zertrampeln!« keuchte sie. »Oh, ich möchte ihre Köpfe zertreten.«

»Geh an deine Kasse zurück.« Bento umarmte sie, zog sie an sich und küßte ihre zitternden Lippen. »Warten wir bis zum Abend.«

Er suchte im Lager ein paar dicke Stricke, fesselte die Männer und zog mit einem weiteren Strick die Hand- und Fußfesseln hinten so zusammen, daß die Körper gekrümmt waren wie ein gespannter Bogen. Dann verließ er das Haus, packte Seile, Werkzeug und Eisenstangen auf sein schweres Motorrad und fuhr eine der Nebenstraßen hinunter, die man in den Regenwald gewalzt hatte. Die meisten dieser Querstraßen endeten nach ein paar Kilometern im Urwald, so, als habe der Dschungel den Rest verschluckt.

Auch die Straße, die Bento jetzt entlangfuhr, hörte nach zwei Kilometern auf. Er stellte sein Motorrad ab, nahm eine Machete und schlug sich einen schmalen Pfad durch das Unterholz. Nach knapp zwanzig Metern erreichte er eine lichtere Stelle, genau das, was er gesucht hatte. Da das Sonnenlicht bis zum Boden reichte und nicht von den Baumriesen aufgefangen wurde, strebten hier junge Bäumchen dem Licht entgegen.

Bento machte sich an die Arbeit. Er schlug die eisernen Pflöcke in den Boden, band dann die Seile um die noch zarten Kronen der Bäumchen, bog sie dann zur Erde und verschnürte sie an den Pflöcken. Vier junge Bäume bog er zu Boden, und zwar so, daß sich immer zwei gegenüberstanden und ihre Kronen sich fast berührten. Es lag eine ungeheure Spannung in diesen Bögen. Zufrieden kontrollierte Bento die Eisenpflöcke. Sie hielten und wurden nicht aus der Erde gezogen.

Es dämmerte schon, als er zurück nach Novo Lapuna fuhr und den Drugstore durch den Hintereingang betrat. Helena saß auf einem Stuhl im Zimmer, vor sich die gekrümmten Körper.

»Sie fingen an zu schreien«, erklärte sie. »Ich konnte es nicht mehr hören.«

Bento beugte sich zu ihnen und riß die Tücher aus ihren Mündern. Sofort fing der Mann mit dem Ring zu schreien an und zerrte völlig sinnlos an seinen Fesseln. Der Jüngere starrte Bento nur mit vor Angst geweiteten Augen an.

»Halt's Maul«, befahl Bento grob und setzte sich neben Helena auf einen Stuhl. »Ich will mich mit euch unterhalten. Wer ist Duarte?«

»Ich!« Der Kerl mit dem Ohrring. »Bist du verrückt geworden, oder was ist?!«

»Es waren einmal zwei Männer«, setzte Bento an, als wollte er ein Märchen erzählen. »Zwei Halunken, die den großen Traum träumten, mit dem Graben nach Gold reich zu werden.« Er zeigte mit der rechten Hand auf den Jüngeren. »Wie heißt du?«

»José.«

»Diese beiden, für die Gewissen ein Fremdwort ist und eine Frau nur ein Schlitz zwischen zwei Beinen, machten sich eines Abends auf den Weg, um ein Mädchen aufzulesen, das sie nach Lust und Laune quälen konnten, auch wenn es dabei sein Leben verlieren würde. Um es gefügig zu machen, nahmen sie irgendwelche Tropfen mit, die das Mädchen willenlos machten. Sie fanden ihr Opfer in einer Diskothek und schleppten es ab.«

José begriff sofort, was Bento meinte. Mit einer Stimme, die einem Heulen glich, schrie er: »Es war Duartes Plan. Er hat gesagt: ›Jetzt greifen wir uns eine und machen's so lange, bis sie den Geist aufgibt. Das hast du noch nicht erlebt, Kleiner ... vögeln, bis sie ein Englein wird!‹ *Er* war's.«

Duarte starrte Bento aus harten, haßerfüllten Augen an. »Was geht das dich an, du aufgeblasener Bastard? Kümmere dich um deine eigenen Angelegenheiten.«

»Sie ist meine Tochter«, sagte Helena. Sie ballte dabei die Fäuste.

Jetzt begriff auch Duarte, warum er gefesselt auf den Dielen lag.

»Hört mir zu«, keuchte er. »Man kann darüber sprechen —«

»Das tun wir ja jetzt«, unterbrach ihn Bento.

»Wir waren betrunken, Mann. Jeder fast eine ganze Flasche *pingú*, diesen elenden Fusel, dann noch ein paar Bier, wir wissen so gut wie gar nichts mehr. Das kennst du doch auch: Man wacht am Morgen auf und weiß von nichts mehr. Totaler Ausfall. Das Hirn hat ausgesetzt. Was man dir dann später erzählt, was du getan haben sollst, das glaubst du gar nicht.«

»Nur war's bei dir nicht so«, antwortete Bento mit einer unheimlichen Ruhe. »Als ihr glaubtet, das Mädchen sei tot, seid ihr weggegangen, um einen Platz zu suchen, wo ihr sie begraben konntet.«

»Aber sie war ja nicht tot!« schrie José. »Sie war weg, als wir zurückkamen.«

»War das ein Schreck für euch, was? Sie lebte! Sie konnte alles erzählen. In der Disko wurde über dieses Verbrechen geredet, und dort habt ihr auch erfahren, daß euer Opfer im Hospital Santo Antônio liegt. Nur den Namen des Mädchens kanntet ihr nicht. Leonor, das war alles.« Bento beugte sich etwas zu ihnen hinunter. »Wenn sie noch dagewesen wäre, als ihr von der Grabsuche zurückkamt, nicht tot, sondern lebend, ihr hättet sie auch lebendig vergraben, was? Oder einfach erschlagen, vielleicht mit einem Hammer oder einem Stein —«

»Das ist nicht wahr!« heulte José. »Das hätte ich nie gekonnt.«

»Du nicht, aber Duarte. Ihr habt sie nach jeder Vergewaltigung mit Bambusstöcken blutig geschlagen, habt ihre Brust zerbissen —«

»Das war auch Duarte. Immer Duarte —«

»Ihr habt sie unten auseinandergerissen —«

»Duarte! Er hat einen Schwanz wie ein Elefant. Er hat ihr die Beine auseinandergestemmt und —«

»Schlag ihm das Maul ein!« schrie Helena auf. »Ich ... ich bekomme keine Luft mehr. Mein Herz setzt aus. Es sind keine Menschen, Mimo, es sind Bestien ... Bestien!«

»Es tut uns leid, wirklich.« Duarte versuchte zu verhandeln. Daß sie gefesselt waren, besagte noch nichts. Das war nur zur Sicherheit. Gleich würde die Polizei kommen, die Verschnürung lösen, ihnen Handschellen anlegen und sie mitnehmen. Mit der Polizei aber konnte man anders reden als mit diesem Kerl, der ihnen mit einem Gewehrkolben über den Schädel geschlagen hatte. Mit der Polizei konnte man sich einigen: Fünfzig Gramm Gold gegen Freilassung. Das war ein anständiges Geschäft und noch nicht einmal verboten. Kaution nannte man das vornehm. Und war man erst wieder frei, dann würde man die Unterredung fortsetzen. Mit anderen Mitteln. Duarte kniff die Augen zusammen.

»Wir waren besoffen«, fuhr er fort. »Wir sind bereit, bei der Polizei alles auszusagen. Ruf die Polizei, sie soll uns abholen.«

»Was hat denn die Polizei damit zu tun?« fragte Bento fast freundlich.

»Wer denn sonst?«

»Nur wir ... wir vier. Das machen wir unter uns aus. Das ist etwas ganz Privates.«

Nun schien auch Duarte voll zu begreifen, daß er in höchster Gefahr war. José begann sogar zu weinen.

»Was wollen Sie denn mit uns tun?« schluchzte er. »Senhor, ich gebe Ihnen alles Gold, was ich habe. Ich will alles wieder gutmachen. Senhor —«

»Das geht nicht mehr, José. Ihr habt das Leben von Leonor zerstört. Sie wird nie mehr das Mädchen sein, das sie vorher war. Sie wird diese Nacht nie vergessen, sie wird ihr ganzes Leben lang darunter leiden. Ihr habt sie für immer kaputtgemacht. Was soll da noch die Polizei, was eine Anklage, was ein Richter? Ein Jahr Gefängnis — wenn's überhaupt soviel gibt —, und dann lauft ihr weiter frei herum und sucht euch neue Opfer. Das ist keine Gerechtigkeit.«

»Du mußt uns der Polizei übergeben!« schrie Duarte. »Alles andere ist ungesetzlich.«

»Du redest vom Gesetz?« Bento erhob sich von seinem Stuhl. »Wo bist du denn? In Rio? Im Staatsgefängnis mit Sportplatz, Fernsehen, Radio und gutem Essen? Du bist in Novo Lapuna und bist lange genug hier, um zu wissen, wie bei uns die Gesetze sind.«

»Ich verlange die Polizei!« brüllte Duarte und zerrte an seinen Fesseln. »Ich habe ein Recht darauf!«

Bento gab Helena einen Wink. »Fahr den Jeep vor die Hintertür«, sagte er. »Und zieh das Verdeck rüber.«

»Den Jeep?« Helena sprang auf. »Was willst du mit dem Jeep? Schlag ihnen hier die Schädel ein, das ist einfacher!«

»Auch dann brauchen wir den Jeep, um sie wegzuschaffen. Geh schon, Lena.«

»Das können Sie nicht tun, Senhor!« schrie José. »Sie können uns doch nicht ... ich flehe Sie an —«

»Hast du auf das Flehen von Leonor gehört? Hast du mit den Schlägen aufgehört? Hast du sie nicht immer wieder vergewaltigt?«

»Sie hat ja nichts gesagt!« brüllte Duarte. »Sie hat nicht geschrien, sie hat keinen Laut von sich gegeben. Da haben wir gedacht: Zum Teufel, sie hat's sogar gern. Ihr gefällt's! Und wenn man denkt, man tut etwas Gutes —«

Bento beugte sich zu Duarte hinunter. Plötzlich waren seine Augen ohne Ausdruck, wie erstorben. Mit der Faust hieb er ihm zwischen die Beine. Duarte heulte kreischend auf, Schaum trat plötzlich aus seinem Mund, er konnte sich nicht zusammenkrümmen, denn er lag ja wie ein Bogen gespannt auf den Dielen, und der Schmerz, der vom Unterleib durch den ganzen Körper brannte, machte ihn fast besinnungslos und wahnsinnig zugleich. Von draußen hörte man Motorengeräusch. Helena fuhr den Jeep vor die Tür.

»Was... was wollen Sie mit uns tun?« stammelte José. »Wo bringen Sie uns hin, Senhor? Es war das erstemal, glauben Sie mir, ich habe so etwas noch nie getan, ich werde es auch nie wieder tun. Aber es kam plötzlich über mich. Ich kann doch nichts dafür, ich habe das hinterher bereut. Ich habe aufgeatmet, ich war geradezu glücklich, daß das Mädchen nicht tot, sondern geflüchtet war. Duarte hätte sie umgebracht, aber ich doch nicht. Senhor, ich bereue es —«

»Mit Reue kann man Leonors Seele nicht mehr flicken. Es ist geschehen, so wie es jetzt auch geschehen wird.«

»Was? Was haben Sie mit uns vor?«

Bento schwieg. Helena stand in der Hintertür und nickte. Alles bereit.

Wortlos nahm Bento sein Gewehr wieder auf und schlug mit dem Kolben zu. José und Duarte verloren sofort die Besinnung, aber noch in der Bewußtlosigkeit schluchzte José weiter.

Bento packte sie unter den Schultern, Helena hob die Beine an. Gemeinsam schleppten sie Duarte und José aus dem Zimmer, wuchteten sie auf den Hintersitz des Jeeps und stiegen dann ein. Das geschlossene Verdeck ließ keinen Blick mehr auf die Hintersitze zu.

»Wo willst du hin?« fragte Helena. »Willst du sie wirklich zur Polizei bringen?«

»Warte es ab, Lena.«

Nach einer Fahrt von etwa zwanzig Minuten erreichte er das Ende der Nebenstraße in den Regenwald. Duarte und José waren unterdessen wieder erwacht. Sie sahen die hohe, dunkel in die Nacht ragende Wand des Waldes, als Bento das Verdeck aufknöpfte und zurückklappte. Jetzt war Duarte der erste, der die Lage begriff.

»Du willst uns umbringen!« brüllte er. »Das kannst du nicht. Das ist Mord! Hilfe! Hilfe!«

»Hier hört uns niemand.« Bento zerrte Duarte aus dem Jeep, ließ ihn auf den Boden fallen und holte dann auch José heraus.

»Jetzt kommt der schwerste Teil, Lena«, sagte Bento. »Wir müssen sie ungefähr vierzig Meter in den Wald ziehen. Ich habe einen Pfad herausgehauen, aber wir müssen sie über Wurzeln und verfaultes Holz ziehen.«

»Ich bin stark genug.« Helena atmete schwer. Mit beiden Händen strich sie sich das Haar aus dem Gesicht. »Ich denke an Leonor, dann habe ich Kräfte für drei. Ich schaffe es, Mimo. Nimm du Duarte und geh voraus.«

»Mord!« brüllte Duarte weiter. »Mord! Laß uns noch einmal über alles reden! Das kannst du doch nicht tun — nur, weil wir ein Mädchen gevögelt haben! Wir waren besoffen. Begreif das doch! Wir waren besoffen —«

»Ich bin auch besoffen, Duarte«, erwiderte Bento mit schrecklich gleichgültiger Stimme. »Ich habe mich besoffen mit Rache. Ich habe ein ganzes Faß voll Rache gesoffen! Ich weiß jetzt ebensowenig, was ich tue, wie du, als du Leonor auseinandergerissen hast.«

Er packte Duarte an den Beinen und zog ihn in den Wald, an dem Pfad hinein. Duarte brüllte wie ein angeschossener Tiger, und auch José begann wie ein Kind zu schreien, als Helena es Bento nachtat und Josés Beine hochriß.

Die Meter bis zu der lichten Stelle waren eine harte Arbeit. Ein paarmal mußte Helena absetzen, aber dann dachte sie an Leonor, sah ihren gequälten, mit Striemen überdeckten, zerbissenen Leib, und das gab ihr Kraft, und sie schleppte José weiter durch den Regenwald.

Erst, als sie die Lichtung erreichte und die niedergebogenen vier Bäumchen erkannte, stockte ihr der Atem. Sie ließ Josés Beine fallen und rannte zu Bento. Von hinten umklammerte sie ihn, drückte ihr Gesicht gegen seinen breiten Rücken und begann wie vor Kälte zu zittern.

»Mimo«, keuchte sie. »Mimo! O Gott —«

»Ja. Mit Gott!« antwortete Bento dumpf. »Auge um Auge, Zahn um Zahn. Und wenn ich nichts aus der Bibel begriffen hätte, das habe ich verstanden.«

Sie umklammerte ihn noch fester, und ein Gefühl nahm von ihr Besitz, das sich wie ein innerer Brand ausbreitete und sie zwang, Bento durch den verschwitzten Hemdenstoff in den Rücken zu beißen, um nicht schreien zu müssen.

Bento schob sie von sich, schleifte Duarte zwischen zwei der niedergebogenen Bäumchen und band ein Bein an einen Stamm. Dann löste er die Beinfesseln und trat zurück. Duarte lag auf dem Boden, zwischen den beiden Bäumchen, jedes Bein an ein Stämmchen gebunden. Er war stumm vor Entsetzen und Angst und starrte Bento aus blutunterlaufenen Augen an.

Auch José wurde in der gleichen Art gefesselt und lag mit leicht gespreizten Beinen auf dem moosigen Boden. Er hatte die Augen geschlossen und weinte. Bento griff in seinen breiten Gürtel und holte zwei scharfe, kurzstielige Beile heraus. Helena hatte nicht gesehen, daß er sie eingesteckt hatte. Wortlos hielt Bento ihr ein Beil hin.

»Nein«, stotterte sie. »Nein! Mimo, das kann ich nicht. Ich kann es nicht.«

»Du kannst es«, antwortete er dunkel. »Sie haben Leonor auseinandergerissen. Sie sollen spüren, was sie gespürt hat. Geh zu dem einen Baum, ich gehe zu dem anderen. Wenn wir den Strick zerschlagen, muß es gleichzeitig sein. Ich gebe das Kommando. Die Beile sind scharf genug, um es mit einem Schlag zu schaffen.«

»Mimo —« Sie drückte das Beil an ihre Brust und zitterte noch mehr. »Mimo, wie willst du jemals wieder beten?«

»Ich habe nie gebetet. Es genügt, wenn ich diesen einen kleinen Satz aus der Bibel kenne. Geh zu deinem Baum ...«

Helena nickte. Bento beugte sich zu Duarte hinunter und sah seine schreiende Angst.

»Das kannst du nicht tun«, flüsterte Duarte tonlos. »Mein Gott, laß uns doch noch mal über alles reden.«

»Du rufst nach Gott? Ausgerechnet du?«

»Ich gebe dir mein ganzes Gold.«

»Ich brauche dein Gold nicht.« Bento umklammerte den Griff seines Beiles. Aus den Augenwinkeln sah er, daß Helena wartend neben ihrem gebogenen Bäumchen stand. Mit beiden Händen hielt sie ihr Beil fest, als sei es schwer wie eine große Eisenkugel.

»Es ist kein gutes Gefühl, auseinandergerissen zu werden«, fuhr Bento fort. »Wer es noch nicht erlebt hat, kann sich kein Bild davon machen. Leonor hat es erlebt, und sie wird es nie vergessen. Du wirst es jetzt spüren, aber nicht überleben. Das ist der einzige Unterschied. Dieses Bäumchenbiegen ist übrigens eine alte indianische Bestrafung.«

Duarte verdrehte die Augen. Das Entsetzen machte ihn fast besinnungslos. Er röchelte und spuckte wieder Schaum aus dem Mund. Bento richtete sich auf und ging zu seinem Stämmchen.

Helena starrte zu ihm hinüber. Mit einem Ruck hob Bento sein Beil, Helena tat es ihm nach.

»Bist du bereit?«

Sie nickte wortlos.

»Nicht eine Sekunde früher oder später.« Bento hob sein Beil und visierte den Strick an, der den gebogenen Stamm an den Eisenbolzen in der Erde festhielt. Duarte brüllte noch einmal auf.

»Nein!« schrie er. »Nein ... neiiiin —«

»Jetzt!«

Bentos Beil sauste gegen den Strick und durchtrennte ihn, als sei er ein dünner Faden. Genau gleichzeitig zerhieb auch Helena ihr Seil.

Mit einer unvorstellbaren Kraft schnellten die gebogenen Stämmchen hoch. Als wäre kein Körper in ihrer Mitte, richteten sie sich auf und zerrissen Duarte in zwei Teile. Sein bis zur Brust zerteilter Körper hing zwischen den Bäumen wie aufgespannt.

Helena lief ein paar Schritte zurück, ließ das Beil fallen und sank dann in die Knie. Bento ging ungerührt hinüber zu José. Er hatte die Besinnung verloren und nicht gesehen, was mit Duarte geschehen war.

»Lena«, rief Bento mit ruhiger Stimme. »Komm her!«

»Ich kann nicht!« schrie sie. Die Worte überschlugen sich. »Mimo, bitte nicht noch einmal!«

»Denk an Leonor!«

»Erschieß ihn. Erschlag ihn, aber nicht noch einmal das. Nicht das —«

»Er hat sie blutig gepeitscht, den ganzen Körper. Er hat in sie hineingebissen, er hat sie genommen, als sie schon aufgerissen war.«

»Ich kann nicht. Ich kann nicht.« Sie drückte das Gesicht in den Waldboden. Was sie dann noch schrie, war nicht mehr verständlich.

Bento blickte hinunter zu José. Wie alt mag er sein? Vielleicht zwanzig oder dreiundzwanzig, nicht älter. Soll ich ihm eine Chance geben? Duarte war eine Bestie, er war der Anführer, aber der Junge hat alles nur mitgemacht und dann den Kopf verloren. Könnte er noch ein besserer Mensch werden? Ist er eine Chance wert?

Bento steckte das Beil in seinen breiten Gürtel zurück und wandte sich von dem aufgespannten José ab. Er ging hinüber zu der auf dem moosigen Boden liegenden Helena, umfaßte ihre Schultern und richtete sie auf.

»Komm«, sagte er beruhigend. »Wir gehen.«

Sie warf sich herum, umklammerte seine Beine und drückte ihr Gesicht gegen seinen Leib. »Hast ... hast du ihn?« stammelte sie.

»Nein. Er lebt noch. Und ich gebe ihm die Chance, weiterzuleben. Ich lasse ihn hier zurück. Irgend jemand wird ihn finden und losbinden. Komm jetzt, Lena. Sieh nicht nach oben, blick zur anderen Seite. Komm.«

Er hob sie hoch, legte den Arm um sie und führte sie über den schmalen Pfad zurück zum Jeep am Ende der Urwaldstraße. Sie ging neben ihm her wie eine aufgezogene Puppe, mit staksigen Beinen, steifem Nacken, kraftlos hängenden Armen und leeren, wie gebrochenen Augen. Bento führte sie so, daß sie nicht mehr den zerteilten Duarte sah, hob sie am Jeep auf ihren Sitz und setzte sich hinter das Lenkrad. Bevor er den Motor startete, beugte er sich zu Helena hinüber und küßte sie auf den Hals. Ein Zittern durchlief ihren sonst starren Körper.

»Es war alles nur ein schrecklicher Traum«, sagte er und streichelte ihr versteinertes Gesicht. »Nur ein Traum, verstehst du? Du hast nichts getan. Gar nichts. Es waren nur Bilder einer unruhigen Nacht. Denk immer daran: Es war nur ein Traum.«

Er ließ den Motor an und fuhr so schnell, wie es die schlechte Straße erlaubte, zurück nach Novo Lapuna. In Helenas Haltung hatte sich nichts verändert. Wie ein Automat ging sie Schritt um Schritt ins Haus und blieb in der Mitte des Zimmers stehen. Bento verriegelte die Tür und griff nach Helenas Hand.

»Gehen wir schlafen«, sagte er und küßte sie wieder. Sie rührte sich nicht. Es war, als küsse er eine kalte, steinerne Statue.

Er führte sie ins Schlafzimmer, und als sie unbeweglich vor dem Bett stand, zog er sie aus und legte sie auf die Matratze. Dann zog auch er sich aus und streckte sich neben ihr aus. Er strich mit beiden Händen über ihren nackten Körper. Sie zeigte keine Regung, starrte nur an die Zimmerdecke.

Bento drückte sich eng an sie und nahm sie in seine Arme.

»Lena«, flüsterte er und atmete schwer. »Lena, komm zurück aus deinem Traum.«

Sie blieb stumm. Langsam nur drehte sie den Kopf zu ihm und sah ihn lange wortlos an. Und dann, plötzlich, als erwache das Leben neu in ihr, sagte sie mit zerbrochener Stimme: »Wie konntest du so etwas tun. Ich habe Angst vor dir. Du bist nicht mehr Mimo. Du bist es nicht mehr. Ich erfriere, wenn du mich anfaßt.«

Dann erstarrte sie wieder, und Bento verbarg sein Gesicht in ihrer Achsel und wußte, daß es nie wieder so sein würde wie früher.

* * *

Von Surucucu flogen zwei unscheinbar aussehende Männer mit einem der kleinen Nachschubflugzeuge nach Novo Lapuna. Ihr Auftrag war klar und in ihren Augen sehr einfach: Sie sollten Marco Minho töten. Ohne Tarnung, ohne langes Warten. Sofort, hatte Senhor Rodrigues gesagt. Für einen guten Pistoleiro ist das kein Problem.

In Novo Lapuna war die Hölle los. Polizei überwachte die vier Landepisten und kontrollierte jedes abfliegende Flugzeug. Jeder Wagen auf den beiden breiten Hauptstraßen, die nach Surucucu und weiter bis nach Boa Vista führten, wurde angehalten, die Insassen mußten ihre Papiere zeigen, und wer keine bei sich hatte oder überhaupt keine mehr besaß, wurde in einen Polizei-Lastwagen gezwängt und zunächst in Haft genommen.

Ribateio und sein Kollege in der Stadt, Tenente Camizo, ließen sich auf keine Diskussion ein, selbst wenn einige sagten: »Nun spiel doch nicht verrückt, Tenente. Du kennst mich doch. Ich bin zwei Jahre auf der Mine. Wir haben oft zusammengesessen, du weißt doch, wer ich bin.«

»Ich weiß gar nichts!« schrie Ribateio aufgeregt. »Ich kenne niemanden mehr! Los, rauf auf den Wagen!«

»Was ist denn hier passiert?« fragte einer der Pistoleiros. »Gibt's eine Revolution?«

»Ihre Ausweise!« antwortete der angesprochene Polizist.

»Bitte. Aber wir sind doch gerade erst gelandet. Das haben Sie doch gesehen.«

»In Ordnung.« Der Polizist gab nach der Kontrolle die Ausweise zurück. »Was hier los ist? Man hat im Wald zwei Tote gefunden. Regelrecht hingerichtet. Der eine hing zerrissen zwischen zwei Bäumen, der andere lag noch gefesselt an den gebogenen Stämmen, und der Arzt sagt, er sei an einem Herzschlag gestorben.« Der Polizist winkte. »Weitergehen.«

»Bei euch ist ja allerhand los«, sagte der andere Pistoleiro. »Von Bäumen zerrissen. Wer kommt denn auf *die* Idee?«

»Danach suchen wir ja! Aber es sieht ganz danach aus, daß es Yanomami waren. Nur die können sich so was ausdenken.«

Tenente Ribateio dachte sich sein Teil, aber er wagte nicht, seine Gedanken laut werden zu lassen. Undenkbar, wenn das wahr sein sollte. Da schwieg er lieber und beruhigte sich selbst mit der Ausrede: Es ist ja alles nur Phantasie.

Trotzdem saß er am Abend im Büro von Benjamim Bento, der in seinen Listen die Namen der Festgenommenen überprüfte und sie abhakte, wenn sie bei ihm gemeldet waren. Mit der gleichen Arbeit beschäftigte sich auch Emilio Carmona. Bis jetzt waren es nur vier Namen, die Bento nicht auf seinen Listen finden konnte. Illegale Garimpeiros, die man noch organisieren mußte. Die Claims gehörten Senhor Assis und anderen Großgrundbesitzern. Wer hier auf eigene Rechnung arbeitete, war also ein Dieb.

»Kommt Leonor nach Novo Lapuna zurück?« fragte Ribateio und trank eine Tasse starken Kaffee. Es klang wie eine Frage unter Freunden. Bento blickte kurz von seinen Listen hoch.

»Ja. Natürlich. Warum?«

»Ich könnte mir denken, daß sie von dieser Stadt die Nase voll hat. Den Ort wiederzusehen, wo sie... Das hält sie doch nicht aus.«

»Sie hat's überstanden und wird zu uns zurückkommen. Vielleicht schicken wir sie vorher noch nach Manaus zur Erholung. Wir wissen es noch nicht.«

»Wie ich gehört habe, ist Leonor in der Lage, ihre Vergewaltiger zu erkennen. Stimmt es, daß sie sogar ihre Köpfe gezeichnet hat?«

»Ja!« erwiderte Bento kurz.

»Die Zeichnungen wären auch für die Polizei interessant.« Ribateio musterte Bento gespannt. Wie reagierte er jetzt? »Wir können die beiden anhand der Zeichnungen aufspüren. Kann ich die Zeichnungen mal sehen, Benjamim?«

»Nein.«

»Wieso nicht? Wenn sie gut sind, haben wir die Burschen schnell.«

»Das ist es ja.« Bento antwortete ganz ruhig und überzeugend. »Die Zeichnungen waren nicht gut. Leonor hatte die Köpfe gezeichnet, aber schon am nächsten Tag sagte sie: ›Nein. So haben sie nicht ausgesehen. Ich habe mich geirrt. Ich habe die Gesichter nur wie durch einen Schleier gesehen. Die Zeichnungen stimmen nicht. Wirf sie weg.‹ Und das habe ich getan. Ich habe sie zerrissen und später in den Fluß geworfen. Hinterher habe ich's bereut. Vielleicht hätten wir doch eine Ähnlichkeit feststellen können.«

Ribateio nickte. Man muß es ihm glauben, dachte er. Man kann ihn nicht widerlegen. Es ist nur merkwürdig, daß es ausgerechnet zwei Garimpeiros sind, die man hingerichtet hat. Und diesmal war es nicht der Rote Pfeil! Wären sie mit einem roten Pfeil erschossen worden, könnten wir die Untersuchungen sofort einstellen. Und wenn es Yanomami waren, wie Camizo behauptet, was hatten sie für einen Grund?

Ribateio nickte zu seinen eigenen Gedanken. Bleiben wir dabei, dachte er bei sich. Sagen wir einfach: Es *waren* die Indianer. Das ist die einfachste Lösung und erspart uns viel Arbeit. Dann muß sich die FUNAI darum kümmern und Coronel Bilac. Das käme dem gerade recht, um eine Strafexpedition zu den Yanomami zu befehlen. Die heimliche Flucht des Stammes aus Santo Antônio hat er bis jetzt nicht überwunden. Ja, das ist die Lösung aller Probleme: Die beiden Garimpeiros wurden von den Indianern ermordet. Das Bäumchenbiegen ist geradezu ein Beweis!

»Hoffen wir, daß wir die beiden Halunken doch noch bekommen«, sagte er und stand auf. Bento kreuzte unbeirrt weiter die Namen auf seinen Listen an. »Bei den zwei Hingerichteten komme ich immer mehr zu der Überzeugung, daß es Yanomami waren.«

»Mag sein.« Bento blickte von seinen Listen auf. Sein Blick war offen und ohne lauernde Vorsicht. »Warum dann diese ganze Aktion, die jetzt läuft?«

»Wir müssen etwas tun.« Ribateio grinste kumpelhaft. »Die Polizei muß einmal beweisen, welche Möglichkeiten sie hat. Der Fall geht jetzt zu Coronel Bilac. Und wenn der überzeugt ist, daß es die Yanomami waren, dann wird es hier bald von Militär wimmeln. Dann rücken die Dschungelkämpfer an, die Spezialtruppe von Coronel Dinis.«

»Und wenn es nicht die Yanomami waren?«

»Dann müssen sie das beweisen. Aber dazu werden wie keine Gelegenheit haben. Wer glaubt ihnen denn, wenn Bilac sagt: Sie waren es! Und die gesamte Presse wird mitziehen und die Indianer als Mörder aus der Steinzeit verurteilen. Die ganze Welt wird es lesen und uns recht geben, wenn wir sie bestrafen.« Ribateio lachte. »Leg die Listen weg, Benjamim. In einer Stunde wird die ganze Aktion abgeblasen. Wir haben die Täter.«

Bento gab keine Antwort. Er blickte Ribateio nach, als dieser das Zimmer verließ. Erst als die Tür hinter ihm zufiel, sagte er heiser, als würge ihm jemand die Stimme ab:

»Das habe ich nicht gewollt. Daran habe ich nicht gedacht. Wie kann man an so etwas denken? Ich habe nicht zwei Menschen getötet, sondern Hunderte von Menschen. Unschuldige Menschen. Gott im Himmel, was soll ich tun?«

Mit dem nächsten Flugzeug, das Nachschub, Medikamente, Mullbinden, Tupfer, Narkosemittel, Laborausrüstungen und noch ein Mikroskop aus Boa Vista brachte — alles, was Thomas und Luise angefordert hatten —, stieg überraschend auch eine junge Ordensschwester aus. Pater Vincence und Pater Ernesto begrüßten sie mit aller Herzlichkeit, aber ebenso ratlos. Sie hatten nie eine Nachricht bekommen, daß eine Schwester auf dem Weg zur Mission war.

»Das ist eine echte Überraschung!« sagte Pater Vincence und holte ihr Gepäck aus dem Flugzeug. »Wer hat Sie denn zu uns geschickt, Schwester?«

»Mein Orden. Ich bin Karmeliterin. Unser Mutterhaus in Rio hat mich beauftragt. Ich komme aus dem Kloster in Manaus. Mein Name ist Schwester Margarida. Der Hausname ist Quental. Ich bin diplomierte OP-Schwester.«

»Verstärkung für Tom, ich meine, für Dr. Binder«, sagte Pater Ernesto. »Er wird sich freuen. Eine OP-Schwester. Leider hat er in der letzten Zeit nichts zu operieren.«

Die Patres nahmen Margaridas Gepäck auf und geleiteten sie zum Missionshaus. Luigi, der Krankenpfleger, stand am Fenster des Hospitals und sah ihnen nach.

»Doktor —«, sagte er. Thomas war gerade damit beschäftigt, einen Verband zu wechseln. Ein Lastwagenfahrer, der nach Novo Lapuna wollte, hatte in Santo Antônio angehalten und einen Furunkel im Nacken präsentiert. Thomas hatte ihn sofort herausgeschnitten. Außer Leonor war der Fahrer jetzt der einzige Patient im Hospital. Die kranken Yanomami fehlten. Seit dem Niederbrennen ihres Dorfes wagte sich keiner mehr aus seinem Regenwaldversteck hervor. Er wäre sofort von Ribateio festgenommen worden. Und Bilac hätte ihn so lange verhört, gequält und gefoltert, bis er entweder gestorben wäre oder das Versteck des Stammes verraten hätte. Doch wie man die Yanomami kannte, starben sie lieber, als einen Verrat zu begehen. »Eben ist eine Schwester angekommen«, fuhr Luigi fort. »Wissen Sie was davon?«

»Nein.« Thomas drückte einen Klebestreifen über das Ende des Verbandes. »Mir hat keiner etwas erzählt.«

»Schwester Lucia wird sauer sein.«

»Warten wir es ab, Luigi.« Thomas ging zum Waschbecken und wusch sich die Hände. »Vielleicht ist sie nur auf der Durchreise.«

Alle Fragen wurden am Abend beantwortet, als Pater Vincence vor dem Essen das neue Missionsmitglied vorstellte. »Schwester Margarida ist vom Kloster in Manaus zu uns geschickt worden, um uns zu helfen«, erklärte er. »Ganz genau gesagt: Sie ist OP-Schwester. Gratuliere, Tom.«

Alle schüttelten Schwester Margarida die Hand, und Schwester Lucia umarmte sie sogar.

Marco Minho und Sofia Lobos hatten ein Zimmer im Laborhaus bezogen. Es war klein, das Bad mußten sie sich mit Luise teilen, aber das war kein Problem, denn Luise schlief ja doch jede Nacht bei Thomas. Ein Ventilator drehte sich mühsam unter der Zimmerdecke und brachte kaum Kühlung. Aber Marco und Sofia vermißten sie nicht.

»Ich bin so glücklich«, sagte Sofia, wenn sie in Marcos Armen lag. »Marco, Liebster, gibt es noch einmal eine solche Liebe?«

»Ja.«

»Das ist nicht wahr.«

»Sieh dir Luise und Tom an.«

Sie schwieg, legte den Kopf auf seine Brust und zupfte mit den Lippen an seinen Brusthaaren. »Dann gibt es zwei unsterbliche Lieben auf dieser Welt«, flüsterte sie. Er schlang die Arme um sie und streichelte ihren Rücken, bis sie leise zu seufzen begann. Ihre Beine umklammerten ihn. »Ich möchte immer bei dir sein, immer, ich möchte dich nie loslassen.«

Die beiden Pistoleiros aus Surucucu hatten sich unterdessen ein Versteck im Regenwald gebaut, jenseits des Rio Parima, am Flußufer, verdeckt durch die wild wuchernden Mangroven und Riesenfarne. Für alle unsichtbar, lagen sie auf der Lauer und beobachteten mit starken Ferngläsern die gegenüberliegende Mission. Mit einem kleinen Funkgerät standen sie in ständiger Verbindung mit dem »Beobachter«, den Rodrigues in Santo Antônio eingeschleust hatte. Er war plötzlich auf der Mission aufgetaucht und hatte sich als Beamter der staatlichen Institution für Holzwirtschaft ausgegeben. Als er sich zuerst bei Ribateio vorgestellt hatte, überreichte er ihm ein Kuvert, in dem 1000 Dollar lagen, und hatte daraufhin natürlich sofort ein Zimmer in der Polizeiwache bekommen. Er lebte sehr zurückgezogen und nahm an den gemeinsamen Mahlzeiten der Mission nicht teil, sondern aß bei der Polizei. Was er hier in Santo Antônio wollte, war eine Frage, die sich alle stellten. Ab und zu fuhr er über den Rio Parima und drang auch zweimal in den Regenwald ein; das war aber auch die einzige sichtbare Tätigkeit, meistens blieb er im Haus.

»Ein merkwürdiger Mensch!« stellte Pater Ernesto fest. »Es ist nicht möglich, in ein Gespräch mit ihm zu kommen.«

Nur einmal erschien er im Hospital bei Thomas und bat um ein Medikament gegen Durchfall. »Das ungewohnte Essen«, erklärte er, als müsse er sich entschuldigen. »Und diese feuchte Hitze. In Brasilia habe ich ja nur in klimatisierten Räumen gelebt.« Thomas gab ihm das Medikament, und das blieb auch die einzige Verbindung mit dem Beamten, der sich Alberto Mechia nannte.

Die beiden versteckten Pistoleiros waren nun von ihm per Funk über alles unterrichtet worden, was auf der Mission geschah. Die letzte Meldung nahmen sie mit großer Freude auf.

»In den nächsten Tagen werden Minho und Senhora Luisa gemeinsam in den Wald gehen, um neue Forschungen anzustellen. Ich rufe euch an, wenn sie über den Fluß setzen. Ist alles in Ordnung?«

»Bestens. Wir können hier vom Mangrovendickicht aus alles überblicken. Gibt es von Senhor Rodrigues neue Anweisungen?«

»Nein. Es bleibt alles so, wie besprochen. Begeht bloß keinen Fehler.«

»Wie kannst du an so was denken, Alberto? Bei uns ist noch nie etwas schiefgegangen.«

»Wenn das hier erledigt ist, wartet auf euch eine große neue Aufgabe. Wißt ihr das schon?«

»Nein. Woher?«

»Dann habe ich nichts gesagt. Vergeßt es. Viel Glück, *camaradas*.«

An einem Montag morgen war es dann soweit. Luise hatte die neue Expedition in den Regenwald gründlich vorbereitet. Durch einen der italienischen Handwerker, der öfter auf dic andere Flußseite fuhr, um Bäume für Bauholz zu fällen, hatte sie Verbindung zu den im Wald versteckten Yanomami aufgenommen. Häuptling Yayaomo hatte versprochen, wieder die fünf Indianer zu schicken, die bereits zweimal mit Luise im Regenwald gewesen waren. Diesmal sollte es in ein Gebiet gehen, in dem Heilpflanzen wuchsen, die nur der Medizinmann Xonoyomo kannte und sonst niemand auf dieser Welt.

»Wenn es stimmt, was Yayaomo erzählt, entdecken wir ein Narkosemittel, das fünfmal wirksamer ist als unsere chemischen Narkotika und vor allem keine Nebenwirkungen hat. Es wäre eine Sensation.« Luise war voller Vorfreude. Gab es wirklich dieses pflanzliche Wundermittel, war das vielleicht ein zwingender Grund, den Regenwald am Rio Parima nicht zu vernichten. »Das wäre ein wunderbarer Erfolg!« meinte Luise enthusiastisch. »Stell dir vor, Tom: Tausende Hektar Regenwald werden nicht sterben! Hier wird es keine Motorsägen und Brandrodungen geben. Und auch die Yanomami können weiterleben.«

»Wenn es wirklich diese Pflanze gibt.« Thomas war noch skeptisch. Ein Rauschmittel ist noch kein Narkosemittel, dachte er. Und ein Yanomami reagiert vielleicht anders als ein Weißer.

»Diesmal werde ich dich begleiten«, sagte er. »Ich will einmal dabeisein und miterleben, was du entdeckst.«

»Dann sind wir zu dritt. Marco —«

»Ich habe mit Minho gesprochen. Er bleibt hier. Er wartet auf die neue Ausrüstung und kommt dann vielleicht nach. Wie lange bleiben wir im Wald?«

»Ich habe vier bis sechs Wochen gerechnet. Tom, wenn in dieser Zeit Kranke ins Hospital eingeliefert werden, und du bist nicht da, das gibt Schwierigkeiten.«

»Schwester Margarida ist da. Sie ist ein Allerweltsgenie. Einfache Krankheiten kann sie selbständig behandeln.«

»Und Notfälle?«

»Wann hat es in der letzten Zeit bei uns Notfälle gegeben? Als die Yanomami noch ihr Dorf hatten, war das anders.«

»Denk an Leonor.«

»So etwas wird sich so schnell nicht wiederholen. Sie wird übrigens morgen von Bento abgeholt.«

»Zurück nach Novo Lapuna? Ob das richtig ist.«

»Sie hat den Schock überwunden. Du hast es doch gesehen: Sie kann sogar wieder lachen, wenn Luigi seine Witze erzählt. Ich habe keine Bedenken, Leonor zu entlassen.«

Die nächsten Tage zeigten, daß Toms Vorhersagen stimmten. Der Fahrer mit dem herausgeschnittenen Furunkel war auch wieder weitergefahren. Da Thomas kein Geld für die Behandlung nahm, überreichte der Mann Pater Ernesto eine Spende für die Mission. Das Hospital war nun leer.

An einem Montag war es dann soweit. Der große Aluminiumkahn war randvoll beladen. »Wenn uns die Yanomami im Stich lassen«, meinte Thomas, »können wir uns drüben auf unsere Kisten setzen und die Fische im Rio Parima beobachten.«

»Sie werden kommen.« Luise lächelte zuversichtlich. »Auf meine Indianer kann ich mich verlassen.«

Es war früher Morgen, als Luise und Tom in das Boot stiegen und den Außenbordmotor anwarfen. Das Knattern war fast der einzige Laut in dieser Morgenstille. Selbst der Fluß schien noch zu schlafen. Er floß lautlos dahin bis zu den Stromschnellen, sechs Kilometer entfernt, wo sich die Wasser aufbrüllend schäumten.

Alberto Mechia weckte mit seinem Funkruf die noch schlafenden Pistoleiros. »Ihr seid nicht zum Pennen hier. Es geht los. Sie steigen gerade ins Boot. Seid ihr bereit?«

»Immer.« Der Pistoleiro, der jetzt sprach, stieß seinen Kameraden an. Der zuckte hoch und setzte sich gähnend. »Wir werden sie uns nicht sofort am Ufer vornehmen, sondern tiefer im Wald.«

»Aber heute noch!«

»Selbstverständlich heute.«

Es knackte. Die Funkverbindung war unterbrochen. Die Pistoleiros streiften ihre Tarnhemden über, diese grün-braun-khaki gefleckten Overalls, wie sie auch die Dschungelsoldaten der Armee bei ihren Übungen und Einsätzen trugen und die sie im Urwaldgewirr fast unsichtbar machten. Sie griffen nach ihren Pistolen, schraubten den zylindrischen Schalldämpfer auf den Lauf und spannten den Schlitten. Die Waffen waren feuerbereit. Man brauchte jetzt nur noch den Sicherungsflügel wegzuschieben. Ersatzmagazine nahmen sie nicht mit. Wozu auch? Sie hatten jeder sechs Schuß in der Pistole, das sind zwölf Schüsse zusammen — und einen würden sie nur gebrauchen. Ein Pistoleiro, der danebenschoß, könnte diese Schande nie verwinden.

Nach diesen Vorbereitungen krochen sie in das Mangrovendickicht und beobachteten das Ablegen des Aluminiumbootes. Alberto Mechia hatte nur gesagt: Es geht los. Für ihn war der Mann an Luises Seite Marco Minho. Er trug eine weitkrempige, weiche Tropenmütze, unter der man sein Gesicht nicht sah, nicht vom Fenster der Polizeistation aus. Für Mechia war es sicher, daß es Minho war. Von einer Änderung der Pläne hatte er nichts erfahren.

Pater Ernesto war auch ans Ufer gekommen, um Tom und Luise zu verabschieden. »Wenn in zwei Tagen die Yanomami nicht da sind, wartet nicht länger. Kommt dann zurück. Entweder sie sind pünktlich, oder sie kommen gar nicht.«

»Sie werden kommen.« Luise gab Ernesto die Hand. »Bete für uns, daß wir die geheimnisvolle Pflanze finden.«

»Beten hilft immer.« Pater Ernesto schlug das Kreuz über Luise und Thomas. »Als Ansporn oder als Trost, so wie Gott will.«

Ohne Schwierigkeiten erreichten Thomas und Luise das andere Ufer des Rio Parima, dreihundert Meter flußabwärts vom gegenüber liegenden verbrannten Yanomami-Dorf. Es war die Stelle, die sie Häuptling Yayaomo genannt hatten und wo die Träger warten sollten. Auch die beiden Pistoleiros machten sich auf den Weg und wanden sich durch das Ufergestrüpp, verfolgten das Boot mit den Ferngläsern und gingen hinter umgestürzten, verfaulenden Bäumen in Deckung. Sie sahen, wie das Boot anlegte und plötzlich fünf Indianer aus dem Gebüsch traten und beim Ausladen halfen.

»Scheiße!« knurrte der eine Pistoleiro und drehte sich auf den Rücken. Im Gürtel steckte die schußbereite Pistole mit dem Schalldämpfer. Auch wenn man den Schuß nicht hörte und es nur Plopp machte, hatten sie jetzt nicht nur Minho vor sich, sondern auch noch fünf Yanomami. »Das hätte uns Alberto sagen müssen!«

»Sicher wußte er es selbst nicht. Wer konnte damit rechnen? Dann sind es eben sechs statt einem.«

»Fünf tote Indianer sind wieder Schlagzeilen in allen Zeitungen der Welt.«

»Kümmert dich das was?«

»Bei fünf toten Yanomami kann man den Indianern nicht mehr die Schuld an Minhos Tod anhängen. Die Hälfte des Planes ist dann geplatzt. Man will doch einen Grund haben, gegen sie vorzugehen. Verdammt, wir müssen unseren Plan ändern. So geht es nicht. Wir müssen mit Minho allein sein.«

Sie beobachteten, wie die Kisten und Säcke an Land gebracht wurden und das Boot an einem starken Mangrovenast festgebunden wurde. Dann war das Ufer wieder menschenleer. Die Expedition tauchte im Regenwald unter.

Vorsichtig arbeiteten sich die beiden Pistoleiros vorwärts. Ihre gefleckten Tarnhemden machten sie zu einem Teil des Blätterwerks. Wenn sie inmitten des üppigen Bewuchses standen, waren sie bis auf zwei Meter kaum erkennbar.

Erst, als sie undeutliche Stimmen hörten, ließen sie sich auf den Urwaldboden fallen, zwischen den Riesenfarnen und Lianen nun völlig unsichtbar. Sie wußten, daß es nun ein langer Tag werden würde, ausgefüllt mit Warten und dem leisen Verfolgen der Expedition. Ab und zu legten sie eine Rast ein, nicht weil sie die Anstrengung spürten, sie hatten Dschungelerfahrung genug, sondern weil die Yanomami nur langsam vorwärts kamen. Sie mußten sich einen Pfad freischlagen. Man hörte das Hacken der Macheten ganz deutlich, auch wenn die vielhundertfachen Stimmen der Dschungeltiere kreischten, flöteten, zirpten, pfiffen oder grunzten.

Die Pistoleiros hatten es da einfacher. Ohne Lärm wanden und zwängten sie sich durch das Dickicht vorwärts, und wenn mal ein Ast unter ihnen krachte oder ein morscher Zweig abbrach, die Tierstimmen übertönten alles. Vor allem die verschiedenen Affen machten einen durchdringenden Lärm, ein Schreien und Kreischen, das alle anderen Tiere warnen sollte. Als sie wieder rasteten, turnten über ihnen in den gewaltigen Zweigen eines Baumriesen vier Zwergseidenäffchen, die furchtlos zu ihnen hinunterstarrten, sich völlig still verhielten und dann neugierig die von einem Haarkranz ummantelten Gesichter mit den dunklen Knopfaugen vorstreckten. Sie hatten noch nie einen Menschen gesehen und warteten nun, was die seltsamen Wesen da unten am Boden tun würden.

Die beiden Pistoleiros holten aus einer Tragetasche aus grünem Leinen zwei Feldflaschen mit Orangensaft, eine Packung gepreßtes Fruchtmark, wie es zur Grundausstattung der US-Army gehört, und ein kurzes Weißbrot, von dem sie jetzt Stücke abbrachen. Es war Mittagszeit geworden, und auch die Expedition gönnte sich eine Stunde Ruhe.

Dieses Warten war ermüdender als das Vordringen in den Regenwald. Das Warten auf den Abend, auf die Dunkelheit — auf die Ausführung ihres Auftrages. Um sich abzulenken, beobachteten sie ihre Umgebung. Vor ihnen kroch ein großer Käfer, den kugeligen Leib grell rot gefärbt. Auf einem langen schwarzglänzenden Hals saß der kleine Kopf mit gezackten Fühlern: ein Giraffenkäfer. Neben ihm krabbelte ein kleiner grünschwarz gefleckter Frosch durch den moosigen Boden, ein Baumsteiger, wie man ihn nannte. Auf seinem Rücken schleppte er einige winzige Kaulquappen, um sie in die kleinen Wasserseen der Bromelien zu tragen. Er konnte das ungehindert tun, das starke Gift in seinem Körper schützte ihn. Noch giftiger war der feuerrote Pfeilgiftfrosch, der ebenfalls in den Bromelienseen lebte oder auf den langen Blättern von Waldpalmen sich sonnte. In den oberen Baumregionen hingen die breiten, bunten Büschel der Epiphyten, Aufsitzerpflanzen, die oft doppelt so schwer waren wie Blätter des Baumes. Sie lebten von der Luft, von den Nährstoffen, die zu ihnen hingetragen wurden, und von dem Wasser, das sich in ihren Blatttrichtern sammelte. In diesen

Trichtern wiederum bildete das Wasser eine Art Miniaturaquarium, in dem sich Krebstiere, Mückenlarven, Libellen, Frösche und viele andere Kleintiere tummelten. Eine intakte Natur, einem Zauber gleich, unberührt von Abgasen und Verschmutzung, eine Natur, die Jahrmillionen überlebt hatte. Alles in diesem unberührten Regenwald war ein Kampf ums Überleben und um die Erhaltung der eigenen Art. Der Wald gab und nahm, er war ein eigenes Universum.

Nach über einer Stunde schallten wieder Rufe durch den Wald. Die Expedition zog weiter. Auch die zwei Pistoleiros erhoben sich und nahmen die Verfolgung wieder auf.

Die schnell hereinbrechende Abenddämmerung kündigte sich bereits an, als Luise, auf einer lichteren Stelle, die durch einen verfaulten, umgestürzten Riesenbaum gebildet worden war, anhielt und den Yanomami durch Handzeichen zu verstehen gab, daß sie hier das Nachtlager aufschlagen wolle. Die Indianer ließen ihre Traglasten zu Boden gleiten und machten sich sofort daran, mit den Macheten einen Kreis in das Unterholz zu schlagen und die noch dünnen und jungen Bäumchen umzuhacken. Es war eine Rodung, die dem Wald nicht schadete, ein freier Kreis von fünfzehn Metern Durchmesser, den der Urwald sofort wieder in Besitz nehmen würde. Der Kreislauf des Lebens war hier vollkommen.

Thomas setzte sich auf den verfaulten Stamm, aber ein Yanomami sprang sofort herbei und zog ihn energisch weg. Termiten: die millionenfachen »Aufräumer« des Waldes. Sie fressen die gestorbenen Bäume und Pflanzen und sorgen für die Rückführung von Nährstoffen in den Kreislauf der Natur. Ohne sie würde der Wald ersticken und verwesen; seit Millionen Jahren reinigen sie so den Regenwald.

Tom sah Luise mit aufrichtigem Staunen an. Der Tagesmarsch schien spurlos an ihr vorbeigegangen.

»Bist du nicht müde?« fragte er.

»Nein, mein Schatz.« Sie blickte dabei zu dem Yanomami, der das Zelt auspackte.

»Ich könnte jetzt umfallen und schlafen. Ich bin geschafft. Und du bist noch so munter. Du bist ein Rätsel.«

»Kein Rätsel, ich bin nur zäh.« Sie lachte kurz auf. »Willst du im Zelt oder in der Hängematte schlafen?«

»Im Zelt natürlich. Bei dir.«

»Ich denke, du bist so müde?!«

»Ich will in deinen Armen einschlafen.«

Es war schon dunkel, und der Rastplatz wurde von Batterielampen erhellt, als das Zelt stand und auch die »Küche« eingerichtet war. Ein Klapptisch mit dem Gaskocher darauf. Die Yanomami spannten ihre selbstgeflochtenen Hängematten zwischen die Bäume und saßen dann zusammen in einem kleinen Kreis, aßen kaltes, gebratenes Affenfleisch, tranken aus bauchigen Kalebassen eine Art Limonade, ein süßsaures, anregendes Getränk, das sie Guaran nannten. Es sollte kraftspendend wirken und die Erschöpfung vertreiben. Thomas kroch aus seinem Zelt und hob schnuppernd die Nase.

»Frau Köchin, bitte die Speisekarte. Was können Sie empfehlen?«

»Ein Omelette aus Maismehl, gefüllt mit Ananasscheiben.«

»Und zum Nachtisch?«

»Darüber können wir später sprechen. Meine Nachtische sind immer individuell!«

»Ich lasse mich überraschen.«

Sie lachten, küßten sich und saßen dann auf einer dünnen Kunststoffplane, den unverwüstlichen Blechteller auf den Knien, und aßen die Maisomeletten. Die Yanomami schwatzten noch ein wenig miteinander, gingen dann zu ihren Hängematten und rollten sich in ihnen zusammen. Eine Wache stellten sie nicht auf. Wozu? Ein Tier, das nachts im Regenwald munter wird, ist keine Gefahr für einen Menschen. Auch die Schlangen schlafen. Und Menschen gab es auch nicht. Hier war noch nie ein Mensch in den Wald eingebrochen, sie waren die ersten.

Die beiden Pistoleiros hatten sich lautlos bis in die Nähe des Lagers geschlichen. Sie standen hinter einer Gruppe Riesenfarne und sahen den dünnen Lichtschein der beiden Batterielampen.

»Werden sie die ganze Nacht über brennen?« fragte der eine.

»Das stört mich nicht. Mir ist viel wichtiger, ob die Indios eine Wache aufgestellt haben. Wir dürfen auf gar keinen Fall einen Indianer umlegen.«

»Und wenn sie eine Wache haben?«

»Dann wird es kritisch. Die Wilden hören alles, sehen in der Dunkelheit und riechen wie ein Tier. Sie riechen uns, ehe sie uns sehen.«

Die beiden Pistoleiros warteten noch eine Zeitlang, dann schlichen sie näher und hielten immer wieder inne, wenn ein trockener Ast unter ihren Schuhen knackte oder beiseite gedrückte Farne ein klatschendes Geräusch beim Zusammenschlagen erzeugten.

Im Lager rührte sich nichts. Sie standen geduckt am Rande des freigeschlagenen Kreises und sahen schemenhaft das Zelt: ein hellerer Fleck in der Finsternis.

»Keine Wache«, flüsterte der eine Pistoleiro.

»Bleib hier und halt mir den Rücken frei«, flüsterte der andere zurück. »Ich geh allein.«

Er legte sich auf den Boden und kroch lautlos, wie so oft geübt, am Rand der Lichtung entlang, dem Zelt zu. Kurz vor dem Zelt zog er die Pistole mit dem Schalldämpfer aus dem Gürtel und schob mit dem Daumen den Sicherungsflügel zurück. Er blieb liegen und wartete wieder ein paar Minuten, lauschte in die Finsternis und atmete in die Erde hinein.

Noch zwei Meter. Er kroch sie Zentimeter um Zentimeter vorwärts und drückte dann sein Ohr an die Zeltwand.

Völlige Stille. Er hob den Kopf und suchte nach einem zweiten helleren Schatten, nach einem zweiten Zelt. Das war der schwierigste Teil seines Auftrages, den Richtigen zu treffen. Aber es gab kein zweites Zelt.

Sieh an, dachte er. Sie schlafen zusammen. Wer hätte das gedacht? Die so kühl sich gebende Luise Herrmann und Marco Minho! Betrügt seine Braut schon in der ersten unbeobachteten Nacht. Eigentlich kann man sich den Schuß sparen. Man braucht nur Dr. Binder zu verständigen, was seine Luise im Urwald treibt. Dann bringt er Minho um, so sicher, wie ich Fernando Preto heiße.

Er lächelte breit bei dem Gedanken, kroch um das Zelt herum und schob die Plane am Eingang zur Seite. Das Zelt war so klein, daß die beiden Körper eng beieinander lagen. Wo lag Minho? Auf welcher Seite?

Fernando ließ für nur eine Sekunde ein Feuerzeug aufflammen. Der schnelle Blick genügte. Der rechte Körper war Minho. Der Pistoleiro hob die Pistole hoch. Wieder eine Sekunde Feuerzeuglicht, das niemand wecken konnte, und gleichzeitig krümmte sich der Finger. Das dumpfe Plopp des Schusses war kaum hörbar. Genau ins Herz drang das Projektil, nicht einmal aufbäumen konnte sich der Getroffene. Er zuckte nur in der Sekunde des Todes zusammen, und dieses Zucken war nur ein Reflex. Fernando ließ den Vorhang fallen und legte sich flach auf die Erde. Von innen hörte er, wie sich Luise auf die Seite drehte, im Schlaf gestört durch das Zusammenzucken.

Schnell kroch Fernando zum Waldrand zurück und huschte zu dem wartenden Pistoleiro.

»Weg!« zischte er. »Weg!«

»Erledigt?«

»Alles o.k.! Es war ganz einfach.«

Die ganze Nacht über liefen sie den Weg zurück und versteckten sich erst zwischen den Lianen und Brettwurzeln eines Riesenbaumes, als die Dämmerung das Leben im Regenwald wieder freigab. Sie waren weit genug gelaufen, niemand konnte ihnen mehr folgen oder sie entdecken. In zwei Tagen würden sie wieder in Novo Lapuna sein und mit einem der Transportflugzeuge zurück nach Surucucu fliegen. Dann gab es die Dollars bar auf die Hand, und weiter ging's nach Boa Vista, wo man sich mit hübschen Mädchen amüsieren würde. Bis zum nächstenmal, Leute. Für uns gibt es hier immer was zu tun!

Am Morgen wachte Luise als erste auf. Sie setzte sich, blinzelte in das Licht und stieß Tom mit dem Ellenbogen an.

»Mein Schatz!« rief sie fröhlich. »Aufstehen! Willst du Kaffee oder Tee?«

Thomas rührte sich nicht. Es lag auf dem Rücken und war seltsam blaß.

Luise lächelte und stieß ihn nochmals an. »Wach auf, du Langschläfer.«

Thomas rührte sich nicht.

»Tom, mein Liebling, was soll das? Du bist doch wach —«

Sie beugte sich über ihn, um ihn zu küssen. Da sah sie das kleine runde Loch auf seiner Brust und den dünnen Blutfaden, den sein Hemd aufgesogen hatte.

Und dann schrie sie ... schrie und warf sich über den Toten und schrie weiter, schrie sich die Seele aus dem Leib, als könne sie den Geliebten mit ihrem Schrei wieder zum Leben erwecken.

Drei Yanomami brachten den Toten und die völlig apathische Luise zurück zur Mission. Zwei Yanomami blieben zurück, um nach Spuren zu suchen.

Die Indianer ließen das Aluminiumboot auf den Strand auflaufen, sprangen dann in den Rio Parima und schwammen zurück auf die andere Flußseite.

Luise blieb im Boot sitzen, erstarrt, innerlich gestorben, nur ihr Herz arbeitete noch und trieb das Blut in den Kreislauf. Sie sah und hörte nichts, sie konnte nicht mehr denken als nur den einen kurzen Satz: Er ist tot. Er ist tot. Und dann, als zweites: Ich will sterben. Ich will sterben.

So fand Pater Ernesto sie. Er starrte auf den toten Tom, sprach Luise an, aber sie antwortete nicht. Sie war wie aus Stein. Da fiel er auf die Knie, legte seine Stirn auf den Rand des Bootes, nur eine Handbreit von Toms bleichem Gesicht entfernt, und dann riß er seinen Kopf hoch, blickte hinauf in den Himmel und betete laut und verzweifelt.

An diesem Tag war es, als sei auch die Mission gestorben.

Nichts rührte sich in den Häusern, alle Arbeit ruhte, unter der glühenden Sonne schien alles zu zerfallen.

Thomas lag aufgebahrt in seinem OP-Zimmer, die Hände über der Brust gefaltet. Er hatte noch das Hemd an, auf dem man den roten Flecken und das kleine Loch sah. Links und rechts vom Kopf und an den Füßen standen Ribateio, die Sergentos Moaco und Perinha und ein weiterer Polizist in ihren Paradeuniformen, regungslos, den Blick in die Ferne gerichtet. Sie hielten Totenwache. Niemand hatte ihnen das gesagt, aber plötzlich standen sie neben dem Toten. »Das sind wir ihm schuldig«, flüsterte Ribateio. Und dann schwieg er abrupt, begann zu schluchzen und biß sich die Unterlippe blutig.

Luise lag auf Toms Bett und gab keine Antworten, sah durch alle hindurch und schien nicht mehr auf dieser Welt zu sein. Schwester Lucia und Schwester Margarida kümmerten sich um sie, hatten ihr eine Beruhigungsinjektion gegeben und versuchten, ihr Obstsaft einzuflößen. Es war vergeblich. Sie öffnete die Lippen nicht, der Saft floß über ihr Kinn und ihren Hals.

»Sie stirbt«, flüsterte Schwester Lucia. »Sie will nicht mehr leben. Ihre Seele tötet sie.«

»Das gibt es nicht«, flüsterte Schwester Margarida zurück. »Man kann sich doch nicht befehlen, zu sterben.«

»Man kann.« Lucia hob den Blick, und es war, als erinnere sie sich an etwas lang Vergessenes. »Ich war noch Novizin«, erzählte sie leise, »da pflegte ich eine Frau, in ihrem Haus. Sie hatte Krebs, und sie wußte es und schwieg darüber. Ihrem Mann sagte sie, es sei ein Nervenleiden, und man müsse Geduld haben. Sie waren über fünfzig Jahre lang verheiratet gewesen, ein liebes, altes Ehepaar, und sie hatten ein halbes Jahrhundert lang immer zusammengelebt, jeder war immer nur für den anderen da. Sie waren eigentlich nicht zwei Menschen, sondern nur ein Mensch. Und dann starb die Frau, ganz still, am frühen Morgen. Den ganzen Tag über saß der Mann neben seiner Frau und hielt ihre Hand, und als sie die Tote abholten, ging er mit und saß zwei Tage und zwei Nächte neben ihrem Sarg, bis man den Deckel draufschraubte. Er sprach kein Wort, er starrte nur immer seine Frau an, und er starrte ins Leere, als der Sarg zum Friedhof gefahren wurde. Dann ging er nach Hause und saß dem Sessel gegenüber, in dem ein halbes Menschenalter lang immer seine Frau gesessen hatte. Er sprach noch immer nichts, sah nur auf den Sessel und sah seine Frau ihm gegenübersitzen, wie sie in der Zeitung las, die Brille auf der Nase, oder wie sie strickte oder häkelte oder mit leicht geneigtem Kopf der Musik aus dem Radio lauschte. Tag und Nacht saß er und lächelte seiner Frau zu, die vor ihm im Sessel saß. So fanden wir ihn eines Morgens, mit einem Lächeln auf den Lippen, zusammengesunken im Sessel, selig, den Weg zu ihr gefunden zu haben. Seine Seele hatte sich befreit. Er war aus Liebe und Sehnsucht gestorben, und alles himmlische Glück, jetzt bei ihr zu sein, überglänzte sein Gesicht.« Schwester Lucia holte tief Atem. »Es gibt das, Margarida. Man kann aus Liebe sterben.«

»Und Luise wird es auch tun?«

»Ich weiß es nicht, aber ich habe Angst.« Sie blickte hinüber zu dem Bett und auf Luises unbewegtes, versteinertes, bleiches Gesicht. »Wir müssen sie zurückholen aus dieser Todessehnsucht.«

»Weißt du einen Weg?«

»Wir müssen mit ihr sprechen, immer wieder sprechen.«

»Sie hört uns nicht. Sie ist, wie du sagst, schon halb in der anderen Welt.«

»Dann müssen wir brutal sein, ganz brutal.« Schwester Lucia schlug die Fäuste gegeneinander. »Ich werde mit Pater Vincence darüber sprechen.«

»Was ... was willst du tun?«

»Ihre Seele mit Gewalt zurückholen. Sie zwingen, weiterzuleben.«

»Und du wirst es schaffen?«

»Ich weiß es nicht, ich weiß es nicht. Ich hoffe es. Ohne Hoffnung ist das Leben nichts wert. Wir alle leben von der Hoffnung.«

Zwischen der Mission Santo Antônio und Boa Vista flogen die Nachrichten hin und her. Wie erwartet hatte Coronel Bilac sofort persönlich den Fall übernommen. Er hatte Dr. Binder nie besonders geschätzt. Vor dem Arzt empfand er Hochachtung, aber den ökologischen Idealisten nannte er einen Idioten. Seine Ermordung aber änderte alles. Jetzt wird man ihn als Helden hochspielen, dachte Bilac. Der Arzt, der Helfer der Ärmsten, der große Humanist — erschossen von den Indianern, denen seine ganze Liebe galt. Das war wie ein Heiligenschein, der von nun an über dem Namen Dr. Thomas Binder schwebte. Ein Märtyrer der Menschenliebe.

Für Bilac war es, entgegen aller Logik, klar, daß nur die Yanomami die Mörder waren. Er hatte Pater Vincences Aussage auf Band aufgenommen und dann abschreiben lassen. Mit diesen Unterlagen vor sich rief er in Manaus seinen Schulfreund Coronel Eugénio Dinis an, den er sofort nach Eingang der Meldung unterrichtet hatte.

»Ich habe jetzt genaue Informationen, Eugénio«, begann Bilac fast triumphierend. »Drei Yanomami haben das Boot der Mission mit der Leiche Dr. Binders und der unter Schock stehenden Luise Herrmann über den Rio Parima gebracht und sind dann durch den Fluß zurückgeschwommen, wo sie im Regenwald verschwanden. Wenn das kein Beweis ist.«

»Aber da sind Unklarheiten, Miguel.«

»Welche?«

»Dr. Binder wurde mit einer Handfeuerwaffe erschossen und nicht mit einem Pfeil.«

»Was sagt das schon? Wir wissen, daß Indianer bei den Goldgräbern und Holzfällern Waffen gegen ihre Mädchen eintauschen.«

»Dr. Binder war ihr Freund, ihr Arzt, oftmals ihr Retter. So jemand tötet man nicht.«

»Wer kann das bei den Wilden wissen? Bist du heute noch ihr Arzt, dem sie blind vertrauen, kannst du morgen nichts weiter sein als ein Weißer, den man töten muß. Das ist es ja, Eugénio, diese Halbaffen sind unberechenbar. Sie sind ein heimtückischer Feind. Aber damit räume ich jetzt auf. Ich habe mit Brasilia und der Zentrale der FUNAI gesprochen. Deshalb rufe ich dich an. Der Mord an Dr. Binder ist kein örtlich begrenztes Verbrechen mehr. Du wirst vom Kriegsministerium den Befehl erhalten, mit deiner Elitetruppe hier in Roraima mit den Indianern aufzuräumen.«

»Davon weiß ich noch nichts«, antwortete Dinis steif. Bilacs Indianerhaß ekelte ihn an. Er ist ein Sadist, das weiß man. Er hat keine Seele und kein Gewissen, wo andere das Herz haben, sitzt bei ihm nur ein Killerinstinkt. »Ist ein Mord nicht ein reiner Polizeifall?« fragte er Bilac.

»Dieser Mord nicht mehr. Er wird zu einem internationalen Fanal.«

»Ob das im Sinne von Dr. Binder ist?«

»Ich kann ihn nicht mehr fragen«, antwortete Bilac zynisch. »Helden werden geboren, oder man macht sie dazu. Wir machen

Dr. Binder zum humanitären Helden. Er ist uns jetzt wertvoller denn als Lebender.«

Coronel Dinis legte angewidert auf. Warum tötet man Dr. Binder und läßt Bilac leben, dachte er. Aber vielleicht trifft es ihn, wenn die Jagd auf die Yanomami beginnt, wenn er vorn an der Front ist und nicht hinten in der sicheren Etappe. Bilac ist nur ein Held, solange er der Stärkere und Unangreifbare ist.

Einen Tag nach diesem Gespräch traf der Befehl aus Brasilia bei Coronel Dinis ein. Alarmbereitschaft für die Dschungeltruppen. Weitere Befehle abwarten. Der Countdown zur Vernichtung der Yanomami lief an.

Der Hitze wegen, die einen toten Körper schnell zersetzt, mußte man Thomas schon am Abend des nächsten Tages begraben.

Luise lag noch immer teilnahmslos im Bett und starrte stumm ins Weite. Selbst, als Schwester Lucia bewußt brutal fragte: »Sollen wir Tom auf dem Missionsfriedhof begraben, verbrennen oder in den Fluß werfen?«, bekam sie keine Antwort. Luises Gesicht blieb unbeweglich, nicht ein Zucken deutete an, daß sie die Worte überhaupt wahrgenommen hatte. Es war unmöglich gewesen, ihr etwas zu essen zu geben. Sie öffnete den Mund nicht, er war so verkrampft, daß Schwester Margarida ihn auch nicht mit einem Löffel aufzwingen konnte, um ihr wenigstens etwas Suppe oder Fruchtsaft einzuflößen.

Die Totenwache der Polizei wechselte sich alle zwei Stunden ab. Wenn Tenente Ribateio nicht an der Reihe war, rief er jedesmal in Boa Vista an. »Was ist denn nun?« schrie er. »Geschieht denn gar nichts? Morgen abend wird Dr. Binder beerdigt. Kommt denn keiner zum Begräbnis herüber?«

Und jedesmal bekam er die lapidare Antwort: »Es läuft alles nach Plan. Warten Sie ab, Tenente.«

Auch Pater Vincence gelang es nicht, Luise aus ihrer Starrheit herauszureißen. Oft saß er an dem Bett, umfaßte ihre kalten Hände und redete auf sie ein, sprach von der Pflicht, weiterzuleben, sagte ihr, daß es nicht im Sinne Toms sei, daß sie ihre Seele zwang, sich von ihrem Körper zu lösen, daß Tom erwartete, daß sie ihre Arbeit fortsetzte, daß es ein Frevel an Gott sei, wenn sie ihr von ihm gegebenes Leben fortwerfe — sie regte sich nicht. Ob sie ihn überhaupt hörte, konnte auch Pater Vincence nicht herausfinden.

Ein paarmal ging er zu Pater Ernesto, der in der Schreinerwerkstatt an der Wand lehnte und zusah, wie die beiden Tischler aus hartem, rotschimmernden Mahagoniholz einen Sarg zimmerten. Luigi saß in einer Ecke der Werkstatt und schnitzte ein Kruzifix, das auf den Sarg gelegt werden sollte.

»Ernesto, sprich du mit ihr«, sagte Vincence hilflos. »Ich komme nicht mehr an sie heran. Meine Worte erreichen sie nicht mehr. Sie hat sich innerlich aufgegeben, sie will nichts mehr als sterben.«

»Ich kann sie verstehen.« Ernestos Stimme war hohl, als käme sie aus einem Kellergewölbe. »Ich kann sie verstehen, ich hadere selbst mit Gott. Aber ich werde mit ihr sprechen.«

Er stieß sich von der Wand ab. »Ich werde es versuchen.«

Er verließ die Schreinerwerkstatt mit tappenden, schleifenden Schritten. Pater Vincence sah ihm erschüttert nach. Aus Pater Ernesto war über Nacht ein Greis geworden. Ein alter, müder Mensch, der nach vierzig Jahren wieder Gott suchte.

Am Abend wurde Thomas begraben.

Pater Vincence hatte angeordnet, daß das Grab hinter dem Hospital ausgehoben wurde, und hier sollte Thomas liegen mit dem Blick zu dem niedergebrannten Dorf der Yanomami. So würde er für immer mit dem verbunden bleiben, was sein Leben bestimmt hatte. Das Hospital und die Indianer. Es gab keinen besseren Platz für sein Grab.

Ernesto hatte es ihr mitgeteilt, und zum erstenmal zeigte Luise Regung. Sie drehte den Kopf zu ihm, und ihre Augen sagten: So ist es gut. Dort ist Platz genug auch für mich. Ich folge ihm bald.

Im Laufe des Tages schwebten fünfzehn Flugzeuge in Santo Antônio ein. Sie kamen aus Boa Vista und brachten eine Trauergesellschaft in den Urwald, wie man sie selten bei einem Begräbnis sieht.

Als erster landete mit einer Regierungsmaschine der Gouverneur von Roraima auf der Piste. Er wurde begleitet von vier hohen Beamten der Regierung und drei Offizieren, die acht riesige, aus Rosen und Orchideen gebundene Kränze ausluden. Das nächste Flugzeug brachte Coronel Bilac und Arlindo Beja von der FUNAI nebst vier hohen Polizeioffizieren. Auch sie brachten Blumengebinde mit. Miguel Assis mit Familie kam in seinem eigenen Flugzeug.

Paulos Lobos und Dona Joana waren in Manaus geblieben. Die Nachricht, daß die zwei Pistoleiros den Falschen erschossen hatten und Minho noch lebte, hatte ihn in ein feuerspeiendes Ungeheuer verwandelt.

»Du Bastard!« schrie er durchs Telefon den zitternden Direktor Rodrigues in Surucucu an. Alles, was es an gemeinsten Schimpfworten gab, prasselte auf Rodrigues herunter. »Den Falschen erschießen! Gibt es denn so was?«

»Senhor, ich habe doch nicht geschossen, ich doch nicht.«

»Aber du bist verantwortlich gewesen! Auf dich habe ich mich verlassen. Du Mißgeburt. Du weißt wohl, was du jetzt zu tun hast?!«

»Ja, Senhor.« Rodrigues brach die Stimme, er stammelte nur noch. »Ich weiß. Diesmal können Sie sich auf mich verlassen, diesmal geht nichts schief. Und auch um Minho werde ich mich persönlich kümmern, Senhor.«

Lobos knallte den Hörer auf und warf einen wilden Blick auf seine Frau. Dona Joana saß verzweifelt auf einem Sofa und rang die Hände.

»Fliegen wir wie Assis auch nach Santo Antônio?«

»Bist du verrückt?!«

»Ich werde Sofia wiedersehen —«

»Sie wird sich verstecken, wenn sie weiß, daß wir kommen! Willst du sie suchen wie eine Glucke ihr Küken?«

»Sie ist mein Kind, Paulo.«

»Meins auch, sieh mal an! Soll ich Minho gegenüberstehen, ohne ihn zu erschießen? Und das muß ich, wenn ich ihn sehe. Ich kann nicht anders. Damit würde alles zusammenbrechen, was mein Vater und ich aufgebaut haben. Nein, wir bleiben hier. Für diese Arbeit habe ich meine Spezialisten. Assis wird in unserem Namen einen Kranz niederlegen.«

Von Novo Lapuna kam eine große Delegation nach Santo Antônio. Nicht nur die Ärzte der Goldgräberstadt wollten dem schon legendären Kollegen die letzte Ehre erweisen, auch Bento, Helena, Leonor und sogar der Mafioso Emilio Carmona, der Thomas nie kennengelernt hatte und das zutiefst bedauerte, waren mit einer langen Wagenkolonne gekommen. Mindestens hundert Garimpeiros standen auf dem weiten Platz vor der Mission herum und bestaunten die vornehmen Herren und Damen, die aus den Flugzeugen kletterten.

»Das sind die Geldsäcke, für die wir in der Mine schuften!« sagte einer aus der zusammengedrängten Menge. »Seht sie euch an. Wir schwitzen zehn Stunden, und sie parfümieren sich. Jetzt hätten wir Gelegenheit, sie alle auf einen Schlag in ihren Himmel zu schicken.«

Aber das war nur so dahergeredet. Niemand rührte sich, es war zuviel Polizei um sie herum, und leben wollten sie alle noch ein wenig und ihren Anteil am Gold genießen.

Helena und Leonor gingen zu Pater Ernesto, der in der Tür des Kirchensaales stand. Thomas lag im noch offenen Sarg, umgeben von Kerzen, den Kränzen und der Totenwache Ribateios.

»Dürfen ... dürfen wir ihn noch einmal sehen?« fragte Helena mit bebender Stimme. »Nur ganz kurz, Pater.«

»Geht hinein.«

Sie gingen langsam auf den Sarg zu und knieten rechts und links von ihm nieder. Es roch süßlich im Raum, Toms Gesicht sah fremd aus, aufgequollen von der Hitze. Helena betete laut das Vaterunser, begleitet von Leonors Schluchzen. Nach dem Amen erhoben sie sich und traten nahe an den Sarg heran. Helena griff sich an den Hals und zog ein goldenes Kreuz an einer goldenen Kette über den Kopf, das einzige Andenken, das sie von ihrer Mutter behalten hatte, gekauft mit dem Geld, das sie mit dem Dielenschrubben bei anderen Leuten verdient hatte. Es war das Kostbarste, das Helena zu geben hatte.

Leonor griff in die Tasche ihres Kleides und zog die Hand, zur Faust geballt, hinaus. Sie streckte die Faust über Toms Brust aus, öffnete die Finger und ließ eine große, lange Locke ihres Haares auf ihn schweben. Sie legte sie auf seine gefalteten Hände: ein letztes, dankbares Streicheln, ein liebender Gruß für die Ewigkeit. Dann faßten sie sich an die Hand und gingen mit gesenktem Kopf hinaus, blind vor Tränen.

Vor der Tür wartete Benjamim Bento.

Allein betrat er den Raum, sah den offenen Sarg, sah Toms Gesicht, wollte etwas sagen, wollte näher treten, aber dann ergriff ihn ein Schütteln, das ihn, den Riesen, fast umwarf. Er schlug beide Hände vors Gesicht und schrie in seine Finger hinein. Dann taumelte er zurück an die Wand und schlug mit der Stirn gegen die Mauer, immer und immer wieder.

Pater Ernesto, der die dumpfen Schläge gehört hatte, holte ihn aus dem Raum und hielt ihn im Flur fest.

»Benjamim, benimm dich wie ein Mann!« herrschte er ihn an.

»Er war mein einziger Freund.« Bentos Gesicht zuckte wie unter Krämpfen.

»Ja, und er war unser aller Freund.« Pater Ernesto drückte den weinenden Bento an seine Brust.

An dem Begräbnis nahm Luise nicht teil. Sie konnte es einfach nicht. Sie war unfähig, auch nur einen Schritt zum Grab zu gehen. Es war ihr unerträglich, die vielen ehrenden Worte zu hören, anzusehen, wie der Sarg langsam in die Grube gelassen wurde und wie man Schaufel um Schaufel Erde über ihn streute. Und völlig unerträglich war es ihr, die vielen Hände drücken zu müssen und in diese mitleidvollen Augen zu blicken.

Sie lag im Bett. Schwester Lucia und Margarida ließen keinen Besucher zu ihr. Luigi schraubte allein den Sarg zu, nachdem man den Deckel geschlossen hatte, erkannte Leonors Locke auf Toms Händen und legte darunter ein Bild von der Mission Santo Antônio, ein Polaroidfoto, das er gestern gemacht hatte.

Über dem Missionshaus bimmelte das alte Glöckchen, das seit der Gründung der Mission immer bei einem Begräbnis geläutet hatte. Luise schloß die Augen und atmete kaum. Und da war er bei ihr: sein Lachen, seine Jungenhaftigkeit und sein ärztlicher Ernst, seine Lippen, die hingebend küssen konnten, seine Hände, die über ihren Körper streichelten, seine Worte und seine Stimme, unter der sie erbebte, seine Zärtlichkeit und sein Sehnen nach ihrer Liebe, sein Haar, mit dem ihre Finger gespielt hatten.

Warte auf mich, dachte sie. Das Bimmeln des Glöckchens war wie ein ferner Ruf. Warte, mein Liebster. Ich komme bald. Es wird nicht lange dauern. Wie wunderbar wäre es, auch jetzt bei dir zu sein. Neben dir, in *einem* Sarg, so wie wir immer zusammengelegen haben in unserem Bett. Und nebenan, im Flur, drang das Schlagen der Uhr zu uns herein, und wir zählten die Stundenschläge und begriffen erst dann, wie lange wir uns schon liebten und umschlungen hielten. Mein Liebster, warte auf mich.

Mit dem Verstummen der Glocke erloschen auch bei Luise die inneren Bilder.

Ihr Kopf war plötzlich klar, war wie von Staub befreit, und arbeitete wieder. Dieser gelähmte, versteinerte Kopf gebar wieder Gedanken, befahl den Gliedern, sich zu bewegen, gab den Augen den Blick und das Erkennen wieder und ließ sie aufstehen aus ihrem Bett und ans Fenster treten und hinaussehen über den Platz, zum Ufer, zum Fluß und zu der grünen Riesenwand des Regenwaldes. Laut sagte sie, und es war wie ein Schwur: »Tom, du weißt, daß ich immer bei dir bin, daß nichts uns trennen kann, auch nicht der Tod. Und ich weiß, daß du immer bei mir bist, wo du jetzt auch sein magst. Und ich weiß, was du sagen willst: Meine Liebste — sagst du — erfülle dein Leben mit deinen Aufgaben, die man dir gegeben hat. Ich bin ja da, bei dir, neben dir, in dir. Lebe dein Leben weiter. Du weißt es doch: Ich warte auf dich, wenn deine Zeit gekommen ist. Auch wenn du mich nicht mehr siehst, du fühlst mich in dir, du bist in meinem Herzen und in meiner Seele in alle Ewigkeit.«

Sie stand am Fenster, sah die vielen Flugzeuge entlang der Piste, und plötzlich war sie nicht mehr traurig, sondern stolz, daß er so geehrt wurde und daß sie es war, die ihn geliebt und seine Liebe empfangen hatte. So blieb sie stehen, bis die ersten Trauergäste zurück vom Grab kamen. Da schlüpfte sie wieder in das Bett, zog das leichte Leinentuch bis zum Kinn und schloß die Augen, als schlafe sie noch.

Schwester Margarida öffnete die Tür einen Spalt und blickte ins Zimmer.

»Sie schläft«, flüsterte sie Lucia und Ernesto zu, die draußen warteten. »Sie schläft ganz fest.«

»Das ist das Beste, was sie tun kann.« Pater Ernesto legte die Arme um Lucia und Margarida. »Sie schläft sich ins Leben zurück. Morgen schon sieht alles anders aus.«

Schon in der Nacht begann ein neuer Tag.

Als alles schlief, alle Fenster dunkel waren und keine Überraschung mehr möglich war, schlich sich Luise aus dem Haus und ging zu dem mit Kränzen völlig zugedeckten Grab. Sie kniete nieder, wühlte ihre Hände in den Erdhügel und schloß die Augen. Es war, als fühle sie seine Hände, die nach ihr griffen.

»Ich liebe dich«, sagte sie leise und mit einer unendlichen Zärtlichkeit. »Mein Schatz, ich liebe dich und danke dir für alles, was du mir gegeben hast.«

Sie kniete lange am Grab, die Hände noch immer in dem Erdhügel vergraben. Zum Abschied küßte sie die Erde und erhob sich dann.

Erst da sah sie, daß sie nicht die erste gewesen war, die heimlich zum Grab gekommen war.

Oben, auf dem Kranz des Gouverneurs, lagen ein Büschel bunter Kolibrifedern und zwei lange, gekreuzte Pfeile.

Rote Pfeile.

Mit einem Aufschluchzen warf sie sich herum und rannte ins Haus zurück.

Zwei Tage später trafen die beiden Pistoleiros wieder in Surucucu ein. Sie kamen mit einem Flugzeug aus Novo Lapuna. Sie hatten mit niemandem gesprochen und waren sofort abgeflogen.

Sofort gingen sie zu Direktor Rodrigues. Sie waren in freudigster Stimmung. Jetzt gab es die Dollar, und eine Zeit genußvollen Lebens begann. Rodrigues empfing sie mit düsterer Miene. Er saß hinter seinem Schreibtisch und hatte die Schublade vor sich aufgezogen.

»Alles in Ordnung?« fragte er und zog die Augenbrauen zusammen.

»Alles, Senhor.« Der Todesschütze machte mit dem rechten Zeigefinger das Zeichen des Abdrückens. »Mitten ins Herz.«

»Bravo«, sagte Rodrigues. »Das war ein Meisterschuß.«

»Das meine ich auch.«

»Er hat nur einen Fehler.«

»Was?«

»Du hast den Falschen erschossen.«

Ein paar Sekunden lang waren die Pistoleiros wie gelähmt. Sie starrten Rodrigues an, der seine Hand jetzt in der Schublade liegen hatte.

»Das ... das ist doch nicht möglich«, stotterte der Schütze. »Fernando Mechia hat doch —«

»Er hat sich auch geirrt. Aber ich irre mich nicht.«

Rodrigues Hand schnellte hoch. Noch bevor die Pistoleiros begriffen, was geschah, bellten zwei Schüsse und trafen jeden von ihnen in die Brust.

Rodrigues legte den Revolver zurück in die Schublade und schob sie zu.

Bis morgen, dachte er. Morgen kommt Mechia aus Santo Antônio zurück. Senhor Lobos wird diesmal mit mir zufrieden sein. Und ich bleibe Direktor des Holzveredelungswerks von Surucucu.

* * *

Auch Thomas Binders Begräbnis wurde zum Politikum — wer hätte es anders erwartet?

Nachdem Ribateio sofort am nächsten Tag dem zurückgekehrten Coronel Bilac aufgeregt gemeldet hatte, daß auf dem Grab ein Büschel Kolibrifedern und zwei gekreuzte Pfeile lagen, rote Pfeile, schrillte in Boa Vista die Alarmsirene. Zunächst nur im Kopf von Bilac, aber schneller, als sonst Beamte arbeiten, bei der FUNAI, bei Coronel Dinis und in den Ministerien.

»Mir hat ja keiner geglaubt!« schrie Bilac jedesmal, wenn er angerufen wurde. »Alle haben gedacht, ich hätte eine Indianermacke! Wollt ihr noch mehr Beweise? Muß erst euch selbst ein roter Pfeil in den Rücken treffen? Wir haben Krieg, begreift ihr das. Krieg mit den Indianern.«

Die Zeitungen begannen eine gnadenlose Hetze und schürten den Haß. Der Gouverneur von Roraima ging in Deckung und überließ alles der Zentralregierung in Brasilia. Miguel Assis führte Rundgespräche mit hohen Beamten, mit der FUNAI und dem Landwirtschaftsministerium. Wenn man wirklich gegen die Yanomami loszog, wurde deren Land Niemandsland. Es war der Augenblick gekommen, wo Assis sich um den Kauf bewarb, nicht auf die Dollars sah, sondern sie in die Hände einflußreicher Politiker tröpfeln ließ. Wer der Schnellste war, war auch der Erfolgreichste. Für Bilac stand sowieso fest, daß Assis das Land erwerben sollte. Auf seinem Bankkonto auf den Bahamas waren per Blitzanweisung 10000 Dollar eingetroffen. Ohne Absender, aber Bilac brauchte danach auch nicht zu fragen.

Noch zögerte man in Brasilia, die Welt war wachsam und durch die Propaganda noch keineswegs hinreichend vorbereitet, dem Indianersterben protestlos zuzusehen. Der Tod Dr. Binders, eines einzelnen Mannes, war nicht Grund genug, die Yanomami zu hetzen wie wilde Tiere.

Der einzige, der ein wenig zufrieden war, hieß Paulo Lobos. Rodrigues hatte die Erfolgsmeldung durchgegeben: Mechia und die beiden Pistoleiros gab es nicht mehr. Jetzt war ein neuer Weg zu überlegen, wie man an Marco Minho herankam, um Sofia nach Boa Vista oder Manaus zurückzuholen. Die Panne mit Dr. Binder ist zwar traurig, dachte Lobos, aber auch ein Dr. Binder ist zu ersetzen — meine einzige Tochter nicht!

Noch hielten sich alle Dienststellen taktisch zurück — bis auf Coronel Bilac —, da brachte ein neuer Vorfall den ersehnten Vorwand, nun öffentlich einzugreifen.

Am 15. August 1987 drangen Goldsucher am Fluß Papiu, der zum großen Stromgebiet des Flusses Coutu Magalhães gehört, weit in das Gebiet der Yanomami ein. Sie fackelten nicht lange mit den »Wilden«, stürmten ihre Malocas, vergewaltigten die Frauen und ermordeten vier Yanomami. Die Indianer wehrten sich, dabei wurde einer der Goldsucher getötet. Ein Speer war ihm durch die Brust gedrungen.

Die brasilianische Presse heulte auf. Nicht wegen der vier ermordeten Yanomami, sondern wegen des einen getöteten Goldsuchers. Der Ruf nach Rache war unüberhörbar.

»Jetzt ist das Faß übergelaufen!« meldete Bilac triumphierend seinem Freund Dinis. »Eugénio, du wirst marschieren müssen.«

Am 19. August traf bei Arlindo Beja, dem Chef der FUNAI in Boa Vista, ein Schreiben von Pater Vincence, dem Leiter der Mission Santo Antônio ein. Es war ein kurzer, aber klarer Brief, der die wirkliche Lage beschrieb und von der neuen Invasion der Goldgräber berichtete.

»Seit Tagen werden die Gebiete der Yanomami buchstäblich von Goldsuchern überrannt, auch die Gebiete, die die FUNAI als unantastbare Reservate ausgewiesen hat, in denen sich kein Weißer aufhalten darf. Aber die Goldgräber mißachten diese Reservate und treiben die Yanomami vor sich her«, schrieb Pater Vincence. »Was tut die Regierung dagegen? Warum greift die FUNAI, die ja die Indianer schützen soll, nicht ein? Warum unterläßt die Regierung wirksame Maßnahmen gegen die Goldsucher?«

»Das ist nun wirklich zuviel!« schrie Bilac und war damit einer Meinung mit Arlindo Beja. »Jetzt bist du dran! Das ist dein Revier. Sie werfen dir Untätigkeit und Unfähigkeit vor. Wer kann über die Mission verfügen?«

»Das Innenministerium und im Notfall ich. Es handelt sich ja um eine Indianermission, und ich bin die offizielle staatliche Indianervertretung.«

»Dann tu was, Arlindo. Es ist ein Notfall.« Bilac dachte an sein Konto auf den Bahamas. Auch Beja schien daran zu denken, daß die neue Invasion der Garimpeiros durch seine Tasche ging.

»Es wird etwas geschehen«, sagte Beja zu Bilac. »Verlaß dich drauf. Wenn die Regierung jetzt nicht handelt, setze ich *mein* Recht ein! Ich habe Sondervollmachten —«

». . . die du jetzt anwendest! Bravo, Arlindo. Ich stehe dir mit meinen Polizeitruppen zur Verfügung. Ein Ruf genügt.«

Beja kehrte in seine Dienststelle zurück. Schon als er zu Thomas Binders Begräbnis nach Santo Antônio geflogen war, hatte er daran gedacht, daß Luisa jetzt frei war. Sie würde einen starken Mann an ihrer Seite brauchen. Es würde eine Zeit dauern, aber er hatte Geduld, und auch die tiefste Trauer würde einmal dem Lebenswillen weichen.

Die Maßnahmen der FUNAI werden auch sie treffen, dachte er. Sie ist ein Teil der Mission von Santo Antônio. Ich werde nie ihre Sympathie und später vielleicht ihre Liebe gewinnen, wenn ich sie mit in den Strudel zerre.

Was kann ich tun? Alles, was ich anordne, kann sie falsch auffassen. Aber was ich tun muß, läßt sich nicht mehr abwenden.

Es ist nur eines möglich: eine anonyme Warnung.

Beja kam in einen Gewissenskonflikt, aus dem er im Augenblick keinen Ausweg sah. Er hatte dreimal versucht, Luisa telefonisch zu erreichen, aber entweder war Schwester Margarida am Apparat oder Pater Ernesto, und immer hieß es, daß Senhora Herrmann keine Gespräche annehme. Nach dem Tod von Dr. Binder hätte sie dringend Erholung nötig.

Das war aber nur eine halbe Wahrheit, von der Beja nichts wußte.

Luise hatte ihre Arbeit wiederaufgenommen, aber sie war noch nicht fähig, wieder in den Wald zu ziehen und nach unbekannten Pflanzen zu forschen. Noch saß sie stundenlang im Labor, zwischen ihren gläsernen Kolben und Schlangen, Kochern und Mikroskopen, und suchte nach einer Antwort auf die Frage: Warum haben sie Tom erschossen? Wer hatte ein Interesse daran, ihn verstummen zu lassen? Wer war der Täter? Wem war er im Wege gewesen? War unter den Trauergästen der Mörder gewesen, oder der Auftraggeber, der den Killer bezahlt hatte?

Sie fand keine Erklärung. Wie hätte sie sich auch vorstellen können, daß Tom Opfer einer Verwechslung geworden war! Das war so absurd, daß nicht einmal Pater Vincence und Pater Ernesto, die sich auch mit der Frage beschäftigten, an eine solche Ironie des Schicksals glauben wollten.

An Material für ihre Forschungen fehlte es Luise nicht. Das war ein anderes Geheimnis, von dem nur die Patres etwas wußten. Jede Nacht landete lautlos ein Kanu der Yanomami am Ufer des Rio Parima und brachte neue Pflanzen mit, die von den Indianern im Regenwald gesammelt worden waren. Pflanzen, die nur die Yanomami kannten. Darunter war auch die geheimnisvolle Wurzel, die zu finden Luise und Thomas losgezogen waren.

Zweimal brachten die Yanomami in Flechtkörben auch Tiere mit: Braunrückentamarine, Wickelbären, Auerstachler, Kaiserschnauzbart-Tamarine und Pekaris, die man auch Nabelschweine nennt. An ihnen konnte Luise die Wirkung der verschiedenen Pflanzensäfte testen. Luigi baute aus Holz große geräumige Käfige, deren Vorderfront aus dickem Maschendraht bestand. Die Käfige standen im Schatten der Hauswand, und Luigi und Schwester Lucia sorgten liebevoll für die Tiere.

»Sie hat's gepackt!« meinte Pater Ernesto, als er und Pater Vincence nach einem Gebet zusammensaßen. »Ihr Lebenswille ist wieder da. Eines Tages wird sie auch wieder lachen, und vielleicht begegnet ihr eines Tages ein Mann, der —«

»Nein.« Vincence unterbrach Ernesto mit einem Kopfschütteln. »Solange sie das Grab sieht, wird es nie mehr einen Mann geben.«

»Sie wird nicht für immer hierbleiben. Sie hat einen Vertrag für zwei Jahre, dann geht sie nach Deutschland zurück.«

»Glaubst du das, Ernesto? Ihre Welt ist so groß wie das Grab geworden, alles andere drum herum ist wie ein Ausflug, von dem man zurückkehrt nach zu Hause. Und dieses Zuhause ist das Grab. Ich habe nie geglaubt, daß es solch eine Liebe gibt.«

Nach langem Zögern hatte sich Beja durchgerungen, noch einmal in Santo Antônio anzurufen. Pater Vincence war am Apparat und ahnte sofort Unangenehmes, als er Bejas Stimme hörte.

»Ich darf es zwar nicht sagen«, teilte Beja mit, »aber wir kennen uns lange genug. Ich liebe die Missionsstation, ich war seit Gründung mit ihr verbunden. Es ist in den über zwei Jahrzehnten viel geleistet worden, es wurde nicht nur gepredigt, sondern tätiges Christentum praktiziert.«

»Was ist los, Senhor Beja?« fragte Vincence mißtrauisch. »Sie rufen doch nicht an, um eine Laudatio auf uns zu halten.«

»Die letzten Vorfälle und vor allem ihr Brief an die FUNAI und an das Innenministerium zwingen mich, im Interesse des Friedens und der öffentlichen Sicherheit die Mission Santo Antônio —«

»... dem Boden gleichzumachen wie unser Yanomami-Dorf«, beendete Vincence von sich aus den Satz.

Beja hüstelte verlegen. »So würde ich das nicht nennen, Pater. Aus Sicherheitsgründen muß ich die Mission auf unbestimmte Zeit schließen. Sie bleibt erhalten, und sie wird gepflegt, bis sich die Situation geändert hat und Sie zurückkehren können. Die Yanomami bereiten einen Guerillakrieg vor. Der Angriff auf die Goldsucher —«

»Sie drehen die Wahrheit herum, Senhor Beja«, unterbrach ihn Vincence erregt. »Nicht die Indianer griffen an, sondern die Goldsucher überfielen sie und töteten vier Yanomami. Als sie sich wehrten und ein Garimpeiro dabei umkam, machte die Presse daraus ein Massaker und die Indianer zu Bestien! Ich wiederhole die Frage aus meinem Brief: Warum unternimmt die FUNAI nichts gegen die Invasion der Goldsucher im geschützten Yanomami-Gebiet? Warum sieht sie nicht die illegalen Landepisten im Regenwald, warum ist sie blind gegenüber den Rodungen und den Waldbränden? Tausende Brandherde kann man nicht übersehen. Das ist meine Frage.«

»Meine Antwort werden Sie bekommen, Pater«, erwiderte Beja

kühl. »Richten Sie sich darauf ein, daß Sie mit ihren Leuten am 24. August nach Boa Vista umziehen. Es ist in unser aller Interesse, daß es dabei keine Schwierigkeiten gibt.«

Das Gespräch war damit beendet. Pater Vincence griff nach dem Glockenseil und läutete eigenhändig Sturm. Als erster stürzte Pater Ernesto herein, gefolgt von einem der Handwerker.

»Was ist denn los?« rief er. »Ein Brand? Ich sehe nirgendwo Feuer!«

Vincence zog noch viermal am Seil und ließ die Glocke dann ausschwingen.

»Ein Brand ist zu beherrschen, was ich euch zu sagen habe, aber nicht.«

Er wartete, bis alle im Raum waren, und faltete dann die Hände vor der Brust.

»Ich habe soeben einen Anruf aus Boa Vista bekommen«, sagte er fast feierlich. »Die Mission Santo Antônio, unsere Heimat und die der Yanomami, gibt es nicht mehr. Genauer gesagt: Am 24. August wird sie geschlossen, und wir werden weggebracht nach Boa Vista — vielleicht, so genau weiß man das nicht. Die FUNAI will keine Zeugen haben für das, was hier in Zukunft geschieht. Wir sind zu unbequem geworden.«

»Das ist unmöglich!« brüllte Pater Ernesto auf. »Das können sie nicht, sie können die Mission nicht zerstören!«

»Wer will sie daran hindern, Bruder? Sie können alles, sie sind die Stärkeren.«

»Das ist die Rache meines Vaters«, flüsterte Sofia und sah Minho traurig an. »Ja, das ist seine Rache. Genau das paßt zu ihm. Er läßt die ganze Mission schließen, um mich zurückzuholen!«

»Sofia und ich haben viel darüber gesprochen, was wir tun, wenn Paulo Lobos uns mit Gewalt auseinander reißen will.« Marco Minho legte seinen Arm um Sofias Schultern. »Wir haben beschlossen, in den Regenwald zu gehen, zu den Yanomami, mit ihnen zu leben, frei zu sein von einer Welt, die nur Gewalt und Profit kennt, Verachtung und Vernichtung. Wir gehen zu den Yanomami.«

Pater Ernesto zog den Kopf in die Schultern. Sein mächtiger Körper schien zu schrumpfen. Er holte mehrmals tief Atem, ehe er sprechen konnte.

»Bruder Vincence«, erklärte er dann mit fester Stimme, »ich habe Santo Antônio aufgebaut, ich habe den Auftrag des Herrn immer ernst genommen. Ich habe die Menschen geliebt, die Verfolgten und auch die Verfolger, denn auch sie sind Kinder Gottes. Den

Ratsuchenden habe ich geholfen und den Bittenden beigestanden. Mein Leben — das hat der Herr bestimmt — gehört den Unterdrückten und Verzweifelten.« Seine Stimme wurde noch lauter und dröhnte durch den großen Raum. »Ich bleibe auch hier! Ich ziehe auch in den Wald. Ich werde mit den Yanomami wandern und ihnen helfen, mit ihrer und mit Gottes Kraft zu überleben.« Er wandte den Kopf zu Minho. »Sofia, Marco, ich komme mit euch.« Und dann brach der alte Sarkastiker in Ernesto durch: »Wenigstens einer von uns sollte die Yanomami-Sprache verstehen.«

Pater Vincence sah Ernesto schweigend an. Luise unterbrach die quälende Stille.

»Was wird aus dem Hospital? Aus der Einrichtung, den Instrumenten? Was wird aus meinem Labor? Was wird überhaupt mit allem, was hier ist? Mit den Werkstätten, mit den Wagen und den Booten, mit dem Material, mit den Feldern und Obstbäumen?«

»Ich weiß es nicht.« Pater Vincence schüttelte den Kopf. »Ich weiß nur, daß wir am 24. August die Station verlassen müssen. Ich werde alles versuchen, um die Mission zu retten. Ich werde an den Bischof von Boa Vista schreiben. Ich werde den Kardinal verständigen. Ich werde alle Bischöfe aufrufen, gegen diesen Vorgang zu protestieren. Die gesamte brasilianische Kirche muß sich jetzt einig sein! Vielleicht ist Santo Antônio noch zu retten. Laßt uns darum beten.« Doch dann fügte er noch hinzu: »Aber laßt euch nicht davon abhalten, zu packen. Was jeder von uns mitnehmen kann — auch das weiß ich nicht.«

Luise handelte als erste: Sie öffnete die Käfige und ließ die Tiere frei. Fast erstaunt blieben sie ein paar Sekunden in der Freiheit stehen, dann stoben sie nach allen Richtungen davon.

»Wir werden mit dem Aluminiumboot übersetzen«, sagte Ernesto zu Vincence. »Und dann lass' ich es flußabwärts treiben. Oder brauchst du noch das Boot?«

»Wir werden nichts mehr brauchen. Nimm mit, was *du* brauchst. Die Medikamente, die Instrumente, das Verbandszeug, die ganze bewegliche Einrichtung des Hospitals. Du wirst es nötig haben bei den Yanomami.« Vincence preßte die Lippen aufeinander, bevor er fragte: »Und was machst du, wenn die Yanomami dich nicht aufnehmen?«

»Wir haben über zwanzig Jahre miteinander gelebt. Ich habe geholfen, ihre Kinder auf die Welt zu bringen. Es sind heute junge, kräftige Männer und Frauen, die selbst schon Kinder haben. Ich bin ihr weißer Vater.«

Die Arbeit auf der Mission ging weiter, als ob neues Geld eingetroffen wäre und man jetzt mit Hochdruck alle Pläne in Angriff nehmen könne. Die Mischmaschine lief röhrend und spuckte Beton aus. In der Schreinerei entstanden doppelwandige Holzwände, die man später für die Zimmerwände verwendete, denn Ziegel oder Kalkstein waren selten und mußten von weit her antransportiert werden; Holz hatte man genug. Im Hospital lagen fünf Garimpeiros, die Bento selbst mit einem Lastwagen herbeigekarrt hatte. Alle hatten schwere Quetschungen. Wie Bento erzählte, war auf einem der »Dragos«, der riesigen Baggerschiffe auf dem Fluß, die tonnenweise Goldsand aus dem Flußbett schaufelten, eine Ersatzwalze ins Rollen gekommen und hatte die fünf Goldwäscher erfaßt. Sie sahen zunächst schrecklich aus mit ihren blutüberströmten Körpern. Nachdem man sie gewaschen hatte, packte Bento sie kurz entschlossen auf den Lastwagen und brachte sie zur Mission.

»Auch wenn der Doktor tot ist«, erklärte er Luise, »sind sie hier besser aufgehoben als bei den besoffenen Ärzten im Camp. Sie werden sich um meine Leute kümmern.«

»Benjamim, ich bin keine Ärztin. Ich bin Biologin und Botanikerin.«

»Ich habe Vertrauen zu Ihnen.«

»Mit Vertrauen kann man nicht heilen. Ihre Männer brauchen einen Arzt.«

»Mit Vertrauen geht so viel, geht fast alles.« Bentos Gesicht war das eines bettelnden Jungen. »Sie werden sehen, ich habe recht.«

Schwester Lucia und Schwester Margarida brachten die fünf Verletzten zu Bett und gaben ihnen erst einmal eine schmerzstillende Injektion. Margarida untersuchte ihre Wunden, schiente Arme und Beine, gab Antibiotika, damit keine Infektionen entstanden, und bandagierte zwei Rippenbrüche.

Die Koffer standen bereit in den Zimmern. Nur die persönlichen Sachen hatte man eingepackt, neben Wäsche und Kleidung die vielen Kleinigkeiten, die man im Laufe der Jahre liebgewonnen hatte und die nun zum Leben gehörten. Eine große Kiste blieb leer. Am Tage der Abreise würden darin die Monstranz, der Kelch, die Silberdose für die Hostien, die Weihrauchbehälter, die Altardecken, die Meßgewänder, die geschnitzte Madonna und das Kruzifix, die hohen Kerzenleuchter und auch das kleine Glöcklein verstaut werden.

»Die Glocke nehme ich bestimmt mit!« sagte Pater Vincence zu Ernesto, dem plötzlich die Tränen in den Augen standen. »Sie hat vor über zwanzig Jahren den ersten Ruf zum Gebet in den Urwald geschickt. Und du, Ernesto, hast sie geläutet. Wenn wir jemals wieder nach Santo Antônio zurückkehren dürfen, dann soll ihre Stimme wieder auf dem alten Platz ertönen.«

Am 20. August rief Arlindo Beja noch einmal an.

»In vier Tagen wird die Mission geräumt«, berichtete er kurz. »Es werden vier Flugzeuge landen mit einer Abteilung Militärpolizei, die die Mission besetzen wird. Ihre Briefe an die Bischöfe waren eine Dummheit, Pater Vincence. Aber wir sind bereit, ein Mitglied der Mission auf Santo Antônio zu belassen. Das haben wir dem Bischof von Boa Vista zugesichert. Auch der Gouverneur und Coronel Bilac sind einverstanden. Die Wahl, wer bleibt, liegt bei Ihnen. Wir sind zu dieser Konzession bereit wegen der in Ihrem Gebiet verbreiteten Malaria.«

»Wie großzügig von Ihnen«, antwortete Vincence bitter.

Bejas Reaktion war kalt: »Die Flugzeuge landen morgen im Laufe des Vormittags.«

Es knackte, das Gespräch war beendet.

Pater Vincence ging hinüber zum Hospital und fand sie alle versammelt: Luise, die Schwestern Lucia und Margarida und Luigi.

»Ich habe eben wieder mit Senhor Beja gesprochen«, sagte Vincence und blickte jeden an. »Einer von euch darf auf der Mission, hier im Hospital, bleiben. Wegen der Malaria und anderen Krankheiten.«

»Ich bleibe«, antwortete Luise sofort. »Ich bleibe hier bei Tom.«

»Du hast keine medizinischen Kenntnisse, Luise.«

»Aber ich!« rief Luigi und sprang auf.

»Ich bin seit fünfzehn Jahren Krankenschwester«, sagte Lucia.

»Wir haben fünf Verletzte hier.« Schwester Margarida trat einen Schritt vor. »Was die Zukunft bringt, weiß keiner von uns. Ich bin OP-Schwester, ich allein von euch allen kann sie, so gut es geht, behandeln. Wenn jemand hier im Hospital bleibt, bin ich es.«

Pater Vincence blickte wieder jeden an, dann nickte er. »Schwester Margarida hat die besten Argumente. Sie wird auf Santo Antônio bleiben.«

»Und ich auch!« rief Luise erregt. »Ich lasse Tom nicht allein. Wo er ist, da bin ich auch. Niemand kann mich von seinem Grab wegbringen.«

»Du wirst sehen, was sie können, Luise. Militärpolizei wird die Mission besetzen. Ihr kennt diese Truppe nicht, aber ich. Sie fragt nicht, sie handelt. Sie werden dich, Luise, wenn du dich wehrst, einfach ins Flugzeug werfen wie ein Paket. Laß es nicht darauf ankommen.« Er sah wieder zu Margarida hinüber. »Hast du keine Angst?« fragte er.

»Ich trage ein Ordensgewand. Das greifen sie nicht an.«

Völlig entnervt waren Geraldo Ribateio und seine Polizisten. Coronel Bilac hatte ihm als ersten telefonisch mitgeteilt, daß die FUNAI als zuständige Behörde die Mission schließen müsse. Neue Befehle seien abzuwarten. Ribateio bekam bei diesem Gespräch rote Augen und atmete so schwer, als trage er eine Zentnerlast.

»Senhor Coronel«, fragte er und bemühte sich, eine halbwegs ruhige Stimme zu haben, »bleibt unsere Polizeistation bestehen?«

»Das weiß ich noch nicht, Tenente. Das wird von höherer Stelle aus entschieden. Es ist geplant, die Mission mit Militärpolizei und Elitetruppen zu besetzen, eine Art Basis für kommende Aktionen. Ob Sie dann noch in Santo Antônio gebraucht werden, wird sich herausstellen.«

Auf der Polizeistation der Mission herrschte eine gedrückte Stimmung. Auch wenn es immer wieder mit den Patres zu Reibereien gekommen war, zu Meinungsverschiedenheiten vor allem über das Indianerproblem — für Ribateio war Santo Antônio so etwas wie eine zweite Heimat geworden. Er konnte sich gar nicht mehr vorstellen, woanders als hier zu leben, und wenn er und Pater Ernesto auch immer im Streit lagen, für ihn war Ernesto eine Art Vaterersatz. Wenn Ernesto ihn mit den wildesten Worten beschimpfte, die durchaus nicht immer der Würde eines geweihten Priesters entsprachen, war er oft bereit, zu sagen: »Ja, Patre«, und er meinte damit den Vater und nicht den Geistlichen.

Nicht anders erging es den Sergentos Moaco, Perinha und den anderen Polizisten. Die Aussicht, daß man sie nach Surucucu oder gar Boa Vista versetzte, ließ in ihnen eine Art Schwermut aufkommen, der sie nur mit Alkohol entrinnen konnten. So waren sie nach dem Telefonat mit Bilac zwei Tage lang dienstunfähig, weil sie ohne Ausnahme betrunken waren.

Nach Bejas Ankündigung sollte am 24. August 1987 die Mission von der Regierung übernommen werden.

»Jetzt ist es Zeit, daß ihr wegkommt«, mahnte Vincence am 22. August Ernesto, Minho und Sofia. »Ein Vorsprung von zwei Tagen ist nicht viel. Sie werden Hubschrauber einsetzen, vergeßt das nicht. Sie werden euch suchen, vor allem dein Vater, Sofia. Macht euch auf den Weg.«

Am Nachmittag dieses Tages war das große Aluminiumboot beladen mit allem, was sie für die nächste Zeit brauchten. Kisten mit Medikamenten, Verbandszeug, Spritzen, medizinische Instrumente, ein Mikroskop, emaillierte Schalen, Propangas-Kocher, drei zusammengelegte Zelte, Decken, Werkzeuge wie Spaten, Schaufeln, Äxte, Beile, Sägen, Schraubenzieher, dazu das nötige Kleinmaterial, vom Nagel aller Größen bis zu verschiedenen Schrauben, sogar zehn Zwingen, Leimeimer und Hobel, Taschenlampen mit einem Karton voller Batterien, zwei Kompasse, zehn Macheten und vor allem Waffen — drei Pistolen, drei Gewehre und zwei große Kartons mit Munition. Hinzu kamen die persönlichen Dinge wie Wäsche, Schuhe und Stiefel, Bekleidung, Seifen, Zahnputzmittel, Hängematten und Moskitonetze.

Das Boot war randvoll. Sofia, Minho und Pater Ernesto hatten kaum noch für sich selbst Platz.

Alle Mitglieder der Station Santo Antônio, einschließlich der Polizei, versammelten sich zum Abschied am Ufer des Rio Parima. Ribateios Pflicht wäre es gewesen, die Flucht sofort nach Boa Vista zu melden und mit allen Mitteln zu verhindern, aber er schwieg, und alle seine Männer hatten mit Handschlag versprochen, auch nichts zu erzählen, nie, was auch kommen würde. Es war heimlich in der Nacht geschehen, wollte man sagen. Lautlos, keiner hatte etwas gemerkt. Erst am Abend des 23. August wollte Ribateio aufgeregt die Nachricht vom Verschwinden Pater Ernestos, Marco Minhos und Sofia Lobos' melden. Ein weiteres Hinauszögern würde Verdacht erregen. Bilac mochte toben, wie er wollte, die Flucht wäre gelungen.

Nun standen sie alle am Ufer des Flusses, und es war schwer, Worte des Abschieds zu finden, für eine Fahrt, von der es vielleicht keine Wiederkehr gab. Alle umarmten sich und küßten sich auf die Wange, hoffnungsvoll und traurig zugleich.

»Lasset uns beten«, sagte Pater Vincence mit fester Stimme.

Alle knieten nieder, auch Ribateio mit seinen Polizisten senkte den Kopf und faltete die Hände. Hinter Pater Vincence standen die Schwestern Lucia und Margarida, sie trugen den Kelch und die Dose mit den Hostien. Neben ihnen entzündete Luigi ein Weihrauchkesselchen.

»Herr«, begann Pater Vincence laut zu beten und blickte dabei in den blauen, noch von der Sonne erglänzenden Himmel, »viele

Worte sind nicht nötig in dieser Stunde. Du siehst uns, Du hörst uns, Du bist bei uns. Sei gnädig mit diesen Menschen, die jetzt in die Natur ziehen, die Du geschaffen hast. Gib ihnen Stärke und innere Kraft, die sie gebrauchen können auf ihrem schweren Weg. Beschütze sie vor allen Gefahren. Beschütze sie vor allem vor den Menschen, die sie jagen werden, als seien sie wilde Tiere. Herr, wir flehen Dich an: Laß uns nicht allein in unserer Not, gib uns den Mut und den Willen, alles zu ertragen. Halte Deine Hand über uns, Vater, sieh auf Deine Kinder! Amen.«

Und alle, die da knieten, sagten Amen und bekreuzigten sich.

Der Fluß rauschte. Von einer Schar Papageien klangen ihre Schreie herüber. Zwischen den Mangrovenwurzeln badete und schnüffelte ein Wasserschwein am gegenüberliegenden Ufer.

Pater Vincence verteilte die Hostien, Luigi schwenkte den Weihrauchkessel, Margarida reichte dem Pater den Kelch. Er trank einen Schluck, drückte den Kelch an seine Brust und senkte den Kopf. Ergriffen betete er:

»Herr, verlaß uns nicht. Herr, wir geben uns in Deine Hand.«

Mit einem Ruck gab er Margarida den Kelch zurück, breitete die Arme über Ernesto, Minho und Sofia aus und segnete sie. Dann trat er zu Pater Ernesto, ließ sich Weihrauchkessel, Hostiendose und Kelch geben und stellte alles vor dem knienden Ernesto in den Ufersand.

»Nimm es mit, Bruder«, sagte er tief bewegt. »Du wirst es brauchen.«

Es war das erstemal, daß man Pater Ernesto weinen sah.

Als sie ablegten und hinausruderten auf den Rio Parima, stand niemand mehr am Ufer und winkte ihnen zu. Auch das Glöcklein läutete nicht, es war schon eingepackt. Ernesto und Minho ruderten, Sofia saß hinter Marco. Sie wußte, daß es kein Zurück mehr gab, daß jeder Ruderschlag sie hinwegtrug in ein unbekanntes Leben. Irgendwann würde Pater Ernesto sie mitten im Regenwald trauen; dann war sie Sofia Minho, die Verschollene im Dschungel.

Zwei Kilometer flußabwärts, in einer kleinen, sandigen Bucht, wartete eine Gruppe Yanomami auf sie. Sie winkten und zogen das schwere Boot an Land. Zwischen Wald und Ufer stand eine imposante Gestalt, auf dem Kopf einen Helm aus gelben, roten und schwarzen Federn, behängt mit Muschelketten und den gebleichten Kiemen des riesigen Arapaima-Fisches. Der Mann hob beide

Hände und empfing die Ankommenden mit einem majestätischen Gruß.

Häuptling Yayaomo umarmte Pater Ernesto — eine Auszeichnung, die noch kein Yanomami seines Stammes gegeben hatte.

»Willkommen!« sagte er in seiner wohlklingenden Yanomami-Sprache. Und dann, auf portugiesisch: »Wir freuen uns.«

* * *

Ribateio hatte es richtig vorausgesehen: Coronel Bilac tobte wie ein angestochener Stier. Seine Stimme überschlug sich. Aber das Ungeheuerliche war nun mal geschehen, und man konnte Ribateio noch nicht einmal die Schuld geben. Auch ein Polizist hat das Recht auf Schlaf. Peinlich war nur, daß Bilac außer von Miguel Assis (wegen des freiwerdenden Yanomami-Landes) auch von Paulo Lobos eine kräftige Dollarspritze erhalten hatte mit der Bitte, sich Lobos' Tochter Sofia anzunehmen, sie sofort nach Boa Vista zu bringen und dafür Sorge zu tragen, daß ein Senhor Minho nicht weiter Unheil anrichtete. Das Geld war auf dem Konto eingetroffen, aber was sollte Bilac jetzt zu Lobos sagen? Er hatte ein Geschäft abgeschlossen, einen Liefervertrag, und konnte nun nicht liefern.

Morgen früh landen die Militärpolizisten in Santo Antônio. Ich werde ihnen eine Polizeitruppe beigeben, die Ribateio verstärken soll. Mit einem Boot waren sie unterwegs? Dann konnte es nur flußabwärts gehen, denn den Rio Parima hinauf kamen sie zu den Dragos, den großen Baggerschiffen, und dann nach Novo Lapuna, bestimmt nicht das Ziel einer Flucht. Man sagte Lobos zunächst also gar nichts. Mit Hubschraubern würde es möglich sein, sie auf oder am Rio Parima aufzustöbern. Der Vorsprung, den sie haben, ist nicht von Bedeutung.

»Sie haben versagt, Tenente!« brüllte Bilac trotzdem ins Telefon. »Darüber wird noch zu sprechen sein!«

»Es lag kein Anlaß vor, Senhor Coronel, Marco Minho zu bewachen. Niemand hat mir einen Befehl gegeben.«

»Hat Ihnen Fernando Mechia nichts erzählt?«

»Nein, Senhor Coronel.«

Man konnte ihn nicht mehr fragen, es gab ihn nicht mehr. Bilac blieb hart, wurde aber etwas freundlicher. »Wie ist sonst die Lage, Tenente?«

»Alle Missionsangehörigen stehen zur Evakuierung bereit.«

Bilac knurrte etwas Unverständliches und legte dann auf.

Am nächsten Morgen — Pater Vincence sah auf seine Armbanduhr, genau 10 Uhr — landeten kurz hintereinander fünf größere Transportflugzeuge und ein Hubschrauber der Polizei von Boa Vista auf der Piste von Santo Antônio.

Kaum waren die Türen geöffnet, quollen mit MPs bewaffnete, in Tarnanzügen gekleidete Truppen aus den Maschinen und verteilten sich auf dem Gelände. Ein Major und drei andere Offiziere stiegen als letzte aus, die Offiziere eilten zu ihren Einheiten, während der Major mit vier Militärpolizisten, ohne den herbeieilenden Ribateio überhaupt zu beachten, direkt zum Hospital ging.

Er stieß die Tür auf, blickte auf die fünf verletzten Garimpeiros und warf die Tür wieder zu. Den Eingang zum Ordinationszimmer öffnete er mit einem Fußtritt — die Klinke klemmte etwas.

Schwester Margarida saß auf dem Stuhl hinter dem Schreibtisch, auf dem Thomas Binder immer gesessen hatte. Sie hatte ihre Ordenstracht angelegt und sah gelassen dem Major entgegen, der ins Zimmer stürmte, als habe er den Befehlsstand des Gegners erobert. Margarida war die einzige, die in den Gebäuden geblieben war, alle anderen Missionsangehörigen, auch Luise, hatten sich im Gebetssaal versammelt.

»Wer sind Sie?« fuhr der Major barsch Schwester Margarida an.

Sie erhob sich von ihrem Stuhl und blickte ihn furchtlos an.

»Sie sehen doch, wer ich bin«, antwortete sie tapfer.

»Ich will nicht wissen, was ich sehe, ich will von Ihnen wissen, wer Sie sind!«

»Schwester Margarida Quental. Ich verwalte jetzt das Hospital.«

»Wo ist der Arzt?!«

»Das wissen Sie auch, Comadante.«

»Ich wiederhole: Ich will von *Ihnen* wissen, wo der Arzt ist!«

»Er liegt hinter dem Haus zwei Meter tief in der Erde.«

»Haben Sie solch freche Antworten im Kloster gelernt?!«

»Und Sie solch dumme Fragen auf der Militärakademie?«

»Sie sind die Schwester, die hierbleiben soll?«

»Ja.«

»Sie werden sich noch wundern! Morgen kommen ein Militärarzt und zwei Sanitäter. Dann sind Sie überflüssig.«

»Ich bleibe hier, bis ich eine neue Anweisung der FUNAI bekomme. Sie sind nicht mein Vorgesetzter.«

»Aber mit mir werden Sie leben müssen.«

»Ich werde es überleben, Senhor.«

Der Major grinste anzüglich, verließ das Zimmer und schlug die Tür hinter sich wieder zu.

Das Missionsgebäude war von Militärpolizei umstellt, als sei es ein Gefängnis mit meuternden Sträflingen. Im Gebetssaal saßen alle auf ihren Koffern und Kisten und blickten auf den Offizier, der an der Tür stand wie eine Wache. Den Gruß Vincences hatte er mit Schweigen beantwortet.

Der Major erschien in Begleitung von vier Soldaten. Er stürzte auch hier in den Raum, als erobere er eine Festung. Der Offizier an der Tür stand stramm. Ohne Begrüßung ließ der Major seine Blicke über die Anwesenden schweifen.

»Ist das Ihr Gepäck?« bellte er. Pater Vincence erhob sich von der Kiste, in die das Glöcklein verpackt war.

»Ja, Comadante.«

»Sind Sie verrückt geworden. Was denken Sie, was das hier ist? Ein Umzug in eine neue Villa?! Es hieß Handgepäck!«

»Uns wurde von Senhor Beja gesagt —«

»Senhor Beja ist nach Brasilia geflogen. Hier gelten meine Befehle. Jeder nimmt nur mit, was er mit einer Hand tragen kann. Ist das klar?«

»Nein!« erwiderte Luise laut. Die ganze Nacht hatte Vincence gebraucht, sie davon zu überzeugen, daß es besser war, mitzukommen, als hier am Grab von Thomas auszuharren. »Wir kehren zurück«, hatte er zu ihr gesagt. »Luise, glaube es.« Und sie hatte geantwortet: »Glauben ist auch das letzte, was mir geblieben ist.«

»Was heißt hier nein?« schrie der Major.

Pater Vincence trat einen Schritt vor. Einer der Soldaten hob sofort seine Maschinenpistole. Der Major zog die Augenbrauen hoch.

»Sie behandeln uns wie Verbrecher!« sagte Vincence laut. »Ich werde in Boa Vista meinen Protest dem Bischof übergeben.«

»So? Werden Sie das?« Der Major lächelte hämisch. »Ihr Bischof hat hier gar nichts zu melden! Ich habe meine Befehle. Was mischt sich die Kirche überhaupt in die Politik ein?« Er zeigte auf die Kiste, auf der Vincence gesessen hatte. »Ist das Handgepäck?«

»In der Kiste liegen unsere Glocke, die Kerzenleuchter, die Meßgewänder —«

»Da, wo man Sie hinbringt, werden Sie keine Glocke läuten.«

»Wir sind also Gefangene?« rief Luise empört.

»Senhora, wenn Sie eine Gefangene wären, würden Sie kaum noch so wie jetzt mit mir diskutieren können!« Der Major blickte auf seine Uhr. »In einer Stunde werden Sie zurück nach Boa Vista gebracht. Überprüfen Sie in dieser Zeit noch einmal Ihr Gepäck; nur, was man mit einer Hand tragen kann, habe ich gesagt!«

Der Major blickte noch einmal Luise an, wandte sich dann schroff ab und verließ den Raum. Die vier Soldaten folgten ihm, auch der Offizier an der Tür ging hinaus.

»Wir sind in ihren Augen wirklich Verbrecher, weil wir uns um den Regenwald, um die Yanomami und ihre Rechte kümmern«, meinte Pater Vincence voller Bitterkeit. »Und wenn sie mich totschlagen, lasse ich unsere Glocke nicht zurück.«

»Das werden wir auch nicht, Pater.« Mit einem dicken Schraubenzieher öffnete Luigi den zugenagelten Deckel der Kiste. Er holte die Meßgewänder heraus, die Kerzenleuchter und hob dann das Glöckchen aus der Kiste. Vorsichtig stellte er sie auf den Boden, verstaute die Meßgewänder und Leuchter wieder in der Kiste und setzte den Deckel darauf. Pater Vincence preßte die Lippen zusammen.

»Was macht du da, Luigi?« fragte er.

»Was man mit einer Hand tragen kann, sagte er. Ich kann die Glocke mit einer Hand tragen.« Luigi hob sie an der Lederschlaufe hoch. »Ich kann es.«

»Und dein eigener Koffer?«

»Alles, was da drin ist, kann man wieder kaufen. Die Glocke nicht.«

»Wenn einer sie trägt, dann bin ich es!« erwiderte Vincence mit rauher Stimme.

»Nein, Pater. Ich weiß, was in ihrem Koffer ist. Den können sie nicht zurücklassen. Ich habe nichts Wertvolles zu verlieren, jahrelang habe ich die Glocke gehört, ich nehme sie mit.«

Pünktlich nach einer Stunde wurde die Tür aufgerissen. Ein Offizier blickte in den Gebetssaal. »Alles raus!« brüllte er. »Jeder nur ein Gepäckstück!«

Langsam, einer nach dem anderen, verließen sie die Mission. Zuerst die italienischen Handwerker, dann Luise, darauf die anderen. Als letzter blieb Pater Vincence zurück, segnete noch einmal den Raum und folgte dann den anderen.

Draußen sahen sie, daß die Militärpolizisten bereits das Lazarett, die Wohnbaracke mit Luises Labor und auch die anderen Gebäude besetzt und sich dort eingerichtet hatten. Ein Soldat war gerade dabei, die gläsernen Laborgeräte aus dem Fenster zu werfen. Reagenzgläser, Filterschlangen, Trichter, sogar das Mikroskop zerschellten auf dem harten Boden des Vorplatzes. Auch die Gläser mit Luises Präparaten flogen aus dem Fenster. Luise blieb ruckartig stehen, aber Schwester Lucia stieß sie in den Rücken.

»Geh weiter«, flüsterte sie. »Du kannst es nicht ändern. Es hat keinen Zweck. Sie haben die Macht. Laß uns froh sein, daß wir nach Boa Vista kommen. Noch kann sich der Major neue Schikanen ausdenken.«

Vor dem Flugzeug, das sie nach Boa Vista bringen sollte, stand der Major mit seinen vier Soldaten und kontrollierte: Nur ein Handgepäck! Als Luigi, mit der Glocke in der rechten Hand, vor ihm stand, starrte der Major ihn an.

»Ist das ein Koffer?!« schrie er.

»Senhor, Sie haben gesagt, was man mit einer Hand tragen kann. Von einem Koffer war nicht die Rede«, antwortete Luigi mutig.

Seinen Mut bezahlte er schmerzhaft. Ohne ein weiteres Wort hieb ihm der Major zweimal ins Gesicht, Luigis Lippe platzte auf, Blut lief aus seinem Mund über Kinn und Hals, aber er hielt die Glocke fest und schloß nur die Augen. Ihn bloß nicht ansehen, sagte er sich. Sieh ihn nicht an! Du könntest mit der Glocke seinen Kopf zertrümmern. Aber hätte das einen Sinn?

»Los, weiter!« schrie der Major. »Ich wünsche nur eins: daß die Maschine abstürzt.«

Hinter Pater Vincence klappte die Tür zu. Der Pilot stellte die Motoren an, die Propeller begannen zu rotieren. Der Copilot, der die Tür verriegelte, schüttelte den Kopf.

»Er ist ein Schwein, der Comadante«, sagte er leise zu Luigi. »Aber was können wir tun? Du bist ein tapferer Mann.«

Das Flugzeug rollte zum Ende der Piste und setzte dann zum Start an. Als es sich erhob und die Mission seitlich vor ihnen auftauchte, sahen Luigi und Pater Vincence zum Fenster hinaus. Luigi hob die Glocke und begann zu läuten. Mit beiden Händen schwenkte er sie hin und her. Schwester Lucia bekreuzigte sich unter Tränen. Der helle, scheppernde Ton der alten Glocke übertönte einen Moment sogar den Motorenlärm.

Ein letzter Gruß für Santo Antônio.

Sehen wir uns wieder, oder wird aus der Mission eine bizarre Wüste, wie das hinter ihr liegende niedergebrannte Yanomami-Dorf?

Luigi ließ die Glocke auf den Sitz neben sich sinken und wischte sich die Augen trocken.

Bis Boa Vista sprach keiner ein Wort mehr.

Für Paulo Lobos brach eine Welt zusammen. Nach der Flucht seiner Tochter Sofia mit Marco Minho in den Regenwald mobilisierte er alles, was er durch seine zahllosen Kreuz- und Querverbindungen bei den Politikern und Ministerien in Brasilia und Roraima erreichen konnte. Die Auflösung der Mission Santo Antônio genügte ihm nicht, war nur der Beginn einer großen Aktion, die sich gegen die Yanomami richtete, versteckt unter dem Vorwand der Nutzung des »leeren« Landes.

Alles, was den Regenwald völlig zerstören würde, wurde zur Lebensaufgabe von Paulo Lobos. Wenn der Regenwald starb, wurden auch die Yanomami vernichtet — und irgendwo würde dann auch Sofia wieder auftauchen und mit ihr auch Minho. Er würde den Pistoleiros nicht mehr entgehen.

Oft tauchte Lobos jetzt bei Miguel Assis auf. Auch Assis hatte eine Niederlage zu verzeichnen: Sein Mordaufruf war wirkungslos geblieben. Niemand wagte es, einen Mann wie Júlio Maputo, dessen Name und Kampf um die Rettung des Waldes und der Indianer mittlerweile die ganze Welt kannte, zu töten. Was sind 100000 Dollar, wenn man nichts von dem Geld hat — kein angenehmes Leben, keine schönen Frauen, kein Dahindösen an den weißen Stränden der Karibik. Maputo war ein Symbol geworden — Maputo zu töten war, als würde man die ganze Welt gegen sich aufbringen.

Pater Vincence, Luise, Luigi und die anderen Missionsmitglieder hatte man zunächst in einem leerstehenden Haus in Boa Vista untergebracht, zufällig gegenüber einer Polizeiwache, von der aus man jeden Schritt der Bewohner beobachten konnte. Die FUNAI sorgte für ihr Auskommen, sie verteilte Gutscheine, mit denen man überall einkaufen konnte.

Vier Tage nach ihrer Ankunft stand Schwester Margarida vor der Tür. Sie wurde von acht Polizisten begleitet, darunter Sergento Moaco. Als Pater Vincence die Tür öffnete, dachte er erst, man wolle sie alle nun weitertransportieren, aber dann stürzte aus dem Ring der Polizisten Margarida hervor, fiel Luise um den Hals und begann laut zu weinen. Sie klammerte sich an Luise fest und zitterte am ganzen Leib.

»Sie steht unter Schock, Pater« erklärte Moaco bedrückt. »Ich glaube, es ist besser, wir bringen sie in ein Krankenhaus. Aber sie wollte zuerst zu Ihnen.«

»Was ist passiert?« Er blickte auf Margarida, die in Luises Armen hing, einer Ohnmacht nahe. Jetzt, wo sie bei den anderen war, hatte sie die letzte Kraft verlassen, mit der sie noch den Flug nach Boa Vista überstanden hatte. »Wer hat sie so zugerichtet?«

»Wir ... wir konnten es nicht verhindern, Pater«, stotterte Moaco. »Wir sind nur kleine Polizisten. Und auch Ribateio ist nur ein Tenente.«

»Wer?«

»Die Militärpolizisten. Tag und Nacht haben sie Schwester Margarida belästigt, sie hat sich eingeschlossen, da haben sie die Tür eingetreten. Die Ordenstracht haben sie ihr ausgezogen, ganz nackt haben sie sie an die Wand gestellt, gelacht und gebrüllt und ihr befohlen: ›Los, sing ein Lied! Sing, oder jeder von uns, einer nach dem anderen, wird —‹« Moaco seufzte tief, sein Gesicht war plötzlich voller Falten. »Und was hat Schwester Margarida getan? Sie hat sich niedergekniet und die Nationalhymne gesungen! Unsere Nationalhymne. Die Soldaten waren so verblüfft, daß sie fast strammstanden. Einzeln verließen sie das Zimmer, nur ich blieb zurück. Ich habe ihr dann das zerrissene Ordensgewand gegeben, damit sie sich bedecken konnte —«

»Weiter!« schnaubte Vincence. »Was kam dann noch?«

»Schwester Margarida ging zu dem Major. Tenente Ribateio begleitete sie. Und was sagte der Major? ›Raus mit dir! Willst dich beschweren, was? Raus, sage ich, oder ich bin als Comadante der erste, der dich vögelt!‹ Da hat Tenente Ribateio sie wieder hinausgeführt und sie mit auf unsere Polizeistation genommen. Dort hat sie auf einem Klappbett in der Ecke gelegen und geweint und gebetet und hat am ganzen Körper gezittert. Dann kam der Hubschrauber mit der Verstärkung, und Tenente Ribateio hat zu dem Piloten gesagt: ›Nimm sie mit nach Boa Vista. Moaco, du begleitest sie und lieferst sie bei Pater Vincence ab. Wirst ihn schon finden, irgendwo muß er ja sein. Sie hat einen Schock. Laß sie nicht allein.‹ Ja, und da bin ich nun und habe den Befehl ausgeführt. Schreiben Sie mir eine Bestätigung, Pater, sonst glaubt es der Tenente nicht.«

Vincence schrieb auf einen Zettel: »Schwester Margarida ist angekommen. Pater V.« und reichte ihn Moaco. Der bedankte sich und verließ darauf schnell das Haus.

Arlindo Beja war das Entsetzen deutlich vom Gesicht abzulesen. Niemand konnte behaupten, daß er eine empfindsame Seele besaß, aber was er jetzt mit anhören mußte, mußte auch er erst verkraften.

Die Sitzung der FUNAI war zunächst wie immer ziemlich langweilig verlaufen. Man las Statistiken durch, erörterte Pläne, die sich vor allem mit den neunzehn Schutzgebieten befaßten, die man den Yanomami zugewiesen hatte, damit sie mit den Goldsuchern und der Industrialisierung nicht in Berührung kommen sollten. Nun zeigte sich aber aufgrund der neuen Erschließungspläne, daß sich Gebiete überlappten, daß nach neuen geologischen Untersuchungen die Erz-, Kupfer-, Uran- und Gold-Minen bei optimaler Ausbeute, die man ja anstrebte, tief in die Reservate der Yanomami hineinreichten. Die neunzehn Enklaven der Indianer ließen sich in der bisherigen Form nicht aufrecht halten. Was war nun zu tun? Per Regierungsbeschluß waren die Indianergebiete unter Schutz gestellt worden.

Arlindo Beja starrte auf die große Karte, die man an der Stirnwand des Sitzungszimmers aufgespannt hatte. Sie zeigte das Gebiet von Roraima und, speziell hervorgehoben, die Reservate am Rio Urarioera im Norden, über die Wälder am Rio Parima mit den Goldgruben bis zum Rio Xeriuni im Süden Roraimas.

Absolutes Yanomami-Gebiet.

Aber die Karte reichte noch weiter, über die Grenzen Roraimas hinaus zum Rio Negro und zum Rio Iapurá mit zahllosen Flußläufen dazwischen und Regenwäldern, die völlig unbekanntes Land waren: das bis heute rätselhafte Amazonien, das Riesenland voller Geheimnisse, nicht einmal von Geologen betreten, sondern nur durch Luftaufnahmen bekannt und vermessen. Ein großer grüner Fleck auf den Landkarten, undurchdringlicher Urwald. Lebten dort Menschen? Sicherlich. Gab es dort Tiere? Sicherlich Millionen Arten. Und welche Pflanzen wuchsen unter dieser grünen, wogenden, geschlossenen Baumdecke? Die Biologen und Botaniker hoben die Schultern.

Wieder einmal hörte sich Beja die bekannten Tatsachen auf der Sitzung der FUNAI an. Aber dann, als der Redner mit einem langen Zeigestock über die Karte von Roraima und Amazonien fuhr, erstarrte er. Ungläubig folgte er der weiteren Ausführungen:

»Das größte Hindernis, die Bodenschätze unter dem Regenwald zu heben, sind die Indianer, in diesem Falle die Yanomami.« Der Mann aus der Zentralstelle der FUNAI in Brasilia sprach wie über den Bau einer Landstraße. »Die Aufrechterhaltung ihrer neunzehn Gebiete ist unmöglich. Aber die Augen der Welt blicken auf uns und unsere Handlungen. Die Milliardenkredite aus den Industrieländern fließen nur weiter, wenn wir das Leben der Indianer schützen. Wie aber können wir sie schützen, wenn genau in ihren Gebieten der Reichtum Brasiliens liegt? Soll Brasilien zugrunde gehen, weil es noch 30000 bis 40000 Indianer gibt, nicht eingerechnet die Menschen in den noch unerforschten Gebieten? Da muß man sich etwas einfallen lassen.«

Man hatte sich etwas einfallen lassen, und genau das war es, was selbst in Beja einen Funken Moral entzündete.

Die Indianer haben keinerlei Abwehrkräfte gegen unsere Zivilisationskrankheiten. Das ist bekannt. Eine Grippe zum Beispiel rafft sie unweigerlich dahin, wenn man sie nicht sofort behandelt. Eine normale, simple Grippe.

Was ist einfacher, als mit bedauernden Worten zuzusehen, wie eine gigantische Grippeepidemie die Indianer dezimiert bis auf ein paar zähe Überlebende?

Arlindo Beja verließ nach vier Stunden die Sitzung, fuhr nach Hause und schloß sich in sein Arbeitszimmer ein. Nach langem Zögern rief er endlich Coronel Bilac ein.

»Ich komme gerade von einer Sitzung der FUNAI«, sagte er mit deutlich bedrückter Stimme. »Wissen Sie, Miguel, was man plant? Nein, das können Sie nicht wissen, es ist unfaßbar. Hören Sie zu: Man will Flugzeuge über das Yanomami-Land schicken und Wolken von Grippebazillen ausstreuen. Sie werden alle eines ›natürlichen Todes‹ sterben. Grippebazillen! Miguel, was sagen Sie nun?«

Und Coronel Bilac antwortete ohne Zögern. »Welch eine geniale Idee! Daß darauf noch keiner gekommen ist! Damit löst man alle Probleme auf eleganteste Art...«

Wortlos legte Beja den Hörer wieder auf.

Eigentlich hatte er von Bilac auch keine andere Antwort erwartet.

Die Nachrichten aus Santo Antônio flossen nur zögernd nach Boa Vista zu den Verbannten der Mission. Sie kamen meistens von Tenente Ribateio, der die Briefe verläßlichen Piloten mitgab, die sie dann zu Pater Vincence brachten. Man hatte Vincence erlaubt, in einer der Kirchen der Hauptstadt von Roraima zu predigen. Sein Orden in Italien hatte energisch gegen die Ausweisung protestiert und den Bischof von Boa Vista zur Intervention gebeten. Die war längst erfolgt und kommentarlos zu den Akten gelegt worden.

So erfuhr man also, daß die Militärpolizei und selbst die Beamten der FUNAI die Mission regelrecht geplündert hatten. Gegenstände aus der Küche und dem Hospital waren spurlos verschwunden, die Apotheke war im Handumdrehen leer, die Fahrzeuge und Werkzeuge hatten sich in Luft aufgelöst, die gesamte Radio- und Funkstation der Mission war fort, und das wertvolle, unersetzbare Archiv, aufgebaut von der ersten Stunde der Mission an, war mutwillig zerstört worden. Die Mission war einem lärmenden Militärlager gewichen.

Vier Beamte der FUNAI hatten die Verwaltung übernommen, aber nur einer verstand die Sprache der Yanomami. Er hatte auch zunächst wenig zu tun, denn mit den »wilden« Yanomami kam er nicht in Berührung, nur mit den »zivilisierten« Yanomami, die in den Minen Arbeit gesucht hatten und in ihrer Einfalt die Goldsucher als die »neuen Herren« betrachteten, mit denen man sich gutstellen mußte. Von ihnen bekamen sie Nahrungsmittel, Kleidung, Werkzeuge, Töpfe und — Schnaps. Einige waren sogar stolz darauf, daß sie mit ihren Frauen und Töchtern viel Geld bei den Garimpeiros verdienten.

Die Yanomami-Gemeinschaften spalteten sich auf. Einige Stämme wollten die neue, bessere Zeit erkannt haben und so leben wie die Weißen, andere Stämme verschwanden in der unendlichen Tiefe des Regenwaldes und waren bereit, um ihr Land zu kämpfen. Der Gouverneur von Roraima, Getúlio de Souza Cruz, den Pater Vincence öffentlich angeklagt hatte, er lasse in die Indianerreservate illegal Goldsucher ein und habe dafür sogar einen Hubschrauber der Polizei zur Verfügung gestellt, war mit der Schließung der Mission Santo Antônio und der Ausweisung der »subversiven ausländischen Patres« rehabilitiert. Am Rio Parima herrschte Ruhe.

Der Einsatz von Flugzeugen, die Grippebazillen über die neunzehn Yanomami-Reservate ausstreuen sollten, blieb zunächst noch Plan, der aber jederzeit ausführbar war. In luftdicht verschlossenen Stahlbehältern lagerte der Grippetod im Keller der Staatspolizei. Beja atmete auf, Bilac sprach von elenden Schlappschwänzen in der Regierung. Paulo Lobos aber stoppte jede weitere »Spende« an Bilac, weil der Coronel Marco Minho und den Yanomami-Stamm nicht jagte.

»Ich kann nicht ohne Befehl handeln!« protestierte Bilac halbherzig. Und Lobos schrie zurück:

»Ich denke, *Sie* befehlen?!«

»Aber ich muß mich nach oben absichern.«

»Es geht um meine Tochter!«

»Ich muß einen plausiblen Grund zum Angriff haben.«

»Ist die Verschleppung meiner Tochter kein Grund?«

»Sie ist freiwillig mitgegangen, Senhor Lobos. Das wissen wir jetzt.«

»Soll ich mit meinen Pistoleiros selbst suchen?«

»Das ist Ihre Entscheidung, Senhor Lobos.«

»Und Sie werden mich nicht daran hindern?«

»Ein Mensch, auch ein Polizist, kann nicht alles sehen —«

»Habe ich Ihr Wort?«

»Bisher haben Sie immer Vertrauen zu mir gehabt.«

»In Ordnung. Ich werde eine eigene Truppe zusammenstellen. Ich finde meine Tochter, Bilac. Ich finde sie, das schwöre ich Ihnen.«

»Ich zweifle keinen Augenblick daran, Senhor Lobos. Aber — es wird Verluste geben.«

»Meine Pistoleiros kennen das Risiko, dafür werden sie auch gut bezahlt. Ich werde außerdem für Minho ein Kopfgeld von 2000 Dollar aussetzen. Bilac, wenn Sie mich doch hindern sollten — Sie stehen auf der Liste!«

Bilac benötigte nach diesem Gespräch mit Paulo Lobos eine Ruhepause, trank ein paar Gläser Kognak und war an diesem Tag nicht mehr erreichbar. Lobos dagegen handelte sofort.

Am nächsten Morgen schon rief er seine kleine Privatarmee im Park seiner Villa in Manaus zusammen und hielt eine kurze Ansprache.

»Ich habe einen Auftrag für euch«, sagte er ohne Einleitung. »Es geht um einen Marco Minho, einen Zoologen, der sich bis vor kurzem noch auf der Missionsstation Santo Antônio befand. Er ist zusammen mit einem Pater Ernesto und einem Mädchen im Wald verschwunden. Sie haben sich einem flüchtenden Yanomami-Stamm angeschlossen.« Er sprach wohlweislich nicht von Sofia als seiner Tochter — ein Pistoleiro bekommt einen Auftrag und hat sich für Hintergründe nicht zu interessieren. »Mir geht es darum, daß dieser Marco Minho verschwindet. Nicht der Pater und erst recht nicht das Mädchen. Nur Minho! Ich brauche also zehn Freiwillige, die in den Regenwald am Rio Parima vordringen, den Yanomami-Stamm aufspüren und Minho liquidieren. Der Kopf Minhos ist mir 2000 Dollar wert. Darüber hinaus bekommen die zehn Freiwilligen von mir je 30 Hektar Land, das sie bebauen können, und für den Anfang zwei trächtige Kühe, Hühner, Schweine und Ziegen. Die zehn haben also für ihr ganzes Leben ausgesorgt. Ihre Frauen und Kinder werden glücklich sein.« Lobos blickte über die Gruppe seiner Pistoleiros. »Wer meint, diese Aufgabe übernehmen zu können, meldet sich nachher bei mir. Zehn Freiwillige — macht das unter euch aus.«

Eine Stunde später standen zehn Pistoleiros in der Bibliothek vor Lobos und sahen ihn erwartungsvoll an.

»Ihr seid also bereit, Marco Minho zu suchen?«

Die zehn nickten. Lobos sah jeden einzeln an und musterte ihn. Harte, verwegene Burschen, hervorragende Schützen, ihrem Herrn blind ergeben, aber in eine Welt hineingeboren, die nur Armut kannte, sklavische Abhängigkeit von den Landbesitzern, rechtlos bis auf das Recht, arbeiten zu müssen für den Profit ihrer Herren.

»Es ist eine gefährliche Sache«, sagte Lobos. »Das wißt ihr?«

Die zehn nickten wieder wortlos.

»Um so größer ist, wie ich euch gesagt habe, die Belohnung.« Lobos ging um den großen Schreibtisch herum und verschränkte die Hände hinter dem Rücken. »Es ist alles vorbereitet. Ihr fliegt übermorgen nach Boa Vista. Dort wartet auf dem Flugplatz A 9 ein Transporthubschrauber der Polizei auf euch und bringt euch nach Santo Antônio an den Rio Parima. Auf der ehemaligen Mission erwartet euch Tenente Ribateio. Mit einem Hubschrauber werdet ihr zunächst die Gebiete überfliegen und absuchen, in denen sich der Yanomami-Stamm mit Minho versteckt hält. Entdeckt ihr nichts, werdet ihr von Ribateio die Stelle gezeigt bekommen, wo die Yanomami in den Regenwald eingedrungen sein könnten! Könnten, sage ich — genau weiß das keiner. Von da ab müßt ihr euch allein durchschlagen. Wahrscheinlich haben die Indianer in den vergangenen Wochen irgendwo auf einer kleinen Rodung ihre Malocas aufgebaut. Das Wichtigste bei ihnen ist das Feuer. Ihr werdet es also schon von weitem riechen oder in der Nacht sehen. Ohne Feuer kann kein Yanomami leben.« Lobos schwieg einen Augenblick. »Wenn ihr sie gefunden habt«, fuhr er nach einem langen Atemzug fort, »ist es euch überlassen, was ihr tut. Nur eins: Bringt das Mädchen unversehrt aus dem Urwald heraus, und nehmt es mit nach Boa Vista. Ich werde dann da sein, wenn ihr von der Mission angerufen habt. Der Pater interessiert mich nicht. Wichtig allein ist Marco Minho — und natürlich das Mädchen. Habe ich mich klar ausgedrückt?«

»Ja, Senhor«, antwortete einer der Pistoleiros, der anscheinend die Führung der Gruppe übernommen hatte.

»Keine Fragen mehr?«

»Nein, Senhor.«

»Dann viel Glück.« Lobos zog die breite Schreibtischschublade auf und holte ein dickes Kuvert hervor. Er warf es dem Wortführer zu, der es geschickt auffing. »Das ist für die nötigen Ausgaben. Eine Abrechnung brauche ich nicht.«

Um Luise Herrmann kümmerte sich in Boa Vista niemand.

Während Pater Vincence predigen durfte und dem Pfarrer der ihm zugeteilten Gemeinde half, saß Luise untätig herum, erhielt pünktlich ihr monatliches Gehalt, aber sonst war es, als gäbe es sie gar nicht. Luigi arbeitete im Krankenhaus von Boa Vista, und die Schwestern Lucia und Margarida kümmerten sich um die Kinder in den Slums von Boa Vista, nur für eine Biologin hatte man keine Verwendung.

Die Zeit verstrich qualvoll langsam. Der einzige, der sich um Luise kümmerte, war Arlindo Beja, der Chef der FUNAI, aber genau den wollte Luise nicht als Tröster ihrer Einsamkeit haben.

Sie trafen sich dreimal in diesen Wochen — für Beja zu wenig, für Luise zu viel. Und immer endete ein Caféhaus-Besuch oder ein Essen in einem der wenigen Luxusrestaurants von Boa Vista mit Luises Frage:

»Warum kann ich nicht nach Santo Antônio zurück und meine Arbeit fortsetzen?«

Und jedesmal antwortete Beja: »Das müssen Sie den Gouverneur fragen. Ich weiß es nicht.« Mit dieser Antwort log er, denn er wußte genau, daß die Mission geschlossen worden war, um keine Zeugen für die weitere Zerstörung des Regenwaldes und die Vertreibung der Yanomami zu haben. Was man nicht sieht, darüber kann man nicht schreiben.

Ein paarmal versuchte Luise, den Gouverneur selbst zu sprechen. Beim erstenmal fragte er seinen Sekretär: »Wer ist Luise Herrmann. Klingt so deutsch —« Und als er hörte, sie wäre als Forscherin auf der Mission Santo Antônio gewesen, lief sein Gesicht rot an. »Für diese Dame habe ich keine Zeit!«

Auch Schreiben nach Brasilia an die verschiedenen Ministerien blieben ohne Antwort. Das »Nationale Amazonas-Institut«, abgekürzt IMPA, teilte immerhin mit, daß es nicht zuständig sei für biologische Forschungsarbeiten.

»Du bekommst pünktlich dein Geld, was willst du mehr?« meinte Pater Vincence sarkastisch.

»Man will uns kaltstellen, mundtot machen. Jeder, der die Wahrheit sagt, ist ein Staatsfeind.«

»Das haben solche Regierungen so an sich, Luise. In Diktaturen wird man aufgehängt, erschossen oder geköpft. Es gibt eine Menge Mittel, einen unbequemen Menschen aus dem Weg zu räumen. Sei froh, daß man uns in Ruhe läßt. Ich wundere mich sowieso schon darüber.«

Nicht in Ruhe ließ man Santo Antônio. Tenente Ribateio berichtete:

Betonfundamente für neue Militärbaracken wurden gegossen.

Die Flugpiste wurde verlängert und verbreitert, um eine Landebahn auch für große Flugzeuge zu schaffen.

Da die Grenze zu Venezuela nur 40 Kilometer entfernt war, besann sich das Militär plötzlich an eine nötige Grenzüberwachung. Nicht, daß Venezuela Annektionsgelüste gezeigt hätte, nein, aber in diesem Grenzgebiet, auf dem Boden von Venezuela, lebten schätzungsweise 15 000 Yanomami. Und es war zu befürchten, daß diese Armee von Wilden ihren von den Goldsuchern und den neuen Fabrikherren bedrohten Brüdern zu Hilfe eilen könnte. Dann wären die vereinigten Yanomami-Stämme gut 25 000 Mann stark — eine echte Bedrohung der Garimpeiros und der Minen für Erz, Uran, Titan, Bauxit, Diamanten und Gold. Die meisten dieser Indianer, noch nicht zivilisierte brasilianische Ureinwohner, zum Teil noch auf der Stufe des Steinzeitalters, waren nur mit Pfeilen und Speeren bewaffnet, aber für das Militär galten sie als Gefahr. Schutz der Grenze hieß hier nichts anderes als Schutz der 50 000 Garimpeiros. Um die Indianer kümmerte sich niemand. Sie wurden immer tiefer in den Wald getrieben.

Vor nur dreißig Jahren hatten Missionare diese Eingeborenen entdeckt. Damals waren sie auf Menschen gestoßen, die außer ihrem Regenwald nichts auf der Welt kannten.

Um die Grenze, oder vielmehr den Aufbau einer gigantischen Industrie im Yanomami-Land, zu schützen, sollte ein ganzes Bataillon nach Santo Antônio und nördlich von Novo Lapuna verlegt werden. Wer scherte sich noch um den Erlaß, der seit 1981 als ein Gesetz galt, daß dieses den Yanomami zugewiesene Gebiet von der doppelten Größe der Schweiz nur von den Yanomami selbst besiedelt werden durfte?

Erinnern wir uns an das Jahr 1985. Damals übersah die Regierung in Brasilia noch nicht die unermeßlichen Schätze, die im Yanomami-Land unter dem Regenwald lagen. Als die Prospektoren damals in das Gebiet eindrangen, schickte Brasilia sofort ebenso schwer bewaffnete Bundespolizisten in das Gebiet Surucucu und Rio Parima, und es gelang tatsächlich, die rücksichtslosen Glücksritter zu vertreiben.

Aber da meldete sich sofort José Altino Machado zu Wort, der mächtige Boß der brasilianischen »Garimpeiro-Gewerkschaft«. Diese Gewerkschaft vereinigte alle Garimpeiros Brasiliens und hatte einen Mitgliederstand von über 600 000 Mann. Machado protestierte gegen die »Vertreibung« der Goldsucher. »Wir wissen, was man mit dem ›Texas der südlichen Hemisphäre‹ plant. Eines Tages werden die großen Minengesellschaften diese Region besetzen und den unfaßbaren Reichtum an sich reißen. Darum will man keine unabhängigen Goldschürfer mehr dulden. Die Regierung ist Komplize der Fabrikanten, Spekulanten und Großgrundbesitzer. Wir wissen, daß bereits fünfundzwanzig internationale Unternehmen Lizenzen für Untersuchungen und späteren Landkauf erhalten haben. Da redet niemand mehr vom Wohnrecht der Yanomami!«

Jetzt sah alles anders aus.

Es gab die Goldminen mit über 50 000 Garimpeiros, es gab die Erzgruben, es gab die Hunderte privater Holzkohlemeiler und die großen Holzkokereien des Paulo Lobos, es gab die schwimmenden »Dragos«, die Riesenbagger, die aus den Flüssen den Goldsand holten, der dann mit hochgiftigem Quecksilber vom Gold befreit wurde. Es gab die Bauxitwerke und die Urangruben. Und es gab jetzt auch das Militär, das unter dem Deckmantel der Sicherheitsinteressen Brasiliens, in Wirklichkeit aber verhinderte, daß die tägliche Verletzung der Rechte der Yanomami und ihre lautlose Vernichtung an die Öffentlichkeit kamen.

Das Grenzgebiet wurde Sperrgebiet. Kein Ausländer durfte es mehr betreten.

Einer der Yanomami-Häuptlinge, der von den Missionaren Portugiesisch gelernt hatte, erklärte in einem Interview: »Ich glaube nicht, daß wir mit der Armee leben können. Wir haben das schon einmal erlebt. 1974 schlug das Militär durch unser Land eine große Straße, die Perimetral Norte. Nach dem Militär kamen die weißen Siedler, und mit den Siedlern kamen die für uns tödlichen Krankheiten. Die Hälfte unserer Stämme ist daran gestorben. Soll jetzt die andere Hälfte sterben?«

Die *Perimetral Norte* ist heute an vielen Stellen vom Urwald wieder überwuchert und unbefahrbar.

Der Yanomami-Häuptling hieß Davi Xiriana.

Man hat nie wieder etwas von ihm gehört.

Und weiter meldete Ribateio an Pater Vincence:

Mit einem großen Hubschrauber der Polizei sind zehn Pistoleiros in Santo Antônio gelandet. Sie brachten einen Befehl von Coronel Bilac mit. Sie sollen auf der Polizeistation wohnen, sie wollen den Wald überfliegen, ob sie Spuren der Yanomami entdecken, mit denen Pater Ernesto, Marco Minho und Senhorita Sofia gezogen sind. Aber ich glaube nicht, daß sie Spuren finden.

»Lobos gibt keine Ruhe«, sagte Vincence mit zerfurchtem Gesicht. »Es wird gefährlich.«

»Glaubst du, sie finden sie?« fragte Luise.

»Lobos wird die besten Pistoleiros genommen haben, Männer, die sich im Urwald auskennen. Ich mache mir wirklich Sorgen.«

»Wäre das nicht ein Bericht für alle Zeitungen in Europa und den USA: Killerkommando sucht im Regenwald italienischen Missionar. Großgrundbesitzer als Mordauftraggeber. Das überliest keiner.«

»Eine fabelhafte Schlagzeile, bestimmt — nur, wir müssen sie beweisen.«

»Jeder weiß, wer hinter dieser Aktion steckt.«

»Das ist kein Beweis. Wenn du solche Meldungen an die Presse gibst, ist deine sofortige Ausweisung sicher. Dann wirst du nie wieder nach Santo Antônio zurückkehren können, Toms Grab nie wiedersehen ...«

»Wir müssen also schweigen?«

»Unsere Stimme ist zu klein, Luisa. Da muß schon ein José Maputo kommen, ihm hört die ganze Welt zu. Aber wie lange noch? 100 000 Dollar ist sein Kopf seinen Gegnern wert, und einmal wird sich jemand finden, der dieses Blutgeld kassiert. Da haben wir das beste Beispiel, was in Brasilien möglich ist: Jeder weiß, daß Maputo ermordet werden soll, er selbst kann sogar die Namen nennen, die diesen Mord in Auftrag gegeben haben. Was geschieht? Nichts! Zwei Polizisten hat man ihm zur Bewachung abgestellt, das ist alles. Wenn er nicht so viele Freunde hätte, wäre er völlig schutzlos.«

Zwei Wochen später erreichte ein neuer Bericht von Tenente Ribateio die Verbannten der Mission: Der Hubschrauber, der das Gebiet jenseits des Rio Parima unentwegt abgeflogen hatte, hatte eine kleine Lichtung im Urwald entdeckt. Eine von Menschenhand geschaffene, fast kreisrunde Lichtung. Das neue Shabono der geflüchteten Yanomami?

Der Anführer der Pistoleiros hatte auf einer Karte diesen Kahlschlag eingezeichnet und den möglichen Weg dorthin. »Wenn sie hingekommen sind, kommen wir auch hin!« hatte er gesagt. »Mit Fallschirmen abspringen ist zu gefährlich. Die erwischen uns mit ihren Pfeilen in der Luft. Es bleibt nur der Fußweg.«

»Gestern haben sie sich auf den Weg gemacht«, schrieb Ribateio. »Bestens ausgerüstet mit Maschinenpistolen und Handgranaten. Es scheint so, als wollten sie den ganzen Stamm vernichten und nicht nur Minho töten. Ich mußte sie über den Fluß bringen und mit ihnen das gegenüberliegende Ufer absuchen. Sie hatten die Stelle gefunden, an der damals Pater Ernesto, Senhorita Sofia, Minho und die Yanomami an Land gegangen sind. Dort habe ich sie abgesetzt. Pater, beten Sie, daß sie einen falschen Weg gehen. Diese Pistoleiros kennen keine Gnade. Es sind Menschen ohne Herz und Gewissen.«

»Das ist auch das einzige, was wir können. Beten!« meinte Vincence, nachdem er allen den Brief vorgelesen hatte. »Und hoffen, daß das Auftauchen des Hubschraubers die Yanomami veranlaßt hat, sofort tiefer in den Wald zu ziehen. Erreichen die Pistoleiros das Lager, haben sie keine Chance mehr.«

»Und das alles vor den Augen der Militärpolizei?!« rief Luise erregt.

»Nichts hören und nichts sehen sind heute der beste persönliche Schutz. Wer nichts weiß, kann nicht gefragt werden.«

* * *

Pater Ernesto erkannte sofort die Gefahr, in der sie sich befanden, als der Polizeihubschrauber die neuen Malocas der Yanomami überflog. Ob man sie entdeckt hatte, ob man annahm, es sei ein natürlicher Kahlschlag, denn die Rundhütten hatte man so dicht an den Waldrand gebaut, daß sie noch von den weiten Ästen der großen Bäume überragt wurden, oder ob man wirklich die freie Stelle als ein Shabono erkannt hatte, wußte er nicht zu sagen. Erkennbar war nur, daß man sie suchte, daß die Jagd begonnen hatte.

Auch Häuptling Yayaomo dachte so, rief die Führer der Sippen und die Ältesten zusammen, die *pata*, und begann die große Beratung und Aussprache, *patamou* genannt. Hier, aus dem Kreis der

Pata, wurde übrigens auch der Häuptling gewählt, und hier wurde entschieden, welche Funktion ein Häuptling hat. Es gab bei den Yanomami nämlich zwei Häuptlinge, je nach den Lebensumständen des Stammes: einen Friedenshäuptling und einen Kriegshäuptling. Ob Frieden oder Krieg war, wurde auch beim zeremoniellen Patamou entschieden.

Yayaomo war ein Friedenshäuptling. Er war es auch geblieben, als der Stamm in den Urwald flüchtete, denn eine Flucht betrachteten die Indianer nicht als Krieg. Sie waren freiwillig gegangen, wenn auch aus Angst vor den Gewehren des Coronel Bilac. Krieg herrschte erst, wenn sie sich wehrten oder angreifen mußten, um ihr Leben zu verteidigen. Früher war Krieg, wenn man andere Stämme überfiel, vor allem, um deren Frauen zu erobern und der Inzucht im eigenen Stamm vorzubeugen. Manchmal — die Yanomami waren ja Halbnomaden, die alle drei bis vier Jahre einen neuen Lebensraum suchen mußten und dabei in die Gebiete anderer Stämme vorstießen — war Krieg auch um einen Teil des Flußlaufes, um ein fruchtbares Dschungelgebiet, um ein wildreiches Stück Regenwald, in das man vorgedrungen war. Die Shabonos, die sie zurückließen, hatte die Natur in kurzer Zeit wieder zurückerobert und überwuchert. Der Regenwald gebar einen neuen Regenwald, im Gegensatz zu den großflächigen Rodungen und Bränden, die einen Boden zurückließen, dessen Humus Regenfälle und Erosion wegschwemmten und zerstörten.

Was war nun also, fragte sich die Versammlung der Pata. Wo stehen wir? Was soll diese Patamou beschließen?

Yayaomo hatte, was bei den Yanomami vielleicht noch nie vorgekommen war, Pater Ernesto in den Kreis der Pata aufgenommen. Er hockte neben Yayaomo auf dem Boden, hatte zur Feier dieser Stunde, denn eine Patamou ist immer eine Feier, seine weiße Soutane angelegt, und sprach, und auch das war eine einmalige Auszeichnung, als erster.

»Ehrwürdige Pata«, begann er seine Rede. »Ihr alle habt den donnernden Vogel am Himmel gehört und gesehen. Ihr wißt, daß es ein Hubschrauber der Polizei ist, und ihr wißt, daß er über unseren Wald fliegt, um uns zu suchen und zu finden. Ich weiß nicht, ob man uns gesehen hat, aber es wäre falsch, zu sagen: Er hat uns nicht gesehen. Wir müssen darauf vorbereitet sein, daß man uns angreift.«

»Das heißt Krieg!« erwiderte Häuptling Yayaomo laut. »Sagt ihr alle: Es ist Krieg?«

Die Pata nickten einstimmig. Es brauchte keine langen Diskussionen mehr zwischen den verschiedenen Familiengruppen. Man war sich einig: Wir haben Feinde. Wir müssen uns wehren. Wir haben Krieg.

»Es bleiben uns nur zwei Möglichkeiten.« Pater Ernesto, der die Yanomami-Sprache beherrschte wie seine eigene, empfand in diesen Stunden auch wie ein Yanomami. »Wir können weiterziehen in den Wald und uns irgendwo ein neues Shabono errichten, oder wir können hierbleiben und uns gegen die Angreifer verteidigen. Das soll Patamou entscheiden.«

Die Pata blickten lange auf die Erde, auf der sie saßen. Diese Erde war ihre Heimat, das Shabono und der Wald herum ihre ganze Welt, jede Maloca ein Stück eigenes Leben. Dieser Krieg ging um keine Gebietseroberung, keinen Frauenraub, es war kein Rachefeldzug — es ging ums nackte Überleben.

Nach langem, stummem Nachsinnen hob ein Pata den Kopf.

»Wir brauchen einen Kriegshäuptling«, erklärte er, mehr nicht. Die Entscheidung war damit gefallen.

»Wer soll es sein?« fragte Yayaomo. »Was hat Patamou entschieden?«

»Du!« antwortete der alte Pata, und alle anderen nickten wieder dazu. »Du, der auf den Rat des weißen Pata hören soll.«

Pater Ernesto wischte sich mit beiden Händen über das Gesicht und den schweißnassen Bart. Seine Hände zitterten. Ich, ein Priester, der den Frieden predigt und »Du sollst nicht töten« und »Liebet eure Feinde« — ich führe einen Yanomami-Stamm in den Krieg?!

Ich bitte um Deine Gnade, Herr, und laß mich tun, was ich tun muß.

»Ich nehme den Spruch der Pata an!« antwortete Pater Ernesto laut. »Es *ist* Krieg.«

Die Pata gingen zurück zu ihren Malocas. Pater Ernesto und Häuptling Yayaomo blieben allein auf dem weiten Shabono zurück.

»Wir brauchen Bögen, Pfeile und Speere«, sagte Yayaomo. »Eine andere Gruppe Krieger wird Giftfrösche fangen. Zum Fluß hin werden wir Späher in die Bäume setzen, zwei Tage von uns entfernt, gute Läufer, die uns rechtzeitig warnen können. Und dann werden wir die Feinde erwarten: auf den Bäumen, in den Büschen, in der Erde. Sie werden unser Shabono nicht erreichen.«

Pater Ernesto nickte. »Der Hinterhalt ist unsere einzige Verteidigung. Wenn sie uns erst entdeckt haben, sind wir verloren. Und wenn ihr hunderttausend Giftpfeile habt, wer soll sie abschießen, wenn ihr von den Maschinenpistolen niedergemäht werdet?«

Er verabschiedete sich von Yayaomo und ging dann hinüber zu den am Waldrand stehenden Zelten, in denen er und Minho mit Sofia wohnten.

Sofia Lobos hatte sich in diesen Wochen völlig verändert. Minho sah es mit Erstaunen, Ergriffenheit und tiefer Liebe. Aus dem verwöhnten, sorglosen, in den Tag hineinlebenden Millionärstöchterchen, das bisher nur von Luxus umgeben war, deren Wink eine Gruppe von Dienern sofort in Bewegung setzte und die auf Partys strahlender Mittelpunkt war, von millionenschweren Männern umschwärmt — aus ihr war eine junge Frau geworden in verschwitzten, geflickten Jeans. Wie die anderen Yanomami-Frauen holte sie aus einem Flüßchen in der Nähe Wasser in großen Kalebassen, fing in Plastikbahnen das tägliche Regenwasser auf, saß am Feuer und kochte Maniok oder briet Fleisch und Fische. Sie wusch die Wäsche wie alle anderen Frauen am Ufer des Flusses, schlug den Schmutz mit großen, runden Steinen aus den Wäschestücken und trocknete sie auf den sonnenheißen Steinen.

Ab und zu begleitete sie Minho auf der Suche nach unbekannten Tieren, sammelte noch nie gesehene Käfer und Insekten, Frösche und Schlangen, Kriechtiere und verschiedene Arten von Wasserratten, kleinen, gefleckten Schweinchen und Zwergtapiren, neue Arten von Ameisenbären und Tukanen, braunrote Leguane und unbekannte Arten von Wieselkatzen, Nabelschweine und seltsame neue Arten von Gürteltieren.

Am schönsten waren die Abende vor dem Zelt und im Zelt. Da saßen Marco und Sofia zusammen um ihr Feuer, müde von der Arbeit des Tages, aber glücklich, sich zu sehen, zu hören, zu fühlen. Und wenn sie dann im Zelt nebeneinanderlagen, wenn ihre Hände über den Körper des anderen glitten, die Lippen sich ab- und aufwärts tasteten, wenn sie sich umschlangen bis zum frühen Morgen, dann vergaßen sie für eine kurze Zeit alle Strapazen der fremden Welt, in der sie nun lebten.

»Wo nimmst du nur die Kraft her, das alles durchzustehen?« fragte Marco sie einmal. »Du ... eine Lobos.«

Und sie antwortete: »Ich liebe dich. Das ist alles. Und sag nicht mehr Lobos, ich bin eine Minho.«

»Sie haben uns entdeckt, nicht wahr?« fragte Minho, als Pater Ernesto vom Patamou zurückkam.

»Es scheint so. Ach was, seien wir ehrlich: Ja, sie haben uns entdeckt. Sie werden kommen, wenn sie nicht schon auf dem Weg sind.«

»Und was werden wir tun, Ernesto?«

»Kämpfen. Diesesmal kämpfen und nicht weiter flüchten. Ich bin zum Berater des Kriegshäuptlings ernannt worden.«

»Du? Du als Priester willst töten?«

»Ja, um mein eigenes Leben zu retten! Ich bin kein Märtyrertyp, ich bin nicht dazu geboren, mich betend ermorden zu lassen. Ich wehre mich!«

»Womit?!«

»Mit List und Gift.«

»Mein Gott —«

»Wir ... wir werden sterben?« fragte Sofia mit mühsam fester Stimme.

»Wenn sie uns entdecken und angreifen, ein klares Ja!«

»Ernesto, dann habe ich nur noch einen Wunsch.« Sofia ergriff die Hände des Paters. »Bevor wir sterben, traue uns.«

»Ja.« Auch Minho ergriff Ernestos Hände. »Wenn Gott uns schon sterben läßt, wollen wir als Mann und Frau vor ihn treten.«

Pater Ernesto nickte. »Die Trauung ist morgen. Morgen abend. Zusammen mit dem Totenfest.«

Zwei Tage sammelten die Yanomami die Giftfrösche, die meist oben in den hohen Baumkronen in den Bromelien saßen oder sich in Tümpeln und verfaulten Bäumen versteckten. Es war mühsam, sie zu fangen, weil bei Gefahr ihre Haut das tödliche Gift ausschwitzt. Die Yanomami hatten keine dicken Gummihandschuhe, sie benutzten Bananenblätter, in die sie schnell und geschickt die Frösche einrollten.

Es gibt viele Arten von Pfeilgiftfröschen. Besonders gefährlich sind die rubinrot gefärbten Frösche, deren Hautfarbe schon signalisiert: Finger weg von uns. Es gibt grüngefärbte Arten, blaue, orange und hellgepunktete Frösche, aber der gefährlichste ist ein kleiner, goldgelb schillernder Frosch, dem die Forscher treffend den Artennamen *terribilis* gaben — ein Nervenlähmungsgift, das sofort, sekundenschnell, wirkt.

Die Yanomami waren fleißig gewesen. Sie hatten eine Menge roter und grüner Giftfrösche gefangen. Eine kleine Gruppe von fünf Kriegern wurde mit Händeklatschen und Geschrei empfangen und von den Frauen mit Gekreische umtanzt: Sie hatten dreißig gelbe, kleine Frösche mitgebracht — den Terribilis.

»Mein Gott«, sagte Minho mehr erschrocken als erfreut zu Pater Ernesto. Natürlich kannte er diesen giftigsten aller Frösche, aller Tiere. »Weißt du, was sie da mitbringen?«

»Ja. Den unentrinnbaren Tod.«

»Den Sekundentod.«

»Er dauert immer noch länger als eine Maschinenpistolengarbe.«

»Eine MP kann man vielleicht überleben, dieses Pfeilgift nie!«

»Wir müssen uns wehren, Marco. Gott hat keine Patronen hergestellt, aber er hat diese Frösche erschaffen. Wehren wir uns mit Gottes Schöpfung.«

»Ihr Priester habt für alles eine Erklärung.« Minho lächelte etwas schief. »Gott sei Dank!«

Noch am selben Abend begann die Gewinnung des Giftes.

Es war Tierquälerei, aber in den Augen der Yanomami ein Mittel, zu überleben.

Die Frösche wurden durch das Maul hindurch auf einen angespitzten Holzstab gespießt, und da auch Frösche Schmerzen spüren, begannen die armen Kreaturen heftig zu schwitzen. Auf dem Rücken bildete sich eine Schweißschicht, die den Körper mit einem weißen Schaum bedeckte — das stärkste Gift der Welt drang aus dem Körper der Terribilis. In einer langen Reihe, Krieger hinter Krieger, warteten die Yanomami, bis sie die Spitzen ihrer Pfeile und Speere mit diesem Gift tränken konnten. Viele rollten ihre Pfeile in dem Giftschaum und streckten dann die Pfeile dem Himmel entgegen. Sie hatten den Tod in der Hand, der ein Jahr lang wirksam war.

Nachdem alle ihre Waffen in den Giftschaum getaucht hatten, begann der Medizinmann Xonoyomo, das weißliche Sekret sorgfältig abzuschaben. Unter dem Schaum sonderte der gequälte Frosch jetzt ein gelbliches Öl ab, das in einem Tongefäß aufbewahrt wurde — ein Öl, das unbegrenzt haltbar war. Ein Öl, von dem ein winziger Tropfen genügte, das Nervensystem jedes Lebewesens sekundenschnell abzutöten.

Die Schlange der Krieger löste sich langsam auf. Jeder Pfeil, jeder Speer war jetzt eine tödliche Waffe. Ein einziger dieser zitronengelben Frösche genügte, um fünfzig Pfeile zu vergiften. Xonoyomo blickte um sich. Es trat niemand mehr an die aufgespießten Frösche. Er erhob sich, warf die Tiere in zwei große Feuer, wo sie knisternd und zischend verbrannten. Noch neunzig Giftfrösche aller Farben waren lebend übriggeblieben. Man setzte sie in kleine Bambuskäfige und gab ihnen Futter und Wasser, um sie immer dick zu halten: ein Arsenal des Todes.

»Morgen brechen die Späher auf«, sagte Yayaomo zu Pater Ernesto. »Unsere Feinde werden uns nicht überraschen können. Wir sehen und hören sie schon von weitem. Wir werden siegen.«

Am nächsten Abend fand die Trauung von Sofia und Marco statt.

Es wurde eine kurze Zeremonie, bestaunt vor allem von den leise kichernden Yanomami-Frauen.

In einem weiten Kreis standen die Mädchen und Frauen um Pater Ernesto und das vor ihm kniende Paar. Sofia hatte ihr bestes Kleid angezogen, einen roten Baumwollrock und eine gelbe Bluse, die sie früher abscheulich gefunden hätte. Marco hatte seinen Khakianzug an, an einigen Stellen voller Flecken, aber es war das beste Stück, das er in der Eile der Flucht mitgenommen hatte.

Pater Ernesto sprach nicht viele Worte, er verzichtete auch auf die ganze Trauzeremonie, die er sonst in der Kirche zelebriert hätte. Er legte nur seine Stola über die Hände von Sofia und Marco und sagte:

»Ihr wollt vor Gott Mann und Frau sein, euch immer lieben, zusammenhalten in guten wie in schweren Tagen, immer füreinander dasein und Kraft schöpfen aus eurer Liebe. Gott hat euch zueinander geführt, und Gottes Segen wird über euch sein. Ich frage euch: Wollt ihr als Mann und Frau ein ganzes Leben zusammensein?«

Wie aus einem Mund antworteten Sofia und Marco mit Ja.

Pater Ernesto legte seine Hände auf die Häupter von Sofia und Marco, blickte kurz hinauf in den Abendhimmel und sah dann wieder auf seine segnenden Hände.

»So seid nun in Gottes Namen Mann und Frau, und liebt euch, bis daß der Tod euch scheidet.«

Ein Satz, der in dieser Stunde eine andere, noch schwerere Bedeutung bekommen hatte. Bis daß der Tod euch scheidet — der Tod war schon unterwegs, zwängte sich durch das Unterholz des Regenwaldes mit umgehängten Maschinenpistolen. Zehn Pistoleiros, die einen hundertfachen Tod mit sich führten.

Nach dem Segen küßten sich Sofia und Marco. Einen Ringwechsel gab es nicht, sie hatten ja keine Ringe, aber Häuptling Yayaomo kam zu ihnen und hängte ihnen ein Kreuz aus Orchideenblüten um den Hals. Dann verneigte er sich vor ihnen und wünschte ihnen viel Glück. Sie verstanden die Yanomami-Sprache noch nicht, aber sie wußten, was er sagte.

Im Kreis der Frauen, der das Brautpaar und den Pater umgab, erhob sich ein neues, verhaltenes Kichern. Zum erstenmal sahen die Frauen, daß sich ein Mann und eine Frau umarmten und ihre Lippen aufeinander drückten. Das mußte etwas ganz Besonderes sein, es sah so liebevoll aus. Ein paar der Yanomami-Frauen sahen sich verstohlen nach ihren Männern um, die auf dem Shabono die Totenfeier vorbereiteten.

Das Dorf hatte für Sofia und Marco auch ein Hochzeitsgeschenk vorbereitet. Während ein Teil der Krieger die Pfeilgiftfrösche sammelte, war ein anderer Trupp auf die Jagd gegangen und hatte drei Pekaris erlegt, gut genährte Nabelschweine, die an den Ufern der kleinen Nebenflüsse lebten und deren Fleisch vorzüglich schmeckte. Nun bruzzelten sie am Spieß über den offenen Feuern, und ein köstlicher Bratenduft zog durch das ganze Dorf. Einige Frauen fingen in ausgehöhlten Kürbisschalen das tropfende Fett auf und begossen damit immer wieder das knusprig werdende Fleisch.

Sofia und Marco standen Arm in Arm vor Pater Ernesto, der seine Stola zusammenrollte.

»Wie lange werden wir noch leben?« fragte Sofia.

»Das weiß nur Gott allein.«

»Wenn sie unser Dorf erreichen, gibst du uns dann vorher die Sterbesakramente?«

»Nein.«

Sofia sah Ernesto entsetzt an. »Warum nicht?«

»Ihr werdet nicht sterben, und sie werden das Dorf auch nicht erreichen.«

»Bist du so sicher?« fragte Marco.

»Ja. Die besten Schützen werden sich in den Bäumen verstecken. Eine Kugel kann danebengehen, ein Blasrohrpfeil nicht. Und erst recht nicht ein Pfeil von einem Bogen.«

»Du weißt nicht, mit wieviel Mann sie kommen.«

»Und wenn es eine ganze Kompanie ist, die Wolke der Giftpfeile, die auf sie niederregnen wird, überleben sie nicht. Wir werden drei Verteidigungslinien um das Shabono ziehen. Auch wenn einige die beiden ersten Linien durchbrechen, an der dritten kommen sie nicht vorbei. Dort werde auch ich stehen, und ich habe ein Schnellfeuergewehr bei mir.«

Die Yanomami waren mit den Vorbereitungen der Totenfeier fertig. Die große Zeremonie konnte beginnen.

In den vergangenen Wochen waren drei Yanomami gestorben. Zwei Männer und eine Frau, alle an Malaria, obwohl ihnen Pater Ernesto aus der mitgenommenen Medikamentenkiste nicht nur Resochin-Tabletten, sondern auch Resochin-Injektionen gegeben hatte. Sie konnten den völligen Mangel an inneren Abwehrstoffen nicht ersetzen.

Bis zur großen Totenfeier hatten die Yanomami die Toten in große Bananenblätter eingewickelt, so wie man im alten Ägypten die Mumien mit Bändern umschnürte, und hatten sie auf den starken Ästen der hohen Bäume festgebunden. In der feuchtheißen Luft verwesten sie sehr schnell, und als die Yanomami jetzt die Reste aus den Bäumen holten, waren es nur noch Knochen und die Schädel, die in der Hülle aus Bananenblättern übriggeblieben waren.

Xonoyomo, der Medizinmann, begann mit dem Ritual. Die ganze Dorfgemeinschaft war um die drei hohen Holztröge versammelt, neben denen die Knochen lagen. Die Krieger hatten sich geschmückt, trugen Stirnbänder aus einem Palmblattgeflecht und auf dem Kopf eine Art Mütze aus den Flaumfedern einer Geierart. Andere schmückten ihren Kopf mit dem Schwanz der Kapuzineraffen, den sie um Stirn und Hinterkopf wickelten. Dazu trugen sie um die Oberarme auf Fasern aufgezogene Ringe aus ganzen Vogelbälgen und kleine Bambusröhrchen, mit denen sie ihre Nasenflügel durchbohrt hatten.

Furchterregend sah dagegen die Bemalung ihrer Gesichter und Körper aus. Es waren Pflanzenfarben, vor allem Schwarz, Dunkelblau und Rot, mit denen sie große Punkte oder Kreise auf ihre Leiber malten. Kunstvoll wurden die Gesichter gefärbt, meistens blau, in die man dann mit roter Farbe schlangenförmige Linien hineinzeichnete. Die Männer hatten ihre Haare kurz geschnitten in Form einer Tonsur.

Bevor sie ihre Körper bemalten, hatten alle ein Bad genommen. Nun standen sie um die Knochen und Tröge, weinten laut und klagten. Der Pata der Sippe des Toten erzählte von den Heldentaten des Toten, lobte seine Jagdkunst, seine Tapferkeit und Wildheit, seinen Mut und seine Furchtlosigkeit vor Schmerzen und seinen Kampfgeist, mit dem er die Feinde bekämpfte. Bei der toten Frau rühmte man ihre Treue, ihre Sorge um die Kinder und ihren Fleiß auf den Feldern und beim Beerensammeln.

Wie üblich waren die persönlichen Habseligkeiten der Verstorbenen schon am Tage ihres Todes zerstört, verbrannt und zerstampft worden. Nichts sollte mehr von ihnen zurückbleiben. Die Götter hatten sie genommen, und was sie auf Erden zurückließen, würde nun jedem der Sippe gehören. So war ein jeder immer unter ihnen. Er hatte mit dem Tod sein nur geliehenes Leben an die Verwandten zurückgegeben.

Nach den Reden der Pata umtanzte Xonoyomo die drei Holztröge mit den Knochen, flehte die Geister an, beschwor sie, Rache zu nehmen an dem Schuldigen, der den Tod verursacht hatte. Im Glauben der Yanomami ist jeder Tod, auch der durch Krankheit, von einem Fremden verursacht, oft auch durch die bösen Geister selbst.

Der Tanz endete mit einem Schütteln der vergifteten Speere, die alle Männer in den Himmel stießen, um damit die Unheilgeister zu treffen.

Dann wurde es still. Die Frauen mit den schwarz oder dunkelblau bemalten Gesichtern weinten lautlos. Die Pata und ein enger Verwandter des Toten, meist sein Bruder und bei der Frau deren Ehemann, traten an die Holztröge heran, warfen die Knochen und die Schädel in den Trog, ergriffen lange, unten abgeplattete Hölzer und begannen mit ihnen, als seien es Mörser, die Knochen im Trog zu zerstampfen.

Ein gewisser Rhythmus lag in dem Auf und Nieder der Holzstangen. Die Frauen saßen rund um die Tröge und weinten, die Männer in ihrem wundervollen Federschmuck und mit ihren tödlichen Waffen bildeten einen Halbkreis um die Stampfenden. Etwas abseits, unter dem Dach einer offenen Maloca, hockten zwei Frauen und rührten in einem Kessel mit Bananensuppe.

Fast eine halbe Stunde dauerte es, bis die Knochen und Schädel zu Pulver zerstoßen waren. Der Pata jeder trauernden Sippe kippte die Mörser um und füllte das Knochenpulver in kleine bemalte und mit Federn geschmückte Kalebassen, hob sie hoch und zeigte sie dem ganzen Dorf. Aus der offenen Maloca schleppten die beiden Frauen den Kessel mit der Bananensuppe in die Mitte des Shabono, einige andere Frauen holten Gefäße aus Ton oder Kürbisschalen und hielten sie dem Kessel entgegen.

Mit feierlichen Schritten gingen die Pata, die Kalebassen mit dem Knochenmehl an ihre Brust gedrückt, zu dem Kessel und schütteten die zerstampften Überreste der Toten in die Bananensuppe.

Nach einem kurzen Umrühren mit einem flachen Holz traten zuerst die Angehörigen der Verstorbenen an den Kessel, schöpften ein Gefäß voll mit der Bananensuppe und tranken es mit verzückten Augen aus. Der Tote lebte nun in ihnen weiter, sie nahmen, wie es die Yanomami-Forscher Zerris und Schuster nannten, »ein Zugehöriges zurück«.

Den Verwandten folgte die ganze Dorfgemeinschaft und trank von der Bananensuppe. Pater Ernesto, der mit Sofia und Marco abseits stand und der Zeremonie zusah, ahnte nichts Gutes, als Häuptling Yayaomo mit einem mittelgroßen Tongefäß voll Suppe zu ihnen kam. Auch Marco begriff, was ihnen bevorstand.

»Ernesto, das kann ich nicht«, flüsterte er entsetzt. Auch Sofia war blaß geworden.

»Wir müssen, Marco«, flüsterte Ernesto zurück.

»Ich kotze es sofort wieder aus!«

»Du wirst es schlucken. Weißt du, daß wir die größte Ehre empfangen, die je ein Weißer bekommen hat? Noch nie hat ein Weißer an einem Totenmahl der Yanomami teilgenommen! Wenn Yayaomo uns den Knochentrank bringt, dann heißt das: Ihr seid nun auch Yanomami, ihr gehört zu uns. Ihr seid keine Fremden mehr. Ihr gehört zu unserem Stamm! Das können wir nicht ablehnen.«

»Mir steigt jetzt schon der Ekel hoch.«

»Schluck ihn mit der Bananensuppe hinunter. Du schmeckst das Knochenpulver nicht, schmeckst nur die Bananen.«

»Aber ich weiß, was hineingerührt ist.«

»Vergiß es! In zwei Minuten bist du ein Yanomami, das ist einmalig auf dieser Welt, wie deine neu entdeckten Tiere. Mach die Augen zu und dann hinunter!«

Yayaomo hatte Pater Ernesto erreicht, blieb vor ihm stehen und hob die Schale mit der Bananensuppe in Mundhöhe hoch. Seine Stimme war feierlich — die Seelen der Verstorbenen sahen jetzt zu.

»Mein Bruder«, sagte er, »mit Zustimmung meines Volkes trinke das Gedenken an unsere Toten. Deine Haut hat eine andere Farbe, aber dein Herz ist wie das Herz eines Yanomami. Trink, mein Bruder.«

Ohne zu zögern, nahm Pater Ernesto das Gefäß, setzte es an seine Lippen und tat einen kräftigen Schluck. Es schmeckte wirklich nur wie eingedickte Bananensuppe. Nach dem Trunk reichte Ernesto die Schale an Sofia weiter. Wortlos ergriff sie das Gefäß, trank einen Schluck und gab es an Marco weiter. Nur eine Sekunde — dann setzte auch er die Schale an die Lippen und trank von der Bananensuppe. Sofia hatte nicht gezögert, dachte er. Sie hat davon getrunken, als sei es eine Erfrischung. Ihre Hand hat nicht gezittert, nicht einen Augenblick.

Yayaomo nahm das Gefäß zurück, ein breites Lächeln erschien auf seinem geschminkten Gesicht, dann setzte er die Schale an den Mund und trank sie leer.

»Jetzt sind wir Yanomami«, sagte Pater Ernesto mit fester, dunkler Stimme. »Vergessen wir, was wir einmal waren. Jetzt gehören wir dem Wald.«

Fünfzehn Tage später meldeten Späher, daß sich zehn weiße Männer in Tarnanzügen dem Gebiet des Stammes näherten. Erst waren es vier kurze, scharfe Schreie von Totenkopfäffchen, die durch den Urwald klangen, von den Yanomami so täuschend nachgeahmt, daß nur die Indianer einen Unterschied merkten. Dann, einen Tag später, erschien ein Läufer im Shabono und berichtete genau, was man gesehen hatte.

»Zehn Mann?« fragte Pater Ernesto erstaunt. »Habt ihr euch nicht verzählt?«

Der Yanomami schüttelte den Kopf und hob die zehn Finger in die Luft.

»Da stimmt etwas nicht.« Ernesto zog die Unterlippe durch die Zähne. »Das ist keine Polizei und erst recht nicht das Militär. Das müssen Söldner sein, eine Privattruppe, Pistoleiros.«

»Mein Vater.« Sofia griff nach Minhos Händen, als müsse sie sich festhalten. Hastig, von Schluchzern unterbrochen, sprach sie weiter: »Er läßt mich suchen. Es sind seine Pistoleiros. Es ist seine Mördertruppe. Ich habe früher nicht gewußt, daß es so etwas gibt, ich habe mich nie darum gekümmert. Ich hatte ja ein so schönes Leben und keine Ahnung, was außerhalb unseres Hauses passiert. Erst Marco hat mir alles erzählt, und ich wollte es zuerst nicht glauben. Aber dann habe ich alles anders gesehen, auch meinen Vater und meine Mutter, und ich habe viele Nächte geweint und mich immer gefragt: Das sind deine Eltern? Und dann wußte ich, was ich zu tun hatte: Ich bin nach Santo Antônio geflogen, zu Marco, um mit ihm ein neues Leben zu beginnen.«

»Und wir leben es jetzt.« Marco legte den Arm um sie und sah Pater Ernesto an. »Was tun wir?«

»Sie werden nicht einmal den ersten Ring durchbrechen.« Pater Ernesto wartete, bis Yayaomo zu ihm gekommen war. »Wir kennen jetzt ihren Weg. Wir werden vierzig Krieger auf die Bäume verteilen und sie herankommen lassen. Auf den Schrei eines Tukans werden alle vierzig ihre Pfeile abschießen. Den Befehl gebe ich.«

»Du willst vorne bei den Kriegern sein?« fragte Yayaomo. Seine Augen leuchteten.

»Hast du gedacht, ich bleibe hier bei den Weibern und mahle Maniok? Es geht auch um mein Leben, und das verteidige ich eigenhändig.«

Am nächsten Morgen waren Pater Ernesto, Häuptling Yayaomo und hundert Krieger mit ihren Giftpfeilen, Speeren und Blasrohren im Regenwald verschwunden. Die drei Verteidigungslinien wurden aufgebaut. Jeder trug in seinem Rückenköcher zehn lange Giftpfeile mit sich. Das waren tausend absolut tödliche Geschosse. Tausend Pfeile mit dem stärksten Gift der Welt für zehn Pistoleiros.

Und wenn es hundert gewesen wären. Sie hatten keine Chance, das Shabono der Yanomami zu erreichen.

Nach acht Wochen, die Geraldo Ribateio und der Major der Militärpolizei abgewartet hatten, meldeten sie, daß zehn Männer im Regenwald vermißt würden. Sie waren spurlos verschwunden, der Wald hatte sie verschlungen. Zwei Hubschrauber, die das Gebiet überflogen, fanden kein Lebenszeichen in dem wogenden grünen Blättermeer. Keine Rauchzeichen, keine Notsignal-Raketen, keine Feuer. Auch der kleine kahlgeschlagene Kreis war leer. Keine Hütte, keine Anzeichen, daß hier Menschen gelebt hatten. Der kleinere Hubschrauber landete sogar auf dem ehemaligen Shabono — ein leerer Platz, auf dessen Boden bereits wieder Pflanzen sprossen. Nicht ein abgebrochener Zweig oder ein Häufchen Asche wiesen darauf hin, daß hier ein Yanomami-Dorf gestanden hatte.

Coronel Bilac in Boa Vista nahm mit verkniffener, eiserner Miene die Meldungen entgegen. Er wußte, daß es keinen Sinn hatte, in der Unendlichkeit des Regenwaldes weiter nach dem Stamm, nach Pater Ernesto, Sofia Lobos und Marco Minho zu suchen. Der schweren Aufgabe, die Nachricht Paulo Lobos mitzuteilen, entledigte er sich auf seine gewohnte brutale Weise.

Nachdem Lobos den Hörer abgenommen hatte, sagte er kühl: »Senhor Lobos, es ist geschehen, was ich Ihnen vorausgesagt habe: Ihre zehn Pistoleiros sind im Wald verschwunden. Spurlos. Irgendwo faulen sie jetzt dahin. Vergessen Sie Ihre Tochter, Senhor.«

Lobos schwieg. Sein Herz krampfte sich zusammen, er wurde

tiefrot im Gesicht und rang nach Atem. Dann, nach einer ganzen Weile Schweigen, sagte er mit dumpfer Stimme: »Bilac, das schwöre ich Ihnen: Ich werde jeden Yanomami, der mir jetzt in die Quere kommt, umlegen. Einfach umlegen! Verstehen Sie mich? Jeden Yanomami.«

»Ich verstehe, Senhor.« Bilac starrte auf seine Schreibtischplatte. Ich bin aus der Verantwortung heraus, dachte er zufrieden. Was Lobos jetzt macht, muß er allein verantworten. Das wird eine Sache für den Staatsanwalt und den Richter. Aber auch sie bekommen ja ein zweites Gehalt von Assis und Lobos. »Ich spreche Ihnen Ihrer Tochter wegen mein tiefstes Mitgefühl aus.«

Lobos legte langsam den Hörer auf und sank in seinen Sessel zurück. Zum erstenmal vielleicht in seinem Leben empfand er einen unerträglichen Schmerz. Er weinte, aber mit jeder Träne wuchs sein Haß, und sein Herz wurde zu Stein.

Weihnachten war vorüber, das neue Jahr 1988 begann mit einer neuen Absage an Pater Vincence, zu seiner Mission zurückzukehren. Auch die Intervention der Bischöfe nutzte nichts. Der Gouverneur von Roraima blieb bei seinem glatten Nein, das Militär wurde sogar noch verstärkt, und jeden Tag landeten neue Garimpeiros und Waldarbeiter auf den Pisten zwischen Surucucu und dem Gebiet um den Rio Parima – auf mittlerweile 98 heimlich in den Regenwald geschlagenen Landebahnen, auf denen täglich fast 200 bis 250 kleine Sportflugzeuge aufsetzten, um neue Goldsucher und vor allem Nachschub an Verpflegung auszuladen.

Niemand kümmerte sich darum. Alle Dienststellen, auch die FUNAI, stellten sich blind und taub. In Keilen, schwer bewaffnet, drangen die Glücksucher in die Yanomami-Reservate vor.

Und Tag für Tag fielen die Bäume unter den Motorsägen, verbrannte das Unterholz, stiegen dicke Rauchwolken in den Himmel. Die Prognosen der Fachleute schienen sich zu erfüllen: Im Jahre 1988 würden es 250000 Quadratkilometer Regenwald sein, die für alle Zeiten vernichtet wurden.

In diesen Tagen kursierte in den Kreisen der Fabrikanten und Großgrundbesitzern ein Artikel, den ein gewisser José A. Lutzenberger schon 1984 geschrieben hatte. Dieser Dr. Lutzenberger war schon mehrmals mit seinen Reden und Artikeln zum Schutz der Wälder aufgefallen.

»Auf diesen Mann müssen wir aufpassen!« sagte Assis auf einer Sitzung des »Rates Neues Brasilien«. »Er kann gefährlicher werden als Júlio Maputo. Nach neuesten Informationen gehört er zur Gruppe von Fernando Collor de Mello. 1990 soll es die erste freie Wahl geben, und Collor hat die Absicht, zu kandidieren. Sollte er die Wahl gewinnen, ist Dr. Lutzenberger als Minister für Umweltschutz ausersehen. Dann gnade uns Gott! Dann kommen bittere Zeiten für uns. Zwei Jahre haben wir noch, aber was sind zwei Jahre? Sie fliegen vorüber. Auf diesen Mann müssen wir aufpassen.«

Auch Pater Vincence bekam den Artikel in die Hände, las ihn, gab ihn an Luise weiter und sagte erstaunt: »Daß jemand so etwas in diesem Brasilien auszusprechen wagt, ist mehr als mutig. Es kann sein Leben kosten. Wenn die Welt das liest, kann keiner mehr sagen: Das habe ich nicht gewußt! Jeder wird sich sagen müssen: Ich bin mitschuldig. Mitschuldig, wenn nicht schnell etwas passiert, wenn dem schleichenden Tod nicht Einhalt geboten wird.«

Der Artikel hatte diesen Wortlaut:

Tropische Regenwaldgebiete heute

Von José A. Lutzenberger

In den vorangegangenen Referaten kam die Großartigkeit, das Einmalige, die kybernetische Komplexität, aber auch die Verwundbarkeit des tropischen Regenwaldes zum Ausdruck. Es war auch davon die Rede, daß Europa die heutige Verwüstung nicht nur duldet, sondern mitverschuldet. Dies ist in der Tat so. Der Zerstörungsprozeß, der heute überall in der Welt, und besonders in der sogenannten dritten Welt, systematisch und irreversibel die natürlichen Systeme abbaut, wurde ausgelöst durch eine Philosophie, die hier in Europa ihren Ursprung hat. Die Philosophie der modernen Industriegesellschaft.

Nicht nur der Regenwald wird vernichtet, auch all die anderen Biome und Ökosysteme sind heute gefährdet. Im brasilianischen Cerrado, das ist der Komplex der südamerikanischen Savannenökosysteme, ist die Zerstörung noch schlimmer und wird großflächiger vorangetrieben. Die großen Araukarienwälder, die zur Zeit meiner Jugend noch standen, sind heute verschwunden, bis auf winzige Muster, die jetzt auch noch abgebaut werden. Der atlantische Regenwald ist auch zum größten Teil verschwunden, was noch steht, ist schwer bedroht. Ähnlich geht es den Mangrovenwäldern. Selbst die Prärien im Süden, die Pampa und der Planalto, werden jetzt durch die Methoden der modernen Landwirtschaft zerstört. Alle Feuchtbiotope sind bedroht. Es gibt sogar eine staatliche Behörde, deren Aufgabe es ist, Sümpfe trockenzulegen, Flüsse und Bäche zu begradigen, das heißt, Feuchtbiotope zu vernichten. Das großartige Pantanal in Mato Grosso, eines der letzten noch einigermaßen intakten Wildnisparadiese, ist ebenfalls schwer bedroht. Es existieren bereits große Projekte für Eindeichungen und Staudämme. Der Wasserhaushalt wird bereits durch die intensiven Abholzungen auf dem anliegenden Hochplateau, wo die Quellgebiete sind, beeinträchtigt. Industrielle Raubfischerei und illegale Jagd vernichten die Fauna. Nach offiziellen Daten der Regierung von Mato Grosso do Sul wurden 1982 und 1983 2,5 Millionen Kaimane von Wilderern für den Export nach Europa, USA und Japan erlegt. Die Viehfarmer töten jährlich durch Vergiften Millionen Capivaras (Wasserschweine).

Im Regenwald ist die Zerstörung derart, daß bei Beibehaltung dieser Rate der gesamte Amazonasregenwald voraussichtlich schon vor dem Jahr 2020 verschwunden sein wird. *Fearniside* (Deforestation in the Brazilian Amazon: how fast is it occurring? Philip M. *Fearnside*, Intersciencia, March-Apr. 1982 vol. 7, No. 2) hat für die verschiedenen Gebiete des Amazonasbeckens Fortschreibungen gemacht, denen er die heutigen Zerstörungsraten zu Grunde legt. Nach diesen Fortschreibungen wären die Staaten Pará, Maranhão, Goiás, Rondônia und Mato Grosso Nord sowie Mato Grosso Süd bereits 1990 total entwaldet. In Acre würden einige Wälder bis 2000 überleben. Amazonas und Roraima wären kurz nach dem Jahr 2000 kahl, nur Amapá würde bis zum Jahr 2200 überleben.

Von seiten der Mächtigen wird immer wieder behauptet, die Zerstörung all dieser natürlichen Systeme sei auf die Bevölkerungsexplosion zurückzuführen. Es ginge darum, Boden für die Ernährung der Menschenmassen urbar zu machen. Im brasilianischen tropischen Regenwald ist dies ganz bestimmt nicht der Fall. Das Gegenteil ist der Fall. Die Entwaldung führt meistens dazu, daß es mehr Hunger gibt, daß mehr Menschen entwurzelt werden und verarmen.

Auf den großen Viehzuchtfarmen z. B. wird weit weniger Nahrung produziert, als der intakte Urwald seinen Einwohnern bieten kann in Form von Früchten, Jagd und Fischen. Der Caboclo (Mischling von Indianern und Weißen) pflegt daher zu sagen —

wo der Ochse kommt, da müssen wir gehen, da kommt der Hunger. Auf den riesigen Viehfarmen, die bis zu Hunderttausenden von Hektar groß sind und die pro ca. 3000 Rinder nur einen Mann beschäftigen, liegt die Fleischproduktion in den ersten Jahren bei lächerlichen 30 bis 50 kg/ha/Jahr, dann sackt sie rapide ab (und dabei gibt es keine Milchproduktion). Ein skandalös niedriger Ertrag, wenn man bedenkt, daß im Norden Europas auf den Hektar bis zu 600 kg/ha/Jahr produziert werden, hinzu kommen, auf denselben Hektar, 5000 bis 7000 Liter Milchproduktion. Diese Großprojekte sind nur interessant, solange sie subventioniert werden und weil der niedrige Ertrag durch die immensen Flächen ausgeglichen wird. Anscheinend hat unsere Regierung inzwischen hier von ihren Fehlern gelernt. Im Regenwald werden keine Viehprojekte mehr subventioniert, wohl aber weiterhin in Cerrado und in den Übergangswäldern. Da der Cerradowald offiziell nicht als wertvoller Wald angesehen wird, darf dort total abgeholzt werden, während im Regenwald immerhin die Hälfte, laut Gesetz, stehen bleiben sollte. Selbst, wo das Gesetz respektiert wurde, hinderte das die Projektbesitzer nicht daran, die nichtabgeholzte Hälfte zu verkaufen. Der neue Besitzer konnte dann wieder 50% abholzen.

Weltbekannt für Großprojekte im Amazonas ist das Projeto Jarí des amerikanischen Milliardärs Daniel Ludwig. Dort wurden ca. 100 000 ha Urwald gerodet für den Anbau eines schnellwachsenden Baums aus Asien, *Gmelina*, um Zellulose herzustellen. Ludwig hat dort eine der größten Zellstoffabriken der Welt aufgestellt, eine schwimmende Fabrik, die er von einem Schlepper gezogen aus Japan zum Amazonas brachte. Gmelina war ein Mißerfolg. Es wurde auf Pinus umgestellt, eine Kiefer aus der karibischen Region. Neben Monokulturen für Zellstoff wurden in den Flußauen riesige Reisplantagen angelegt. Auch für extensive Viehhaltung wurde gerodet. Außerdem wurde im Erzbau großtechnisch Kaolin gefördert.

Dieses Großprojekt ist ein gutes Beispiel für die ideologischen Gründe der Zerstörungen, die von der modernen Industriegesellschaft ausgehen. Man muß sich doch fragen, was treibt einen Mann wie Ludwig, Multimilliardär, über 80 Jahre alt, keine Erben, dazu, im Amazonasgebiet zu versuchen, sein Geld noch weiter zu vermehren, ohne Rücksicht auf die dort existierenden Ökosysteme und die darin lebenden Menschen. Eines der Grunddogmen der modernen Industriegesellschaft lautet: Geld muß immer wachsen. Sobald ein gewisses Kapital entstanden ist, muß es vermehrt werden. Es wird nach immer neuen Anlagemöglichkeiten gesucht.

Noch unberührte Flecken Erde und die darin lebenden Menschen, die sich dieser Dogmatik noch nicht verschrieben haben, gelten als rückständig. Sie müssen »entwickelt« werden. Wenn sie nicht mitmachen, müssen sie weichen.

Was sich heute im brasilianischen tropischen Regenwald abspielt, ist eine neue Form des Kolonialismus. Man mag es Endokolonialismus nennen, weil er sich hauptsächlich innerhalb der Grenze einer politischen Einheit abspielt, wenn auch ein großer Teil des Impulses von außerhalb kommt. Es geht darum, daß mächtige Gruppen oder Firmen, auch finanziell starke Individuen, manchmal sogar große Genossenschaften, die außerhalb der Region ihren Sitz haben, dorthin gehen, um ihr Kapital zu vermehren auf Kosten der Natur und der Einheimischen.

Die Einheimischen haben ein Interesse an der Erhaltung des Regenwaldes, der Caboclo, der Indianer sowieso, der Gummisammler. Sie alle leben mit dem Wald.

Der Gummisammler wäre der ideale Förster für den tropischen Regenwald. Jedes Gummisammlerdorf hat sein Territorium, jeder Seringueiro sein »estrada«, das ist der Pfad entlang seiner Gummibäume. Der Seringueiro geht jeden Tag bis zu 30 km durch den Wald, um den Latex einzusammeln. Seine Arbeit ist heute einfacher und ergiebiger als früher. Er ist nicht mehr der Sklave, der er früher war. Mit seinem Transistorradio erfährt er die Gummipreise in São Paulo und Chicago. Er braucht sich nicht mehr ausbeuten zu lassen wie früher. Das Sammeln und Verarbeiten des Gummis ist leichter geworden. Heute gibt er in das Näpfchen am Baum einen Tropfen Essigsäure. Der Latex gerinnt zu einem festen Klumpen, der abends im Dorf nur noch zu Ballen gepreßt wird. Es entfallen die Verluste durch Regen und das nächtliche Räuchern. Durch den Rauch, dem sie die ganze Nacht über ausgesetzt waren, wurden früher viele Gummisammler blind. Außer Gummi sammelt der Seringueiro auch Paranüsse, die ihm fast ebensoviel einbringen. Sein finanzielles Einkommen entspricht dem eines Metallarbeiters in São Paulo. Er lebt aber praktisch ohne Geld, von der Jagd — er rottet das Wild, hauptsächlich Wildschweine, nicht aus —, vom Fischen und etwas Anbau von Maniok, Süßkartoffel, Mais, Kürbis, einigen tropischen Fruchtbäumen. Außerdem bietet der Wald das ganze Jahr eine große Auswahl von Früchten, besonders Palmfrüchten.

Der Lebensstil dieser Menschen könnte leicht verbessert werden, wenn man ihnen beibrächte, statt Maniok Permakultur mit einer größeren Anzahl tropischer Fruchtbäume, wie Brotfrucht, Jaca, verschiedenen Palmenarten, darunter Kokosnuß, zu machen. Auch könnte die Dichte der Gummibäume im Wald leicht erhöht werden. In Costa Marques am Rio São Migel hat ein Seringalista (Aufkäufer von Gummi) eine größere Waldfläche auf diese Weise mit Gummibäumen angereichert, mit großem Erfolg. Ein Gummisammler braucht so nur ca. 100 ha Wald, statt sonst bis zu 500 ha. Brasilien importiert heute ca. 70% seines Bedarfs an Naturgummi. Es könnte leicht wieder zum Exporteur werden.

Da das Leben in Harmonie mit dem Wald als rückständig gilt, werden solche Arbeiten nicht gefördert. Man versucht es statt dessen mit großen Gummibaummonokulturen. In Monokultur ist der Gummibaum aber anfällig für verschiedene Pilzkrankheiten und Insektenbefall. Es wird von Anfang an mit Giften gespritzt und mit Kunstdünger gedüngt, was im Wald völlig unnötig ist.

Wenn Siedler Mischkulturen machen, z. B. abwechselnde Reihen von Gummibäumen, Kaffee, Kakao, Zitrusfrüchten, wie ich in Rondônia in einigen Fällen beobachten konnte, bestehen die reduktionistisch organisierten Behörden sofort auf Beseitigung der Mischkultur. Die Kakao-, die Gummi-, die Kaffeebehörden bestehen jede auf Monokulturen. Die jeweils anderen Bäume müssen ausgerissen werden, sonst gibt es keinen Kredit. In den bewilligten Kreditsummen sind auch jeweils feste Anteile für die entsprechenden Gifte und Kunstdünger enthalten. Dabei gehen Mischkulturen erstaunlich gut, besonders wenn auf Herbizide verzichtet wird und statt dessen mit Leguminosenuntersaat gearbeitet wird. Der Schädlingsbefall ist dann minimal.

Nicht nur die Großprojekte, Viehfarmen, Baummonokulturen für Zellstoffabriken, Erzgewinnung, Holznutzung, Staudämme, Riesenplantagen tragen zur Urwaldzerstörung und zur Entwurzelung der Einheimischen bei, auch die Siedlungsprojekte, wie sie von der brasilianischen Siedlungsbehörde durchgeführt werden, richten sinnlosen und nie wiedergutzumachenden Schaden an Natur und Menschen an. Die brasilianische Regierung hat Teile des Amazonasgebiets, z. B. den Staat Rondônia (ungefähr so groß wie die Bundesrepublik), dazu auserkoren, als Sicherheitsventil zu dienen, damit anderswo sozialer Gerechtigkeit aus dem Weg gegangen werden kann. »Wir machen die größte Agrarreform der Welt« heißt es auf Untertiteln zu Luftaufnahmen, die das

Vorrücken der Urwaldzerstörung durch Kleinsiedler in Rondônia zeigen. Diese Bilder werden von der brasilianischen Siedlungsbehörde INCRA in Zeitungen und Zeitschriften veröffentlicht. Dabei geht es gerade darum, Agrarreform zu verhindern, besonders im Nordosten Brasiliens, wo Großgrundbesitzer immer dafür gesorgt haben, daß keine bodenständige Bauernkultur aufkommt. Heute ist man dabei, die wenigen, die in verlorenen Winkeln trotzdem entstanden sind, zugunsten von Großprojekten, besonders für das »Proalcool«-Programm, zu vernichten. Die entwurzelten Menschen wandern entweder in die Slums der Großstädte, oder sie siedeln im Amazonas.

Auch aus den südlichen Staaten Paraná, Santa Catarina und Rio Grande do Sul wandern Siedler nach Rondônia. Hier handelt es sich um Kleinbauern, die durch die Methoden der modernen Landwirtschaft, besonders die Riesenmonokulturen von Soja, direkt oder indirekt vertrieben werden. Auch aus Mato Grosso do Sul und Goiás, wohin erst vor zwei Jahrzehnten Siedler aus den Südstaaten zogen, wandern viele schon wieder aus. Zum Teil entstehen wieder Großbetriebe von mehreren tausend Hektar, wo früher Kleinbauern mit 10 bis 30 ha lebten. Es handelt sich dabei um die Nachkommen der deutschen und italienischen sowie polnischen Einwanderer, die im vorigen Jahrhundert nach Südbrasilien auswanderten.

In Rondônia sieht man heute die vom Staat organisierten großen Siedlungsprojekte und auch wilde Siedler.

Die wilden Siedler siedeln, wie überall in Brasilien, wo noch Wildnis ist, im Bereich der neuen Erschließungsstraßen. Wenn das Land keinen legalen Besitzer hat, kann der Siedler hoffen, von INCRA eine Besitzurkunde ausgestellt zu bekommen, sofern er auf dem von ihm beanspruchten Land »Verbesserungen« (bemfeitorias) vorweisen kann. Rodung gilt als Verbesserung. Ca. 30% des Landes muß gerodet sein. Daher haben die wilden Siedler ein Interesse daran, möglichst viel zu roden, weit mehr als sie bebauen können. Manche pflanzen überhaupt nichts. Sie leben von der Landspekulation. Sie gehen von Rodung zu Rodung und verkaufen ihre »Anrechte«. Während der Dreharbeiten zu meinem Film mit ITV (Independent TV, London) über die Siedlungspolitik in Rondônia besuchten wir einen brasilianischen Agronomen. Er hatte 150 ha gerodet und Gras gesät, hatte aber kein Geld für Vieh. Er mußte deshalb jedes Jahr das Gras abbrennen, was er selber sehr bedauerte. Er gab freimütig zu, daß er lieber einen Teil der Rodungskosten dafür verwendet hätte, Vieh für eine kleinere Weidefläche zu kaufen. Er erhoffte sich aber von INCRA eine Urkunde für 500 ha, die er später auch bekam. Wie er zu Vieh kommen soll, weiß er noch nicht. Dies ist nur ein kleines Beispiel der Sinnlosigkeit der Politik, die heute in Amazonien betrieben wird.

In den meisten Fällen gelingt es den wilden Siedlern aber nicht, zu Landbesitz zu kommen. Sehr bald kommt der »Jagunço«, ein Pistoleiro im Auftrag der Großgrundbesitzer, die sich auf krummen Touren ganz »legale« Papiere für Riesenflächen besorgen. Der Siedler gilt dann als »posseiro«, Eindringling (Squatter), und muß gehen oder als Tagelöhner für den Großgrundbesitzer arbeiten. Viele werden auch ermordet. Darüber gibt es keine Statistiken.

Die legalen, organisierten Siedlungen sind ein weiteres Beispiel für eine selbstmörderische Entwicklungspolitik. Die Erschließungsstraßen werden, wenn immer möglich, schnurgerade gelegt, ungeachtet der Topographie und der Wasserläufe. Den Begriff Ökosystem kennt INCRA sowieso nicht. Das Land wird nach einem Schachbrettsystem aufgeteilt, ebenfalls ungeachtet der Landschaft. Die Bauern bekommen schmale Streifen von 25, 50 oder 100 ha. Manche Streifen schneiden die Mäander desselben Baches zwei, drei- oder mehrfach, andere haben überhaupt keinen Zugang zu Wasser. Ebenso kann es passieren, daß der eine ein Hochplateau, eine Felswand und eine tiefe Ebene bekommt, der andere nur Flachland oder nur Felsgeröll. Auch die vorgesehenen Waldreservate werden irgendwo in einer Ecke des Projektes als Drei- oder Vierecke ausgespart, wiederum ungeachtet der natürlichen Gegebenheiten. Für ihren Schutz wird nicht gesorgt. INCRA fühlt sich dafür nicht verantwortlich, IBDG, die Forstbehörde, behauptet, ihr fehlten die Mittel. Das Ergebnis: Die Reservate werden sehr schnell von wilden Siedlern gerodet.

Diese Siedlungen entwurzeln nun die Einheimischen. Die Wälder waren nicht leer von Menschen. Auf die Indianer wird keine Rücksicht genommen. Sie werden meistens schon von den wilden Siedlern ausgerottet, die mit den neuen Straßen kommen, oder sie erliegen den Seuchen, die ihnen der weiße Mann bringt und für die sie nicht immun sind. Die Überlebenden werden zu traurigen, durch den Kulturschock total demoralisierten Gestalten. So sagte mir auch einmal ein INCRA-Beamter, vollen Ernstes, die Indianer sind doch Untermenschen (infrahumanos). Den wenigen Indianerreservaten ergeht es nicht anders als den kleinen Waldreservaten in den Siedlungsprojekten.

Die Caboclos, Garimpeiros (Diamanten- und Goldsucher) und die Gummisammler werden von ihrem Land vertrieben, auch wenn sie nach brasilianischem Recht ein Anrecht auf das Land hätten, da sie oft schon Jahrzehnte am selben Ort siedeln. Der Seringueiro kennt aber keinen Begriff für Landbesitz, sondern, wie der Indianer, nur für Territorium. Er hat keine Urkunde. Das Land wird von der Zentralregierung ohne Rücksicht auf diese Menschen verteilt oder verkauft, meistens an Mächtige oder eben an das INCRA. Wenn er Glück hat, bekommt der Seringueiro 25 ha in einer INCRA-Siedlung. Damit kann er nichts anfangen. Meistens verkauft er. Bei über 200% Inflation im Jahr ist das Geld gleich weg. Er landet im Slum oder als Tagelöhner. Selbständige, menschenwürdige, mit dem Überleben des Waldes kompatible Existenzen werden sinnlos vernichtet.

Sind nun die Siedlungen das Opfer wert? Es ist ja bekannt, daß unter dem tropischen Regenwald in Amazonien die nährstoffärmsten Böden der Welt liegen. Im Regenwald befinden sich die Nährstoffe fast ausschließlich in der lebenden Biomasse. Der Boden ist entweder reiner Quarzsand oder stark abgebauter Ton ohne Ionenaustauschkapazität. Nur in den seltenen Fällen, wo der Wald auf jüngerem Gestein steht, ist der Boden nährstoffreich. Ich habe Rodungen gesehen, wo schon im ersten Jahr nichts mehr wuchs. Die tropischen Wolkenbrüche schwemmten die Asche weg. Zurück bleibt ein toter Boden ohne Nährstoffe. Kunstdünger ist wegen der hohen Transportkosten unerschwinglich. Die heute von der Industrie geförderten wasserlöslichen Dünger würden sich auch im Boden nicht halten. Sie werden rasch ausgewaschen.

Man kann überall in Rondônia bereits wieder verlassenes Land sehen. Die Siedler müssen immer weiterziehen, immer neu roden. Bei der heutigen Rodungsrate wird Rondônia schon 1988 total entwaldet sein. Sehr bald sind die Siedler wieder entwurzelt.

Dabei könnte man im Süden, wo ein Teil dieser Siedler herkommt, auf den nährstoffreichen, tiefgründigen Tonböden, meistens Basaltlithosole, eine gesunde, nachhaltige Landwirtschaft betreiben. In meiner Heimat, in Rio Grande do Sul, in den ehemals reichen Tälern der Caí-, Sinos- und Taquarí-Flüsse sieht man heute fast nur verlassenes Land. Fast nur alte Leute sind noch da. Wo früher blühende Äcker zu sehen waren —, die einzige einigermaßen gesunde Bauernkultur Brasiliens — sieht man jetzt hauptsächlich Eukalyptus und Akazienmonokulturen für die Industrie, für Brennholz und Tannin.

Die Agrarpolitik der EWG hat dazu beigetragen, daß unsere Regierung in den letzten drei Jahrzehnten nur die Sojamonokultur förderte, zu Lasten der Kleinbauern. Außerdem wurden die letzten noch intakten Wälder, besonders im Uruguaytal, fast restlos vernichtet. Der Sojawahn ging so weit, daß die letzten Obstgärten umgelegt, sogar Friedhöfe umgepflügt wurden. Die großen Sojamonokulturen, bis zu Tausenden von ha groß, oft in Händen von Spekulanten, ohne Spur von Bauernkultur, führen zu rücksichtslosem Raubbau am Boden. Unsere Flüsse sind rotbraun, die Fauna wurde durch die sinnlose Giftspritzerei dezimiert.

So wird im Norden und im Süden Brasiliens die Zukunft zerstört. Auch hier in Europa hat die EWG-Agrarpolitik zur Vernichtung gesunder Bauernkultur geführt. Die in Rondônia wie Pilze aus dem Boden wachsenden Städte entstehen alle an den Verkehrsknotenpunkten oder an Tankstellen. Die gesamte Wirtschaft basiert auf dem Transport mit Lkws. Die einzige Eisenbahn, Madeira-Mamoré, wurde stillgelegt. Der Transport auf dem Wasserweg ist schon fast erlahmt. Im Handel sieht man praktisch keine in der Region produzierten Güter. Alle Konsumwaren, sogar der Salat, die Tomate, das Hähnchen auf dem Tisch im Restaurant, kommen ausdem industriellen Süden. — In Jí Paraná, der am schnellsten wachsenden Stadt Rondônias, steht ein Kraftwerk. Es verbrennt 6000 Liter Heizöl je Stunde. Dieses Heizöl wird per Lkw über 2500 km schlechte Straße dorthin gebracht, nachdem es 20 000 km auf dem Meer um Südafrika bis Santos gereist ist. In unmittelbarer Nähe des Kraftwerks liegen überall in der Landschaft die halbverkohlten, verrottenden Stämme der Rodungen, Tausende von Tonnen. In den Küchen wird mit Butangas gekocht. Auch dieses wird in kleinen Flaschen per Lkw aus dem Süden angebracht. Nicht weit vom Stromkraftwerk steht ein enormes Sägewerk. Dieses verbrennt in seinen Feuerungen Holzreste. Die Feuerungskapazität würde ausreichen, die Stadt mit Strom zu versorgen. Das Sägewerk bot sich dazu auch an. Die Zentrale Elektrizitätsbehörde, Eletronorte, lehnte es ab. Wenn eine Region sämtliche Konsumgüter importiert, dann muß sie exportieren, um die Importe zu zahlen. Deshalb kann man keine gesunde, vielseitige, nachhaltige, in die Ökosysteme integrierte Landwirtschaft fördern. Es werden nur Cashcrop-Monokulturen für den Export in den industriellen Süden oder nach Übersee gefördert, klassischer Kolonialismus.

Am anderen Ende des Amazonasbeckens, südlich Belém, steht jetzt der Tucuruí-Damm. Mitten im Urwald, wo es gar keinen Strombedarf gibt, sollen 8 Gigawatt erzeugt werden. Zwei Indianerstämme wurden vertrieben, was ihr sicheres Ende bedeutet. Tausende von Caboclos und Seringueiros mußten gehen. Wozu der Strom? Zum Teil soll er dem Carajás-Projekt dienen. Dort werden ganze Gebirge abgebaut für den Erzexport nach Übersee. Außerdem soll mit dem Strom Aluminium aus Bauxit gewonnen werden, ebenfalls für den Export. Nutznießer dieser Projekte sind nicht die Einheimischen, sondern Konzerne und Mächtige, die in Südbrasilien oder in Europa, Japan und USA ihren Sitz haben.

Wenn der Staudamm volläuft, wird er 200 000 ha Urwald überfluten. Da man den Wald nicht im Wasser lassen wollte, was Probleme für die Wasserqualität und für die Turbinen bedeutet hätte, hat man eine große Firma mit der Rodung und Holznutzung beauftragt. Die Edelhölzer sollen exportiert werden und Devisen bringen. Dafür wurden große Auslandskredite von mehreren hundert Millionen Dollar aufgenommen. Der Wald steht aber noch. Die Firma, eine Pensionskasse der Militärs, hat sogar Tausende von Arbeitern ohne Lohn und ohne Nahrungsmittel sich selbst überlassen, so daß es zu Aufständen kam. Das Geld ist verschwunden. Niemand wurde bestraft, außer einem Journalisten, der darüber berichtete. Nun will man den Wald mit Agent Orange, dem Entlaubungsmittel (Totalpflanzenvernichtungsmittel) aus Vietnam besprühen, um ihn dann vor dem Vollaufen abbrennen zu können. Trotz der Proteste der gesamten brasilianischen Ökobewegung und Rücktrittsandrohung unseres Bundesumweltsekretärs, Nogueira Netto, scheint dies nun unvermeidlich. Der Präsident des INPA (Instituto Nacional de Perquisa da Amazônia, die Bundesforschungsstation für das Amazonasgebiet), Henrique Bergamin, befürwortet diese Aktion ...*

Inzwischen setzt sich der Gouverneur des Staates Amazonas, Nestrim, obwohl von der Opposition, dafür ein, daß entgegen den

* Jan. 1984 — Inzwischen haben wir einen schlimmen Umweltskandal in Tucuruí. Die Strombehörde, Eletronorte, hat bereits unter den stehenden Hochspannungsleitungen eine dem Agent Orange entsprechenden Mischung, Tordon 155 BR (2,4,5-T mit Picloram) gesprüht. Dies geschah vor einem Jahr. Ein Farmer verlor ca. 100 Rinder. Auf 40 von insgesamt 800 km wurden schon über 80 Tote gezählt und viele Fehlgeburten, die mit der Spritzung in Verbindung gebracht werden können. Die Untersuchung läuft jetzt erst an. Vielleicht verhindert dies wenigstens das Besprühen der 200 000 ha im Staubecken.

bestehenden Gesetzen der Export von Fellen freigegeben wird und daß Holz in Form von rohen Stämmen exportiert werden darf.

Der traditionelle Holzfäller im Amazonas ist mit dem Überleben des Waldes vereinbar. Er beschränkt sich auf die Überschwemmungsgebiete (Várzeas). Dort fällt er zur Tiefwasserzeit vereinzelt die Stämme. Zur Hochwasserzeit werden sie dann aus dem Wald hinausgeschwemmt, zu Flößen gebunden und zu, meist kleinen, Sägewerken gebracht. Am oberen Solimões habe ich Holzfäller besucht, die nach dreißig Jahren bereits wieder da fällten, wo sie als junge Männer begonnen hatten. In 20 bis 30 Jahren wachsen auf der Várzea wieder Baumriesen heran. Die Überschwemmungsgebiete haben die einzigen wirklich fruchtbaren Böden im Amazonasbecken, da sie jedes Jahr durch die Überschwemmung Gesteinsmehl aus den Anden zugeführt bekommen.

Die großtechnische Holznutzung — Mestrin will bereits mit China für Hunderte von Millionen Dollar Lieferkontrakte zeichnen — setzt völlig andere Techniken voraus, die nicht mit dem Überleben desWaldes vereinbar sind. Das oben erwähnte Sägewerk in Jí Paraná, z. B., fällt seine Stämme im Hochland (terra firme), wo die Böden keine rapide Regeneration des Waldes erlauben. Es wird mit superschweren Maschinen gearbeitet. Obwohl nur die Edelhölzer genutzt werden, ist der Effekt derselbe wie beim Kahlschlag. Die gesetzlich vorgeschriebene Wiederaufforstung muß nicht am selben Ort stattfinden. Es darf auch ganz woanders, z. B. im Cerrado, eine entsprechend große Eukalyptusmonokultur angelegt werden.

Diese Arbeit wird von Spezialfirmen besorgt, die dafür meistens andere, noch intakte Ökosysteme vernichten. Diese »Wiederaufforstung« wird vom Staat subventioniert. Sie kostet somit die Sägewerke nichts. Es sind dieselben Firmen, die während der letzten dreißig Jahre im Süden die Araukarienwälder abgebaut haben. Nun sollen auch noch die multinationalen Holzfirmen kommen, die den Regenwald im Fernen Osten und in Afrika schon fast total vernichtet haben.

Für die »Verantwortlichen« in unserer Regierung ist der Regenwald im Amazonas nur eine Ressource, die man zu Devisen machen kann und muß. Von einem hörte ich mal den Ausdruck — der Amazonas ist eine immense grüne Verschmutzung (poluição verde). Andere sagen, es sei eine enorme grüne Wüste, wieder andere rechnen genau vor, wieviel Devisen das Holz bringen kann. Diese Einstellung entspricht genau der Grundphilosophie der modernen Industriegesellschaft, die in der Natur, ob es sich um Lebewesen oder totes Gestein handelt, nur verwertbares Material für wirtschaftliches Wachstum sieht. Diese Philosophie hat von Europa aus die Welt erobert. Als ich vor wenigen Tagen die große Kölner Mülldeponie besuchte, wurde mir erst richtig bewußt, wie sehr diese Industriegesellschaft eine Vernichtungsgesellschaft ist.

Ein wichtiger Aspekt muß noch erwähnt werden: das Klima. Bevor die Hälfte des Waldes zerstört ist, könnte der Rest zusammenbrechen. Wie SALATI (Universität Piracicaba) gezeigt hat, macht der Regenwald sein eigenes Klima. Ca. 50% des Regenwassers wird über die Verdunstung an die Atmosphäre zurückgegeben. Der Regen, der auf die Osthänge der Anden fällt, besteht aus Wasser, das auf dem Wege vom Atlantik fünf- bis siebenmal gefallen und wieder verdunstet ist. Sollte der Staat Pará, an der Amazonasmündung, total entwaldet werden, könnte dieser wiederholte Kreislauf unterbrochen werden. Im Gegensatz zu den Savannenwäldern mit ihren tiefen Wurzeln haben die Bäume im Regenwald sehr flache Wurzeln, da sie ja die mit den toten Blättern herunterrieselnden Nährstoffe sofort auffangen müssen. Der Regenwald könnte ein trockeneres Klima nicht überleben. In der Umgebung der größeren Städte, Belém und Manaus, wo viel abgeholzt wurde, treten starke warme Aufwinde anstelle der Evapotranspiration, regnet es bereits weniger. Dort kann man bereits ein anderes Phänomen beobachten, das für die Regenwaldgebiete eigentlich untypisch ist — Buschfeuer. Sie dringen auch schon in angrenzende Wälder ein. Der erste Brand zerstört nur Unterholz. Mit jedem neuen Feuer wird der Schaden schlimmer. Bei der brasilianischen Pyromanie wäre ein trockener Amazonaswald in wenigen Jahren vom Feuer verwüstet. Sollte aber die 5 000 000 km² große Wasserverdunstungsmaschine oder ein großer Teil davon durch trockene Gestrüpplandschaft mit heißen Aufwinden ersetzt werden, dann hat das bestimmt Auswirkungen auf das Weltklima. Der Amazonasregenwald erstreckt sich über beide Halbkugeln.

Auch nur geringe Klimaverschiebungen oder Unregelmäßigkeiten werden sich hier in Europa, in den gemäßigten und in den subtropischen Regionen, viel unangenehmer bemerkbar machen als am Äquator selbst. Während der Eiszeiten waren die Temperaturen am Äquator nicht anders, der tropische Streifen war aber schmaler, Subtropen und gemäßigte Klimazonen rückten dem Äquator näher. In den Zwischeneiszeiten rückten sie davon ab.

Geringe Verschiebungen machen also hier weit mehr aus wie dort. Unsichere Ernten bedeuten aber für eine Menschheit von jetzt 4,8 Milliarden unvorstellbare Katastrophen.

Was sich im Amazonasgebiet heute abspielt, muß die Europäer, Amerikaner, Japaner genauso interessieren wie uns in Brasilien. Unser aller Schicksal hängt davon ab. In der dritten Welt wird sich aber nichts ändern, wenn sich in den Industrieländern nichts ändert. Hier muß eine neue Philosophie die wirtschaftlichen und politischen Entscheidungen bestimmen. Von hier muß die geistige Revolution ausgehen, die zur Umkehr führt.

José A. Lutzenberger
Jacintho Gumes 39,
90 000 Porto Alegre, R.S., Brasilien

Luise hatte lange an dem Artikel gelesen. Es war die ausführlichste und eindringlichste Anklage, die bisher geschrieben worden war. Lutzenberger sprach aus, was die Regierung und die Politiker verschwiegen oder beschönigt hatten. Es waren Wahrheiten, die jedem unter die Haut gehen mußten.

Vorsichtig legte sie die Blätter zurück auf den Tisch und sah Pater Vincence an. Er hatte schweigend und geduldig gewartet, bis sie zu Ende gelesen hatte.

»Vincence«, sagte sie. »Wir sollten mit Dr. Lutzenberger Verbindung aufnehmen. Er muß von dem Schicksal von Santo Antônio hören. Vielleicht kann er uns helfen. Unsere Mission ist doch ein Musterbeispiel dafür, wie Kritiker auf ganz legale, raffinierte Weise mundtot gemacht werden. Wenn er über uns schreibt —«

»Noch hat er keine Macht, uns zu helfen. Vielleicht in zwei Jahren. Aber wer weiß, was dann aus uns geworden ist? Dieser Artikel wurde bereits 1984 geschrieben. Heute erst — vier Jahre später — begreift man, daß alle seine Zukunftsvisionen keine idealistischen Spinnereien waren, sondern von der Wirklichkeit noch übertroffen worden sind. Auch Júlio Maputo wird jetzt erst ernst genommen, nachdem man ihn früher einen beleidigten, arbeitslosen Seringueiro genannt hat. Alles, Luise, braucht seine Zeit. Der Mensch ist träge, vor allem mit seinem Gewissen. Wenn heute jemand die Geschichte von Santo Antônio lesen würde, dann käme sie ihm wie eine spannende Erzählung aus dem Urwald am Rio Parima vor. Eine Abenteuergeschichte, weiter nichts. Daß wahre menschliche Schicksale dahinterstehen — darauf wird er nicht kommen. Für ihn ist alles viel zu exotisch, um wahr zu sein. Es gibt zu viele Assis' und Lobos', die mit ihrem Geld heimlich regieren. Auch die FUNAI wird von ihnen beeinflußt. Sieh dir nur Arlindo Beja an. Wir können nur warten. Wir müssen Geduld haben. Unsere Stimme ist zu schwach. Andere werden für uns reden und einmal gewinnen.«

Auf den heimlichen Pisten im Regenwald landeten immer neue Garimpeiros. In Novo Lapuna wurde ein neues Stadtviertel gebaut, und die Einwohnerzahl stieg auf 60000. Die Claims fraßen sich immer mehr in den Wald hinein, in das Yanomami-Gebiet. Die Holzfällerkolonnen von Paulo Lobos arbeiteten im Rekord, überall kreischten die Kettensägen, loderten die Brände und füllten den Nachthimmel mit ihrem Feuerschein.

Dreimal wechselte man die besoffenen Ärzte in Novo Lapuna aus, aber die neuen Ärzte waren nicht besser und soffen auch wie Elefanten. Helenas Drugstore »Zum Daumen« konnte den Kundenandrang kaum mehr bewältigen. Man stand Schlange vor dem Laden, obwohl vier neue Drugstores eröffnet worden waren. Die Polizei wurde auf 110 Mann verstärkt — 110 schlecht ausgerüstete Polizisten für 60000 wilde und nahezu gesetzlose Garimpeiros.

Leonor verließ kaum noch das Haus. Sie tanzte nicht mehr in der Disko, und sie traf sich nicht mehr mit ihren Freundinnen. Meistens saß sie im Zimmer, las in den Illustrierten, die mit den Versorgungsflugzeugen aus Boa Vista kamen, stickte an einer großen Tischdecke aus Leinen und sagte eines Abends zu Helena:

»Mama, ich will hier nicht mehr leben. Laß uns wegziehen. Irgendwohin, nur weg von dieser schrecklichen Stadt.«

Und auch Benjamim Bento gestand ihr eines Tages: »Lena, ich habe es satt. Ich beginne, mein Camp zu hassen. Das ist schlimm, das frißt an der Seele. Wir sollten wirklich woanders unser Leben fortsetzen.«

»Wo denn, Mimo? Hier habe ich meinen Drugstore, hier können wir reich werden. Noch drei oder vier Jahre, dann haben wir soviel Geld, daß uns die hochnäsigen Bankdirektoren in Boa Vista eigenhändig die Tür aufreißen, wenn wir kommen.«

»Wir können woanders ein Kaufhaus aufmachen, größer, schöner, mit einer besseren Kundschaft. Vielleicht in Manaus.«

»Ausgerechnet Manaus! Da kommen die feinen Damen und wühlen in den Tischen herum und gehen wieder weg, und ich kann hinterher alles wieder aufräumen und ordnen. Hier sage ich zu den Burschen: ›Die Unterhose paßt! Schluß! Was, sie ist zu weit im

Schritt? Das kommt nur davon, weil er dir hängt!‹ Und sie kaufen die Unterhose, lachen und rufen: ›Helena, du bist ein Luder! Dich möchten wir mal drunterhaben!‹ Und ich antworte: ›Was? Du? Wo dir diese kleine Hose schon zu weit ist? Soll ich erst mit 'nem Vergrößerungsglas suchen?‹ Und dann kaufen sie jeder noch 'ne Flasche Schnaps und sind zufrieden. Und haben Geld oder Goldstaub gebracht. Mimo, Manaus würde eine Pleite werden.«

Sie war die alte Helena Batalha geblieben, die Tochter einer Putzfrau und Gelegenheitshure. Bento hatte es aufgegeben, ihr eine feinere Ausdrucksweise beizubringen. Doch für ihn war sie eine Frau, wie es keine zweite gab.

»Man sollte es versuchen, Lena.«

»Man gibt keine klare Quelle auf und tauscht sie mit verseuchtem Wasser.«

»Dann laß uns nach Rio ziehen oder nach Belém oder São Paulo oder Recife oder Porto Alegre —«

»Dort wartet man gerade auf uns, was?! Dort sind die größten Kaufhäuser, gegen die wir nicht aufkommen können. Hier in Novo Lapuna bin *ich* die Größte. Hier verdränge *ich* die anderen! Hier werden wir reich werden!«

»Aber Leonor verkümmert. Siehst du das denn nicht? Dieses Camp ist für sie die Hölle. Hier wird sie nie das Schreckliche vergessen, das man ihr angetan hat. Sie geht seelisch zugrunde. Du kannst doch als Mutter nicht so blind sein, das nicht zu sehen! Und auch ich will vergessen, was ich getan habe. Kann ich das, wenn ich jeden Tag diesen Wald sehen muß?! Ich will ein anderer Mensch werden, weit weg von hier. Lena, es hat sich alles verändert seit jenem Tag. Unser Doktor ist tot, ermordet worden, die Mission ist geschlossen, es regiert das Militär, die Yanomami werden systematisch vernichtet —«

»Darum hast du dich bisher nicht gekümmert. Im Gegenteil, auch dir fielen sie lästig, weil ihre Gegenwart den weiteren Ausbau der Minen verhinderte.«

»Es hat sich eben viel geändert in diesen Monaten. Auch ich habe mich geändert. Lena, laß uns wegziehen. Ich bin nicht so wichtig, aber Leonor. Sie geht hier vor die Hunde!«

Helena Batalha starrte auf den Teppich, der den Fußboden bedeckte. Es war vielleicht der einzige Teppich, den es in Novo Lapuna gab. Alles aufgeben, was man so mühsam aufgebaut hatte? In eine ungewisse Zukunft ziehen und von neuem beginnen? Der Drugstore »Zum Daumen« war ein Teil ihres Selbst geworden, war ihr Kind, so wie die angenommene Leonor auch ihr Kind geworden war. Und Benjamim liebte sie mit der ganzen Kraft, zu der sie fähig war, eine Liebe, in der der andere Teil ihres Selbst lebte. Es war für sie undenkbar, daß es Bento einmal nicht mehr geben könnte, es wäre ihr dann, als hätte man ihr Herz zerstückelt, und zurück bliebe nur die körperliche Hülle, leer, völlig leer, sinnlos geworden in diesem Leben.

»Ich will darüber nachdenken, Mimo«, antwortete sie und schloß die Augen. »Gib mir etwas Zeit. Bitte, gib mir etwas Zeit.«

Auch Geraldo Ribateio hoffte auf die Zeit. Er hatte sich nicht damit abgefunden, daß die Suche nach Pater Ernesto, Sofia, Minho und dem Yanomami-Stamm aufgegeben wurde. Mit seinem Polizeihubschrauber stieg er immer wieder auf, überflog das Yanomami-Gebiet, suchte nach Rauch oder Feuerschein oder einem neuen Shabono. Aber der Regenwald gab nichts mehr heraus, sein unendliches Blättermeer verdeckte alles.

Wir werden sie nie wiedersehen, dachte Ribateio mit echter Trauer. Sie gehen ein in das Geheimnis des Waldes. Mein Gott, warum muß das alles so sein?! Warum müssen sich Menschen gegenseitig verfolgen und töten?! Warum sind Millionen auf einem Bankkonto mehr wert als ein Leben? Warum ist der Mensch nur ein Stück Dreck, wenn man mit ihm Geld verdienen kann?

Coronel Bilac und Arlindo Beja von der FUNAI nutzten die Zeit der militärisch besetzten Mission. Auf der erweiterten Piste landeten jetzt größere Flugzeuge. An einem Tag quollen über 100 neue Garimpeiros aus den Maschinen — ein Vortrupp, der die neuentdeckten Goldfelder an der Grenze zu Venezuela, in der Sierra Parima, dem wilden, unzugänglichen Hochland, untersuchen sollte. Sollte dort wirklich ein neues Dorado zu finden sein, würden Tausende von Garimpeiros die Regenwälder roden und die Erde terrassenförmig aufwühlen wie in Novo Lapuna. Daß auch hier reines Yanomami-Gebiet war, interessierte niemanden, auch nicht die FUNAI, die ja die Indianer schützen sollte. Gold! Gold! Gold! Jagt die Indios einfach weg, oder rottet sie aus.

Gold! Gold!

Miguel Assis gehörte zu den ersten, die sich sofort das neue Land sicherten. Auch Paulo Lobos erhielt das Recht, mit den Rodungen zu beginnen, wenn die Sierra Parima ein einziger Goldberg war. In Roraima unterzeichnete der Gouverneur die Kaufverträge, es war ja Niemandsland, das jetzt erschlossen wurde, und in Brasilia wurden diese Verträge bestätigt, als Assis und Lobos sie dem Ministerium vorlegten.

Nach langen Klagen und Beweisen, mit Hilfe der Bischofskonferenz und sogar einiger Politiker, die sich schon auf die Neuwahl 1990 vorbereiteten und hofften, als Verfechter einer ökologischen Umstellung in Brasilien, auf den Präsidentenkandidaten Fernando Collor de Mello und seinen Vertrauten Dr. Lutzenberger einen guten Eindruck zu machen — unter dem plötzlichen Druck dieser neuen Welle wurde zum erstenmal nach 15 Monaten Verbannung über das Schicksal der Mission Santo Antônio verhandelt.

Am 24. November 1988 sprach der Richter des Ersten Amtsgerichtes von Boa Vista das Urteil: Die Mission kann wieder eröffnet werden. Alle, die damals vertrieben wurden, dürfen wieder zurückkehren.

Niemand um Pater Vincence brach in Jubel aus, als das Urteil bekanntgegeben wurde. Ja, alle durften wieder zurückkehren an den Rio Parima, aber welch eine Rückkehr war das. Pater Ernesto, Sofia und Marco Minho waren für immer im Regenwald verschwunden. Die Mission war geplündert, die Einrichtungen des Hospitals und des Labors von Luise waren verschwunden oder zerstört worden. Die Freude der Rückkehr aber wurde vor allem dadurch gemindert, daß die Militärpolizei bleiben konnte. Und Beja hatte es auf der Grundlage dieses Urteils durchgesetzt, daß eine Abteilung der FUNAI von jetzt an ein Haus in der Mission bezog, um — wie es heuchlerisch hieß — mit den Missionaren eng zusammenzuarbeiten zum Schutz der Yanomami und der Umwelt.

»Wir dürfen also zurückkehren«, sagte Pater Vincence, als er das Urteil und die verschiedenen Verfügungen durchgelesen hatte. »Aber wir stehen unter Bewachung. Jeder Schritt von uns, jede Handlung, jedes Wort wird vom Militär und der FUNAI kontrolliert werden. Freiheit — davon kann keine Rede mehr sein. Aber auch das werden wir ertragen. Wir werden wieder arbeiten im Sinne Gottes. Wir haben vom Herrn einen Auftrag erhalten, wir werden ihn ausführen.«

»Und ich werde wieder bei Tom sein«, fügte Luise mit leiser, zitternder Stimme hinzu.

»1990 läuft dein Vertrag aus.«

»Ich weiß. Aber ich gehe nicht weg. Ich werde für immer bei Tom bleiben. Vincence, irgendwie werde ich mich auf der Mission nützlich machen können. Ich kann arbeiten, das weißt du.«

»Laß uns erst wieder in Santo Antônio sein, dann wird sich alles finden.« Pater Vincence legte den Arm um Luise und küßte sie auf die Stirn. »Die Liebe kommt von Gott. Er wird bei dir sein und dir helfen.«

Am 27. November 1988 flogen die Mitglieder der Mission aus ihrem Exil zurück nach Santo Antônio. Sie landeten auf der neuen, langen, breiten Piste, in deren Nähe die Militärbaracken standen.

»Die Mission ist eine Aufmarschbasis geworden«, stellte Vincence mit bebender Stimme fest. »Jetzt können auch große Maschinen landen. Wir sind nur noch der Verschiebebahnhof einer großen Eroberung. Wir müssen zusehen, wie ein Volk und ein Land sterben und werden hier bald eine Wüste vor uns haben.«

Als ihr Flugzeug dann zum großen Platz vor der Mission rollte, standen Tenente Ribateio und Sergento Moaco am Fallreep und lachten und grüßten und umarmten die Ankömmlinge, als seien es Schwester und Brüder, die man nach langen Jahren wiedersieht.

»Wir haben alle Räume geputzt!« berichtete Ribateio stolz. »Vieles ist verschwunden, aber man wird es ersetzen. Ich weiß, im Urteil steht, alle Sachen müssen zurückgegeben werden — aber wer hat sie? Gestern sind wenigstens die Betten und einige Schränke angekommen, Stühle und Tische in der Mission sind noch die alten. Ich bin froh, Pater Vincence, daß Sie zurückgekommen sind.«

Luigi hatte wieder als einziges Gepäck die kleine Glocke mitgebracht. Sofort kletterte er auf das Dach des Missionsgebäudes und hängte die Glocke in den kleinen Turm. Das Zugseil war noch vorhanden und hing am Querbalken.

»Wir können wieder läuten, Pater!« rief er vom Dach herab.

»Und das werde ich jetzt!« sagte Vincence. »Die Stimme der Glocke soll allen sagen: Wir sind wieder hier. Die Arbeit geht weiter. Wir rufen euch: Macht mit!«

Pater Vincence, der jetzt Jeans und ein über der Brust offenes Baumwollhemd trug und alles andere hätte sein können als ein Priester, lief hinüber zum Missionsgebäude und in den Betsaal, an dessen Wand das Glockenseil pendelte.

Die Schwestern Lucia und Margarida sahen ihm nach. Sie trugen wieder ihre Schwesterntracht und standen eng beieinander, als müsse die eine die andere schützen.

»Ich darf nicht an die drei Tage denken, die ich hier allein war«, sagte Margarida und blickte hinüber zu den Militärbaracken. »Ich darf nicht daran denken. Sonst flüchte ich wieder mit dem nächsten Flugzeug.«

Luises erster Gang führte sie zur Rückseite des Hospitals, zum Grab von Thomas Binder. In dem Augenblick, wo sie es erreicht hatte und niederkniete, läutete Vincence die Glocke. Der vertraute, scheppernde Ton flog über die Mission.

»Tom«, flüsterte Luise, aber sie weinte nicht mehr, zu groß war das Glück, wieder vor dem verwitterten und schiefstehenden Holzkreuz zu knien. »Tom, ich bin wieder da. Und ich werde jetzt bei dir bleiben für immer.«

Und dann grub sie wieder ihre Hände in die Erde des Grabes und spürte, daß der Tod kein Abschied war, sondern nur ein Aufschub, bis sie sich in der Ewigkeit wiedersahen.

Schon nach wenigen Tagen begriff Pater Vincence, in welche Tragödie er zurückgekommen war. Immer neue Garimpeiros, Holzfäller und Fabrikarbeiter strömten über die illegalen Urwaldlandepisten in das Land der Yanomami. Es wurde getötet und vergewaltigt. Mehr als je ratterten die Motorsägen deutschen Fabrikats und fraßen sich in den Regenwald. Mehr Feuer als je loderten in den Himmel, der sich unter den Rauchwolken fahlgrau färbte. Im oberen Rio Parima schwammen jetzt 49 »Dragos«, Riesenbagger, die aus dem Flußbett den Goldsand holten und das Gold dann mit Quecksilber auswuschen. Sie verseuchten den Fluß, aus dem die Yanomami ihr Trinkwasser holten, in dem sie badeten, ihre Wäsche wuschen und mit dem sie ihre Mahlzeiten kochten. Auch die Fische, die sie fingen, waren mit Quecksilber belastet. Sie wußten es nicht, niemand hatte sie gewarnt. Für sie war der Rio Parima noch immer klar und sauber und gehörte zu ihrem Leben. Ein Leben, das langsam und schleichend vergiftet wurde.

Pater Vincence schrieb einen langen Bericht über diesen stillen Mord an die in Brasilia tagende Bischofskonferenz. Natürlich erfuhren Bilac und Beja sofort davon und unterrichteten Assis und Lobos. Aber dieses Mal war es zu spät für die FUNAI, die Mission wieder räumen zu lassen wegen Verleumdungen und Lügen. Denn nicht nur aus Santo Antônio kamen die Klagen, daß die FUNAI und andere Behörden in Roraima ganz offen gegen die Gesetze verstießen, willkürlich und zugunsten der Großgrundbesitzer Genehmigungen erteilten und alles unterließen, die Yanomami und den Regenwald zu schützen — auch aus anderen Gebieten liefen bei den Bischöfen alarmierende Berichte ein.

Die Zahl der Garimpeiros schätzte man jetzt auf über 100 000, und es wurden täglich mehr. Auf über 120 heimlichen Pisten landeten sie, über 350 Privatflugzeuge waren jeden Tag unterwegs mit Glücksrittern und Nachschub. Aus dem Gebiet am Fluß Urarioera meldeten Missionare, daß auf dem Fluß 850 große Baggerflöße schwammen, jedes Floß mit mehr als sechs Goldschürfern besetzt. Das waren allein in diesem kleinen Gebiet 5100 Garimpeiros, die den Fluß mit Quecksilber und Motorenöl verseuchten.

Das Ausmaß der Zerstörung war so ungeheuer, daß sich bei den Bischöfen Entsetzen verbreitete, und man beschloß, in einem großen Aufruf nicht nur das eigene Land, sondern die ganze Welt mit den Tatsachen zu konfrontieren. Sosehr sie sich bemühten, weder der Gouverneur von Roraima, Coronel Bilac oder Arlindo Beja, noch Miguel Assis und Paulo Lobos konnten das Erscheinen dieser Anklage verhindern.

Am 15. Dezember 1988 wurde diese Resolution der Bischöfe veröffentlicht:

Nationale Bischofskonferenz von Brasilien:
Zur Verteidigung des Volkes der Yanomami
Vorstandschaft und Bischöfliche Pastoralkommission der Nationalen Bischofskonferenz von Brasilien am 15. Dezember 1988 in Brasilia.

Einleitung

Die Gewalt gegen die Yanomami fügt sich in den Rahmen einer Indianerpolitik der Regierung, die indianische Gemeinschaften in einem Ausmaß marginalisiert und zerstört, das einem Völkermord gleichkommt.

Die offizielle Indianerpolitik hat sich in den letzten Jahren immer mehr der Praktik verschrieben, Indianervölkern jene minimalen Bedingungen zu entziehen, die es ihnen ermöglichen, ihre Identität und vielfach sogar ihr physisches Überleben zu sichern.

Ökonomische Gruppen, angelockt von der Gier nach neuen Gewinnmöglichkeiten vor allem in der Holz- und Erzgewinnung, schrecken nicht vor einer Invasion und Plünderung indianischer Gebiete zurück.

Dramatisch entwickelt sich diese Situation im Amazonasgebiet, das von Regierungsplanern als »leerer Raum« betrachtet wird, den es noch zu besiedeln gilt. Die Indianer werden hier als Hindernis für die großkapitalistischen Unternehmungen an der Nordgrenze des Landes betrachtet.

Wie aus einer Untersuchung der 3. Unterabteilung im Generalsekretariat des Nationalen Sicherungsrates (Conselho de Segurança Nacional) hervorgeht, verstehen Regierungskreise unter »wahrer Indianerpolitik« eine »Eingliederung der Indianer in die nationale Gemeinschaft«. Mit dieser Politik wird beabsichtigt, den Indianer zur Aufgabe seiner Identität zu zwingen, indem man ihn von seinen traditionellen Gebieten abtrennt, die dadurch wiederum für eine wirtschaftliche Ausbeutung verfügbar werden.

Obwohl die neue Verfassung die Rechte der Indianer in umfassender und unmißverständlicher Form schützt, deutet nichts darauf hin, daß sich die Regierung zu einer Änderung der derzeit gültigen Indianerpolitik entschließt und — was noch weit weniger zu erwarten ist — daß sie eine Entscheidung trifft, bereits begangene Verstöße gegen die menschlichen, kulturellen und politischen Werte der indianischen Völker zu überprüfen.

Das derzeitige Vorgehen der Regierung gegen das Volk der Yanomami zeichnet sich durch die Kaltblütigkeit aus, mit der es begangen wird. In der Konsequenz wird es — schlicht und einfach — zur Vernichtung eines der größten indianischen Völker führen, die in der heutigen Welt ihre traditionelle Kultur noch intakt bewahrt haben. Niemals in seiner gesamten Geschichte sah sich das Volk der Yanomami einer stärkeren Bedrohung ausgesetzt.

Angesichts der drohenden Ausrottung der Yanomami ruft die Kirche in Ausübung des prophetischen Aspekts ihrer Mission alle Brasilianer auf, um in konkreter Form ihre Solidarität mit den Indianern und ihre Verantwortung für ein physisches und kulturelles Überleben dieses Volkes zu bekunden.

Yanomami

Das Volk der Yanomami ist eines der größten indianischen Völker, das seine Kultur noch heute intakt bewahrt.

9000 Yanomami leben in den Bundesstaaten Amazonas und Roraima im Grenzgebiet zwischen Brasilien und Venezuela. Diese Besiedlung des brasilianischen Nordens ist historisch durch orale Tradition der Indianer und durch Berichte wissenschaftlicher Expeditionen seit dem 18. Jahrhundert bezeugt. Das von den Yanomami bewohnte Gebiet ist hügelig, mit reißenden Flüssen, dichtem Regenwald sowie Lichtungen mit lockerer Vegetation. Bekannt als Bergland von Guayana, gehört diese Region zu den ältesten geologischen Formationen des südamerikanischen Kontinents.

Der Boden ist für eine intensive Landwirtschaft ungeeignet, doch gelingt es den Yanomami seit Jahrhunderten zu überleben, da sie die natürlichen Ressourcen und das ökologische Gleichgewicht bewahren. Die Yanomami räumen die von ihnen benutzten Gebiete in periodischen Abständen, damit sich Boden, Flora und Fauna erneuern können. Ihre Hütten verlegen sie alle drei oder vier Jahre an neue Plätze im Urwald. Der Urwald erhält so die Möglichkeit, sich neu heranzubilden, und kann daher auch von zukünftigen Yanomami-Generationen nutzbar gemacht werden.

Bis 1950 konnten sich die Yanomami in demographischer wie räumlicher Hinsicht frei entfalten. Ab den fünfziger Jahren begannen sich in ihrem Gebiet verschiedene Missionen niederzulassen, wie z. B. die Evangelische Mission im Amazonasgebiet (Missão Evangélica da Amazônia), die Mission Neue Indianerstämme Brasiliens (Missão Novas Tribos do Brasil) und die gegenwärtigen Diözesen von Rio Negro und Roraima.

Gemäß dem »Programm der Nationalen Integration« (Programa de Integração Nacional), das von der Regierung Medici herausgegeben wurde, ließen sich von 1970 an Dienststellen der FUNAI im Gebiet nieder. Mit dem Bau der Fernstraße Perimetral Norte (BR 210) — die das Gebiet im Südosten durchquert — wurden 1973 die Yanomami in besorgniserregender Weise von Krankheiten (Masern, Grippe, Tuberkulose, Malaria und Geschlechtskrankheiten) befallen, die von Abholztruppen eingeschleppt worden waren.

Im Jahre 1983 war das Auftreten von Tuberkulose unter den Yanomami viereinhalbmal so hoch wie die Tuberkuloserate, die für die brasilianische Gesamtbevölkerung angenommen wurde (24 von 10 000 gegenüber 5,2 von 10 000). Auch trugen Veränderungen in den kulturellen Gewohnheiten zur Verschlechterung des Gesundheitszustandes dieses Volkes bei. Das Auftreten von »Flußblindheit« (Onchocercose), die in Afrika und Amerika für das Erblinden Tausender verantwortlich ist, hat sich unter den Yanomami außerordentlich verstärkt. In einigen Regionen sind bereits bis zu hundert Prozent der Erwachsenen davon betroffen. Darüber hinaus vergiftet sich das Volk der Yanomami ständig durch den Verbrauch von Wasser, das durch die Goldwäscherei verunreinigt wird.

Invasion

Das friedliche Volk der Yanomami in Roraima steht vor der Gefahr der Ausrottung aufgrund einer Invasion von Goldsuchern, die im Dezember 1988 die Hunderttausend-Mann-Grenze erreicht haben wird.

1975 wurde innerhalb des Radam-Brasilien-Projekts (Projeto Radam-Brasil) das Vorkommen wertvoller und wirtschaftlich wie politisch bedeutsamer Minerale und Metalle (z. B. Uran, Zinnstein und Gold) im Gebiet der Yanomami bekannt. Nach Durchführung geologischer Untersuchungen schätzt indessen die Gesellschaft Vale do Rio Doce den Erzabbau in diesem Gebiet als schwierig ein.

Infolge der Veröffentlichung der Daten von Radam-Brasilien kam es zu einem Ansturm auf die Bergbaugebiete im Territorium der Bundesstaaten Roraima und Amazonas. Ermuntert von der Presse und am Erzabbau beteiligter Interessengruppen, drangen nun Goldsucher aus allen Teilen Brasiliens ins Land der Yanomami ein.

Obwohl sich die Gesellschaft Vale do Rio Doce gegen einen Erzabbau im Territorium der Yanomami wandte, strebten Goldsucher und Bergleute vor allem ins Gebirge von Surucucu — das von Yanomami am dichtesten besiedelte Gebiet —, da sich hier die größten Vorkommen an Zinnstein, Eisen und Uran befinden.

Aufgrund einer kriminellen Vorgehensweise des Vizepräsidenten des Verbandes der Gold- und Diamantensucher (Associação dos Garimpeiros und Faíscadores) kam es 1985 im Gebirge von Surucucu zu einer erneuten Invasion, die diesmal mit Flugzeugen, Waffen und der Unterstützung von Großgrundbesitzern und Polizei durchgeführt wurde. Die Bundespolizei von Roraima (Departamento da Polícia Federal de Roraima) leitete ein Untersuchungsverfahren ein, das den Rädelsführer ausfindig machen sollte; bis heute blieb er unbestraft.

Von der erwiesenen Straffreiheit angereizt, trommelten die Anstifter jener Invasion 1985 weitere, besser versorgte Goldsucher zusammen, um ins Gebiet der Yanomami zurückzukehren. Die Invasion verstärkte sich 1987 im Zuge bewaffneter Konflikte zwischen Invasoren und Indianern, die zu zahlreichen Todesfällen führten. Zeitgleich mit diesem erneuten Einfall diskutierte die Verfassunggebende Versammlung (Constituinte) Maßnahmen zur Unterstützung von Goldsucher-Korporativen. Man gestand ihnen das Vorrecht zur Schürfung und Ausbeutung von Goldfunden in ihrem jeweiligen Einsatzgebiet zu.

Im September 1987 begann die FUNAI in einer gemeinsamen Aktion mit dem Heer, der Luftwaffe, der Bundespolizei sowie der Militärpolizei von Roraima, die Goldsucher aus dem Gebiet der Yanomami abzuziehen, was nicht gelang. Der Mißerfolg der Aktion erwies sich für die Goldsucher nur als weiterer Anreiz, in indianisches Gebiet zurückzukehren.

Verbrechen

Der Einfall ins Land der Yanomami ist gegen die Verfassung und gegen die brasilianischen Gesetze und wiederholt sich indessen ständig ungestraft.

Die Einfälle ins Territorium der Yanomami sind Delikte, die im Strafgesetzbuch als Diebstahl, Totschlag, Körperverletzung, Bandenbildung und Aufwiegelung definiert sind. Die Gesamtheit von Handlungen, die gegen eine ethnische Gruppe gerichtet sind, stellt die Straftat des Völkermordes dar. Berichte über derartige Gesetzwidrigkeiten wurden in der Presse veröffentlicht:

— In den Goldwäschereien von Roraima wird das Eintreffen von 50 000 Menschen erwartet, nachdem der Versuch mißlungen war, Goldsucher aus diesem Gebiet abzuziehen. (Folha de Boa Vista vom 13., 15. und 16. Dezember 1987).
— Vier Yanomami-Indianer wurden von Goldsuchern brutal ermordet. Ein Goldsucher starb im Verlauf des Konflikts. Die Körper der Indianer waren als wahrer Ausdruck menschlicher Perversität von Schüssen, Messerstichen und Schlägen gänzlich verstümmelt. (A Crítica de Roraima vom 22. August 1987).
— Neue Todesfälle unter den Indianern in einer Auseinandersetzung mit Goldsuchern. (A Crítica de Roraima vom 30. April 1988).
— Gewehrschuß verletzt Indianerin, und drei Indianer in weiterem Zusammenstoß mit Goldsuchern verprügelt. (A Crítica de Roraima vom 30. April 1988). Am 8. Mai 1988 wurde bei einem Angriff auf eine Siedlung der Tireytherie ein Yanomami-Kind in den Armen seines Vaters getötet, der selbst

schwer verletzt wurde. Nach Zerstörung der Häuser und Felder wurden die Yanomami vom Ort vertrieben.

— Acht Indianer beim Einfall ins Dorf der Urubutherie getötet. (Folha de São Paulo vom 20. Mai 1988).

Presse

Die Presse von Roraima trägt direkte Verantwortung an der dramatischen Situation der Yanomami.

Die Schwere von Gewalttaten gegenüber den Yanomami verhindert, daß sie von der Presse Roraimas verschwiegen werden können. In den lokalen Kommunikationsträgern spiegeln sich jedoch ökonomische und politische Interessen an den Indianergebieten wider, wobei die Invasion von Goldgräbern sogar angeheizt wird und Diffamierungen gegen Körperschaften veröffentlicht werden, die für die Sache der Indianer eintreten, wie vor allem die katholische Kirche.

Der amtierende Gouverneur von Roraima versicherte am 13. Dezember 1987 in der Presse, daß er die von der Invasion hervorgerufene Situation ohne Sorge betrachte, da für ihn »das Problem der Goldsucher als Folge der allgemeinen Lage im Land ein soziales Problem darstellt.«

Weiterhin erklärte der Gouverneur von Roraima am 8. Januar 1988, daß — ginge es nach ihm — alle derzeit im Betrieb befindlichen Goldwäschereien weitergeführt und legalisiert werden sollten. Nach Meinung des Gouverneurs würde dies zur Entwicklung von Roraima beitragen und den Indianern zum Vorteil gereichen. Der Gouverneur versicherte dem Bischof von Roraima, daß die Voraussetzungen nicht gegeben seien, ein Eindringen von Goldsuchern in erzreiche Gebiete zu verhindern (28. Oktober 1987).

Calha Norte

Die Verteidigung der Nordgrenze Brasiliens, die eine unabdingbare Verpflichtung des Staates darstellt, kann indessen kein Vorwand sein, die Rechte der Indianer mit Füßen zu treten.

Die brasilianische Öffentlichkeit nahm 1986 zur Kenntnis, daß das Generalsekretariat des Nationalen Sicherheitsrates (Conselho de Segurança Nacional) ein Projekt zur Entwicklung und Sicherheit eines Gebiets nördlich des Verlaufs der Flüsse Solimões und Amazônas erarbeitet hatte. Als Projeto Calha Norte wurde es bekannt.

Das Generalsekretariat des Nationalen Sicherheitsrates beruft sich auf eine Reihe von Maßnahmen, die bei der Einrichtung dieses Projekts für notwendig erachtet werden. Innerhalb dieser Richtlinien wird »die Definition einer dem Gebiet angepaßten Indianerpolitik« betont, »die den Grenzstreifen besonders berücksichtigt.« Unter den sechs Regionen, die für sofortige Aktionen im Grenzgebiet vorgesehen sind, befindet sich das »Gebiet der Yanomami-Indianer«.

»Das Gebiet wird durch die Anwesenheit von Yanomami-Indianern in einer geringen Bevölkerungsstärke von circa 7500 Personen charakterisiert. Sie leben in Dutzenden verstreuter Hütten, die entlang eines 900 Kilometer langen Grenzabschnitts zu Venezuela angesiedelt sind. Auch in Venezuela leben zahlreiche Indianerkontingente derselben ethnischen Gruppe. Bereits seit geraumer Zeit wird sowohl von nationaler wie internationaler Seite Druck dahingehend ausgeübt, einen Yanomami-Staat auf Kosten des gegenwärtigen brasilianischen und venezolanischen Territoriums einzurichten.« (Darlegung der Motive Nr. 018/85 des Brigadegenerals Rubem Bayma Denys, Generalsekretär des Nationalen Sicherheitsrates).

In Wirklichkeit schafft dieses Projekt die nötigen Sicherheiten für großkapitalistische Investitionen an der Amazonasgrenze, indem es dieses Gebiet wirtschaftlich an den Rest des Landes anschließt. Mit dem Ziel einer Beseitigung der als Hindernis betrachteten Indianer werden isolierte Landstücke abgegrenzt, um:

— die Indianer in kleinen Bevölkerungszentren zusammenzufassen, wo sie in Abhängigkeit gehalten werden, und in der Folge ein Verlust ihrer ethnisch-kulturellen Identität herbeigeführt wird.
— das übrige Land der Indianer für eine wirtschaftliche Ausbeutung freizubekommen.

Demarkation

Seit 1934 ist in der brasilianischen Verfassung die Verpflichtung verankert, Indianern ihre Gebiete zu sichern. In bezug auf die Yanomami ist diese Forderung bis heute nicht beachtet worden.

Das erste Projekt zur Abgrenzung des Territoriums der Yanomami wurde im Dezember 1968 von den Anthropologen Alcida Ramos und Kenneth Taylor ausgearbeitet.

Die Abfassung des zweiten Projektes erfolgte im März 1969 durch die Prälatur Roraimas mit Unterstützung des Ethnologen René Fuerst.

Mit den Erlassen Nr. 477/N, 515/N und 513/N legte die FUNAI in den Jahren 1977 und 1978 21 geographisch unzusammenhängende Gebiete zur »Besiedlung der Indianer« fest. Dies führte zu einer Zersplitterung der Yanomami-Population und zu einem Eindringen von Goldsuchern durch 530 Kilometer breite Korridore zwischen den festgelegten Gebieten.

Die Kommission zur Schaffung des Yanomami-Reservats (Comissão pela Criação do Parque Yanomami — CCPY) unterbreitete 1979 der FUNAI den Vorschlag, auf einem 6 446 200 Hektar großen zusammenhängenden Gebiet ein Reservat einzurichten. Hierbei sollte nicht nur an sozioökonomische und kulturelle Bedürfnisse der Yanomami, sondern auch an die Erhaltung des Ökosystems gedacht werden.

1982 erklärte der Innenminister Mário Andreazza eine sieben Millionen Hektar große Fläche zum Sperrgebiet. Zwei Jahre später grenzte die FUNAI das Territorium der Yanomami auf dem Verwaltungsweg ab und übertrug die Angelegenheit der Arbeitsgruppe für interministerielle Arbeit (Grupo de Trabalho Interministerial), die ihrerseits das Gebiet zum Yanomami-Indianerreservat (Parque Indígena Yanomami) ausbaute (Erlaß Nr. 1817 vom 18. Januar 1985). 1985 wurden vom Abgeordneten Márcio Santilli und Senator Severo Gomes zwei Gesetzesentwürfe eingebracht, die auf eine Demarkation des Yanomami-Gebietes abzielten.

Am 13. September 1988 veröffentlichte der Diário Oficial da União (Brasilianischer Staatsanzeiger) den Interministeriellen Erlaß Nr. 160 (Portaria Interministerial n° 160), der die Grenze des Siedlungsgebietes der Yanomami bestimmte und die entsprechende Demarkation festlegte. Mit diesem Regierungsakt wurde die Abgrenzung von 19 geographisch unzusammenhängenden Indianergebieten innerhalb zweier staatlicher Wälder und einem

Nationalpark festgelegt. Schon zwei Monate später, am 18. November 1988, wurde im Interministeriellen Erlaß Nr. 25 der vorausgegangene Entscheid aufgehoben. Nun wurde erklärt, daß die Wälder und der Nationalpark nicht indianisches Land seien. Auch beschränkte man sich darauf, den Indianern nur ein Vorrecht an der Nutzung der im Gebiet befindlichen Reichtümer einzuräumen. Das Territorium der Yanomami wurde damit um siebzig Prozent seiner Fläche reduziert.

Mit diesen Maßnahmen wird wiederum Artikel Nr. 231 der neuen Verfassung verletzt, der Indianern den alleinigen Besitz von Gebieten garantiert, die traditionell von ihnen besiedelt werden, und ihnen das ausschließliche Nutzungsrecht an allen darin vorkommenden Reichtümern zuspricht; dies in folgendem Wortlaut:

Art. 231. Den Indianern wird eine eigene soziale Organisation, Brauchtum, Sprache, Glaube und Tradition sowie die ursprünglichen Besitzrechte über Länder zuerkannt, die diese traditionellerweise besiedeln. Hierbei steht es dem Bund zu, Gebiete abzugrenzen, deren Güter zu schützen und eine Anerkennung der Besitztümer zu gewährleisten.

Als stets von Indianern besiedelte Länder gelten Gebiete, a) die von ihnen in kontinuierlicher Weise bewohnt werden; b) die von ihnen bei der Ausübung ihrer Tätigkeiten benutzt werden; c) die zum Schutze der für ihr Wohlergehen notwendigen Umweltbedingungen unentbehrlich sind und d) die gemäß ihrer Gewohnheiten, Sitten und Traditionen für ihre physische wie kulturelle Fortpflanzung notwendig sind.

Traditionell von Indianern bewohntes Gebiet ist für ihren ständigen Besitz bestimmt. Hierbei fällt es in den ausschließlichen Zuständigkeitsbereich der Indianer, Nutzen aus den Erträgen des Bodens, der Flüsse und Seen dieses Gebietes zu ziehen.

Die im Artikel beschriebenen Gebiete sind unveräußerlich und unverfügbar, die Rechte über sie unanfechtbar.

Die Abgrenzung des Yanomami-Territoriums in geographisch unzusammenhängende Gebiete bedeutet für dieses Volk das Todesurteil.

Die Kirche

Unter zahlreichen Gruppen, die für das Überleben der Indianer kämpfen, befindet sich auch die Kirche, die in Brasilien aufgrund ihrer Verteidigung indianischer Rechte verfolgt wurde.

Die Anwesenheit der katholischen Kirche von Roraima bei den Yanomami vollzog sich durch die Mission Catrimani, die 1965 gegründet wurde. 22 Jahre lang bestand der Dienst an den Yanomami vor allem im Gesundheitswesen — von der Gründung der Mission bis ins Jahr 1987, als die Missionare von Catrimani vertrieben wurden. Die erste medizinische Beratungsstelle wurde 1971 eingerichtet, eine zweite Stelle und ein Krankenhaus 1977 errichtet. Seit 1976 diente den Yanomami eine qualifizierte Krankenschwester, die von Ärzten und Zahnmedizinern unterstützt wurde. Die Bekanntschaft mit dem Volk der Yanomami und ihrer Kultur gehört über zwanzig Jahre lang zum Tätigkeitsfeld missionarischer Hingabe, die im persönlichen Leben wie in der Arbeit der Missionare das Evangelium bezeugt.

Das gegenwärtige Team der Mission Catrimani besteht aus Schwester Florença Águida Lindey, die die Sprache der Yanomami beherrscht und eine abgeschlossene Ausbildung in Krankenpflegetechnik am Instituto Maria Auxiliadora im Bundesstaat Rio Grande do Sul sowie eine ganze Reihe beruflicher Spezialisierungskurse aufweist; Pfarrer Guilherme Damioli, Magister in Missionswissenschaft der Pontifica Universitá Urbania in Rom, und einer Ausbildung zum Krankenpfleger in der Poliklinik Gemelli in Rom, auch er spricht die Sprache der Yanomami; Pfarrer João Saffirio, Doktor der Kulturanthropologie der Universität von Pittsburgh/Pennsylvania und gleichfalls der Sprache der Yanomami mächtig. Sie stehen in ständiger Zusammenarbeit mit den verfassungsmäßigen Autoritäten des Landes und respektieren die brasilianische Gesetzgebung.

Am 15. August 1987 wurden am Fluß Paapi-u in der Region des Flusses Couto Magalhães vier Yanomami von Goldsuchern grausam ermordet, ein Goldsucher kam dabei ums Leben. Von der Presse als Sensation hochgespielt, diente diese Tatsache als Vorwand, das Team der Mission Catrimani am 24. August 1987 von der Station zu vertreiben.

Tatsächlich vollzog sich der Rückzug der Mission Catrimani auf Anordnung der offiziellen Indianervertretung und hatte das Ziel, eine Anwesenheit unbequemer Beteiligter zu verhindern. Die Missionare hatten nämlich die FUNAI über die Invasion der Goldsucher informiert und dabei die Frage nach Unterlassung seitens der Regierung aufgeworfen.

Die Missionare wurden von Catrimani abgezogen, als handle es sich um polizeilich gesuchte Verbrecher. Vom Missionsteam blieb nur Schwester Florença im Gebiet, dies aufgrund einer Malariaseuche unter den Indianern und eines Bittgesuchs von Dom Luciano Mendes Almeida an die Autoritäten in der Hauptstadt. Seit dem darauffolgenden Tag (25. August) hatte Schwester Florença jedoch mit einer Abteilung der Militärpolizei zusammenzuleben und war dabei jeglicher Art von physischem und psychischem Druck ausgesetzt. Am 28. August wurde Schwester Florença unter Schockeinwirkung von acht Polizisten nach Boa Vista gebracht.

Ohne die von der Mission geleistete medizinische Betreuung starben in nur zwei Monaten vier Yanomami: Sophia, eine Mutter von vier Kindern, Ixiti mit zwei Kindern, die zweijährige Lisa und Koraxim im Alter von 77 Jahren. Am 8. Dezember besuchte der Präsident der Nationalen Bischofskonferenz (Conferência Nacional dos Bispos do Brasil — CNBB), Dom Luciano Mendes de Almeida, Catrimani und war erschüttert von der Verwahrlosung so zahlreicher Kinder und der Traurigkeit der Indianer, die sich die Rückkehr der Missionare wünschten.

Als hätten die Probleme, die die FUNAI den Missionaren bereitete, nicht bereits genügt, wurde am 21. September 1987 Schwester Florença zur Rückkehr nach Catrimani bewegt. Dies geschah unter der Bedingung eines Arbeitswechsels zur FUNAI, was aus einsichtigen Gründen abgelehnt wurde.

In der Folge von Strafanzeigen der Missionare und einem Rechtsbeistand, der seitens des Indianerrats der Mission (Conselho Indigenista Missionário — CIMI) gewährt wurde, beantragte in der zweiten Hälfte des Jahres 1988 das Bundesinnenministerium durch Dr. Ítalo Fioravante auf juristischem Weg die Annullierung der behördlichen Maßnahme, die zum Abzug der Mission geführt hatte.

Der Richter des 2. Bundesamtsgerichtsbezirks im Bundesdistrikt (2° Vara Federal do Distrito Federal) gestand mildernde Umstände zu, genehmigte die Rückkehr der Missionare nach Catrimani und verordnete die Herausgabe illegal beschlagnahmter Güter. Im Antrag stellte das Innenministerium die »Willkür« der von der FUNAI durchgeführten Maßnahme heraus, die — laut Begründung — »mit einer Rechtsstaatlichkeit, wie sie das Land anstrebt, nicht zu vereinbaren ist und sich aufgrund der Inkompetenz der FUNAI zudem schädigend auf die Gesundheit der Yanomami auswirkt.«

Schlußfolgerung

Um den Genozid am Volk der Yanomami zu verhindern, halten wir es für nötig, daß der Erlaß 250/88, der das Land der Yanomami um siebzig Prozent verkleinert und die verbleibenden dreißig Prozent in 19 geographisch unzusammenhängende Gebiete aufspaltet, unverzüglich aufgehoben wird.

Das Volk der Yanomami steht vor der ernsthaften Gefahr seiner Ausrottung. Ökonomische, politische und militärische Interessen — gefördert von einem Staat, der eigentlich die Rechte der Indianer zu verteidigen hätte — drängen die Belange eines Volkes in den Hintergrund, dessen Streben es ist, in Würde zu leben.

Im vierzigsten Gedenkjahr der Proklamation der »Allgemeinen Erklärung der Menschenrechte« — unterzeichnet auch von Brasilien — werden die Yanomami immer noch massakriert, als handle es sich nicht um menschliche Wesen. Angesichts dieser dramatischen Situation bringt die Kirche ihre Mißbilligung zum Ausdruck. Sie ruft ihre Gläubigen zusammen, wendet sich an alle Personen, die guten Willens sind, und appelliert an die gesamte Gesellschaft, daß sich dieser Zustand verändere. Zur Verteidigung der Yanomami besteht sie hierbei auf folgenden Forderungen:

- Aufhebung des Interministeriellen Erlasses Nr. 250 vom 18. November 1988, da dieser verfassungswidrig ist und sich zerstörend auf die physische und kulturelle Integrität der Yanomami auswirkt.
- Unverzügliche Demarkation der von den Yanomami traditionell besiedelten Gebiete gemäß den Bestimmungen der gegenwärtigen Verfassung, mit einem Grenzverlauf, wie ihn der Erlaß der FUNAI Nr. 1817 vom 18. Januar 1985 festlegt.
- Sofortiger und endgültiger Abzug aller Goldsucher, wobei diesen Alternativen für ein würdiges Leben außerhalb der indianischen Gebiete angeboten werden sollen.
- Strafrechtliche Verfolgung all derjenigen, die sich an diesem Völkermord beteiligt haben, indem sie ihn stimulierten, för-

derten oder unterstützten bzw. es unterließen, vorkehrende Maßnahmen zu seiner Verhinderung zutreffen.

Die Entwicklung und Sicherheit unseres Landes kann nicht auf Leichen der Yanomami aufgebaut werden. Brasilien kann sich nicht an Auflösung und Mord indianischer Populationen beteiligen.

Die Kirche hat den Auftrag des Evangeliums, den Yanomami ihre Würde als Kinder Gottes zuzuerkennen. Die Kirche stimmt in das Wehklagen der Yanomami ein und verbindet sich in der Verbindung der Rechte indianischer Völker, die unseren vollen Respekt und unsere ganze Solidarität verdienen, mit anderen gesellschaftlichen Gruppen.

Brasilia, den 15. Dezember 1988
Unterzeichnet vom Vorstand und Mitgliedern der Bischöflichen Pastoralkommission der Nationalen Bischofskonferenz Brasiliens (CNBB)
(Übersetzung aus dem Portugiesischen: Sigrid Gareis und Moriçá Santos de Souza Torres)

»Darüber kann man nicht stillschweigend hinwegsehen«, sagte Pater Vincence, als er den Aufruf in den Händen hielt. »Darauf muß es eine Antwort geben!«

Er irrte sich.

Es gab eine Antwort — aber anders, als es jeder erwartet hatte.

* * *

Seit jenem Tag, als das Kopfgeld von 100 000 Dollar auf Júlio Maputo ausgesetzt worden war, hatte er sich geweigert, in irgendeinem Versteck Zuflucht zu finden. Gegen den Rat all seiner Freunde war er auch nicht geflohen, sondern hatte sogar seine Tätigkeit verstärkt. Er reiste im Land umher, hielt Vorträge und sprach auf Massenversammlungen, gewann überall neue Mitglieder für seine Bewegung »Rettet Wald und Mensch« und mißachtete selbst das oberste Gebot, das er seinen Companheiros, seinen Mitkämpfern, immer wieder vorgehalten hatte: »Als Tote sind wir nutzlos! Nur als Lebende können wir etwas erreichen. Paßt auf euch auf, nehmt jede Drohung ernst. Bekommt ihr eine Anúncio, begreift es als ein

Todesurteil. Wer ein Anunciado ist, kann flüchten, wohin er will — die Pistoleiros bekommen ihn doch. Ich bin Anunciado. Ich weiß, daß ich nur noch wenig Zeit habe, aber diese Zeit soll unserem Kampf um Gerechtigkeit und Wahrheit dienen!«

Es half auch nichts, daß Catarina, seine Frau, und die beiden Kinder ihn anflehten, sich zu verstecken. »Wir alle lieben dich, Júlio. Die Kinder, deine Freunde, deine Verwandten und besonders ich. Wir alle wollen, daß du lebst. Was sollte ich ohne dich auf dieser Welt?«

»Mit meinen Freunden mein Werk fortsetzen. Du bist meine Frau. Ich werde durch deinen Mund weitersprechen. Und später wird es mein Sohn tun — wenn es dann noch möglich ist, wenn dann nicht alles zu spät ist, wenn dann nicht schon Amazonien eine leergebrannte Wüste ist.«

Selbst für 100 000 Dollar war bisher niemand bereit gewesen, Maputos Stimme zum Schweigen zu bringen. Das Kopfgeld galt nach wie vor, aber in der Stille begann Miguel Assis, den Mörder in einem anderen Kreis zu suchen. In den Versammlungen des »Rates Neues Brasilien« malte er das Bild der Zukunft so düster, daß die Mitglieder des Rates, Großgrundbesitzer, Fabrikanten, Spekulanten, Bankdirektoren, Politiker und Investoren, immer unruhiger wurden. »Es hat keinen Sinn, noch länger zu warten«, sagte Assis beschwörend zu seinen Freunden. »Es geht um Milliarden Dollar, amigos. Um die industrielle Zukunft Brasiliens. Der Boden, auf dem wir leben, ist der reichste der ganzen Welt. Sollen ein Maputo oder ein paar Yanomami-Stämme, eifernde Ökologen und idealistische Umweltschützer den Fortschritt hemmen? Seht euch diesen Dr. Lutzenberger an, er wird zum nationalen Feind mit seinen Berichten und Filmen. Bis jetzt kennen ihn nur Fachkreise, aber Maputo spricht die Sprache des Volkes. Er ist ein Tribun! Ein neuer Messias aus dem Regenwald! Um ihn müssen wir uns zuerst kümmern, dann kommt Dr. Lutzenberger dran.«

»Wenn Fernando Collor de Mello einmal Präsident werden sollte, wird Lutzenberger Umweltminister werden«, erwiderte Paulo Lobos und blies den Rauch seiner dicken Zigarre gegen die Decke. »Was wird dann? Daran sollten wir auch denken.«

»Es ist alles eine Frage der Zeit, des Geldes und der Beziehungen. Lutzenberger könnte erst 1990 gewählt werden, bis dahin sind es noch zwei Jahre. Was können wir in zwei Jahren alles erreichen, wenn wir in dem bisherigen Tempo fortfahren. Dann wird Lutzenberger vor vollendeten und nicht mehr rückgängig zu machenden Tatsachen stehen. Das heißt: In diesen zwei Jahren muß viel geschehen. Und daran hindert uns im Augenblick Júlio Maputo. Jeder von uns sollte nach einem Weg suchen.«

Es war an einem regnerischen Sonnabend, als der Großgrundbesitzer Francisco Santos, beteiligt an den Abholzungen am Rio Xingu, Miguel Assis in dessen Villa aufsuchte und nach zwei Gläsern Château Margeaux erklärte: »Miguel, ich habe zwei tapfere Söhne. Ich habe mit ihnen gesprochen. Sie werden es tun. Aber sie dürfen nie gefaßt werden. Du mußt dafür sorgen, daß sie völlig sicher arbeiten können.«

»Ich und Brasilien danken dir, Francisco«, antwortete Assis. »Beginnen wir sofort.«

Sie umarmten sich wie Brüder und wußten, daß es diesmal gelingen würde.

Am 15. Dezember 1988 feierte Júlio Maputo in seinem Haus den Aufruf der Bischofskonferenz, der gerade erschienen war, und er feierte seinen Geburtstag. In all den Jahren hatte er diesen Tag in aller Stille begangen, zum erstenmal machten er und seine Freunde ein kleines Fest daraus. Er ging in die Kirche zum Abendmahl, er war fröhlich den ganzen Tag und tanzte mit Catarina und den Frauen seiner Companheiros — ahnte er, daß es sein letztes Abendmahl, sein letzter Geburtstag war? Mit ihm feierten auch die beiden Polizisten, die man zu seinem Schutz abgestellt hatte, José Lopez und Zeca Megalhões.

Miguel Assis war von dem Aufruf der Bischofskonferenz sehr betroffen. Er rief sofort Francisco Santos an, der diesen Anruf schon erwartet hatte.

»Ich weiß, Miguel, daß ist ein harter Schlag gegen uns. Ich hoffe nur, daß dieses Manifest auf Brasilien begrenzt bleibt und im Ausland nicht ein so großes Echo findet. Vielleicht in ein paar Zeilen unter ›Aktuelles‹, mehr nicht.«

»Auf jeden Fall können wir jetzt nicht mehr warten. Bis Weihnachten muß das Problem Maputo gelöst sein.«

»Meine Söhne sind schon aktiv geworden.« Stolz klang in Santos' Stimme mit. »Seit einigen Tagen haben sie Maputos Haus unter Beobachtung. Sie haben ein Lager aufgeschlagen, fünfzig Meter etwa vom hinteren Zaun des Hauses entfernt. Dort ist Dschungelgebiet, dichtes Gestrüpp, verfilztes Unterholz, das keiner betritt. Es geht bis zum Fluß. Meine Söhne haben zwei Fluchtwege — einen zum Fluß und einen zur Straße, auf der man schnell aus der Siedlung hinauskommt. Sie sitzen jetzt abwechselnd in dem

Versteck und können alles sehen, was bei Maputo geschieht. Sie haben Konserven mit und *farofa* (geröstetes Maniokmehl mit Fleisch und Eiern) und verkriechen sich unter einer Plane, wenn es regnet.«

»Du hast wirklich tapfere Söhne, Francisco«, meinte Assis anerkennend. »Heute hat Maputo Geburtstag, er will ihn groß feiern. Dabei könnte auch ein Schuß losgehen.«

»Zuviel Leute, Miguel. Er muß allein sein, und es muß schnell gehen. Bitte, kein Risiko für meine Söhne.«

Am 18. Dezember geschah etwas Merkwürdiges. Der Tierarzt Dr. Sergio Mota saß in Surucucu in seiner Stammkneipe und spielte Karten. Als plötzlich ein Herzbube auf die Tischplatte fiel, sagte jemand leichthin, als sei dieser Herzbube ein Symbol: »Heute in fünf Tagen ist Júlio Maputo tot.«

Der Tierarzt ließ daraufhin seine Karten fallen und starrte den Sprecher entgeistert und vorwurfsvoll zugleich an.

»Luis«, stieß er hervor, »ich mag solche Scherze nicht. Halt lieber den Mund.«

»Es ist kein Scherz.« Luis schob die Herzbuben-Karte in die anderen hinein. »Wartet nur ab. Denkt in fünf Tagen an meine Worte. Es passiert was, das sage ich euch. Ich habe da was flüstern hören.«

Und dann spielten sie weiter Karten, und Dr. Sergio Mota vergaß die dummen Worte.

Sieben Häuser hinter Maputos Haus, an der Straße, an der noch weiter hinten die Wache der Zivilpolizei lag, kaum 100 Meter von Maputos Haus entfernt und nur 150 Meter von der großen Baracke der Militärpolizei wohnte in einem rotgestrichenen Holzhaus Mariana, die Hure. Sie gehörte zu der Siedlung wie der Kolonialwarenladen und die kleine Kirche, die vier Kneipen und der Spielsalon mit den ratternden »einarmigen Banditen«. In einer Siedlung, in der über tausend Seringueiros lebten, die meisten unverheiratet und deshalb ständig gierig nach Weibern, war Mariana durchaus am Platz. Sie hatte ihre Stammkundschaft, und es ging ihr gut. Da auch die Polizisten und die Militärpolizisten zu ihrer Kundschaft gehörten, kam sie manchmal in die Diensträume und erfuhr den täglichen Klatsch, den es auch hier gab.

Heute allerdings war sie es, die eine Neuigkeit zur Zivilpolizei brachte.

»Jungs«, sagte sie. »Da stimmt was nicht. Ich sehe das jetzt seit ein paar Tagen. Immer, wenn es dunkel wird, fährt ein kleines Auto an den Rand des Dickichts, ein oder manchmal auch zwei Männer steigen aus, verschwinden im Dschungel, und das Auto fährt schnell weiter. Das geht jetzt Abend für Abend so. Das ist doch nicht normal.«

Die Polizisten sahen sich an und lachten dann.

»Mariana«, antwortete einer und kniff sie in den Hintern. »Du kommst schon mit dem Zählen nicht mehr mit. Das werden wohl neue Kunden von dir sein.«

»Ihr Idioten!« rief sie und verließ wütend die Polizeiwache.

Ein wichtiger Hinweis wurde nicht ernst genommen. Oder wollte man gar nicht wissen, was in der Umgebung von Maputos Haus geschah?

Nach seiner so fröhlichen Geburtstagsfeier begann Maputo sofort wieder mit seinen Rundreisen und Vorträgen. Wo er auftrat, wurde er mit donnerndem Applaus, Hochrufen und Parolen empfangen, die sich vor allem gegen die Großgrundbesitzer und Ausbeuter der Armen richteten. Und immer wieder rief Maputo in die erregte Menge hinein:

»Freunde, wir müssen uns zusammenschließen zu einer starken Macht, einer Macht, die einmal stärker sein wird als das Kapital, das heute alles regiert. Ein Viertel aller Brasilianer lebt heute in Elendsvierteln und Slums, arbeitet bis zum Umfallen und hungert dennoch! Großgrundbesitzer, Spekulanten, Fabrikanten und reiche Viehzüchter vertreiben uns Seringueiros, vernichten unsere Wälder, bringen die Indianer um, bestechen die Behörden, bekommen Darlehen und Steuererleichterungen, weil sie die Wälder roden und auf dem Boden, der in drei Jahren wertlos ist, ein paar Nellore-Rinder weiden lassen. Und sie bekommen diese Steuererleichterungen auch noch, wenn das Land längst verlassen und Wüste geworden ist, denn niemand kontrolliert sie — aus Faulheit oder durch Bestechung. Seht euch doch die Viehzuchtbetriebe am Amazonas an! Eine blühende Wirtschaft im ehemals nutzlosen Land, brüsten sich die Politiker, und wer die Wahrheit nicht kennt, glaubt ihnen. Die Wahrheit aber ist: Nur 16 Prozent der Planungen wurden erreicht. Die ehemaligen Regenwaldböden haben nur eine dünne Humusschicht, die wenigen Nährstoffe sind schnell ausgelaugt. Der Regen wäscht das letzte aus, zurück bleibt rote, tote Erde. Aber die großen Viehzüchter kassieren ihre Subventionen — jährlich bis zu 1,27 Millionen Dollar! Damit sie Fleisch produzieren und unsere hungernde Bevölkerung ernähren.

Dr. Lutzenberger, der auf unserer Seite steht und mehr über all diese Dinge weiß als ich, hat es gesagt: ›Sie — die Viehzüchter — behaupten immer noch, unsere hungrige Bevölkerung mit Nahrungsmitteln zu versorgen. Aber das ist reiner Zynismus, denn das bißchen Fleisch, das sie produzieren, geht in den Export!‹ Wir werden Tag um Tag, Stunde um Stunde betrogen. Sollen wir uns das ewig gefallen lassen?!«

Und jedesmal brandete ihm der hundertfache Schrei entgegen: »Nein! Nein! Nein! Júlio! Júlio!«

Natürlich hatten Assis und Lobos bei allen Veranstaltungen Maputos ihre Spitzel in den Sälen sitzen. Sie kannten jeden, der sprach, erfuhren alle Reaktionen auf Maputos Reden. Sie wußten, daß das Volk »Júlio!« jubelte und ihm vertraute, ein besseres Brasilien zu schaffen, und sei es mit einer Revolution, wenn auch die neue Regierung 1990 versagen sollte. Maputo war eine echte Gefahr, genau wie dieser Dr. José Lutzenberger. Aber zuerst Maputo — an den Mann aus dem Volke war sicherer ranzukommen als an den Gelehrten Lutzenberger.

Voll Freude über die Begeisterung, die ihm auf allen Veranstaltungen entgegenbrauste, kehrte Maputo am 22. Dezember nach Hause zurück. Weihnachten war auch bei ihm ein Familienfest, an dem man sich beschenkte, zur Messe ging und an dem der Tisch mit dem besten Essen des Jahres gedeckt wurde — reichlicher noch als am Neujahrstag.

»Jetzt kannst du dich endlich ausruhen«, meinte Catarina und packte seinen Koffer aus. »Du mußt doch müde sein, mein Schatz.«

»Es war ein einziger Triumph, Rina.« Maputo umarmte und küßte sie und war so fröhlich, wie ihn Catarina selten gesehen hatte. Auch die Kinder küßte er, nahm jedes in seinen Arm und drückte es an sich. »Überall entstehen jetzt Büros unserer Bewegung, im nächsten Jahr, wenn wir genug Geld gesammelt haben, wollen wir eine eigene Zeitung herausgeben, um die Hetze der anderen großen Zeitungen zu widerlegen. Rina, was haben wir noch alles vor! Wir werden in den kommenden Jahren noch viel erreichen. Auch das Ausland spricht jetzt ständig über uns. Ozonloch und Treibhauseffekt sind Worte, die jetzt jeder versteht. Alle wissen nun, daß die Vernichtung unseres Regenwaldes eine große Klimakatastrophe auslöst. Das begreifen sie jetzt endlich! Rina, ist das ein Gefühl, daß ich kleiner armer Mann zu der ganzen Welt sprechen kann! Und sie hört mich und versteht mich!« Er drückte die

Kinder wieder an sich. »Wir werden ein schönes Weihnachtsfest haben. Ich habe von den Reisen einige Überraschungen mitgebracht. Nein, nicht fragen, erst am Heiligen Abend bekommt ihr sie zu sehen.«

Als Catarina später am Tag Wäsche hinter dem Haus aufhängte und Maputos Hemden im warmen Wind flatterten, wußten alle: Júlio ist zurückgekommen. Er ist Weihnachten unter uns.

Auch die zwei tapferen Söhne von Francisco Santos sahen im fünfzig Meter entfernten Dschungelversteck die Wäsche auf der Leine. Sie sahen sich an, grinsten zufrieden und nickten sich zu.

Sie sahen auch, wie Maputos bester Freund Vasco Torga mit einem Trupp Seringueiros vor dem Haus aus blaugestrichenen Brettern und dem leuchtenden roten Ziegeldach erschien und Maputo zu seinen Erfolgen gratulierte. Catarina brachte Wein und Maisschnaps nach draußen, Gartentische wurden zusammengerückt, ein Seringueiro spielte auf einer Gitarre, und die Leibwachen Maputos verteilten sich um das Haus, niemand konnte sich ihm mehr nähern. Maputo war beschützt.

Am hinteren Zaun stand ein Wächter fünf Meter vor dem Versteck der lauernden Mörder entfernt. Santos' Söhne streckten sich auf dem Dschungelboden aus, zogen die Köpfe ein und die Plane über sich. Zu viele Leute! Júlio, du mußt allein sein.

Spät in der Nacht ging das Begrüßungsfest zu Ende. Die meisten Seringueiros taumelten betrunken nach Hause, Vasco Torga setzte sich auf sein Motorrad und knatterte los. Die beiden zum Schutz kommandierten Polizisten José und Zeca warfen sich auf ihre Betten und schnarchten sofort. Catarina räumte draußen die Tische ab und schloß dann die Tür ab.

Maputo saß halb ausgezogen auf dem Ehebett und wartete auf Catarina. Als sie hereinkam, packte er sie um die Hüften und zog sie zu sich aufs Bett.

»Ich liebe dich, Rina«, sagte er leise und zärtlich wie beim erstenmal. »Vergiß das nie, auch über meinen Tod hinaus —«

»Júlio, woran denkst du bloß?« Sie umarmte und küßte ihn. »Du bist jetzt ein berühmter Mann, aber ich liebe immer noch den armen Seringueiro mit dem schönen Schnurrbart und den unverschämten Augen.«

Und dann liebten sie sich, innig und lautlos — die ganze Nacht, als sei es die erste und letzte ihres Lebens.

Es gab noch viel zu tun bis Weihnachten.

Maputo saß an seinem Schreibtisch und schrieb seine Eindrücke nieder, die er auf den jüngsten Kundgebungen gesammelt hatte. Dabei entwarf er auch einen Plan für eine bundesweite Partei, die überall in Brasilien ihre Kontaktstellen haben sollte. In zwei Jahren fanden endlich wirklich demokratische Wahlen statt, und Maputo träumte davon, dann eine so starke Partei zu haben, daß er als Abgeordneter ins Parlament kam. Dann war er ein Politiker, und auf einen Politiker würden sie mehr hören als auf einen kleinen Kautschukzapfer. Das war ein hohes Ziel, aber es war zu erreichen. Hunderttausende standen hinter ihm und würden ihn wählen.

Maputo schrieb bis zum Nachmittag und ging dann hinaus in den Garten, setzte sich mit den Polizisten an einen Tisch und spielte mit ihnen Domino. Es war Zecas Lieblingsspiel, und er wettete auch gern, aber heute hatte er kein Glück. Jedes zweite Spiel gewann Maputo.

»Ich nehm's dir morgen wieder ab!« rief Zeca und räumte die Steine zusammen. »Halt morgen nur genug Geld bereit, da zieh ich dir die Hosen runter! Morgen zahlst du!«

Catarina erschien in der Tür und klatschte in die Hände. »Abendessen!« rief sie. »Macht nicht so lang, kommt gleich, es wird sonst kalt.«

Am Morgen hatte sie auf dem Markt frischen Fisch gekauft. Mit Kräutern gedünstet stand er auf dem Tisch und empfing Maputo und seine Leibwächter mit verführerischem Duft. Vasco Torga saß bereits vor seinem Teller. Er hatte die Wachen weggeschickt, der Tag war vorbei. Nach Einbruch der Dunkelheit ging Maputo nicht mehr aus dem Haus. Und selbst wenn er nur einen Schritt hinaus setzte, waren die beiden Polizisten dicht um ihn.

»Es war mal wieder köstlich, Rina!« lobte Torga Catarina nach dem Essen und rieb seinen Bauch. »So eine Frau wie dich möcht' ich einmal haben, ein Engel in der Küche und ein Teufel im Bett —«

»Woher weißt du das, Vasco?« fragte Maputo und lachte laut. Catarina wurde rot.

»Woher ich das weiß, haha? Man braucht euch doch nur anzusehen, um zu wissen, wie's um euch steht. Sieh dir Rinas funkelnde Augen an, da tobt das Temperament.« Alle brachen in fröhliches Gelächter aus, und Maputo lehnte sich stolz in seinem Stuhl zurück.

»Morgen ist Heiliger Abend« sagte Vasco, als er schon auf seinem Motorrad saß. Es war schnell dunkel geworden, und Vascos Scheinwerfer war kaputt. Aber es war keine Kunst, durch die Straßen der Siedlung ohne Licht zu fahren. »Kann ein armer Junggeselle bei euch sein? Ich falle gar nicht auf, ich setze mich in eine Ecke.«

»Natürlich kannst du morgen abend kommen.« Maputo umarmte Torga. »Du bist mir wie ein Bruder. Du bist bei mir zu Hause.«

Er sah Vasco nach, wie er ohne Licht in die Dunkelheit hineinratterte, und trat dann schnell ins Haus zurück.

»Ich gehe jetzt unter die Dusche«, sagte er. »Ich bin müde, aber ich will nicht müde sein.« Catarina, die Kinder und die beiden Polizisten saßen noch um den Tisch und tranken Zitronenwasser. »Außerdem ist die Birne über dem Schuppen kaputt, ich wechsle sie schnell aus.«

Er ging ins Schlafzimmer und kam mit einem Handtuch zurück, das er sich über die rechte Schulter geworfen hatte. José und Zeca sprangen sofort auf. Maputo winkte ab.

»Bleibt sitzen, Jungs!« rief er fröhlich. »Zeca, wenn ich vom Duschen zurückkomme, bin ich frisch und stark. Dann spielen wir noch einige Runden Domino. Du sollst deine Revanche haben. Und ich sage dir: Ich gewinne wieder.«

»Wetten, daß du nicht –«

»Wette angenommen. Um was?«

»Um eine Flasche Zuckerrohrschnaps!« rief Zeca übermütig.

»In fünfzehn Minuten geht's los.«

Maputo griff nach einer Ersatzglühbirne und ging zur Küchentür, die in den Hinterhof führte. Dort stand, getrennt vom Haus, ein kleiner Schuppen, in dem sich auch die Dusche befand. Da die Lampe über der Schuppentür nicht mehr brannte, trat Maputo hinaus in eine tiefe Dunkelheit. Das Küchenlicht, das ihn von hinten umflutete, machte ihn zu einer idealen Zielscheibe.

Catarina, die Kinder und die beiden Polizisten waren gerade aufgestanden und wollten ins Nebenzimmer gehen, um ein Fernsehspiel anzusehen, als Maputo den ersten Schritt in die Nacht tat.

Im gleichen Augenblick krümmte Santos' jüngster Sohn den Finger am Abzug einer 20er Schrotflinte. Die beiden Brüder kauerten keine drei Meter von der Küchentür entfernt im tiefen Schatten des Schuppens. Sie hatten sich herangeschlichen, als Vasco als letzter Wächter das Haus verlassen hatte. Sie wollten sehen, ob man durch ein Fenster Maputo treffen konnte. Es war der 23. Dezember — es eilte. Morgen war Heiliger Abend.

Nun stand er plötzlich da, umflossen vom hellen Licht, und starrte in die Dunkelheit. Ein Handtuch über der Schulter, bereit zum Duschen.

»Jetzt!« flüsterte der ältere Bruder. »Jetzt!«

Der junge Santos zog durch. Der Schuß, in dieser stillen Nacht laut wie ein Kanonenschlag, schien sogar das Holzhaus zum Zittern zu bringen.

Ungläubig, was da mit ihm geschah, faßte sich Maputo an die rechte Brust. Die Schrotladung hatte ihm Brust und Schulter zerfetzt, die Geschosse aus dieser nahen Entfernung abgefeuert, hatten seinen Körper durchschlagen.

Er hörte nicht mehr, wie sich die Mörder schnell entfernten und in den Dschungel flüchteten. Er taumelte zurück in die Küche, versuchte sich am Tisch festzuhalten. Blut spritzte über die Gläser, die Teller, die Schüsseln, und dann hatte er noch die Kraft, sich wieder aufzurichten, sich die Wand entlangzutasten, wo seine Hände blutige Abdrücke hinterließen, ins Schlafzimmer zu wanken, um sich auf das Bett fallen zu lassen.

Er erreichte es nicht mehr. Vor dem Bett brach er zusammen und rollte über den Fußboden. Er schrie nicht, er rief nicht um Hilfe — er lag auf dem Rücken mit weit aufgerissenen Augen und starrte ins Leere.

Der Schuß hallte im Haus wie ein Donnerschlag. Catarina und die Kinder standen wie erstarrt, die beiden Polizisten erbleichten, als hätte die Schrotladung sie getroffen. Aber nur eine Sekunde dauerte der Schreck, dann stürzten sie zur Vordertür hinaus und liefen in panischer Angst fort in die Nacht.

Mit einem Aufschrei, der ihr Herz zerbrach, warf sich Catarina über Júlio und nahm sein bleich werdendes Gesicht zwischen ihre Hände.

»Júlio!« schrie sie immer wieder. »Júlio!« Ihre Hände, ihr Gesicht waren voll von seinem Blut, das aus den vielen Einschüssen hervorquoll. »Júlio —«

Maputo sah sie an mit einer schon überirdischen Ruhe. Seine großen tiefbraunen Augen glänzten tief. Er atmete noch einmal schwer und röchelnd und sagte dann mit klarer Stimme: »Mein Liebling, es ist soweit. Sie haben es erreicht. Verdammt, ich wußte es —«

»Du mußt weiterleben!« schrie Catarina. Sie schüttelte seinen Kopf, warf sich dann über ihn und küßte sein blutverschmiertes Gesicht, sein durchlöchertes Hemd, seine mit Blut verschmierten Hände. Die Kinder standen starr in der Tür und begriffen noch nicht, was geschehen war. »Du mußt weiterleben —«

Er nickte stumm, seine Lippen bewegten sich zitternd, aber sie formten keine Worte mehr. Noch einmal traf sein Blick Catarina, ein Blick, der sich verdunkelte, der wegsank, der hinüberglitt in die Ewigkeit.

Maputo war tot.

Catarina sprang mit einem neuen, alles zerreißenden Schrei auf. Sie sah nicht ihre erstarrten Kinder, sie stürzte hinaus auf die Straße, breitete die Arme aus und schrie und schrie:

»Sie haben Júlio getötet! Júlio ist tot! Mörder! Mörder! Mörder! Júlio ist tot.«

Und niemand hörte sie. Niemand.

Alle saßen vor dem Fernsehgerät und schauten das spannende Spiel an.

Da rannte Catarina los, riß die Tür des nächsten Hauses auf, streckte ihre blutverschmierten Arme aus und schrie:

»Sie haben Júlio getötet!«

Und genausowenig hörte man in dieser Nacht, wie sich ein kleiner Wagen schnell aus der Siedlung entfernte, vorbei an der Wache der Zivilpolizei und vorbei am Hauptquartier der Militärpolizei.

Júlio Maputo war tot. Miguel Assis konnte beruhigt zur Weihnachtsmesse gehen, beten und das Abendmahl empfangen und mit den anderen singen.

* * *

Eineinhalb Jahre nach Maputos Tod, im März 1990, wurde in der ersten wirklich freien Wahl Fernando Collor de Mello zum neuen Präsidenten von Brasilien gewählt. Ein junger, energischer Politiker der neuen Generation, der seine Wähler nicht mit Versprechungen abspeiste, sondern ihnen die harte Wahrheit sagte und von der Hoffnung auf Veränderung sprach. Seine erste, aufsehenerregende Amtshandlung war die Berufung des international bekannten Umweltschützers Dr. José A. Lutzenberger zum Umweltminister.

Assis, Lobos und die anderen heimlichen Herrscher Brasiliens sahen ihre schlimmsten Befürchtungen bestätigt. Aber sie hatten die eineinhalb Jahre genutzt. Der damalige Präsident Sarney hatte ihnen für »außergewöhnliche Verdienste um das Land« nicht nur einen hohen Orden verliehen, er hatte auch zugelassen, daß man dieser kleinen Gruppe Habgieriger noch schnell riesige Flächen des Regenwaldes in Roraima, Amazonien, Rondônia und Acre verkaufte. Gebiete voller Bodenschätze, vom Eisenerz bis zum Uran, vom Gold bis zu Bauxit. Um diesen Boden auszubeuten, mußte der Wald gerodet werden. Ein Auftrag für Paulo Lobos, der sich die Rodungsrechte erkaufte.

Gleichzeitig aber hatte Präsident José Sarney einen umfassenden Bericht und Plan zum Schutz des Regenwaldes im Amazonasgebiet vorgelegt. Maputos Tod hatte die Welt nun wirklich alarmiert. Jetzt sprach jeder über den Regenwald und die Yanomami-Indianer. Die Regierung von Brasilien wurde von allen Seiten mit Vorschlägen und Anklagen bombardiert. Plötzlich gab es international kein wichtigeres Thema als das Ozonloch, das Treibhausklima, das Schmelzen der Pole und die Klimaverschiebung auf der gesamten Erde.

»Und an alldem sollen wir schuld sein?« fragte Präsident Sarney im vertrauten Kreis. »Nur, weil wir ein paar Bäume fällen? Jetzt sollen diese Fremden mal sehen, was Brasilien kann.«

Am 20. Oktober 1989 erließ das Bundesgericht in Brasilia folgenden Beschluß: Alle Goldsucher haben unverzüglich die Indianerreservate zu verlassen und werden notfalls von der Polizei gewaltsam entfernt.

Ein schöner Beschluß — aber was geschah wirklich? 250 Beamte der Bundespolizei starteten mit Kleinflugzeugen und Hubschraubern und besichtigten aus der Luft das Ausmaß an Verwüstungen, die über hundert illegalen, in den Urwald hineingestampften Pisten, auf denen die Goldsucher mit allem versorgt wurden, was sie brauchten.

250 Beamte gegen 100 000 Garimpeiros?

Wieviel Militär brauchte man, um 100 000 schwerbewaffnete Glückssucher zu vertreiben? Das würde ein Krieg werden — ein blutiger Krieg mit Tausenden von Toten! Ein Krieg, um 10 000 Yanomami zu schützen? Und das Gold? Brauchte man nicht das Gold?

Ein Bataillon, auch die Militärpolizisten von Santo Antônio waren dabei, kämmte die Grenzen der Reservate durch, drängte die um ihr Recht brüllenden Garimpeiros zurück, sprengte ein paar

Flugpisten — worüber die Weltpresse enthusiastisch berichtete —, aber dann versandete die Aktion im Gestrüpp der Paragraphen. Gewinnsucht und Korruption siegten wieder. Die Geldbörsen der Großgrundbesitzer und Fabrikanten öffneten sich.

Der warme Regen fiel auch auf Brasilia. Ein neuer Beschluß, so dehnbar wie Kaugummi, wurde erlassen: Den Goldsuchern werden Ersatzgebiete zugewiesen. Nur: Diese Ersatzgebiete lagen in unmittelbarer Nähe der Yanomami-Reservate, aus denen die Garimpeiros ursprünglich entfernt werden sollten.

Niemand kontrollierte das erneute Vordringen der Goldschürfer.

Aber in Boa Vista erhob sich eine neue Stimme, die Assis und Lobos das Leben schwermachte: Der Indianer-Betreuer Sydney Possuelo erklärte in einem Fernsehinterview:

»Die Yanomami-Operation ist ein schöner Erfolg: Bisher war der Völkermord illegal, jetzt wird er legalisiert!«

Und wieder, nur um Zeit zu gewinnen, schlug die Regierung scheinbar zu: Das erste Opfer war der Chef der Polizei in Boa Vista, der völlig aus den Fugen geratene Coronel Miguel Bilac. Er wurde verhaftet, nach Brasilia gebracht und angeklagt, er habe den Gerichtsbeschluß zur Räumung der Yanomami-Gebiete mißachtet, ja, er habe den Garimpeiros sogar drei neue Schürfgebiete an der Grenze der Reservate angeboten.

Assis beauftragte sofort die besten Anwälte Brasilias mit der Verteidigung. Vor allem eins durfte Bilac nie: reden.

Doch irgendwo sickerte etwas durch: Der zweite Mann im Korruptionsdschungel, Arlindo Beja, Chef der FUNAI in Roraima, wurde festgenommen. Sein erster Protest, er habe nur Befehle von oben ausgeführt, wurde gar nicht zu Protokoll genommen.

Man brauchte Köpfe, die man dem Ausland präsentieren wollte.

In Roraima, im Gebiet am Rio Parima und nördlich von Surucucu, nahmen die Goldsucher diese Aktionen gelassen zur Kenntnis und lachten.

»Wer will uns vertreiben?« rief Emilio Carmona auf einer Versammlung in Novo Lapuna, zu der über 20000 Garimpeiros gekommen waren, die aus Protest in die Luft feuerten. Zwanzigtausend Gewehre und Pistolen, die auch auf Menschen schießen würden. »Ein Gesetz? Ich kenne kein Gesetz. Ich kenne nur Gold! Sie wollen uns gewaltsam vertreiben? Laßt sie kommen: Hier steht eine Armee von 60000 Garimpeiros!«

Am 8. Januar 1990, als für José Sarney schon feststand, daß er nicht länger Präsident Brasiliens bleiben würde, denn das Volk jubelte Fernando Collor zu, ließ er, und es sah wie eine Verzweiflungstat aus, eine umfassende Aktion zur Rettung der 10000 Yanomami von Roraima anlaufen: Die Bundespolizei forderte 60000 Goldgräber und Goldwäscher auf, die 19 Yanomami-Reservate, in die sie eingedrungen waren, bis zum 15. Januar zu verlassen. Flugzeuge warfen über den Camps im Regenwald Flugblätter ab: Verlaßt friedlich die Indianerreservate. Ihr habt gegen zwei Bundesgesetze verstoßen: illegale Goldgräberei und illegales Eindringen in die Yanomami-Gebiete. Wenn ihr die Camps nicht verlaßt, werden wir euch zwangsweise holen und mit Gefängnis bis zu drei Jahren bestrafen.

Gleichzeitig besetzte bewaffnete Bundespolizei den Flughafen von Boa Vista. Niemand war vorgewarnt worden, denn Bilac und Beja bewohnten statt ihrer Villen zwei kleine Zellen im Gefängnis von Brasilia. Der Flugverkehr mit Kleinflugzeugen, die sonst die Garimpeiros transportierten und die Camps im Dschungel versorgten, wurde eingestellt. Dreißig Flugzeuge wurden beschlagnahmt.

Aktionen, die bei Kenntnis der Wirklichkeit lächerlich waren.

Am 8. April 1989 inszenierte Präsident Sarney eine große Schau: Im Präsidentenpalast von Brasilia wurde das neue Programm *Unsere Natur* vorgestellt. José Sarney hielt dabei eine lange, flammende Rede.

Sarneys Programm:

> Ein umfassender Schutz des Regenwaldes im Amazonasgebiet wird aufgebaut.
> Es werden Naturschutzgebiete und Lebensräume für alle Indianer Brasiliens errichtet.
> Eine Umweltstiftung wird gegründet, die alles kontrolliert.
> Nutzhölzer dürfen nicht mehr exportiert werden.
> Die Steuervorteile für Bauern, die den Regenwald abholzen und abbrennen, werden gestrichen. Diese Art von Landwirtschaft ist eine der Hauptursachen für die Zerstörung des Regenwaldes.
> Der Verkauf und Gebrauch von Quecksilber wird künftig von der Regierung kontrolliert, um zu vermeiden, daß durch das Goldwaschen die Flüsse im Amazonasgebiet vergiftet werden.
> Sondereinheiten der Polizei werden verhindern, daß Bauern

und Viehzüchter den Regenwald weiterhin abbrennen, um Weideland zu bekommen.

Teile des Amazonasgebiets werden in agro-ökologische Zonen verwandelt und kommerziell genutzt, ohne daß die Umwelt zerstört wird.

Und dann rief Präsident Sarney den verblüfften Gästen der Veranstaltung *Unsere Natur* zu:

»*Unsere Natur* wird von der Welternährungsorganisation — FAO — der Vereinigten Nationen unterstützt. Das Umweltschutzprogramm wird in den nächsten zwei Jahren 350 Millionen Dollar kosten. Ich lehne aber zugleich jede Bevormundung durch die reichen Länder ab, die uns vorwerfen, Brasilien zerstöre leichtfertig und aus reinen Profitgründen den für die gesamte Menschheit wichtigen Regenwald. Das sind grausame und ungerechte Beschuldigungen! Ferner lehne ich es ab, die 115 Milliarden Dollar Schulden, die Brasilien hat, bei den Gläubigerländern einzutauschen gegen Umweltschutzmaßnahmen. Das ist ein Versuch, aus Umweltschutz ein Geschäft zu machen. Brasilien ist bereit zu einer internationalen Zusammenarbeit zum Schutze des Tropenwaldes — aber ohne Vorbedingungen! Das fünf Millionen Quadratkilometer große Amazonasgebiet ist Brasiliens souveränes Erbteil — und das soll es bleiben!«

Schöne, aber auch warnende Worte. Gebt uns die 350 Millionen Dollar für den Umweltschutz, aber redet uns nicht rein, wie wir sie verwenden.

»Sarney ist verrückt und genial zugleich«, meinte denn auch Assis zu seinen Freunden. »Dieser Trick mit den agro-ökologischen Zonen ist unbezahlbar. Dieses Gesetz kann man dehnen wie einen Gummifaden. Liebe Freunde, Paulo und ich werden übermorgen nach Brasilia fliegen und uns um die ›Zonen‹ kümmern. Es gibt immer Wege aus dem Dschungel — auch aus dem Dschungel von Paragraphen und Gesetzen.«

Es änderte sich nichts. Nur die Zahl der Garimpeiros. Man schätzte sie jetzt in ganz Roraima auf 150000!

Der Goldrausch war nicht aufzuhalten. Das Land der Yanomami war das neue El Dorado.

Im März 1990 überflog Präsident Collor de Mello die Regionen Surucucu und Rio Parima. Neben ihm saß José A. Lutzenberger, sein neuer Umweltminister, und zeigte ihm auf der Karte und unter ihnen die unfaßbare Zerstörung des Landes, das Sterben des Regenwaldes, die Verseuchung der Flußläufe, die in den Urwald hineingeschlagenen heimlichen Pisten, auf denen der Nachschub und immer neue Glücksucher landeten.

Mit versteinertem Gesicht sah Präsident Collor hinunter auf das Sterben der Natur. Lutzenberger hatte ihm viel davon erzählt, aber die Wirklichkeit übertraf alle Schilderungen, Berichte, Statistiken und Fotos.

»Und das alles«, erklärte Lutzenberger, während sie von Surucucu zum Rio Parima flogen, »ist Indianerland, ist die Heimat von 10000 Yanomami. Nach Berichten sind von ihnen in den beiden letzten Jahren über 15000 bereits umgekommen, durch Tuberkulose, Malaria und Geschlechtskrankheiten, durch vergiftetes Wasser und die Verseuchung von Wild und Fischen. Es hält sich sogar hartnäckig das Gerücht, daß Coronel Bilac zwei Flugzeuge starten ließ, die Grippebazillen über die Indianerdörfer sprühten. Es ist ein Gerücht, und Bilac schweigt dazu.«

»Es wird alles anders werden«, sagte Collor de Mello. »Alles anders. Das ist nicht ein Versprechen, das ist ein Schwur.«

Bei der Landung in Santo Antônio war die Piste mit Fahnen geschmückt. Die Einheiten der Polizei und der Militärpolizei standen in Galauniform auf dem großen Vorplatz, auf dem das Flugzeug ausrollen würde. Ein Kinderchor, geleitet von Schwester Lucia und geschmückt mit Blumen, sollte brasilianische Volkslieder singen, und alle Mitglieder der Mission hatten sich unter einem Festzelt versammelt, das zwischen Hauptgebäude und Hospital aufgebaut worden war.

Viel hatte sich in Santo Antônio verändert.

Pater Vincence hatte noch zwei Patres aus Italien als Verstärkung bekommen. Im Hospital arbeiteten drei Ärzte und zusammen mit Schwester Lucia und Schwester Margarida fünf Krankenschwestern. Luigi hatte einen brasilianischen Kollegen als Pfleger bekommen, die Zahl der Handwerker waren auf zehn gewachsen, für Luise hatte man ein besonderes Haus gebaut, in dem sie ihr Labor wieder aufgebaut hatte und einen Kollegen beherbergte, einen Anthropologen, der die Kultur der Yanomami erforschte.

Und das war das Schönste, was Pater Vincence in seinem schweren Leben bisher erlebt hatte: Die von Bilac zerstörte und verbrannte Yanomami-Siedlung war wiederaufgebaut worden. Es gab wieder das große Shabono, es gab wieder die runden oder offenen Malocas; es gab wieder die Maniokfelder und die Bananenplantagen. Im Rio Parima fischten die Indianer, wie es sie Pater Vincence gelehrt hatte. Sie jagten wieder im Regenwald, und aus den Kindern hatte Schwester Lucia einen Chor gebildet, der nun Präsident Collor de Mello empfangen sollte. Aber es war ein anderer Yanomami-Stamm als früher.

Eine heile Welt? Endlich eine heile Welt inmitten von Habgier und Gewalt?

Die Polizeitruppen präsentierten, als der Präsident und hinter ihm Dr. Lutzenberger aus dem Flugzeug stiegen, der Kinderchor begann zu singen, und ein Yanomami-Mädchen überreichte Collor einen großen Strauß leuchtender Orchideen, gepflückt gegenüber im Wald. Pater Vincence, in langer, weißer Soutane, begrüßte die Gäste mit beiden Händen. Auf dem Dach der Mission bimmelte die alte Glocke.

»Ich bin glücklich, Santo Antônio betreten zu können«, sagte der Präsident. »Das ist ein Ort, von dem so viele Impulse ausgingen. Eine Stimme in der Wüste, aber sie wurde trotzdem gehört.«

»Wir haben viel Leid, aber auch viel Freude erfahren«, antwortete Pater Vincence. »Wir hatten die Kraft dazu durch Gottes Gnade.«

Collor de Mello blickte hinüber zu den Malocas der Yanomami. Frauen, Kinder und Greise standen vor dem Dorf. Sie hatten gehört, daß der mächtigste Mann Brasiliens kommen sollte, der höchste aller Häuptlinge. Die Männer kümmerten sich nicht darum. Sie waren auf der Jagd, fischten im Fluß oder stellten unter den Palmblätterdächern neue Pfeile und Speere her.

»Sie sind zurückgekommen?« fragte Collor. Er hatte durch Lutzenberger von der Flucht des Stammes vor Bilacs Mordkommando gehört.

»Nein. Es ist ein neuer Stamm. Der andere ist im Regenwald verschwunden. — Wir haben nie wieder etwas von ihm gehört.«

»Und Pater Ernesto?«

»Verschwunden.«

»Sofia Lobos?«

»Verschwunden.«

»Marco Minho?«

»Verschwunden.« Pater Vincence faltete die Hände über der Soutane. »Wir werden sie nie wiedersehen, es sei denn, es geschieht ein neues Wunder. Der Regenwald hat sie aufgenommen, sie sind ein Teil von ihm geworden.«

Allein mit Luise, nicht einmal Lutzenberger war dabei, ging Collor de Mello um das Hospital herum zum Grab von Thomas Binder. Eigenhändig trug er den großen Kranz, den er aus Surucucu mitgebracht hatte. Die Schleife hatte die brasilianischen Farben, und in Gold war darauf gedruckt: Dem stillen Helden — der Präsident.

Luise und Collor legten gemeinsam den Kranz auf das Grab und ordneten die Schleife. Dann standen sie mit gefalteten Händen und senkten die Köpfe.

»Ich verspreche Ihnen«, sagte Collor de Mello plötzlich leise und sah auf das Grab, »in vierzehn Tagen werden alle einhundertzehn geheimen Landepisten in den Reservaten der Yanomami gesprengt. Wir werden den Garimpeiros ihre Lebensadern abschneiden. Sie werden ihr Gold nicht mehr abtransportieren können und bekommen keinen Nachschub mehr an Lebensmitteln und Werkzeugen. Wir werden sie aushungern. Das sind keine leeren Worte: Dreißig Tonnen Dynamit liegen bereit, die Pisten zu sprengen. Es wird alles anders werden. Alles! Morgen werde ich es in Boa Vista verkünden.«

Der Präsident schwieg. Er verneigte sich kurz vor dem Grabkreuz, wandte sich dann ab und ging allein zu den anderen zurück.

Luise blieb am Grab, und ein Lächeln zog über ihr Gesicht.

»Hast du es gehört, Tom?« sagte sie. Unendliche Zärtlichkeit umhüllte ihre Stimme. »Dein großer Traum geht in Erfüllung. Aber warum muß man erst sterben, damit Träume Wirklichkeit werden —?«

Wird der Regenwald gerettet? Ist das Jahr 1990 das Jahr der großen Erkenntnis? Halten wir unseren Selbstmord auf? Siegt die Vernunft?

Es gibt keine Antwort darauf.

Wie immer: Wir müssen warten.

Ach ja — und noch etwas ist zu erwähnen.

In Brasiliens größter Zeitung, dem *Jornal do Brasil*, erschien Ende Mai 1990 ein kleiner Artikel:

> Gestern abend wurde der bekannte Industrielle Paulo Lobos in seiner Bibliothek erschossen.
>
> Obwohl sein Haus in Boa Vista mit elektronischen Kameras und ständig patrouillierenden Wächtern mit Hunden Tag und

Nacht überwacht wird, gelang es dem Täter, dennoch das Haus zu betreten und nach dem Mord unerkannt wieder zu verlassen. Eine Sonderkommission der Bundespolizei hat die Ermittlungen aufgenommen.
Paulo Lobos wurde mit einem langen, rot gestrichenen Pfeil erschossen. Auf den Pfeil gespießt war ein Zettel, auf dem stand: Verurteilt wegen Mordes an 700 Yanomami und Zerstörung von 360 000 Quadratkilometern Regenwald in Roraima und Amazonien.

Der Rote Pfeil.
Wer ist er?
Bis heute weiß man es nicht, und es ist zu bezweifeln, daß man es jemals wissen wird.
Die Geheimnisse des Regenwaldes sind nicht ergründbar.
Er ist eine eigene Welt in unserer Welt.
Lassen wir seine Geheimnisse unberührt!

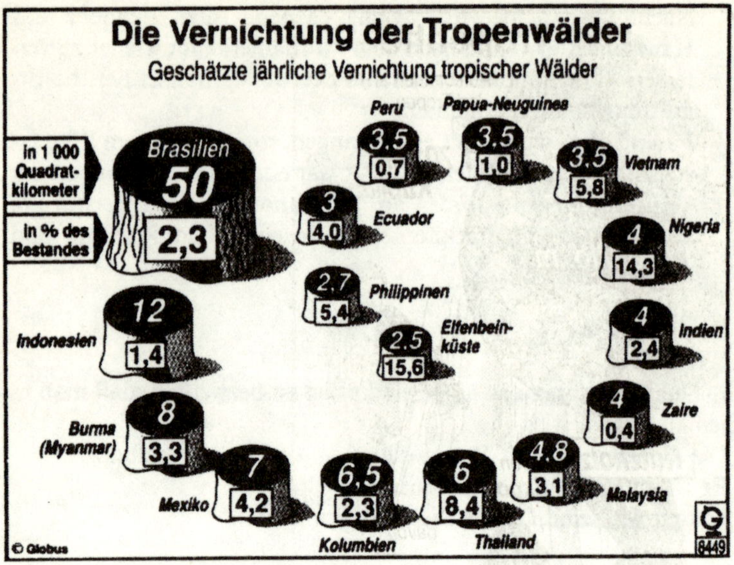
Die Vernichtung der Tropenwälder
Geschätzte jährliche Vernichtung tropischer Wälder
in 1 000 Quadrat-kilometer
in % des Bestandes
Brasilien
50
2,3
Peru
3.5
0,7
Papua-Neuguinea
3.5
1,0
3.5
5,8
Vietnam
3
4,0
Ecuador
4
14,3
Nigeria
2.7
5,4
Philippinen
12
1,4
Indonesien
2.5
15,6
Elfenbein-küste
4
2,4
Indien
8
3,3
Burma (Myanmar)
4
0,4
Zaire
7
4,2
Mexiko
6,5
2,3
Kolumbien
6
8,4
Thailand
4.8
3,1
Malaysia
© Globus
8449

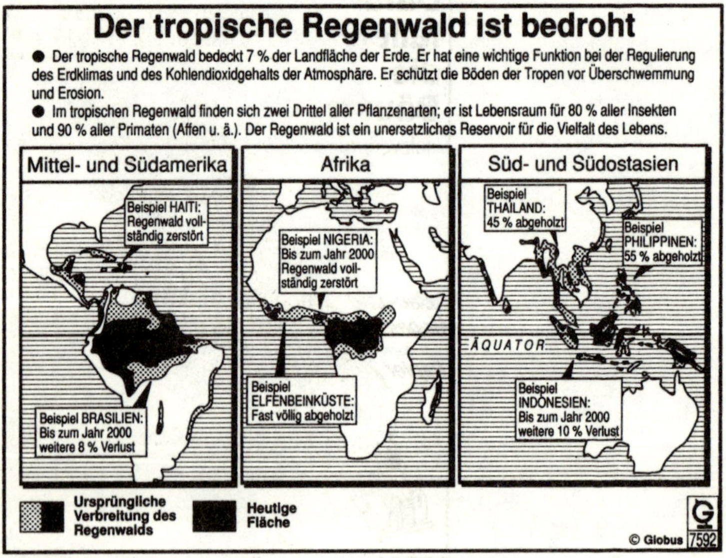
Der tropische Regenwald ist bedroht
● Der tropische Regenwald bedeckt 7 % der Landfläche der Erde. Er hat eine wichtige Funktion bei der Regulierung des Erdklimas und des Kohlendioxidgehalts der Atmosphäre. Er schützt die Böden der Tropen vor Überschwemmung und Erosion.
● Im tropischen Regenwald finden sich zwei Drittel aller Pflanzenarten; er ist Lebensraum für 80 % aller Insekten und 90 % aller Primaten (Affen u. ä.). Der Regenwald ist ein unersetzliches Reservoir für die Vielfalt des Lebens.
Mittel- und Südamerika
Beispiel HAITI: Regenwald vollständig zerstört
Beispiel BRASILIEN: Bis zum Jahr 2000 weitere 8 % Verlust
Afrika
Beispiel NIGERIA: Bis zum Jahr 2000 Regenwald vollständig zerstört
Beispiel ELFENBEINKÜSTE: Fast völlig abgeholzt
Süd- und Südostasien
Beispiel THAILAND: 45 % abgeholzt
Beispiel PHILIPPINEN: 55 % abgeholzt
ÄQUATOR
Beispiel INDONESIEN: Bis zum Jahr 2000 weitere 10 % Verlust
Ursprüngliche Verbreitung des Regenwalds
Heutige Fläche
© Globus
7592

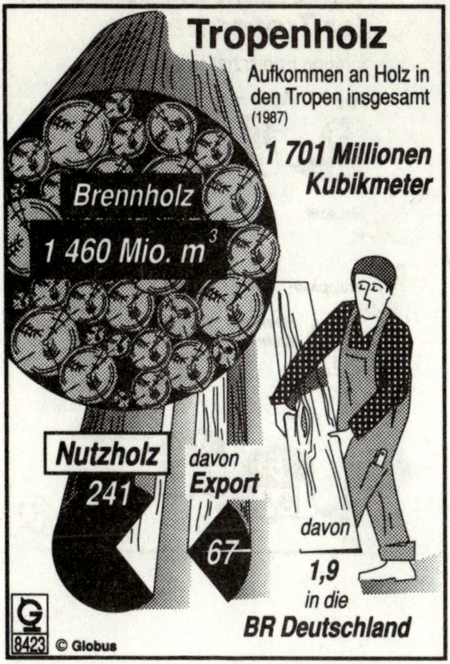
Tropenholz
Aufkommen an Holz in den Tropen insgesamt (1987)
1 701 Millionen Kubikmeter
Brennholz
1 460 Mio. m³
Nutzholz
241
davon
Export
67
davon
1,9
in die
BR Deutschland
8423 © Globus

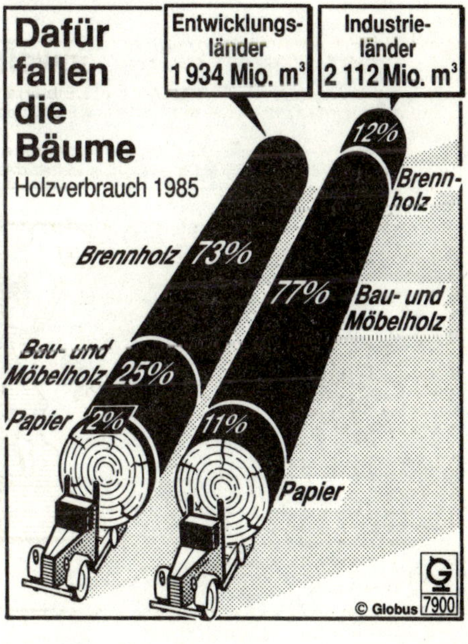
Dafür fallen die Bäume
Holzverbrauch 1985
Entwicklungsländer
1 934 Mio. m³
Industrieländer
2 112 Mio. m³
Brennholz 73%
Bau- und Möbelholz 25%
Papier 2%
12%
Brennholz
77%
Bau- und Möbelholz
11%
Papier
© Globus 7900